Rebekka Eder

Die Schokoladenfabrik

Die Tochter des Apothekers

atb aufbau taschenbuch

Rebekka
Eder

Die Schokoladenfabrik

Die Tochter des Apothekers

Roman

aufbau taschenbuch

MIX
Papier aus verantwortungsvollen Quellen
FSC® C083411

ISBN 978-3-7466-1488-5

Aufbau Taschenbuch ist eine Marke der Aufbau Verlage GmbH & Co. KG

1. Auflage 2021

Satz LVD GmH, Berlin
Druck und Binden CPI books GmbH, Leck, Germany
Printed in Germany

www.aufbau-verlage.de

Mutter, löse die Spangen mir!
Mich hat ein Fieber befallen,
Denn das Fenster ließest du auf,
Das immer sorglich verhängte.

Verliebt, Annette von Droste-Hülshoff

Man nehme:
Gänseblümchen, Eibischwurzel, Süßholz, Mohnblüten, Huflattich,
irländisches und isländisches Moos,
mahle sie mit einem Mörser,
gebe Souchong-Tee und destilliertes Wasser hinzu,
versiede Zucker und mische ihn unter den Brei aus Heilkräutern.

Teil 1

1838

1. Kapitel

Anna Sophia konnte es kaum erwarten. Während sie die Arzneifläschchen ordnete, schaute sie immer wieder zu ihrem Vater hinüber. Würde er es ihr heute erlauben? Am Rücken, den er ihr zuwandte, konnte sie keine Hinweise auf seine Stimmung ablesen. Wie ein knorriger Baum stand Gottlieb am Tresen seiner Apotheke. Er stützte sich auf die Fingerspitzen, während er in sein Kassenbuch starrte. Anna Sophia verglich ihn gern mit dem Lindenbaum, der direkt vor der Ladentür seine Äste und Blätter in den Himmel reckte. Er war genauso stark, unverrückbar, in dieser Stadt verwurzelt wie er. In letzter Zeit aber auch etwas ausgedünnt, seine Äste schienen trocken. Der Baum hatte schon bessere Tage gesehen, und doch wirkte er noch immer herrschaftlich. Auch an diesem schon fortgeschrittenen Abend. Durch das Schaufenster und die Äste der Linde konnte Anna Sophia den Neumarkt Kölns sehen, auf dem nur noch vereinzelt Mägde mit ihren weißen Hauben und an Armen baumelnden Körben über die Straße eilten. Wenn sie Glück hätte, würde ihr Vater den Laden in Kürze für heute schließen.

»Anna Sophia? Hörst du nicht?«, fragte ihr Vater, ohne den Kopf zu heben. Sie zuckte zusammen. Hatte sie mal wieder geträumt? Verflixt nochmal, dachte sie. Wieso musste ihr das ständig passieren?

»Entschuldige, Papa, was hast du gesagt?«

»Ob deine Schwestern versorgt sind, habe ich gefragt.«

»Natürlich. Betty ist bei ihnen.«

Die Haushälterin der Familie war immer bei ihren Schwestern. Während der Hausarbeit betreute sie die Kleinen, Julie und Elise, und gleichzeitig hatte sie noch ein offenes Ohr für die sechzehnjährige Wilhelmine.

»Ich nehme an, die Regale sind sauber?«

»Blitzblank«, bestätigte Anna Sophia. Ihren stolzen Blick konnte er nicht sehen, denn er drehte sich noch immer nicht um. Doch es stimmte: Sie hatte sämtliche Regale abgestaubt, die sich an den Seiten der Apotheke fast bis unter die Decke drängten und in den oberen Reihen mit Schachteln, Dosen und Karaffen gefüllt waren. Auch die Türchen der Schubladen in den unteren Reihen hatte sie abgewischt, und die bronzefarbenen Verzierungen, die den Abschluss der Regale bildeten, glänzten in der Abendsonne. Sogar den Apothekertisch, auf den sich Gottlieb gerade stützte, hatte sie ausgeräumt und seine kleinen Schubladen gesäubert. Neben dem dicken Kassenbuch leuchtete die große Waage mit den bronzenen Schalen – auch die hatte sie poliert. Sie liebte es, wenn die Apotheke so glänzte wie jetzt.

»Nun gut«, sagte er. Gleich würde er es ihr erlauben, doch in diesem Moment läutete das Glöckchen über der Ladentür. Anna Sophia bemühte sich, nicht die Augen zu verdrehen. Wieso musste kurz vor Ladenschluss immer noch jemand hereinkommen? Diesmal war es ein Bediensteter, doch als Anna Sophia ihn erkannte, wich sie erschrocken zurück. Sie stieß gegen den Apothekerschrank und die Fläschchen zitterten. Der Mann hatte Schatten um die Augen, lichtes Haar und bis auf den Leberfleck, der auf seiner Stirn prangte, sah er aus wie ein gewöhnlicher Dienstbote. Dennoch wusste sie genau, wer er war und für welche Familie er arbeitete. Ob er sich wohl auch an sie erinnerte? Damals war Anna Sophia ein Kind gewesen, trotzdem wusste sie noch genau, wie sie zum ersten Mal an die fremde Tür geklopft hatte, mit zahlreichen Medikamenten im Gepäck. Und welcher Mann sie hereingebeten und die Tür hinter ihr geschlossen hatte. Sie kniff Lippen und Augen zusammen. Daran wollte sie sich nicht erinnern, nie wieder. Mit aller Kraft schob sie die Bilder beiseite, doch sie machte dadurch nur Platz für eine weitere Erinnerung: Es war ein sonniger Tag im September, an dem sie eigentlich Brot und Äpfel hatte kaufen wollen. Sie stand in einer schmalen Gasse, die von der Bäckerei in Richtung Dom führte. Fast fühlte Anna Sophia wieder den kalten Stein der Fassade in ihrem Rücken, sie sah wieder, wie jemand auf sie zukam: eine große Gestalt, ein breites Grinsen. Anna Sophia schloss die Augen, atmete tief ein und aus, bevor sie sie erneut öffnete und sich zwang, wieder in der Gegenwart der Apotheke anzukommen.

Mittlerweile war der Bedienstete näher an ihren Vater herangetreten. »Ich komme mit einem ... komplizierten Anliegen. Herr Mertens fühlt sich nicht wohl. Er hat einen fürchterlichen Husten.«

Gottlieb nickte. »Was sagt der Arzt?«

»Er zieht ... nun, ja ... eine Schwindsucht in Betracht. Aber ein vornehmer Mann wie Herr Mertens ... Woher soll er denn die Schwindsucht haben?«

Gottlieb wendete sich zu seiner Tochter um. Die Enden seines weißen, gezwirbelten Schnurrbarts hingen bereits ein wenig hinab – wie immer, wenn sich der Tag gen Abend neigte. »Anna, rufst du bitte nach August?«

Anna Sophia nickte, drehte sich um und öffnete die Hintertür neben dem Apothekerschrank. Während sie den Gang entlanglief, spürte sie, wie ihr Herz schneller schlug. Heute hatte sie gar nicht mehr damit gerechnet, ihn noch einmal zu treffen. Für gewöhnlich experimentierte der Gehilfe ihres Vaters im Hinterzimmer bis spät in die Nacht mit Medikamenten. Wenn er das Haus verließ, war sie schon längst oben auf ihrem Zimmer. Nun atmete sie tief ein, um ihre Nervosität zu bekämpfen, und klopfte.

»August?«

Sie hörte ein Räuspern, Schritte, dann ging die Tür auf.

»Anna Sophia! Ist alles in Ordnung?«

»Ja, ähm, nein, also ...«, stammelte sie. August lächelte munter, seine Augen funkelten, und sein lockiges Haar zeigte rechts und links seiner Ohren fröhlich in die Luft. Er legte wie ein galanter Diener eine Hand auf den Rücken. »Oh. Was ist geschehen?«

Wenig später stand Anna Sophia wieder mit verschränkten Fingern vor dem Apothekerschrank und beobachtete das Gespräch zwischen den drei Männern am Tresen.

»Könnten Sie Herr Mertens' Zustand ein wenig genauer beschreiben?«, bat Gottlieb den Dienstboten.

»Der Herr ist seit drei Tagen sehr erschöpft.«

»Leidet er unter Nachtschweiß?«, fragte August, während er sein Monokel zwischen Augenbraue und Wange klemmte. Gottlieb belohnte ihn für diese Frage mit einem kaum merklichen Nicken.

»Ich fürchte, ja.«

»Appetitlosigkeit?«

»Er isst seit Tagen nicht mehr.«

»Bekommt er Fieberschübe?«

»Tagsüber sinkt das Fieber, aber nachts ist es schlimm.«

August zog eine Braue hoch und ließ dabei das Monokel von seinem Auge springen, so dass es an der silbernen Kette von seinem Hals baumelte. »Mmh.« Er sah den Apotheker an.

»Wir empfehlen Herrn Mertens dringend, auf den Rat seines Arztes zu hören«, übernahm Anna Sophias Vater. »Er braucht viel frische Luft und Bettruhe. Am besten wäre der Besuch eines Sanatoriums. Wir hätten außerdem eine exzellente Gesundheitsschokolade im Sortiment. Sie erfrischt und vermehrt die Lebensgeister, hilft gegen Husten und erweicht kalten und zähen Schleim.«

Der Diener kratzte sich an der Stirn oberhalb seines Leberflecks. »Nun ja, was soll ich sagen? Er bittet lediglich um Ihre Hustenbonbons, Herr Müller.«

Gottlieb seufzte und sah über die Schulter zu seiner Tochter. »Haben wir noch welche?«

Anna Sophia konnte sich ein Lächeln nicht verkneifen. »Wenige, Vater«, sagte sie und hob ein großes Glas vom Regal. Mit einer Kelle fischte sie die letzten verbliebenen Kräuterbonbons heraus und wickelte sie in Papier.

Der Mann zahlte und nahm die Bonbons an sich. Dann griff er nach der Türklinke – und hielt inne. Mit einem Mal schüttelte ihn ein heftiger Hustenanfall. Er krümmte sich, und während er nach Luft rang, röchelte und japste, fiel ihm das Bonbonpäckchen aus der Hand. Noch in der Luft öffnete sich das Papier, die Bonbons fielen herunter und kullerten einzeln über den Fußboden.

Als der Mann gegangen war, kniff August die Lippen zusammen. Gottlieb zwirbelte sich mit den Fingern beider Hände den Schnurrbart zurecht. Und Anna Sophia trat von einem Fuß auf den anderen.

»Schwindsucht bei einem Mann wie Herrn Mertens …? Wirklich sehr unwahrscheinlich«, brummte Gottlieb.

August nickte. »Unwahrscheinlich ist es. Aber nicht unmöglich.«

»Anna, du kannst schon hochgehen, ich schließe das Geschäft für heute.«

Anna Sophia nickte ihrem Vater zu, allerdings machte sie noch keine Anstalten, zu gehen.

»Ist noch was?«

Er würde es doch nicht vergessen haben? Sie legte den Kopf schief, doch noch bevor sie etwas erwidern konnte, rief er schon aus: »Ach, die Zuckerlieferung! Natürlich! Was stehst du hier noch herum? Na, geh schon!«

In der Mitte der Küche blieb Anna Sophia stehen. Endlich! Dieser Teil des Tages gehörte allein ihr. Durch das kleine Fenster fiel das letzte Sonnenlicht des Abends, und in seinen Strahlen funkelte der Staub in der Luft. An der steinernen Wand stand der große Feuerherd, der seit Kurzem sogar mit einem Wasserschiff ausgestattet war. Darüber hing das kupferne Kochgeschirr an großen Haken an der Wand. Und auf dem Küchentisch lag der Beutel Zuckerhüte, den der Vater hatte ergattern können. Auch der Mörser, der normalerweise im Hinterzimmer der Apotheke seinen Platz hatte, stand bereit. Wanne und Stab waren aus glänzendem Kupfer, seine Füße aus fein geschnitztem Holz. August hatte ihn für Anna Sophia hochgetragen. Als er hinter ihr in die Küche getreten war, hatte ihr Herz schon wieder wie verrückt gepocht. Seit wann machte dieser Mann sie eigentlich so nervös? Sie konnte sich noch gut an seinen ersten Tag als Geselle erinnern. Er war ein Jahr jünger als sie und damals gerade fünfzehn Jahre alt gewesen. Viel kleiner als heute und mit etwas zu langen Locken hatte er hinter dem mit Fläschchen und Schüsseln beladenen Tresen gestanden. Er hatte sich schüchtern umgeschaut und leise und vorsichtig gesprochen, so dass sie über ihn hatte schmunzeln müssen. Wann hatte sich diese Situation dermaßen verändert? Mittlerweile war er achtzehn Jahre alt und hatte eine so vornehme, bescheidene Selbstsicherheit angenommen, dass ihr manchmal ganz schwindelig wurde.

Sie schüttelte den Kopf, um die Gedanken loszuwerden, und öffnete den Küchenschrank. Im obersten Regal standen die Gläser, in denen sie ihre Lieblingskräuter aufbewahrte: darunter Huflattich, Mohnblüten, Eibisch und Süßholz. Daneben standen kleine Behälter mit getrockneten Gänseblümchen, isländischem und irländischem Moos. Ihr Vater durfte niemals erfahren, warum sie ausgerechnet diese Kräuter für ihre Sammlung ausgewählt hatte. Zum Glück hatte er keine Ahnung, wie Anna Sophia auf ihr Rezept gekommen war. Wüsste er es, würden seine morgens so fröhlich gezwirbelten Bartspitzen vor Enttäuschung wahrscheinlich ganz plötzlich schlaff herabhängen. Und schon bei dieser Vorstellung bekam sie ein schlechtes Gewissen. Sie wollte ihren Vater keinesfalls enttäuschen. Für die ganze Familie wäre es besser, wenn er niemals hinter ihr Geheimnis käme.

Zunächst holte sie das Glas mit den Gänseblümchen heraus; ihr süßlicher Duft ließ Anna Sophia an einen milden Frühling denken, an einen Sommertag und eine bunte Blumenwiese. Großzügig streute sie die Blätter in die Kupferschale des Mörsers. Anschließend fügte sie den geruchlosen Huflattich hinzu, der Hustenreiz linderte und gleichzeitig das

Abhusten erleichterte, und mischte einige krautig beruhigend riechende Mohnblätter hinzu – ein hervorragendes Mittel gegen Schmerzen. Als sie den Deckel des Eibisch-Glases öffnete, vermied sie es, durch die Nase zu atmen. So blumig Eibisch auch duftete, wenn er als Staude wuchs, so eigenartig dunkel und stechend rochen seine Wurzeln in getrocknetem Zustand. Schnell schüttete sie davon einen kleineren Teil in die Wanne. Mit kreisenden Bewegungen zerstieß sie die Kräuter, bis sie zu einem feinen Pulver gemahlen waren und ihr Geruch in der Küche hing. Zuletzt fügte sie die Moossorten und das Süßholz hinzu und atmete tief ein. Wie sehr sie jeden Schritt dieser Prozedur liebte. Seit Monaten verfeinerte sie dieses Rezept nun immer weiter, und jedes Mal dachte sie wieder daran, wie es angefangen hatte: Vor einem Jahr war Julie, ihre kleinste Schwester mit den größten Ohren, so erkältet gewesen, dass sie kaum hatte sprechen können. Die Heiserkeit war eines Morgens plötzlich da gewesen und tagelang geblieben. Anna Sophia wusste zwar, welche Kräuter bei Heiserkeit halfen, doch die Kleine hatte sich beim Gurgeln so heftig verschluckt, dass sie nur noch geweint und den Kopf geschüttelt hatte, sobald sie ihr Tee gereicht hatte. Ratlos hatte Anna Sophia in der Küche gestanden und darüber nachgedacht. Was könnte sie Julie geben, damit sie die Kräuter lang genug im Mund behielt? Dass ausgerechnet die Haushälterin Betty sie auf die rettende Idee bringen würde!

Anna Sophia machte Feuer im Herd und goss Wasser in einen Topf. Nun war es so weit: Sie gab die Blätter des Souchongs hinzu und ließ den Tee aus dem chinesischen Wuyi-Gebirge aufkochen. Schnell legte sich sein rauchig würziger Duft über den der Kräuter. Gemeinsam mit dem Wasser, das sie schon am Vormittag destilliert hatte, mischte sie ihn unter die Kräuter und begann dann mit dem Versieden des Zuckers. Wie so oft erinnerte sie sich an Bettys Worte: »Du musst genau aufpassen, Mädchen. Der Zucker muss heftig kochen – und lange, damit er flüssig wird. Aber nicht zu lange, sonst verbrennt er. Wichtig ist der genau richtige Moment.«

Während der französischen Besatzung Kölns, als Betty noch ein junges Mädchen gewesen war, hatte die Haushälterin bei einer wohlhabenden Pariser Familie gearbeitet, die sie das Karamellisieren gelehrt hatte. Die Familie lebte mittlerweile wieder in Paris, aber einen Teil ihrer Kenntnisse hatte sie in der Stadt am Rhein zurückgelassen. Wie ein Geschenk, dachte Anna Sophia. Betty hatte es damals lediglich genutzt, um an Feiertagen kleine Köstlichkeiten wie Zuckerstangen für die Kinder herzustellen. Doch Anna Sophia hatte angesichts Julies Heiserkeit mithilfe ihrer Kräuter aus harten Zuckerwürfeln ein Heilmittel erschaffen. Aufmerksam schaute sie nun in den Kessel. Ein paar Sekunden noch. Drei, zwei, eins …

»Wie fürchterlich gemein du bist!«, rief ein helles Stimmchen hinter ihr.

»Du hast uns kein Wort gesagt!«

»Ich habe nur zufällig das Feuer gehört, sonst hätten wir es alle verpasst!«

Anna Sophia drehte sich um. Nacheinander drängten sich ihre Schwestern in die Küche. Vorneweg Julie. Normalerweise war die Sechsjährige ein stilles Kind, doch in diesem Moment, als sie Anna Sophia vor dem brodelnden Kessel stehen sah, strahlte sie übers ganze Gesichtchen. Sie wurde angeschoben von Elise, die zwei Jahre ältere und um einiges rosigere Schwester mit den dunkelsten Haaren und den schwärzesten Augen der Familie. Als Letzte folgte Wilhelmine. Ihr Rock war wie immer zerknittert, ihre dunkelblonden Haare leicht zerzaust und ihr ebenmäßiges Gesicht mit den markanten, dunklen Augenbrauen glänzte.

»Dass ihr immer im falschen Moment hier auftaucht!« Anna Sophia pustete sich eine Haarsträhne aus der Stirn. Hastig zog sie sich die Lederhandschuhe über, die neben dem Kochgeschirr an der Wand hingen, und hob den Kessel vom Herd.

»Vorsicht, heiß!«

Sofort stoben die Mädchen auseinander – aber nur, um aus sicherer

Entfernung zu beobachten, wie Anna Sophia die kochende Zuckermasse auf die Steinplatte goss, die sie neben dem Herd bereitgelegt hatte.

»Die Kräuter fehlen noch, oder?«, rief Elise.

»Sehr gut.« Anna Sophia lächelte sie über die Schulter hinweg an. Mit beiden Händen griff sie nach der Mörserschale und hob sie hinüber zur Steinplatte. Dann goss sie die Masse in den Zucker.

»Wie das duftet«, piepste Julie. In der Küche hatte sich ein süßlicher Geruch ausgebreitet, der nun von den heiß werdenden Kräutern verfeinert wurde. Mit einem Kupferlöffel schob Anna Sophia die Masse hin und her. Sie musste abkühlen, durfte aber nicht zu fest werden. Hinter sich hörte sie, wie die Stuhlbeine über den Steinboden kratzten – ihre Schwestern setzten sich an den großen Küchentisch.

»Darf ich das allererste Bonbon essen?«, rief Elise aufgeregt.

»Sei still«, sagte Wilhelmine. »Du willst doch nicht, dass Vater uns hört.«

»Jetzt ist der Zucker doch noch viel zu heiß«, wandte Julie ein und wieder mal fiel Anna Sophia auf, dass die Kleinste für ihr Alter schon viel zu klug war.

»Ich meine doch auch, wenn er nicht mehr heiß ist.« Anna Sophia konnte beinahe hören, wie Elise bei diesen Worten die schwarzen Augen verdrehte.

Nun war es endlich so weit. Die zuckrige Kräutermasse war genauso zäh, wie Anna Sophia sie haben wollte. Also begann sie, sie zu kneten und zu rollen. Durch die Lederhandschuhe hindurch fühlte sie die Hitze, beobachtete, wie sich das Grün der Kräuter im Zucker verteilte und wie er dabei geschmeidiger und fester wurde. Zuletzt rollte sie ihn zu langen Stangen. Jetzt musste es schnell gehen. Stange um Stange zog sie aus der Masse und legte sie auf dem Tisch ab.

»Darf ich eine?«, rief Elise und Wilhelmine schlug ihr sachte auf die Finger.

»Natürlich nicht«, antwortete sie mit einem Lachen in der Stimme. »Immer das Gleiche mit dir!«

Zuletzt legte Anna Sophia die hart gewordenen Stangen über eine große Schüssel und schlug mit einem Messer mundgerechte Stücke ab. Mit einem Klackern purzelten die Bonbons in die Schale.

»Wieso kannst du das so gut?«, fragte Elise.

»Weil ich das schon so oft gemacht habe«, sagte Anna Sophia.

»Naja, so oft nun auch nicht, oder?« Wilhelmine musste einfach immer widersprechen. »Ich glaube, du hast einfach Talent. Schon deine allerersten Bonbons für Julie waren köstlich.«

»Das stimmt!«, piepste Julie. »Und ich konnte noch am gleichen Abend wieder sprechen! Deswegen verkauft Papa sie ja auch in der Apotheke. Manchmal glaube ich, deine Bonbons können zaubern!«

»So?« Anna Sophia sah die Kleine einen Moment lang mit möglichst geheimnisvollem Blick an. »Wieso glaubst du das nur manchmal?« Sie zwinkerte.

Als ihre Schwester damals ihre allerersten eigenen Bonbons gelutscht hatte, da war sie selbst kaum aus dem Staunen herausgekommen. Seit Tagen hatte Julie kein Wort herausgebracht – und schon nach einem Bonbon konnte sie wieder sprechen! Wo zuvor kein Laut gewesen war, war nun zumindest ein Krächzen. Anna Sophia hatte es zuvor schon geahnt, doch in diesem Augenblick war ihr klar geworden, welche Macht die Natur besaß. Und wie viel Anna Sophia den Menschen um sich herum helfen könnte, wenn sie diese Macht nur richtig einsetzte. Damals hatte sie beschlossen, dass sie genau das ihr Leben lang tun wollte: die Natur verstehen lernen, um anderen zu helfen. Wie gut, dass sie in eine Apotheke hineingeboren worden war. Sie konnte sich keinen Ort vorstellen, der mehr mit Magie zu tun hatte.

»Darf ich jetzt endlich eins?«, rief Elise.

»Na gut.« Anna Sophia nickte. »Jede von euch darf sich ein Bonbon nehmen. Aber nur eins! Und wie immer: Bloß kein Wort zu Vater! Ihr wisst, was dann los ist.«

Und während drei Hände gleichzeitig in die Schüssel griffen, flog die Küchentür auf.

»Anna Sophia, bist du hier?« Bettys Kopf schaute zur Küche herein. Normalerweise konnte die hagere Haushälterin mit den starken Armen und den kurzen Beinen nichts aus der Ruhe bringen. Ihr Dutt saß weit oben auf dem Kopf und ihre eisblauen Augen schauten in die Welt, als hätten sie schon alles gesehen. Doch in diesem Moment war es anders. Anna Sophia wusste sofort, dass etwas nicht stimmte. Betty war hochrot im Gesicht. »Es geht um deinen Vater – komm schnell.«

2. Kapitel

Victor Mertens leckte sich über die Lippen. Er kratzte sich die Halbglatze. Dann rümpfte er die Nase.

»Es wird Zeit, findest du nicht?«, fragte er.

»Ha«, machte Ferdinand abfällig und warf sich eine blonde Strähne aus der Stirn.

Warum nur hatte sein Bruder so volles Haar und eine so hohe Denkerstirn – Victor aber nicht? Er und Ferdinand saßen in ihrer Kutsche und warteten vor der Weinhandlung ihres Onkels, der wohl größten und beliebtesten der ganzen Stadt. In der Wohnung darüber hatten sie einen Großteil ihrer Kindheit verbracht, allerdings hatten sie diese Räume seit Jahren nicht von innen gesehen. Und das würde sich auch am heutigen Tag nicht ändern. Darum konnte ihre Mutter sie noch so eindringlich bitten. Es zeigte genug guten Willen, dass sie ihre Kutsche zumindest hatten hierher lenken lassen. Ihre Mutter konnte sie vom Schlafzimmerfenster aus sehen – das musste genügen.

Obwohl die Sitze samtrot gepolstert waren, tat Victor so langsam der Hintern weh. Er rutschte hin und her, beugte sich nach vorn und betrachtete die geschwungenen Lettern auf der Steinfassade: *Mertens Weine und Spirituosen*. Darunter konnte er durch zwei Fenster einen Blick auf die hölzernen Fässer erhaschen. Ohne es zu wollen, betrachtete Victor auch sein eigenes, schemenhaftes Spiegelbild in der Scheibe. Wann war er eigentlich so alt geworden? Ach, der Eindruck täuscht, versuchte er sich einzureden. Sicherlich lag es nur an den schlechten Lichtverhältnissen an diesem Abend.

»Ah, da kommt er endlich!« Ferdinand zeigte in die enge Gasse mit den krummen Giebeldächern, die vom Dom aus in Richtung Weinhandlung führte. Dort trat gerade der Diener der Familie Mertens aus dem Schatten. In den Armen hielt er ein riesiges Käserad.

»Was soll das denn? Bonbons solltest du holen«, rief Ferdinand ihm entgegen, während er sich aus der Kutsche beugte. »Wenn der alte Herr mittlerweile tot ist, weil du noch Käse kaufen warst, bist du schuld, hast du verstanden?«

Bei ihnen angekommen, entschuldigte sich der Diener keuchend. »Ihre Mutter ... Sie hatte mich gebeten, auf dem Weg auch Käse ... aber die Bonbons habe ich natürlich auch ...«

»Spar dir deine Ausreden!«, herrschte Ferdinand ihn an.

»Und ... nun, ja ... sind Sie sich sicher, dass er keine weiteren Medikamente will?«

Victor konnte kaum glauben, was er da hörte. Wagte es dieser Mann tatsächlich, die Worte seines Bruders in Zweifel zu ziehen? Ruckartig richtete er sich auf, stieß mit dem Kopf gegen die Kutschendecke und fluchte.

»Was erlaubst du dir?« Victor bemerkte, wie seine eigene Stimme bei jedem seiner Worte schriller wurde. »Wenn ich noch einen Ton des Widerspruchs vernehme, dann ...«

Ein Keuchen unterbrach ihn. Auf der Straße krümmte sich der Diener plötzlich zusammen, hustete wie wild auf den Käse und rang nach Luft. Die beiden Mertens-Brüder wichen zurück und sahen einander mit entsetzten Mienen an. Victor war sich nicht ganz sicher – schmunzelte sein Bruder in diesem Moment etwa ein wenig?

»Schon gut«, sagte Ferdinand dann mit sanfter Stimme zum Diener. »Geh hoch und bring unserem Onkel die Bonbons.«

So schnell der Mann es mit dem Käse in der Hand schaffte, hastete er an der Kutsche vorbei und durch die Tür neben dem Laden ins Wohnhaus.

Es dauert nicht lange, bis sich die Tür wieder öffnete. Diesmal war es ein junges Mädchen, das schüchtern herausschaute. Victor beugte sich weit durch die Kutschentür nach draußen und rief: »Oh, na, guten Tag!«

Sie trug Haube und Kleid eines Dienstmädchens. Victor sprangen sofort ihr helles Dekolleté und die glatte Haut ins Auge. Er legte den Kopf schief, um ihren Blick aufzufangen, doch sie sah schüchtern zu Boden. Er widerstand dem Drang, aus der Kutsche zu springen und ihr Kinn zu fassen, um ihre Blickrichtung selbst bestimmen zu können.

»Ihre Mutter schickt mich«, murmelte sie statt einer Begrüßung. Was war nur los mit dem Personal? Hatte die Schwindsucht in diesem Haus nun auch den Respekt ihm gegenüber dahingerafft? »Sie lässt nach einem Arzt für Herrn Mertens schicken. Sie sagt, es sei dringend.«

»Wie dringend?« Ferdinand warf sich eine Strähne aus der Stirn.

»Sie sagt, er stirbt, es dauert nicht mehr lang. Er braucht einen Arzt, aber von uns will sie niemanden schicken. Wir sollen bei ihr bleiben, sagt sie.«

»Nun gut.« Ferdinand drehte seinen Stock in den Händen. »Sag ihr, ein Arzt ist unterwegs.«

Sie nickte und verschwand wieder.

Victor runzelte die Stirn. »Nach wem möchtest du schicken lassen?«

»Nach niemandem. Ich habe eine viel bessere Idee. Wie lange hast du keinen Alkohol mehr getrunken, lieber Bruder?«

Victor kratzte sich die Halbglatze. »Viele Jahre?«

Tatsächlich hatte er lange keinen einzigen Tropfen mehr zu sich genommen. Keinen Wein, kein Bier, keine Spirituosen. Nichts, seit jenem Tag. Und dieser Tag lag so weit zurück, dass er nur noch eine verschwommene Erinnerung war. Victor tat gut daran, nie wieder darüber nachzudenken.

»Mir geht es genau so. Aber heute, lieber Bruder, heute ist der Tag.«

Victor klappte der Mund auf. Sobald er es bemerkte, schloss er ihn wieder. War das wirklich eine gute Idee?

»Glaub mir. Wir genehmigen uns einen schönen Wein und stoßen auf den alten Herrn an. Es ist das Beste, was wir nun tun können. Nach allem, was geschehen ist.«

Victor horchte den Worten hinterher, dann nickte er langsam und bedächtig.

»Er ist tot!« Es war ein Satz, den man häufig aussprechen musste, damit er sich irgendwann wahr anfühlte.

»Der alte Herr ist tot!« Victor Mertens sagte es immer wieder. Zuerst rief er es dem Kutscher entgegen, obwohl der es natürlich längst wusste. Victor sprang aus der Kutsche, stolperte und taumelte. Sobald er sich wieder einigermaßen gefangen hatte, rief er es noch einmal in Richtung des zu dieser Stunde nur noch schemenhaft zu erkennenden Mannes auf dem Kutschbock: »Er ist mausetot!«

Alles drehte sich um Victor herum: die schwarze Kutsche mit den großen, filigranen Rädern; die Auffahrt zu Schaaffhausens Stadtpalast, in dem Victor Mertens seit ein paar Monaten wohnte; die akkurat geschnittenen Hecken und Büsche, die das Anwesen vor den Blicken Neugieriger abschirmten und deren sonst so bunt leuchtenden Blumen im bleichen Licht des gerade aufgetauchten Mondes grau waren. Sogar die dunkeln Wolken und die ersten Sterne der Nacht schienen über seinem Kopf zu tanzen. Victor Mertens war zum ersten Mal in seinem Leben betrunken. Er lachte auf. Niemals hatte er damit gerechnet, sich einmal so zu fühlen. Ihm war der Kopf ganz leicht und die Zunge schwer. Dennoch wollte er unbedingt reden. Er musste die Neuigkeit verbreiten, sie schrie geradezu danach!

Er schwankte die Auffahrt entlang bis zur breiten Treppe, stolperte die Stufen hinauf und wurde von einem potthässlichen Hausmädchen empfangen, auf dessen Namen er einfach nicht kam. War ja auch egal, bei den klapperdürren Hüften. »Er ist tot!«, herrschte er sie an, so dass sie zusammenzuckte. Sie starrte ihn mit dümmlich fragendem Gesicht an. Dass diese Schaaffhausens so fürchterliches Personal haben mussten!

»Steh nicht so dumm da! Wo ist meine Frau?«, lallte er.

In diesem Moment öffnete sich die Tür zum Salon, und eine wahre Lichtgestalt trat ins Foyer. Er seufzte. Diese hellblonden Haare, zu tausend Zöpfen geflochten, dieses üppige Dekolleté im engen Kleid, die weichen, weißen Oberarme und der spitze, tiefrote Mund!

»Mein lieber Victor«, rief Emma Mertens und musterte ihn bestürzt von oben bis unten. »Bist du etwa betrunken?«

Er antwortete nicht, stattdessen versank er in ihrem Anblick. Wie schön sie war! Und Tag für Tag schien die Sechszehnjährige sogar noch schöner zu werden. Wieso konnte *seine Frau* nicht genauso aussehen? Hätte sie solche Lippen, solche Hüften, diese Jugend, dann wäre die Sache mit dem Nachwuchs sicherlich kein Problem. Er würde sie einfach packen und sie wäre schneller schwanger, als sein so griesgrämiger wie reicher Schwiegervater »Erbschaft« sagen konnte.

»Ich war bei unserer lieben Tante in Bonn, als ich einen Brief von Mutter bekommen habe. Sie schrieb, Vater gehe es schlecht. Ich wollte sofort zu ihm, doch Mutter hat mir verboten, das Haus zu betreten, stattdessen sollte ich zunächst zu euch fahren«, erklärte sie aufgeregt.

»Sicher, ja. Das ist tatsächlich … also … gut. Ja.« Er hörte selbst, dass er nuschelte.

»Victor, was ist mit dir?«

Er verkniff sich ein Grinsen. »Er ist tot.«

»Wer ist tot, Victor?«

»Mausetot. Es ging ganz schnell.«

»Wer, Victor, wer? Sag, du sprichst doch nicht etwa … von Vater?«

Ihr hübsches Gesichtchen wurde ganz weiß, und ihr weicher Mund stand offen. Er wusste schon, wie er sie trösten könnte. Wenn das blöde Hausmädchen nicht dümmlich danebenstehen würde, wäre er der kleinen Emma noch an Ort und Stelle zu Diensten, so dass sie das Monster, das sie *Vater* nannte, ganz schnell vergessen hätte.

»Es war die Schwindsucht, meine liebe, süße Emma. Sie hat das ganze

Haus erwischt. Wir konnten nichts mehr für ihn tun. Vor einer Stunde ist er von uns gegangen.«

Emma schrie auf. »Nein!« Sie stürmte zur Tür.

»Du kannst dort nicht hin«, rief er und hielt sie an den Schultern zurück. Wie warm sie sich anfühlten. Sanft drückte er sie an sich, so dass er ihre Schulterblätter an der Brust fühlen konnte.

»Lass mich los«, kreischte sie, doch Victor dachte natürlich nicht daran. Während sie versuchte, den Türgriff zu fassen, streichelte er ihr Schlüsselbein. Was für eine Gelegenheit, überlegte er, grinste und ließ seine Hand so unauffällig wie möglich tiefer gleiten.

»Das ganze Haus hat die Schwindsucht. Du hast es doch selbst gesagt – Mutter will nicht, dass du das mitansiehst!« Trotz seiner Worte zappelte Emma weiter. Auch dann noch, als seine Hand schon in ihrem Ausschnitt steckte.

»Victor!«, rief laut und streng eine tiefe Stimme. »Lass sofort deine Halbschwester los!«

Schnell zog er seine Hand wieder hervor und umfasste nur noch Emmas Schultern.

»Sie will zu ihrem Vater, aber das geht nicht«, erklärte er, ohne sich umzudrehen. Er wollte die Nähe zu diesem hübschen Mädchen noch einen Moment länger genießen.

»Lass Emma sofort los!«, herrschte die Stimme ihn noch einmal an. »Emma, du bleibst hier. Victor hat recht – deine Anwesenheit hilft dort heute niemandem«, fügte sie an das Mädchen gewandt hinzu. Als er fühlte, dass Emma aufhörte, sich unter seinen Händen zu winden, ließ er widerwillig von ihr ab und wandte sich zu seiner Frau um. Groß, schmal und streng stand Sibylle Mertens-Schaaffhausen da, die Hände vor der Taille gefaltet. Sie trug ein blau kariertes Kleid mit aufgebauschten Ärmeln, das ihre Schultern frei ließ. Warum nur musste sie so eine unendlich lange, spitze Nase haben? Ohne diese Nase hätte er ihr Gesicht vielleicht sogar erträglich finden können, zumindest in diesem Dämmerlicht.

»Er ist tot«, sagte er zu Sibylle. »Onkel ist tot.« Hinter ihm heulte Emma bei diesen Worten auf und stützte sich an der Wand ab. Doch Sibylle reagierte nicht. Emotionsloses Weibsstück! Begriff sie nicht, was geschehen war? Emmas Vater, sein Onkel und zugleich seit knapp zwanzig Jahren der Mann der gemeinsamen Mutter war endlich gestorben. Unglaublich, dass es eine Krankheit nun wirklich geschafft hatte, diesen zähen, alten Mistkerl dahinzuraffen.

»Minna, kümmere dich bitte um Emma und bring sie ins Gästezimmer. Sie hatte einen langen Weg, bevor sie heute hier angekommen ist. Victor, du kommst mit mir«, sagte Sibylle zuerst zum Dienstmädchen, dann zu ihm. Sie drehte sich um und ging vor. Er wusste, wo sie hin wollte, und folgte ihr. Der Gang mit den hohen Gemälden und der blauen Tapete schien sich hin und wieder ein wenig zu neigen. Sogar die Treppe, die er hinauf schritt, bebte unter seinen Füßen. Ihm war noch immer schwindelig – was für ein wunderbares Gefühl! Er genoss die Taubheit in seinem Kopf, während er seiner Frau ins Schlafzimmer folgte. Gut, dachte er. Nach dem kleinen Gerangel mit Emma war er durchaus in Stimmung. Sibylle drehte sich zu ihm um und möglichst sanft lächelte er sie an.

»Ich habe mich danach gesehnt, wieder mit dir allein zu sein«, verkündete er. Langsam ging er auf sie zu und musterte sie, während er es vermied, ihre Nase zu genau anzuschauen. »Ein hübsches Kleid ist das.« Mit diesen Worten umfasste er seine Frau an der Taille. Sie zuckte zusammen.

»Was erlaubst du dir?« Fest stieß Sibylle ihn zurück.

»Was ich mir erlaube?« Er taumelte etwas, hielt sich an der Wand fest. Wie sprach sie denn mit ihm? Mit ihm, dem erfolgreichen Bankier Victor Mertens? Sie war seine Frau. Und seine Frau hatte gefälligst zu tun, wonach ihm die Lust stand.

»Ich möchte, dass du mir gehorchst«, befahl er. Doch alles, was sie tat, war trocken aufzulachen.

»Nie im Leben.«

Fast blieb ihm die Luft weg. Wie konnte sie es wagen? Nun gut, dachte er. Dann würde sie es eben auf die harte Tour lernen müssen. Er fasste ihre Handgelenke und drängte sie zurück in Richtung Bett. Dann griff er nach ihrem Rock, um ihn hochzuschieben.

»Nimm deine Finger weg!«, presste sie hervor, doch er lachte nur und drehte sie um. Fast hatte er ihre Beine freigelegt. Gleich war es soweit, dachte er, doch plötzlich wirbelte Sibylle herum – und sie hatte etwas in der Hand. Was war das? Etwa ihre Bettpfanne? Er hatte gar nicht bemerkt, wie sie danach gegriffen hatte. Er versuchte zu reagieren, seine Arme waren jedoch zu langsam. Sie gehorchten ihm einfach nicht. Mit einem leisen Sausen schoss die Bettpfanne in der Dunkelheit auf ihn zu.

3. Kapitel

»Du hast gelogen, habe ich recht?« Es war schon das dritte Mal, dass Margaretha genau das sagte. Diesmal blieb sie stehen, stemmte die Hände in die Hüften und lachte Kaspar ins Gesicht.

»Hier ist gar nichts, oder?« Sie drehte sich einmal im Kreis, ihr langer Rock verfing sich im Unterholz, so dass der Saum aufriss. »Wir sind völlig allein mitten im Wald.«

Freute sie sich etwa darüber? Sie warf sich das glatte Haar hinter die Schultern und trat einen Schritt auf ihn zu.

»Ich habe nicht gelogen«, widersprach Kaspar und zog sich seinen großen Schlapphut tiefer ins Gesicht. »Sie muss hier irgendwo sein. Es war westlich von Höhenforst, eine Meile hinter dem Scharfenfels. Wir müssen ganz nah dran sein.«

Margaretha lachte wieder, doch Kaspar ließ sich nicht beirren. Auch nicht, als sie sich bei ihm einhakte. Arm in Arm stiefelten sie weiter durch das Unterholz, und Kaspar versuchte, nicht nervös zu werden. Es war das allererste Mal, dass er ihre Wärme fühlen konnte. So oft hatte er sich genau danach gesehnt. Und bisher hatte sie, die schönste Tochter des bösartigen Bauern Wilhelm, ihn immer ignoriert. Jetzt, da sie ihn zum allerersten Mal berührte, wusste er nicht, was er tun sollte. Natürlich gefiel es ihm. Doch er wurde einen Gedanken einfach nicht los: Sie musste annehmen, er habe die Geschichte erfunden, um sie herzulocken. Dabei würde Kaspar so etwas niemals tun! Er konnte noch so verliebt sein, er würde nicht lügen.

»Weißt du was, Kaspar?«, fragte sie jetzt.

»Mmh?«

»Du musst das nicht machen.«

»Was?«

»Du musst nicht so tun, als würden wir die geheimnisvolle Frau suchen. Ich wäre auch so mit dir in den Wald gegangen.«

Sie blieb stehen und hielt seine Hand fest. Er biss sich auf die Lippen. Wie rau und fest sich ihre Finger anfühlten, die normalerweise Hühnern die Federn ausrissen, Brotteig kneteten und Ställe ausmisteten. Margarethas glatte Wangen waren braun gebrannt und ihre Lippen von der Sonne spröde.

Sie sah ihm zuerst in die Augen, dann auf den Mund. Kaspar träumte davon, Margaretha zu küssen, seitdem er denken konnte. Sie wohnte nebenan, und obwohl ihr Vater Wilhelm ihn mehr als einmal vom Hof gejagt hatte – mit in die Luft gereckter Faust und blau aufgequollener Nase von all dem Bier, das er Tag für Tag in der Kneipe seines Bruders trank –, hatte Kaspar immer wieder vor dem großen Bauernhaus herumgelungert und darauf gehofft, dass sie aus dem Fenster sehen und ihm winken würde. Eines Tages hatte sie Wasser aus dem Brunnen geholt und gehört, wie er ein paar Dorfjungen von der geheimnisvollen Frau erzählt hatte.

»Ich schwöre euch, ich habe sie gesehen!«

»Ach«, sie hatten abgewinkt. »Das denkst du dir aus.«

»Ich habe sie ganz eindeutig am Waldrand gesehen. Sie hat in den Büschen nach irgendetwas gesucht. Dann hat sie sich umgedreht und in Richtung Dorf geblickt. Es gibt sie, so viel ist sicher.«

»Wie soll sie denn mitten im Wald überleben, so ganz allein? Es ist schon zehn Jahre her, dass Wilhelm sie aus dem Dorf gejagt hat. Zehn Jahre in diesen Wäldern! Wie soll das gehen?«

»Die geheimnisvolle Frau lebt«, hatte er beteuert.

»Nein, Kaspar«, hatte Margaretha plötzlich laut gerufen und die Jungen hatten sich überrascht nach ihr umgesehen.

Jetzt griff sie auch nach Kaspars zweiter Hand.

»Du brauchst mich nicht anzulügen«, sagte sie mit leiser Stimme.

»Ich habe ihre Hütte wirklich gefunden«, widersprach Kaspar. »Vorgestern erst.«

»Ich mag deine Geschichten, Kaspar Rockstroh«, flüsterte sie. Ihr Gesicht kam seinem immer näher. »Ich mag dich.«

Er konnte ihren warmen Atem auf seiner Haut spüren. Gleich ist es so weit, dachte er, gleich berühren ihre Lippen meine. Doch Kaspar konnte nicht anders. Zuerst musste er beteuern: »Sie wohnt in einer krummen und schiefen Waldhütte. Drum herum wachsen Kräuter und Beeren. Sie hat sogar Hühner und eine große, hölzerne Schaukel. Auf Kniehöhe des Baumes hat sie eine Schnur gespannt, an der Glöckchen hängen. Wenn man zu nah kommt, klingelt es.«

Bei diesen Worten wich Margaretha zurück. Ihre Augen weiteten sich, dann verschränkte sie die Arme.

»Was ist?«, fragte er.

»Woher weißt du das?«

Er runzelte die Stirn. »Ich sagte doch: Ich war dort.«

»Hast du mit ihr gesprochen?«

Er schüttelte den Kopf. »Als die Glöckchen geklingelt haben, bin ich fortgelaufen.«

»So ein Mist!« Margaretha seufzte. Dann sagte sie: »Na gut, komm mit.«

Sie griff nach seiner Hand und zog ihn durch den Wald. Plötzlich schien sie genau zu wissen, wo es langging. Hin und wieder legte sie den Kopf in den Nacken, betrachtete den Stand der Sonne, dann lief sie weiter. An Büschen und Bäumen vorbei, über sanfte Hügel und durch kleine Senken hindurch. Kaspar lief hinterher. Mittlerweile schmerzte sein schlimmes Knie, doch er biss die Zähne zusammen und humpelte weiter.

»Wo willst du hin?«

»Sei still«, fuhr sie ihn an. Ihre Stimme klang viel ernster und schroffer als noch vor wenigen Minuten. Was war nur in sie gefahren? Er konnte sich nicht mehr im Geringsten vorstellen, dass die beiden sich gerade noch so nah gekommen waren. Hätte er doch seine Klappe gehalten! Dann würden sie in diesem Moment noch dort stehen, und wer weiß, was dann geschehen wäre!

Unvermittelt hielt Margaretha inne. Hinter einer dichten Wand aus Büschen öffnete sich eine kleine Waldlichtung, und sofort wusste Kaspar, dass sie da waren. Er hörte das Rascheln und Picken von Hühnern, er sah die Kräuter- und Beerenbüsche, und dahinter konnte er zwischen dichtem Blätterwerk eine große Schaukel und die Bretter einer Holzhütte sehen. Einen Schritt weiter, und sie hätten die Schnur berührt, die die geheimnisvolle Frau gespannt hatte.

»Du wusstest es«, sagte Kaspar leise. »Du hast es die ganze Zeit gewusst. Du warst schon mal hier.«

Kurz sah Margaretha ihn an, dann gellte ihre Stimme durch den Wald. »Gesche! Ich bin's, Margaretha! Ich muss mit dir sprechen! Gesche, bist du hier?«

Es dauerte nicht lange, bis Kaspar ein lautes Knarren hörte, ganz so, als würde sich eine alte Tür öffnen. Dann raschelte es hinter einem Brombeerstrauch. Und plötzlich stand eine kleine Frau vor ihnen. Sie trug ein aus Stofffetzen zusammengeflicktes Kleid, ihre Haare standen wild von ihrem Kopf ab, und ihre Augen hatten unterschiedliche Farben. Das Blaue schien Margaretha anzuschauen, das Braune Kaspar.

»Margaretha, meine Liebe ... Was ist geschehen? Und warum kommst du nicht allein?« Ihre Stimme war ein heiseres Kratzen. Und doch hatte es etwas Liebevolles.

»Er war schon mal hier. Er weiß, wo du dich versteckst. Ich musste ihn herbringen«, sagte Margaretha mit einem abfälligen Handzeichen in Kaspars Richtung. Und in diesem Moment glaubte er zu verstehen, dass sie ihn gar nicht wirklich hatte küssen wollen. Ihr Kuss wäre ein Ablenkungsmanöver gewesen. Nur ein Mittel zum Zweck. Sie war nicht mit ihm in den Wald gekommen, weil er ihr gefiel. Nein, ihr war es nie um ihn gegangen, sondern einzig und allein um die geheimnisvolle Frau. Wie hatte er so dumm sein können? Margaretha hatte nur sichergehen wollen, dass er keine Lügengeschichten erfand.

»Hast du irgendjemandem von diesem Ort erzählt?«, fragte Gesche ihn und zog langsam eine Augenbraue hoch.

»Ich hatte keine bösen Absichten«, beteuerte Kaspar.

»Sag, wer weiß davon?«

»Ich … habe den anderen gesagt, dass ich eine Frau am Waldrand gesehen habe. Aber ich habe kein Wort über diesen Ort verloren … nur Margaretha habe ich von der Hütte erzählt.«

Nun sah Gesche Margaretha an. »Vertraust du ihm?«

Mit einem strengen Seitenblick bedachte Margaretha Kaspar. »Er ist manchmal ganz schön naiv«, verkündete sie, und es schmerzte ihn, wie recht sie hatte. »Aber ein Lügner ist er nicht.«

Gesche trat einen Schritt auf Kaspar zu. Sanft umfasste sie sein Kinn, um seinen Kopf zu heben. Ihr blaues und ihr braunes Auge sahen ihn an, als würden sie etwas in ihm suchen. Dann sagte sie: »Ein hübscher Kerl bist du. Pass mir bitte auf, dass du den Frauen im Dorf nicht bald den Kopf verdrehst, verstanden? Nun, komm mal mit.«

Sie wandte sich um und lief in Richtung der Hütte. Kurz sah Kaspar zu Margaretha hinüber. Doch als hätte sie Gesches Worte kaum bemerkt, spielte sie an ihren Haaren. Erst jetzt fiel Kaspar auf, dass es bereits dämmerte. Unschlüssig blieb er stehen. Ging von dieser fremden Frau mit den wirren Haaren und dem wackeligen Schritt eine Gefahr aus? Sie war zwar sehr klein, so dass er sie im Ernstfall gewiss leicht überwältigen könnte. Trotzdem hatte er das dumpfe Gefühl, man sollte diese Frau nicht unterschätzen.

»Nun geh schon«, sagte Margaretha und stieß ihn leicht vorwärts. »Ein Dummkopf und ein Angsthase bist du.«

»Ich bin nichts davon«, widersprach Kaspar und stiefelte hinter Gesche her. Sie öffnete die knarzende Holztür und bedeutete ihm, einzutreten. Unschlüssig sah er hinein. Innen war es düster und kühl. Von der Decke hingen Kräuter zum Trocknen, an den Wänden stapelten sich Schalen und Schüsseln, und auf einer Obstkiste, die wohl als Tischchen diente, stand eine kleine Teekanne.

»Worauf wartest du noch?«, fragte Gesche. Kaspar schluckte – und trat ein. Er hörte, dass Margaretha ihm folgte. Mitten im Raum drehte er sich um.

»Es tut mir leid, Junge«, sagte Gesche, während sie die Tür hinter sich schloss. Das schwächer werdende Sonnenlicht, das durch die Ritzen der Holzbretter schimmerte, legte sich wie ein Heiligenschein um ihre wilden Haare und erhellte den Raum kaum noch. »Dieser Ort ist wichtig. Wir müssen absolut sichergehen, dass er unter allen Umständen unser Geheimnis bleibt«, fuhr sie leise fort. Die Körper der beiden Frauen waren für ihn nichts mehr als dunkle Schemen. Und zwischen den herabhängenden Kräutern kamen sie nun langsam auf ihn zu.

»Vater!«, rief Anna Sophia, während sie die Tür zum elterlichen Schlafzimmer aufstieß. Es war ein Raum, den sie nur selten betrat. Zu sehr erinnerte er sie an ihre verstorbene Mutter: die Kleider, die noch immer im Schrank hingen; die Bettseite, für die Betty das Kissen jeden Morgen frisch aufschüttelte, obwohl sich niemand mehr hineinsinken lassen würde. Auf dem Nachttischchen lag sogar noch der Roman, den ihre Mutter während ihrer immer komplizierter verlaufenden Schwangerschaft mit Julie häufig gelesen hatte – anfangs chronologisch, später kreuz und quer: *Stolz und Vorurtheil* in der Übersetzung von Louise Marezoll. Jedes Mal versetzte es Anna Sophia einen Stich, das Buch zu sehen. So oft hatte sie ihre Mutter darin blättern sehen. Ihr Gesicht war dabei immer blasser und ängstlicher geworden, und manchmal hatte sie die Seiten wild und verzweifelt aufgeschlagen, als würde sie nach etwas ganz

Bestimmtem suchen. Damals hatte Anna Sophia noch fest daran geglaubt, dass alles gut gehen würde. Dass ihre Mutter bald wieder die ungewöhnliche und unbeugsame Frau werden würde, die sie noch bis vor Kurzem gewesen war.

Nun lag auf der anderen Seite des Bettes der Vater. Sein sonst so akkurat gezwirbelter Bart hing strähnig an den eingefallenen Wangen hinunter. Und – wie damals auch – saß der Arzt Dr. Hugo Baader auf einem Stuhl neben dem Bett, heute aber auf Vaters Seite.

»Papa, was ist geschehen?«, rief sie und stürzte neben den Doktor ans Bett.

»Er hat einen kleinen ... ja, nun ja ...«, sagte Dr. Baader und wirkte dabei wie immer etwas verwirrt. Seine blonden Haare standen ihm am Oberkopf leicht zu Berge und hingen links und rechts seines Kopfes hinab. Auch seine Mundwinkel zeigten nach unten. Er schmatzte zwei Mal und wollte fortfahren, da wurde er von einer freundlichen Stimme unterbrochen. »Er hat einen kleinen Schwächeanfall.« Anna Sophia fuhr herum. Sie hatte gar nicht bemerkt, dass August in der hinteren Schlafzimmerecke stand.

»Du hast ihn hergebracht?«

»August war natürlich sofort zur Stelle«, brummte Gottlieb; die Anerkennung in seiner Stimme war nicht zu überhören. Anna Sophia wusste, wie sehr ihr Vater den Gesellen ins Herz geschlossen hatte. Schon oft hatte sie sich gefragt, ob Gottlieb wohl darunter litt, keinen Sohn zu haben. Und ob sich August für ihn nicht ein klein wenig wie dieser fehlende Sohn anfühlte. Schließlich war er anfangs ja beinahe noch ein Kind gewesen. Neugierig hatte er jedes Wort aufgesogen, das Gottlieb an ihn gerichtet hatte. Und bald hatte der junge Geselle bewiesen, dass er jede Anweisung klug und geschickt befolgte. Schon nach den ersten Monaten hatte Anna Sophia beobachten können, wie Gottlieb ihm liebevoll die Schulter getätschelt oder ihm ein paar extra Pfennige zugesteckt hatte. Und seitdem August alt genug war, saßen sie manchmal nach Feierabend in der Kneipe schräg gegenüber, um den Arbeitstag zu begießen, oder sie besuchten gemeinsam eines der zahlreichen Karnevalsfeste in der Stadt. Die beiden Männer sprachen über die Apotheke, wie es Gottlieb mit seinen Töchtern niemals möglich wäre, das wusste Anna Sophia. Im Gegenzug war August ständig an Gottliebs Seite, um ihn zu unterstützen und zu beraten.

»Das ist doch selbstverständlich, Herr Müller«, beteuerte August nun. »Betty ist sofort losgelaufen, um Dr. Baader zu holen.« Er deutete auf die Haushälterin, die in der geöffneten Tür wartete. »Ich wollte mich gerade von ihm verabschieden, als er plötzlich über Schwindel klagte und zusammenbrach.«

Anna Sophia legte ihrem Vater eine Hand auf die Stirn. Sie war feucht und kalt.

»Wie fühlst du dich jetzt, Papa?«

»Gut, gut«, murmelte ihr Vater. »Es geht schon wieder.«

»Da bin ich mir nicht so sicher.« Sie warf Dr. Baader einen fragenden Blick zu.

»Er ist, nun ja, sein Zustand ist mittlerweile schon etwas ...«

»Es war ein langer und schwüler Tag. Sicher ist es nichts weiter«, unterbrach ihn August. Er lächelte Anna Sophia aufmunternd an und sah ihr dabei fest in die Augen. Hielt er ihren Blick etwa einen Moment zu lang fest? Schnell drehte sie sich wieder um. Sie spürte ihren schneller werdenden Herzschlag und schalt sich innerlich dafür. Wie konnte sie nur über Augusts Blick nachdenken, während ihr Vater so leiden musste? Seitdem ihre Mama gestorben war, war es ihre Aufgabe, auf ihn aufzupassen. Sie war die älteste Tochter und sollte Verantwortung übernehmen, anstatt über ihre eigenen Sehnsüchte nachzudenken.

»Betty, bringst du Vater bitte ein Glas Wasser? Und ein feuchtes Tuch?«

»Es steht beides schon bereit.« August trat hinter sie und zeigte auf das Nachttischchen direkt neben dem Bett. Verflixt, wie unangenehm, dachte Anna Sophia. Sie war mal wieder unaufmerksam gewesen.

»Danke, August.« Sie versuchte, sich nicht zu sehr über sich selbst zu ärgern, griff zum Glas, flößte ihrem Vater einen Schluck ein und griff dann nach dem Lappen, um ihm die Stirn abzutupfen.

»Lass doch, Anna Sophia«, widersprach Gottlieb mit schwacher Stimme, doch sie ließ sich nicht beirren.

»Natürlich kümmere ich mich um dich, Papa. Dr. Baader, was könnte ihm jetzt helfen?«

»Ich brauche nichts«, sagte Gottlieb.

»Viel Ruhe könnte, also ... Wissen Sie, meine Regina, Gott hab sie selig, sie brauchte damals auch so viel Ruhe ...«, sagte Dr. Baader.

»Ruhe ist ja schön und gut«, wandte August ein, und obwohl sein Tonfall wie immer freundlich war, fragte sich Anna Sophia, ob nicht ein wenig Ungeduld mitschwang, »aber eine zusätzliche medikamentöse Behandlung wäre sicherlich besser.«

»Da haben Sie recht«, sagte Anna Sophia. »Würden die Herren mich hinunter in die Apotheke begleiten? Dort finden wir alles, was wir brauchen.«

»Ach, Papperlapapp«, machte Gottlieb, allerdings blieb er liegen und hielt die Augen geschlossen. Es musste ihm wirklich schlecht gehen.

»Betty, bleibst du bitte bei ihm?«

Kurz drückte Anna Sophia noch die Hand ihres Vaters, bevor sie sich aufrichtete und auf den Flur hinaustrat. Hinter ihr ächzte der Doktor, während er ihr mit schweren Schritten folgte. Und obwohl sie August auf seinen wie gewohnt leisen Sohlen nicht hören konnte, wusste sie, dass auch er direkt hinter ihr war. Mittlerweile war es ein wenig dämmrig geworden, so dass Betty schon die Lichter in den Wandleuchten entzündet hatte. Sie tauchten den Gang mit seinen nackten Steinwänden in ein flackerndes, gespenstisches Licht. Rechts und links gingen das Schlafzimmer von Wilhelmine und ihr sowie das Zimmer der kleineren Schwestern ab, dahinter konnte Anna Sophia die Tür zur Treppe öffnen. Auch hier tanzten die Schatten kleiner Flammen an den Wänden, während Anna Sophia die schmalen, hölzernen Stufen hinuntereilte, vorbei am Hinterzimmer, in dem Gottlieb und August tagtäglich mit Medikamenten experimentierten. So oft sie konnte, lauschte Anna Sophia an der Tür den Gesprächen der Männer über ihre Fortschritte, ihre Theorien und Experimente. Gleichzeitig fühlte sie sich schrecklich deswegen. Natürlich gehörte sich so ein Verhalten ganz und gar nicht. Ihr Vater wäre sehr enttäuscht, wenn er sie erwischen würde. Immer wieder nahm sie sich vor, die Heimlichkeiten sein zu lassen. Sobald sie aber im Vorbeigehen einen spannenden Begriff aufschnappte, konnte sie doch nicht anders, als erneut stehen zu bleiben …

Nun lief sie bis zur Apotheke und schloss auf. August folgte ihr eilig, während der Doktor hinter ihr in den Raum schlurfte, in den durch die Schaufenster noch ein wenig Tageslicht fiel. Dennoch entzündete Anna Sophia die beiden Petroleumlampen an den Wänden. Nun warfen die Gläser und Fläschchen in den Wandregalen und auf dem Apothekerschrank tiefe Schatten.

»Was, glauben Sie, könnte meinem Vater Erleichterung verschaffen?«, fragte Anna Sophia in die Runde.

»Ich denke, möglicherweise wäre … Also, meiner Tochter – Gott hab sie selig – hat ja vor allem der Weißdorn ungemein geholfen.« Dr. Baader nickte nachdenklich und schaute an Anna Sophia vorbei in Richtung des dunklen Schaufensters.

»Das ist eine ausgezeichnete Idee, Doktor. Weißdorn hilft bei Herzschwäche und kann die Lebensgeister wecken.«

Es tat ihr zwar unendlich leid, doch sie versuchte, Baaders Erwähnung seiner Tochter zu ignorieren. Dazu war sie schon vor Monaten übergegangen – es ging einfach nicht anders. Der liebenswerte, aber etwas eigensinnige Familienarzt hatte schon immer gern von seiner Erstgeborenen gesprochen. Doch seitdem Regina an einer schleichenden Krankheit und unter großen Schmerzen verstorben war, konnte er kaum einen Satz aussprechen, ohne von ihr zu reden. Jedes Mal versetzte es Anna Sophia einen Stich. Sie hatte Regina sehr gemocht. Ein leises Mädchen war sie gewesen, doch wenn man genau hinhörte, hatte man einen seltenen Witz in ihrer Stimme gehört. Mit aller Kraft schob Anna Sophia die Erinnerung beiseite – sie musste jetzt für ihren Vater da sein.

Schon wollte sie zum Apothekerschrank laufen – in der Schublade oben links müssten noch einige Fläschchen der Weißdorntinktur zu finden sein. Doch ein vorsichtiges Räuspern von August ließ sie innehalten und ihren Kopf stattdessen in seine Richtung drehen. »Ein sehr spannender Gedanke, Doktor. Aber dürfte ich Ihnen vielleicht vorschlagen, ein noch wirksameres Medikament zu nutzen?« Während er das sagte, reckte er einen Zeigefinger in die Luft.

Doktor Baader öffnete den Mund, als wollte er etwas sagen. Gleichzeitig riss Anna Sophia die Augen auf. »Glaubst du, es ist so schlimm um meinen Vater bestellt?«

August trat einen Schritt auf sie zu. »Sorge dich nicht, deinem Vater wird es schon bald besser gehen.«

Langsam hob er eine Hand und legte sie auf ihren Oberarm. »Herr Müller und ich haben es erst vor wenigen Wochen geschafft, einen wertvollen Wirkstoff zu isolieren, der auf das Nervensystem stabilisierend und belebend wirkt. Wir haben ihn sogar bereits in der neuen Pulverisiertrommel gemahlen. Doktor Baader möchte ihn für seine Behandlungen einsetzen, nicht wahr, Doktor?«

Der nickte. »Meine ersten ... nun ja, Versuche, haben eine beeindruckende Wirkung gezeigt.«

»Wunderbar«, sagte Anna Sophia. August berührte sie noch immer. Er sah ihr ins Gesicht, und sie hielt den Atem an. Sie sollten einander nicht so lange in die Augen schauen, dachte sie. Was der gute Doktor Baader wohl dachte!

»Was halten sie davon, wenn wir den neuen Wirkstoff bereits heute einsetzen, Doktor?« August ließ die Hand sinken.

»Es dürfte, also …«, der Arzt schien zu überlegen, dann nickte er mit Nachdruck. »Ich denke, es spricht nichts dagegen.«

»Wunderbar. Ich schlage vor, Sie beide gehen schon mal hoch und bringen Herrn Müller ein wenig Weißdorn. Das war wirklich eine ausgezeichnete Idee. Ich mache ihm derweil die erste Dosis unseres neuen Medikaments fertig und komme nach.«

Entschlossen lief Anna Sophia zum Apothekerschrank und holte eines der Fläschchen hervor. Sie hatte ihrem Vater vor Wochen dabei zusehen dürfen, wie er im Hinterzimmer gestanden und die weißen, kleinen Blüten sowie die langen, gezackten Blätter der Heilpflanze im Mörser zerstoßen hatte. Anschließend hatte er sie in die Fläschchen gefüllt und mit Korn übergossen. Die Tinktur müsse einige Wochen ziehen, danach wirke sie Herzschwäche entgegen, hatte er ihr erklärt. Aber auch Kreislaufbeschwerden, Schwindel und niedriger Blutdruck könnten damit gut behandelt werden. Sie hatte jedes seiner Worte aufgesogen. Wie sehr sie es genoss, Zeit mit ihrem Vater zu verbringen und von ihm unterwiesen zu werden! Auf keinen Fall durfte er merken, dass sie all das längst wusste. Und noch viel weniger sollte ans Licht kommen, was sie vor vielen Jahren außerdem über Weißdorn gelernt hatte – oder von wem. Nicht auszudenken, wie ihr Vater reagieren würde.

Dennoch musste Anna Sophia nun auch an die Worte ihrer Mutter denken: »Dem Weißdorn sagt man magische Kräfte nach. Er kann böse Geister vertreiben. Deswegen gibt es auf dem Land viele Höfe, die von Weißdornhecken beschützt werden. Und hier und dort weist man noch Kranke an, durch geflochtene Weißdorn-Tore zu schreiten, um ihr Leiden abzuschütteln.«

Das musste zu jener Zeit gewesen sein, in der sie noch hin und wieder in das Heimatdorf ihrer Mutter gefahren waren, um Großmutter zu besuchen. Oder war es bereits danach? Nachdem Vater es ein für alle Mal verboten hatte, obwohl Mutter getobt hatte vor Wut?

»Hat Oma dir davon erzählt?«, hatte Anna Sophia sie gefragt. Das sehnsuchtsvolle Lächeln, das diese Frage auf dem Gesicht der Mutter ausgelöst hatte, würde Anna Sophia nie vergessen. Seitdem hatte sie kein Lächeln mehr gesehen, das so traurig ausgesehen hatte.

Anna Sophia schüttelte leicht den Kopf, um ihre Gedanken zu vertreiben. Natürlich glaubte sie nicht an Magie. So ein mittelalterlicher Unsinn!, würde ihr Vater sagen. Doch wenn sie ehrlich zu sich selbst war, glaubte sie durchaus an alte Weisheiten, die Natur und an ihre fast grenzenlosen Möglichkeiten. Kurz sah sie durch das Schaufenster auf die Linde vor der Apotheke, von der sie manchmal dachte, sie wäre auf wundersame Weise mit ihrem Vater verbunden. Ließ der Baum seine Blätter im Dämmerlicht etwa noch tiefer hängen als sonst? Hoffnungsvoll schloss Anna Sophia ihre Hand um das Fläschchen, während sie, gefolgt von Doktor Baader, zurück in Vaters Schlafzimmer eilte.

Die alte Frau hatte einen länglichen Gegenstand in der Hand, während sie auf Kaspar zuging. In der Hütte mitten im Wald war es trotz des Feuers, das in einem Holzofen in der Ecke brannte, düster. War es ein dicker Ast? Auch Margaretha, die Kaspar doch vorhin noch hatte küssen wollen, kam bedrohlich immer näher.

»Was habt ihr vor?«, fragte er. Hatte er tatsächlich vor zwei Frauen Angst? Die eine war winzig, und auch die andere hatte nichts Kräftiges an sich. Dennoch spürte er, dass ihm der Schweiß ausbrach. Das konnte allerdings auch an der Wärme in der Hütte liegen.

»Sag, hübscher Junge, kannst du ein Geheimnis für dich behalten?«, fragte die Alte.

»Natürlich!« Kaspar nickte. Fast hätte er wie zum Beweis vom Geheimnis des Nachbarjungen erzählt, der gegen den Willen seiner Eltern die Tochter des Müllers heiraten wollte, doch er hielt sich gerade noch rechtzeitig zurück. Das jetzt auszuplaudern wäre wahrscheinlich nicht sehr hilfreich.

»Ich kann schweigen wie ein Grab«, sagte er stattdessen. Trotzdem kamen die Frauen weiter auf ihn zu. Er wich zurück.

»Was soll das?«, fragte er.

Sie waren nun so nah, dass er in Gesches Hand den hölzernen Stab eines Mörsers erkennen konnte. Kaspar hob beide Hände, um sich vor einem Schlag zu schützen, doch in der Mitte des Raumes angekommen, wendete sich die alte Frau einfach von ihm ab, beugte sich zu der Obstkiste hinunter und stellte den Stab in eine Holzschale. Zunächst zündete sie die große Kerze auf dem Tisch an, so dass ihr Licht auf den Mörser fiel. Dann begann sie in langsamen, kreisenden Bewegungen etwas darin zu zermalmen. Das Kerzenlicht beleuchtete ihr weiches, faltiges Gesicht.

»Was steht ihr noch so herum? Setzt euch und trinkt ein Tässchen Tee mit mir. Wir müssen reden.«

Verwirrt sah er zu Margaretha hinüber, die einen klapprigen Stuhl zurückzog und sich daraufsinken ließ. Langsam und vorsichtig tat Kaspar es ihr gleich, darauf bedacht, sein seit Tagen schmerzendes Knie nicht zu belasten.

»Weißt du, wer ich bin, hübscher Junge?«, fragte die Alte ihn.

»Ich denke, Sie heißen Gesche.«

Die Frau nickte. »Richtig. Ich heiße Gesche. Und früher habe ich wie ihr in Höhenforst gelebt.«

»Wilhelm hat Sie fortgejagt, nicht wahr?«, fragte Kaspar und war gleichzeitig ein wenig stolz auf seine eigene Kühnheit.

»Los, Kinder. Nun schenkt euch Tee ein!«

Mit zittrigen Händen griff Kaspar nach der Kanne und goss den noch dampfenden Tee in drei Tassen. War es Zufall, dass sie schon in der richtigen Anzahl für sie bereitstanden?

»Ja, er war sehr wütend. Es ist lange her ...« Gesche sprach leise, ohne von ihrem Mörser aufzusehen. Kaspar und Margaretha nippten an ihren Tassen. Der Tee schmeckte blumig und gleichzeitig ein wenig bitter. Für eine kurze Zeit hörte man nur das Reiben des Mörsers in der Schale. »Seitdem lebe ich hier. Und es ist wichtig, dass niemand davon erfährt. Weißt du, was ich tue?«

Kaspar schüttelte den Kopf und trank noch einen Schluck. Die Wärme tat seiner Kehle gut.

»Ich bin eine Heilerin. Ich weiß zum Beispiel, wie man Frauen hilft, ihre Kinder zu gebären. Und ich weiß, was zu tun ist, wenn sie keine bekommen möchten.«

Vielsagend sah Gesche ihn an. Kaspar schaute von ihrem blauen zu ihrem braunen Auge und war sich nicht sicher, ob er sie wirklich richtig verstanden hatte. Gesche fuhr fort: »Dieser Ort war schon Zuflucht für viele verzweifelte Frauen. Wenn du ihn verrätst, verrätst du auch sie alle. Und gleichzeitig jene, die noch Hilfe brauchen könnten.«

»Ich möchte niemanden verraten«, sagte er schnell und drehte den Kopf in Margarethas Richtung. Ihre dunkelblonden Haare begrenzten ihr Gesicht wie schwere Vorhänge, während sie ihn dunkel anstarrte.

»Das will ich dir auch geraten haben. Wenn du es doch tust, bekommst du es mit mir zu tun«, presste sie zwischen ihren Zähnen hervor. »Gesche ist meine Familie, hast du verstanden?«

Kaspar nickte stumm, obwohl er keine Ahnung hatte, was sie damit meinte. Eigentlich waren der grobschlächtige Bauer Wilhelm, seine zwei Brüder und ihre Schwester Amalie ihre Familie.

Gesche legte den Mörserstab beiseite, schwenkte die Schale in ihren Händen und griff dann nach einem kleinen Fläschchen, das neben dem Mörser stand. Vorsichtig ließ sie das fein gemahlene Pulver in das Fläschchen rieseln.

»Liebes, holst du mir den Alkohol?«, bat sie Margaretha, ohne sie anzusehen, und die junge Frau sprang auf.

»Danke dir.«

Sobald Gesche eine bauchige, braune Flasche in der Hand hielt, füllte sie das kleine Fläschchen auf und der beißende Geruch von Hochprozentigem erfüllte den Raum. Sie verschloss den Glasbehälter und reichte ihn Kaspar. Überrascht sah er sie an.

»Für mich?«

»Für dein Knie, hübscher Junge. Tränke ein Tuch darin und wickele es nachts um dein Knie. Der Spitzwegerich wird die Entzündung abschwellen lassen.«

»Aber woher …?«

»Nimm es schon«, unterbrach sie ihn und lächelte so breit, dass er die große Lücke in ihrer oberen Zahnreihe sehen konnte. Es war ein so liebevolles Lächeln, dass Kaspar ein ganz warmes Gefühl im Bauch bekam. Er griff nach dem Fläschchen, bedankte sich und beschloss, diese Frau unter keinen Umständen zu verraten. Er verstand noch nicht, was genau es mit diesem Ort auf sich hatte, aber er wusste bereits, dass er ihn schützen würde – komme, was da wolle.

Während Kaspar und Margaretha durch den Wald zurückliefen, schwiegen beide. Mittlerweile war es stockdunkel geworden, und sie trugen brennende Fackeln in ihren Händen, die Gesche ihnen mitgegeben hatte. In ihrem Licht glänzten Margarethas nackte Waden, die hin und wieder unter ihrem Rock aufblitzten. Unauffällig spähte Kaspar zu ihr hinüber. Er würde Margaretha noch immer gern küssen, glaubte aber, dass er es heute nicht mehr versuchen sollte. Es gab Wichtigeres zu tun. Gemeinsam mussten sie ein Geheimnis bewahren.

Sie stapften durch das Unterholz, zwischen Bäumen und Büschen hindurch, bis sie aus dem Wald heraustraten. Es war eine milde Juninacht. Im Licht des vollen Mondes, in einer Senke, lag das Dorf Höhenforst vor ihnen.

»Uns darf niemand bemerken«, sagte Margaretha und ging voran. Sie liefen am Getreidefeld des Bauern Wilhelm vorbei, von dem noch die

Hitze des vergangenen Tages aufzusteigen schien, bis zum kleinen Hügel, den Kaspars Familie mit Kartoffeln bepflanzt hatte. Hier löschten sie die Fackeln mit trockener Erde.

»Leise«, ermahnte Margaretha ihn.

»Ja doch«, wisperte er und schlich hinter ihr her. Die gedrungenen Ställe und die schiefen Scheunen Höhenforsts traten mit jedem ihrer Schritte heller im Licht des Mondes hervor. Die Wege waren menschenleer. Sie hatten Glück, dachte Kaspar, während er in die Kurve zum größten Bauernhof des Ortes einbog. Nicht einmal mehr einer der Trunkenbolde war unterwegs, die manchmal nachts von der Kneipe nach Hause wankten.

»Gute Nacht«, flüsterte er Margaretha zu, die nun in das Haus ihrer Familie schleichen würde.

»Gute Nacht, Kaspar. Und du weißt: Zu niemandem ein Wort.«

Er wollte verschwörerisch blinzeln – als er vor Schreck laut die Luft einsog.

»Also, ich würde ja zu gern hören, was er zu sagen hat«, verkündete eine kalte Stimme. Margaretha fuhr herum und sah in das ausgemergelte Gesicht des Bauern Wilhelm. Groß und mager trat er aus dem Schatten des Hauseingangs auf seine Tochter zu. Seine verbeulte Glatze war sonnenverbrannt, die aufgequollene Nase tiefblau, und über seinem rechten Mundwinkel prangte ein großes Muttermal.

»Vater, ich …«, stammelte sie.

»Ich, ich, ich«, äffte ihr Vater sie nach, bevor er sie zur Seite stieß und einen Satz auf Kaspar zumachte. Er wich zurück, doch da hatte der Bauer schon seine große, dürre Hand nach ihm ausgestreckt und ihn am Kragen gepackt.

»Wo wart ihr?«, zischte der Bauer ihm ins Gesicht. Sein Atem roch nach Bier.

»Nirgends«, behauptete Kaspar und wusste, dass diese Antwort nicht sehr glaubwürdig klang.

»Hab ich mir gedacht«, höhnte Wilhelm. Vergeblich versuchte Kaspar, sich aus dem Griff des Bauern zu befreien, und konnte kaum glauben, wie viel Kraft dieser zähe, alte Kerl doch hatte.

Beinahe mühelos zerrte Wilhelm ihn in Richtung des Hauses und ergriff noch mit der anderen Hand den Arm seiner Tochter. »Wir drei Hübschen machen es uns jetzt drinnen gemütlich, und dann werdet ihr mir haarklein erzählen, was ihr in der Dunkelheit so alles getrieben habt.«

»Wir haben doch überhaupt nichts ...«, setzte Margaretha an, da schlug ihr Vater ihr mit dem Handrücken ins Gesicht. Die Ohrfeige schallte laut durch die Nacht, doch Margaretha gab keinen Ton von sich.

»Elender Mistkerl!«, entfuhr es Kaspar. Er wand sich endlich aus Wilhelms Griff und stieß ihn heftig zurück, so dass der Bauer stolperte. »Rühren Sie sie nicht an!«

Überrascht sah Wilhelm ihn an, dann breitete sich ein Grinsen auf seinem Gesicht aus. Er trat einen Schritt vor und schlug Kaspar ins Gesicht. Sein Kopf wurde zurückgewirbelt, warm floss Blut aus seiner Nase. Kaspar hielt sich die Hände vors Gesicht und versuchte, sich zusammenzureißen, doch der Schmerz pochte heftig.

»Dem hübschen Bürschchen liegt wohl was an meiner Margaretha, he?«

Kaspar zwang sich, den Bauern wieder anzusehen, der nun seine Tochter an den Haaren gepackt hatte und sie in Richtung Hauseingang zerrte. »Glaub mir, Junge. Wie ich meine Tochter erziehe, geht dich gar nichts an. Und wenn du nicht willst, dass ich sie heute noch grün und blau schlage, dann hältst du dein Maul und kommst mit rein.«

Kaspar fing Margarethas Blick auf. Finster starrte sie ihn an und hielt ihre Wange. Ihre schmalen Lippen bewegten sich lautlos. Kaspar ahnte, was sie sagen wollte: »Halt bloß den Mund.«

»Los jetzt«, zischte Wilhelm. »Ihr erzählt mir alles. Sonst kriegt Margaretha die Tracht Prügel ihres Lebens.«

Kaspar musste irgendetwas tun. Er konnte Margaretha heute Nacht nicht mit diesem Mann allein lassen. Und vielleicht könnte er drinnen mehr ausrichten als hier draußen. Also nickte er und folgte dem Bauern ins Haus.

4. Kapitel

Wilhelmine Müller saß an ihrem Lieblingsplatz: auf der breiten Fensterbank der Müllerschen Stube, direkt vor dem Kamin, der jetzt im Juni natürlich nicht brannte. Das Strickzeug ruhte in ihrem Schoß. Gedankenverloren sah sie durch das Fenster. Von hier oben konnte sie auf den Neumarkt schauen, auf dem regelmäßig Übungen des preußischen Militärs stattfanden. Heute war er beinahe leer. Nur wenige Menschen flanierten an den Lindenbäumen vorbei, die dicht an dicht rings um den Platz herumstanden. Hin und wieder rollte eine Kutsche über die gepflasterte Straße. Es war ein heißer Tag. Der Domkran, der das Stadtbild mit seinem steinernen Sockel und den spitz zulaufenden, hölzernen Stäben schon seit Jahrhunderten prägte, stach dunkel in den blauen Himmel.

»Ein Vogel wollte Hochzeit machen in dem grünen Walde«, murmelte Elise, die neben dem Kamin mit ihrer Pappmaschee-Puppe spielte.

»Darf ich auch mal?«, piepste Julie, doch Elise hörte nicht hin, sondern spielte »Fiderallalla« singend weiter.

»Elise, gib Julie doch bitte auch mal die Puppe«, sagte Anna Sophia. Wilhelmines älteste Schwester saß am großen Esstisch in der Ecke und bestickte Deckchen mit dem Symbol der Apotheke, einem langen Stab, um den sich eine Schlange wand. Wie hingebungsvoll sie dabei aussah! Während Wilhelmine es hasste, ständig Stick-, Strick- oder Nähzeug in den Händen halten zu müssen, unentwegt zu kochen, zu backen, zu putzen, zu scheuern, zu bügeln oder zu flicken, wirkte ihre Schwester bei der Arbeit stets guter Dinge. Wie schaffte es die große Schwester nur, alle Anforderungen zu erfüllen, die man an sie stellte, und gleichzeitig so schrecklich genügsam zu sein? Stets war Anna Sophia die vorbildliche, große Schwester, die sich um die Kleinen kümmerte, schrecklich nützlich war und es dem Vater recht machte. Bis auf das eine Mal, dachte Wilhelmine. Damals, als Anna Sophia sie furchtbar überrascht hatte ... Im Großen und Ganzen war ihre große Schwester aber sanft, freundlich und zuvorkommend – und das auf eine Weise, über die Wilhelmine zwar hin und wieder belustigt die Augen verdrehte, die ihr aber noch nicht einmal so richtig auf die Nerven ging. Dafür war Anna Sophia viel zu liebenswert. Wenn sie manchmal verträumt in die Ferne sah, kurz alles um sich herum vergaß und sich dann furchtbar über die eigene Unaufmerksamkeit ärgerte, wollte Wilhelmine sie am liebsten lachend in die Arme nehmen. Vielleicht sollte sie versuchen, sich ein wenig mehr an Anna Sophias Pflichtbewusstsein zu orientieren. Nein, dachte sie dann. Selbst, wenn Wilhelmine das versuchte – niemand würde es ihr abnehmen.

Viel lieber würde sie auch jetzt etwas Schönes machen. Dichten oder zeichnen zum Beispiel. So oft schon hatte sie etwas Wunderschönes gesehen – einen hellen Wolkenhimmel, tanzende Boote auf dem Rhein, die Hände einer alten Frau – und es gern festhalten wollen. Egal, ob in Worten oder Farben. Sie fragte sich, ob wohl alle Menschen die gleichen Dinge sahen, wenn sie in die Welt schauten. Wie schön wäre es, ihre eigene Sichtweise teilen zu können.

»Was machst du da eigentlich?«, fragte Anna Sophia, und Wilhelmine wusste sofort, dass nun sie gemeint war.

»Meine Finger brauchen auch mal Pause«, gab sie zurück.

»Aha.« Anna Sophia stach ihre Nadel in den Stoff, zog sie auf der anderen Seite wieder heraus, und Wilhelmine sah, dass ihre Schwester ein Schmunzeln nicht unterdrücken konnte.

»Und was machst du, während deine Finger Pause machen?«

Wilhelmine verdrehte die Augen. »Nur weil du so vorbildlich rastlos bist, heißt das nicht, dass sich andere Menschen nicht auch mal kurz besinnen können. Ich denke nach.«

Doch schon während sie das sagte, nahm sie ergeben ihr Strickzeug wieder auf.

»So, so.« Anna Sophia schmunzelte noch immer. »Und worüber, wenn ich fragen darf?«

»Über die neue Eisenbahnstrecke zwischen Köln und Müngersdorf, wenn du es so genau wissen willst. Sie soll nächstes Jahr eröffnet werden.«

»Davon habe ich gehört. Und was gibt es da zu bedenken?« Wieder stach Anna Sophia die Nadel in den Stoff.

»Da gibt es gar nichts zu bedenken, aber sehr viel zu denken. Es ist doch unglaublich, was das für völlig neue Möglichkeiten eröffnen wird! Ich habe erst gestern in der Kölnischen Zeitung von Vater davon gelesen.«

Anna Sophia sah auf. »Du sollst die Zeitung doch nicht lesen. Papa sagt immer, das ist nichts für eine junge Frau.«

Wilhelmine ignorierte sie. »Vom Thürmchenswall an der Stadtmauer bis nach Müngersdorf sind es zu Fuß gut anderthalb Stunden. Mit der Eisenbahn braucht man nur noch zehn Minuten dorthin! So schnell ist kein Pferd der Welt! Und diese Strecke ist nur der Anfang. Eines Tages soll man von Köln bis nach Antwerpen reisen können. Das wird die Völker näher zusammenrücken, steht in der Zeitung. Die Wagen der ersten Klasse sollen sogar Polstersitze haben! Stell dir doch einmal eine Zukunft vor, in der Gäste aus anderen Städten bequem und schnell in Polstersitzen anreisen.«

»Mmh ...« Anna Sophia legte den Kopf schief und blinzelte auf ihre eigentümlich langsame Art. Manchmal fragte sich Wilhelmine, ob Anna Sophias Lider wohl schwerer waren als die der anderen Menschen und ob das Blinzeln sie daher so viel Zeit kostete. »Meinst du, die Apotheke wird von dem schnelleren Verkehr profitieren?«

Wilhelmine schüttelte seufzend den Kopf. »Oh, Anna Sophia. Es geht nicht immer nur um die Apotheke. Es gibt auch noch ein Leben außerhalb deiner Kräuter und chemischen Wirkstoffe. Stell dir vor, wie diese Verbindung die ganze Stadt verändern wird. Vielleicht kommen irgendwann Gäste, die sich den Dom anschauen möchten. Bestimmt wird dann auch der Weiterbau schneller vorangetrieben.«

»Und mit den Gästen kommt möglicherweise auch neue Kundschaft für die Apotheke.« Anna Sophia sprach jetzt so langsam, wie sie blinzelte – wahrscheinlich, da sie gerade einen komplizierten Teil ihres Motivs stickte.

»Vielleicht auch das«, antwortete Wilhelmine seufzend und lehnte den Kopf gegen die Scheibe, ohne das Strickzeug erneut abzulegen. »Ich glaube, es kommt tatsächlich viel Neues auf uns zu.«

»Viel Aufregung für Vater«, ergänzte Anna Sophia, und diesmal konnte Wilhelmine ihrer Schwester ausnahmsweise nicht widersprechen. »Gut, dass wir August haben«, fügte sie dann noch etwas leiser hinzu.

Wilhelmine sah zu ihr hinüber und bemerkte, dass die leicht rundlichen Wangen der Schwester ein wenig rot wurden. Kurz blitzte ihre Zungenspitze hervor, dann presste sie ihre schmale Unterlippe fest gegen die vollere Oberlippe.

»Seit wann bist du eigentlich so fürchterlich verliebt?« Wilhelmine schmunzelte.

»Ich bin überhaupt kein bisschen verliebt!«, protestierte sie, doch ihre Stimme klang so spitz, dass völlig offensichtlich war, wie sehr sie log. Die störrische Locke, die sich immer wieder aus Anna Sophias hochgesteckten Haaren löste, fiel ihr dunkel in die Stirn.

»Natürlich bist du verliebt. Dabei bist du viel zu gut für ihn.«

»Ich empfinde nichts für ihn. Gar nichts! Und ganz abgesehen davon: Warum sollte ich zu gut für ihn sein? Er stammt aus einer der angesehensten Apothekerfamilien Kölns, er ist klug und wohlerzogen. Im Moment führt er die Apotheke anstelle unseres Vaters umsichtig und verantwortungsvoll.«

»Vor allem gefallen dir doch seine schönen Augen!«

Es war kaum zu glauben, doch die Schwester konnte sogar noch einen Tick roter werden.

Wilhelmine kicherte. »Ach komm, Schwesterherz, ich möchte dich doch nur ein bisschen ärgern.«

»Sehr witzig.«

Noch immer hochrot beugte sich Anna Sophia tiefer über ihr Stickzeug.

»Es stimmt schon, er macht seine Sache wirklich sehr gut. Ich bin froh, dass wir ihn haben. Vor allem, da es Vater seit Tagen nicht besser geht.«

»Nein.« Anna Sophia seufzte.

»Und ich glaube, dass August auch ganz vernarrt in dich ist. Aber sei vorsichtig, ja?«

»Was meinst du denn damit schon wieder?«

Wilhelmine sah auf den Neumarkt hinunter. In diesem Moment fuhr eine schwarze Kutsche mit großen, filigranen Rädern über die Straße in Richtung Dom. Wilhelmine biss sich auf die Zunge, um kein überraschtes Geräusch zu machen. Sie kannte diese Kutsche.

»Ach …« Sie winkte ab. Dann sprang sie vom Fensterbrett und legte die Wolle beiseite. »Ich gehe einen Moment in den Dom.«

»Was willst du denn im Dom?«

»Na beten, was denn sonst?«

Mit diesen Worten ließ sie die völlig verdutzte Anna Sophia mit ihren kleinen Schwestern in der Stube zurück.

Wilhelmine raffte ihren Rock, um quer über den Neumarkt und die enge, schlecht gepflasterte Gasse neben der Bäckerei hinunterzueilen, bis sich die Mauern des Doms dunkel und mächtig vor ihr aufzubauen schienen. Kurz blieb sie stehen und sah an der Steinfassade mit ihren unzähligen Schäden, aber auch mit den beispiellos schönen Verzierungen, zig Türmchen, kleinen Figuren und Mustern hinauf. Sie seufzte. Obwohl dieser uralte Bau einen verwahrlosten Anblick bot, in sämtlichen Fugen und Ritzen das Unkraut spross und die Feuchtigkeit im Dachstuhl noch immer daran erinnerte, dass die Franzosen ihn während ihrer Besatzung als Pferdestall missbraucht hatten, übte er auf Wilhelmine stets eine ganz besondere Anziehung aus. Jede der unvollendeten Mauern war mit einem höheren Ziel errichtet worden, und das an einer Stelle, an der schon seit Kölns frühesten Jahren Gotteshäuser standen. Schon vor vielen Jahrhunderten hatten die Menschen davon geträumt, einst ein monumentales Bauwerk in ihrer Stadt zu errichten, doch dann hatte zunächst das Geld und später das Interesse gefehlt. Seit fast dreihundert Jahren lag das Vorhaben nun auf Eis. Der Dom war eine uralte Baustelle, Wilhelmine kannte ihn nicht anders. Sein Nordturm hatte nur wenige Meter hohe Mauern, und auf dem immerhin über fünfzig Meter hohen Südturm thronte seit eh und je der mittelalterliche Kran. Er war Kölns Wahrzeichen und zugleich eine Erinnerung daran, dass diese Stadt noch Pläne hatte.

Wilhelmine sah sich auf dem Platz um. Neben der steinernen Dombauhütte, in der sich kluge Männer über die Vollendung des Gotteshauses den Kopf zerbrachen, stand die schwarze Kutsche, die sie vom Fenster aus gesehen hatte. Mittlerweile war sie leer, nur noch der Kutscher saß auf dem Bock. Also drehte sich Wilhelmine wieder zum Dom um und ging auf den Eingang zu.

Beim Eintreten sog sie die feuchtkalte Luft ein. Leise und langsam schritt sie zwischen den Holzbänken nach vorn in Richtung des strahlend goldenen Klaren-Altars mit seinen feinen Zeichnungen von Engeln und Kreuzen. Möglichst unauffällig sah sie sich dabei um. Es war düster. Hier und dort brannten Kerzen, und durch ein langes, farbiges Fenster fiel Licht auf die elegante Statue der Mailänder Madonna, die mit dem kleinen Jesuskind auf dem Arm auf einem Sockel thronte. Unweit davon stand die Frau. Wilhelmine schluckte. Ihre Beine wurden weich, also setzte sie sich schnell auf eine der Holzbänke, faltete die Hände im Schoß und zwang sich, ruhig zu atmen.

Wilhelmine hatte sie schon öfter gesehen. Regelmäßig ließ sie sich in der schwarzen Kutsche mit den großen Rädern zum Dom fahren. Bisher hatte sie die Frau jedoch immer nur von Weitem erspäht und beobachtet, wie sie mit gerafftem, weinrotem oder dunkelblau kariertem Rock über den Domplatz geeilt war und das Gotteshaus betreten hatte. Etwas an ihr hatte sie so fasziniert, dass sie ihr jedes Mal hinterhergeschaut hatte. Vielleicht waren es die gebauschten Keulenärmel oder die kleinen, eleganten Hüte, die sie trug. Oder es lag an ihrem ungewöhnlich aufrechten, entschlossenen Gang und dem selbstsicheren Blick. Wilhelmine verstand es selbst nicht so recht.

Vorsichtig sah sie nun hinüber zu der eleganten Dame, die ihr den Rücken zukehrte und ein Ölgemälde betrachtete. Wilhelmine kannte sich mit Kunst nicht aus, fand das Bild allerdings sehr hübsch: Es zeigte eine Frau in einem roten Kleid, einen Heiligenschein, eine weiße Taube und Gott, der auf einer Wolke thronte.

Die Frau schien tief in die Betrachtung des Kunstwerks versunken. Wilhelmine hatte alle Zeit der Welt, den fließenden Stoff ihres Kleides zu bewundern. Es war oberhalb der Taille mit Steinen besetzt und gerafft, so dass es in dunkelblauen Wellen am schmalen Körper der Frau herabfloss. Um ihre Schultern hatte sie ein fein gemustertes Umschlagtuch gelegt, wahrscheinlich aus Kaschmir.

Und dann drehte sie sich um – so plötzlich, dass Wilhelmine erschrak und ihr Blick sich mit dem der Fremden kreuzte. Ihr blieb die Luft weg. Die Frau schaute sie klar und offen an. Sie hatte eine filigrane Nase; ihren Mund umspielte ein Schmunzeln. Wilhelmine fand sie wunderschön. Sie wollte wegsehen und so tun, als würde sie beten, doch sie konnte nicht. Der Blick der Fremden hielt sie fest. Beide schauten einander an, während die Frau Wilhelmine zwischen den Holzreihen entgegenschritt. Je näher sie kam, desto tiefer blickten sie einander in die Augen. Wilhelmine wünschte sich, die Frau würde etwas langsamer gehen, der Moment könnte sich ausdehnen, doch ihre Schritte hallten durch den Dom. Sie kamen unerbittlich näher, dann löste sich der Blick der Fremden, und sie schritt an Wilhelmine vorbei. Auf ihrer Bank wirbelte sie herum, um ihr in ihrem wogenden Kleid hinterherschauen zu können, bis sie das Gebäude verlassen hatte. Und in diesem Moment wurden Wilhelmine zwei Dinge schmerzlich bewusst. Erstens: Sie wollte dieser Fremden unbedingt nahkommen. Zweitens – und das war eine Erkenntnis, von der sie kaum überrascht war, die ihr aber dennoch heiß im Magen brannte: So wie gerade eben diese Frau könnte sie niemals in ihrem Leben einen Mann ansehen.

»Vater geht es immer schlechter«, sagte Anna Sophia zu ihrer Schwester, während sie gemeinsam mit Wilhelmine die Hohe Straße überquerte und in Richtung des Neumarkts lief. An ihren Armen baumelten Körbe voller Gemüse, Kartoffeln und Gewürzen, die sie gerade auf dem Alter Markt gekauft hatten. »Ich mache mir große Sorgen um ihn.«

Von der Seite sah sie die Schwester an. Normalerweise blickte sich Wilhelmine beim Spaziergang stets so fasziniert in Köln um, als besuche sie diese Stadt zum ersten Mal. Sie schaute gern neugierig in jedes Schaufenster, jede schmale Gasse und jedes Gesicht, das ihr begegnete. Doch bei Anna Sophias Worten senkte sie den Blick auf ihre Füße und antwortete: »Ich mir auch. Heute Morgen hat er wieder geglüht. Und dann diese Koliken ... Doktor Baader sagt, er sei mit seinem Latein am Ende.«

Kurz flackerte Wilhelmines Blick zu ihr herüber. Ihre Augenbrauen wirkten noch dichter und dunkler als sonst. Seit ein paar Monaten schien Wilhelmine mit jedem Tag erwachsener und reifer zu werden, dachte Anna Sophia. Ihre Schultern waren gestrafft, ihr Gang Raum einnehmend, und noch dazu wirkten ihre Gesichtszüge so stolz und ebenmäßig, als hätte sie ein Künstler entworfen. Sie erschien ihr auf eine Art eigenwillig, die ihr imponierte. Ja, manchmal war sie sogar ein wenig von ihrer Stärke eingeschüchtert, obwohl Anna Sophia doch die Ältere war ...

»Anna Sophia, wo bist du gerade? Träumst du wieder?«

Erschrocken schüttelte sie den Kopf. »Verflixt nochmal, ist mir das schon wieder passiert? Entschuldige. Ich habe über etwas nachgedacht …«

Vor ihnen öffnete sich nun der Neumarkt mit seinen Linden. Der Baum direkt vor der Apotheke hatte bereits einige Blätter verloren, obwohl doch Sommer war. Andere färbten sich langsam braun. Anna Sophia musste wieder an ihren armen Vater denken und schluckte.

»Weißt du noch, damals …?«, flüsterte sie, ohne darüber nachzudenken.

Plötzlich blieb Wilhelmine stehen und starrte Anna Sophia mit funkelnden Augen an. »Nein. Denk noch nicht einmal dran!«

Anna Sophia drehte sich zu ihr um. Sie presste die Lippen zusammen, atmete tief durch die Nase ein und bemühte sich, dem Blick der jüngeren Schwester standzuhalten.

»Das war gefährlich!«, rief Wilhelmine.

Anna Sophia nickte langsam, trotzdem sagte sie: »Du würdest heute vielleicht nicht hier vor mir stehen, wenn ich es damals nicht getan hätte.«

Wilhelmine schnaubte und schüttelte heftig den Kopf. »Das weißt du nicht!«

»Mmh«, machte Anna Sophia nur. Wie sollte sie es ihrer jüngeren Schwester auch erklären? Wie von diesem einen Tag erzählen, an dem sie schrecklich ungehorsam gewesen war, und der ihr dennoch so groß, ja beinahe magisch erschienen war?

Schon damals war Wilhelmine dagegen gewesen. Erst zwölf Jahre alt und schon so eine klare Meinung! Anna Sophia erinnerte sich noch gut daran, wie blass und schwitzend ihre Schwester in dieser Zeit auf ihrem Bett gelegen hatte. Mama war zwei Jahre lang tot, und nun war auch noch die Schwester krank geworden. Der Vater hatte Dr. Baader gerufen, der einen Aderlass durchführte. Doch eine Besserung stellte sich nicht ein. Schüttelfrost, Fieber, ein sich steigerndes Ziehen und Brennen im Magen – wobei Anna Sophia ahnte, dass es nicht wirklich der Magen war, von dem ihre Schwester sprach. Ihre Hand legte sie viel tiefer auf ihre Körpermitte – doch ein Wort wie »Bauch« oder »Unterleib« zu nutzen, ziemte sich nicht für eine junge Frau.

»Weißt du noch, was uns Mama immer über ihr Heimatdorf erzählt hat?«, hatte sie Wilhelmine damals gefragt. »Kannst du dich noch erinnern, dass wir als Kinder selbst ein paar Mal dort waren?«

Wilhelmines Augen weiteten sich. »Aber, das ist so weit, dahin müsste man reiten!«

Anna Sophia kratzte sich verlegen am Nacken, dann flüsterte sie: »Vor dem Abendessen bin ich wieder zurück.«

Entgeistert starrte Wilhelmine sie an. In ihren Augen spiegelte sich auch das eigene Entsetzen, denn Anna Sophia konnte selbst kaum fassen, was sie da entschieden hatte. Sie wusste, dass sie das nicht tun durfte. Es wäre ein solcher Vertrauensbruch. Und es würde überhaupt nicht zu der ruhigen Verlässlichkeit passen, die Anna Sophia normalerweise an den Tag legte.

Heute war ihr völlig klar, dass sie die richtige Entscheidung getroffen hatte, doch damals hatte sie große Angst gehabt, und was noch viel schlimmer gewesen war: ein furchtbar schlechtes Gewissen gegenüber ihrem Vater. Doch sie hatte keine andere Wahl. Trotz allem war es das Richtige. Und ihre Mama hatte ihr stets beigebracht, das Richtige zu tun – komme, was da wolle.

Anna Sophia strich sich eine Strähne aus der Stirn und nickte langsam.

»Also stimmst du mir zu?«, hakte Wilhelmine nun nach und trat fordernd einen Schritt auf sie zu.

»Oh«, rief Anna Sophia aus. »Dahinten ist ja Hubertine Stollwerck! Ich sage ihr kurz Guten Tag.«

Erleichtert, einen guten Grund zu haben, ließ Anna Sophia ihre Schwester stehen und eilte quer über den Neumarkt.

»Hubertine!«, rief sie ihr entgegen. Gerade wollte die junge Frau mit dem einfachen Arbeiterkleid die Tür der Apotheke öffnen, da drehte sie sich zu Anna Sophia um.

»Na, solch eine Freude, mich zu sehen?« Sie reckte das breite Kinn in die Höhe und zuckte mit einer Augenbraue.

Hubertine und Anna Sophia kannten sich schon seit Kindertagen, allerdings hielt Hubertine nicht sonderlich viel von ihr. Anna Sophia konnte es ihr nicht übel nehmen, schließlich war es damals ihre Schuld gewesen, dass Hubertines Bruder Franz mit schlimmen Verletzungen das Bett hüten musste. Doch bevor diese Erinnerungen sie überwältigen konnten, schob sie sie schnell beiseite.

»Natürlich freue ich mich, dich zu sehen«, sagte Anna Sophia mit Nachdruck und nestelte am Henkel ihres Korbes herum.

»Ach was! Du willst nur wissen, ob mein Bruder sich gemeldet hat.« Hubertine musterte sie misstrauisch.

»Ich wollte hören, wie es der Familie geht. Euch allen ...«

»Er hat vergangene Woche geschrieben.«

Unwillkürlich musste Anna Sophia lächeln. »Tatsächlich?«

»Er hat es bis nach Paris geschafft.«

»Wie schön!« Anna Sophia spürte, wie sich ein warmes Gefühl in ihrem Bauch ausbreitete. Ihr gefiel der Gedanke, dass Franz in dieser Sekunde durch Paris spazierte. Bestimmt lag auf seinem Gesicht dabei dieses schalkhafte Grinsen, das sie so an ihm mochte.

»Wie auch immer, darf ich nun eintreten?« Ohne auf eine Antwort zu warten, stieß Hubertine die Tür zur Apotheke auf. Das Glöckchen klingelte, und August hob den Kopf mit dem akkurat gescheitelten Haar. Er beugte sich leicht nach vorn und winkelte einen Arm vornehm hinter seinem Rücken an. »Guten Morgen. Wie kann ich Ihnen behilflich sein?«

Anna Sophia schlüpfte hinter Hubertine durch die Tür und lief zur Kommode unter dem Fenster, auf die sie ihre frisch gestickten Tischdeckchen gelegt hatte. Sie tat so, als müsste sie die darauf platzierte Blumenvase noch richtig anordnen, und den kurzstieligen Strauß auf welke Blätter absuchen. Dabei war sie ganz Ohr.

»Es geht um meinen Vater. Er hat wieder Magenprobleme. Er kann kaum noch im Laden stehen – wir wissen nicht weiter.«

»Ich verstehe«, erwiderte August.

Verstohlen beobachtete Anna Sophia über ihre Schulter, wie August das Regal nach dem richtigen Medikament absuchte.

»Hat er Schmerzen?«

»Große.«

»Mmh, mmh.«

Anna Sophia sollte schweigen, das wusste sie. Vor ihrem Vater würde sie sich das nie trauen, doch nun, wo einzig August und Hubertine im Raum waren, musste sie es einfach wagen. Also ließ sie ihre Hand sinken und drehte sich um. »Wir müssten noch getrockneten Rettich haben, oben rechts im Schränkchen. Er regt die Bewegung im Magen an. Dazu vielleicht Kamille zur Beruhigung. Ich kann schnell …«

»Danke, meine liebe Anna Sophia.« Erschrocken sah sie August an, doch er fuhr in freundlichem Tonfall fort: »Das ist ein kluger Gedanke, aber ich habe etwas noch Wirksameres im Sinn.«

Er klemmte sich sein Monokel vors Auge, um die Beschriftung an den kleinen Schubladen besser lesen zu können, zog eine auf und mit einer Armbewegung, die in ihrer leichten Übertreibung an einen Zauberer erinnerte, holte er ein Fläschchen hervor.

»Weidenrinde, die ich frisch pulverisiert habe. Ein ausgezeichnetes Mittel in einem solchen Fall. Aktuell experimentieren wir, um die schmerzlindernde Wirkung zu extrahieren. Dazu gebe ich Ihnen unseren neusten Eichelcacao mit, eine Gesundheitsschokolade. In erhitztem Zustand hat er wunderbare Wirkungen im Kampf gegen chronische Magen-Darm-Probleme gezeigt.«

»Sehr gut«, antwortete Hubertine und schloss ihre Finger um das Fläschchen und den Eichelcacao. Doch als August ihr den Preis für die Medikamente nannte, erstarrte sie.

»Oh. So viel ... habe ich nicht dabei.«

»Ich kann Ihnen auch ein kleineres Fläschchen anbieten. Für die Hälfte? Oder nur den Eichelcacao?«

»Vielen Dank für Ihre Mühen.« Hubertine gab August die Medikamente zurück, drehte sich um und verließ mit schwerfälligen Schritten und gesenktem Kopf die Apotheke.

Während das Glöckchen klingelte, stand Anna Sophia unschlüssig im Raum.

»Ach, es ist betrüblich.« August schüttelte den Kopf, seine Locken sprangen hin und her. »Wenn man den Leuten einfach nicht helfen kann!« Er stellte die Arzneien zurück in den Schrank.

»Sehr traurig«, bestätigte sie. Dabei hatte sie schon eine Idee. Sie kannte eine Stelle, nicht weit von hier, am Rande des Botanischen Gartens am Dom, an der die Kamille nur so wucherte. Sobald sie sich unbemerkt davonstehlen konnte, würde sie fix hinüberlaufen, ein paar Pflanzen pflücken und sie dann zu den Stollwercks ...

»Anna Sophia?«, unterbrach August ihre Gedanken. »Darf ich dir ein aufrichtiges Kompliment machen?«

Er drehte sich zu ihr herum und hob fragend beide Augenbrauen.

»Oh«, machte sie und spürte, wie ihr Gesicht heiß wurde.

»Du siehst heute besonders reizend aus. Vielleicht ist es dein Kleid?« Unsicher sah er zu Boden, und als hätte er sich einen Ruck gegeben, schaute er sie plötzlich wieder an. »Es fällt mir heute noch schwerer als sonst, in deiner Gegenwart konzentriert zu arbeiten.«

Die Hitze ihrer Wangen schoss Anna Sophia nun in den ganzen Körper. Langsam kam August auf sie zu. Die Winkel seines elegant geschwungenen Mundes zuckten angespannt und seine Nasenflügel bebten kaum merklich. Ohne es zu wollen, kicherte sie leise und verlegen.

Mitten in der Bewegung hielt August inne. »Belustige ich dich etwa?« Mit einem Mal schwang in seiner Stimme eine Härte mit, die sie noch nicht von ihm kannte.

Anna Sophia sah ihn erschrocken an. Hatte sie etwas falsch gemacht? »Überhaupt nicht! Ich bin nur ... ein wenig nervös.«

Auf seiner Stirn hatte sich eine Falte gebildet, die einen tiefen Schatten auf sein Gesicht warf. »Das war nicht meine Absicht«, erklärte er steif und richtete sich zu seiner vollen Größe auf.

Sie knetete ihre Hände. »Es klingt vielleicht seltsam, aber ... darf ich offen zu dir sein?«

»Natürlich.«

»Wenn ich ganz ehrlich bin, dann ist es sogar eine ... schöne Nervosität. Es tut mir leid, dass ich gelacht habe.«

Langsam hellte sich Augusts Blick wieder auf und seine Schultern schienen sich wieder ein wenig zu entspannen. »Nein, nein. Ich muss mich entschuldigen. Ich wollte dich wirklich nicht nervös machen. Gerade in diesen Tagen. Deinen Vater so krank zu sehen muss schlimm sein. Aber darf ich dir eines versichern?« Er ging auf sie zu, bis er direkt vor ihr stand. Zum ersten Mal fiel ihr auf, dass er sie kaum überragte. Sie konnte ihm direkt in die tief in ihren Höhlen liegenden Augen sehen.

»Ganz egal, was kommt, du kannst dich auf mich verlassen, Anna Sophia. Jederzeit. Ich bin da. Seitdem ich diese Apotheke zum ersten Mal betreten hatte, weiß ich, dass ich hierhin gehöre. Erinnerst du dich daran? Ich war noch ein Bursche damals, aber ich verstand es schnell. Diese Apotheke! Dein weiser Vater! Und dann: Du, liebe Anna Sophia.«

Nun streckte er seine Arme aus. Anna Sophia vergaß zu atmen, während er ihre Hände in seine nahm.

»Sorge dich nicht«, flüsterte er. »Du kannst auf mich zählen.«

»Danke, August.«

Sie hielt es kaum für möglich, doch langsam kam Augusts Gesicht ihrem immer näher.

August Arkenberg konnte nicht aufhören, über diesen einen Moment in der Apotheke nachzudenken. Über seinen Moment mit Anna Sophia. War er zu weit gegangen? War er zu forsch gewesen? Wie feucht ihre Hände gewesen waren, ganz kalt und zittrig. Wie gut sie gerochen hatte! Er hätte sie gern geküsst. Dieses wunderschöne Mädchen mit der weichen Stimme. Er seufzte. Sogar jetzt vermisste er sie. Nachdenklich balancierte er über die Pflastersteine in Richtung Hafen. Dicht an dicht standen die Häuser hier, hoch ragten ihre Giebeldächer über ihm auf und versperrten ihm die Sicht in den Himmel. Aus der Ferne konnte er die Rufe der Schiffer, der Kaufleute, der Fremden und Einheimischen hören, und bald darauf roch er auch das Pech, den Teer und die Braunkohle, die hier verladen wurden. Durch das Stadttor trat er auf das Hafengelände hinaus und sah all die Masten der Schiffe, die in den Himmel ragten, die grauen Segeltücher und das dunkle Rheinwasser, das gegen die Hafenmauer schlug. Wo er auch hinschaute, wurden Kaufmannsgüter in Kisten geschleppt oder in Fässern über den Boden gerollt. Kaffeeballen, Käsetürme, Tücher und Hölzer wurden verladen. Ächzend und knarrend drehten sich steinerne Kräne, Ketten klirrten, und Lastwägen rumpelten über den Boden. Gewimmel, Gewusel und Geschrei drohten August zu verschlucken, also stach er seinen Stock mit jedem Schritt entschlossener in die Erde, so als könnte er dem Sturm der Menschenmenge auf diesem Wege besser standhalten. August mochte den Kölner Hafen nicht. All diese ungewaschenen Menschen, die ungehobelten Seeleute und zwielichtigen Matrosen waren ihm zuwider. Er sehnte den Tag herbei, an dem er kein Geselle mehr sein würde und andere zum dreckigen Hafen hinunterschicken könnte, um Zucker oder Gewächse aus dem fernen Afrika zu kaufen. Sein Platz war in der Apotheke, bei der feinen Kundschaft und den Medikamenten. Dort gehörte er hin. Zu der braven Anna Sophia. Er musste an ihre schmalen Hände denken, die nie zu ruhen schienen. Vorhin hatte sie seine Finger gedrückt! Und mit welcher Miene sie ihn gemustert hatte! Ihre runden Wangen waren ganz rot gewesen und ihr Mund mit der vollen Oberlippe ... Wieso nur hatte sie sich von ihm abgewendet, als er versuchte, sie zu küssen? Mochte sie ihn vielleicht nicht so sehr wie er sie? Dabei gab er sich doch die allergrößte Mühe, ihr zu gefallen! Und das schon seit seinem ersten Tag in der Apotheke. Nein, sagte er sich. Sicherlich war sie einfach zu fromm, um einen solchen Schritt zu gehen.

»August!«, vernahm er plötzlich ihre Stimme hinter sich. Er wirbelte herum. Anna Sophia hatte die Röcke gerafft und war ihm hinterhergeeilt. Einen kurzen Moment lang hatte er die Hoffnung, sie bereue es, ihn vorhin nicht geküsst zu haben, und diese Reue wäre der Grund, ihm nun zu folgen. Doch dann rief sie: »Du hast Vaters Münzen liegen lassen!«

Diesmal schoss ihm das Blut ins Gesicht. Das war ihm noch nie passiert. Wie unangenehm! Wie konnte er nur ohne Geld zum Hafen hinunterlaufen? Er war wohl noch kopfloser gewesen, als er es sich hatte eingestehen wollen.

»Ich ... Oh, danke, liebe Anna Sophia«, stammelte er und senkte den Kopf.

»Sehr gern! Ich mag diesen Ort. Ist er nicht aufregend? Diese Matrosen haben einen so langen Weg hinter sich! Sie waren in Ländern, von denen wir überhaupt keine Vorstellungen haben. Hier unten habe ich das Gefühl, die Welt ist riesig und voller unüberschaubarer Möglichkeiten.«

August nickte. »Absolut.«

Mit großen Augen und einem unendlich langsamen Blinzeln sah sich Anna Sophia um, als wolle sie tatsächlich jedes noch so schmutzige Detail an diesem Ort aufsaugen. Sie war so anziehend – obwohl ihr Haar mal wieder völlig zerzaust und wild aussah. Dass Gottlieb ihr das noch nicht ausgetrieben hatte! Vielleicht würde August es ja eines Tages schaffen. Schließlich passte diese Wildheit nicht zu ihrer sonst so sanften und fürsorglichen Art. Er betrachtete ihre schmale Taille und ihre weichen Konturen, die sich zwar unter dem Rock verloren, aber bei jedem ihrer Schritte erahnen ließen, dass einzig ihr Oberkörper zierlich war. Ihre wogenden Rundungen zogen August so stark an, dass er all seine Willenskraft brauchte, um ihr ins Gesicht zu schauen.

Er presste die Lippen aufeinander – und hatte eine Idee. Vielleicht könnte er ihr ja eine kleine Freude machen.

»Anna Sophia, musst du sofort zurück, oder kann ich dich noch zu einem ganz kurzen Ausflug überreden?«

»Ein Ausflug?« Überrascht sah sie ihn an. Statt einer Antwort bot er ihr seinen Arm.

»Wie oft warst du bereits in Deutz?« Mit langsamen Schritten und begleitet vom Klacken seines Stocks führte er sie in Richtung des Flusses. Vom Ufer aus konnte man die niedrigen Häuser des gegenüberliegenden Ortes gut sehen.

»Zwei- oder dreimal. Vaters Tante wohnte dort.«

»Dann kennst du auch den Aussichtspunkt mit dem schönsten Blick auf Köln?«

Ihr Kopfschütteln machte ihm Mut. Er deutete auf die Schiffsbrücke, die nun vor ihnen lag: Über vierzig Boote lagen eng vertaut aneinander, und darauf war eine Fahrbahn montiert worden, auf der reger Verkehr herrschte. Zwischen Frachtwagen, Kutschen und Reitern überquerten auch zahlreiche Spaziergänger die Schiffbrücke nach Deutz, zur *Schäl Sick*, wie die Kölner sagten. Eigentlich schickte es sich nicht, allein mit Anna Sophia hinüberzuflanieren, doch dieses Risiko wollte er eingehen.

Wie gut sie vorhin gerochen hatte … er konnte einfach nicht anders. Zum Glück hatte er noch ein paar Münzen in der Tasche, mit denen er das Brückengeld zahlen konnte. Dann traten sie auf die schwankende Fahrbahn.

»Was für eine wunderbare Idee«, sagte sie und schaute zuerst auf die Hecke der Boote, die unter der Fahrbahn hervorlugten, dann den Fluss hinunter auf die Segelboote, die in drei Reihen vor dem Hafen lagen. Zwischen all den Tüchern und Masten stießen sogar zwei Dampfboote ihre weißen Wolken in den Himmel hinauf.

Langsam gingen sie von Boot zu Boot und wichen hier und dort einem Pferd oder einem Wagen aus. August spürte ihren Arm an seinem, und sobald sie sich zu einem großen Schiff umdrehte, stießen ihre Schultern aneinander. Einmal konnte er sogar ihre wirren Haarsträhnen an seinem Hals fühlen. Sie schwiegen den ganzen Weg, doch manchmal lächelten sie einander an. Wenn sein Vater ihn nun sehen könnte! Eigentlich wollte er nicht an den alten Apotheker denken, und doch sah er jetzt sein langes Gesicht vor seinem inneren Auge, die buschigen Nasenhaare und die vom Opium verengten Pupillen. Er hörte seine Stimme wieder in seinem Ohr. *Es gibt für alles das richtige Medikament*, hatte sein Vater einmal gesagt. Das war damals, bevor er apathisch geworden war und stundenlang wortlos aus dem Fenster geschaut hatte. *Merk dir das, Junge. Für jedes Leiden gibt es eine Arznei, du musst nur herausfinden, welche die Richtige ist.*

Natürlich hatte er diese Worte nicht direkt an den kleinen, verschämten August gerichtet, sondern an den hochgewachsenen Hermann, seinen älteren Bruder, der die Apotheke eines Tages erben würde. August stand währenddessen hinter der Salontür und lauschte durch den Türspalt. In letzter Zeit zogen sich die beiden Männer der Familie immer häufiger zurück. Ständig befand sich eine Tür zwischen ihnen und August. Was sie zu besprechen hätten, sei nun mal nicht für Kinderohren bestimmt, pflegte der Vater zu sagen. August versuchte also, heimlich durch das Schlüsselloch hindurchzuschauen. Allerdings war es dahinter zu dämmrig, um irgendwas zu erkennen. Er musste sich mit ihren dumpf zu hörenden Worten begnügen. Zu spät bemerkte er, dass es im Salon still geworden war. Er rückte noch ein wenig näher ans Holz der Tür heran – als sie plötzlich mit einem Ruck aufschwang und August an Stirn und Nase traf. Er taumelte und fiel rücklings auf den Fußboden. Der Schmerz pochte in seinem Kopf, er wimmerte und rieb sich das Gesicht.

»August, was tust du da?« Sein Vater stand breitbeinig über ihm. Daneben tauchte Hermann auf. Die Lippen des großen Bruders verzogen sich zu einem breiten Grinsen. August konnte beide gelbweißen Zahnreihen im dunklen Flur leuchten sehen, dann folgte wie so oft ein lautes »Ha!« Und kurz darauf, immer schneller: »Hahaha!« Ein Lachen wie Gewehrschüsse.

»Hermann, reiß dich zusammen«, mahnte ihn sein Vater, woraufhin Hermann zwar den Mund schloss, sein Glucksen aber weiterhin durch den Flur hallte.

August rappelte sich auf und spürte, dass er mal wieder knallrot geworden war. Nichts war schlimmer, als von seinem großen Bruder ausgelacht zu werden. Leider passierte ihm das ständig. Er musste wohl ein ziemlich lächerliches Kind sein, schloss er daraus. Klein, kurzsichtig und absolut lächerlich. Er schluckte und kämpfte gegen die Tränen an. Auf keinen Fall durfte er jetzt auch noch weinen. Dann würde Hermann sicherlich den nächsten Lachkrampf bekommen.

»Hast du etwa gelauscht?«, fragte sein Vater. Zum Glück hatte August schon als Kind ein Talent für Improvisation.

»Mutter schickt mich«, behauptete er schnell.

»So, so. Deine Mutter.«

»Ja, Vater. Ein Kunde verlangt, persönlich mit dem Apotheker zu sprechen.«

»Ein Kunde.«

»Genau, Vater. Mutter sagte, es sei dringend.«

Mit gerunzelter Stirn schaute der Vater August an, dann nickte er kaum merklich. Er knöpfte seine Weste zu, griff nach seinem Stock, der neben der Tür an der Wand lehnte, und lief los. Hermann beobachtete grinsend, wie sein kleiner Bruder aufsprang, sich sein Hemd zurechtrückte und schüchtern die Hände auf den Rücken legte, dann lief er dem Vater hinterher. Seine Notlüge hatte August damals gerettet. Denn glücklicherweise stand bei Eintreffen des Vaters tatsächlich ein Mann in der Apotheke, der sich freute, sofort den Apotheker sprechen zu können.

Seit diesem Tag spukten August die Worte, die er beim Lauschen gehört hatte, immer wieder im Kopf herum: Für alles gibt es das richtige Medikament. Für jedes Leiden gibt es eine Arznei. Und für jede Notlage die richtige Notlüge.

Mittlerweile waren August und Anna Sophia auf der Schäl Sick angekommen. Sie standen an der Kaimauer und blickten auf die Stadtsilhouette Kölns. Anna Sophia stand der Mund offen.

»Ist unsere Stadt nicht wunderschön?«

Er nickte. »Eine faszinierende Aussicht.«

Dabei hatte er diesen Ort in seiner Kindheit mehr als alles andere gehasst. Überall stand damals der Dreck in den Gassen, bettelten die Kinder und verströmten die mittelalterlichen, heruntergekommenen Häuser einen modrigen Geruch. Mittlerweile drang mehr Licht in diese Stadt. Armselige Buden waren nach und nach verschwunden, die Häuser wurden ausgebessert, und der Handel blühte. August sah über Fluss und Hafen hinüber auf die hohen Giebel und Dächer Kölns, die Türme der Kirchen, Klöster und Kapellen, die sich scharf vor dem nur leicht bewölkten Himmel abzeichneten. Die Mauern des Doms stachen herrschaftlich hervor, und über allem verharrte der Domkran.

Aus den Augenwinkeln sah August, dass Anna Sophia zu ihm herüberschaute. Er erwiderte ihren Blick. Vorsichtig hob er eine Hand und legte sie auf ihre. Sie ließ es geschehen. Und diesmal war kein dummer Arzt in der Nähe, der mit seinem Schmatzen alles zerstörte. Sachte strich August mit dem Daumen über ihre Finger. Er konnte ihre Haare riechen, ihre Haut. Heftig pochte sein Herz in seiner Brust. Ich habe es fast geschafft, dachte er. Er war seinem Ziel so nah! Und in diesem Moment beschloss er, dass er mutig sein musste. Es war so weit. Er war kein Junge mehr, sondern endlich ein Mann. Er würde es tun, heute oder morgen schon – die Zeit war gekommen.

5. Kapitel

Victor Mertens tauchte die Schreibfeder ins Tintenfass und führte die Hand zum Papier. »Liebe Mutter«, schrieb er und hielt inne. Er kratzte sich die Halbglatze. Wie formulierte man seinen allerletzten Brief an eine Frau wie Erdmuthe?

»Mein herzliches Beileid. Dass Onkel tot ist, tut mir …«

Mit einem leisen »Pah« unterbrach er sich selbst. Diesen Satz konnte er keinesfalls zu Ende schreiben. Er war doch kein Heuchler! Er strich ihn durch.

»Die Schwindsucht ist wahrlich eine tückische Seuche. Gewiss ist es schwer für Sie …«, setzte er an und schüttelte wieder den Kopf. *Schwer*. Ach was! Jeder würde einmal sterben. Sie war alt genug. Onkels Tod war ein Segen für das ganze Haus. Und überhaupt, seine Mutter hatte nie verstanden, was für *ihn* schwer war, warum sollte er nun Mitleid für sie aufbringen?

»Da Sie das Haus nicht verlassen können, schicke ich Ihnen Kakao aus den französischen Kolonien. In der Hoffnung, er vermag Sie ein wenig zu trösten und Ihre Leiden zu lindern …«

Nein, dachte er, diese Frau verdiente keinen Trost. Was tat er hier überhaupt? Wieso wollte er seinen teuren Kakao an diese Person verschwenden? Er lehnte sich auf seinem Stuhl zurück, schaute über den großen Sekretär mit seinen vielen Schubladen und Türchen zum Fenster hinaus, auf die akkurat geschnittenen Büsche und Blumen, die die Auffahrt zum Stadtpalast der Schaaffhausens säumten. Es war ein diesiger Tag. Drückend heiß, aber grau. Die Vögel hingen schwer in den Ästen, zum Fliegen schien die Luft zu dick. An einem solchen Tag hatte er vor vielen Jahren reiten gelernt. Die Erinnerung kam ganz plötzlich und galoppierte mit einer Heftigkeit über ihn hinweg, dass er sich ihr völlig ausgeliefert fühlte. Damals hatte sein Vater noch gelebt. Er war ein kleiner, drahtiger Mann gewesen, der gern klackernde Absätze trug, genau wie Victor. Und genau wie Victor hatte er eine große Nase mit einer markant geformten Spitze – und schon früh eine Halbglatze. Er war kein schöner Mann, aber er machte dennoch etwas her. Erhaben saß er damals auf seinem glänzenden Hengst und musterte den kleinen Victor auf seinem Pony.

»Schultern zurück, Junge! Fersen nach unten. Beine zusammen. Ganz genau so! Sehr gute Haltung – ich denke, du bist ein Naturtalent!« Fröhlich gab er Victors Pony einen Klaps auf den Hintern. Während es lospreschte und Victor verzweifelt die Knie zusammendrückte, um nicht hinunterzufallen, hörte er hinter sich, warm und vergnügt, den Vater lachen. Also lachte auch Victor und nahm die Zügel auf. In kürzester Zeit brachte er sein Pony wieder unter Kontrolle.

»Sehr gut, Junge. Kontrolle ist alles, merk dir das.«

Schweigend trabten sie nebeneinanderher über die Wiese zurück zum Anwesen der Mertens. Auf der schmalen Auffahrt kam ihnen die Kutsche von Victors Onkel Georg entgegen. Zu dieser Zeit hatte er noch volles blondes Haar gehabt. Seine Stirn war fast so hoch wie die von Ferdinand heute, aber völlig zerfurcht. »Georg«, rief Victors Vater ihm entgegen. »Wolltest du zu mir? Wie kann ich dir helfen?«

Georg lächelte süffisant. »Wie kommst du auf die Idee, ich könnte zu dir wollen?« Er legte den Kopf schief und lachte trocken auf. »Mir wurde schon geholfen, glaub mir. Hallo, Victor!«, wendete sich der Onkel nun an den Jungen. »Grüß mir doch bitte deine reizende Mutter.«

Er tippte an seinen schwarzen, hohen Hut und gab dem Kutscher ein Zeichen, an ihnen vorüberzufahren.

Wenig später, nachdem sie die Pferde an den Stallburschen übergeben und die Reitstiefel abgestreift hatten, suchte Victor seine Mutter im ganzen Haus. Sie war nicht in der Küche, um den Mägden Anweisungen zu erteilen, nicht im Salon, um an ihrem Strickzeug zu arbeiten, nicht im

Garten, um den Wuchs der neuen Pflanzen zu prüfen. Sie musste in ihrem Schlafzimmer sein, das er niemals betreten durfte.

»Mutter?«, rief er durch die geschlossene Tür. Keine Antwort.

»Mutter?«, fragte er etwas lauter.

»Was?«, kam es schroff und dumpf zurück.

»Onkel Georg, er …« Plötzlich rumpelte es im Zimmer, Schritte ertönten, und die Tür wurde aufgerissen. Obwohl es mitten am Tag war, trug seine Mutter ihren Morgenmantel. Ihr Haar sah aus, als hätte sie gerade noch geschlafen.

»Was ist mit Georg?«

War sie etwa besorgt? So kannte er seine Mutter gar nicht.

»Oh, fühlen Sie sich nicht wohl, Mutter?«

»Beantworte meine Frage.«

»Also, Georg … wir haben ihn eben auf dem Hof getroffen. Er bittet mich, Grüße an Sie auszurichten, Mutter.«

»Grüße?« Seine Mutter runzelte die Stirn, dann schüttelte sie den Kopf. »Was bist du eigentlich für ein dummes Kind?« Sie musterte ihn. »Aber was erwarte ich auch? Du siehst schon jetzt haargenau aus wie dein Vater. Warum bestraft mich der liebe Gott eigentlich gleich mit zwei von eurer Sorte?«

Sie rollte die Augen und schlug die Tür hinter sich zu. Der Knall hallte in Victors Ohren wider – heute noch, während er vor seinem großen Sekretär saß und aus dem Fenster schaute, glaubte er beinahe, ihn zu hören. Victor sah sich in seinem Arbeitszimmer um, betrachtete die hohen Wände, die großen Gemälde an der Wand, die schweren Vorhänge an den Fenstern. Er hatte es wahrlich zu etwas gebracht, während Erdmuthe, seine Mutter, einsam dahinsiechte. Es war ein Gedanke, der ihn zunächst stolz das Kinn recken ließ – und ihm doch kurz darauf schwer auf der Brust lastete. Konnte er das wirklich zulassen? Sie war immerhin seine Mutter!

Er nahm die Schreibfeder wieder auf, tauchte sie erneut ins Tintenfass und schrieb: »Ich weiß, Onkel Georg hat Ihnen schon immer alles bedeutet. Dass Sie dennoch Vater heiraten mussten und dass nun auch Ihr zweiter Mann nach schwerer Krankheit …«

Wieder hielt er inne. Warum schrieb er darüber? Was ging es ihn an? Er könnte genauso gut über all die Dinge schreiben, die sie ihm angetan hatte. Über die Sache mit dem Wein. Als kleiner Junge hatte er einmal eine Flasche im Laden seines Onkels in die Hand genommen, um staunend auf das Etikett zu schauen. Er war neugierig, wie Wein wohl schmeckte, doch als die Mutter um die Ecke kam, erschrak er sich so sehr, dass er die Flasche fallen ließ. Die rote Flüssigkeit spritzte an ihrem Kleid hoch, an den Wänden und dem Weinregal. Am Abend zwang seine Mutter ihn zur Strafe dazu, eine Flasche Wein auszutrinken. Er durfte nicht absetzen, kein einziges Mal, obwohl der Wein ihm schon übers Kinn lief und ihm die Tränen kamen. Sie flüsterte: »Wie kannst du nur so ungeschickt sein? Du trinkst jetzt jeden Tropfen. Ist das etwa schon alles? Kannst du nicht mehr? Ich möchte, dass du dir Mühe gibst. Komm, mach weiter. Na los!« Als er fertig war, erbrach er sich auf seine eigenen Füße. Seitdem hatte er Wein verabscheut. Bis zu dem Tag, an dem sein Onkel endlich gestorben war. Mit einem Schmunzeln dachte Victor daran zurück, wie er mit Theodor auf den Tod des Widerlings angestoßen hatte.

Noch einmal sah er aus dem Fenster, wo seine Frau Sibylle mit seiner Halbschwester Emma von einem Spaziergang zurückkehrte. Emmas Haare wogten blond hinter ihr her, anmutig lächelte sie, während Victors knorrige Frau ihre lange Nase rümpfte. Heute trug sie einen schmalen, tiefen Ausschnitt, der sogar ihren Hals dünn und unnatürlich lang aussehen ließ. Leise konnte er ihre Stimmen durch das Fenster hören.

»Ich verstehe wirklich nicht, wieso du so viel Zeit mit deinen Briefmarken und diesem alten Kram vergeudest, den du da sammelst! Ist das nicht furchtbar langweilig? Und so staubig!«, zwitscherte Emma. Victor mochte es zwar noch lieber, wenn die Kleine still war, doch zumindest war der Klang ihrer Stimme angenehm, und ihre Worte sprachen ihm aus der Seele.

»Die Vergangenheit ist ein Schatz, liebe Emma«, entgegnete Sibylle. Eine Frau sollte nicht mit so tiefer Stimme sprechen, dachte Victor mal wieder. Und dann auch noch *seine* Frau! »In der Vergangenheit entdecken wir viele spannende Geschichten, die uns so einiges über unsere Gegenwart lehren. Wenn wir genau hinschauen, verstehen wir uns selbst viel besser«, fuhr Sibylle fort.

Emma kicherte. »Ach, ich verstehe genug. Zum Beispiel verstehe ich, dass in diesem Anwesen Kinder fehlen. Meine liebe Sibylle, solltest du dich nicht lieber darauf konzentrieren?«

»Alles zu seiner Zeit«, presste Sibylle steif hervor.

Victor schaute auf den Brief, der vor ihm lag. Eine lächerliche Idee, ihn zu schreiben. Er würde darauf verzichten. Den Kakao würde er selbst trinken. Emma hatte recht: Man sollte sich auf die wichtigen Dinge konzentrieren. Mit einem Ruck stand er auf, griff nach dem Papier, zerknüllte es und warf es auf den Boden. Dann knöpfte er die Weste zu, die über seinem runden Bauch gefährlich spannte, und lief auf den Flur hinaus in Richtung Eingangsbereich.

»Guten Morgen, Emma.« Victor nickte seiner Halbschwester zu und wandte sich dann an seine Frau. »Sibylle, auf ein Wort.« Er drehte sich um und stieg die Treppe hinauf. Diesmal folgte sie ihm. Diesmal würde sie ihm Folge leisten. Sie hatte gar keine andere Wahl.

In seinem Schlafzimmer angekommen, schloss er hinter ihr die Tür und gab sich große Mühe, freundlich zu sein. »Meine Liebe, es ist nun an der Zeit. Sie haben mich um Geduld gebeten und darum, dass wir einander zunächst kennenlernen. Mittlerweile sind einige Wochen vergangen. Die Frist ist vorüber. Sie haben nun ein Bild von mir, und ich habe eines von Ihnen. Es ist nicht nötig, noch länger zu warten.«

Mit großen Augen sah Sibylle ihn an. Wenn sie so erschrocken schaute, fand er sie beinahe hübsch. Ihre Schultern waren schmal und ihre Unterarme verschwindend dünn, aber vielleicht würde ihn ja überraschen, was er unter dem Kleid fände. Er trat einen Schritt auf sie zu.

»Die letzten Wochen haben mich ungeduldig werden lassen – Ihre Gegenwart reizt mich sehr«, sagte er leise und schob den Ärmel ihres Kleides über ihre Schulter. »Ich habe von Ihnen geträumt. Von Ihren Armen, Ihren Beinen, kommen Sie! Heute ist es so weit.« Er trat an sie heran, beugte sich zu ihr vor und presste seine Lippen gegen ihren Hals. Tatsächlich duftete diese Frau. Wie weich ihre Haut war, überraschte ihn. Ihm blieb beinahe die Luft weg. Mit einem Mal wollte er Sibylle tatsächlich besitzen. Diesen schmalen Körper mit der tiefen Stimme und dem widerspenstigen Blick in den Augen. Er wollte sie brechen, sie endlich wahrlich zu seiner Frau machen. Und wirklich, sie hielt still, während er ihr die Schnüre an ihrem Rücken öffnete. Sogar dann noch, als er am Stoff in ihrem Dekolleté zog und den Blick auf ihr Unterkleid freilegte. Erst als er unumwunden nach einer ihrer Brüste griff, zuckte sie zurück.

»Warten Sie«, rief sie. Sie streckte ihren Arm aus, doch er ignorierte die ihm zugewandte Handfläche und zog ihren Körper entschlossen an sich.

»Ich habe lang genug gewartet.« Während er sich weiter an ihrem umständlichen Kleid mit all den Schnüren und Knöpfen zu schaffen machte, wollte er nicht gestört werden, doch wieder rief sie, diesmal schärfer: »Ich habe gesagt, Sie sollen warten!« Sie stieß ihn zurück. »Hören Sie mich an!«

»Ich habe genug gehört«, entgegnete er. Neben dem Verlangen brannte auch die Wut in ihm. Wie konnte Sibylle es wagen, ihn zurückzuweisen? Er machte einen Schritt auf sie zu, um sie gegen die Wand zu drücken, doch schnell wich sie ihm aus und sagte: »Ich möchte Ihnen einen Vorschlag machen.«

»Still«, verlangte er und griff nach ihrem Arm. Plötzlich spürte er einen heftigen Schmerz auf seiner Wange – sie hatte ihm eine schallende Ohrfeige verpasst! Überrascht hielt er sich das Gesicht. Was erlaubte sie sich? Erst die Sache mit der Bettpfanne, nun das! Er musste sie noch einmal bestrafen – diesmal härter als beim letzten Mal. Entschlossen fasste er in ihre Haare und zog ihren Kopf zurück, so dass sich der lange Hals nach hinten bog.

»Victor, hören Sie gefälligst zu!« Trotz ihrer Lage klang sie laut und selbstbewusst. »Sie bekommen, was Sie verlangen, aber hören Sie mich zuerst an!«

Schnaufend ließ er sie los und verschränkte die Arme. »Nun gut«, presste er hervor.

»Ich werde ganz offen sein. Ich weiß genau, dass Sie ebenso wenig für mich empfinden wie ich für Sie. Nun sind wir aber nun einmal, wer wir sind. Ich werde meinen Pflichten nachkommen und mich nicht länger zur Wehr setzen – unter einer Bedingung.«

»Sie glauben wirklich, Sie könnten in unserer Ehe Bedingungen stellen?«

»Ich komme meinen Pflichten so lange bereitwillig und nach Ihrem Belieben nach, bis ein Kind geboren wird. Sobald dieses Kind da ist, lassen wir einander in Ruhe. Sie leben Ihr Leben, ich lebe meines. Jeder nach seiner Natur.«

Victor runzelte die Stirn. Was eine Idee! Glaubte sie wirklich, er würde sich ihrem Willen beugen?

»Ich werde in der Familienvilla in Bonn leben. Und Sie entscheiden hier, wonach Ihnen der Sinn steht«, erklärte sie.

»Wieso sollte ich mich darauf einlassen?«

»Ich werde Sie nicht länger behelligen. Und bis dahin werde ich tun, was immer Sie verlangen.«

»Was immer ich verlange?«, wiederholte Victor langsam. Er musterte sie, wie sie da in ihrem offenen Kleid vor ihm stand. Vielleicht war dieser

Vorschlag doch nicht so verkehrt. »Sie werden sich nicht länger sträuben?«

»Nein.«

Kurz überlegte Victor, dann sagte er: »Nun gut. Ich lasse mich darauf ein. Allerdings muss es ein gesunder, kräftiger Sohn sein, der das Kindesalter überlebt. Alles andere zählt nicht.«

»Natürlich.« Sibylle nickte.

»Gut, dann möchte ich, dass Sie sich entkleiden.«

»Jetzt?«

»Spreche ich undeutlich?«

»Unsere Abmachung gilt?«

»Sie gilt.«

Und endlich stieg seine Frau aus ihrem furchtbar umständlichen Kleid.

Tief atmete Wilhelmine ein, dann stieß sie das Tor des Doms auf. Sie blinzelte und wartete einen Moment, bis sich ihre Augen an die feierliche Dunkelheit gewöhnt hatten. Die Sonne stand so tief, dass sie durch das bunte Glas fiel und unzählige Lichtpunkte durch den Kirchenraum tanzen ließ. Wilhelmine trat ein, suchte die hölzernen Bankreihen mit den Augen ab und atmete aus. Sie war nicht da. Dabei hatte sie zu dieser Tageszeit schon zweimal Glück gehabt und die fremde Frau gesehen. Sie hatten einander quer durch den Dom angeschaut und die Blicke der jeweils anderen viel länger festgehalten, als es üblich war. Beim letzten Mal war Wilhelmine sogar so mutig gewesen, sich die Haare hinter das Ohr zu schieben und der Dame ein Lächeln zuzuwerfen, von dem sie bisher gar nicht gewusst hatte, dass es in ihr steckte.

Mit klopfendem Herzen war sie für genau diese Blicke auch heute hergekommen, doch die wenigen Frauen im Dom waren ihr allesamt unbekannt. Wilhelmine schritt durch die Reihen und ließ sich enttäuscht in die Mitte sinken. Wieso nur ging ihr diese Frau nicht mehr aus dem Kopf? Was hatte diese Besessenheit nur zu bedeuten? Sie sah zum Altar und stellte sich vor, die Fremde wäre ebenfalls hier. Sie würde in der Reihe vor ihr sitzen und sich zu ihr umdrehen. Ihr Blick würde flackern, und ihre Wangen im bunten Licht der Kirchenfenster schimmern. Wilhelmine schloss kurz die Augen. Dieses Bild, das sie nun im Kopf hatte, würde sie gern festhalten. Sie griff in ihre Rocktasche, um das Blatt Papier und den Bleistift hervorzuholen, die sie schon seit Tagen mit sich herumtrug. Wenn sie ehrlich zu sich selbst war, dann hatte auch das mit der Fremden zu tun. Sie hatte die Frau dabei beobachtet, wie sie sich minutenlang in die Betrachtung der Kunstwerke im Dom vertiefte. Und noch am selben Tag hatte Wilhelmine aus dem Arbeitszimmer Stift und Papier genommen und sich vorgestellt, eines Tages etwas darauf zu zeichnen. Nun war es endlich an der Zeit – dies war genau der richtige Augenblick dafür, entschied sie. Sie legte das Papier auf ihren Rock, beugte sich darüber und versuchte, mit vorsichtigen Bleistiftstrichen zu malen, was sie im Kopf hatte. Gleich der zweite Strich ging völlig daneben, also drehte sie das Papier um und begann noch einmal. Sie wollte den selbstbewussten Blick der Frau einfangen, ihre elegante Nase und das herausfordernd gereckte Kinn. Als Kind in der Schule hatte Wilhelmine lieber auf Papier herumgekritzelt, anstatt den Benimmregeln zu lauschen. Nun wollte sie allerdings sorgfältiger vorgehen als damals. Sie malte in kleinen, schnellen Strichen, wischte sie beinahe aufs Papier. Immer tiefer beugte sie sich über ihre Zeichnung, ein paar Strähnen lösten sich aus ihrer Flechtfrisur und begrenzten ihr Blickfeld. Sie malte den sich wendenden Hals der fremden Frau, die kaum sichtbare Denkerfalte auf der Stirn. Fast konnte sie den Charakter der Unbekannten bereits in der Zeichnung erahnen. Die Entschlossenheit, die Eleganz. Aber irgendetwas fehlte noch …

»Das ist gar nicht schlecht.« Erschrocken fuhr Wilhelmine herum – und sah, dass eben die Frau, die sie gerade zeichnete, nun schräg hinter ihr saß und sich zu ihr vorbeugte! Wo kam die Fremde plötzlich her? Wilhelmine hatte wohl alles um sich herum vergessen. Die Frau war ihr nun so nah, dass sie ihr Kölnisch Wasser riechen konnte.

»Das ist hübsch«, sagte sie mit ungewöhnlich tiefer Stimme und neigte ihren Kopf in Richtung der Zeichnung. »Wirklich hübsch. Malst du häufiger Frauenporträts?«

Wilhelmine schluckte und starrte die Fremde einen Moment lang unschlüssig an. Es gab jetzt eigentlich nur zwei Möglichkeiten. Vor Scham im Erdboden versinken, oder das Beste aus ihrer Situation machen. Also straffte sie die Schultern, schob sich ihre gelockerten Strähnen wieder hinters Ohr und lächelte so selbstbewusst und geheimnisvoll, wie sie nur konnte.

»Ich zeichne ausschließlich Frauenporträts«, behauptete sie.

»O tatsächlich? Warum das?«

»Weil ich glaube, dass Frauen nicht wirklich sichtbar sind in dieser Welt.«

Wilhelmine biss sich auf die Lippen. Was redete sie da nur vor dieser eleganten Dame? Wie kam sie überhaupt auf so etwas?

Ein kleines Lächeln umspielte den Mund der Fremden. »Man nennt uns ›das schöne Geschlecht‹, oder nicht?«

»Schon, aber kommt Ihnen das nicht auch seltsam vor? Klingt es nicht, als könne man überhaupt nur zu diesem Geschlecht zählen, wenn man auch als schön gilt? Und nur, wer schön gefunden wird, ist auch sichtbar?«

Bildete Wilhelmine es sich ein, oder begannen die Augen der Frau tatsächlich ein wenig zu glänzen? »Ein wirklich spannender Gedanke, Fräulein …?«

»Ich bin Wilhelmine Müller.« Sie versuchte, das nervöse Lachen, das nun über ihre Lippen stolperte, unter Kontrolle zu bringen.

»Wilhelmine, wie schön! Jetzt habe ich nur eine Frage: Wenn du gern die Unsichtbaren sichtbar machen möchtest – warum zeichnest du dann ein Frauengesicht, das landläufig wohl doch als schön angesehen werden könnte?« Die Frau schaute auf das Papier in Wilhelmines Händen.

Wilhelmine spürte, wie sie errötete. Natürlich, sie hatte sich in kürzester Zeit in Widersprüchen verheddert.

»Nun, die landläufige Meinung ist vielleicht nicht unbedingt die meine ...«, stammelte sie. Schnell faltete sie die Zeichnung zusammen und steckte sie weg. Nicht auszudenken, wenn die Dame jetzt auch noch ihre eigenen Gesichtszüge darin erkennen würde!

»Ich muss nun leider ... Es hat mich sehr gefreut.« Wilhelmine stand auf, nickte der Frau zu und schritt dann erhobenen Hauptes aus der Kirche. Ihre Hände, die sie in den Stoff ihres Rocks krallte, waren feucht vor Nervosität. Sie eilte über den Domplatz in Richtung Neumarkt und verfluchte sich selbst mit den wüstesten Beschimpfungen, die sie je aufgeschnappt hatte. Erst als sie die Lindenbäume rund um den Platz sehen konnte, fiel ihr auf, dass sie nicht nur eine vielleicht einmalige Gelegenheit verspielt hatte, die fremde Frau kennenzulernen – nein, sie hatte nicht mal nach ihrem Namen gefragt!

6. Kapitel

Franz Stollwerck stand vor den mächtigen Mauern der Notre Dame. Er legte den Kopf in den Nacken und staunte. Er war tatsächlich in Paris! Davon träumte er seit seinem ersten Tag als Zuckerbäckergeselle. Schon damals hatte sein Meister in den höchsten Tönen von der französischen Hauptstadt geschwärmt. »Wenn du ein Zuckerbäcker werden willst, dann musst du auf deiner Wanderschaft nach Paris«, hatte er gesagt. Nach Monaten langer Reisen war er nun endlich in der Hauptstadt Frankreichs angelangt. Langsam lief er um die Kathedrale herum und steuerte auf die Pont au Change zu, die über die Seine führte. Auf der steinernen Bogenbrücke überquerten kleine und große Kutschen den Fluss, Dienstmädchen rafften ihre Röcke, um zwischen ihnen hindurchzuhuschen und auf der anderen Straßenseite Gemüse oder Gewürze von den Ständen der Kaufleute zu erwerben. Vor Jahrzehnten hatten auf dieser Brücke noch uralte Häuser gestanden, eng an eng – das hatte ihm der Brite James Lever erzählt, der sich ihm in der Gesellenherberge als Schaugeselle vorgestellt hatte. Anscheinend war er schon seit über einem Jahr in Paris und mittlerweile für die Unterbringung der anderen Gesellen zuständig, außerdem stand er ihnen mit Rat und Tat zur Seite. Franz und er hatten sich auf Anhieb gut verstanden. Ein wenig erinnerte James ihn an seine Freunde, die er in Köln zurückgelassen hatte: an Heinrich, Koloman und Theodor, mit denen er schon in Kindertagen nur Blödsinn im Kopf gehabt und später kein Kirmes- oder Karnevalsfest ausgelassen hatte. James lachte und scherzte beinahe genauso gern wie sie. Also hatte Franz mit dem Briten angestoßen und ihm vom bunten Trubel des Kölner Rosenmontagsumzugs erzählt, von den Roten Funken, die in den Karnevalstagen durch die Straße tanzten, und vom Hanswurst, der zur Belustigung aller herumgetragen wurde. Dann sprach er von seiner Familie, die in der Kölner Löhrgasse einen Kramladen betrieb. Obwohl dieser verwinkelte und düstere Ort nicht sonderlich schön war, musste Franz in der Ferne dennoch oft an ihn denken. Er war wie eine kleine Tür in die große Welt. Hier wurde Geschirr aus Bonn verkauft, Schalen aus Bayern und Gewürze aus aller Herren Länder.

»Mein Vater betreibt einen Lebensmittelladen«, erzählte James. »Aber ich hasse diesen schrecklichen Ort. Niemals werde ich das Drecksloch übernehmen!«

Franz brummte zustimmend. Schließlich wollte auch er auf keinen Fall in die Fußstapfen seines Vaters treten. »Was glaubst du, warum ich eine Bäckerlehre mache?«, fragte er in seinem bruchstückhaften Französisch, das ihm sein Vater während der französischen Besatzung Kölns beigebracht hatte.

Er streckte James das Wanderbuch entgegen, das ihm sein Meister mit auf den Weg gegeben hatte. Es bescheinigte seine ersten Gesellenjahre, sein vorbildliches Verhalten sowie seine Fertigkeiten. Auf jeder seiner Stationen musste er es vorzeigen, um sich einerseits auszuweisen und andererseits um einen neuen Eintrag zu bitten. Schon fünf Konditoreien konnte er James präsentieren: zwei in Württemberg und drei in der Schweiz. Der bartlose Mann mit dem Kindergesicht machte große Augen und nickte anerkennend.

»Wohin soll ich als Nächstes gehen?«

»Mein lieber Freund! Wir sind in Paris – du kannst überallhin gehen!« James breitete die Arme aus und lächelte mit rot glänzenden Pausbacken.

Nun schaute Franz auf die Seine hinaus und spürte ein Ziehen in der Brust. Ein wenig erinnerte ihn der breite Fluss an den Rhein und daran, wie mächtig der sich seinen Weg an Köln vorbei bahnte. Seit Monaten hatte Franz seine Familie nicht gesehen. Und auch nicht dieses eine Mädchen ... Er biss sich auf die Lippen. Er sollte nicht immerzu daran denken. Schnell lief er weiter in das Gewimmel der Stadt hinein. Doch bald schon fiel sein Blick auf ein Haus, an dem die Lettern *Officine Universelle* prangten. Das Geschäft war viel kleiner als die Kölner Apotheke am Neumarkt, doch mit seinen vielen Fläschchen und dem hohen Schrank, die er durch das Fenster erahnen konnte, brachte es Franz dennoch Erinnerungen zurück: an prachtvolles Haar und störrische Strähnen, an ein langsames Blinzeln und einen schattigen, verträumten Blick. Nun konnte er nicht mehr anders, er musste sich Anna Sophia vorstellen. Er sah sie vor sich, wie sie aus der Apotheke ihres Vaters trat und sich umsah. Damals waren sie beide fast noch Kinder gewesen, und Franz hatte keine Gelegenheit ausgelassen, ihr und ihrer kleinen Schwester Wilhelmine gemeinsam mit seinen Freunden Streiche zu spielen. Einmal schenkten sie ihnen süßes Gebäck, in das sie zuvor Pfefferkörner gesteckt hatten. Ein andermal nahmen sie aus dem Kramladen einen alten Spiegel mit und legten ihn auf die Treppenstufe vor ihrer Haustür. Als Anna Sophia heraustrat, sah sie statt der Treppe nur den Himmel und zuckte vor Schreck fürchterlich zusammen. Und ein drittes Mal pirschten sie sich auf der Straße unauffällig an sie und ihre Schwester heran, um ihnen kleine Körbe falsch herum auf die Köpfe zu stülpen. Gleichzeitig setzten sie sich selbst ebenfalls Körbe auf, und als sich die Mädchen von ihren Kopfbedeckungen befreiten, sich erstaunt umdrehten und die Jungen entdeckten, da musste es für sie für einen kleinen Moment ausgesehen haben, als wären die Körbe allesamt vom Himmel auf die jungen Leute niedergeregnet. »Ein Wunder mitten in Köln, am helllichten Tage!«, rief Franz. Doch dann hatte er nicht mehr länger an sich halten können und losgeprustet.

Franz lächelte bei dieser Erinnerung. Er wusste selbst nicht mehr so recht, warum er eigentlich ausgerechnet Anna Sophia für seine Späße ausgesucht hatte. Er kannte sie von der Sonntagspredigt, in der er sich gern verstohlen und gelangweilt umsah, während sie gebannt nach vorn schaute. Vielleicht hatte sie ihm schon damals gefallen. Irgendwann hatte er ihr jedenfalls unauffällig zugewinkt und Grimassen geschnitten, und sobald sie ihn bemerkte, hatte sie tadelnd, aber auch leicht schmunzelnd den Kopf geschüttelt.

Zwischen ihnen war alles ganz einfach gewesen, bis zu dem einen Tag ein paar Jahre später, als er sie zufällig auf dem Alter Markt sah. Sie entdeckte Franz, und um ihren Mund lag dieser vorgeblich strenge Zug, der meist auftauchte, sobald sie ihm begegnete, der aber genauso schnell von einem Schmunzeln verdrängt wurde. Franz grinste, und sie lief mit einem belustigt wirkenden Kopfschütteln weiter. Ob es wohl an dem flüchtigen Augenkontakt mit ihm gelegen hatte, dass sie unaufmerksam geworden war? Oder hatte sie wie so oft ihren Gedanken nachgehangen? Franz wusste es nicht, er sah nur, wie sie vor eine Kutsche lief. Die Pferde stiegen vor Schreck, und das schwarze Fahrzeug mit den großen Rädern geriet ins Schlingern. Wieso musste es ausgerechnet diese Kutsche sein?

»Bitte entschuldigen Sie!«, rief Anna Sophia und sah beschämt zu Boden.

»Was soll das?«, hörte man es aus dem Inneren wüten, bevor zuerst eine Halbglatze, dann der ganze Kopf von Victor Mertens aus der Kutsche hervorlugte. Seinen Namen hatte Franz zu diesem Zeitpunkt noch nicht gekannt, doch kurz danach würde er sich ihm eingebrannt haben. Auch heute brauchte Franz nur daran zu denken, schon fühlte er heiße Wut in sich aufsteigen. Vor seinem inneren Auge sah er wieder, wie dieser Mann seine Stirn rieb, die er sich wohl gerade gestoßen hatte. »Du? Nimm dich besser in Acht«, rief er und reckte die Faust gegen Anna Sophia. In seinem geröteten Gesicht zeichnete sich Wut ab, gleichzeitig breitete sich aber auch ein gieriges Grinsen darauf aus. Franz hatte auf einmal zu zittern begonnen. Irgendetwas sagte ihm, dass Anna Sophia vor diesem jähzornigen Kerl heute nicht sicher war. Also versuchte er, in ihrer Nähe zu bleiben und unauffällig auf sie aufzupassen. Anna Sophia kaufte Brot und Äpfel, und nur einen winzigen Moment sah Franz einem kleinen Vogel dabei zu, wie er Brotkrumen aufpickte, da war sie plötzlich verschwunden. Er suchte den ganzen Markt nach ihr ab, rannte zwischen den Ständen umher, stolperte über Körbe und stieß Kisten um. Er lief die Gassen in Richtung des Neumarkts hinunter und brauchte viel zu lang, um sie zu finden. Alles wäre möglicherweise anders gekommen, hätte er sie ein paar Minuten eher entdeckt.

Franz hatte kaum bemerkt, dass er in Gedanken weitergelaufen und in der Rue de Richelieu angekommen war. Er stand nun vor dem Geschäft, von dem ihm James mehr erzählt hatte als von Zuckerbäckern und Konditoreien. Und ein wenig wünschte er sich, er hätte damals, vor Jahren in Köln, rechtzeitig in einem solchen Geschäft einkaufen können. *Lepage* hieß der Eckladen mit den hohen Türen, in dem antike und moderne Schusswaffen verkauft wurden.

»Hast du schon mal von der Julirevolution gehört?«, hatte James ihn am Vorabend gefragt und ihm eine Hand auf den Unterarm gelegt. »1830 hat der alte König Karl das gesamte Volk verraten. Das Parlament wollte er auflösen! Der stinkende Adel sollte wieder an die Macht kommen. Aber das haben die Franzosen natürlich nicht mit sich machen lassen.«

Franz hatte heftig genickt. »Recht haben sie!«

»Und ob du's glaubst oder nicht, an der Julirevolution war ich maßgeblich beteiligt. Ich und der Lepage.«

»Der wer?«

»Lepage, der Besitzer vom Waffenladen. Die wollten sein Geschäft plündern und seine Waffen gegen das Volk einsetzen! Da hab ich zum Lepage gesagt: Lass das bloß nicht geschehen!«

»Dann warst du früher schon mal in Paris?«

James winkte ab. »Etliche Male. Jedenfalls hat der Lepage seine Waffen dann an das Volk verteilt. Und wir haben gekämpft.«

Die Straße war ruhig. Kaum zu glauben, dass genau an dieser Stelle vor noch gar nicht allzu langer Zeit ein Kampf zwischen den Mächtigen und dem Volk, den Reichen und den Arbeitern getobt hatte.

Franz lief weiter und dachte nach. Diese Straße bot eine kleine Auswahl an Bäckereien. In der »Boulangerie Viennoise« backte seit ein paar Monaten der Wiener August Zang. Der Mann forme Brot zu langen Stangen, hatte James gemeint, und auch seine halbrunden Kipferl aus Blätterteig würden gern gekauft. »Er nennt das *Baguette* und *Croissant.*«

Doch wenn Franz schon einmal in Paris war, wollte er nicht von irgendeinem Wiener, sondern von einem echten Pariser Zuckerbäcker unterrichtet werden. Daher lief er weiter, bis er die *Sucre Patisserie* erreichte. Schon beim Blick durch das Schaufenster wusste er: Hier gehörte er hin. Es waren nicht die mehrstöckigen Torten, die hübschen Küchlein oder Kekse, die ihn so beeindruckten, sondern die Kunstwerke, die hinter dem Glas präsentiert wurden: Engel mit hellen Flügeln, Pferde mit lebendig wirkenden Nüstern, Porträts von Männern und Frauen, ja sogar eine ganze Miniatur-Krippe! Konnte es wirklich sein, dass dieser Bäckermeister all das aus *Zucker* herstellte? Franz trat näher heran und entdeckte außerdem Schokolade besetzt mit Nüssen und Zuckerperlen, die ihn an Anna Sophias Hustenbonbons erinnerten, nur dass diese hier bunt leuchteten.

Langsam drückte er die Tür auf. Sofort umhüllte ihn der Duft von warmem Zucker, Marzipan und Schokolade.

»Bonne journée, Monsieur!« Ein uralter Mann hinter dem Tresen schaute Franz entgegen.

In seinem schlechten Französisch erklärte Franz, er sei Geselle und diese Patisserie sei ihm empfohlen worden. Ob er seine Dienste anbieten dürfe?

»*Je suis Louis Petit.*« Louis Petit hatte tief hängende Tränensäcke, tausend Furchen auf der Stirn und einen faltigen Hals. Doch seine Hände, wenn auch knorrig und ädrig, waren ruhig. Schon am ersten Tag führte er ihm vor, wie er aus Zucker, Wasser und Tragant eine formbare Modelliermasse mischte. Aktuell arbeitete Louis Petit an seinem eigenen Haus: Mit Zucker formte er jedes Fenster, jeden Stein und jeden Buchstaben über dem Schaufenster nach, um das eigene Heim in Miniatur nachzustellen.

»Ein Zuckerbäcker ist nie nur Zuckerbäcker«, sagte er. »Ein Zuckerbäcker ist auch alles andere. Er ist Architekt. Er ist Maler. Zeichner. Er ist ein Künstler. Merke dir eins, Franz Stollwerck: Ein Mensch ist nie nur ein Mensch. In uns stecken viele Wünsche und Talente. Und wir werden glücklicher, je mehr wir davon selbst kennenlernen.«

Bei diesen Worten sah er Franz nachdenklich ins Gesicht, als suche er irgendetwas. Plötzlich räusperte er sich. »Das Wanderbuch! Gib es mir bitte. Danach möchte ich dir zeigen, wie man Zucker karamellisiert. Und wenn du Glück hast, kann ich dich sogar in die Geheimnisse der Schokoladenpralinen einweihen.«

Schnell griff Franz nach seiner großen Ledertasche. Das Wanderbuch war der wohl wichtigste Gegenstand, den er auf seiner Reise bei sich trug: Ohne dieses Buch würde er nicht als Geselle angesehen, er dürfte nicht in Gesellenherbergen übernachten und würde nirgends Anstellung finden. Er öffnete seine Tasche und griff hinein – und stutzte. Er fand ein Hemd zum Wechseln, eine lange Unterhose, eine Birne, aber kein Wanderbuch! Wieder und wieder durchkramte er seine Tasche. Nichts! Fieberhaft überlegte er, wo er es zuletzt in der Hand gehabt hatte. Und dann wusste er die Antwort. Sein Gesicht wurde heiß, seine Hände ballten sich zu Fäusten. Wie konnte er nur so dumm sein?

Sicher kannte der junge Schaugeselle gar keinen Lepage! Wie alt soll er bei der Julirevolution gewesen sein? Zwölf? James Lever hatte Franz belogen, und wahrscheinlich hatte er seine Gutgläubigkeit ausgenutzt, um an das Wanderbuch zu kommen. Das Buch, in dem er nicht nur all seine Erfolge gesammelt hatte, sondern das, zwischen seinen Seiten, auch ein kleines Geheimnis bewahrte. Wie hatte Franz sich nur so über den Tisch ziehen lassen? Er verfluchte und schämte sich für seine eigene Naivität. Das würde er ihm büßen! »Dieser vermaledeite Hanswurst!«, rief er.

Franz suchte die halbe Stadt nach dem Schaugesellen ab und erfuhr, dass James sogar in dieser Sache gelogen hatte. Er war nie Schaugeselle gewesen! Wen er auch fragte – der Junge schien ein Geist zu sein. Franz hatte keine andere Wahl, als gegen seinen Zorn anzukämpfen, langsam wieder zur Ruhe zu kommen und Meister Petit die ganze Geschichte zu erzählen. Glücklicherweise glaubte der alte Mann ihm und unterrichtete ihn vorerst ohne Wanderbuch. Stundenlang schrieb Franz Briefe an die Konditoreien in Württemberg und der Schweiz, außerdem natürlich in seine Heimatstadt. Doch wie lange er auf Antworten warten und dafür in Paris ausharren musste, ja, ob er sie überhaupt je bekommen würde, wusste er nicht. Tagsüber backte und lernte er, abends schlenderte er durch die Gassen und sah sich neugierig um. Einmal besuchte er sogar ein Warenhaus, in dem die unterschiedlichsten Dinge feilgeboten wurden. Hier bot man glänzendes Geschirr, elegante Hüte und Schreibutensilien an. Im anwachsenden *Au bon marché* im Saint-Germain-des-Prés kaufte Franz eine Schreibfeder, und beim Hinausgehen schenkte man ihm, wie jedem Kunden, ein Bildpräsent. Es zeigte Notre Dame in bunten Farben, und auf der Rückseite prangte in großen Lettern der Name des Kaufhauses. »Beehren Sie uns bald wieder!« Franz staunte. Was eine kluge Idee! So würde dieser Ort mit Sicherheit im Gedächtnis bleiben.

Der Zuckerbäcker Louis Petit kurbelte an einer Bonbonwalze, während Franz in einem großen Topf voll geschmolzenem Kakao rührte. Heute würde er Walnusspralinen mit Marzipankern herstellen.

»Roll schon mal die Marzipanmasse zu kleinen Kugeln«, empfahl ihm Louis Petit in seinem genuschelten Französisch.

Franz holte die Schüssel hervor, in der das frische Marzipan auf seinen Einsatz wartete. Am frühen Morgen hatte er es aus Mandeln, Puderzucker und Rosenwasser zusammengeknetet. Nun begann er, kleine Portionen herauszulösen.

»Der Kakao darf nicht zu heiß werden!«, mahnte der Meister.

Während Franz rollte, formte, rührte und beobachtete, wie Louis Petit seine frischen Bonbons in Gläser füllte, derweil es im ganzen Raum duftete, klirrte und blubberte, stellte er sich vor, er würde in Köln seine eigene Bäckerei eröffnen und darin süße Köstlichkeiten anbieten. »Mein lieber Franz«, hatte seine Mutter gern zu ihm gesagt, »du bist etwas ganz Besonderes. Eines Tages wirst du einmal ein anderes Leben führen, denn du bist für etwas Größeres gemacht.« Er dachte an ihre liebevollen Augen, ihre so rauen und zugleich stets warmen Hände, und spürte wieder diesen dumpfen Schmerz. Er würde wohl nie begreifen, dass sie von einem auf den anderen Tag gestorben war. Einfach so! Er versuchte, nicht darüber nachzudenken, und stellte sich stattdessen einen lichtdurchfluteten Raum vor, in dem die unterschiedlichsten Torten und Kuchen, Tarte und Kekse, Küchlein, Gebäck und vielleicht sogar Pralinen standen. Ja, nahm er sich vor, er würde den Pariser Genuss nach Köln holen, eine unendliche Vielfalt, und in der ganzen Stadt würde man sich von diesen Geschmackserlebnissen des Franz Stollwerck erzählen! Und hin und wieder könnte er ein paar Senfkörner in einem Stück Kuchen verstecken und es Anna Sophia schenken. Er grinste bei diesem Gedanken.

Ein Klingeln riss ihn aus seiner Träumerei. Er schaute zur Tür hinüber – und riss die Augen auf.

»*Que puis-je faire pour vous?*«, fragte Louis Petit freundlich und trat auf den jungen Mann zu, der soeben hereingekommen war. Schüchtern schaute der Junge zurück. Franz knirschte mit den Zähnen. Wie konnte James Lever es wagen, hierherzukommen?

»Franz …«, setzte James an, und schon in diesem Moment platzte Franz der Kragen. Er stürmte auf ihn zu, stieß ihn gegen die Ladentür und holte aus.

»*Garçon!*«, rief Louis Petit.

Im letzten Moment konnte Franz sich zurückhalten.

»Was willst du hier?«, knurrte er nah vor James' Gesicht.

»Ich … also …«

»Was, also?«

»Ich … nun ja … musste einfach herkommen. Ich bin nun mal ein hoffnungsloser Romantiker.« Wagte James es in seiner Lage tatsächlich, zu lächeln? »Du weißt schon. Im Bucheinband … In dieser Lasche …«

Jetzt konnte Franz nicht mehr an sich halten. Er ballte die Hand zur Faust, holte erneut aus – und spürte, wie Louis Petit seinen Arm festhielt. Verflixt, dachte Franz. Was der alte Herr doch noch für eine Kraft hatte!

Franz atmete tief durch und starrte James an. Dann presste er hervor: »Gib es mir! Sofort!«

Mit zitternden Händen griff der Junge in seine Tasche, zog das Buch heraus und hielt es Franz hin. Da war es tatsächlich! Sein Wanderbuch, das er so verzweifelt gebraucht hatte. Fragend sah er den Meister über seine Schulter an. Petit nickte und ließ Franz los, doch in seinem Blick lag eine unmissverständliche Warnung. Er würde es nicht tolerieren, wenn Franz in seinem Laden eine Schlägerei anfing.

Franz riss James das Buch aus der Hand. »Und jetzt geh. Verschwinde!«

»Ich wollte nicht …«, setzte James an, doch Franz' Gesichtsausdruck bewegte ihn wohl dazu, rückwärts zur Tür zu stolpern. »Es tut mir so leid! Bitte, lass es mich erklären.« Er hob die Arme, als wolle er sich ergeben. »Mein Vater … ich hab dir doch erzählt, dass ich sein Geschäft übernehmen soll.«

»Na und?«

»Ich versuche seit über einem Jahr in Paris Bäcker zu werden, um das nicht tun zu müssen, und habe noch nichts vorzuweisen. Wenn ich jetzt zurückgehe … Mein Vater …«

»Und deswegen hast du mein Wanderbuch gestohlen?«

»Ich wollte es nur einmal vorzeigen, danach hätte ich es dir sofort zurückgebracht. Aber keiner hat mir geglaubt. Dieser Wiener hat mich sogar hochkant aus dem Laden geworfen.«

»Du hast Zang erzählt, du wärst Deutscher?«

»Ziemlich dumm, oder?«

Franz musste schmunzeln. Gleichzeitig spürte er, dass seine Wut langsam wieder nachließ.

»*Le cacao*!«, rief Louis Petit plötzlich und zeigte auf den brodelnden Topf in der hinteren Ecke der Patisserie.

Großer Gott!, dachte Franz. Wenn ihm wegen James nun auch noch der teure Kakao angebrannt war! Eilig legte er das Buch auf den Tresen, lief hinüber zur heißen Schokoladenmasse, hob den Topf vom Feuer und rührte hektisch um. Glück gehabt. Die dunkle, cremige Flüssigkeit war noch nicht angebrannt.

»Du hast mich nach Strich und Faden belogen«, rief Franz in James' Richtung, während er rührte.

»Ich verspreche dir, ich werde es eines Tages wiedergutmachen. Wer weiß, vielleicht habe ich ja bald eine wichtige Bäckerei in Hampstead. Dann sind du und all deine Gesellen immer herzlich willkommen bei mir.«

Franz schüttelte lachend den Kopf, rührte weiter – und seufzte. Immerhin hatte James den Mut gehabt, hierherzukommen und sich zu entschuldigen.

»Wir werden sehen ...«, sagte er.

Voller Stolz betrachtete Franz die kleinen Schokohäppchen, auf denen je eine geröstete Walnuss thronte.

»Bravo«, sagte Louis Petit, der ihre gleichmäßige Form und Größe inspizierte. »Du hast viel bei mir gelernt. Deine Birnenbonbons kommen gut an, deine Mürbeteigküchlein sind beliebt, und deine Kakaokreationen sehen hervorragend aus. Ob sie auch so schmecken?«

Mit einem Schmunzeln nickte der Meister. Also griff Franz nach einer der Pralinen und legte sie sich auf die Zunge. Er kaute und spürte, wie ihn ein warmes Glücksgefühl durchfuhr. Sie schmeckte nicht nur nach Nüssen, Schokolade, Zucker und Rosenwasser, sondern irgendwie auch nach dem Lob eines alten Meisters, der Kunstfertigkeit der Patisserie, dem Gewusel und Gewimmel von Paris, wiedergefundenen Zeugnissen und nach großen Plänen.

Louis Petit schenkte ihm sein schönstes Lächeln, das sein Gesicht in unzählige Falten legte, und hielt Franz sein Wanderbuch entgegen.

Als Franz am Abend auf dem Strohbett in der Wanderherberge saß, holte er das Buch wieder hervor. Eigentlich wollte er vor allem das Werbebildchen aus dem Warenhaus hineinlegen, doch bei der Gelegenheit blätterte er noch einmal darin herum. Da war, was er in den letzten Wochen so dringend benötigt hatte: sein Zeugnis aus Köln, seine Bestätigungen aus der Schweiz und Württemberg. Und ganz hinten, in der Lasche im Bucheinband, steckte eine zerbrechliche Blüte. Er hatte sie vor Jahren getrocknet und stellte nun erleichtert fest, dass dieser vermaledeite James sie nicht zerbrochen hatte. Ihre dunkle Farbe ließ noch erahnen, dass die Blume einmal violett gewesen war. Franz rieb sich das Kinn und erinnerte sich daran, wie Anna Sophia sie ihm vor Jahren, als er schwer verletzt im Bett gelegen hatte, geschenkt hatte.

»Vielleicht heitert sie dich ein wenig auf«, hatte sie damals geflüstert. »Ich habe sie aus dem Botanischen Garten, weißt du? Eine Iris – meine Lieblingsblume.«

Vorsichtig strich Franz mit dem Finger darüber und freute sich noch einmal mehr, morgen die Heimreise antreten zu können.

7. Kapitel

Anna Sophia streckte den Kopf durch die Küchentür und sagte: »Hallo, Betty! Ich bin kurz bei den Stollwercks, Hubertine geht es nicht gut!« Dann lief sie hinaus in den Flur.

»Haben Sie Ihren Vater gefragt, Anna Sophia? Er ist wach«, vernahm sie die Haushälterin noch rufen, und obwohl Anna Sophia wusste, wie falsch das war, tat sie so, als hätte sie nichts gehört. Sie lief die Treppe hinunter und öffnete die Hintertür zur Apotheke. Vor ihr stand August in seiner gemusterten Weste. »Anna Sophia! Guten Morgen.«

»Brauchst du heute Hilfe, August? Wenn nicht, würde ich den Stollwercks zur Hand gehen. Hubertine fühlt sich nicht wohl.«

»Hubertine …?« Nachdenklich sah August an die Zimmerdecke.

»Das junge Mädchen, das neulich wegen seines Vaters hier war.«

»Ah«, machte er. »Geh nur, heute ist nicht allzu viel zu tun.«

»Danke, bis später, August!« Sie eilte hinaus und lief durch die Hintertür in den Hof. So selbstverständlich wie sie nur konnte, öffnete sie das niedrige Stalltor neben dem Haus ihres Vaters, betrat den Pferdestall, schnappte sich einen Sattel und warf ihn auf die Stute Rosa. Das Pferd schnaubte überrascht, und Anna Sophia strich ihm über die weiße Stirn. Die kleine Rosa war nicht mehr die Jüngste, doch seitdem Gottlieb sie vor zwölf Jahren gekauft hatte, leistete sie der Familie treue Dienste. Sie war ein wahrer Glücksgriff gewesen: Nicht nur zog sie bereitwillig Gottliebs kleinen Einspänner, mit dem er hin und wieder seine Schwester in Bonn besuchte oder Medikamente ins Umland transportierte, sie ließ sogar die ganze Familie Müller widerstandslos auf ihr reiten.

»Wir machen einen kleinen Ausritt«, flüsterte Anna Sophia ihr zu. »Aber keine Sorge, du kennst den Weg.«

Sie schloss den Sattelgurt und musste daran denken, wie sie ihren Vater vor ein paar Jahren von der fixen Idee abgebracht hatte, für die Mädchen einen Damensattel zu kaufen. Der sei in England längst hochmodern und werde jungen Reiterinnen auch hierzulande gut stehen. Doch wie sollte sie auf so einem seltsamen Ding ausreichend Hilfen geben, um Rosa zu lenken? Ihr Vater hatte ihr das Reiten auf einem freien Acker am Rande Kölns beigebracht – und das natürlich mit einem deutschen Sattel. Am Ende gewann sie die Diskussion, indem sie auf die Gefahren des Damensitzes hinwies: Schnell konnte man darauf die Kontrolle über das Pferd verlieren, und bei Stürzen kam es nicht selten vor, dass die Reiterinnen im Damensattel hängen blieben.

»Verflixt«, flüsterte Anna Sophia. In Gedanken versunken war sie wie so oft einfach stehen geblieben und hatte vor sich hin gestarrt. Wie viele Minuten hatte sie wohl mal wieder verschwendet? Schnell legte Anna Sophia die Trense an und bekreuzigte sich. »Bitte vergib mir, guter Gott«, flüsterte sie. Es war fürchterlich, den Vater so zu hintergehen. Sie hatte Betty und August angelogen und den Rat ihrer Schwester ignoriert. Wenn sogar Wilhelmine mehr Vernunft zeigte als Anna Sophia, dann lief irgendetwas falsch. Doch sie hatte sich nächtelang mit der Entscheidung gequält – sie konnte es einfach nicht unversucht lassen.

Sie führte Rosa durch die Stalltür, über den Hof und hinaus auf den Neumarkt. »Bitte, lieber Gott, lass niemanden aus dem Fenster schauen«, betete sie stumm. Sie führte Rosa zur nächsten Gasse. Ohne sich umzusehen, raffte sie den weiten Rock und schwang sich auf Rosas Rücken. Kurz zupfte sie den Stoff ihres Kleides und des Unterkleides zurecht, so dass er um ihre Beine herum nicht zu sehr spannte, dann nahm sie die Zügel auf und wollte ihre Fersen gerade schon gegen die Seiten der Stute drücken, da entdeckte sie mitten auf der Gasse eine schwarze Krähe. Ihre Federn glänzten im Licht der Morgensonne. Mit spitzem Schnabel sah sie Anna Sophia entgegen. Sie schluckte. Eine schwarze Krähe am Morgen verhieß nichts Gutes. Wenn Betty das sehen könnte! Sie würde ihr dringend raten, sofort umzukehren, sich wieder ins Bett zu legen und zu hoffen, dass ihr dort nichts geschah. Während Anna Sophia noch zögerte, hörte sie mit einem Mal jemanden hinter sich rufen: »Anna Sophia!«

Ihr brach der Schweiß aus. War sie entdeckt worden? Auf dem Pferd sitzend drehte sie sich langsam herum. Vor ihr stand Hubertine. Ihr winziges Schmunzeln ließ ihren Kiefer noch breiter erscheinen als sonst.

»Ich höre, du besuchst uns heute?«

Sie schluckte. »Warst du etwa in der Apotheke?«

»Gerade eben. Ich habe dich gesucht. Aber euer Geselle hat gesagt, du wärst schon auf dem Weg zu uns. Er wünschte mir gute Besserung.« Sie verschränkte die Arme. »Was habe ich denn für eine Krankheit?«

»Ähm, also, ja … ich … in Wahrheit … Es ist so …«

»Ach!«, Hubertine lachte. »Ich zieh dich nur auf. Das interessiert mich doch gar nicht. Du kannst mich ruhig als Ausrede benutzen. Ich sage zu niemandem ein Wort.«

»Das ist …« Erleichtert atmete Anna Sophia aus. »Danke.«

»Eigentlich wollte ich mich bei dir bedanken.« Hubertine sprach nun etwas leiser, sah verlegen an Anna Sophia vorbei und rieb sich den kräftigen Oberarm. »Deine Kamille hat Vater geholfen. Außerdem habe ich Rettich auf dem Gemüsemarkt gekauft. Jetzt steht Papa wieder im Laden.«

Überrascht sah Anna Sophia, dass ihre Augen nun eine warme Freundlichkeit umspielte.

»Das erleichtert mich sehr.«

»Die hier habe ich im Botanischen Garten gefunden, als ich dort Kamillenachschub gesucht habe.« Hubertine streckte ihr eine violette Blume entgegen. »Irgendwie musste ich an dich denken.«

Erstaunt nahm Anna Sophia das Geschenk entgegen und betrachtete es. Die vielen weichen Blütenblätter wölbten sich weit nach außen. Sie selbst hatte auch schon einmal eine solche Blume gepflückt, aber das war lange her. »Eine Iris. Wie schön sie ist, vielen Dank!«

Wenn eine schwarze Krähe ein Zeichen war, sich in Acht zu nehmen, war diese Blume dann nicht vielleicht ein Zeichen, dennoch Mut zu beweisen? Als Anna Sophia aufsah, war Hubertine schon weitergelaufen. Sie winkte ihr noch aus der Ferne zu: »Viel Erfolg bei was auch immer du vorhast!«

»Danke, das kann ich brauchen«, antwortete Anna Sophia. Und setzte noch hinzu: »Gibt es eigentlich etwas Neues von Franz?«

Sie musste noch häufig an den lustigen Krämerjungen denken. Sie würde es zwar nie zugeben, doch seine dummen Streiche fehlten ihr. Köln war ein klein wenig fad geworden, seitdem er weg war. Insgeheim hoffte sie, dass er bald zurückkäme.

»Nein, bisher nicht!« Mit diesen Worten verschwand Hubertine um die nächste Straßenecke.

Noch einmal sah Anna Sophia auf die Blume. Dann steckte sie sie kurzerhand an ihren Sattel, schnalzte mit der Zunge und trieb Rosa an.

Obwohl der Morgen noch jung war, war Köln längst auf den Beinen. Warenträger liefen in Richtung des Marktplatzes, Marktfrauen priesen Obst und Gemüse an, Mönche und Priester eilten in die vielen Kirchen der Stadt, und die Zimmermänner hatten sich auf den unzähligen Baustellen an die Arbeit gemacht. Noch vor wenigen Jahren waren die Straßen dieser Stadt allesamt düster und heruntergekommen gewesen, es hatte überall gestunken, und in den Gassen hatte sich der Unrat aufgetürmt. Doch seit einiger Zeit hörte man an allen Ecken die Handwerker hämmern. Neue Häuser wurden gebaut, Bäume gepflanzt und Ruhebänke aufgestellt. Die preußische Regierung hatte entschieden, dass das vor Kurzem noch so mittelalterliche Köln endlich modern werden sollte. Anna Sophia konnte das nur recht sein. Hübsche Wege führten Besucher der Stadt sicher auch besser gelaunt zur Apotheke ihres Vaters.

Auf dem Steinpflaster der sich vom Rhein heraufwindenden Gassen bewegte sich Rosa mit ruhigem Schritt aus der Stadt heraus. Je weiter sie sich von Dom und Fluss entfernten, desto dörflicher wurden die Straßen. Um den Markt- und Handelsmittelpunkt Kölns lag bogenförmig das Siedlungsgebiet der Handwerker und Gewerbetreibenden. Rosa schritt an ihren einfachen Häusern, Hütten und Kramläden vorbei, bis auch diese von groß angelegten Küchengärten abgelöst wurden. In der Ferne erkannte sie die Stadtmauer. Hoch und fest umringte sie Köln. Es war noch gar nicht so lange her, dass sie von dieser Mauer her immer wieder ein dumpfes Knallen gehört hatte. Bis auf den Neumarkt hatte man die Explosionen damals vernommen. Krieg hatte keines der Müller-Mädchen je erlebt, und doch hatte sich Anna Sophias kleine Schwester Elise so sehr erschrocken, dass sie ihre schwarzen Augen weit aufgerissen und sich an den Rock der Schwester geklammert hatte.

»Diese Preußen«, hatte Betty gesagt und den Kopf geschüttelt. »Erst bauen sie jahrelang an der Mauer herum, und jetzt beschießen sie sie zum Test! Mit schwerer Artillerie!«

Sie sah in den Himmel. Gerade flog eine Vogelschar über die Mauer hinweg. Anna Sophia senkte ihren Blick auf die Iris, die zwischen Satteldecke und Leder klemmte. Dann schnalzte sie mit der Zunge und lenkte Rosa zum Stadttor.

Die Sonne stand bereits hoch am Himmel, als Anna Sophia auf dem Hügel ankam, von dem aus sie den Wald sehen konnte. Hinter einem Bauerndorf und weiten Feldern erstreckte er sich bis zum Horizont. Unfassbar, dass sie schon einmal dort gewesen war und tatsächlich gefunden hatte, wonach sie gesucht hatte, dachte sie. Auch diesmal erinnerte sie sich wieder an die Worte ihrer Mutter, als würde sie eine alte, halb verblichene Landkarte hervorholen. »Der Wald liegt westlich von meinem alten Dorf«, hatte Aletta damals gesagt. Wie lange das jetzt her war …

»Man sieht ihn schon von Weitem. Aber er ist nicht so undurchdringlich, wie er scheint. Sie ist trotzdem schwer zu finden. Und das ist gut so. Sie ist vorsichtig, weißt du? Das muss sie leider sein. Man findet sie nur, wenn man weiß, wo man suchen muss.«

Anna Sophia ritt den Hügel hinunter, an einem kleinen Dorf vorbei und zwischen Getreidefeldern in Richtung Wald. Hier draußen schien kaum jemand unterwegs zu sein. Nur auf einem Gerstenfeld erspähte sie einen Bauern mit großem Schlapphut, der gebückt dastand, um seine Pflanzen zu begutachten. Als Anna Sophia und Rosa hufeklappernd näher kamen, drehte er den Kopf und richtete sich auf. Sie nickte höflich und wollte gerade vorüber reiten, als er rief: »Wo soll's denn hingehen?«

Sein Gesicht war ausgemergelt, und über seinem rechten Mundwinkel hatte er ein großes schwarzes Muttermal. »Ein elegantes Fräulein wie Sie hier bei uns? Sie sehen aus, als würden Sie aus der Stadt kommen.«

Anna Sophia nickte. »Ich bin auf der Durchreise.«

»Auf der Durchreise, so, so.« Er stemmte die Hände in die Hüften. »Wo ist denn Ihre Begleitung?« Er sah hinter ihr die Straße hinunter und musterte sie dann von oben bis unten. »Sie sind doch nicht älter als meine Margaretha! Sind Sie etwa ganz allein unterwegs?«

»Ich … habe es nicht weit«, log sie.

»Wo soll es denn hingehen? Ich zeige Ihnen gern den Weg!«

Er lüpfte seinen Schlapphut, so dass Anna Sophia seine sonnenverbrannte Glatze sehen konnte, und trat einen Schritt auf sie zu. Als Rosa vor Schreck scheute, hob er entschuldigend beide Hände, was Rosa noch mehr erschreckte. Er lachte laut und entblößte dabei die Zahnlücke anstelle der Schneidezähne. »Ruhig, ruhig!«, rief er dem Pferd entgegen, doch es stieg und preschte zur Seite weg. Anna Sophia rutschte vom Sattel und stürzte auf den Feldweg. Durch ihre Schulter fuhr ein stechender Schmerz, sie stöhnte und rappelte sich wieder auf. Leicht taumelte sie. Ihr war ein wenig schwindelig, dennoch sah sie den Bauern in scharfen Umrissen vor ihr stehen. Vielleicht wollte er ihr wirklich nur helfen, doch es lag etwas in seinem Blick, das ihr Angst machte.

»Das tut mir leid«, rief er aus. »Keine Sorge, Fräulein, bestimmt können Sie den Gaul wieder einfangen.«

Panisch sah sich Anna Sophia um: Rosa war fast am Waldrand angekommen, mittlerweile trabte sie nur noch.

»Rosa!«, rief sie, wusste aber, dass die Stute nicht kommen würde. Nicht, solange dieser Mann hier stand. Er war ihr mittlerweile so nah gekommen, dass sie seinen beißenden Geruch nach Schweiß, Alkohol und trockener Erde riechen konnte. Anna Sophia wich zurück. »Lassen Sie mich in Ruhe«, herrschte sie ihn an.

»Ist ja gut!« Er trat einen Schritt zurück und grinste erneut. Durch seine große Zahnlücke konnte sie seine Zungenspitze sehen. Bei diesem Anblick ergriff sie mit einem Mal die Panik. Sie wirbelte herum und rannte in Richtung Waldrand. Ihre Füße traten so hart auf den Boden, dass sie selbst erstaunt war, wie schnell sie rennen konnte. Sie lief, und vor ihrem inneren Auge sah sie wieder, wie sich Victor Mertens damals mit der Zungenspitze über die Lippen geleckt hatte, sie fühlte sein Gewicht wieder auf ihrer Brust, als würde er ihr die Luft zum Atmen nehmen, sie roch wieder das schwere Parfüm, das er damals getragen hatte. Nicht noch einmal, dachte sie, so etwas durfte nie wieder passieren! Immer schneller rannte sie, bis ihre Lunge brannte. Rosa sah ihr entgegen, verunsichert trabte die Stute ein paar Meter zurück. *Bitte bleib*, dachte Anna Sophia verzweifelt, *bitte bleib stehen*. Kurz bevor sie ihr Pferd tatsächlich erreicht hatte, verlangsamte sie ihre Schritte, um es nicht wieder zu erschrecken. Trotzdem tänzelte Rosa, umso näher Anna Sophia kam.

»Bitte, Rosa«, sagte Anna Sophia. »Ich bin es, bitte …«

Endlich kam sie bei dem Pferd an und griff ihm in die Zügel. Rosa riss daran, warf den Kopf hoch, doch Anna Sophia hielt dagegen, sprang auf das Tier zu und schwang sich auf den Sattel. Einmal scheute Rosa noch, doch Anna Sophia saß schon fest und aufrecht. Endlich traute sie sich zurückzuschauen, und begriff, dass der Bauer noch immer dort stand, wo sie ihn angetroffen hatte, und lachend seinen Schlapphut schwenkte. Er war ihr nicht gefolgt! Tief atmete Anna Sophia ein und aus. Sie rieb sich die Schulter, klopfte sich notdürftig den Staub vom Kleid und tätschelte Rosas Hals. Dann nahm sie die Zügel auf und lenkte die Stute näher an den Waldrand heran.

Ob dieser furchtbare Bauer wohl aus Mamas Dorf kam? Immer wieder sah sie sich um, doch er war wieder zwischen seiner Gerste verschwunden. Ob die beiden sich wohl gekannt hatten? Sie müssten ungefähr das gleiche Alter haben – würde ihre Mutter noch leben. Anna Sophia hätte zu gern noch einmal das Haus gesehen, in dem Aletta vor vielen Jahren groß geworden war, die Straßen, auf denen sie gespielt hatte, das Feld, auf dem sie das Gemüse ausgesät hatte, das sie eines Tages nach Köln bringen und auf dem Alter Markt anpreisen würde, wodurch schließlich der junge Apotheker Gottlieb auf sie aufmerksam wurde. »Sie wohnt jetzt westlich von Höhenforst, eine Meile hinter dem Scharfenfels«, hörte sie die Stimme ihrer Mutter. »Sie versteckt sich zwar, aber von den richtigen Menschen möchte sie gefunden werden. Deswegen hat sie vorgesorgt.«

Den Scharfenfels fand Anna Sophia schnell. Sie ritt die Anhöhe hinauf, bis der Stein schroff vor ihnen aufragte. Dann drehte sie sich im Kreis und entdeckte in der Rinde eines breiten Baumstamms ein kleines Zeichen: Jemand hatte eine runde, sich zur Mitte hin verengende Spirale eingeritzt. Anna Sophia steuerte darauf zu – und sobald sie angekommen war, fand sie den nächsten gekennzeichneten Baum. So hangelte sie sich von Stamm zu Stamm, bis das Unterholz zu dicht wurde, um weiterzureiten. Also stieg sie ab und führte Rosa hinter sich her, bis sie das Rascheln und Picken von Hühnern vernahm. Hier wuchsen Kräuter- und Beerenbüsche, dahinter entdeckte Anna Sophia eine Schaukel und eine Holzhütte. Kurz darauf erklangen die Glöckchen einer Schnur, die über den Boden gespannt war und die sie aus Versehen berührt hatte. Obwohl Anna Sophia damit gerechnet hatte, erschrak sie. Sofort blieb sie stehen – schließlich wollte sie nicht, dass Rosa stolperte.

»Gesche?«, sagte sie vorsichtig. »Gesche, bist du hier?«

Eine Tür knarrte, es raschelte hinter einem Brombeerstrauch, und die kleine Frau trat hervor. »Anna Sophia! Bist du etwa wieder heimlich den weiten Weg her geritten? Ganz allein?«

»Vater geht es nicht gut.«

Gesche nickte langsam. »Komm herein. Ich habe Tee aufgesetzt.«

In Gesches Hütte war es düster und kühl. Die von der Decke hängenden Kräuter verströmten einen wohltuenden Duft, und der Tee auf der Obstkiste in der Mitte des Raumes dampfte. Ob es Zufall war, dass zwei Tassen bereitstanden? Mit langsamer Armbewegung bedeutete ihr Gesche, sich zu setzen. »Es ist schön, dich zu sehen, Mädchen.« Einen Moment lang sahen sich die Frauen schweigend an. Gesches Haare waren noch viel wilder als Anna Sophias, ihre Kleider bunt gemustert und ihre Wangen von feinen Runzeln durchzogen.

»Es ist immer noch schwer für dich, habe ich recht?«, fragte Gesche.

Anna Sophia schluckte und strich sich ihren verstaubten Rock glatt. Wie hatte Gesche erraten, woran sie gerade dachte?

»Ich vermisse Mutter jeden Tag«, gab sie zu.

Gesche goss Tee in beide Tassen, und in Anna Sophia machte sich eine dunkle Melancholie breit. Eigentlich müsste sie sofort erklären, warum sie hier war, und dann so schnell wie möglich zurückreiten. Es war ungeheuerlich, dass sie gut zweieinhalb Stunden südwestlich von Köln war und niemand von ihrem Aufenthaltsort wusste. Wenn ihre Schwester so etwas tun würde, wäre Anna Sophia außer sich vor Sorge! Doch anstatt so schnell wie möglich zum Punkt zu kommen und ihr Vergehen zumindest ein wenig in Grenzen zu halten, flüsterte sie: »Erzählst du mir, wie Mama früher war?« Sie nahm ihre Tasse in beide Hände. »Als Kind, meine ich.«

Gesche sah sie nachdenklich aus ihrem blauen und ihrem braunen Auge an.

»Aletta war ein mutiges Mädchen. Sie hat sich so vieles zugetraut. Ich glaube, sie hat schon früh von der großen Welt geträumt. Für Höhenforst war sie einfach nicht gemacht.«

»Genauso wenig wie du«, warf Anna Sophia ein.

Gesches Lippen verzogen sich zu einem Grinsen. Zwei Zähne fehlten ihr, doch anders als bei dem Bauern verlieh ihr die Zahnlücke etwas Schalkhaftes.

»Deine Mutter war eigenwillig. Sie hat sich nie etwas sagen lassen. Von niemandem – sicherlich hatte es dein Vater nicht leicht mit ihr.« Sie gluckste. »Sie wollte euch Mädchen zu starken jungen Frauen erziehen. Gleichzeitig solltet ihr alles lernen, was sie wusste. Sie hatte dieses besondere Auge für die Natur. Sie konnte an den Blumen und Bäumen ablesen, wie es um ihre Mitmenschen bestellt war. Du schenktest ihr eine Blume, und sie erkannte darin die Wahrheit. So wie du, habe ich recht?«

Anna Sophia legte den Kopf schief. »Wie die Mutter, so die Tochter. Nicht wahr, Großmutter?« Sie hatte Gesche lange nicht mehr so genannt. Das Wort zauberte auf Gesches Wangen eine leichte Röte. »Wir drei haben durchaus ein paar Gemeinsamkeiten …«

Dann zuckte Gesche plötzlich zusammen und zischte: »Ich ermutige sie zu überhaupt nichts. Was redest du da?«

»Großmutter?«, fragte Anna Sophia verwirrt. »Mit wem sprichst du?«

»Ach …« Gesche winkte ab. »Ich bin ein verrücktes altes Weib, das ist alles. Hast du ihn schon gefunden?«

»Ihn?«

»Ja, ihn. Du weißt doch noch, was ich dir vor ein paar Jahren gesagt habe?«

Anna Sophia würde Gesches Worte nie vergessen. Voller Angst um Wilhelmine war sie damals bei ihrer Großmutter angekommen. Zu Mamas Lebzeiten hatte die Familie Gesche zwar hin und wieder in Höhenforst besucht, doch da hatte sie noch im Dorf gelebt. Schon damals hatte man sie für ziemlich verschroben gehalten. Nachdem man Gesche jedoch aus dem Dorf gejagt hatte, waren ihre Blicke entrückter, ihre Kleider bunter, ihre Haare noch zerzauster geworden. Mit ihren zweifarbigen Augen hatte Gesche damals vor Anna Sophia gestanden, ihr Kräuter für die kranke Wilhelmine in die Hand gedrückt und dann gesagt: »Mit deinem Wissen wirst du eines Tages einen Mann sehr reich machen. Vertrau auf dich und deine Talente. Und vergiss nie, was dich antreibt.«

»Anna Sophia, träumst du wieder?«, riss Gesche sie nun aus ihren Erinnerungen. »Hast du ihn schon gefunden?« Ihre Großmutter schob sich eine störrische Haarsträhne aus der Stirn, und in ihren Augen glaubte Anna Sophia, die eigene Verträumtheit zu erkennen.

Anna Sophia nahm einen Schluck Tee, hing kurz seinem blumigen und doch herben Geschmack nach und sagte dann: »Ich glaube schon. Er ist klug. Höflich und charmant.«

Gesche zuckte mit den Schultern. »So hatte ich ihn mir gar nicht vorgestellt. Aber nun raus mit der Sprache: Was ist mit Gottlieb? Erzähl mir alles.«

Minutenlang schilderte Anna Sophia ihrer Großmutter sämtliche Symptome ihres Vaters, beschrieb seine Blässe, seine Augenringe und die Art und Weise, wie er sich vor Schmerzen krümmte. Danach schritt Gesche durch die Hütte, rupfte hier Kräuter von der Decke, nahm dort Alkohol aus dem Schrank und machte sich mit ihrem großen Mörser und einem hölzernen Trichter an die Arbeit.

»Euer liebenswerter Doktor weiß wieder mal nicht weiter – wie heißt er doch gleich?«

»Baader.«

»Ein lieber Kerl, aber nicht sehr bewandert. Daher bist du heimlich hergekommen, nicht wahr?«

Anna Sophia nickte. »Papa darf es auf keinen Fall erfahren.«

»Nein. Von meinen Heilmethoden hat er ja noch nie viel gehalten.«

»Er wäre enttäuscht von mir, wenn er erfahren würde, dass ich heimlich zu dir geritten bin. Und das, wo er doch der gelehrte Apotheker ist ...«

Gesche brummte zustimmend. »Er ist ein sturer alter Holzkopf.«

Anna Sophia musste kichern. »Wie wahr.«

Ihr schlechtes Gewissen ließ ein wenig nach, während sie ihrer Großmutter dabei zusah, wie sie die Kräuter mahlte. Sie rochen wie der Wald selbst, dachte Anna Sophia. Irgendwie warm und beruhigend.

»Ist das Thymian?«

»Ganz genau. Außerdem Kümmel und Fenchelsamen. Ich werde dir zusätzlich Eichenrinde mitgeben. Daraus solltest du Gottlieb dreimal am Tag einen Tee aufgießen.«

»Oh, der schmeckt bestimmt scheußlich.«

»Du kannst ihn mit etwas Honig versüßen.« Gesche legte den Mörser ab und schwenkte die Schale in ihren Händen. »Hast du starke Schmerzen in deiner Schulter?«

»Woher weißt du ...?« Anna Sophia unterbrach sich selbst. Eigentlich wunderte sie bei ihrer Großmutter doch schon gar nichts mehr. »Der Schmerz zieht mir langsam in den Rücken.«

»Ich werde dir Beinwell geben. Aus den Kräuterwurzeln machst du dir täglich einen Umschlag.«

»Danke, Großmutter.«

Gesche füllte die geriebenen Samen und Blätter in ein Fläschchen, während sie fragte: »Wie ist das passiert?« Mit dem Kinn deutete sie auf die Schulter ihrer Enkelin.

Anna Sophia sah auf ihre Hände. »Da war so ein fürchterlicher alter Bauer auf einem Gerstenfeld. Ich dachte, er greift mich an.«

Gesche verengte die Augen, wobei das blaue Auge schmaler wurde als das braune. »Wie hat er ausgesehen?«

»Er hatte ein Muttermal im Gesicht.«

»Große Nase, Glatze?«

Anna Sophia nickte.

»Du hast wohl Bekanntschaft mit Bauer Wilhelm gemacht. Ein furchtbarer Kerl. Vor wenigen Wochen hat er seine Tochter Margaretha grün und blau geprügelt. Und das nur, weil sie ihm nicht verraten wollte, wo ich lebe. Er ist ein zutiefst zorniger Mensch. Immer schon gewesen. Kein Wunder, er war das sechzehnte Kind seines Vaters und wuchs völlig verwahrlost auf.« Gesche schüttelte traurig den Kopf.

»Wie geht es seiner Tochter jetzt?«

»Sie humpelt noch. Natürlich war sie trotzdem bei mir. Ihr Freund Kaspar hat sie hergebracht, ein freundliches Kerlchen. Dabei sah der auch nicht besser aus. Eine Platzwunde an der Stirn und Prellungen am Rücken. Es ist mir ein Rätsel, wie die beiden in ihrem Zustand den Weg geschafft haben. Zwei Tage habe ich sie hierbehalten müssen. Zum Glück hat Margarethas Schwester in dieser Zeit für sie gelogen, sonst würde das Mädchen jetzt vielleicht nicht mehr leben.«

Anna Sophia sah ihre Großmutter an. »Wilhelm ... hieß so nicht auch der Mann, der dich aus dem Dorf gejagt hat?«

»Das weißt du noch?«

»Du hast damals von einem Bauern gesprochen. Er hat das Dorf gegen dich aufgehetzt.«

Gesche nickte langsam. »Es war wegen seiner Frau, Margarethas Mutter. Sie kam regelmäßig zu mir. Das ganze Dorf wusste, dass es Wilhelm war, der sie so zurichtete. Doch niemand tat etwas. Schließlich hatte Wilhelm ja auch jedes Recht dazu.« Ihre Stimme klang bitter. »Ich versuchte, ihr so gut ich konnte zu helfen. Doch eines Tages waren ihre Verletzungen zu stark. Sie blutete aus der Schläfe und fiel noch auf meiner Türschwelle in Ohnmacht. Ich habe alles getan, doch es war zu spät. Es wird akzeptiert, dass ein Mann seine Frau schlägt. Doch wenn er sie totschlägt, ist eine Grenze überschritten. Also hat Wilhelm Lügen über mich erzählt. Ich hätte seine Frau verflucht und ihn verhext, ich sei schuld daran, dass sie tot sei, schließlich starb sie ja auch in meinem Haus ... Viele Menschen hatten mich sowieso schon seit Jahren misstrauisch beäugt. Nicht allen habe ich immer helfen können, und dass ich nach dem Tod deines Großvaters allein von meiner Heilkunst lebte und versuchte, den Frauen im Ort zu helfen, war vielen schon lange ein Dorn im Auge. In der nächsten Nacht hörte ich, wie sie sich an meiner Haustür zu schaffen machten. Da packte ich das Nötigste in einen Sack und kletterte aus dem Fenster.«

Anna Sophia riss die Augen auf. »Du bist aus dem Fenster geklettert?«

Gesche kicherte. »Ich sehe vielleicht aus wie eine verrückte Alte, aber ich bin noch immer gut zu Fuß! So, jetzt geh ich geschwind die Eichenrinde holen.« Sie stand auf und sehr viel langsamer als »geschwind« verließ sie ihre Hütte. Hinter der geschlossenen Tür hörte Anna Sophia, wie ihre Großmutter etwas brummte, von dem Anna Sophia nur die Hälfte verstand: »Du bist heute so ... Ach, Joseph, das hilft ihr in Köln. Vertrau mir, Joseph, mein Lieber.«

Joseph ... überlegte Anna Sophia. Woher kannte sie diesen Namen? Und dann fiel es ihr wieder ein. »Vater war der sanfteste Mensch, den ich kannte. Mit kleinen Händen und klugen Augen«, hatte Aletta ihr einmal erzählt. »Aber er ist viel zu früh gestorben, dein Großvater. Er hieß Joseph. Ein schöner Name, nicht wahr? So habe ich auch euren Bruder genannt, damals. Kurz bevor er von uns ging.«

Gesche redete offensichtlich mit ihrem verstorbenen Mann. Und wenn schon, fand Anna Sophia. Ein Leben allein im Wald konnte einen schon wunderlich machen.

Am liebsten wäre Anna Sophia noch stundenlang im kühlen Dämmerlicht der Waldhütte sitzen geblieben, doch bald meldete sich wieder ihr schlechtes Gewissen. Sie sollte wirklich spätestens vor Sonnenuntergang zurück sein. Also packte sie Gesches Kräutermixturen und Teemischungen in einen Stoffbeutel, den sie in die kleine Satteltasche schob, und nahm die Zügel des Pferdes in die Hand.

»Einen Moment noch«, rief Gesche. »Du sagtest doch, die Beschwerden würden deinen Vater vor allem nachmittags ereilen, nicht wahr?«

»Meistens gegen vier oder fünf.«

Gesche musterte ihre Enkelin und presste dabei die Lippen aufeinander. Dann wandte sie den Blick und kehrte mit langsamen Schritten in ihre Waldhütte zurück.

»Warte, Mädchen. Mir ist noch etwas eingefallen.«

Hinter der Tür hörte es Anna Sophia rascheln und klirren, dann trat Gesche mit einer Papiertüte heraus.

»Holzkohle«, sagte sie. »Verabreiche ihm die am frühen Vormittag. Ich bin mir nicht sicher ... aber ... es kann ja nicht schaden.«

»Wobei bist du dir nicht sicher?«

Gesche trat auf sie zu und legte ihr eine Hand auf den Arm. »Denk immer daran: Was wir sehen, ist meistens nur das, was wir sehen wollen.«

8. Kapitel

Wilhelmines Herz pochte laut in ihrer Brust. Sie zwang sich, ruhig zu atmen, im Schatten des Torbogens stehen zu bleiben und auf den Eingang des Doms zu schauen. Zum wahrscheinlich hundertsten Mal an diesem Nachmittag versuchte sie, ihre dunkelblonden Haare auf ihren Kopf zu drücken und ihre buschigen Augenbrauen mit ihren Zeigefingern zu glätten. So kannte sie sich gar nicht – normalerweise war es ihr völlig gleichgültig, wie sie aussah. Doch heute war das anders. Sie musste ein Versäumnis wettmachen. Dafür trug sie ihr hellstes Kleid, das blassgelbe mit dem Blumenmuster an den Schultern, ihr Mund war ganz trocken, und ihre Finger zitterten. Gebannt starrte sie auf das Tor, und jedes Mal, wenn jemand heraustrat, schnappte sie nach Luft, nur um dann erleichtert und enttäuscht zugleich wieder auszuatmen. Sie war es wieder nicht, die aus dem Dom heraustrat. Wilhelmine musste weiter warten. Und das würde sie, denn so viel Zeit wie heute hatte sie selten. Anna Sophia war schon den ganzen Tag bei den Stollwercks, Betty hatte genug mit den Kleinen zu tun, Vater schlief, und August hatte einen Kunden nach dem anderen. Keiner von ihnen würde sich fragen, wo Wilhelmine steckte. Keiner ahnte, dass sie vor dem Dom stand, nicht weit entfernt von der Trankgasse, die in den Botanischen Garten führte.

Sie ist da in der Kathedrale, dachte Wilhelmine. Und vielleicht würde sie wie schon mehrfach zuvor nach ihrem Dombesuch einen Spaziergang durch den Botanischen Garten machen. Diesmal würde Wilhelmine etwas tun! Sie wusste nur noch nicht, was. Vielleicht wäre es am besten, gleich hier am Eingang aktiv zu werden. »Oh, guten Tag«, könnte sie sagen. »Erinnern Sie sich noch an mich und meine Zeichnung?« Nein, ihr Auftritt war viel zu peinlich gewesen, um die Fremde noch einmal daran zu erinnern. Was tat Wilhelmine hier überhaupt? Sie sollte den

Dom besser meiden und nicht mehr an sie denken. Niemals würde sie schließlich die Freundschaft einer solchen Dame gewinnen.

Wilhelmine schluckte, raffte ihren Rock, dachte: Ich sollte jetzt gehen. Und blieb doch stehen, sah noch einmal zum Domeingang hinüber – und ließ vor Schreck den Saum wieder fallen. Denn da war sie, die elegante Dame. Groß, schmal und mit diesem wissenden Lächeln auf den Lippen. Sie hatte die Tür aufgestoßen, trat ins Sonnenlicht und blinzelte, dann sah sie Wilhelmine an. Nicht fliehen, dachte Wilhelmine. Diesmal wollte sie unbedingt einen besseren Eindruck machen. Langsam atmete sie ein und hielt dem Blick der Frau stand. Die Fremde ging auf Wilhelmine zu, nickte und sagte dann mit ihrer ungewöhnlich tiefen Stimme: »Wilhelmine, schön, dich wiederzusehen. Gehen wir ein Stück?«

Fast hätte Wilhelmine vor Überraschung gekeucht. Sie erinnerte sich sogar an ihren Namen! Wilhelmines Herz begann zu rasen, während die Frau sagte: »Der Dom muss unbedingt vollendet werden, findest du nicht?«

Wilhelmine konnte nur nicken, während sie nebeneinander in Richtung des Botanischen Gartens liefen.

»Es ist eine Schande, dass er seit dreihundert Jahren verfällt!«, fuhr die Frau fort. »Diese mächtige Kathedrale! Was es für unsere Stadt bedeuten könnte, wenn sie fertig wäre – stell dir das einmal vor!« Die Frau lächelte Wilhelmine an, und als ihre Blicke sich trafen, fand Wilhelmine endlich ihre Sprache wieder.

»König Friedrich Wilhelm sollte sich der Sache dringend annehmen«, sagte sie.

»Absolut richtig, da stimme ich dir zu! Ich überlege aber, ob nicht auch wir unseren Teil beitragen könnten. Vielleicht sollte man einen Verein gründen, der die Finanzierung unterstützt.«

»Eine ausgezeichnete Idee«, pflichtete ihr Wilhelmine bei, während sie in die schmale Gasse am Rande des Botanischen Gartens einbogen.

»Ich habe mich schon gefragt, ob du heute auch wieder hier bist.« Die Frau sah Wilhelmine von der Seite an. »Doch dann habe ich dich im Dom nicht gesehen.«

»Ich, nun ...« Wilhelmine fühlte, wie ihr heiß wurde. Sie betraten den Garten. Die Gerüche der Blumen, des Flieders und der Fichtennadeln umfingen sie. Ein paar Vögelchen flogen über ihren Köpfen auf.

»Ich liebe diesen Ort«, sagte die Fremde.

»Ja, es ist ein ... schöner Ort.« Stumm verfluchte Wilhelmine sich für diese nichtssagenden Worte. Wie verwirrt sie klang, wenn sie mit dieser Frau sprach! Sie, die gegenüber ihrer großen Schwester doch immer einen spitzen Spruch auf den Lippen hatte und mit ihrem Vater über Politik diskutieren konnte, als wäre sie ein Mann, wurde in der Gegenwart dieser schönen Dame zu einem schüchternen Mädchen!

»Ich möchte eines Tages Canna pflanzen. Und Chrysanthemen. Sind sie nicht wunderschön?« Die Dame zeigte auf die Blumen zu beiden Seiten des Pfades.

Wilhelmine nickte hastig. »Sie sind bezaubernd.«

Bezaubernd, äffte Wilhelmine sich selbst im Stillen nach. War ihr denn kein dümmeres Wort eingefallen? Fieberhaft suchte sie nach einem klügeren Satz, dann fragte sie: »Haben Sie denn auch einen Garten?«

»Der Stadtpalast meiner Familie ist von Grün umgeben. Aber eines Tages werde ich meinen eigenen Garten anlegen.«

»Oh, Sie wohnen in einem Palast?« Ihre Neugier war so groß, dass sie über ihre Worte nicht nachgedacht hatte.

»Ach, dieser Palast ist nicht der Rede wert.« Die Frau winkte ab. »Lieber würde ich in der Nähe des Doms wohnen. Hier bin ich aufgewachsen. Als junges Mädchen war ich täglich im Dom – einmal haben sie mich darin sogar übersehen. Einfach eingesperrt haben sie mich. Ich war ganz allein zwischen all den Kunstwerken! Wundervolle Stunden waren das ...«

»Allein im Dom? Hatten Sie denn gar keine Angst?«

Die Frau lachte auf und warf dabei den Kopf in den Nacken. Unwillkürlich wich Wilhelmine ein wenig zurück. So hatte sie noch nie eine Frau lachen sehen. Wenn Frauen lachten, gaben sie in der Regel leise, hohe Töne von sich und hielten dabei die Hand vor den Mund. Doch was diese Frau da neben ihr tat, wirkte auf Wilhelmine aufregend und beinahe abenteuerlich.

»Das Alleinsein finde ich ganz und gar nicht beängstigend. Das Zusammensein mit den falschen Menschen dafür umso mehr.«

Kurz dachte Wilhelmine über diese Worte nach. Doch bevor sie etwas entgegnen konnte, sagte die Fremde: »Du bist sehr jung. Jung und schön. Du hast wahrlich klassische Augen. Und dieser starke Zug um deinen Mund ... Hast du dich schon einmal selbst gezeichnet?«

Wilhelmine konnte vor Überraschung nichts erwidern.

»Ach, ja. Du zeichnest nur die Unsichtbaren ...« Die Frau lächelte. »Wie alt bist du?«

»Sechzehn«, antwortete Wilhelmine zaghaft.

»Bitte entschuldige – ich habe mich dir gar nicht vorgestellt. Ich heiße Sibylle. Sibylle Mertens-Schaaffhausen.«

Was für ein Name! Wie trivial dagegen *Wilhelmine Müller* klang. Sie senkte den Blick. »Sehr erfreut, Frau Mertens-Schaaffhausen.«

»Nenn mich bitte Sibylle.«

Wilhelmine sah Sibylle in die Augen. »Gern«, sagte sie, und obwohl ihr beinahe schwindelig wurde, setzte sie noch mutig hinzu: »Sibylle.«

»Werden wir uns hier noch häufiger sehen?«

Wilhelmine nickte und spürte, wie ihr ein Tropfen Schweiß den Nacken hinunterlief.

»Auf Wiedersehen, Wilhelmine«, sagte Sibylle, bevor sie sich umdrehte und zwischen zwei Büschen verschwand.

Ein paar Atemzüge lang stand Wilhelmine reglos zwischen Flieder und Rosmarin. Sie hatte es geschafft! Sie war mit der eleganten Frau spazieren gegangen und kannte nun endlich ihren Namen! Sibylle! Wie wunderschön er klang! »Sibylle Mertens-Schaaffhausen«, flüsterte sie vor sich hin, immer wieder. »Sibylle Mertens-Schaaffhausen.« Ein großer, berühmter Name, irgendwo hatte sie ihn schon mal gehört. Sie würde ihren Vater fragen, woher man diesen Namen kannte und wo sich der Stadtpalast der Familie befand.

Die Freude, die sie spürte, ließ sie beinahe tanzen. Sie musste rennen! Sie wollte singen! Mit wem sollte sie diese Freude teilen? Sie konnte wohl kaum irgendjemandem davon erzählen, schließlich würde niemand verstehen, warum Wilhelmine über ein Gespräch mit einer Fremden so glücklich war. Sie verstand es ja selbst nicht. Am ehesten könnte sie ihre Freude mit Anna Sophia teilen, die sich immer schnell von ihrer guten Laune anstecken ließ. Sie würde zu ihr gehen. Ihre Schwester war sowieso schon viel zu lang bei den Stollwercks. Sie würde hinüberlaufen und sie abholen. Und dann würde sie sie fest umarmen, sie würden ihre Späße machen und laut miteinander singen. Entschlossen lief Wilhelmine los.

Hocherhobenen Hauptes ritt Anna Sophia in die Stadt hinein. Eigentlich waren nur ein paar Stunden vergangen, seitdem sie aufgebrochen war, und doch kam ihr Köln verändert vor. Wie eng und dunkel alles wirkte. Nichts erinnerte an die weiten Wiesen und Felder draußen vor der Stadt. Anna Sophia ritt an den Läden der Handwerker vorbei. Dann bog sie in die Löhrgasse ein, in der die Stollwercks wohnten. Sie trieb Rosa an – doch dann hielt sie inne. Denn aus dem Kramladen trat in diesem Moment eine Gestalt, die sie nur zu gut kannte. Sie drehte sich in ihre Richtung, legte den Kopf schief und sah der Reiterin entgegen. Anna Sophia schluckte. Was sollte sie jetzt tun? Als sie voreinanderstanden, legte August einen Arm auf seinen Rücken und beugte sich nach vorn. »Anna Sophia, wie gut, dass Sie wohlbehalten zurück sind! Wir haben Sie vermisst.«

»August …« Anna Sophia zwang sich zu einem Lächeln.

»Du hast das Pferd genommen? Deine Schwester Wilhelmine ist schon ganz krank vor Sorge.«

Sie spürte, wie sie errötete. »Bitte sag mir, dass du nicht mit meinem Vater gesprochen hast!«

»Mach dir bitte keine Sorgen.«

»Ah, da ist sie ja!«, hörte Anna Sophia nun ihre Schwester rufen. Wilhelmine sprang hinter August zum Geschäft. »Gott sei Dank! Anna Sophia! Ich wollte dich abholen, und dann habe ich August getroffen.«

»Du wolltest mich abholen?« Anna Sophia sah August überrascht an.

»Es … geht um eine wichtige Frage, die ich … mit dir besprechen wollte.«

Anna Sophia sah von einem zur anderen, kratzte sich den Nacken und suchte dabei fieberhaft nach einer Ausrede. Glücklicherweise ging in diesem Moment das Fenster im ersten Stock der Stollwercks auf. »Ah, da ist sie ja!« Von hier unten sah Hubertines Kinn noch markanter aus. »Hab ich es nicht gesagt? Sie ist wohlauf! Sie wollte mir nur ein paar Kräuter gegen meine Schmerzen auf den Wiesen hinter der Stadtmauer pflücken, hab ich recht, Anna Sophia? Kommst du schnell rauf?«

»Natürlich!«, rief Anna Sophia und hoffte, dass man die Erleichterung in ihrer Stimme nicht hören konnte. Sie zog ein paar Kräuter aus der Satteltasche und sprang ab.

»Darf ich dich etwas fragen, Anna Sophia?« August schloss die Ladentür zur Apotheke auf und bedeutete ihr mit einer schwungvollen Handbewegung, einzutreten.

»Natürlich, August.«

Sie umfasste ihren Stoffbeutel, in dem Gesches Medikamente steckten, und dachte an ihren Vater.

»Ich habe gesehen, dass es Beinwell war, den du für das Fräulein Stollwerck geholt hast. Da habe ich mich gefragt: Wieso hast du ihn nicht unten am Rhein geholt? Stattdessen warst du an den Wiesen hinter der Stadtmauer. Du hast sogar das Pferd genommen ...«

Anna Sophia biss sich auf die Lippen. Sie war so glücklich über Hubertines Notlüge gewesen. Dabei hätte sie doch ahnen müssen, dass August zu klug war, um sie zu glauben. In seinem Gesicht lag keine Spur von Tadel oder Misstrauen, sondern Interesse. Vielleicht sollte sie einfach ehrlich zu ihm sein.

»Kann ich dir etwas anvertrauen, August?«

Er trat einen Schritt auf sie zu. »Du kannst mir alles anvertrauen.«

Sie schaute auf den Stoffbeutel in ihren Händen. »Ich habe viel von meinen Eltern gelernt: über Medikamente, die Natur und ihre Heilmittel.«

»Dein Vater ist ein kluger Mann.« Er legte seine Hände auf ihre. Wie warm sich seine Finger anfühlten.

»Gewiss. Aber nicht nur mein Vater ist klug.« Sie schluckte, während er über ihre Finger streichelte. »Auch meine Mutter hat mich einiges gelehrt. Sie wusste so viel über die Kräfte der Natur, über die Kräuter und Pflanzen um uns herum. Bitte versteh mich nicht falsch, ich bin mir sicher, dass du und Dr. Baader meinem Vater eine gute Behandlung zukommen lasst. Aber ich dachte mir, in einem so ernsten Fall kann es sicher nicht schaden, noch weitere, pflanzliche Mittel zu verabreichen.«

Nun bildete sich wieder diese steile Falte auf seiner Stirn. Ernst musterte er ihr Gesicht. »Wie meinst du das, Anna Sophia?« Er hob die Hand, um ihr die stets etwas störrische Strähne aus der Stirn zu streichen. Ihr Gesicht kribbelte. Wie schön seine Berührung war!

»Ich habe für Vater Thymian, Kümmel und Fenchelsamen besorgt. Außerdem Eichenrinde. Das soll die Beschwerden ...«

Mit einem Räuspern unterbrach er sie. »Aber ... Anna Sophia ...« Er streichelte ihre Wange. Doch irgendetwas hatte sich verändert. Er streichelte sie nicht, wie ein Mann die Wange einer Frau streichelte, sondern so wie ein Vater die eines Kindes streicheln würde: mit den Fingerrücken. Mit einem Mal fühlte sich Anna Sophia, als hätte sie etwas Törichtes gesagt.

»Bist du nicht die Tochter eines Apothekers? Hast du schon vergessen, welche modernen Mittel wir hier selbst herstellen?«

»Natürlich nicht, aber …«

»Meine liebe Anna Sophia! Gottlieb bekommt alles, was er braucht. Sorg dich bitte nicht.«

»Natürlich. Ich dachte nur, zusätzlich …«

»Bevor ich es vergesse: Ich wollte noch etwas Wichtiges mit dir besprechen.« August trat einen Schritt zurück. »Genauer gesagt: Dein Vater wollte das. Gehen wir?«

Während sie vor August die schmale Treppe in den Wohnbereich hinaufstieg, spürte sie seine Blicke im Rücken. Wieso ging August am Abend noch mit ihr an das Krankenbett ihres Vaters? Gottlieb wusste doch nicht etwa von ihrem heimlichen Ausritt! Sie schritten den Flur hinunter bis zum Schlafzimmer. Während sie an die Tür klopfte, spürte sie die Anspannung im ganzen Körper.

»Herein«, grummelte es von drinnen, und August beeilte sich, Anna Sophia die Tür aufzuhalten. Obwohl das Fenster weit offen stand, konnte sie den kränklichen Schweiß ihres Vaters riechen.

»Anna Sophia! Wo warst du so lange?« Gottlieb rappelte sich in seinen Kissen auf.

Vorsichtig erklärte sie: »Es tut mir leid, Vater. Ich bin heute den Stollwercks zur Hand gegangen.«

Sie spähte zu August hinüber. *Bitte schweig jetzt*, flehte sie ihn stumm an. Und tatsächlich sagte er kein Wort.

»Ich habe eine Entscheidung getroffen, Anna Sophia.«

»Ja, Papa?«

»Lass uns nicht drum herumreden – ich bin ein kranker, alter Mann. Es wird Zeit, dass wir an die Zukunft denken. An die Zukunft dieser Familie und an die der Apotheke. Aus diesem Grund freue ich mich sehr darüber, dass der gute August hier so einen Narren an dir gefressen hat.« Als Gottlieb für einen Moment schmunzelte, bildeten sich rund um seinen Mund einige Furchen. Wieder mal musste Anna Sophia an den Lindenbaum auf dem Neumarkt denken. Er hob eine knorrige Hand – zerbrechliche Zweige, dachte Anna Sophia – und legte sie auf ihre.

»Er hat ...«, Gottlieb hustete, »... um deine Hand angehalten, Anna Sophia. Und ich bin mir sicher, du freust dich zu hören, dass ich zugestimmt habe.«

»August hat ...?« Mit großen Augen drehte sie sich um und schaute den Gehilfen ihres Vaters an. Er stand noch immer an der Tür. Warm schauten seine Augen sie an.

»Natürlich nur, wenn du möchtest, liebe Anna Sophia.«

»Aber ...« Sie lachte kurz auf. »Aber, ja, natürlich! Was für wunderbare Neuigkeiten!«

Am liebsten wäre sie auf ihn zugestürmt, um ihn zu umarmen, doch das gehörte sich natürlich nicht. Schon gar nicht vor ihrem Vater. Stattdessen knetete sie den Stoffbeutel in ihren Händen, senkte den Kopf und flüsterte: »Ich schätze mich unendlich glücklich, lieber August.«

»Genau wie ich.«

»Na wunderbar!«, rief Gottlieb, riss beide Arme hoch und stöhnte im nächsten Moment vor Schmerzen auf. »Genug Aufregung für heute. Ich muss mich ausruhen.« Mit einem Blick auf Anna Sophia fügte er hinzu: »Schlaf schön, Liebes.«

Sie schaute ihn überrascht an. Diese Zärtlichkeit hörte sie nur selten in seiner Stimme. Seine Augen glänzten. Er war stolz auf sie, das konnte man nicht übersehen.

»Gute Nacht, Papa«, antwortete sie.

Anna Sophia lag in der Dunkelheit und zwang sich dazu, nicht einzuschlafen. Auf der anderen Seite des Raumes atmete Wilhelmine gleichmäßig und ruhig, und auch nebenan, im Zimmer der kleinen Schwestern, war es still geworden. Langsam richtete sich Anna Sophia in ihrem Bett auf und schlug die Decke zurück. Der Mond leuchtete hell in das Zimmer hinein. Wilhelmine rührte sich nicht, als Anna Sophia aufstand und auf nackten Füßen zu dem Stuhl in der Ecke schlich, auf dem sie ihren Stoffbeutel abgelegt hatte. Sie schaute hinein. Den Kräutersud aus Thymian, Fenchelsamen und Kümmel könnte sie ihrem Vater ohne weitere Verarbeitung geben. Doch sie wollte auch einen Eichenrindentee für ihn aufsetzen. Also drückte sie vorsichtig die Klinke hinunter und lief in die Küche.

Der Mond schien durch das Fenster, so dass sie die Petroleumlampen nicht anzuzünden brauchte. Leise setzte sie den kleinen Messingtopf auf den Herd, goss Wasser aus der Karaffe und bröselte die Rinde hinein. Es dauerte nicht lang, schon breitete sich ihr erdiger, schwerer Geruch aus.

»Machst du etwa Bonbons?«, piepste ein Stimmchen hinter Anna Sophia.

»Julie!«, entfuhr es ihr. Die jüngste Müller-Schwester stand in der Tür und hielt sich mit einer Hand am Türgriff fest.

»Psst«, machte das Mädchen und legte einen Finger an ihren Mund. »Nicht so laut! Du darfst Vater nicht wecken!«

Anna Sophia ließ sich vor Julie auf die Knie sinken. »Meine süße Julie, kannst du nicht schlafen?«

Alles an Julie erschien klein und zerbrechlich – bis auf die riesigen, abstehenden Ohren. Sie hielten ihr nicht nur die blonden Haare aus dem Gesicht, sondern schienen auch alles zu hören, was im Haus vor sich ging. Die Kleine flüsterte: »Ich hab komisch geträumt.«

»Oh, was hast du denn geträumt?«

»Von dir hab ich geträumt. Du bist auf die Rosa gestiegen und weggeritten.«

Anna Sophia runzelte die Stirn.

»Du bist einfach so weggeritten – ohne Tschüss zu sagen. Und dann bist du nicht mehr zurückgekommen.«

»Aber Julie«, beruhigte Anna Sophia ihre Schwester, »du weißt doch, dass ich immer wieder zurückkommen werde. Egal, wo ich hingehe.«

Julie schüttelte den Kopf. »Im Traum war ich mir sicher, dass du nie wieder kommen würdest.«

Mit glänzenden Augen sah Julie sie an, und Anna Sophia drückte sie schnell an sich. Sie spürte, wie Julie ihre Ärmchen fest um ihren Hals schlang.

»Deine Bonbons riechen komisch«, bemerkte sie.

»Oh ...« Anna Sophia ließ Julie los, strich ihr kurz über den Kopf und eilte zum Herd, um den Topf mit dem blubbernden Wasser herunterzunehmen.

»Das werden keine Bonbons. Ich koche Tee für Papa.«

»Mitten in der Nacht?«

»Es ist sozusagen ein Gute-Nacht-Tee.«

»Oh, dann will ich auch eine Tasse!«

»Ich glaube, der wird dir nicht schmecken. Er ist für kranke Menschen.«

»O bitte, bitte, bitte! Dann schlaf ich bestimmt schnell wieder ein! Bitte!«

Anna Sophia musste kichern. »Na gut, aber nur ein kleiner Schluck! Er schmeckt wirklich scheußlich.«

Sie nahm eine Tasse aus dem Schrank, tropfte Honig hinein, und goss ein wenig Eichenrindentee darauf.

»Vorsicht, heiß«, warnte sie Julie.

Ihre kleine Schwester nickte mit gewichtiger Miene, als sie die Tasse entgegennahm. »Ich kenne mich sehr gut aus mit heißem Tee. Ich nehme ihn mit aufs Zimmer und trinke ihn im Bett.«

Mit beiden Händen umklammerte sie die Tasse und lief zur Tür.

Wie schön es war, dass Anna Sophia August heiraten und er die Apotheke übernehmen würde. So konnte sie noch viele Jahre zusammen mit ihren Schwestern hier wohnen. Vor allem für Julie war das so wichtig. Schließlich hatte sie nie eine Mutter gehabt. Ihre Geburt war so kompliziert und schwer verlaufen, dass Aletta an ihren Folgen gestorben war. An diesem Tag hatte Julie nicht nur ihre Mutter verloren, sondern in gewisser Weise auch ihren Vater, der es seitdem nur selten übers Herz gebracht hatte, den Säugling auf dem Arm zu halten und später mit seinem Kind zu sprechen.

»Gute Nacht, meine süße Julie«, flüsterte Anna Sophia.

»Schlaf schön!«

Fast war die Kleine aus der Küche getreten, da drehte sie sich noch einmal zu ihrer Schwester um und flüsterte: »Pass auf, dass du August nicht begegnest.«

Anna Sophia runzelte die Stirn.

»August? Der ist doch schon lange gegangen.«

»Vielleicht hast du recht, vielleicht aber auch nicht.« Julie zuckte mit den Schultern. »Ich hab ihn nachts schon einmal getroffen. Und da war er gar nicht nett.«

»Du hast ihn nachts getroffen?«

»Ja, auf dem Flur! Es war ganz dunkel, ich hab mich erschrocken. Er hatte nicht mal eine Kerze dabei. Er hat gesagt, ich dürfte gar nicht wach sein und müsste sofort wieder ins Bett gehen. Dabei hat er ganz böse geguckt. Aber ich hatte es doch nicht mit Absicht gemacht! Ich hatte ein Geräusch gehört und wollte nachsehen, was es ist.«

»Aber Julie, Schatz. Kann es nicht sein, dass du das geträumt hast?«

Empört sah das Mädchen sie an. »Ich weiß ganz genau, wann ich träume und wann nicht. Nur manchmal ...« Es legte den Kopf schief. »Manchmal ist es komisch. Dann träume ich was, und später, wenn ich den Traum schon fast wieder vergessen habe, wird er plötzlich wahr.«

9. Kapitel

Kaspar Rockstroh vergrub die Hände tief in seinen Hosentaschen, während er möglichst unauffällig durch Höhenforst lief. Niemand durfte wissen, wohin er an diesem Abend in der Dämmerung unterwegs war. Sollte er vielleicht pfeifen? Nein, er pfiff nie. Wenn er jetzt damit anfing, würde das sicherlich merkwürdig wirken. Er lief an der Spinnstube vorbei bis zum Brunnenplatz, wo eine Bäuerin einen Eimer mit Wasser füllte.

»Abend, Kaspar! So spät noch unterwegs?« Mit einem Scheppern und Spritzen stellte sie den Eimer zu ihren Füßen ab.

»Ach!« Kaspar winkte ab. »Mutter ist sich nicht sicher, ob sie das Gatter geschlossen hat.« Hoffentlich merkte sie seiner Stimme nicht an, wie oft er diese Worte geübt hatte.

Zum Glück nickte die Bäuerin. »Dann geh geschwind nachsehen! Nicht, dass euch die Kühe schon wieder ausbüxen! Den ganzen Acker haben sie uns letztens zertreten!«

Kaspar entschuldigte sich und lief am Brunnen vorbei. Wie oft er hier bereits gesessen und, den Schlapphut tief ins Gesicht gezogen, auf Margaretha gewartet hatte. Er hätte auch einfach in die Spinnstube gehen können, doch was würden die anderen Frauen denken? Eines Abends tauchte sie dann endlich am Brunnen auf, in einem schmutzigen Kleid, die Wangen verdreckt. »Was tust du denn hier, Kaspar?«

Er sprang auf und nahm seinen Grashalm aus dem Mund. »Wie fühlst du dich?« Was für eine Frage! Am liebsten hätte er sich dafür selbst geschüttelt, doch das hätte die Situation mit Sicherheit nicht verbessert.

»Das Bein tut nicht mehr weh, falls du das meinst.«

Das hatte er schon gemeint – allerdings nicht nur das.

»Und wie geht es dir?«, flüsterte sie.

»Gut.« Dabei ging es ihm an diesem Tag natürlich nicht nur gut. Seltsam, dass es den Menschen gut und schlecht gleichzeitig gehen konnte. Kaspars Wunden waren beinahe verheilt, und dennoch fühlte er sich hundeelend. Schuld waren die Gedanken an Margaretha. Immer wieder an Margaretha – ihre herausfordernde Stimme, ihr Blick, der so düster sein konnte und sich dann ganz plötzlich aufhellte, ihre Waden, die hin und wieder unter dem Rock aufblitzten.

»Vater darf uns nicht sehen.« Margaretha sah sich verstohlen um.

»Nein. Aber ich will dich sehen, Margaretha.« Obwohl sein Herz bei diesen Worten schneller schlug, versuchte er ruhig und selbstsicher zu klingen. Er legte den Kopf ein wenig schief. Und sie lächelte!

»Treffen wir uns bei Sonnenuntergang in der alten Scheune?«

Hatte sie das wirklich gesagt? Nach ihrer gemeinsamen Wanderung durch den Wald war er sich sicher gewesen, dass sie ihn gar nicht hatte küssen, sondern nur herausfinden wollen, wie viel er wirklich über Gesche wusste. Und dann hatte ihr Vater die beiden auch noch erwischt. Kaspar hatte versucht, Margaretha zu beschützen, doch er hatte die Kraft des Bauern unterschätzt. Wilhelm hatte ihn ganz plötzlich am Kragen gepackt, und seinen Kopf gegen die Wand geschlagen. Der Schmerz war ihm gleißend hell durch den ganzen Körper gefahren. Noch ein Schlag, und Kaspar war schwarz vor Augen geworden. Als er wieder zu sich gekommen war, war die Nacht noch immer dunkel gewesen, aber sonst hatte sich alles geändert. Kaspar hatte vor der Haustür gelegen wie ein Trunkenbold, den der Wirt hinausbefördert hatte. Er hatte gestöhnt, und aus seinen Wunden war dunkel das Blut gequollen. So etwas durfte ihm nie wieder passieren, das hatte sich Kaspar in dieser Nacht fest vorgenommen. Er würde lernen, wie man zurückschlug und wie man diejenigen beschützte, die man liebte – unter allen Umständen.

Trotz seines Versagens hatte Margaretha ihn seit jener Nacht in der Scheune getroffen – wieder und wieder. Voller Vorfreude lief Kaspar nun am Brunnen, an den Bauernhöfen und Ziegenställen des Dorfs vorbei, hinaus aus Höhenforst. Die Sonne war noch nicht untergegangen, und doch konnte er über den Feldern und dem Wald eine Mondsichel erkennen. Er liebte diese Stunde. Sie war Tag und Nacht gleichzeitig, Ende und Anfang, Licht und Dunkelheit. Wenn die Gegensätze sich nicht mehr ausschlossen, dann war doch noch alles möglich, dachte er, sogar Margaretha und Kaspar.

Die alte Scheune tauchte zu seiner Linken auf. Baufällig duckte sie sich unter einem gewaltigen Birnbaum, dessen Zweige im Wind hin und her wogten, als wollten sie ihn herbeiwinken. Vor Wochen, bei seiner ersten Verabredung mit Margaretha, war der Boden mit Birnen nur so übersät gewesen. Er hatte eine davon aufgehoben und sie wenig später, im Dämmerlicht der Scheune, mit Margaretha geteilt. Mit angezogenen Beinen hockte sie auf einem Heuballen, biss in die Birne und reichte sie dann Kaspar.

»Deine Arme sind grün und blau«, flüsterte er. Das sah er sogar in den letzten Strahlen der Abendsonne, die durch die Bretterspalten der Holzwände fielen. Mit einer Hand nahm er die Birne entgegen, mit der anderen strich er vorsichtig über Margarethas Unterarm. Fingerbreite Schwellungen überzogen ihr Handgelenk.

»Ach, es ist halb so schlimm.«

Ohne darüber nachzudenken, ließ er seine Finger über ihren Ellenbogen nach oben gleiten, zu ihrer Schulter, ihrem Hals. Hier war ihre sonnengegerbte Haut ganz weich und warm. Fragend sah er ihr in die Augen. Durfte er noch weitergehen? Da lachte Margaretha. »Schmeiß die Birne schon weg!«, rief sie, nahm ihm die Frucht aus der Hand und warf sie in die hinterste Ecke des Heubodens. Dann griff sie ihm in die halblangen Haare und lehnte ihre Stirn an seine.

»Könntest du mich jetzt endlich küssen, Kaspar Rockstroh?«

Das brauchte sie ihm nicht zweimal sagen. Er schloss die Augen, berührte mit dem Daumen ihre Unterlippe und küsste sie. Ihre Lippen waren rau, und das Innere ihres Mundes schmeckte nach Abenteuern und Birnen. Margaretha wollte ihn tatsächlich, dachte er, während sie ihm mit beiden Händen durch die Haare fuhr. Ihn, Kaspar, über den sich die anderen Jungen in Höhenforst gern lustig machten, weil er mit seinen geschwungenen Lippen, den dunkelgrünen Augen und den schnurgeraden Augenbrauen angeblich so hübsch war wie ein Mädchen. Der manchmal stundenlang vor sich hin träumte und einem einzigen, spannenden Gedanken so lange folgen konnte, dass die Kühe laut muhen mussten, bevor er sie endlich molk. Der die Farben des Himmels so unglaublich fand, dass er manchmal vor lauter Bewunderung ungebremst gegen eine Schubkarre lief und sich das Knie aufschlug. Dessen Vater von heute auf morgen verschwunden und dessen Mutter so arm war, dass ihm seine Schuhe schon lang nicht mehr passten, sondern seine Zehen aus einem extra hineingeschnittenen Loch herausschauten. Diesen Kaspar wollte Margaretha tatsächlich, und als er das begriff, hob er Margaretha in die Höhe und legte sie auf einen großen Strohballen.

Er erreichte jetzt das Scheunentor und schob es auf. Die Scharniere quietschten, er kniff die Augen zusammen in dem Versuch, Margaretha im Dämmerlicht zu erspähen.

»Margaretha?«, fragte er leise in den dunklen Raum hinein und schmeckte den Staub des Strohs auf seiner Zunge. Er versuchte, sich auf alles gefasst zu machen. Schließlich war es möglich, dass sie hinter einem Ballen hockte und plötzlich aufsprang, um ihn zu erschrecken, so wie letzte Woche. Da hatte sie eine Mistgabel in den Händen gehalten, ihn damit lachend gejagt und Anstalten gemacht, ihm ins Hinterteil zu piksen. Er blinzelte – nur langsam gewöhnten sich seine Augen an die Dunkelheit. Berge von Stroh und Heu türmten sich vor ihm auf, dahinter Täler und Höhlen, in denen man versinken konnte.

Dieses Lager gehörte dem ältesten und gutmütigsten Bauern des Dorfes. Er würde erst im Herbst die Ballen holen – und selbst wenn er Margaretha und Kaspar hier erwischte, würde er nur zwinkern und so tun, als hätte er sie nicht gesehen. Kaspar atmete tief ein. Wie schön dieser Geruch war …

»Margaretha?«

Langsam drehte er sich im Kreis – nichts. Kein Problem, er konnte warten. Also ließ er sich auf einen Heuballen sinken, schnappte sich einen Halm und kaute darauf herum. Er schaute auf die Tür, neben der die Mistgabel lehnte, und stellte sich vor, wie Margaretha hereinkommen würde. Vielleicht würden ihre Wangen glühen, weil sie gerannt war. Vielleicht würde sie seinen Namen flüstern. Jedes Mal, wenn sie seinen vollen Namen sagte, bekam er die fast unbändige Lust, sie an sich zu ziehen.

Als die Tür endlich aufging, war es schon spät. Die Scharniere quietschten, und er sprang auf.

»Kaspar Rockstroh!«, hörte er seinen Namen, doch diesmal war es kein neckendes Flüstern, nein. Es war ein wütendes Bellen, ein Fluch. Die Gestalt, die sich aus der Dunkelheit schälte, trug Hosen, Stiefel und einen Schlapphut – genau wie er selbst.

»Zeig dich!«, schrie Bauer Wilhelm.

Kaspar begriff: Statt Margaretha war ihr Vater in die Scheune gekommen. Das einzig Gute: Der alte Bauer konnte im Dunkeln wohl schlecht sehen. Kaspar musste sich bewegen – sofort. Also sprang er über den Ballen, auf dem er gerade noch gesessen hatte, und kletterte an der langen Seite der Scheune in Richtung der noch offen stehenden Tür. Der Bauer tastete sich langsam vorwärts und stieß gegen das Heu, auf dem Kaspar gerade noch gesessen hatte.

»Du Feigling«, schimpfte er. »Wo bist du?«

Kaspar schlich weiter in Richtung der Tür. Weil Wilhelm so laut fluchte, hörte er wohl nicht, wie weit Kaspar schon entfernt war. Der Bauer stolperte an ihm vorbei.

»Wie konntest du es wagen? War die Abreibung wohl noch nicht groß genug? Warte nur, diesmal drehe ich dir den Hals um!«

Kaspar stand im Rücken des Mannes, und das Mondlicht fiel auf dessen sehnigen Arme, die soeben einen Ballen hochrissen und von sich schleuderten.

»Ich bring dich um, Kaspar Rockstroh, das kannst du mir glauben!«

Kaspar schlich zur Tür. Er sollte weglaufen, das wusste er. Und doch drehte er sich im Türrahmen noch einmal um. Wild geworden riss Wilhelm Strohbündel aus den Ballen und warf sie in der Scheune umher. Wie hatte er Margaretha wohl dazu gebracht, ihr Geheimnis zu verraten und von diesem Treffpunkt zu erzählen? Und was würde er mit ihr anstellen, wenn er Kaspar hier nicht finden würde? Ein Windhauch kitzelte seinen Nacken, schien ihn nach draußen zu locken, doch Kaspar blieb stehen. Er hatte sich vorgenommen, beim nächsten Mal zurückzuschlagen und Margaretha zu beschützen. Er durfte jetzt unter keinen Umständen einfach davonlaufen. Nein, noch einmal würde er Margaretha nicht im Stich lassen.

Kaspar sah sich um. Neben der Tür lehnte noch immer die Mistgabel. So leise er konnte, griff er danach und hob sie an. Auf Zehenspitzen schlich er damit auf den Bauern zu.

»Nur Feiglinge verstecken sich, Kaspar Rockstroh!« Zum Glück wütete Wilhelm weiter, so dass er das Knistern des Strohs unter Kaspars Füßen nicht hörte. Er kam dem Mann immer näher. Natürlich war es nicht besonders ehrenvoll, einen Mann von hinten anzugreifen. Aber was brachte es Margaretha schon, wenn er jetzt auf seine Ehre achtete?

»Komm schon raus! Zeig dich!« Wilhelm stieg auf den ersten Ballen und tastete sich vorwärts. Kaspar betrachtete dessen Hut von hinten, die zerbeulte Hose in den Kniekehlen. Kaspar hielt die Mistgabel hoch über seinen Kopf. Ein Schlag würde genügen, dachte er, und Margaretha wäre in Sicherheit. Der Bauer griff nach dem nächsten Ballen. Anscheinend war er bereit, die ganze Scheune nach Kaspar abzusuchen. Jetzt, da Kaspar dem Bauern so nah war und die Mistgabel über seinem Kopf schwebte, konnte er dessen beißenden Schweißgeruch riechen. Der Atem des Bauern rasselte – und ein wenig klang es wie ein Schluchzen.

»Wie konntest du nur!«

Ein Schwung, dachte Kaspar, und es wäre geschafft.

»Wie konntest du meiner Margaretha das antun?« Wilhelms Stimme klang nun leiser, und aus seiner Kehle drang ein Wimmern. Kaspar hielt inne. Weinte Bauer Wilhelm etwa?

»Wenn ich sie verliere ... Ihr darf nichts passieren! Niemals! Wenn sie jetzt wegen dir ...« Er unterbrach sich selbst mit einem Brüllen, das so verzweifelt und ängstlich klang, dass es Kaspar eine Gänsehaut über den Körper jagte. Langsam ließ er die Mistgabel sinken. Mit einem Mal hatte er Angst. Aber nicht vor Wilhelm, sondern um Margaretha.

»Was ist mit ihr?«

Sofort wirbelte der Bauer zu ihm herum.

»Kruzifix!«, stieß Wilhelm aus. Er starrte Kaspar an und blinzelte. Dann streckte er die Arme aus und stürmte plötzlich mit einem »Du elender Eckenpisser!« auf ihn los, doch Kaspar brauchte nur auf einen Heuballen springen, um ihm auszuweichen. Bauer Wilhelm stolperte.

»Was ist mit Margaretha?«, wiederholte Kaspar. Mit einem Mal war er ganz ruhig. Er brauchte keine Angst zu haben – an diesem Ort hatte er eindeutig die Oberhand. Und er würde aus diesem schrecklichen Menschen schon herauskriegen, was er wissen wollte. »Geht es Margaretha gut?«, fragte er mit kühler Stimme.

»Ob es ihr gut geht?«, brüllte Wilhelm, während er sich aufrappelte. »Du fragst nicht ernsthaft, ob es meiner Margaretha gut geht? Elendswurm, du!«

Kaspar wich dem Bauern erneut mit einem Sprung zur Seite aus. »Was hat sie?«

»Triffst dich hier mit meiner Margaretha – und jetzt?« Wild fuchtelte Wilhelm in der Dunkelheit herum. »Stehst da, als wäre nichts, und meine Margaretha kippt vom Spinnstuhl! Halb tot liegt sie in ihrem Bett!«

»Was sagst du?« Kaspar riss die Augen auf und blieb stehen. »Margaretha ist krank?«

Wilhelm folgte seiner Stimme und hätte Kaspar beinahe erwischt, wenn der sich nicht rechtzeitig weggeduckt hätte.

»Krank? Wenn sie doch nur krank wäre! Trefft euch hier heimlich in dieser dreckigen Scheune. Und ich denke noch: Ach, lass ich den jungen Leuten ihren Spaß! Dieser Kaspar kann doch sowieso keiner Fliege was zuleide tun, dieses schwächliche Milchsuppengesicht. Der ist besser, als so mancher Mauerscheißer hier im Dorf. Und jetzt? Umbringen sollte ich dich, an Ort und Stelle!«

Kaspar runzelte die Stirn. »Sie ... haben gewusst, dass wir uns treffen?«

»Ich sollte dir den Hals umdrehen, du hast nichts anderes verdient!«

»Wenn sie nicht krank ist, was hat sie dann? Was soll ich ihr ...?« Kaspar wich noch einmal zurück, und während er der kühlen Nachtluft an der Tür näher kam, dämmerte es ihm.

»Töten sollte ich dich! Ich tu's nur wegen Margaretha nicht. Wenn sie das überlebt, wenn sie das Kind kriegt, dann soll sie dich heiraten. Ob du willst oder nicht. Aber wenn sie stirbt, du elender Dreckskerl, dann kannst du dich in diesem Dorf nie wieder sicher fühlen, verstanden? Dann werde ich dir auflauern, und niemand wird mich daran hindern, dich zu verprügeln.«

Kaspar stand in der Tür und ließ die Mistgabel langsam sinken. Er konnte nur einen Gedanken fassen. Dieser eine Gedanke hämmerte hinter seiner Stirn, vibrierte in seiner Brust. Er flüsterte: »Margaretha ... stirbt?«

Die Mistgabel warf er auf den Boden. Seine Beine brannten. Sie wollten rennen. Sie mussten. Und Kaspar wusste auch schon, wohin.

Anna Sophia grübelte über die Worte ihrer Schwester nach, während sie ins Zimmer ihres Vaters schlich und ihm den Sud ihrer Großmutter einflößte, und auch während er wach wurde, sie überrascht ansah und sie flüsterte: »Ich habe dir einen Tee gekocht, gegen das Fieber.« Sie grübelte, während sie ihm dabei zusah, wie er den Tee trank und wieder in einen unruhigen Schlaf fiel. Julie hatte ihr von ihren Träumen erzählt. Auch Anna Sophia kannte diese Nächte, in denen sie glaubte, Dinge zu sehen, die an einem anderen Ort gerade tatsächlich geschahen oder noch geschehen würden. Häufig erwachte sie dann nicht in ihrem Bett, sondern in der Küche, in der Apotheke oder in der Stube. Ob Julie auch einen solchen Traum gehabt hatte? Ob sie schlafwandelte und verwirrt aufwachte? Oder ob sie in der Dunkelheit tatsächlich August getroffen hatte?

Doch als sie das nächste Mal ins Zimmer ihres Vaters schaute, rückten ihre Fragen schlagartig in den Hintergrund, denn Gottlieb saß aufrecht in seinem Bett. Er hatte sogar ein wenig Farbe im Gesicht! Gesches Medikamente hatten doch tatsächlich angeschlagen. Und das so schnell! Voller Hoffnung gab Anna Sophia ihm nun auch regelmäßig die Holzkohle. »Verabreiche ihm die am frühen Vormittag«, hatte Gesche gesagt. »Ich bin mir nicht sicher, aber ... es kann ja nicht schaden.« Was hatte ihre Großmutter damit wohl gemeint? Sie musste wieder an ihren nachdenklichen Blick denken, an ihr braunes und ihr blaues Auge. Anna Sophia stellte sich manchmal vor, dass das braune Auge für die Welt da war, die auch alle anderen Menschen sehen konnten. Für das Diesseits, die sichtbaren Dinge. Das blaue Auge hingegen sah möglicherweise eine andere Welt, eine weitere Wirklichkeit. Das Magische vielleicht. Was es wohl in diesem Moment gesehen hatte?

Gottlieb ging es von Tag zu Tag besser. Allerdings konnte er sich dank seiner sich steigernden Gesundheit auch immer vehementer über den Geschmack des Tees beschweren. Da hatte Anna Sophia eine Idee.

»Anna Sophia, alte Träumerin, hörst du nicht?«, murmelte Wilhelmine.

Zerstreut drehte Anna Sophia den Kopf. »Entschuldige, was hast du gesagt?«

»Warum ausgerechnet Thymian?« Wilhelmine schaute nicht auf. Sie saß am Küchentisch und war mit einem Bleistift in der Hand ins Zeichnen vertieft. In der Küche breitete sich der Geruch des Waldes aus. Eigentlich sollte Anna Sophia sie zurechtweisen, weil die Schwester dringend ein paar Kerzen gießen und Seifen sieden sollte, doch sie hatte heute keine Kraft für einen Streit.

»Thymian hilft gegen viele Erkrankungen«, erklärte sie stattdessen, während sie die Kräuter mit dem Mörser zermahlte. »Zum Beispiel gegen Magenkrämpfe.«

Anschließend bröckelte sie Eichenrinde in die Schale. Wie ihre Großmutter Anna Sophias Idee wohl finden würde? Sie befeuerte den Ofen, bis er knisterte, stellte dann eine gusseiserne Pfanne obenauf und gab zwei Hände voll Eicheln hinein. Während sie sie hin und her schwenkte, verfärbten sie sich immer dunkler, und das Röstaroma verdrängte den Duft von Thymian.

»Und was hast du damit vor?«, fragte Wilhelmine.

»August hat Hubertine letztens Eichelcacao angeboten. Hast du den schon mal getrunken?«, fragte Anna Sophia.

Jetzt hob ihre Schwester den Kopf. »Kakao?«

»Nein, *Eichel*cacao. Das ist eine Gesundheitsschokolade, die mit warmem Wasser hergestellt wird. Sie enthält geröstete und gemahlene Eicheln, die für eine gute Verdauung sorgen.«

»Und Kakao, oder nicht?«

»Die teuren Sorten schon. Man kann aber mit Mehl, Mais und Zucker ebenfalls einen guten Geschmack herstellen.«

Sie hob die Pfanne vom Herd und gab die Eicheln in die Mörserschale, um nun Weizenmehl zu rösten.

»Ich glaube, wenn du eine richtige Gesundheitsschokolade machen möchtest, brauchst du auch richtigen Kakao«, sagte Wilhelmine und senkte den Kopf wieder über ihr Papier.

Während Anna Sophia die Eicheln mahlte und hin und wieder das Mehl in der Pfanne schwenkte, dachte sie nach. Wilhelmine hatte recht. Aber echtes Kakaopulver war teuer. Was würde Vater dazu sagen, wenn sie es einfach für ihre Experimente verwendete? Andererseits sagte man Kakao die vielfältigsten Heilkräfte nach: Kraft sollte er spenden, den Appetit wecken, Lebensgeister zurückholen, die Glieder erstarken lassen, gegen Schwindel helfen und bei Husten mildernd wirken. All das konnte Gottlieb gut gebrauchen. Und manchmal musste man diesen stolzen Mann nun mal zu seinem Glück zwingen. Zwar war er auf dem Weg der Besserung, doch er wirkte noch immer schwach und blass. Ihre Mutter hätte sicherlich das Gleiche getan.

»Ich bin gleich wieder da«, sagte sie zu Wilhelmine, sobald sie die zerstoßenen Eicheln mit dem braun gewordenen Mehl vermengt hatte, und eilte hinunter in die Apotheke.

Glücklicherweise war August gerade so sehr in ein Beratungsgespräch vertieft, dass er ihr nur freundlich zunickte, während sie das Glas mit dem Kakao herunterholte und ein paar Löffel in eine Papiertüte rieseln ließ.

»Seit wann zeichnest du eigentlich?«, fragte sie ihre Schwester, sobald sie zurück war.

»Seit ... wenigen Wochen.«

»Zeigst du mir dein Bild?«

»Vielleicht später, wenn es ganz fertig ist.«

Doch blitzschnell griff Anna Sophia danach und betrachtete das Porträt einer Frau. Daran hatte Wilhelmine sicherlich schon lange gearbeitet. Der Hals der Frau war bedeckt von einem eleganten Kleiderkragen. Locken umrahmten spitze Gesichtszüge, die Augen glänzten, der Mund war klein und die Nase lang und schmal. »Ich wusste gar nicht, dass du so zeichnen kannst ...«, murmelte sie. »Wer ist das?«

»Das … also … ist irgendeine Frau.«

»Sie sieht so echt aus.«

»Unsinn«, rief Wilhelmine, bekam das Bild zu fassen und riss es Anna Sophia aus den Händen. »Ich habe sie mir nur ausgedacht.«

Anna Sophia verdrehte die Augen, schob sich eine störrische Haarsträhne aus der Stirn und kehrte zu ihrem Mörser zurück, um das dunkelbraune Kakaopulver in die Schüssel zu geben.

Keine Stunde später duftete es in der Küche nicht nur nach gerösteten Eicheln und heißem Zucker, sondern auch nach Schokolade. Anna Sophia hatte das warme Getränk gerade in eine Porzellankanne gegossen, als die kleinen Schwestern Julie und Elise, gefolgt von der Haushälterin Betty, in die Küche kamen.

»Was machst du da?«, piepste Julie und kratzte sich an einem ihrer weit abstehenden Ohren.

»Ist das für uns?«, hoffte Elise und schaute die Schwester aus dunklen Augen an.

»Nicht so fordernd, Kinder«, ermahnte Betty und wischte sich den Schweiß von der Stirn.

Anna Sophia verzog entschuldigend das Gesicht. »Das ist ein Gesundheitscacao für Vater. Reine Medizin – leider.«

»O nein!«, rief Elise.

»Wie schade!«, pflichtete ihr Julie bei. »Dabei riecht es doch gar nicht wie Medizin.«

Anna Sophia sah von einer zu anderen. Ihre traurigen Gesichter und die hängenden Schultern konnte sie kaum ertragen. Wie schön wäre es, wenn alle Kinder Kakao trinken könnten, dachte sie. Aber natürlich kostete er viel Geld. Schließlich wurden die Kakaobohnen in weit entfernten Kolonien in Afrika und Südamerika angebaut und geerntet, in schweren Säcken auf Schiffe geladen und einen kaum vorstellbar weiten Weg hergebracht. Und dann mussten sie hier auch noch zu einem Pulver gemahlen oder zu Blöcken gepresst werden, damit Apotheker oder Bäcker sie weiterverarbeiten konnten.

»Vielleicht bin ich ja ein bisschen krank«, überlegte Elise und zog die Nase hoch. »Mir ist so heiß. Dir nicht auch, Julie?«

Sie stieß die jüngere Schwester mit dem Ellenbogen an, doch die sah unschuldig zu ihr hinauf. »Nein, ich fühle mich sehr gut.«

Anna Sophia musste lachen. »Na gut.« Sie holte aus dem Küchenregal zwei Schnapsgläser hervor. »Aber nur einen kleinen Schluck!«

Sie goss den Kakao in die Gläser und reichte sie den Kindern. Die beiden jubelten.

»Vorsicht, er ist noch heiß.«

Elise und Julie hielten die Gläser in den Händen und pusteten den Dampf von der dunklen Flüssigkeit. Während sie vorsichtig nippten, schlossen sie die Augen und rissen sie danach weit auf.

»Das ist lecker!«, rief Elise.

»Es schmeckt gar nicht wie Medizin. Ich habe es gewusst«, bestätigte Julie. »Es ist süß! Und klebrig. Aber auch ein bisschen würzig.«

»Ihr seid ja kleine Feinschmeckerinnen.« Anna Sophia strich ihnen über die Köpfe. »Schauen wir mal, ob Vater das genauso sieht.«

»Das ist eine gute Idee«, meldete sich nun Betty zu Wort. »Der Herr fühlt sich heute nämlich wieder etwas schlechter.«

Überrascht sah Anna Sophia sie an. »Tatsächlich? Die Behandlung hatte doch so gut angeschlagen! Der Tee, der Sud, die Holzkoh… O nein!« Anna Sophia schlug sich die Hand vor den Mund. Wie hatte sie das vergessen können? »Die Holzkohle! Die habe ich heute vor lauter Aufregung wegen des Kakaos ganz vergessen!«

Schnell öffnete sie die Schublade unter dem Küchentisch, in der sie die Medikamente für Gottlieb aufbewahrte, zog die Holzkohle hervor und steckte sie in die Kleidertasche. Dann nahm sie die Kanne und eine Tasse in die Hände und lief los.

Zusammengekrümmt lag Gottlieb in seinem Bett. Sein Gesicht war blass, und seine Hände, die er über der Decke gegen seinen Bauch drückte, waren von roten Pusteln überzogen.

»Was hast du, Vater?« Anna Sophia stellte Kanne und Tasse auf das Nachttischchen und hockte sich neben ihn.

»Der Magen …«

»Und deine Haut?«

»Ein Ausschlag …«

»Soll ich August noch einmal holen?«, fragte Betty, die im Türrahmen stand.

»Warte noch, Betty.« Anna Sophia griff in ihre Tasche, brach ein wenig Holzkohle ab und griff nach dem Glas Wasser, das schon für Gottlieb bereitstand.

»Nimm erst mal das hier.«

Während Gottlieb schluckte, goss sie den Eichelkakao in die Tasse.

»Was ist das?«

»Unsere neue Gesundheitsschokolade«, antwortete Anna Sophia beiläufig.

»Wir haben eine neue Schokolade?«

Anna Sophia kaute kurz an ihrem Daumennagel. »Wir haben eine neue Rezeptur ausprobiert. Sie soll bei Magen-Darm-Problemen höchst wirksam sein.«

»August und du?« Gottlieb nahm die Tasse entgegen und schaute sie fragend an.

»Ja, genau. August und ich.«

»Wunderbar. Dieser Junge kann was! Wir haben ein solches Glück mit ihm, nicht wahr?« Dann trank er.

»Schmeckt dir der Kakao?«

Gottlieb brummte etwas Unverständliches und trank weiter. Erst als die Tasse leer war, nickte er. »Gut gemacht, August.« Anna Sophia runzelte die Stirn, folgte Gottliebs Blick und drehte den Kopf: Statt Betty stand nun August hinter ihr im Türrahmen.

»Verzeihen Sie?«, stammelte der junge Mann. Er schien genauso überrascht zu sein, wie sie es war. »Ich wollte eben nach Ihnen sehen – komme ich ungelegen?«

»Im Gegenteil. Ich durfte gerade Ihren Gesundheitskakao kosten – ausgezeichnet.« Gottlieb legte die Hand wieder auf den Bauch, stöhnte leise und legte den Kopf ins Kissen. Dann fuhr er fort: »Die Menschen lieben den Geschmack von Kakao. In der Fachpresse habe ich auch schon beeindruckende Abhandlungen über seine Wirksamkeit gelesen. Ein exzellenter Einfall, ihn stärker in unserer Apotheke zu vertreiben.«

Anna Sophia fing Augusts Blick auf und nickte ihm möglichst unauffällig zu. *Spiel bitte mit*, wollte sie ihm zu verstehen geben.

»Das ... freut mich sehr zu hören«, sagte August an Gottlieb gewandt.

Gottlieb schmunzelte. »Und nun lasst einen armen alten Mann in Ruhe krank sein. Verschwindet.«

Mit einer Handbewegung brachte er Anna Sophia dazu, aufzustehen. August machte ihr Platz, so dass sie auf den Flur hinaustreten konnte, dann schloss er hinter ihr die Tür.

»Danke«, flüsterte Anna Sophia ihm zu.

August nickte.

»Auf ein Wort«, sagte er leise und bedeutete ihr, die Treppe hinunterzusteigen.

Unten angekommen, öffnete er ihr die Tür zum Hinterzimmer, in dem sich auf einem Schreibtisch Unterlagen auftürmten und auf Regalen und langen Tischen Gläser und Fläschchen eng beisammenstanden. Hinter ihr trat August ein. Nun waren sie ganz allein. Sie fühlte, dass ihre Finger feucht wurden. Ob er noch einmal ihre Hand nehmen würde? Schnell wischte sie sie an ihrem Kleid trocken.

»Meine liebe Anna Sophia.« Er lächelte sie an. »Verzeih mir, aber ich bin ein wenig verwirrt. Was ist gerade vor sich gegangen?«

Anna Sophia lachte nervös auf und kratzte sich den Nacken. Sie wollte August alles erklären, da wich er einen Schritt zurück.

»Warum lachst du?« Er starrte sie finster an. »Habe ich etwas Komisches gesagt?«

Sofort verstummte Anna Sophia.

»Nein, ich ... Bitte verzeih mir, August. Ich bin etwas nervös.«

Warum reagierte er so empfindlich?

»Nun gut.« Er atmete langsam aus. »Bitte erklär es mir.«

Ohne aufzusehen, sagte Anna Sophia: »Ich musste zu einer kleinen Notlüge greifen. Vater ging es schlechter, und ich hatte die Idee, einen Gesundheitskakao aus Eicheln und Schokolade mit Kräutern gegen sein Unwohlsein herzustellen. Doch ich befürchtete, er würde ihn nicht trinken, wenn er nicht von dir stammte.«

August runzelte die Stirn. »Und da hast du erzählt, ich hätte ihn entwickelt?«

»Ich dachte, wenn du es angeordnet hättest, würde er dem Kakao eher vertrauen.«

Einen Moment lang sah August Anna Sophia schweigend an. Dann, langsam, nickte er. »Ich verstehe. Allerdings muss ich zugeben, dass ich ein wenig irritiert bin, Anna Sophia. Hast du die Zutaten einfach aus der Apotheke genommen?«

Sie nickte.

»Hast du deinen Vater gefragt, ob du das darfst? Oder mich?«

Sie schüttelte den Kopf.

»Anna Sophia. Wir müssen genau wissen, welche Mittel für was verwendet werden. Die Bücher müssen stimmen. Du kannst dich nicht einfach bedienen, ohne Bescheid zu geben.«

Hitze schoss Anna Sophia in die Wangen. Natürlich hatte August recht.

»Stell dir vor, dein Vater ist wieder gesund, prüft den Bestand, und es fehlt etwas. Dann gerate ich als Geselle ganz schnell unter Verdacht.«

»Das würde ich natürlich umgehend richtigstellen.«

»Ich möchte ganz offen zu dir sein, Anna Sophia. Ich erwarte, dass du mich über jeden deiner kleinen Einfälle informierst. Dann kann ich sie gewissenhaft prüfen. Vielleicht ist es tatsächlich eine hilfreiche Idee, Kakao zuzubereiten. Doch du wirst mir sicherlich zustimmen, wenn ich sage, dass zumindest ein angehender Apotheker entscheiden sollte, welche Zutaten hineinkommen.«

»Natürlich.« Anna Sophia spürte, wie sie rot wurde. Sie hatte sich eingeredet, etwas Gutes zu tun, dabei war ihr Handeln verantwortungslos gewesen.

»Woher sollst du das denn auch wissen? All die Bestandteile der Medikamente, die es heutzutage gibt – für dich ist das doch furchtbar kompliziert. Wenn du da etwas verwechselst!«

Sie schluckte. »Es tut mir leid, August. Es war falsch von mir.«

Er griff nach ihrer Hand. Noch vor wenigen Sekunden hatte sie sich diese Berührung so sehr gewünscht. Und jetzt? Am liebsten hätte sie ihren Arm weggezogen und wäre hinausgestürmt.

»Gräm dich bitte nicht. Jeder macht mal einen Fehler. Ich habe nur eine Bitte.« August sprach ganz leise.

»Natürlich.«

»Können wir uns darauf einigen, dass du mir in Zukunft die Medikamente überlässt? Du kannst gern Getränke oder Gebäck in der Küche zubereiten. Aber sämtliche Arzneimittel, ob Kräutertinkturen, chemische Medikamente, Bonbons oder Gesundheitsschokoladen, sind zukünftig meine Sache.«

Anna Sophia klappte der Mund auf. Meinte er das ernst? Keine Hustenbonbons mehr? Keine Experimente am Herd? Wollte er ihr das tatsächlich verbieten?

»Versprichst du es mir? Zu unser beider Wohl?«

Sanft drückte er ihre Hand und strich ihr eine Haarsträhne aus der Stirn. Sie zwang sich, ihn anzusehen, und ihre Lider fühlten sich so schwer und müde an wie noch nie.

»Natürlich«, antwortete sie schließlich. Doch ihre Stimme klang dabei furchtbar hohl.

»Gesche?«, rief Kaspar und sah sich um. Sein Herz raste, so schnell war er in den Wald geeilt.

»Kaspar, da bist du ja.« Gesche tauchte hinter einem Busch auf, scheuchte eines ihrer Hühner mit dem Fuß beiseite und ging langsam auf ihn zu. »Hast du mit Margaretha gesprochen?«

Er schüttelte den Kopf.

Nachdem er von Bauer Wilhelm erfahren hatte, wie es um Margaretha stand, hatte er sich sofort auf den Weg zu Gesche gemacht. Er hatte gehofft, sie könne ihm helfen, doch er hatte sich geirrt. Ohne irgendetwas über ihr Problem zu wissen, konnte sie nichts für Margaretha tun. Kaspar müsse sie herbringen oder so genau wie möglich herausfinden, worunter sie litt. Also war er zurück ins Dorf gelaufen.

»Ich habe alles versucht«, sagte er nun, einen Tag später. »Aber der alte Wilhelm lässt mich nicht zu ihr. Ich wollte mich sogar nachts reinschleichen, doch er hatte die Tür verriegelt.«

Gesche schüttelte den Kopf. »Wenn wir nicht wissen, was sie hat, können wir wenig tun.«

»Ich habe in der Spinnstube mit ihrer Schwester Amalie gesprochen. Sie war ziemlich aufgelöst.« Kaspar spürte, wie es ihm die Kehle zuschnürte. »Ich glaube, sie hatte die ganze Nacht nicht geschlafen. Erst wollte sie nicht mit mir sprechen, sie sagte, einem Mann könne sie das unmöglich erklären. Aber ich habe ihr von dir erzählt, von deinen Kräutern und deinen Tees und davon, dass du uns helfen möchtest, und dann …«

»Mein hübscher Junge, komm bitte zum Punkt!« Gesche klang streng, doch sie schmunzelte dabei. »Was hat Amalie dir gesagt?«

»Ich habe es nicht ganz verstanden. Aber sie sagte, du würdest es verstehen, sie würde dich kennen.«

»Natürlich kennt sie mich.« Gesche verschränkte ungeduldig die Arme. »Nun?«

»Sie meinte: ›Margaretha wollte es nicht. Sie hatte Angst, was passieren würde, deswegen hat sie die Nähnadel genommen. Doch es ist trotzdem geblieben, und nun hat sie die größten Schmerzen.‹ Was hat das zu bedeuten?«

Kurz schwieg Gesche. Dann sagte sie: »Dass du dich jetzt hinsetzt und mich meine Arbeit machen lässt.«

»Wird sie wieder gesund?«

»Setz dich.«

Gesche schob ihn in Richtung der Schaukel. Ohne sich um die Nässe zu kümmern, folgte er ihrer Anweisung und beobachtete, wie Gesche um ihn herumwuselte, hier und da etwas pflückte und in ihre Hütte ging. Er hörte das Prasseln von Feuer und das Brodeln von Wasser, atmete den Geruch von Regen, Erde und Wald ein. Durch das sanfte Schaukeln beruhigte sich langsam seine Atmung.

»Wollte Margaretha unser Kind … wegmachen?«, fragte er leise, als Gesche wieder herauskam.

»Ich fürchte, es ist viel komplizierter, als du denkst.«

Wieso sprachen diese Frauen alle in Rätseln? »Wird es überleben?«

»Vielleicht, vielleicht auch nicht«, sagte Gesche.

»Und Margaretha?«

»Ich weiß es nicht. Deswegen ist es sehr wichtig, dass du mir jetzt gut zuhörst und genau tust, was ich dir sage.«

Kaspar spürte, wie sich seine Kehle zuschnürte. Doch er durfte jetzt keine Angst haben. Margaretha brauchte ihn. Also hob er das Kinn. »Das werde ich«, sagt er. Gesche nickte ihm ernst zu.

10. Kapitel

Franz Stollwerck bahnte sich seinen Weg durch die Gassen Kölns. Hinter ihm lagen mehrere Jahre der Wanderschaft. Er hatte andere Sprachen, neue Menschen und unbekannte Bräuche kennengelernt. Doch der Weg durch seine alte Heimatstadt fiel ihm schwer. Die anderen Passanten, die Pferde und Kutschen nahm er kaum wahr. Während seiner Abwesenheit hatte sich die Stadt verändert. Die Gassen schienen enger, von Menschen überfüllt. Gleichzeitig stieß er an der ein oder anderen Ecke auf einen grün bepflanzten Platz mit Bänken, den er noch nie zuvor gesehen hatte und an dem das Atmen leichterzufallen schien.

Er hatte sich so auf Zuhause gefreut! Auf seine Geschwister – die kleine Maria, die forsche Hubertine und den stets nervösen Johannes. Er hatte sich sogar auf seinen Vater gefreut und es nicht erwarten können, ihm von seinen Erlebnissen zu berichten. Ob er stolz auf ihn sein würde?

»Du bist nun so weit«, hatte sein Vater Nikolaus dann vor wenigen Stunden zu ihm gesagt. Er hatte ihn aus seinen schräg stehenden Augen gemustert. »Es wird Zeit, deinen Platz zu finden.«

Sie standen gemeinsam mit Johannes in Vaters Kramladen. Nikolaus Stollwerck war mittlerweile Marktaufseher Kölns geworden und versprach seinem ältesten Sohn eine glänzende Zukunft im Verkaufsgewerbe. Franz konnte kaum glauben, was er da hörte.

»Schau dir deinen großen Bruder an, Johannes. Was siehst du?«

Johannes rieb sich den Oberlippenflaum, als wäre er ein echter Bart, und musterte Franz von oben bis unten.

»Schlank ist er geworden!«, sagte er schließlich und stemmte die Hände in die Hüften.

Während Johannes schon als Kind eher dünn gewesen war, egal, wie viel auf dem Tisch stand, hatte sich Franz stets an die Gegebenheiten angepasst. Vor allem während seiner Lehre bei Konditor Hermann Joseph Kreuer in der Breite Straße hatte er zu einem Bäuchlein geneigt. Dass dieses Bäuchlein auf Wanderschaft gänzlich verloren gegangen war, hatte Franz selbst nur am Rande bemerkt.

»Richtig, Johannes! Dein Bruder ist ein stattlicher junger Mann geworden. Schau dir die Schultern an! Das Kreuz. Du machst was her, Junge.«

Franz grinste und zwinkerte seinem kleinen Bruder zu. Er würde sich nichts anmerken lassen, doch er freute sich über die Worte seines Vaters. Schon immer hatte er sich nach dessen Lob und Anerkennung gesehnt. Nun war es endlich so weit. Die Wanderschaft hatte sich gelohnt.

»Du hast viel gelernt und gesehen, bist durch eine harte Schule gegangen. Gut so! Als Marktaufseher bin ich mittlerweile gänzlich ausgelastet. Daher möchte ich, dass du unseren Laden übernimmst.«

Bei diesen Worten klappte Franz die Kinnlade hinunter. Das konnte sein Vater nicht ernst meinen! Kurz sah er zu seinem jüngeren Bruder hinüber, der rot anlief. Niemals hätte Johannes es laut ausgesprochen, doch Franz war sich sicher, dass er insgeheim darauf gehofft hatte, irgendwann Vaters Laden zu übernehmen.

»Aber, Vater …«

»Ich denke, du bist der Richtige dafür. Johannes ist zu jung und unerfahren, und deine Schwestern brauchen eine männliche Unterstützung. Einverstanden?«

Franz legte die Stirn in Falten. Er wollte seinen Vater nicht enttäuschen, doch er musste ehrlich zu ihm sein.

»Nein, Vater. Ich bin Zuckerbäcker. Ich werde eine Bäckerei eröffnen. Eines Tages wird Johannes das Geschäft übernehmen.«

»Ach, Papperlapapp. Ich habe mich entschieden.«

Mit diesen Worten drehte sich sein Vater um und begann, Kisten voller Waren auszupacken. »Hilfst du mir, Johannes?«

»Natürlich.« Johannes beeilte sich, ebenfalls in die Kisten zu greifen, doch seine Finger waren so zittrig, dass er die Gewürzschalen prompt fallen ließ.

»Herrgott nochmal!«, herrschte Nikolaus ihn an.

Franz spürte Wut in sich aufsteigen. Wie konnte sein Vater einfach so für ihn und seinen Bruder entscheiden? Und das nach Franz' Jahren der Lehre und der Wanderschaft?

»Ich bin kein Krämer«, presste er hervor.

Nikolaus sah noch nicht einmal auf, nur Johannes schaute betrübt von einem zum anderen.

»Was sagst du da?«

»Ich bin Zuckerbäcker«, wiederholte Franz.

Jetzt richtete Nikolaus sich auf. »Du bist vor allem mein Sohn. Mit Anfang zwanzig bist du noch nicht mal volljährig! Bis du auf eigenen Beinen stehst, entscheide ich. Und ich sage, du übernimmst den Kramladen.«

Während Franz nun noch einmal daran dachte, überkam ihn erneut die Wut. Sein Vater würde sich noch wundern! Denn Franz hatte einen Plan.

Endlich erreichte er den Neumarkt. In seiner Mitte fand heute eine militärische Übung des preußischen Militärs statt: In Reih und Glied marschierten die Soldaten mit ihren hohen Helmen und den weißen Gürteln auf Befehl auf und ab. Franz mochte den großen, weiten Platz. Hier hatte er früher häufig seine Freunde Koloman, Heinrich und Theodor getroffen. Gemeinsam hatten sie sich neue Streiche ausgedacht und waren dann lachend zur Schule gelaufen, die er hin und wieder hatte besuchen können, wenn im Kramladen nicht zu viel zu tun war.

Nun hielt er sich links und lief an den Häusern mit den verzierten Ornamenten, den kleinen Fenstern und den teilweise schäbig wirkenden Kellertüren entlang.

Sobald er die rötliche Fassade der Müllerschen Apotheke erkannte, verlangsamte er seinen Schritt. Die Linde vor dem Apothekeneingang war noch ein Stückchen größer als in seiner Erinnerung. Doch gesund sah der Baum nicht aus: Etwas träge ließ er die Blätter hängen. Franz trat in seinen Schatten, legte die Hand auf den eisernen Türgriff der Apotheke und trat ein. Das Glöckchen klingelte, und hinter dem Tresen drehte ein junger Mann den Kopf.

»Guten Tag, wie kann ich Ihnen helfen?«

Er kam Franz bekannt vor. War das etwa der Geselle, der bei den Müllers angefangen hatte, kurz bevor Franz auf Wanderschaft gegangen war? In diesem Fall hatte er in den letzten Jahren einiges an Selbstsicherheit gewonnen. Breitbeinig positionierte sich Franz mitten in der Apotheke.

»Guten Tag, mein Name ist Franz Stollwerck. Können Sie mir sagen, ob Anna Sophia da ist?«, sagte er und merkte selbst, dass seine Stimme etwas tiefer klang als nötig.

Der Mann stellte das Fläschchen ab, das er gerade in den Händen gehalten hatte und musterte Franz. »Ah«, rief er dann aus und reckte einen Zeigefinger in die Luft. »Sie sind der Bruder des Fräulein Stollwerck, das letztens bei uns war, richtig?«

»Ja, der bin ich.«

»Ihr Vater führt den Kramladen in der Löhrgasse.«

»Das hat er. Mittlerweile ist er Marktaufseher«, korrigierte Franz ihn.

»Anna Sophia ist oben. Darf ich ihr etwas ausrichten?«

Wie bedacht und gewählt dieser Junge sprach. Franz konnte nicht sagen warum, aber irgendetwas an dessen Tonfall ging ihm gewaltig auf die Nerven.

»Würden Sie nach ihr schicken lassen? Ich war lange auf Wanderschaft und würde Anna Sophia gern persönlich sprechen.«

»Nehmen Sie bitte Platz, ich rufe nach ihr«, sagte der Geselle und wies auf eine kleine Sitzgruppe aus zwei Stühlen und einem Tisch, dekoriert mit einer weißen, gestickten Decke. Vorhin hatte Franz noch voller Wut und Widerwillen seinem Vater beim Befüllen der Gewürzschalen geholfen. Unter seinen Nägeln klebten noch immer Reste von Pfeffer und Koriander. Er würde die hübsche Decke nur verdrecken.

»Nicht nötig«, sagte er. »Ich warte draußen.«

Das Glöckchen läutete noch einmal, und Franz atmete tief ein. Er ließ den Blick über den Neumarkt schweifen. Das Militär beendete gerade seine Übung und zog sich zurück. Wie hübsch die Fassaden hier mittlerweile waren. Die Preußen hatten ganze Arbeit geleistet. Franz musste an das abfällige Schnaufen seines Vaters denken. Seitdem der als Kind Napoleon und Josephine zugejubelt hatte, die vier Tage lang im Blankenheimer Hof gewohnt hatten, liebte er alles, was mit Frankreich zu tun hatte. Er brachte seinen Kindern etwas Französisch bei, sprach so oft er konnte von Gleichheit und Brüderlichkeit und kämpfte wie so viele andere Kölner darum, dass nicht das preußische, sondern weiterhin das französische Recht in der Stadt galt: der Code Civil. Gegen die Preußen hegte er, seitdem sie die Macht übernommen hatten, einen Groll. Dass sie am Neumarkt und an anderen großen Plätzen Kölns Fassadenverschönerungen vorgenommen hatten, tat er als oberflächlichen Unsinn ab. »Es sieht aus, als hätte sich ein altes, hässliches Weib geschminkt«, sagte er gern.

Kurz fiel Franz' Blick auf eine schwarze Kutsche mit großen Rädern, die vor dem Blankenheimer Hof mit seinen vier Stockwerken parkte. Doch bevor er überlegen konnte, woher er die Kutsche kannte, hörte er, wie sich die Tür der Apotheke öffnete. Er drehte sich um – und da war sie. Anna Sophia stand vor ihm, nach all den Jahren. Sie hatte ihr wildes Haar aufgetürmt, ihre Augen waren so schattig wie eh und je, und die Hände hatte sie vor der Taille gefaltet. Einen Moment lang blieb ihm die Luft weg. Sie blinzelte in der ihr eigentümlichen Langsamkeit und lächelte. »Franz Stollwerck – was eine Freude, Sie endlich wiederzusehen.«

August beobachtete Anna Sophia, die auf den Platz hinaustrat. Sollte er es zulassen, dass sie mit diesem Krämer sprach? Und das in aller Öffentlichkeit? Heute hatten sie kaum Zeit miteinander verbracht. Den ganzen Morgen schon hatte er sich nach ihr gesehnt, nach der Berührung ihrer Hände, nach ihren Blicken, nach ihrer weichen Stimme. Er hätte sich gern mit ihr unterhalten – egal über was. Das Wetter, das Mittagessen oder den Krankheitsverlauf ihres Vaters. Es war ein Auf und Ab mit dem armen Mann, und es schmerzte August zu sehen, wie sehr Anna Sophia darunter litt. Manchmal sah er, wie sie hinter dem großen Fenster der Apotheke stand, in die Äste der Linde starrte und gegen die Tränen ankämpfte. Dann legte er ihr eine Hand auf die Schulter, und einmal hatte sie sich schon erschöpft an ihn gelehnt. Am liebsten hätte er sie in diesem Moment in den Arm genommen, sie hin und her gewiegt und geflüstert: »Alles wird gut, du wirst sehen.« Doch das schickte sich natürlich nicht. In letzter Zeit musste er immer wieder darüber nachdenken, wohin Anna Sophia vor einiger Zeit geritten war. Seit diesem Tag verhielt sie sich so seltsam. Manchmal schlich sie durch die Flure und zuckte zusammen, wenn sie ihn sah. Konnte es sein, dass sie ihm etwas verheimlichte? Dieses Verhalten wollte so gar nicht zu der sonst so braven Anna Sophia passen.

Als er ihr vorhin gesagt hatte, ein Franz Stollwerck frage nach ihr, da hatte sie ihn ganz groß angesehen. War sie nicht sogar ein wenig rot geworden? Anschließend war sie durch die Apotheke geeilt und zu diesem Jüngling hinausgetreten. Durch die geöffnete Tür sah August noch ihr hellblaues Kleid mit der großen Schleife. Wie weich ihr Rücken sich darunter abzeichnete. Wie weiß ihr Nacken war. Ihre Haare waren heute besonders unordentlich aufgetürmt – hoffentlich fiel das den Kunden nicht auf. Hinter ihr konnte er den Krämer sehen. Er war ein großer Mann mit breiten Schultern und einem dichten, dunklen Backenbart. Irgendwie hatte er etwas Grobschlächtiges und Entschlossenes an sich. Bei einem Kampf würde August wahrscheinlich den Kürzeren ziehen.

Er schüttelte den Kopf. So ein Unsinn!, dachte er. Warum sollte es zu einem Kampf kommen? Anna Sophia hatte Gefühle für ihn, das wusste er. Dieser Franz würde daran nichts ändern. Es gäbe also keinen Grund, zu kämpfen.

Langsam fiel nun die Tür hinter Anna Sophia ins Schloss. August war allein in der Apotheke. Vom Marktplatz drangen kaum Geräusche herein, und auch im Wohnhaus konnte er niemanden hören. Er sah sich um. Alle neuen Mittel waren einsortiert, alle Lieferungen verarbeitet, das Kassenbuch war auf dem aktuellen Stand. Vielleicht war das ja der richtige Augenblick, um sich ins Hinterzimmer zur Pulverisiertrommel zu schleichen. Hätte er genügend Zeit? Würde es niemandem auffallen? Doch was sollte schon passieren? Gottlieb war zu schwach, um hinunterzukommen, und Anna Sophia war zu aufgeregt, wenn sie mit ihm sprach. Sicherlich würde sie der Trommel und ihrem Inhalt keinerlei Beachtung schenken. Allerdings bereitete ihm Wilhelmine Sorgen. Eine junge Frau sollte nicht so aufmüpfig gucken. Und vor allem sollte sie nicht so viele Fragen stellen! Gottlieb war ein vernünftiger Apotheker, aber als Vater und Erzieher hatte er versagt. Es war einfach nicht gut, wenn die einzige Frau im Haus eine Dienerin war. Sicherlich war es dieser Betty zu verdanken, dass Wilhelmine nie gelernt hatte, rechtzeitig ihre Blicke zu senken, sobald sich ein Mann näherte, und dass sich Anna Sophia nicht ordentlich frisierte. Es wurde höchste Zeit, dass August in ihre Familie eintrat und für Recht und Ordnung sorgte.

Plötzlich klingelte noch einmal das Glöckchen über der Tür. »August!«, rief eine ungewöhnlich hohe Männerstimme. August erstarrte. Von allen Menschen, die hier durch die Tür hätten kommen können, war Hermann wirklich der Allerletzte, den er sehen wollte.

»Was machst du denn hier? Auf der Suche nach wirksamen Medikamenten?«, fragte August spöttisch.

Das Lachen seines Bruders klang, als würde er ein paar Gewehrsalven abgeben. Er hatte den Arm um seine frisch angetraute Frau gelegt:

Johanne Arkenberg trug einen voluminösen Hut, verziert mit allerlei Blüten, und ein affektiertes Lächeln auf dem Gesicht.

»Johanne«, sagte August zur Begrüßung und nickte ihr zu.

Das junge Paar sah sich mit hochgezogenen Augenbrauen um.

»Hermann, du weißt, dass du hier Hausverbot hast?«

Seine Stimme zitterte ein wenig, während er das sagte. Sofort fühlte er sich wieder wie der kleine Junge, auf den der große Bruder herabsah.

»Ach, wir waren in der Nähe und wollten nur mal kurz Guten Tag sagen. Wer wird denn nachtragend sein?« Wieder dieses Lachen. »Wo ist denn deine Verlobte?«

»War das nicht die junge Dame, die gerade draußen mit einem Mann spricht?«, fragte Johanne spitz.

»Sie berät einen Kunden«, log August.

Hermann bleckte die Zähne, und Johanne hüstelte. Sie blickten einander verschwörerisch an. Erst so kurz verheiratet und schon eine Einheit, dachte August. Wenn doch nur Anna Sophia hereinkäme und die beiden begrüßen würde! Da würden sie aber gucken, der eingebildete Hermann mit seiner dürren Frau. Johanne hüstelte nun noch einmal, legte sich dann erschrocken die Hände vor den Mund und hustete stärker.

»Na, na«, sagte August und runzelte die Stirn. »Geht es Ihnen nicht gut, liebe Schwägerin?«

»Es ist nichts weiter«, krächzte sie, bevor sie erneut von einem Husten geschüttelt wurde und nach Luft japste.

August kam ein Gedanke. »Ich habe da etwas für Sie.«

»Ach, lass, August. Sie sagt doch, es ist nichts weiter.«

Doch er hörte nicht auf seinen Bruder. Stattdessen drehte er sich um und holte das große Bonbonglas vom Regal. Anna Sophia hatte vor ein paar Tagen für Nachschub gesorgt. Während er die Bonbons auf den Tresen stellte und mit einer Kelle welche herausfischte, musste er daran denken, wie er Anna Sophia zurechtgewiesen hatte. Die Erinnerung löste ein leichtes Brennen in seiner Magengegend aus. Er war ziemlich unfreundlich gewesen. Natürlich hatte er dafür allen Grund gehabt, doch wenn er jetzt so darüber nachdachte, musste er zugeben, dass ihre Bonbons gut schmeckten und den Kunden stets halfen. Möglicherweise würde sich auch ihr Kakao in der Apotheke gut verkaufen. Hätte er sie gewähren lassen sollen? War es vielleicht falsche Eitelkeit gewesen, die ihn gesteuert hatte? Ach, Unsinn, dachte er dann, während er die Bonbons in eine Tüte fallen ließ. Sie waren zwar schmackhaft, aber in Zukunft sollte sich Anna Sophia doch lieber um den Haushalt und ihre gemeinsamen Nachkommen kümmern. Mit großer Geste überreichte er die Tüte Johanne Arkenberg.

»Meine zukünftige Frau macht die besten Hustenbonbons der Stadt«, erklärte er und war selbst überrascht über seine Worte. Klangen sie sogar ein wenig stolz? »Nehmen Sie gleich eines davon, es wird Ihnen guttun.«

Johanne griff in die Tüte und steckte sich ein Bonbon in den Mund. Bald beruhigte sich ihr Husten und sie atmete tief durch.

Hermann sah von seiner Frau zu August und zurück.

»Gut, nicht wahr?«, fragte August.

Mit einem Seitenblick verbat Hermann seiner Frau jede Antwort. »Was kriegst du?«, presste er hervor.

August winkte ab. »Das geht aufs Haus.«

Zufrieden beobachtete er, wie sich das Paar abwandte und die Apotheke verließ.

»Bitte, Anna Sophia, fang jetzt bloß nicht an, mich zu siezen!«, rief Franz aus. »Zwar habe ich all meine Flausen abgelegt und kehre weise, mannhaft und erwachsen von meinen Reisen zurück, aber wir sind doch trotzdem noch gute Freunde, oder nicht?« Er zwinkerte.

Anna Sophia lachte glucksend.

»Gehen wir ein Stück?«

Anna Sophia nickte, er bot ihr seinen Arm, und langsam schlenderten sie über den Platz. Ihr Tempo wollte so gar nicht zu dem seines Herzschlages passen.

»Wie geht es dir, Anna Sophia?«

»Vater ist krank, aber so langsam bessert sich sein Zustand. Die Apotheke läuft gut, wir können nicht klagen.«

»Der arme Herr Müller!«

»Wie war deine Wanderschaft? Wie war Paris?«

Franz sah sie von der Seite an. »Ich habe viel gelernt. Ich weiß jetzt, wie man Pariser Makronen macht. Und Mannheimer Teekuchen, Schweizer Mürbewecken und Bonbons aus Birnensaft. Ich könnte dir Geschichten erzählen ... Gewiss bin ich jetzt der beste Zuckerbäcker, den Köln je gesehen hat.« Wieder zwinkerte er. »Aber, weißt du was, liebe Anna Sophia?«

Sie sah ihn erwartungsvoll an.

»Ich habe so viel Gebäck gekostet und so viele Süßigkeiten probiert, und trotzdem musste ich immer wieder an deine Bonbons denken. In Paris gibt es niemanden, der solche Bonbons herstellt. Nicht mal ich kann es! Dabei hat mir ein echter Pariser Zuckerbäcker das Karamellisieren beigebracht.«

»Du Charmeur«, sagte sie und gluckste wieder vor Lachen.

»Ich scherze nicht!«

»Danke, Franz.«

»Ich bin aus einem bestimmten Grund hier.«

»Wegen meiner Bonbons?«

»Das auch! Davon muss ich gleich einen Schwung kaufen! Aber mich hat etwas anderes hergeführt. Ich möchte dich etwas fragen.«

Kurz sah er auf den Boden, dann holte er Luft. »Aber nicht nur an dich. Ich müsste natürlich auch mit deinem ...«

Anna Sophia verlangsamte mit einem Mal ihre Schritte. Finster starrte sie an ihm vorbei. Er hatte kaum bemerkt, dass sie sich während ihres Spaziergangs dem Blankenheimer Hof genähert hatten. Nun standen sie wenige Meter von der schwarzen Kutsche entfernt, die er vorhin schon einmal gesehen hatte.

»Ja, wen haben wir denn da?«, rief Victor Mertens, der im Begriff gewesen war, einzusteigen. Grinsend sah er von Franz zu Anna Sophia. Sein Hut war leicht verrutscht und ließ seine Halbglatze erahnen, seine große Nase stach hervor.

»Ich hätte dich ja fast nicht erkannt, Krämerjunge. Wo ist denn dein fetter Wanst hin? Und der ganze Dreck, der normalerweise an dir klebt?« Victor Mertens lachte höhnisch.

»Wahrscheinlich dort, wo Sie Ihre Haare gelassen haben! Sie sind ja um Jahrzehnte gealtert!«, erwiderte Franz mit zusammengebissenen Zähnen.

Mertens tat, als hätte er ihn nicht gehört. »Wie lang es jetzt her ist, dass ich mir die Hände an dir schmutzig gemacht habe … Wo sind denn deine kleinen Judenfreunde?«

Wie konnte dieser Kerl es wagen? Franz ballte die Faust, spürte aber auch Anna Sophias Hand an seinem Unterarm.

»Lass ihn«, flüsterte sie.

»Willst du dem Apothekerfräulein den Hof machen?«, setzte Mertens hinzu und lachte. »Ich kann's verstehen. Hübsches Ding. Früher hatte man es leicht mit ihr. Davon kann ich ein Lied singen.«

»Was fällt Ihnen ein?« Franz trat einen Schritt vor. Nur Anna Sophias Hände, die sich nun fest um seinen Arm schlossen, hielten ihn davon ab, sich auf ihn zu stürzen.

»Aber mittlerweile … schau dir das Mädel an! Heute kann es wählen. Und da wirst du wohl der Letzte sein, den es in Betracht zieht.«

Nun schüttelte Franz Anna Sophia doch ab und ging in großen Schritten auf Mertens zu. Beinahe war er bei ihm angekommen, die Faust geballt. Er würde ihm mit voller Wucht in sein hämisches Gesicht schlagen. Er holte aus, doch da trat eine Frau mit blumigem Hut und rundem Bauch neben Victor Mertens.

»Die Herren?« Sie nickte erst Franz und dann Mertens zu. Widerwillig beugte sich Victor Mertens zur Kutsche, öffnete der Fremden die Tür und half ihr beim Einsteigen.

»Wolltest du noch was, Krämerjunge?«, rief er über seine Schulter in Franz' Richtung.

»Victor, kommen Sie?«, rief die Frau aus der Kutsche. Er musterte Franz mit einem gehässigen Ausdruck in den Augen, dann drehte er sich um, stieg ebenfalls ein und fuhr davon.

Eine Weile liefen sie schweigend über den Platz.

»Ich hatte beinahe vergessen, wie unangenehm dieser Mensch ist«, knurrte Franz irgendwann.

Anna Sophia nickte. Wischte sie sich eine Träne aus dem Augenwinkel?

»Nach allem, was er getan hat, hätte er eine ordentliche Abreibung verdient.«

»Du wolltest mich etwas fragen, oder, Franz?« Ihre Stimme klang leise und traurig.

»Nun ...« Er räusperte sich. War es wirklich eine gute Idee? Einfach so, mitten auf dem Neumarkt? Und das ohne die Anwesenheit von Herrn Müller? Wieso sollte ihr Vater es erlauben? Bis auf die Bäckerausbildung hatte Franz wenig vorzuweisen. Und was würde Anna Sophia darüber denken? Sie hatten einander seit Jahren nicht gesehen. Wer weiß, was in ihrem Leben in der Zwischenzeit passiert war.

»Es geht um ... ich wollte ...«

»Ja?«

Da führte er seine Hand hinter ihrem Rücken entlang und tippte ihr auf die Schulter. Verwundert sah sie sich um. Dann schaute sie zurück zu Franz und verdrehte die Augen. »Weise und mannhaft bist du geworden, sagtest du?«

Sie hatte ja recht. Er hatte schon bessere Witze gemacht. Aber was tat man nicht alles aus Verlegenheit ... Zwinkernd bot er ihr seinen Arm, und gemeinsam gingen sie zurück zur Apotheke. Wieso war er nur so feige? Seine Gedanken dröhnten ihm mit jedem Schritt lauter in den Ohren. Er holte noch einmal Luft, doch alles, was herauskam, war: »Würdest du mir noch eine Tüte Bonbons verkaufen?«

11. Kapitel

Ihr letzter Traum spukte Anna Sophia noch im Kopf herum. Sie hatte einen gewaltigen Strauch voller rosa Blüten gesehen, an denen orangerote Samen wuchsen. Es könnten Pfaffenhütchen gewesen sein, überlegte sie, während sie an die Schlafzimmertür ihres Vaters klopfte. Als niemand reagierte, drückte sie die Klinke hinunter. Ihr Vater lag schlafend in seinem Bett und schnarchte laut. Sie schlich zu ihm hinüber und setzte sich auf den Stuhl, der neben dem Bett stand. Ihr Vater stöhnte und drehte den Kopf hin und her, als wolle er eine Fliege verscheuchen.

»Schhh«, machte sie. »Es ist alles gut.«

Er runzelte die Stirn und verzog den Mund. Offensichtlich litt er unter Schmerzen. Nachdem August sie zurechtgewiesen hatte, verabreichte Anna Sophia ihrem Vater nur noch hin und wieder ihre Gesundheitsschokolade, versetzt mit Gesches Kräutern. Leider war ihr Vorrat beinahe aufgebraucht. Auch von der Holzkohle hatte sie nichts mehr. Aber sie könnte ihm ein wenig von Dr. Baaders schmerzstillendem Saft geben. Sie schaute auf das Nachttischchen und zog die Schublade auf, doch außer der schwarzen Bibel und dem weißen Taschentuch mit den Initialen ihrer Mutter, *A. M.*, fand sie nichts.

»Was suchst du?«, brummte Gottlieb.

»Oh, ich wollte dich nicht wecken, Vater.«

»Ich habe nicht geschlafen«, behauptete er, und Anna Sophia beschloss, ihm besser nicht zu widersprechen. »Wo ist denn deine Arznei?«

Mit tief hängenden Lidern schaute nun auch Gottlieb auf das Nachttischchen. Dann winkte er ab.

»Ach, August hat sie doch vorhin mitgenommen. Dr. Baader muss wohl etwas verwechselt haben.«

»Verwechselt?«

»Der Gute war heute besonders zerstreut.« Gottlieb schmunzelte unter seinem weißen Bart, und Anna Sophia freute sich darüber. Schon das leichte Lächeln gab dem hart gewordenen Gesicht ihres Vaters ein klein wenig der Wärme zurück, die sie seit dem Tod ihrer Mutter so sehr an ihm vermisste.

»Sag, freust du dich auf die Hochzeit, meine Liebe?«, fragte er plötzlich und lächelte sogar ein wenig.

»Und wie, Vater.«

»Ich weiß, du hattest es in den letzten Jahren nicht leicht. Du hast dich hier stets gewissenhaft um alles gekümmert – deine Schwestern, das Haus ... Und sicher musst auch du deine Mutter sehr vermissen.«

Gottlieb schluckte. Als würde er sich eines Besseren besinnen, sagte er: »Ich freue mich, dass ich für dich einen guten Mann gefunden habe. Wenigstens das konnte ich für dich tun.«

Anna Sophias Augen weiteten sich. Schnell griff sie nach der Hand ihres Vaters.

»Aber was redest du da, Papa? Du hast immer so viel für mich getan! Bitte, denk niemals etwas anderes!«

Gottlieb drehte den Kopf zur Seite und senkte den Blick.

»August ist ein guter Junge. Er hilft, wo er kann, er ist klug. Und seine Familie ist gut situiert. Ich habe deiner Mutter versprochen, dich eines Tages gut zu vermählen. Sie wäre glücklich zu hören, dass du August heiraten wirst! Sie war doch immer so eng mit seiner Mutter verbunden, weißt du noch? Und August ist eine ausgezeichnete Partie, niemand würde besser zu dir passen. Sie wäre sehr stolz auf dich.«

Anna Sophia schluckte. »Und auf dich«, sagte sie leise, doch sie wusste nicht, ob er es hören konnte.

Gottlieb rieb sich über das Gesicht. Kurz sah er aus dem Fenster, dann, als wäre ihm etwas eingefallen, zogen sich seine Augenbrauen zusammen.

»Ah, eins noch. Mir ist zu Ohren gekommen, dass du heute mit einem Mann spazieren warst?«

»Ja, mit Franz Stollwerck. Er hat mir damals geholfen, weißt du noch? Er ist von seiner Wanderschaft zurück und hat mir von Paris erzählt.«

Seltsam, dachte sie. Warum wurde sie mit einem Mal ein wenig nervös? Sie hatte sich so gefreut, Franz nach all der Zeit wiederzusehen. Attraktiv ist er geworden, dachte sie. Zugleich hatte er seine liebenswerte und lustige Art behalten. Wie angenehm das Gespräch mit ihm gewesen war … Es hatte sich vertraut angefühlt, und gleichzeitig ein wenig aufregend.

»So, so, von Paris. Anna Sophia, du bist bald erwachsen. Und schon verlobt! Es sieht doch ein wenig seltsam aus, wenn eine junge Frau mit einem fremden Mann spazieren geht.«

Anna Sophia klappte der Mund auf. Gleichzeitig überkam sie ein Gefühl von Scham. War es August gegenüber etwa falsch gewesen, sich mit Franz zu unterhalten? »Aber es war doch nur …«

»Ich halte nicht viel von diesem Franz aus dieser ungehobelten Wollspinnerfamilie, das weißt du ganz genau.«

»Sie sind doch keine Wollspinner mehr. Der Vater ist jetzt …«

»Ich möchte nicht, dass das noch einmal vorkommt, haben wir uns verstanden?«

»Natürlich, Vater.« Anna Sophia senkte den Blick.

»Gut, gut«, sagte Gottlieb und tätschelte ihr die Hand. Anna Sophia schluckte.

»Ich werde kurz nach August sehen und dir dein Schmerzmittel besorgen«, sagte sie dann und sprang auf.

Im Hinterzimmer der Apotheke beugte sich August stirnrunzelnd über das Mikroskop und drehte an der Linse. Er war so nah dran, dachte er. Fast hatte er es geschafft. Er musste jetzt klug vorgehen, vorsichtig sein. Kurz sah er zur Tür. Sollte er die Arbeit unterbrechen und später am

Abend weitermachen? Oben lachte eines der Kinder, er hörte Betty schimpfen, doch sonst war es still. Einen Moment hatte er noch, entschied er, und griff zur Porzellanschale. Die oval geformten Samen darin leuchteten in hellem Rot. Sie sahen hübsch aus. Kaum jemand würde vermuten, welch verheerende Wirkung sie im menschlichen Körper entfalten konnten. Er musste sie jetzt nur noch in der Pulverisiertrommel fein mahlen, und dann könnte er ... Plötzlich hörte er ein Geräusch und zuckte zusammen. War jemand im Flur? Schnell sah er sich um. Wo könnte er die Pfaffenhütchen am besten verstecken? Doch da ging auch schon die Tür auf, und seine Verlobte stand vor ihm.

»Ah, hier bist du«, sagte Anna Sophia. »Bitte entschuldige, aber Vater braucht seine Schmerzmittel.«

August stand auf und drehte in seinen Händen unruhig eine kleine Schale hin und her.

»Natürlich. Das Fläschchen war beinahe leer, ich fülle es noch rasch auf.«

Sie nickte langsam. Augusts Gesicht glänzte, und seine Wangen waren gerötet. Irgendwie wirkte er angespannt, oder bildete sie sich das nur ein?

»Arbeitest du an der Pulverisiermühle?« Anna Sophia trat näher an ihn heran. Schon immer war sie fasziniert von diesem Instrument, das auf dem Tisch hinter August stand. Es hatte ein großes metallenes Rad, eine trichterförmige Schale und eine hölzerne Kurbel.

»Ich wollte rasch noch ein wenig ... Weidenrinde für deinen Vater mahlen.« Mit diesen Worten drehte sich August um und kippte den Inhalt der Schale hinein. Kurz sah sie etwas Rotes aufblitzen. Seit wann war Weidenrinde rot? Mit einem Mal hatte sie das dringenden Verlangen, sich das genauer anzusehen.

»Darf ich?« Schnell trat Anna Sophia zwischen ihn und die Mühle und griff nach der Kurbel. Was tat sie da nur? Ihr Betragen war vollkommen unangebracht. Natürlich durfte sie sich nicht einfach in Augusts Arbeit einmischen und mit den Instrumenten herumspielen, als wäre sie noch ein Kind. Doch sie konnte nicht anders – irgendetwas stimmte hier nicht. August hatte ihrem Vater erzählt, Dr. Baader habe die Medikamente verwechselt und dies sei der Grund, warum er das Fläschchen mitnahm. Warum erzählte er Anna Sophia nun etwas anderes?

Sie begann zu kurbeln, spähte dabei in den Trichter und runzelte die Stirn. Was sie da sah, war ganz sicher keine Weidenrinde. Hellrote, ovale Samen tanzten darin, während sich unter ihnen die Malscheiben ineinander drehten, um eine nach der anderen zu zerstoßen. Hatte sie von diesen Samen nicht erst letzte Nacht geträumt? Sie hielt inne. *Sei vorsichtig, ja? Es ist nur so ein Gefühl …,* hatte ihre Schwester Wilhelmine zu ihr gesagt, als sie über August gesprochen hatten. Und Julie hatte geflüstert: *Ich hab ihn nachts schon einmal getroffen*. Ein Schauer überlief Anna Sophia. Hatte sie sich so sehr in ihm geirrt? *Was wir sehen, ist oft nur das, was wir sehen wollen*, hatte Gesche zu ihr gesagt und ihr die Holzkohle gegeben. Wieso war Anna Sophia nichts aufgefallen? Ihre Mutter hatte ihr doch einmal erklärt, dass sie gegen Vergiftungen half! *Sämtliche Arzneimittel, ob Kräutertinkturen, chemische Medikamente, Bonbons oder Gesundheitsschokoladen, sind zukünftig meine Sache,* das hatte er selbst verkündet. Sie hätte nur besser hinhören müssen … Sie räusperte sich. »Was sagtest du, wolltest du für Vater mahlen?«

Wie versteinert stand August da und starrte seine Verlobte an. Die sonst so brave Anna Sophia hatte ihn einfach zur Seite gedrängt, um die Mühle zu bedienen! Wie konnte sie es wagen? Seine Hände zitterten so stark, dass er sie hinter seinem Rücken verbergen musste.

Er konnte die Wut sogar in seinem hart gewordenen Kiefer spüren. Er versuchte zu atmen, sich zu beruhigen, doch sein ganzer Körper bebte. »Tritt beiseite.« Nun schrie er fast. »Sofort, Anna Sophia.«

Sie wich zurück und sah ihn mit gerunzelter Stirn an. Am liebsten wollte er sie schütteln.

»Was du da mahlen willst erinnert mich an … die Samen von Pfaffenhütchen, kann das sein?« Sie sprach ganz leise und vorsichtig, doch ihm blieb schlagartig die Luft weg. »Pfaffenhütchen sind hochgiftig, August. Sie führen zu schweren Koliken, Fieber und Kreislaufstörungen. Wenn mein Vater damit behandelt wurde, dann … dann war diese Behandlung überhaupt erst der Grund für seinen Zustand!«

»Denkst du etwa, ich …?«, stammelte August. Mittlerweile war ihm so heiß, dass die Haut an seinem ganzen Körper zu brennen schien.

»Ich kann nicht glauben, dass du meinem Vater so etwas …« Anna Sophia wich ein paar Schritte zurück und starrte ihn mit offenem Mund an. »Es ging dir um die Apotheke, habe ich recht? Die ganze Zeit über! Wir haben dich in unsere Familie aufgenommen. Mein Vater liebt dich wie einen Sohn. Ich dachte, du und ich … Und in Wahrheit bist du in der Lage, meinem Vater so etwas …«

Da rutschte ihm die Hand aus und er gab ihr eine schallende Ohrfeige. Ihr Kopf flog zur Seite. Das hatte sie jetzt davon. So ließ er nun mal nicht mit sich sprechen, nicht er, August Arkenberg. Nein, das konnte er nicht zulassen. Er hatte geglaubt, sie liebte ihn. Wie konnte sie so etwas sagen, wenn das stimmte? Bei dem Gedanken schlug er Anna Sophia noch einmal mit der flachen Hand ins Gesicht.

Anna Sophia sank gegen die Wand und hielt sich die Wange. Ihr Herz raste, und ihr Gesicht brannte. Sie wollte hier weg, so schnell wie möglich. Am liebsten würde sie davonrennen und sich in einer dunklen Ecke verstecken. Doch das konnte sie nicht. August stand breitbeinig vor ihr. Die Pfaffenhütchen in der Trommel brauchten nur noch ein paar Umdrehungen, schon würde ihr Gift ihrem Vater erneut unbemerkt Schmerzen zufügen. Würde August ihm ein wenig mehr als sonst verabreichen, könnte er ihn sogar töten. Sie musste Gottlieb beschützen. Allein aber würde sie gegen August nichts ausrichten können. Sie atmete heftig, doch ihr enges Korsett verhinderte, dass sie genügend Luft bekam.

»Verschwinde, August!« Sie versuchte, es so laut zu rufen, dass Betty oder Wilhelmine sie hören konnten. Gegen ihren Willen klang ihre Stimme kläglich. Sie japste. »Verlass sofort unser Haus!«

Jetzt stürmte er auf sie zu und fasste sie so fest am Oberarm, dass sie vor Schmerz aufschrie.

»Rede nie wieder so mit mir, hast du mich verstanden?« Seine Stimme war viel lauter als ihre. Er ergriff auch ihren anderen Oberarm und stieß sie heftig gegen die Wand. Die Schüsseln, Schalen und Instrumente in den Regalen zitterten, ein Fläschchen fiel hinunter und zerbrach klirrend.

»Lass mich sofort los!«

Die Tür flog auf.

»Anna Sophia?«, rief Wilhelmine und stürmte gemeinsam mit der Haushälterin Betty herein.

August wirbelte herum.

»Verschwindet! Sofort!«, herrschte er die Frauen an. »Ihr habt hier unten nichts verloren.«

Doch Wilhelmine und Betty blieben stehen und sahen zwischen August und Anna Sophia hin und her.

»Er hat Vater vergiftet!«, rief Anna Sophia. »Die ganze Zeit über. Vater war gar nicht krank, es waren die Pfaffenhütchen.«

»Raus hier!« August wollte die beiden zurückdrängen und hinter ihnen die Tür schließen, doch Wilhelmine schlug seine Hand beiseite.

»Nein«, sagte sie ruhig, aber bestimmt. »Du wirst gehen, August. Und zwar sofort. Verlass umgehend dieses Haus.«

Wilhelmine trat einen Schritt beiseite und verschränkte die Arme, Betty zeigte auf die geöffnete Tür.

August klappte der Mund auf. Diese Ungeheuerlichkeit konnte er nicht auf sich sitzen lassen. Keinesfalls. Doch es hatte auch keinen Zweck, nun wild um sich zu schlagen. Er musste bedacht vorgehen, mit Köpfchen. Er würde die Sache schon geraderücken. Also atmete er tief durch und schritt zwischen den Frauen durch die Tür. Er wusste ganz genau, was er nun tun musste. Er hatte keine Wahl. Schnell lief er den Flur hinunter und sprang, immer zwei Stufen auf einmal nehmend, die Treppe hinauf. Ob Gottlieb wohl wach war?

Was für eine dumme Idee!, dachte Franz Stollwerck. Es dämmerte bereits. Und doch lief er weiter durch die immer dunkler werdenden Straßen. Aus den Kneipen drang Gelächter, und hinter den Fenstern wurden die ersten Petroleumlampen angezündet. Was würde Gottlieb von ihm denken, wenn er ihn um diese Uhrzeit sprechen wollte? Welcher seriöse Mann tat so etwas?

Kurz hielt er inne. Sollte er besser umkehren und morgen wiederkommen? Doch wenn er sich vorstellte, daheim seinem Vater zu begegnen, sträubte sich alles in ihm. Er wollte nicht zurück in die Wohnung über dem Kramladen. Sie fühlte sich an wie eine Sackgasse. Ein Leben, das er hinter sich gelassen hatte. Er rückte seinen Hut zurecht, fuhr sich prüfend über den sauber gestutzten Backenbart und ging mit großen Schritten voran. Eines Tages würde er den Traum, der ihn in Paris zwischen all den Süßigkeiten ereilt hatte, wahr werden lassen. Mit dem Namen Franz Stollwerck würde man Köstlichkeiten verbinden. Wie schön wäre es doch, wenn er gemeinsam mit Anna Sophia in seinem eigenen Geschäft stehen könnte, Schulter an Schulter. Wenn sie gemeinsam Gebäck und Bonbons herstellen und gleichzeitig die Köpfe heben würden, wenn ein Kunde hereinkäme.

Er würde an die Tür der Müllers klopfen, jawohl! Die Haushälterin Betty würde ihm öffnen, sie hatte ihn immer schon gemocht. Sicherlich würde sie ihn hereinbitten. Vielleicht wäre auch Anna Sophia da, vielleicht würde sie hinter einem geöffneten Türspalt lauschen. Wie gern er sie heute noch sehen würde! Aber zuerst musste er mit dem Apotheker Müller sprechen, es gehörte sich nun mal so. Höflich, aber selbstbewusst würde er sagen: »Ich möchte um die Hand Ihrer Tochter anhalten.« Sagte man das so?

Mit einem Mal spürte er einen kühlen Windzug an seinem Kopf – wo war sein Hut? Er drehte sich um und rannte lachend hinter seinen drei Freunden her, die ihm gerade den Hut geklaut hatten. Er fing Heinrich, den ersten der drei, schnell ein, nahm ihn in den Schwitzkasten und rieb ihm die Glatze. Heinrich fluchte und warf den Hut Theodor zu. Der setzte ihn sich stolz auf die dunklen Locken und stolzierte wichtigtuerisch ein paar Schritte umher. »Guten Tag, guten Tag«, rief er in ironischem Ton. »Ich bin Franz Stollwerck, ich laufe hier durch Köln mit meinem vornehmen Hut und sage meinen besten Freunden kein Wort darüber, dass ich wieder in der Stadt bin!«

Als Franz sich gerade auf ihn stürzen wollte, warf Theodor den Hut dem kleinen, langhaarigen Koloman zu. Der hastete rückwärts, setzte ihn ebenfalls auf und verkündete: »Hallo, ich heiße Stollwerck. Ich war jahrelang unterwegs, jetzt bin ich zurück und sehe aus wie ein Bär. Schaut nur, mein breites Kreuz, schaut nur, mein flacher Bauch!

Ich bin zu beschäftigt, um mich bei meinen besten Freunden zu melden.«

Einen halbherzigen Versuch machte Franz noch, den Hut von Koloman zurückzubekommen, doch da hatte der ihn schon zurück zu Heinrich geworfen. Er fing ihn auf, ließ die Arme sinken und schüttelte fassungslos den Glatzkopf. »Franz, bist du es wirklich?« Und dann breiteten sich auf seinem Gesicht unzählige Lachfalten aus. »Junge, du glaubst gar nicht, wie du uns gefehlt hast!« Er stürmte auf Franz zu, schloss ihn fest in die Arme, und von rechts und links fühlte Franz die Hände von Theodor und Koloman auf seinen Schultern.

»Es tut gut, dich zu sehen«, sagte Theodor.

»Du musst uns alles erzählen«, forderte Koloman.

»Das werde ich«, sagte Franz und bemühte sich, dabei nicht zu überwältigt zu klingen. Er hatte die drei vermisst. Überall, wo er gewesen war, hatte er die Menschen mit dem quirligen Fassbindergesellen Heinrich, dem ruhigen Theodor und dem belesenen Koloman verglichen, und nirgends hatte er sich so wohlgefühlt wie im Kreis seiner alten Schulfreunde. Natürlich hatte er sie treffen wollen. So schnell wie möglich! Gleich morgen wäre er bei Heinrichs Familie vorbeigegangen. Wenn er nicht da gewesen wäre, hätte er es im Laufe des Tages am Getreidestand von Theodors Vater versucht. Spätestens am Abend hätte er sie sicherlich gefunden – wenn sie denn noch wie früher gern im Eichenkrug beisammensaßen.

Langsam lösten sie sich voneinander.

»Wohin warst du denn unterwegs?« Theodor sah ihn aus seinen hellblauen Augen an. Seine dunklen Locken waren etwas länger geworden, und Franz fragte sich, ob er in seiner Abwesenheit ein paar Zentimeter gewachsen war. Leicht verschmitzt sah er zu ihm hinunter – und es gab nicht viele Menschen, die zu ihm hinuntersehen konnten.

»Du hast nichts um dich herum wahrgenommen. Wenn wir gewollt hätten, hättest du deinen Hut nie wiedergesehen«, erklärte Koloman und strich sich die wie immer etwas fettigen, langen Haarsträhnen hinters Ohr. Sein kleiner Buckel war noch da, doch er versteckte ihn heute unter einem weiten, braunen Sommermantel.

»Wie bei dem alten Mertens damals, weißt du noch?«, kicherte Heinrich und stieß Koloman mit dem Ellenbogen an.

Franz lachte auf. »Die Hüte der Mertens hast du immer noch, oder?«

»Da kannst du Gift drauf nehmen, mein Lieber. Diese Trophäen gebe ich nie wieder her.«

Schon in ihrer schlimmsten Lausbubenzeit hatten sie dieses Spiel geliebt: Wo sie hoch aufragende, eingebildet wirkende Hüte sahen, rissen sie sie den Herren von den Köpfen und rannten davon. Hin und wieder hatte ihnen ihr Streich schon Prügel eingebracht. Dennoch konnten sie es nicht lassen. Und einmal hatte diese Übung sogar Franz' Leben gerettet.

Er musste wieder an den Tag denken, an dem er versucht hatte, Anna Sophia zu beschützen. Victor Mertens hatte ihr aus seiner Kutsche heraus mit der Faust gedroht, und kurz darauf hatte er überall nach ihr gesucht. Als er sie endlich fand, blieb ihm beinahe die Luft weg. In einer dunklen Gasse stand sie, eng an die Wand gedrängt, die Arme schützend vors Gesicht gehoben. »Bitte, lassen Sie mich!« Franz konnte sich noch gut an diese Worte und an ihre halblaute Stimme erinnern. Vor ihr stand Victor Mertens mit seinem albernen, hohen Hut. Sein Nacken war ganz rot, seine Hände griffen nach Anna Sophias Taille und in ihr Dekolleté hinein, die Bänder ihres Kleides waren bereits gelöst. Dicht drängte er sich an sie. So schnell Franz konnte, stürmte er los. In vollem Lauf stieß er Victor Mertens beiseite. Sie stürzten zu Boden, und noch bevor Franz sich aufrappeln konnte, wusste er, dass das hier nicht gut für ihn ausgehen würde. Denn unvermittelt trat Victors Bruder Ferdinand aus dem Schatten. Der Diener, der im Hintergrund stand, sah fragend zu ihm herüber und drehte sich dann demonstrativ weg, als wolle er sagen: Ich sehe und höre nichts. Franz versuchte, aufzustehen, doch Ferdinand packte ihn am Kragen und warf ihn gegen die Wand. Sofort begann er, ihm in den Bauch zu treten. Wieder und wieder. Schnell erholte sich auch Victor von seinem Schreck, postierte sich hinter ihn und trat ihm ebenso fest in den Rücken. Anna Sophia musste losgelaufen sein, um Hilfe zu holen. Franz wusste es nicht genau, er spürte nur die Tritte gegen seinen Rumpf, seine Beine und Knie. Er versuchte, seinen Kopf mit der Hand zu schützen, doch da traten sie ihm mit voller Wucht auf die Unterarme, die Schultern und gegen seinen Nacken. Franz bestand nur noch aus Schmerz, er brannte und pulsierte so heiß in seinem ganzen Körper, dass er nicht mal schreien konnte, die Übelkeit saß ihm in der Kehle. Ihm wurde schwarz vor Augen, er bekam kaum noch Luft. Doch plötzlich hielten die Mertens-Brüder inne.

»Das ist ja wohl …«, rief Ferdinand entrüstet.

»Was für eine Frechheit!«, schrie Victor. Und dann rannten beide davon.

Erst später erfuhr Franz, dass Anna Sophia auf dem Neumarkt seinen Freunden in die Arme gelaufen war. Sofort hatten sie das Mädchen, das sie schon von ihren Dummejungenstreichen kannten, in die Gasse begleitet. Natürlich konnten sie die einflussreichen Mertens nicht einfach verprügeln – sie wären wahrscheinlich selbst im Gefängnis gelandet. Das Erste, was ihnen also einfiel, war ihr alter Streich. Flink wie der kleine Heinrich nun mal war, stahl er den Mertens die Hüte von den Köpfen und rannte davon. Sie hatten keine Chance – als sie auf dem Neumarkt ankamen, konnten sie ihn schon nirgends mehr sehen. Wütend suchten sie nach ihm und schickten ihren Diener, in der anderen Richtung nachzuschauen – und ermöglichten es Theodor und Koloman, die sich in einer Ecke versteckt gehalten hatten, Franz in der Zwischenzeit auf die Beine zu helfen.

»Also?«, nahm Koloman jetzt den Faden wieder auf. »Was hatte der vornehme Herr Zuckerbäcker denn heute vor?«

Franz sah von einem zum anderen. Es war wirklich keine gute Idee gewesen, so spät am Abend noch mit dem Apotheker Müller sprechen zu wollen. Morgen war schließlich auch noch ein Tag. Vorher kam die Nacht, und in der Nacht sollte man nun die Krüge mit seinen besten Freunden heben. Vor allem, wenn man sie so lange nicht gesehen hatte.

Franz breitete die Arme aus und grinste. »Ich war auf dem Weg zum Eichenkrug.«

»Das ist natürlich glatt gelogen.« Mit Schwung warf Koloman seine langen Haare zurück.

»Aber wir verzeihen dir.« Theodor zwinkerte.

»Ach, Franz«, seufzte Heinrich. »Hauptsache, du bist wieder da. Und du bleibst auch, oder?«

Am liebsten hätte Franz ihn gleich noch mal gedrückt. Heinrich war auch als Mann noch der naive, liebenswerte kleine Junge, der er als Kind gewesen war.

»Und wie ich bleibe!«, sagte Franz. »Die Wanderschaft war schön, aber wisst ihr, was ich dabei vor allem erkannt habe? Ich gehöre einfach nach Köln.«

Da johlten seine Freunde, klopften ihm auf die Schultern und schoben ihn feixend und lachend in Richtung Eichenkrug.

12. Kapitel

»Papa? Ich muss dringend etwas mit dir besprechen«, sagte Anna Sophia. Sie stolperte in Gottliebs Schlafzimmer – und hielt inne. Ihr Vater saß blass, aber aufrecht in seinem Bett.

»Geht es dir besser?«

Gottlieb sah aus dem Fenster. Ohne sie anzusehen, antwortete er: »Ganz und gar nicht, Anna Sophia. Ich muss auch etwas mit dir besprechen.«

Sie schloss die Tür hinter sich. Ihr Anliegen erlaubte eigentlich keinen Aufschub. Doch die ernste Miene ihres Vaters machte ihr Angst. Sie faltete die Hände vor dem Bauch und wartete.

»August war hier.« Ihr Vater flüsterte fast.

»Deswegen muss ich auch mit dir sprechen. Hat er es dir etwa schon erzählt? Ich dachte nicht, dass …«

Ihr Vater drehte den Kopf und Anna Sophia erschrak. Er starrte sie mit einem so kalten Ausdruck in den Augen an, dass er ihr ganz fremd vorkam. »Du bist jetzt still.«

Sie schluckte und trat einen Schritt zurück.

»Er hat es mir erzählt, ja.«

»Ich konnte es auch kaum …«

»Still, habe ich gesagt!«

Verunsichert verschränkte sie die Arme vor der Brust.

»Du weißt genau, was mir die Zukunft dieser Apotheke bedeutet. Was es deiner Mutter bedeutet hätte, dich und August in dieser Apotheke zu sehen. Was du August bedeutest! Er verehrt dich, Anna Sophia! Und was machst du? Mit diesem … Franz Stollwerck?« Er spuckte den Namen beinahe aus. »Du bist verlobt, Anna Sophia. Ich dachte, ich hätte dich als ehrbare Tochter erzogen. Wie kann es sein, dass du so etwas unsagbar Unsittliches tust?«

Anna Sophias Herz raste. Was redete ihr Vater da nur? Sie krallte ihre Hände in ihren Rock und trat einen Schritt vor. »Papa …«, rief sie.

»Ich möchte darüber nie wieder sprechen, hörst du?«

»Was soll ich …?«

»Hast du mich verstanden?« Jetzt hob er seine Stimme, und Anna Sophia kämpfte mit den Tränen.

»August lügt, Vater. Ich habe ihn gerade mit Pfaffenhütchen erwischt.«

Ihr Vater sah sie mit gerunzelter Stirn an.

»Er hat dir Pfaffenhütchen gegeben. Ich habe es vorhin herausgefunden. Das Gift war schuld an deiner Krankheit. Es ging ihm um die Apotheke, die ganze Zeit ging es ihm nur darum.«

Gottliebs Miene verfinsterte sich noch weiter. Dann schüttelte er langsam den Kopf. »Dass du dich nicht schämst«, sagte er leise. »Habe ich dich so erzogen? Er hat mir erzählt, dass du heimlich davongeritten bist, Anna Sophia. Er ist sich nicht sicher, wo du warst, aber ich weiß es ganz genau. Später hat er dich dabei beobachtet, wie du mich mit Medikamenten behandelt hast, die ihm fremd waren. Jetzt frage ich dich nur eins, Anna Sophia.«

Sie hielt den Atem an. Das hätte nicht passieren dürfen, dachte sie. Das hätte er nie erfahren dürfen.

»Hast du mich mit dem Gift deiner Großmutter behandelt?«

Sie schnappte nach Luft, doch ihr fehlten die Worte.

»Du weißt ganz genau, was ich von dieser Quacksalberin halte, die da im Wald in ihrer Hütte lebt und mit Geistern spricht! Ich habe dir immer gesagt, dass ihre Machenschaften nicht einfach nur verrückt sind, sondern gefährlich. Menschen vertrauen ihr – und werden in ihren schwächsten Momenten hintergangen! Sie hat sogar eine Frau auf dem Gewissen, deswegen wurde sie aus dem Dorf gejagt, hast du das etwa vergessen? Ich habe dir und deinen Schwestern seitdem jeden Kontakt zu ihr strengstens untersagt! Wie konntest du hinter meinem Rücken zu ihr reiten, wie konntest du mich so hintergehen und in Gefahr bringen? August ist misstrauisch geworden, als er dich beobachtet hat. Danach hat er das Pulver aus Pfaffenhütchensamen gefunden und es untersucht. Sie hat es dir gegeben, habe ich recht? Natürlich wusstest du nicht, was die Samen im Körper eines Menschen anrichten, du bist fast noch ein Kind, aber ich sage dir: Die alte Trude hat es gewusst. Dass du mich durch deine Dummheit in Gefahr bringst, ist eine Sache. Aber dass du nun auch noch August beschuldigst – ich bin zutiefst enttäuscht.«

Anna Sophia liefen die Tränen über die Wangen. Wie konnte ihr Vater nur so von ihr denken? Wütend ballte sie die Hände zu Fäusten und presste zwischen den Zähnen hervor: »Ich sage die Wahrheit, Vater. Die Pfaffenhütchen sind nicht von Gesche, sie sind von August.«

»Still! Ich erkläre dir, was du tun wirst. Du gehst jetzt auf dein Zimmer und denkst darüber nach, was du August, dieser Familie und dir selbst angetan hast. Und morgen früh gehst du zu August und entschuldigst dich in aller Form. Wenn du echte Reue zeigst, verzeiht er dir vielleicht. Und vielleicht kann dann auch ich dir eines Tages verzeihen.«

«Papa, ich …«

»August hat ein weicheres Herz als ich. Ich möchte, dass ihr heiratet und dass August diese Apotheke übernimmt. Denk darüber nach, Anna Sophia. Und jetzt geh.«

Einen Moment stand Anna Sophia im Flur. Ihr Magen war in Aufruhr, in ihren Ohren sauste es. Was war da gerade geschehen? Wie konnte ihr Vater August Glauben schenken, einem Mann, der offensichtlich versucht hatte, ihn zu vergiften? Wie sollte sie Gottlieb nun schützen?

Wie in Trance ging sie auf ihr Zimmer, wo bereits Wilhelmine auf sie wartete. Das Flackern einer Kerze beleuchtete ihr kantiges Gesicht, während sie noch lange über die Geschehnisse dieses Abends sprachen.

»Ich kann mir das kaum vorstellen«, flüsterte Wilhelmine, als die Kerze schon beinahe heruntergebrannt war. »Ich habe zwar immer gewusst, dass August nicht der feine Herr ist, den Vater in ihm sehen möchte. Aber Gift? Warum hat er das getan?«

Kraftlos zuckte Anna Sophia mit den Schultern. »Er wollte vielleicht mehr Verantwortung in der Apotheke, freie Hand bei der Arbeit. Ich weiß es nicht ...«

»Er war schon immer ein Schleimer, der sich bei Vater nur von der besten Seite zeigte. Aber, dass er zu so etwas in der Lage ist ...«

»So wie er vorhin mit mir ... umgegangen ist, ist er zu allem fähig.«

»Wieso sollte er Papa loswerden wollen? Und das, bevor ihr verheiratet seid? Vielleicht gibt es ja doch eine andere Erklärung dafür.«

Anna Sophia schnaubte. »Und was für eine?«

Auch Wilhelmine zuckte nun mit den Schultern. »Es könnte ein Missverständnis sein.«

»Wenn es ein Missverständnis war – wieso läuft er dann sofort zu Papa, beschuldigt mich und erzählt ihm dann auch noch, ich hätte mit Franz ...?« Anna Sophias Stimme brach ab. »Ich habe Vater noch nie so wütend gesehen.«

Wilhelmine schüttelte den Kopf. »Du darfst August auf keinen Fall heiraten, Anna Sophia. Egal, was passiert!«

In diesem Moment ging die Kerze aus. Kurz saßen die Schwestern stumm in der Dunkelheit.

»Erst mal sollten wir schlafen«, sagte Wilhelmine dann. »Und morgen sehen wir weiter.«

Anna Sophia wälzte sich hin und her. Vor ihrem inneren Auge sah sie die roten Samen der Pfaffenhütchen und Augusts wütendes Gesicht. Sie hörte wieder, wie er sie anschrie, und fühlte, wie er sie gegen die Wand drückte. Jetzt, in der Dunkelheit, begannen ihre Oberarme zu pochen – sicherlich würden blaue Flecken an den Stellen zurückbleiben, an denen August sie gepackt hatte. Konnten das dieselben Hände gewesen sein, mit denen er sie sonst so sanft berührt hatte? Ihr wurde übel. Ihr Vater wollte, dass sie alles wieder in Ordnung brachte, doch wie konnte sie dieses Gefühl vergessen, das in ihrem Magen tobte? Was verlangte er da? Und was um alles in der Welt hatte August über sie erzählt? Sie hätte mit Franz … ja, was überhaupt? Mittlerweile wusste sie, was zwischen Eheleuten passierte, bevor sie Kinder erwarteten – Betty hatte es ihr erzählt. Kurz nach ihrer Verlobung hatte die Haushälterin sie beiseitegenommen und geflüstert: »Ich denke, deine Mutter würde sich wünschen, dass du es vor deiner Hochzeitsnacht erfährst. Und wer soll es dir sonst erklären?«

Sie waren in die Küche gegangen, hatten die Tür geschlossen und sich an den Tisch gesetzt. Betty hatte ihren langen, hageren Oberkörper zu ihr nach vorn gebeugt und leise, aber bestimmt erzählt, dass die Geschichte mit dem Storch, der die Kinder brachte, nur ein Märchen war. Zwar glaubten die meisten jungen Frauen an dieses Märchen bis zur Hochzeitsnacht, doch dann erlebten sie eine bittere Überraschung, die Betty Anna Sophia ersparen wollte. Sie kaute immer wieder an ihrem Daumennagel, während Betty fortfuhr. Sie konnte kaum glauben, was sie da hörte. Es erfüllte sie mit Ekel, mit Erstaunen – aber auch mit Neugier. »Und das haben Vater und Mutter …?«, wisperte sie.

»Ich gehe davon aus.« Betty zwinkerte, und Anna Sophia schluckte.

»Und August wird wollen, dass wir das auch …?«

Langsam nickte Betty.

»Hast du auch schon …?«

Betty lachte. »Lang, lang ist's her.«

»Wie … schlimm ist es?«

Nun schmunzelte die Haushälterin. »Beim ersten Mal kann es wehtun, ja. Aber unter bestimmten Umständen wird es dir sogar gefallen.«

Anna Sophia verzog das Gesicht. »Meinst du wirklich?«

»Ganz bestimmt.«

Sie hatte sich schon oft Tagträumen hingegeben, die sich nicht schickten: Am liebsten hatte sie sich vorgestellt, wie August ihren Rücken streicheln, ihr in die Augen sehen und sie auf den Mund küssen würde. Schon bei dieser Vorstellung war sie tiefrot geworden und hatte überlegt, ob sie darüber in der Beichte sprechen sollte. Doch von den Tagträumen, die sie nach dem Gespräch mit Betty immer häufiger ereilten, konnte sie keinesfalls dem Priester erzählen. Niemand durfte erfahren, dass sie sich diesen Vorstellungen minutenlang hingab, dass ihr ganzer Körper dann zu beben schien und sich eine unsittliche Hitze in ihr ausbreitete. Es folgte das größte Schamgefühl, das sie bisher gekannt hatte.

Wenn sie nun, im Bett liegend und an die Decke starrend, daran dachte, drehte sich ihr der Magen um. Sie wollte August nicht mal mehr ansehen! Und dann musste sie an Franz denken. Natürlich hatte August ihren Vater angelogen, niemals würde sie so etwas tun! Doch wenn sie ehrlich zu sich selbst war, dann mochte sie den Krämerjungen tatsächlich mehr als sie es sich in den Jahren seiner Wanderschaft hatte eingestehen wollen. Mittlerweile war seine Stimme viel tiefer, sein Backenbart dichter und sein Unterkiefer markanter geworden. Auch seine Schultern waren breiter. Sein freches Grinsen war allerdings das Gleiche geblieben: noch immer zog er die Augenbrauen dabei amüsiert und herausfordernd hoch. Sie hatte ihn schon als Kind gemocht, obwohl er sie ständig geärgert hatte. Insgeheim hatte sie seine Streiche immer lustig gefunden und gespannt darauf gewartet, was er sich als Nächstes würde einfallen lassen. Und sie würde ihm immer dafür dankbar sein, dass er sie gerettet hatte. Nun musste sie wieder daran denken, wie er sich damals, ohne mit der Wimper zu zucken, auf Mertens gestürzt hatte und heftig von ihm und seinem Bruder verprügelt worden war. Hätte sie nicht seine Freunde gefunden, die ihm zu Hilfe eilten, hätte er es vielleicht nicht überlebt. In den Tagen danach hatte sie immer wieder vor dem krummen Haus in der Löhrgasse gestanden, in dem der Krämer Nikolaus Stollwerck gemeinsam mit seiner Frau Christina, die damals noch gelebt hatte, seine Kinder aufzog.

Das schlechte Gewissen hatte ihr wie ein Stein im Magen gelegen. Mit gesenktem Kopf hatte sie die Ladentür geöffnet.

»Was hast du denn hier zu suchen? Raus hier!«, hatte Hubertine hinter dem Tresen gerufen. Mit fuchtelnden Armen hatte sie Anna Sophia wieder auf die Straße gescheucht. »Was legst du dich auch mit den Mertens an? Mama sagt, bestimmt hast du ihnen schöne Augen gemacht! Und wer leidet am Ende darunter? Mein Bruder, der dir helfen musste! Wir wollen dich hier nicht sehen, verschwinde!«

Anna Sophia kam immer wieder mit Kräutertees, Tinkturen oder Umschlägen vorbei, bis Hubertine endlich nicht mehr die Ladentür vor ihrer Nase zuwarf, sondern ihr die Hintertür zum Wohnbereich öffnete. Sie würde nie vergessen, wie es in dem kleinen Zimmer gerochen hatte, in dem Franz lag und in dem außer ihm auch seine drei Geschwister wohnten. Nach Blut, abgestandener Luft und Fäulnis. Franz' Auge war noch immer geschwollen, seine Wange dunkelblau, die große Wunde an seinem Kopf nässte und sein Atem rasselte. Sofort machte sich Anna Sophia an die Arbeit und zwei Tage später, als ihre Behandlung ihre erste Wirkung entfaltete, zeigte sich wieder Franz' herausforderndes Grinsen auf seinem Gesicht.

Bei dieser Erinnerung lächelte sie. Sie hatte ihn gern – sie beide verband so viel.

Heute war er eigens in die Apotheke gekommen, um sie zu sehen. Er hatte sie etwas fragen wollen, und dann doch nicht den Mut aufgebracht. Ob er sie wohl auch mochte?

Ihr war so warm, dass sie die Decke wegschob. Plötzlich richtete sie sich auf, denn sie hatte eine Idee. Es war eine törichte und sündhafte Idee. Doch vielleicht war es ihre letzte Chance.

Du gehst zu August und entschuldigst dich in aller Form, hatte Gottlieb zu ihr gesagt. Immer wieder hörte sie diese Worte in ihrem Kopf, während sie leise aufstand, sich ankleidete und auf Zehenspitzen das Haus verließ.

Victor Mertens sollte sich besser konzentrieren, schließlich musste er heute noch wichtige Transaktionen auf den Weg bringen – sein Schwiegervater hatte ihn bei einem gemeinsamen Termin im Blankenheimer Hof ordentlich in die Mangel genommen. Wenn der Deal mit dem Berliner Zuckerfabrikanten seinetwegen platzte, würde der alte Abraham sicherlich noch einmal darüber nachdenken, ob Victor in Zukunft die Geschäfte leiten sollte. Was konnte er schon dafür, dass dieser schreckliche Zuckerfabrikant alles so genau nahm? Nur wegen der paar Taler, die Victor ihm angeblich zu wenig ausgezahlt hatte, wollte er alles hinwerfen! Lächerlich. Wie dem auch sei, er sollte dringend handeln. Dennoch brachte er heute kaum etwas zustande! Immer wieder sah er von seinen Papieren auf, schlug mit der flachen Hand nervös auf den Tisch oder holte seine Taschenuhr hervor. Ob wohl alles gut ging? Als sich endlich die Tür öffnete, sprang Victor auf und bemerkte kaum, dass er Tinte verschüttete.

»Was ist es?«, rief er. Er hielt den Atem an, während er das Dienstmädchen betrachtete, das gerade hereingekommen war und dessen Namen er sich einfach nicht merken konnte.

»Es ist ein Mädchen, Herr Mertens«, sagte es.

»Ein Mädchen?«

»Ja, Herr Mertens. Sie können zu ihm.«

Einen Moment lang fühlte er sich, als hätte man ihm in den Bauch geboxt. Er bemühte sich, Haltung zu bewahren, während er sich langsam und umständlich wieder hinsetzte. »Ich habe jetzt keine Zeit. Lassen Sie mich allein«, presste er hervor.

Erst, als die Tür wieder zugefallen war, sah Victor wieder auf, atmete tief durch und rieb sich das Gesicht. Seine Frau hatte ihm also keinen Sohn geschenkt. Es passte zu ihrem störrischen Wesen, dass ihr erstes Kind ein Mädchen war. Er seufzte und lehnte sich zurück. »Ist das etwa schon alles?«, hörte er die Stimme seiner Mutter in seinem Kopf. »Kannst du nicht mehr? Ich möchte, dass du dir Mühe gibst. Komm, mach weiter. Na los.«

Nun gut, dachte Victor. Sie würden weitere Kinder bekommen. Erst bei einem Sohn würde er Sibylle gestatten, sich hauptsächlich in ihrem Sommerhaus aufzuhalten. So würde er mehrere Nachkommen haben, und niemand könnte an seiner Potenz zweifeln. Ein wenig beruhigt beugte er sich wieder nach vorn, um weiterzuschreiben, als er leise und weit entfernt einen Schrei hörte. Er ließ den Stift sinken. War das etwa seine Tochter? Plötzlich bekam er eine Gänsehaut. Victor Mertens hatte nichts für Kinder übrig. Sie waren laut, frech und dumm. Ständig wollten sie etwas, nie konnten sie hören. Und doch durchfuhr ihn in diesem Augenblick eine Wärme, die er nicht kannte. Sie breitete sich langsam in seiner Brust aus. Da war ein Kind im Haus, und dieses Kind hätte es ohne ihn niemals gegeben. Es war sein Fleisch und Blut! Er wusste kaum, was er tat, während er aufstand und dem Geräusch entgegeneilte. Hier und dort begegnete er Bediensteten, die erschrocken beiseitetraten. Er schritt den Flur hinunter, quer durch das Foyer, die Treppe hinauf und den langen Gang entlang. Seine Schritte hallten an den Wänden wider, bis er endlich das Schlafzimmer seiner Frau erreichte. Mit eingefallenem Gesicht lag sie in ihrem Bett. Daneben standen Dr. Heidmüller, das Mädchen, das gerade noch bei ihm gewesen war, und Emma. Sie alle drehten ihre Köpfe in seine Richtung, doch er starrte nur auf das Bündel, das in Sibylles Armen lag.

»Geht es ihr gut?«, fragte er. Sibylle schwieg und streichelte den Rücken des Babys. »Und wie geht es Ihnen?«, wandte er sich nun auch an seine Frau, doch sie reagierte noch immer nicht.

»Sibylle? Ist alles in Ordnung?«

Er trat einen Schritt in den Raum und sah nun den Arzt an, einen Mann mit weißem, vollem Haar und einer zu großen Nase. Wenn er es nicht besser wüsste, hätte er den Doktor für einen Juden gehalten. Doch man hatte ihm mehrfach versichert, er sei Katholik.

»Nun, Herr Mertens, die Geburt ist hervorragend gelaufen.«

»Und das Kind? Geht es ihm gut?«

Müde sah Sibylle zu ihm auf. Dann hielt sie ihm seine Tochter entgegen. Er schluckte. Er kannte die Bitterkeit in ihrem Blick. Wie sie da lag und ihn anschaute, sah sie plötzlich aus wie seine Mutter. Er taumelte beinahe und erinnerte sich an die Geburt seiner kleinen Schwester. Schon als Victor sie zum ersten Mal sah, wusste er: Dieses Mädchen war zum Sterben geboren worden. Ganz klein und blau, zerbrechlich und schwach war es. Er erinnerte sich noch daran, wie seine Mutter ihm dieses Wesen in die Hände gedrückt hatte. »Nimm es ruhig, es ist das Letzte, was von deinem Vater übrig ist«, hatte sie gesagt. Er wollte jetzt nicht an seine Mutter denken, nicht an seine Schwester, die kaum gelebt hatte.

»Victor?«, holte Sibylle ihn zurück in die Gegenwart. Das Dienstmädchen trat neben ihn und nahm das Kind für ihn entgegen. Sie hielt es so, dass er es anschauen konnte. Fast blieb ihm die Luft weg. Der Teil des Gesichts, den er unter dem Tuch erkennen konnte, war ganz rosig und sah wunderbar gesund aus. Wie winzig klein konnte eine Nase sein? Wie filigran ein Mund? Die Augen des Mädchens waren geschlossen und die wenigen, dünnen Härchen standen wirr vom Kopf ab. Sein Herz klopfte schneller. Er hatte eine Tochter! Er hatte tatsächlich eine kleine, wunderschöne, gesunde Tochter. In diesem Moment nahm er sich vor: Er würde sie beschützen. Die Welt konnte ihm noch so übel mitspielen – seine Mutter, sein Schwiegervater, seine Frau –; solange es dieses Kind gab, würde alles gut werden. Sagen konnte er nichts. Er konnte nur schauen und nicht fassen, was ihm da passiert war. Bis seine Tochter die Augen öffnete und er das Tuch über ihrem Gesicht zur Seite schob. Unwillkürlich wich er einen Schritt zurück.

»Was ... ist das?«, stammelte er. »Was hat das zu bedeuten?«

Niemand antwortete ihm. Er sah sich um, doch alle schauten nur betreten auf den Fußboden, und allmählich schien ihn dieses Schweigen zu verschlucken.

»Das kann dein Vater unmöglich von dir verlangen!« Theodor runzelte die Augenbrauen und schüttelte den Kopf. »Und das nach deiner Wanderschaft …«

Franz nickte. »Leider doch. Er redet nur noch davon, dass ich den Kramladen übernehmen soll. Aber ich werde eine Bäckerei aufmachen! Und es wird die ungewöhnlichste Bäckerei der ganzen Stadt sein.«

Koloman lachte. »Back erst mal kleine Brötchen.«

»Ganz kleine und ganz große, Kolomann! Ich habe so viele Ideen. Ich weiß gar nicht, wohin damit! Am liebsten würde ich sofort anfangen!«

»Auf den ungewöhnlichsten Bäckermeister der ganzen Stadt«, rief Heinrich, hob seinen Krug, und die vier stießen an. Alle tranken in großen Schlucken, bis auf Franz. So unauffällig wie möglich nippte er nur an seinem Bier. Er hatte für morgen schließlich große Pläne.

»Und was ist bei euch passiert? Was habe ich verpasst?«, fragte er in die Runde.

»So einiges«, rief Heinrich. »Unser schlauer Koloman hier arbeitet jetzt bei der Zeitung.«

»Sag bloß! Etwa bei der Kölnischen?«

Kolomans Augen leuchteten vor Stolz. »Sie haben schon einige meiner Artikel gedruckt«, verkündete er.

Franz schlug ihm auf die Schulter. »Glückwunsch!«, rief er. Koloman hatte es nicht immer leicht gehabt. Er war in eine wohlhabende Familie hineingeboren worden und hatte eine hohe Bildung genossen, doch wegen seines kleinen Buckels nahm ihn niemand so richtig ernst. Seine Verwandten lachten bei jeder Gelegenheit über ihn. Am meisten Spott erntete er, wenn er bei einer der noblen Familienfeiern eines seiner Gedichte vortrug. Franz verstand davon zwar nicht viel und fand sie selbst auch ziemlich albern, dennoch ärgerte es ihn, dass jeder von Kolomans Versen in allgemeinem Gekicher unterging. Wie die feinen Herren und Damen wohl schauen würden, wenn sie am Frühstückstisch die Zeitung aufschlugen und den Namen Dr. Koloman Witt unter einem der Artikel entdeckten? Franz grinste bei dieser Vorstellung – er gönnte es seinem Freund von Herzen.

»Meinst du, ich sollte Wilhelmine mal meine Aufwartung machen?«, fragte er Franz nun leise.

»Ja, warum nicht?«

Koloman hatte schon als Junge bei ihren Streichen ein Auge auf Anna Sophias ungewöhnlich selbstbewusste Schwester geworfen.

»Und unser Heinrich baut jetzt die Fässer für den Weinhandel von meinem Cousin Ferdinand!«, sagte Koloman nun lauter und rieb Heinrich feixend die Glatze.

»Na ja, also ... eigentlich für das Weingut vom alten Hans hinter den Stadtmauern, du weißt schon. Ich habe mit dem Mertens natürlich nichts zu tun ...« Heinrich schaute schüchtern auf seine Hände.

»Das ist doch sehr gut!« Franz nickte anerkennend. »Ich bin mir sicher, es sind die besten Fässer der ganzen Stadt! Viel zu gut für den stinkenden Mertens.«

»Allerdings stehe ich schon mit einem Bein im Gefängnis.«

Franz starrte ihn an. »Was hast du gemacht?«

»Ich? Gar nichts!«, rief Heinrich entsetzt und hob beide Hände. »Du kennst mich, ich bin eine ehrliche Haut! Aber diese Wärter hören einfach nicht auf mich!« Dann grinste er und ließ damit tausend Lachfalten über sein Gesicht wandern. »Hast du noch nicht gesehen, was sie am Gereonswall gebaut haben? Das Klingelpütz ist fertig, es grenzt genau an das Haus meiner Familie! Jetzt können wir vom Dachboden aus die Verbrecher und die Verrückten auf dem Gefängnishof beobachten. Da kannst du ganze Stunden verbringen, das sag ich dir! Und an den Fenstern im Flur kann man sich sogar mit den Leuten dort unterhalten, wenn sie in ihrem Treppenhaus stehen. Meine Mutter ist außer sich! Sie sagt, es wäre viel zu nah. Allerdings ist es auch gar nicht so schlecht für uns. Es kommen immer mehr Angehörige zu uns und bezahlen dafür, mit den Gefangenen reden zu können.«

Franz schüttelte lachend den Kopf. »Du gerätst immer in Geschichten ...« Wieder schlug er Heinrich auf die Schulter. »Und was ist mit dir, Theodor?«

Er sah zu dem zwar einfach gekleideten und dennoch elegant wirkenden Freund hinüber, der seltsam still geworden war.

»Nun ja. Ich helfe meinem Vater bei seinem Getreidehandel, du weißt schon. Und ich überlege ... ich denke darüber nach, mich taufen zu lassen.«

Nun sanken drei Krüge gleichzeitig zurück auf den Tisch.

»Du denkst was?«

»Ich wollte schon Lehrer werden, als ich noch ein kleiner Junge war, das wisst ihr. Und seitdem die Preußen uns Juden diesen Beruf grundsätzlich verboten haben ... Ich möchte nicht so enden wie mein Vater. Mit einem Getreidehandel.«

Er schüttelte den Kopf und schlug dann mit der flachen Hand auf den Tisch. »Ich will mehr als das. Und wenn ich mehr will, muss ich in diesem Land nun einmal Christ werden.«

»Aber, Theodor ... Du bist durch und durch Jude! Du machst jede Woche Sabbat! Und jetzt das?« Koloman bekam den Mund gar nicht mehr zu vor Staunen.

Doch Franz konnte Theodor gut verstehen. Sein Vater war früher ein gefragter Lehrer gewesen. Nachdem den Juden 1822 aber alle Lehrberufe verboten worden waren, war er in ein tiefes Loch gefallen. Mittlerweile schlug er sich als Getreidehändler durch – einer der kaum angesehenen Berufe, die Juden noch ausüben durften. Er war nie wieder derselbe geworden.

»Ich weiß, Koloman. Was würdet ihr denn tun?«

»Ich denke, unser Herr Jesus würde dich sicherlich aufnehmen«, sagte Heinrich leise.

Schnell räusperte sich Franz und rief: »Unser heiliger Heinrich mal wieder ... willst du uns nicht lieber mal eine neue Runde besorgen, kleiner Apostel?! Wenn ich richtig gezählt habe, bist du dran!«

Die Religion war das einzig heikle Thema zwischen Heinrich und Theodor. Schließlich war der Fassbindergeselle streng katholisch erzogen worden. Noch strenger als Koloman und Franz. Er ging jede Woche zur Beichte, betete täglich den Rosenkranz, und manchmal traf Franz ihn an, während er vor dem Kreuz mit der Heiligen Mutter Gottes sprach. Einmal hatte er Franz sogar gestanden, dass er hin und wieder Angst hatte, Gott könne seine Freundschaft mit Theodor missbilligen. Natürlich war auch Franz ein frommer Mann – doch seine Frömmigkeit ging nicht so weit, seine Freundschaft mit Theodor jemals infrage zu stellen. Dafür mochte er den ruhigen Mann mit dem verschmitzten Blick viel zu gern. Gegen einen so freundlichen Menschen konnte Jesus nun wirklich nichts einzuwenden haben, da war er sich sicher.

»Theodor«, brummte Franz, während Heinrich zum Tresen hinüberlief. »Es gibt sicher einen anderen Weg. Die Welt unserer Väter wird nicht unsere Welt sein. Denk an meine Worte.«

Gedankenverloren nippte er noch einmal an seinem Bier.

Es war schon spät, als Franz durch die engen Gassen Kölns nach Hause lief. Er begegnete zwei preußischen Soldaten und einem Nachtwächter. Freundlich nickte er ihnen zu und war erleichtert, unbehelligt weitergehen zu dürfen. Aus einem Fenster beugte sich eine leicht bekleidete Frau zu ihm heraus und winkte, doch er ignorierte sie. Franz war dankbar für das Mondlicht, das seinen Weg ein wenig erhellte, und für seine eigene Vernunft: Zum Glück war er nicht ansatzweise so betrunken wie seine Freunde, die sich schwankend und lallend von ihm verabschiedet hatten. Er hatte nur einen leichten Schwips. Vor dem Kramladen seiner Familie angekommen, glaubte er dennoch, zu halluzinieren. Was war das für ein Schatten an der Tür?

»He!«, rief er. »Was soll das?«

Er machte einen Satz, riss der Gestalt vor ihm die Kapuze vom Kopf – und wich einen Schritt zurück.

»Was … tust du denn hier?«

Das Mondlicht spiegelte sich in Anna Sophias geröteten Augen.

»Was ist passiert?«

Sie schniefte.

»Brauchst du Hilfe? Du oder deine Schwestern? Ist etwas mit deinem Vater?«

Schon drehte er sich um und wollte zur Apotheke rennen, doch sie hielt ihn am Arm fest.

»Bleib.«

Nie zuvor war sie ihm so nah gewesen, und ihre Hand verharrte auf seinem Unterarm. Langsam blinzelnd sah sie zu ihm auf.

»Möchtest du, dass ich dich nach Hause bringe?«

Sie schüttelte den Kopf. »Ich möchte nicht nach Hause.«

Jetzt konnte er sein Herz in seiner Brust klopfen hören. Was meinte sie damit?

»Können wir reingehen?«

Er nickte. Mit leisen Händen schloss er die Tür zum Kramladen auf. Verstohlen schaute er sich noch einmal um. Wie die Nachbarn tratschen würden, wenn sie sähen, dass er mitten in der Nacht ein Mädchen hereinließe! Doch die Gasse war leer und auch an den Fenstern sah er niemanden. Er öffnete ihr.

Der ihm so bekannte Geruch nach Rosmarin, Pfeffer, Paprika und Kümmel schlug ihm entgegen. Leise schloss er die Tür und stand dann unschlüssig im dunklen Raum. Er konnte nur erahnen, dass sich Anna Sophia umschaute und wohl ebenfalls kaum etwas sah. Zitterte sie?

»Warte«, brummte er und tastete sich vorwärts zur Theke. In der unteren Schublade lagen noch einige Kerzen und über der Stuhllehne hing Vaters Mantel. Er griff danach, legte ihn Anna Sophia über die Schultern und zündete eine Kerze an. Er stellte sie in ein Gewürzregal, und dann sah er, wie sich ihr Licht in den Tränen spiegelte, die Anna

Sophia die Wangen hinunterliefen. Schnell wischte sie sie weg und sank auf den nackten Steinboden. Franz setzte sich neben sie.

»Warum bist du heute zu mir gekommen?«, fragte sie geradeheraus.

Franz rieb sich das Kinn. Wie gern würde er einen Witz machen oder Anna Sophia ärgern, um sie abzulenken und die Situation zu entspannen. Doch er wollte nicht schon wieder feige sein. Er musste sich diesmal zusammenreißen. Also setzte er an: »Erinnerst du dich an die Iris, die du mir damals geschenkt hast? Ich habe sie zwischen den französischen Romanen meines Vaters gepresst. Und auf meiner Wanderschaft hatte ich sie dabei. Ich habe sie noch immer.«

Sie strich sich eine Strähne aus der Stirn und schwieg.

»Spätestens in Paris wurde mir bewusst … dass du und ich … dass ich nicht ohne dich …« Er atmete ein und aus. Schluss jetzt mit diesem Gestammel, schalt er sich selbst. Er sah ihr in die Augen und sagte dann mit fester Stimme: »Anna Sophia, möchtest du meine Frau werden?«

Einen Moment lang sah sie ihn nur erstaunt an. Dann nahm sie seine Hände in ihre. »Ich muss dir etwas erzählen, das ich dir wohl heute Mittag schon hätte sagen müssen«, sagte sie mit brüchiger Stimme.

»Du trittst in ein Kloster ein!«, rief Franz und grinste. »Nein? Dann kann es doch nicht so schlimm sein.«

Anna Sophia lächelte nur schwach, dann sagte sie: »Vor ein paar Tagen hat unser Geselle August um meine Hand angehalten. Und Vater ist einverstanden.«

Er atmete aus. Er hätte es wissen müssen.

»Aber was auch immer Vater von mir verlangt – heiraten werde ich August nicht.« Ihre Stimme klang plötzlich zornig.

Franz setzte sich leicht auf. »Was ist passiert?«

Fest sah sie ihm in die Augen. »Ich habe erkannt, was er für ein Mann ist. Vater möchte mich dennoch zwingen. Weißt du, was das für ein Gefühl ist?«

Franz nickte. Er dachte an seinen eigenen Vater und eine mögliche

Zukunft in diesem Kramladen. »Ich war vorhin noch einmal auf dem Weg zu dir. Ich wollte deinen Vater ganz offiziell um deine Hand bitten. Vielleicht können wir ihn ja gemeinsam umstimmen.« Hoffnungsvoll sah er sie an. In all den fremden Städten, auf den stinkenden Matratzen der Herbergen, in den duftenden Backstuben fremder Meister hatte er an sie gedacht. Immer wieder hatte er ihr Gesicht vor seinem inneren Auge gesehen und sich vorgestellt, sie endlich wiederzutreffen. Und nun war sie hergekommen. Mitten in der Nacht. Allein. Zwar war sie verlobt, doch noch war sie nicht verheiratet. »Ich glaube, wir haben unsere Zukunft selbst in der Hand, Anna Sophia. Wir werden entscheiden. Und unsere Väter werden es akzeptieren«, flüsterte er.

»Es tut so gut, mit dir zu sprechen«, sagte sie leise. »Bei dir zu sein ...«

Vorsichtig kam er ihr ein Stück näher. Sie wich nicht zurück, im Gegenteil schien sie sich sogar in seine Richtung zu neigen. Er hoffte, dass seine Hand nicht zitterte, während er sie hob und an ihre Wange legte. Sie war ganz heiß. Vorsichtig streichelte er ihr Gesicht mit seinem Daumen und sie schmiegte ihren Kopf ganz leicht in seine Hand. In diesem Moment konnte er nicht länger an sich halten. Er beugte sich vor, schaute ihr in die Augen, auf die Lippen, und küsste sie. Ihr Mund war leicht geöffnet und weich. Sie keuchte kurz vor Überraschung, doch dann fühlte er, wie sie ihn ebenfalls küsste, langsam und sanft. Immer wieder hielt sie kurz inne, schaute ihm in die Augen, schloss sie wieder und küsste ihn noch einmal. Er schob seine Hand in ihren Nacken und zog sie enger an sich heran.

Anna Sophia wollte nicht darüber nachdenken, was sie da tat. Noch nie hatte sie einen Jungen geküsst. Sie hatte nicht gewusst, welche Gefühle eine solche Berührung durch ihren ganzen Körper schicken würde! Und jetzt, wo sie einmal damit angefangen hatte, wollte sie nicht mehr aufhören. Gerade war sie noch voller Zorn und Angst gewesen, und dann war da Franz. Franz, dessen liebenswert freche Art sie immer schon gemocht hatte. Franz, der ihr Mut machte und sie verstand, dessen Lippen so sanft waren und dessen Stimme so tief und stark klang. Jahrelang war sie in einen Mann verliebt gewesen, der sie getäuscht hatte. Wegen August hatte sie die Gedanken an Franz immer wieder beiseitegeschoben. War es möglich, dass sie sich eines Tages so sehr in Franz verliebte wie einst in August?

Wenn sie jetzt an den Namen des Gesellen dachte, überkam sie Ekel. Sogar die Vorstellung, ihrem Vater wieder unter die Augen zu treten, war unerträglich. Sie wollte nicht in dieses Haus zurück, nicht zu dieser Enttäuschung, dieser ohnmächtigen Wut und der Scham. Ihr Vater hatte sie in eine unmögliche Lage gebracht: Es war falsch, ihn zu hintergehen, und was sie hier tat, war eine Sünde. Anna Sophia hatte immer versucht, Gottlieb, der sich nie ganz vom Tod der Mutter erholt hatte, eine gute Tochter, eine Stütze zu sein. Doch wie sollte sie loyal bleiben, wenn er ihr so misstraute und sie zwingen wollte, den Mann zu heiraten, der ihn vergiftet hatte?

Wie sollte sie jetzt das Richtige tun? Was könnte jetzt überhaupt noch richtig sein? Was würde ihre Mama machen?

In diesem Moment hatte sie eine Idee. Sie war vollkommen unmoralisch, aber Anna Sophia ahnte, dass dies die einzige Lösung war.

Langsam lösten sich Anna Sophia und Franz voneinander und sahen sich an.

»Wirst du mich heiraten, Anna Sophia?«, fragte Franz noch einmal.

»Ja«, sagte sie diesmal. Obwohl sie wusste, dass sie ihrem Vater dafür eine ungeheuerliche Lüge würde erzählen müssen.

Teil 2

1839–1845

13. Kapitel

Kaspar Rockstroh rannte. Der Atem brannte in seinem Hals, seine Beine waren schwer und seine Wangen ganz heiß. Zum Glück war er ein schneller Läufer.

»Komm«, hatte Margarethas Schwester Amalie ihm von Weitem zugerufen, bevor sie losgestürmt war. Jetzt sprang sie vor ihm über den buckeligen Dorfweg, vorbei an den Scheunen, der Spinnstube, dem Backhaus und dem Brunnen, und ihr braunes Kleid flog durch den Aprilwind.

»Geht es Margaretha gut?«, rief er, als er sie eingeholt hatte.

»Beeil dich!«, antwortete Amalie nur.

Es musste ihr einfach gut gehen, dachte er. Ihr und dem Kind. Er hatte so oft dafür gebetet, er hatte sich genau an Gesches Anweisungen gehalten und alles getan, um Margaretha die Schwangerschaft ein wenig zu erleichtern. Nachdem sie wochenlang bettlägerig gewesen war und er Amalie heimlich immer wieder Gesches Kräuter, Umschläge, Tinkturen und guten Ratschläge gegeben hatte, hatte sich Margaretha schon so viel besser gefühlt. Sie hatte aufstehen können, tagsüber sogar wieder auf dem Feld gearbeitet und abends gesponnen, während ihr Bauch Monat für Monat runder geworden war. Mit rosigen Wangen hatte sie Kaspar heute früh noch angelächelt. Ihr durfte nichts geschehen sein – nicht nach allem, was sie schon durchgemacht hatte.

Sie rannten an dem kleinen Bauernhäuschen vorbei, in dem Kaspar aufgewachsen war und in dem er nun mit seiner Mutter, seinen zwei Schwestern und Margaretha lebte. Amalie bog nach links ab und rannte zum Kartoffelfeld.

Und dann sah er sie: Langsam kam ihnen seine Frau entgegen, und in ihren Armen lag ein Stoffbündel. »Ich hab doch gesagt, du sollst warten!«, rief Amalie ihr zu.

»Es geht mir gut«, protestierte Margaretha, doch sie schwankte. Kaspar beschleunigte seine Schritte und sprintete zu ihr.

»Margaretha!«, rief er und stützte sie, sobald er ankam. »Was ist passiert?« Er zwang sich dazu, seinen Atem zu beruhigen.

»Du bist jetzt Vater, das ist passiert«, antwortete sie mit einem schiefen Lächeln im Gesicht. Leicht lehnte sie sich an ihn, doch sie verlangsamte ihren Schritt nicht. Erst als sie vor ihrem Häuschen ankamen, ließ sie sich auf die Bank neben dem Eingang sinken. Sie drückte das Stoffbündel sanft an sich. Nun bemerkte Kaspar, dass ihr Rock völlig zerrissen und ihre Hände blutverschmiert waren, genauso wie die von Amalie. Margaretha schob ein Stück des Stoffs beiseite, so dass ein winziges Köpfchen zum Vorschein kam.

Kaspar verschlug es die Sprache.

»Sie hat mich ganz schön überrascht, mitten auf dem Feld! Mit der Kleinen werden wir noch unseren Spaß haben, das sag ich dir.« Ihr Kichern klang erschöpft, aber zufrieden.

»Es ist ein Mädchen?«

»Eine kleine Lina, findest du nicht?«

»Eine Lina ...« Kaspar setzte sich neben die beiden und ganz vorsichtig streichelte er den Kopf des Kindes.

»Bestimmt wird sie ein Wirbelwind. So hat sie sich jedenfalls in meinem Bauch angefühlt«, flüsterte Margaretha.

»Dann hat sie ja viel Ähnlichkeit mit ihrer Mutter.« Kaspar schmunzelte, und Margaretha lehnte ihren Kopf gegen seine Schulter. Niemals konnte ein Mann glücklicher sein, als er jetzt in diesem Augenblick, dachte er. Das Kind wimmerte ein wenig und Margaretha hob es sanft an, um seine Position zu verändern. Dabei drehte sich sein Gesichtchen, das gerade noch halb von Stoff verdeckt gewesen war, in Kaspars Richtung. Jetzt konnte er die zarte Nase erkennen, die weichen Wangen – und über dem rechten Mundwinkel ein kleines, schwarzes Muttermal. Kaspar runzelte die Stirn. Dieses Muttermal ... Er blinzelte, wollte wegsehen, weitere Details entdecken, über etwas anderes nachdenken, doch sein Blick wanderte immer wieder zurück zu diesem Fleck. Er war an der gleichen Stelle wie der von Bauer Wilhelm. Natürlich, dachte Kaspar. Wilhelm war ja auch der Großvater des Kindes, da konnte das schon mal vorkommen. Doch warum hatte Margaretha dieses Muttermal selbst nicht? Wahrscheinlich eine Laune der Natur, versuchte Kaspar es sich zu erklären. Und doch stellte er sich kurz darauf wieder die eine Frage, die ihn seit der Schwangerschaft seiner Frau nicht losließ: Wieso hatte Margaretha ihr gemeinsames Kind nicht haben wollen? Sie waren doch glücklich. Wieso hatte sie sogar eine Nadel genommen und sich die größten vorstellbaren Schmerzen zugefügt? Einmal hatte er sie danach gefragt, doch sie hatte weggesehen. »Ich … kann es dir nicht erklären. Bitte, frag mich nicht noch einmal«, hatte sie leise gesagt und er war ihrer Bitte gefolgt. *Es ist viel komplizierter, als du denkst*, hatte Gesche gesagt. Kaspar erinnerte sich wieder daran, wie Bauer Wilhelm Margaretha geschlagen hatte, damals vor seinem Hof. Mit welcher Selbstverständlichkeit er grob in ihre Haare gegriffen hatte. Und dann dachte er daran, wie verzweifelt der alte Mann durch die Scheune geirrt war, um Kaspar in die Hände zu bekommen. Wie plötzlich er von Hochzeit gesprochen und wie schnell er diese Heirat dann tatsächlich in die Wege geleitet hatte. Noch bevor Margarethas Schwangerschaft im Dorf bekannt wurde, wollte er die beiden jungen Leute unbedingt verheiratet sehen. Es war eine überstürzte Feier gewesen. Margaretha hatte ihre Aussteuer noch gar nicht fertig genäht, und auch das Festessen fiel spärlich aus, weil beide Familien nicht genügend Geld hatten zurücklegen können. Trotzdem war Kaspar verdammt glücklich gewesen. Immer wieder hatte er Margaretha angestarrt und gar nicht fassen können, dass sie seine Gattin wurde! Diese starke, selbstbewusste Frau würde ihr Leben an seiner Seite verbringen und sein Kind bekommen. Sie würden eine Familie sein! Die ersten Monate ihrer Ehe waren für Kaspar wie ein wunderbarer Rausch gewesen. Er schlief lächelnd ein und wachte mit einem Glücksgefühl auf.

Natürlich hatten beide viel Arbeit auf den Feldern und im Haus, und so wie alle Dorfbewohner konnten sie daher nur wenige Minuten zu zweit verbringen, doch auf diese Momente freute er sich den ganzen Tag lang. Bauer Wilhelm ging ihnen glücklicherweise aus dem Weg. Kaspar hatte gar nicht mehr über ihn und seinen plötzlichen Sinneswandel nachgedacht, darüber, dass er Kaspar in der Scheune noch den Hals umdrehen und ihm dann plötzlich seine Tochter zur Frau gegeben wollte. Er hatte geglaubt, Wilhelm hätte sich einfach besonnen, um die Ehre seiner Tochter zu retten. Doch was, wenn Gesche recht hatte? *Es ist viel komplizierter, als du denkst …*

»Ist sie nicht wunderschön?«, fragte Margaretha ihn nun leise. »Sie ist das schönste Kind der Welt«, sagte er wahrheitsgemäß. Gleichzeitig wusste er: Ganz egal, welchen Grund es für das Muttermal gab oder für Bauer Wilhelms überraschende Entscheidung – dieses Mädchen würde er sein Leben lang beschützen. Er würde der beste Vater sein, den man sich vorstellen konnte.

Anna Sophia trug ihr neues, schwarzes Festkleid, das sie – genauso wie ihre Aussteuer aus Tischdecken, Leibchen und Tüchern – in den letzten Monaten genäht hatte. Wilhelmine hatte ihr geholfen, sonst hätte sie es bei all der Arbeit in der Apotheke und im Haushalt wohl kaum rechtzeitig fertig bekommen. An der Taille war es eng gerafft, und im Dekolleté mit kleinen Knöpfen und aufwendigen Stickereien verziert. Es war elegant genug für diesen Anlass und dennoch geeignet, um auch bei später anstehenden Feierlichkeiten getragen zu werden. Der weiße Schleier würde ihr hingegen einzig heute die Sicht erschweren.

Die Kirche war gut besucht, doch Anna Sophia sah sich nicht um. Natürlich hatte sie sich auch auf dem Weg hierher nicht umgedreht – das würde Unglück bedeuten. Noch mehr, als ihr sowieso schon widerfahren war. Sie wusste nicht genau, ob diese Regel auch vor dem Altar galt, doch zur Sicherheit hielt sie daran fest. Und wenn sie ehrlich zu sich selbst war, lag das wohl auch daran, dass sie die Blicke ihres Vaters im Rücken spürte. Eigentlich wollte sie nicht über ihn und ihren Streit nachdenken, nicht am Tag ihrer Hochzeit. Doch während die Klänge der Orgel durch die Kirche hallten, schienen sie auch in Anna Sophia anzuklingen. Gegen ihren Willen tauchten nun Erinnerungen vor ihrem inneren Auge auf, wie Schatten in einem abgedunkelten Raum. August, der zu ihr sagte: »Vielleicht kann ich dir eines Tages verzeihen, Anna Sophia.« Ihre eigene Stimme, die antwortete: »Doch ich kann dir nicht verzeihen, August.« Franz, der in der Apotheke stand, um ihre Hand anhielt und von Gottliebs Ablehnung noch Wochen später zutiefst gekränkt war. Sein Vater Nikolaus, der bereits am nächsten Tag auftauchte und von Gottlieb ins Hinterzimmer gebeten wurde. Die Stimmen der alten Männer, die gedämpft und sachlich über ihre Zukunft verhandelten. In diesen Tagen erfreute sich Gottlieb immer besserer Gesundheit. Anna Sophia konnte sich vorstellen, woran das lag: August hatte nun, da seine Hochzeitspläne mit Anna Sophia ins Wanken gerieten und Gottlieb seine Medikamente genau prüfte, wohl keine weitere Gelegenheit, ihn zu vergiften. Und obwohl Gottlieb schon bald wieder aufstehen und wie früher in der Apotheke arbeiten konnte, wirkte er blass und unglücklich. Er raufte sich die Haare und verkündete schließlich, dass Anna Sophia August trotz allem heiraten würde. Doch sie war bereit, bis zum Äußersten zu gehen. Sie wusste, dass sie damit für immer etwas zerbrechen würde. Doch sie hatte keine Wahl. Sie sah ihren Vater an, holte tief Luft und sprach die größte, die schlimmste Lüge ihres Lebens aus. »August hat dich zwar hinters Licht geführt, doch in einer einzigen Sache hat er recht: Ich habe bei Franz gelegen. Deswegen kann ich August nicht heiraten. Wenn du meine Ehre retten willst, musst du Franz' Antrag annehmen.«

Sie dachte an die schallende Ohrfeige, die darauf folgte und die viel länger auf ihrer Wange brannte, als es Augusts Schlag getan hatte. Noch jetzt, vor dem Altar, hob sie die Hand ans Gesicht. Ob sie diesen Schlag bis an ihr Lebensende spüren würde? Er brannte, während Franz und sie »Ja«, sagten, während er ihren Schleier hob und sie küsste. Während sie sich umdrehten und Anna Sophias Blick dem ihres Vaters begegnete. Sie dachte daran, was er nach seiner Ohrfeige zu ihr gesagt hatte: »August wäre viel zu schade für dich.« Auch diese Worte würde sie niemals vergessen, sie würden für immer wehtun. Kalt und weiß wie eine Statue stand Gottlieb da. Später erschien es ihr, als hätte sie nur einmal geblinzelt, und schon wäre er verschwunden.

Bei der Feier hinterher im Wirtshaus Krone war er nicht dabei. Sie spürte seine Abwesenheit bei jedem Gang des Festessens und durch das Gelächter der Gäste hindurch. Ihr frisch angetrauter Mann hob immer wieder den Krug und stieß mit seinen Freunden an. Wie gut ihm dieser Frack steht, dachte sie. Aufrecht und ruhig stand er da, und auf dem Gesicht mit dem tiefen Grübchen im Kinn zeichnete sich das stolzeste Lächeln ab, das sie je bei ihm gesehen hatte. Er sah Anna Sophia an, sooft er die Gelegenheit dazu hatte.

Doch während er einen Witz nach dem anderen machte und sich im Gelächter seiner Freunde sonnte, wurde sie immer stiller.

Wilhelmine legte ihre Hand auf Anna Sophias. »Du träumst schon wieder, Anna Sophia. Du siehst sorgenvoll aus. Aber heute ist dein Tag«, flüsterte sie ihr zu.

Anna Sophia nickte. »Du hast recht.«

»Vater wird schon darüber hinwegkommen. Der alte Sturkopf.«

»Du musst August im Auge behalten, versprich mir das. Im Moment hat er zwar keine Chance, die Apotheke zu übernehmen. Aber sobald er wieder eine Möglichkeit sieht, könnte Vater erneut in Gefahr sein.«

Wilhelmine nickte. Sie sah heute besonders eindrucksvoll aus in ihrem blassgelben Kleid mit den aufgebauschten Ärmeln, den Bändern und Spitzen. Das Haar trug sie streng in der Mitte gescheitelt und zu den so modernen Seitenlocken aufgesteckt. Von der Seite hatte sie ein Gesicht wie eine klassische Statue, und die dunklen Augen mit den breiten Brauen kündeten von einer geheimnisvollen Nachdenklichkeit. Kein Wunder, dass dieser Schreiberling Koloman Witt nicht von ihrer Seite wich. Anna Sophia kannte ihn noch von früher, als Franz ihr mit seinen Freunden Streiche gespielt hatte. Doch Anna Sophia konnte es nicht leiden, wie unverhohlen er ihre kleine Schwester mittlerweile anstarrte. Seine Haare waren zu lang und fettig, immer wieder strich er sie mit ausladenden, aufwendigen Bewegungen hinter die Ohren. Sein krummer Rücken fiel auch unter dem weit geschnittenen Frack auf, und hin und wieder berührte er Wilhelmine sogar am Unterarm! Da waren ihr die anderen beiden Freunde von Franz viel lieber. Den attraktiven und doch so bescheidenen Theodor sowie den naiven, liebevollen Heinrich hatte sie schon vor langer Zeit ins Herz geschlossen.

»Wie gehen die Arbeiten in der Bäckerei voran?«, fragte Theodor und holte Anna Sophia damit erneut in die Gegenwart zurück. Kurz ärgerte sie sich über ihre Zerstreutheit, bevor sie antwortete: »Du musst unbedingt mal wieder vorbeikommen, lieber Theodor! Die Backstube ist schon fertig, und die Verkaufsräume bekommen langsam Charakter. Franz hat ein sehr schönes Erlenholz für die Möbel ausgesucht. Und Heinrich zimmert fleißig.« Über ihr neues Häuschen in der Blindgasse, um dessen Tür sich zaghaft Efeu rankte, sprach sie gern.

»Ich dachte, Sie beschäftigen sich ausschließlich mit Fässern?«, wandte sich Franz' Onkel quer über den Tisch an den Fassbindergesellen.

»Für Franz würde ich alles zimmern!«, verkündete Heinrich mit einer Inbrunst, die Anna Sophia schmunzeln ließ. Kurz sah sie zu Franz hinüber, der leise auflachte und den Kopf schüttelte. »Zimmerst du mir zur Sicherheit auch noch meine Kunden, Heinrich?«

»Gar kein Problem, Franz!«

»Auf jeden Fall bist du sehr talentiert.« Anna Sophia nickte Heinrich zu. »Der Tresen ist so kunstvoll verziert! Alles ist hell und offen. Nächste

Woche kommt der Glaser, Wilhelmine näht gerade noch unsere Vorhänge, und dann ist beinahe alles bereit.«

Als hätte Koloman Witt nur auf dieses Stichwort gewartet, merkte er auf. »Nähen Sie gern, Wilhelmine?«, fragte er sie halb laut, als wolle er das Gespräch so privat wie möglich halten. Dennoch hörten natürlich alle zu.

»Überhaupt nicht«, gab Wilhelmine laut zurück. »Ich kann es nicht leiden. Aber für meine Schwester tue ich es dennoch.«

Anna Sophia hustete erschrocken. »Wilhelmine«, zischte sie. Auch Koloman zog die Augenbrauen hoch.

»Was bereitet Ihnen denn mehr Freude als das?«

»Ich zeichne gern.«

Koloman runzelte überrascht die Brauen. »So?«

»Und gestern habe ich mein erstes Gedicht geschrieben.«

Anna Sophia stieß sie mit dem Ellenbogen an. Wie konnte sie das so freimütig erzählen? Hoffentlich würde niemand sie damit aufziehen.

»Tatsächlich?« Koloman ließ sein Besteck sinken. »Das ist aber ungewöhnlich für eine Frau.«

Wilhelmine zuckte mit den Schultern. »Mag sein.«

»Es wird Sie vielleicht interessieren, dass auch ich schreibe.« Koloman säbelte ein Stück Fleisch ab und schob es sich in den Mund. Nun sah Wilhelmine zum ersten Mal von ihrem Teller auf und ihrem Gesprächspartner ins Gesicht. Ob es sie wohl störte, dass er mit offenem Mund kaute und den Wein hinterherschüttete, bevor er geschluckt hatte?

»Und was schreiben Sie?«

»In erster Linie für die Kölnische Zeitung. Aber meine wahre Leidenschaft gilt der Dichtung. Wenn Sie mögen, kann ich Ihnen gern ein oder zwei meiner Werke zeigen.«

Sofort nickte Wilhelmine. »Mit Vergnügen!«

»Überleg gut, was du sagst, Wilhelmine!«, rief Franz feixend über den Tisch. »Du könntest es bereuen!«

»Nicht, wenn ich ihm auch meine Gedichte vortragen darf«, sagte Wilhelmine.

Anna Sophia räusperte sich und sah ihre Schwester warnend an. Koloman Witt gefiel ihr zwar nicht sonderlich, dennoch war er ein gebildeter, wohlhabender Mann. Jemand wie er würde sich sicherlich nicht freiwillig mit dem Gedicht einer Frau beschäftigen. Anna Sophia wollte um jeden Preis verhindern, dass ihre Schwester zum allgemeinen Gespött ihrer Hochzeitsgesellschaft wurde.

Schnell fragte sie Koloman daher: »An welchem Artikel arbeiten Sie denn zurzeit?«

»Ich beschäftige mich mit den Möglichkeiten, welche die Eisenbahn für Köln bereithält.«

»Oh, ich bin so gespannt auf die erste Eisenbahnfahrt!«, rief Wilhelmine und legte in ihrer Aufregung das Besteck beiseite. »Stellen Sie sich nur vor, was sich alles verändern wird, wenn Reisewege kürzer werden! Wie, glauben Sie, wird die Stadt wohl vom schnelleren Transport von Handelswaren profitieren? Denken Sie, dass Kölns Stellung als Wirtschaftsmetropole gestärkt werden könnte – wenn es beispielsweise möglich wäre, den holländischen Zwischenhandel durch kluge Streckenführung zu umgehen?«

»Wilhelmine!«, zischte Anna Sophia. Auch Koloman sah ihre Schwester überrascht an. »Also … ja, die Auswirkungen werden sicher immens sein. Doch … die Details sind furchtbar kompliziert, glauben Sie mir, liebes Fräulein. Ich möchte Sie damit nun wirklich nicht langweilen.«

»Die Damen werden es dir danken, Koloman!« Franz zwinkerte den Frauen in der Runde zu. »Das kannst du uns später gern in der Herrenrunde genauer erzählen. Jetzt wird es erst mal Zeit für Musik und Tanz. Was denn? Ihr habt doch wohl nicht geglaubt, dass ich euch zu einer langweiligen Hochzeit einlade? Ich bin Kölner! Jetzt, meine Damen und Herren, gehen wir zum lustigen Teil über.« Er sprang auf und hielt Anna Sophia den Arm hin. »Schöne Frau, darf ich bitten?«

In diesem Moment verschlug es ihr für eine Sekunde den Atem. Wie tief seine Stimme klang, während er ihr direkt in die Augen schaute! Er sah vergnügt aus – und gleichzeitig zuversichtlich. Seine Arme, seine Brust, sein ganzer Körper schienen unter Spannung zu stehen. Er war voller Energie, dachte Anna Sophia. Fast schon herausfordernd zuckte sein Mundwinkel und sie musste an ihren Kuss im Kramladen zurückdenken. Damals hatte sie das Gefühl gehabt, die größte Sünde der Welt zu begehen. Zwar hatte sie bereits ihren Plan gefasst, eine Hochzeit mit Franz zu erzwingen, doch dass er aufgehen würde, erschien ihr nun, im Rückblick, dennoch abenteuerlich.

Monatelang hatte ihr Vater peinlich genau darauf geachtet, sie nicht aus den Augen zu lassen. Sie hatte Franz nicht einmal durch das Schaufenster der Apotheke sehen dürfen. So viel Zeit war vergangen, in der sie ihren Verlobten nur selten und heimlich treffen konnte. Einen einzigen weiteren Kuss hatte es gegeben, unten am Hafen, hinter den Kaffeesäcken und Käsetürmen. Er hatte in ihrem ganzen Körper gekribbelt. Und obwohl sie sich selbst kaum wiedererkannte, war sie sicher, dass sie das Richtige tat. August zu heiraten war unvorstellbar geworden. Nach ihrem Streit hatte er sie konsequent ignoriert. Sogar wenn sie ihn ansprach, tat er, als wäre sie gar nicht im Raum. Nur in Papas Gegenwart gab er sich sachlich und gefasst. Anna Sophia konnte ihre Wut hingegen auch vor ihrem Vater nicht verbergen – was Gottlieb wiederum noch mehr gegen sie aufbrachte.

Endlich hatte sie dieses Haus mit all seinen Konflikten verlassen. Sie feierte tatsächlich Hochzeit! Franz Stollwerck war ihr Mann geworden. Tief atmete sie ein und ergriff seine ausgestreckte Hand. Und dann tanzten sie. Immer wieder wirbelte er sie herum und fing sie auf, umfasste ihre Hände und lächelte ganz nah an ihrem Mund. Als ihr Nacken schon feucht war und ihre Stimme heiser vor Lachen, flüsterte er mit seiner tiefen Stimme: »Ich weiß, dass es gut wird.« Dann führte er sie in die nächste Drehung.

»Was meinst du?«, rief sie ihm zu.

»Dieses Leben!«, rief er zurück.

»Das Leben?«, sie lachte, denn sie verstand nicht ganz.

»Genau!«, sagte er. »Das Leben mit dir.« Da schepperte es hinter Anna Sophia. Mit dem Rücken war sie gegen den Tisch gestoßen und ein Krug war heruntergefallen. Erschrocken sah sie sich um, doch als alle lachten und vom Scherbenglück sprachen, gluckste auch sie vergnügt und tanzte weiter.

Die Sonne stand tief, als August Arkenberg an diesem Juliabend durch die Straßen lief. Er hielt sich den Arm vor die Augen, um nicht zu sehr geblendet zu werden. Die Luft war noch warm, und doch fröstelte es ihn. Er hasste diesen Tag, diesen Abend, und vorsorglich schon den nächsten Morgen sowie alle kommenden Tage, die auf ihn lauerten. Mit großen Schritten stapfte er am Eichenkrug vorbei. Zwei Straßen weiter erreichte er das Gasthaus Krone, ein großes Fachwerkhaus mit roten Balken und einer Laterne am Eingang. Hier blieb er stehen. Musik und Gelächter drangen zu ihm heraus. Was für ein unwürdiger Ort! Gottlieb hatte ihm erzählt, dass Franz Stollwerck nach der Trauung hierher geladen hatte. Er versuchte, etwas durch die kleinen Fenster zu erkennen, doch im Gasthaus war es zu dunkel. Dort feierten sie also. Nur eine Tür trennte ihn von der Fröhlichkeit und Ausgelassenheit, die auf Anna Sophias Hochzeit herrschte. Was sie wohl für ein Kleid trug? Vielleicht sah sie sich langsam blinzelnd um, so wie damals am Hafen, überlegte er. Mit Sicherheit sahen ihre Haare mal wieder katastrophal aus! Er rieb sich über das Gesicht. Wie konnte sie ihm das antun? Er sollte es sein, der dadrinnen mit ihr tanzte. Er sollte mit ihr verheiratet sein.

Am liebsten würde er die Tür öffnen, hineinstürmen und Franz herauszerren. Er würde ihm mit der Faust ins Gesicht schlagen, und dann würde er Anna Sophia mit sich schleifen. Ihm juckte es in den Fingern, ihr eine ordentliche Abreibung zu verpassen. Er würde ihr zeigen, was es hieß, August Arkenberg abzulehnen. Und dann könnte er sie vielleicht ja doch ... Ach was! Sie hatte ihn nicht nur abgelehnt, sie hatte ihn auch verleumdet und hintergangen. Wie konnte sie nur so etwas von ihm denken! Er, der immer das Beste für diese Apotheke und die Familie Müller gewollt hatte! Während August da auf der Straße stand und auf das dunkle Fenster des Gasthauses starrte, schwor er sich eines: Was sie getan hatte, würde Anna Sophia noch leidtun, dafür würde er sorgen.

Abrupt drehte er sich um und lief die Straße hinunter. Das Licht der Sonne machte ihn wahnsinnig. Er brauchte jetzt dringend einen dunkleren Ort, an dem er verschwinden konnte.

Nur wenig später saß August am Tresen in Willis Tanzlokal und hob den vierten Bierkrug an seine Lippen. Der Geräuschpegel war hoch, hinter ihm wurde gesungen, und immer wieder stieß ihn ein Betrunkener an. Fluchend verschüttete er das Bier auf dem Tresen. Doch er bemerkte langsam, dass seine Worte an Schärfe verloren. In seinem Kopf machte sich eine wohlige Wärme breit. Er spähte über seine Schulter und ließ seinen schon leicht verschwommenen Blick durch das Lokal schweifen. Wo war das Mädchen hin? Ah, dahinten! Es saß mit gerafftem Rock und glasigem Blick auf dem Schoß eines dickbäuchigen Schusters. Na, da wäre es doch sicher dankbar, weggelockt zu werden.

»Hallo, Fräulein!«, rief er ihm zu.

Es sah auf und hob fragend die Augenbrauen.

»Dürfte ich dich zu mir hinüberbitten?«

»Was denn, was denn? Zahl ich dir etwa nicht gut genug?«, beschwerte sich der Schuster, doch das Mädchen lachte nur, wuschelte ihm durch die Haare und kam August entgegen. Es wollte sich schon an seine Seite schmiegen, doch er hielt es mit ausgestrecktem Arm davon ab.

»Warte noch – lass mich dich erst ansehen.«

Er musterte es. Die Hüften waren viel schmaler als die von Anna Sophia, die Taille kantiger. Doch er mochte ihre fein geschwungenen Schultern. Ihre Wangen glänzten rötlich.

»Darf ich fragen, ob du Fieber hast?«

Überrascht schüttelte die Fremde den Kopf.

»Fühlst du dich sonst vielleicht kränklich oder schwach?«

»Ganz im Gegenteil, mein Lieber, ich fühle mich sehr lebendig.« Sie zwinkerte. Doch während sie die Worte aussprach, entging ihm nicht, dass ihre Schneidezähne schwarz waren.

»Verzeih, aber juckt es dich manchmal? Du weißt schon wo«, fragte er weiter.

Jetzt runzelte sie die Stirn. »Also, wirklich. Alles lass ich mir auch nicht bieten!« Sie drehte sich um. Schnell fasste er sie am Arm.

»Ich möchte nicht unhöflich sein – ich will nur sichergehen, dass du bei bester Gesundheit bist.«

»Danke, aber deine Sorgen sind unnötig.«

Am liebsten hätte er ihr erzählt, dass sie sehr wohl nötig waren. In den letzten Jahren war die Anzahl der Prostituierten in der Stadt in die Höhe geschossen. Und diese unsittlichen Frauenzimmer übertrugen ihre Krankheiten in rasender Geschwindigkeit auf das angesehene Kölner Bürgertum. Natürlich wagten es die feinen Herren und deren Bediensteten nicht, von diesen Leiden allzu genau in der Apotheke zu berichten. Doch immer öfter wurden August und Gottlieb nach Mittel gegen Juckreiz oder Brennen gefragt. Sie verabreichten dann ihre neue Quecksilbersalbe, nicht selten aber erfuhren sie Wochen später, dass es die Kunden dennoch dahingerafft hatte. Es war besser, vorsichtig zu sein. Normalerweise verzichtete August daher so oft er konnte, doch heute brauchte er nun mal eine Frau.

»Bitte verzeih. Ich zahle gut«, sagte er und zog sie an sich heran. Sie fühlte sich gut an. Härter und hagerer als Anna Sophia, aber vielleicht war das gar nicht so schlecht.

»Du siehst aus wie ein angesehener Mann.«

Er seufzte und trank seinen Krug aus.

»Ich kann das sehen. Früher habe ich in einem großen Haus als Dienstmädchen gearbeitet. Die reichen Herrschaften sind ...«

»Bitte sprich jetzt nicht weiter«, unterbrach er sie, zahlte und schob sie dann nach hinten, wo er für wenige Pfennige ein Zimmer mietete. Hinter ihr stieg er die schmale Treppe hinauf, auf der leicht bekleidete Frauen saßen und müde zu ihm aufsahen. Er schob sich an Männern mit schweren Arbeitsstiefeln vorbei, die gerade wieder hinunterstapfen wollten, betrat einen der kleinen Räume und schloss die Tür. Kurz sah er sich um: Das Zimmer war ärmlich eingerichtet, es roch nach feuchten Wänden und Schimmel, und über den Fußboden krabbelten Tierchen, die er sich nicht genauer anschauen wollte. Er würde sowieso nicht lang bleiben.

»Zieh dich bitte aus und leg dich aufs Bett«, sagte er. Sie tat, was er wollte, und obwohl sie ihn, als sie einmal nackt war, kaum noch reizte, zog er die Hose runter und legte sich auf sie. Währenddessen versuchte er, Anna Sophias Gesicht aus seinen Gedanken zu verbannen. Er griff nach den festen Armen der Prostituierten und verbot sich, an Anna Sophias weiche Haut zu denken. Es war vorbei, sagte er sich. Er wollte sie gar nicht mehr besitzen. Was hatte er sich nur gedacht, während seiner Verlobung, als er immer wieder in Tagträume abgedriftet war? Als er sogar wie von Sinnen nachts in die Wohnräume der Müllers geschlichen war, nur um vor ihrer Schlafzimmertür zu stehen und sich zumindest vorzustellen, er hätte den Mut, zu klopfen. Dabei hatte ihn einmal sogar Julie erwischt! Wie oft er dort gestanden und sich doch nicht gerührt hatte! Minutenlang hatte er sich vorgestellt, wie sie im Bett lag und von ihm träumte. Dabei hätte er natürlich niemals, auch nicht nach einer Hochzeit, mit ihr das machen dürfen, was er nun mit dieser Hure tat. Eine Dame durfte sich nicht auf diese Weise verhalten! Sich völlig entkleiden bei Kerzenschein – undenkbar. August und Anna Sophia hätten natürlich eine fromme Ehe geführt, in der die Verheirateten nur dann das Bett teilten, wenn es Zeit für Nachwuchs wäre. Er hätte selbstverständlich gewollt, dass Anna Sophia das unschuldige Persönchen blieb, das er kennengelernt hatte. Dafür hätte er hin und wieder eine Prostituierte aufgesucht – solange sie sauber und gesund auf ihn gewirkt hätte. So machten es schließlich alle.

Ob dieser Franz Stollwerck sie wohl ebenso gut behandeln würde? Jetzt rollte er sich auf den Rücken und bedeutete dem Mädchen, sich auf ihn zu setzen. Er starrte es an und versuchte, sich auf ihren Körper zu konzentrieren. Doch dann bewegte sich die Hure immer langsamer. Er wollte schon fragen, was das bitte sollte, merkte dann aber: Er konnte es nicht. Es war, als hätte er einen dicken Kloß im Hals. Sie stieg von ihm herunter und streichelte ihm die Brust. Ihm war die Lust gänzlich vergangen. Waren seine Wangen etwa nass?

»Es wird alles gut«, flüsterte sie, als hätte sie das schon unzählige Male getan. »Es gibt solche Tage, aber Gott sei Dank gibt es auch die anderen.«

»Das ist nicht sehr weise«, gab er zurück. Es sollte schroff klingen, doch sein Schluchzen machte jede Schärfe, die er in seine Worte legen wollte, zunichte. Wie armselig er klang! In diesem Moment entfaltete der Alkohol seine volle Wirkung, und alles drehte sich um August herum. Das Mädchen, die Zimmerdecke, die Tür, durch die er jetzt am besten hinauswanken sollte. Doch er konnte sich kaum rühren.

»Wie kann sie mich nur so behandeln?«, fragte er leise. Die Hure streichelte ihn weiter, als wüsste sie genau, wovon er sprach.

»Ich habe immer nur das Beste für diese Familie gewollt. Gottlieb ist wie ein Vater für mich! Ach, was rede ich? Er ist viel besser als ein Vater.«

Sie nickte verständnisvoll, also lallte er weiter. Sie würde es sowieso nicht verstehen, schließlich wirkte sie auf ihn doch reichlich dumm.

»Mein Vater hat mich kaum angesehen, er hat nie an mich geglaubt. Aber Gottlieb hat das getan, weißt du? Vom ersten Tag an. Einmal kam mein Bruder in die Apotheke. Ich denke, er hatte getrunken. Plötzlich fing er an, Fläschchen umzukippen und Schalen zu zerbrechen. Er wollte, dass ich in hohem Bogen rausgeschmissen werde. Natürlich habe ich versucht, ihn aufzuhalten, wir haben gerauft – und um uns herum ging immer mehr zu Bruch. Bis Gottlieb plötzlich hinter uns stand. Weißt du, was er gemacht hat?« Mit großen Augen sah das Mädchen ihn an. Ein Teil von ihm wusste genau, wie armselig es war, sich bei einer Hure auszuheulen. Was für ein Mann tat so etwas? Doch seine Trunkenheit gewann. Es fühlte sich einfach so gut an, weiterzusprechen. Mit jedem Wort schien sich der Knoten in seiner Brust etwas weiter zu lockern. »Er hat Hermann statt mich rausgeworfen und ihm verboten, die Apotheke je wieder zu betreten! Und mir hat er Salbe für meine Wunden gegeben.« August holte verzweifelt Luft. »Wieso sollte ich ihn vergiften wollen? Ich wäre doch sein Schwiegersohn geworden!« Er rieb sich über das Gesicht. »Ich hätte die Apotheke auch so bekommen! Ich hätte sie heiraten dürfen.« Jetzt rannen ihm wieder die Tränen übers Gesicht. Die Hure schwieg und streichelte ihn nur.

Tatsächlich hätte August nicht im Traum daran gedacht, Gottlieb Schaden zuzufügen. Dass Anna Sophia ihn zu Unrecht beschuldigt hatte, erschütterte ihn schwer. Er war doch ein guter Mensch – konnte sie das gar nicht sehen? Er liebte Gottlieb wie einen Vater, und er hatte sich sein Leben in der Familie Müller wunderbar vorgestellt. Als es Gottlieb immer schlechter ging, hatte auch er irgendwann eine Vergiftung vermutet. Doch wie konnte Anna Sophia ihm so sehr misstrauen, dass sie ihn verdächtigte? Dass sie dachte, er könne Gottlieb tatsächlich töten wollen?

»Immer wieder überlege ich, wie es so weit kommen konnte. Weißt du, was eine Pulverisiertrommel ist? Ach, was frag ich überhaupt. Natürlich weißt du das nicht!« Er machte eine wegwerfende Handbewegung. »Wie konnte ich nur so dumm sein, die Pfaffenhütchen vor ihren Augen hineinzukippen? Ich wollte das Pulver nur mit dem Medikament vergleichen, das auf dem Nachttischchen stand. Ich wusste schließlich gleich, dass es nicht meines war. Der Inhalt sah völlig anders aus, als der, den ich für Gottlieb zubereitet hatte. Anfangs dachte ich, Anna Sophia müsse dieses Zeug von ihrem heimlichen Ausritt mitgebracht haben, und sicherlich wüsste sie nicht, was es mit ihrem Vater machen würde. Doch schon kurz darauf war ich mir da nicht mehr sicher. Sie kannte die Wirkung von Pfaffenhütchen ganz genau. Und sie liebt Gottlieb ebenso sehr, wie ich es tue. So etwas würde sie ihrem Vater nicht antun.«

Die Hure nickte und streichelte ihn weiter.

»Es kann nur eine Lösung geben, ich habe jetzt wochenlang darüber nachgedacht. Es muss der Arzt gewesen sein, Doktor Baader. Er hat seine Tochter Regina vor Jahren verloren, und Gottlieb hat mir erzählt, dass er damals die Medikamente für Regina zusammengestellt hatte. Sie wurde mit Opium behandelt. Da ihre Schmerzen immer schlimmer wurden, musste Gottlieb auch das Opium höher dosieren, und als sie schließlich starb, wusste man nicht, ob es die Krankheit oder das hoch dosierte Medikament gewesen war, das sie getötet hatte. Für Dr. Baader dürfte der Fall klar gewesen sein: Es ist immer angenehm, einen Sündenbock zu haben. Sicher hat er Gottlieb für den Tod seiner Tochter verantwortlich gemacht. Und vielleicht wollte er sich dafür nun an ihm rächen. Ich war sogar schon an Dr. Baaders Haus, um ihn zur Rede zu stellen, doch er scheint die Stadt verlassen zu haben. Jedenfalls ist seine Tür ständig verschlossen.«

»Dann hat sein eigener Arzt den Apotheker mit Pfaffenhütchen vergiftet, statt ihn zu behandeln?«

Überrascht sah August das Mädchen an. Hatte es etwa verstanden, was er da sagte? Jedes Wort? O Gott, dachte er – was machte er hier nur? Er wollte schließlich niemanden in Verruf bringen – auch, wenn er sich sicher war, dass er mittlerweile die Wahrheit herausgefunden hatte.

»Ich muss jetzt gehen.« Schnell schob er die Hure von sich weg, zog sich an und warf ihr etwas Geld aufs Bett.

»Danke«, murmelte er noch, bevor er verschwand.

14. Kapitel

Franz öffnete ihr die Schlafzimmertür, und während Anna Sophia eintrat, wurden ihre Hände feucht. In ihrem Elternhaus hatte sie sich immer wieder vorgestellt, wie es wäre, der Enttäuschung ihres Vaters zu entkommen und mit Franz in dem Häuschen in der Blindgasse zu leben. Sie versuchte, tief einzuatmen, sich zu sagen, dass sie genau das hier gewollt hatte, dass nun alles gut werden würde, doch ihr Atem ging schnell und flach.

Viel gab es hier noch nicht: eine Kommode, einen Stuhl, zwei Nachttischchen und ein Ehebett. Es ähnelte dem Bett ihrer Eltern, und beim besten Willen konnte sie sich nicht vorstellen, dass sie gleich mit Franz darin liegen würde.

»Anna Sophia?«, fragte Franz mit seiner tiefen Stimme.

Erst da bemerkte sie, dass sie unschlüssig mitten im Raum stand und auf das Bett starrte.

»Ja?« Langsam drehte sie sich zu ihm um.

Nachdenklich schaute er sie an. »Bist du müde?«

Anna Sophia schluckte. »Ein wenig.«

Er nickte. »Das bin ich auch. Und ich möchte nicht, dass du dich unwohl fühlst. Wir haben uns lange nicht gesehen. All das ist noch ungewohnt und neu. Ich werde mich umdrehen, damit du dich umziehen kannst. Wir haben alle Zeit der Welt, Anna Sophia. Heute muss überhaupt nichts passieren.«

Verlegen schaute Anna Sophia auf den Fußboden, dann hörte sie sich selbst sagen: »Ich möchte aber, dass heute etwas passiert.«

Ihr Herz schlug ihr bis zum Hals. Seitdem Franz sie auf ihrer Hochzeit voller Energie in den Armen herumgewirbelt und mit dieser Lebenslust in den Augen angesehen hatte, war sie aufgeregt. Ihr ganzer Körper kribbelte – in diesem Zustand konnte sie nicht schlafen gehen.

Kurz weiteten sich Franz' Augen vor Erstaunen, dann sah sie die Lust in seinem Blick.

Mit großen Schritten ging er auf sie zu, legte seine Hände an ihre Taille, zog sie an sich heran und küsste sie. Dieser Kuss war anders als der im Kramladen oder der am Hafen. Die Vorsicht und die Schüchternheit waren daraus verschwunden. Übrig blieben Anna Sophia und Franz, eine Frau und ihr Mann. Er streichelte ihren Nacken, ihre Wangen, ihre Arme. Sie knöpfte sein Hemd auf, fühlte, wie er die Schnüre ihres Kleides öffnete und ihr Korsett löste. Tief atmete sie ein. Für einen Augenblick fühlte sie sich frei. Die Scham, die sie damals bei ihren Tagträumen über August empfunden hatte, war meilenweit entfernt. Sie hatte so lang über ihre Entscheidung gegrübelt, gehadert und sich schlecht gefühlt. Endlich konnte sie all das loslassen, zumindest für heute Nacht. Jetzt gab es nur Franz' Haut und dieses wunderbar neue Gefühl, das sich in ihrem ganzen Körper ausbreitete. Rücklings fielen sie aufs Bett.

»Hast du Angst?«, fragte er.

»Jetzt nicht mehr«, flüsterte sie. »Und du?«

Er lachte leise. »Ein kleines bisschen.« Er zwinkerte, dann küsste er sie noch stürmischer als zuvor und schob ihren Rock hoch.

Die Sonne weckte Anna Sophia am ersten Morgen in ihrem neuen Leben; auf ihrer Zunge lag ein saurer Geschmack. Ihr Kopf schmerzte, und ihr Körper fühlte sich weich und schwer an. Franz schlief noch neben ihr, während sie sich aufrichtete. Es war stickig, und die Laken waren aufgeheizt, doch Franz' Atem ging ruhig und gleichmäßig. Blinzelnd sah sie sich um. Die wenigen Möbelstücke im Raum sahen ein wenig so aus, wie Anna Sophia sich mit einem Mal fühlte: plötzlich von einem anderen Ort hierher verfrachtet und abgestellt. Hier wusste noch nichts und niemand so genau, wohin er oder sie mal gehören würde. Anna Sophia ahnte nur: In diesem Haus wartete sehr viel Arbeit auf sie.

Sie zupfte an ihrem Nachthemd und dachte an die vergangene Nacht mit Franz.

Hinterher hatten sie einander warm und fest im Arm gehalten. Franz hatte ihre Stirn geküsst und gesagt: »Ich habe das größte Glück der Welt. Und ich schwöre dir: Ich werde dieses Glück immer zu schätzen wissen. Ich werde uns eine große Zukunft aufbauen. Ich werde so lang und so hart arbeiten, bis wir alles haben, was wir uns wünschen.«

Während Anna Sophia an seine Worte dachte, stiegen ihr die Tränen in die Augen. Wie sollte das gehen?, fragte sie sich. Das Haus war ihr fremd, es roch nach Sägespänen und trockenem Stein und war mehr Baustelle als Zuhause. Ihre Familie erschien ihr heute weit weg, ihr Vater unerreichbar. Und während sie dasaß und ihr stumm die Tränen über die Wangen liefen, wurde ihr bewusst, dass ihr Leben nicht so werden würde, wie sie es sich als Kind erträumt hatte. Sie konnte ihrer Familie nicht nah sein, ganz im Gegenteil, denn sie hatte die Apotheke verlassen. Sie konnte keine Kunden mehr beraten, keinen Kranken helfen und keine Kinder retten, denn sie war nicht die Frau eines Apothekers geworden. Niemals würde sie wieder Kräuter zusammenstellen, Wirkstoffe extrahieren und pulverisieren, Gesundheitsschokolade kochen oder Bonbons zubereiten. Dabei hatte ihr, seit sie denken konnte, nichts so viel Freude bereitet, wie anderen Menschen zu helfen. Sie wollte doch alles über Kräuter und andere Heilmittel lernen! Es gab so viele Frauen wie Hubertine, die sich keine teuren Medikamente leisten konnten und nur dank Anna Sophia Hinweise auf heilende Kräuter bekamen. Oder Männer wie ihr Vater, der krank dagelegen hatte, bis sie ihn behandelte. Oder Kinder wie Julie, die vor vielen Jahren wegen Anna Sophias Bonbons wieder ihre Stimme gefunden hatte. Was würde ihrer Familie und all den guten Leuten rund um den Neumarkt wohl widerfahren, wenn sie die Frau eines Bäckers war?

Sie würden von anderen Hilfe bekommen, versuchte sie sich zu sagen, doch dieser Gedanke fühlte sich falsch an. In den letzten Monaten hatte sie stets die Hochzeit als große Erlösung vor sich gesehen, um ihrem Vater und August endlich aus dem Weg gehen zu können. Alle anderen Überlegungen hatte sie wegzuschieben versucht. Doch was jetzt? War sie tatsächlich erlöst? Mit einem Mal fühlte sie sich schrecklich leer.

Sie schniefte leise. Franz drehte sich auf die Seite und schlief weiter. Vor ihr lag ein unbekanntes Leben, und sie fühlte sich auf einen Schlag so unendlich kraftlos – viel zu ausgelaugt, um es anzugehen. Sie würde Kinder bekommen, den Haushalt führen, in der Bäckerei aushelfen. Und die Person, die sie bisher gewesen war, würde immer blasser werden, bis sie sich selbst gänzlich vergessen hatte. Unvermittelt begann Franz, leise zu schnarchen. Sie sollte aufstehen und das Frühstück vorbereiten, dachte sie. Sie hatten hier schließlich keine Betty, sie würde ganz allein backen und kochen, spülen und wischen, bügeln und flicken, spinnen und nähen müssen. Bei dem Gedanken an die Haushälterin ihres Vaters spürte sie wieder eine Welle der Traurigkeit in sich aufsteigen. Schon als Kind, wenn sie beim Erwachen das Geklapper von Geschirr in der Küche gehört hatte, hatte sie sich rundum wohlgefühlt. Sie wusste dann: Betty war da, und egal, was an diesem Tag passieren würde – mit ihr konnte sie darüber reden. Wann sie diese gute Seele wohl wiedersehen würde?

So leise sie konnte, schlüpfte Anna Sophia in ihr Hauskleid, das im Rücken nur schnell geschnürt wurde, und schlich in die Küche hinunter. Auf der Schwelle blieb sie stehen und sah sich um. Es war ein kleiner Raum mit winzigen Fenstern. Der Feuerofen der vorherigen Besitzer war längst in die Jahre gekommen, die Decke war rußverschmiert. Allerdings fielen ein paar Strahlen der Morgensonne tröstend auf einige große Messingtöpfe und auf das weiße, geblümte Geschirr im Regal – Teile ihrer Aussteuer. Sie seufzte. Natürlich besaßen Franz und sie noch nicht viel. Von seinen Ersparnissen hatte er gerade so dieses schmale Häuschen mieten können: Im Erdgeschoss befanden sich die Bäckerei und ein kleines Arbeitszimmer, im ersten Stock gab es Küche und Stube und im zweiten zwei kleine Schlafzimmer. Es war nicht viel Platz – aber zumindest hatte sie viel Raum zwischen sich selbst und August gebracht.

Sie und Franz würden sich beeilen müssen: schon im nächsten Monat wären Franz' Ersparnisse aufgebraucht, dann musste die Bäckerei bereits genügend Gewinn für die Miete abwerfen. Anna Sophia setzte Wasser auf, holte Mehl und Salz aus dem Schrank – und hielt inne. In der Ecke stand eine große Tüte Zucker. Sie hatte gar nicht gewusst, dass sie schon Zucker im Haus hatten. Vielleicht brauchte Franz ihn für ein Gebäck, das er ausprobieren wollte? Anna Sophia rührte sich nicht. Sie stand vor dem geöffneten Schrank und dachte daran, wie sie noch vor Kurzem großzügig Zucker in einen Topf gegeben hatte. Sie erinnerte sich, wie ihre kleinen Schwestern in die Küche gehuscht waren, Julie mit den abstehenden Ohren und Elise mit den dunklen Augen. Wie sie geschaut hatten, als sie sich ein Bonbon nehmen durften. All das erschien ihr nun für immer verloren. Nie wieder würden sie sie beim Bonbonmachen überraschen … Sie würden ohne Anna Sophia erwachsen werden.

»Anna Sophia?«, hörte sie eine Stimme hinter sich. »Ist alles in Ordnung?«, fragte Franz.

»Natürlich.«

»Fühlst du dich nicht wohl?«

»Doch, sehr.«

Endlich gab sie sich einen Ruck, drehte sie sich um und spürte, wie nass ihre Wangen waren.

»Ich mache Frühstück«, flüsterte sie.

Immer wieder sah sich Wilhelmine um. Das Licht der Sommersonne fiel durch die bunten Kirchenfenster und malte die Wände bunt. Einige Menschen schritten mit gesenkten Häuptern durch den Mittelgang zum

Altar und bekreuzigten sich, doch keiner von ihnen kam ihr bekannt vor. Wilhelmine ahnte: Sibylle würde auch heute nicht in den Dom kommen.

Dabei waren sich die Frauen eine Zeit lang immer wieder begegnet, genau hier, wo Wilhelmine nun saß. Sie hatten so viele Blicke und Worte ausgetauscht! Sie hatten über Gott geredet, über den Dom, die Eisenbahn und die Qualität der Romane und Reiseberichte von Johanna Schopenhauer. Wilhelmine hatte ihr von der Apotheke erzählt und von den unzähligen Tinkturen, chemisch extrahierten Wirkstoffen und natürlichen Kräutern. Und Sibylle hatte ihr von ihrem Mann erzählt, Victor Mertens, und davon, dass sie eine große Distanz in ihrer Ehe spürte. Sie hatten sich über die Kunstwerke unterhalten, zwischen denen Sibylle aufgewachsen war: Ferdinand Franz Wallraf, ein Freund ihres Vaters, hatte wahre Schätze in seinem Haus gesammelt. Schüchtern erzählte Wilhelmine von ihren Bildern, die natürlich doch nicht nur Frauenporträts, sondern auch Blumen, Landschaften und Obstschalen zeigten. Und als Sibylle ihr von ihrer Freundin Annette von Droste-Hülshoff berichtete und davon, wie hübsch ihre Gedichte seien, wurde auch Wilhelmines Sehnsucht nach dem Schreiben größer.

Doch dann war Sibylle von einem auf den anderen Tag verschwunden. Mittlerweile war das dreiundzwanzig Zeichnungen und vier Gedichte her! Dennoch kam Wilhelmine sooft sie konnte, und immer wieder hatte sie die Hoffnung, Sibylle noch einmal zu begegnen. Was sie ihr alles erzählen und von ihr erfahren wollte! Vielleicht kommt sie heute, hatte Wilhelmine noch beim Aufwachen gedacht. Doch wieder mal saß sie allein im Dom. Was war nur mit Sibylle passiert? Was mochte dieser Widerling Mertens mit ihr angestellt haben!

Mit einem Ruck stand Wilhelmine auf und schritt zum Ausgang. Die Sonne blendete sie einen Moment lang, doch sie ignorierte das Licht und marschierte mit gesenktem Blick los. Sie wusste schließlich genau, wo sie hinwollte. Unzählige Male war sie diesen Weg schon gegangen.

Als sie am Stadtpalast der Mertens ankam, war sie ein wenig außer Atem. Wie oft hatte sie schon vor dem großen Tor gestanden und auf den Hof geblickt. Wie oft hatte sie gehofft, Sibylle zu sehen und wenigstens kurz mit ihr sprechen zu können. Vorsichtig ging sie bis ans Tor, legte die Finger an das Holz und sah durch die Stäbe hindurch zum Haus. Wie hoch es war! Wie viele Erker und Türmchen es hatte! Wilhelmine musterte die reich verzierte Fassade. Stand da nicht eine Frau an einem der oberen Fenster? Wilhelmine glaubte, dunkelblondes Haar und eine schmale Nase zu erkennen. Ihr Herz schlug schneller. War das Sibylle? Sie hob eine Hand und winkte. Winkte die Frau zurück?

»He!«, hörte sie eine dunkle Stimme. Sie drehte den Kopf und entdeckte eine Kutsche mit großen, schwarzen Rädern, die am Rand geparkt war. Auf dem Bock hob nun der Kutscher seine Peitsche in die Luft. »Sieh zu, dass du da wegkommst! Oder muss ich dich erst verjagen?«

»Schon gut, schon gut!« Wilhelmine trat einen Schritt zurück. Noch einmal sah sie zum Fenster hinauf, doch die Frau war verschwunden.

»Irgendetwas stimmt nicht mit Lina«, sagte Amalie mit gedämpfter Stimme. Margaretha war im Nebenzimmer und sang leise für ihre Tochter, schunkelte sie auf dem Arm hin und her und versuchte, sie zu beruhigen. Trotzdem schrie sie wie am Spieß.

Kaspar zog die Augenbrauen zusammen. »Mit Lina ist alles in bester Ordnung.« Er klang schroffer, als er es beabsichtigt hatte. Warum sagte seine Schwägerin auch so etwas?

Amalie verschränkte die Arme. Sie war eine kleine Frau mit rosigen Wangen, hübschen Lippen und auffallend dünnen Haaren. Wie bei Margaretha vermisste er auch über ihrem Mundwinkel das schwarze Muttermal, das das Gesicht seines Kindes zierte.

»Kinder schreien nun mal«, sagte er. Auch hinter seinen Schläfen pochte die Müdigkeit, und seine Augen waren ganz trocken. Er hatte mal wieder die halbe Nacht nicht geschlafen und war dennoch in aller Früh gemeinsam mit Margaretha aufgestanden, um den Rettich zu ernten. Das Kind hatte dabei immer in ihrer Nähe gelegen und weitergeschrien. Nun hingen Kaspars Arme kraftlos herab. Sein Rücken schmerzte, und in seinen Ohren dröhnten die Schreie seiner Tochter.

»Ihr solltet sie zu Gesche bringen. Sie kann Lina vielleicht etwas zur Beruhigung geben«, schlug Amalie vor.

»Wie sollen wir das machen?« Kaspar kaute auf einem Strohhalm, der ihm im Mundwinkel steckte. »Uns würde doch jeder hören, wenn wir einfach so mit einem schreienden Säugling in Richtung Wald laufen.«

Amalie nickte langsam. »Ihr solltet es am Abend versuchen. Vielleicht heute noch. Dann ist es noch hell, aber Papa und seine Brüder sitzen schon in der Kneipe. Sie werden nichts mitbekommen.«

Kaspar rieb sich das Gesicht. Vielleicht hatte Amalie recht. Seit ein paar Wochen wurde er ja selbst einen beängstigenden Gedanken nicht mehr los. Vielleicht konnte Gesche ihm diesen Verdacht ausreden.

Sie brachen kurze Zeit später auf. Margaretha hatte Lina in ein Leinentuch gewickelt und hielt sie fest an ihre Brust gedrückt. Auf dem Weg begegneten sie niemandem. Die Sonne war beinahe untergegangen, und Schritt für Schritt zogen sie ihre langen Schatten aus dem Dorf heraus. Als wüsste Lina, was auf dem Spiel stand, blieb sie ganz leise, und als wollte sie Danke sagen, streichelte Margaretha ihre Wange. Kaspar sah sich immer wieder um, doch niemand folgte ihnen. Umso tiefer sie in den Wald gingen, desto kühler wurde die Luft. Das Laub raschelte unter ihren Füßen, und der Wind bog die Wipfel hin und her.

»Ich kann mir nicht vorstellen, dass sie krank ist«, sagte Margaretha, ohne sich zu ihm umzudrehen. »Sie macht einen kräftigen Eindruck, findest du nicht?«

»Bestimmt ist alles gut«, sagte Kaspar.

Hier im Wald wurde es schon etwas früher dunkel. Zwischen den Büschen hatte bereits die Dämmerung eingesetzt. Hoffentlich würden sie es rechtzeitig vor Einbruch der Nacht schaffen, dachte er.

»Ich glaube, sobald Lina laufen kann, hängt sie dich ab«, rief Margaretha über ihre Schulter. Kaspar lachte – tatsächlich hatte seine Frau schon einige Meter zwischen sich und ihn gebracht. Er hastete vorwärts, doch Margaretha lief kichernd schneller.

»Du hast keine Chance gegen uns!« Auf einmal rannte sie fast mit Lina im Arm über Stock und Stein.

»Sei vorsichtig«, rief Kaspar, doch er konnte sich das Lachen nicht verkneifen. Sie liefen und sprangen über Baumstämme und Erdhügel.

»Du kriegst uns sowieso nicht!«

»Na wartet!«

Jetzt hörte er auch Lina fröhlich glucksen und kichern. Da holte er sie ein und umarmte die beiden. Einen Moment standen sie eng umschlungen im Wald. Margaretha schmiegte ihre Wangen an seine, und auch Lina strahlte über das ganze Gesicht und streckte die kleinen Hände nach ihnen aus. Irgendwo im Wald knisterte und raschelte es. Nur die drei Menschen zwischen den Bäumen waren ganz still. Und wieder einmal spürte Kaspar, wie das Glück ihn überrollte. Gerade wollte er seiner Frau und seiner Tochter sagen, wie wichtig sie ihm waren – da ließ ein lauter Knall Margaretha und ihn gleichzeitig zusammenzucken. Sie wirbelten herum, doch sie sahen nichts als Laubbäume und Gestrüpp.

»Das klang, als wäre ein Ast abgefallen«, sagte Kaspar.

»Das muss aber ein dicker Ast gewesen sein …«

»Und Lina macht keinen Mucks!«

Kaspar sah seine Tochter an. »Du bist ein tapferes kleines Mädchen, nicht wahr?«, flüsterte er. »Komm, ich nehme dich jetzt.«

Margaretha gab sie ihm, und während sie ihre Arme ausschüttelte, spürte Kaspar diesen winzig kleinen Körper und gleichzeitig die eigene Anspannung. Noch immer war er unsicher, wenn er Lina hielt. Männer hatten mit ihren Säuglingen in der Regel ja wenig zu tun. Wie stützte man den Kopf? Was tun, wenn sie laut wurden? Dafür brauchte es schon eine Frau. Väter begannen sich erst für ihre Kinder zu interessieren, wenn sie ihnen etwas beibringen konnten, wenn man sie loben oder bestrafen musste. Doch Kaspar hatte sich nie so recht an diese Regeln halten können. Etwas zog ihn einfach zu seinem Kind. Wenn es schrie, wollte er es trösten; wenn es schlief, wollte er ihm dabei zusehen.

»Ich passe auf dich auf«, flüsterte er, fast, um sich selbst Mut zuzusprechen. »Das werde ich immer tun. Hab keine Angst.«

»Na, wer von euch beiden hat denn hier gerade Angst?« Margaretha zwinkerte ihm zu. »Lina ist glücklich, schau sie dir an!«

Neugierig sah die Kleine in die Baumwipfel und in Kaspars Gesicht. Sie schien sich darauf zu verlassen, dass ihr Vater schon das Richtige für sie tat. In diesem Moment knackste es noch einmal hinter ihnen.

Kaspar fuhr herum. »Hast du das gehört?«

»Das ist nur der Wald«, sagte Margaretha. Doch etwas in ihrer Stimme verriet, dass sie beunruhigt war. »Bestimmt irgendein Tier. Ein Reh oder ein Eichhörnchen.«

»Wahrscheinlich hast du recht«, sagte Kaspar und ging voran. Doch immer wieder drehte er sich um, und obwohl er zwischen den Ästen und Zweigen, den Büschen und dem Unterholz nichts entdeckte, wurde er den Gedanken nicht los, dass ihnen jemand auf den Fersen war.

Kaspar saß mit Lina auf der Schaukel, hielt sie fest und schwang leicht hin und her. Seine Frau sprach währenddessen mit Gesche und erzählte von den Nächten, in denen Lina brüllte und sich von nichts und niemandem beruhigen ließ.

»Ich habe alles versucht. Ich stille sie, ich schaukele sie, ich singe ihr etwas vor. Aber sie reagiert nicht!«

Jetzt fühlte Kaspar eine Hand auf seiner Schulter. »Darf ich mir euer Kind anschauen?« Gesche beugte sich über Lina.

»Gesche, wie ist es dir ergangen?«, fragte Kaspar, doch die alte Frau bedeutete ihm mit einer Handbewegung zu schweigen. Ihr Haar war krauser als in seiner Erinnerung, auf der Stirn vertieften sich die Falten, und ihre Hände waren ein wenig runzelig geworden. Ob man im Wald schneller alterte als im Dorf?

»Na, meine Kleine?«, flüsterte Gesche. Das Kind entdeckte sie, sobald die alte Frau ihr Gesicht in sein Blickfeld schob.

»Ja, wo haben deine Eltern dich denn hingebracht, hm?« Gesche lachte, und auch Linas Mund öffnete sich zu einem zahnlosen Grinsen.

»Sie hat die Schönheit ihrer Eltern«, murmelte Gesche, während sie ihr Ohr auf die Brust des Kindes legte. Sie schaute sich die Kleine genau an, sah in ihren Mund hinein und in ihre Ohren. Dann schnipste sie plötzlich. Lina verzog keine Miene. Dennoch schnipste sie immer wieder: auf Höhe ihrer Stirn, ihres Bauches, ihrer Füße, ihres rechten und ihres linken Ohrs – doch egal, wie laut das Schnipsen war, Lina schaute weiterhin gespannt in Gesches Gesicht.

Langsam richtete die alte Frau sich auf.

Kaspar sah sie fragend an. »Ist sie gesund? Hast du eine Idee, was wir für Lina tun können?«

Gesche schwieg und ließ nur den Kopf ein wenig sinken.

»Kannst du uns vielleicht etwas geben, das sie nachts beruhigt?«, fragte er weiter.

»Natürlich«, sagte Gesche zögernd. »Ich gebe euch Kamille und Fenchel mit.«

Und dann hörte Kaspar, wie Margaretha schluchzte. Er sprang mit dem Kind auf dem Arm auf und ging zu ihr hinüber.

»Margaretha ... Warum ...?« Natürlich wusste er die Antwort längst. Doch etwas in ihm wollte sie nicht zu Ende denken.

»Dass Lina viel schreit, ist normal. Es gibt laute und leise Kinder, sie ist eben ein lauteres. Aber ich habe leider einen anderen Verdacht«, sagte Gesche.

Am liebsten hätte Kaspar ihr den Mund verboten. Die Alte sollte schweigen. Er wünschte, die Zeit zurückdrehen zu können und gar nicht erst hierher aufgebrochen zu sein. Als könnten die Dinge erst wahr werden, wenn er sie erfuhr. Mit einem Mal kam ihm Gesches Schaukel gefährlich vor, ihre Hütte unheilvoll, der Wald düster. Und dann sprach Gesche weiter: »Es ist gut möglich, dass euer Kind nicht hören kann.«

»Wie … meinst du das?« Doch seine Frage ging in einem lauten Aufschrei von Margaretha unter.

»Nein, das darf nicht sein!«, rief sie und sank auf die Knie. »Sie darf nicht sterben!«

Überrascht starrte Kaspar sie an. »Aber …« Jetzt verstand er gar nichts mehr.

Gesche setzte sich neben Margaretha und streichelte ihren Kopf.

»Sie wird deswegen nicht sterben, Margaretha. Ich weiß, dass du immer wieder an den kleinen Christian denken musst.«

»Er war auch taub, Gesche, du hast es selbst gesagt.«

»Wer ist Christian?«, fragte Kaspar, doch die Frauen ignorierten ihn.

»Christian war taub, ja. Aber er war auch ein schwaches Kind. Er ist zu früh geboren worden und nie richtig zu Kräften gekommen. Es war ein Wunder, dass er die Geburt überlebt hat. Das Gleiche muss bei Lina nicht passieren. Schau dir an, wie fröhlich sie ist und wie laut sie schreien kann.«

Margaretha wischte sich die Tränen aus den Augen. »Sehr laut.« Sie lachte leise.

»Lina ist ein gesundes Kind.«

»Kann ein Kind gesund sein, wenn es nicht hören kann?«

»Aber sicher kann es das!«

Margaretha fuhr sich durch die Haare. »Sie wird eine Taubstumme sein! Wie der schwachsinnige Samuel im Nachbardorf! Jeder macht sich über ihn lustig, er gibt Geräusche wie ein Tier von sich und begreift gar nichts! Er darf noch nicht einmal in die Kirche gehen!«

»Nein, Margaretha. Sie wird Lina Rockstroh sein. Sie wird alles begreifen, was ihr beide ihr beibringt. Denn das Wichtigste ist: Sie hat euch. Sie zählt auf euch, und sie hat das große Glück, dass gerade ihr Linas Eltern seid.«

Margaretha atmete tief durch. Dann rappelte sie sich auf und nahm Kaspar das Kind aus dem Arm. »Das stimmt«, flüsterte sie. »Sie hat uns.«

Gedankenverloren ging sie ein paar Schritte mit Lina. Kaspar hingegen blieb stehen. Er wartete darauf, zu begreifen, was Gesche ihnen gerade offenbart hatte. Da musste doch ein Groschen fallen, dachte er. Sorge oder Ärger, irgendwas. Doch in Kaspar war es ganz still.

»Komm mit mir, Kaspar.« Gesche legte ihren Arm um ihn und zog ihn ein paar Meter mit sich. Gackernd wichen die Hühner ihren Schritten aus. Lina kann das nicht hören, dachte er unwillkürlich. Sie weiß nicht, ob der Wind in den Blättern raschelt oder irgendwo ein Baumstamm bricht. Sie ist ganz in Stille eingehüllt.

»Ich glaube, es wird Zeit, dass ich dir etwas erzähle. Du fragst dich, wer Christian ist und was das alles bedeutet?«

Kaspar schüttelte den Kopf. »Nein. Ich weiß es schon. Lina ist nicht Margarethas erstes Kind. Sie hat mir nie von Linas Bruder erzählt, aber ich glaube, ich verstehe es jetzt.«

Gesche blieb stehen und musterte ihn mit ihrem blauen und ihrem braunen Augen.

»Christian hatte wahrscheinlich denselben Vater wie Lina. Ich frage mich nur ... warum wurden sie beide taub geboren?«

Gesche stemmte die Hände in die Hüften und blickte an ihm vorbei in die Bäume. »So etwas kommt häufiger vor, wenn die Eltern eines Kindes ... miteinander verwandt sind«, sagte sie leise.

Kaspar presste die Lippen zusammen. Und aus der Stille, die sich zuvor in ihm breitgemacht hatte, erwuchs nun endlich ein Gefühl. Er ballte die Hände zu Fäusten.

»Wie konnte Wilhelm ihr das antun?«, presste er hervor. »Ich werde dafür sorgen, dass er nie wieder auch nur in Margarethas Nähe kommt! Oder in die Nähe meiner Tochter. Wenn er Margaretha oder Lina auch nur ansehen sollte, werde ich ...«

Gesches Mund verzog sich zu einem Lächeln. »Du bist ein guter Junge, Kaspar. Dass du trotz allem auf ihrer Seite bist und zu Lina hältst ...«

Überrascht sah Kaspar sie an. »Wir sind eine Familie.«

Gesche schüttelte den Kopf. »Welchen Mann kennst du, der das so sehen würde? Nenn mir nur einen Mann außer dir!«

Kaspar zuckte mit den Schultern. »Mir ist egal, was die Männer im Dorf entscheiden würden. Ich bin so, wie ich bin.«

Gesche schmunzelte und tätschelte ihm den Oberarm. Doch mitten in der Bewegung hielt sie inne.

»Hörst du das?«, fragte sie mit gerunzelter Stirn. Kaspar folgte ihrem Blick. Raschelte es im Unterholz?

»Wer ist da?«, fragte Gesche laut.

Margaretha war wenige Schritte von ihnen entfernt stehen geblieben und starrte nun ebenfalls ins Gestrüpp. »Ich glaube, da ist niemand«, sagte sie dann leise.

Gesche seufzte. »Ich dachte schon ... ach, nicht so wichtig. Ich werde alt.«

In den darauffolgenden Tagen hatten Kaspar und Margaretha nur Augen für Lina. Sie wiegten sie hin und her, hielten mitten im Singen inne und kraulten ihr stattdessen das Bäuchlein. Sie überlegten, welche Gesten sie Lina einmal beibringen würden, wenn sie alt genug wäre, und wie sie ihr die Welt zeigen könnten. Sie konnten ihr schließlich nicht von ihr erzählen, sie würden ihr alles vorführen müssen. Kaspar lachte, während er sich Handzeichen für »Mama« – das Streicheln der eigenen Wange – und für »Papa« – ein Stupser auf die Nase – ausdachte. Während sie einander vorführten, wie sie »Ernte« oder »Saat« darstellen würden. Und dann weinte Margaretha, weil sie Angst hatte vor der Reaktion der Dorfbewohner und der Herausforderung, die vor ihnen stand. Sie machte sich Sorgen, dass Lina immer trauriger werden könnte, sobald sie begriff, wovon sie alles ausgeschlossen war. Ob die Gleichaltrigen wohl mit ihr spielen würden? Ob sie später das Feld bestellen und Gemüse verkaufen könnte? Ob der Pfarrer sie in die Kirche lassen würde? Ob Gott ihre Gebete wohl erhören würde?

Kaspar versuchte, Margaretha Mut zuzusprechen. Sie hatten so viele Sorgen, dass sie nicht mitbekamen, was in der Kneipe getratscht und in der Spinnstube geflüstert wurde. Bis Amalie es ihnen sagte.

»Man erzählt sich, dass Gesche lebt.«

Kaspars Stirn legte sich in Falten. »Woher wissen sie das?«, knurrte er.

»Papa behauptet, er hätte sie gesehen und wüsste genau, wo sie wohnt.«

Margaretha griff fest nach Kaspars Unterarm. »Das darf nicht wahr sein!«

»Er behauptet, er könnte jedem den Weg zeigen, der die alte Hexe sehen wolle.«

»Gut.« Kaspar rieb sich einmal kurz über das Gesicht, dann nickte er. »Ich werde mich darum kümmern.«

15. Kapitel

Franz Stollwerck stand im Verkaufsraum seiner Bäckerei, stemmte die Hände in die Hüften und sah sich um. So langsam nimmt dieser Ort Form an, dachte er zufrieden. Die Wände waren hellgelb gestrichen, und auf dem Boden glänzten die Dielenbretter. Sein Freund Heinrich hatte einen hübschen Tresen gezimmert: Die Vorderseite war mit einem Blumenmuster verziert, und auf der abgeschliffenen Fläche thronte ein Aufbau, auf dem Franz süßes Gebäck anbieten würde. An der Wand lehnte ein Regal aus dem gleichen Erlenholz, in dem das Brot präsentiert werden konnte. Sogar die Griffe der Türen unter dem Regal waren hübsch geschwungen. Besonders stolz war Franz aber auf den großen Holzofen in der Ecke und den eleganten Brotschieber.

Er ging zum Regal hinüber und strich über das Holz. Nächsten Montag könnte er die Bäckerei eröffnen. Heinrich musste nur noch den Aufsatz auf dem Tresen festschrauben, und Anna Sophia wollte den Raum noch mit Blumen und Deckchen verzieren. In der Zeit würde er allerlei Zutaten kaufen und seine Pläne zum ersten Angebot verfeinern. Er hatte so viele Ideen! Gedankenverloren öffnete er die Tür des Schränkchens zu seinen Füßen – und sah, wie ihm etwas Kleines entgegenhuschte. Er stolperte zurück, stieß gegen den Tresen und hörte, wie der nur locker darauf stehende Aufsatz hinunterkrachte. Erschrocken fuhr er herum: Durch den Sturz war ein Fuß der Konstruktion zerbrochen.

»So ein Mist!«, fluchte er – und erschrak von Neuem. Denn nun huschte die Maus, die ihn gerade überrascht hatte, mit einem unendlich langen Schwanz über den Aufsatz und verschwand in der anderen Ecke des Raums. Franz stolperte über die geöffnete Schranktür, fiel gegen das Regal und konnte gerade so ein Brett in der Luft auffangen, bevor es ihm noch auf den Kopf fiel. Er lehnte sich gegen die Wand und atmete tief durch. Etwas in ihm wollte lachen über sein eigenes Ungeschick, etwas in ihm war aber auch wütend. Was hatte diese Maus hier verloren? Er beugte sich vor, sah noch einmal in den Schrank und schnaubte. Das konnte doch nicht wahr sein! In der hinteren Ecke drückten sich zwei weitere Nager herum! Der Boden war voller Mäusekot, und die Wände waren bereits angefressen. Er stöhnte auf. Er hasste Mäuse. Sobald es um ihn her huschte und krabbelte, musste er an den Kramladen seines Vaters denken und an die dunkelste Zeit, die er erlebt hatte. Es war ein kalter Herbst gewesen, in dem kaum jemand ins Geschäft gekommen war. Bis in den Laden hinunter hatte man das jüngste Kind Carl damals schreien hören. Die Familie hatte zu wenig Essen im Haus, nur all dieses Salz und das Paprikapulver, das kein Mensch kaufen wollte. Franz erinnerte sich noch an den nagenden Hunger in seinem Bauch und seine ewig kalten Füße. Im Vorjahr war bereits sein kleiner Bruder an einem Keuchhusten gestorben. Nur wenige Monate später wurde Carl geboren. Er war zwar nicht krank, doch ebenfalls ein zu klein geratenes Kind. Sein Vater befürchtete von Anfang an, dass auch er sterben würde.

»Wir können ihn nicht ernähren«, stellte er ruhig und sachlich fest. »Oder möchtest du ihn stillen?«

Franz' Mutter arbeitete zwölf Stunden am Tag in der Brauerei ihres Vaters, um den Verlust des Kramladens auszugleichen. Der Junge lag dabei in seiner Wiege in der Ecke. Jetzt schniefte Christina. »Ein bisschen Würde habe ich noch«, sagte sie. Und etwas leiser fuhr sie fort: »Und selbst wenn ich es wollte – es würde wohl kaum gehen …«

Sie hatte eingefallene Wangen und spitze, dünne Schultern. Zwar fütterte sie Carl weiterhin hoffnungsvoll mit dem Gemisch aus Mehlbrei und Zuckerwasser, mit dem alle Kinder in der Nachbarschaft aufwuchsen, doch er schien ihn nicht zu vertragen. Immer wieder spuckte er ihn aus. Er wurde immer schmaler und schien beinahe zu verschwinden. Am Tag, an dem er starb, stand Franz' Vater müde und reglos im Laden, und die Mäuse huschten über den Fußboden und knabberten die Gewürzsäcke an.

So weit würde Franz es niemals kommen lassen – das hatte er sich schon oft geschworen. In seinem Haus würde es immer genügend Essen geben. Seine Bäckerei würde erfolgreich werden. Sie sollte die Menschen zu jeder Zeit anziehen, dafür würde, nein, dafür musste er sorgen.

Er seufzte, als er an die vielen Streitereien dachte, die er wegen seiner Pläne mit seinem Vater gehabt hatte. Nikolaus hatte ihn unbedingt davon abhalten wollen, eine Bäckerei zu eröffnen. Doch als auch Johannes ihn mit ungewöhnlich fester und feierlicher Stimme darum gebeten hatte, seinen Söhnen nur einmal zu vertrauen, Johannes den Kramladen zu überlassen und Franz seine Träume, da hatte er endlich nachgegeben. »Dann mach«, hatte er zu Franz gesagt. »Aber sag später nicht, ich hätte dich nicht gewarnt. Es wird schwer werden. Sehr schwer. Und wahrscheinlich wirst du am Ende scheitern.«

»Franz, ist alles in Ordnung?« Anna Sophia stand mit einem Mal im Laden und schaute erstaunt zu ihm hinunter. Sie trug das schwarze Festkleid, das sie auch auf ihrer Hochzeit angehabt hatte. Statt des Schleiers thronte aber ein eleganter Hut mit einer großen Stoffblüte auf ihrem Kopf. Er stand auf.

»Natürlich«, brummte er und klopfte sich den Frack sauber.

»Oh, was ist mit dem Aufsatz passiert?«

»Er hat mich hinterrücks angegriffen, der Feigling.« Er rieb sich das Kinn und grinste. »Heinrich wird das hoffentlich richten. Außerdem müssen wir ein paar Mäuse loswerden.«

Anna Sophia verzog das Gesicht. »Meinst du, wir müssen die Eröffnung verschieben?«

»Unter keinen Umständen!«

Dann wies er zur Tür, öffnete sie und ließ Anna Sophia auf die Straße hinaustreten.

Es war ein sonniger Tag. Ihre Kleidung war zu warm, doch heute wollten sie festlich aussehen, und eine andere Garderobe hatten sie nicht. Franz und Anna Sophia standen gemeinsam mit Franz' Freunden und Anna Sophias Schwester Wilhelmine inmitten einer großen Menschenmenge am Thürmchenswall hinter Kölns Stadtmauer. Alle sechs versuchten sie, über die Köpfe der Menschen hinweg die provisorische Holzkonstruktion zu erkennen. Während Franz seinen Freunden von den Nagern in seinem Schrank erzählte, reckten sie sich allesamt, doch das Meer aus Hüten machte es ihnen unmöglich, etwas anderes zu sehen als Krempen, Bänder und Kniffe. Hier und da entdeckte Franz fliegende Händler und Bader, die versuchten, fragwürdig aussehende Salben und Tinkturen zu verkaufen. Und tatsächlich konnte er auch einige Personen beobachten, die ihnen für diese trüben Flüssigkeiten in klebrig wirkenden Fläschchen ihre Münzen in die Hände drückten. Er spähte zu Anna Sophia in ihrem Hochzeitskleid hinüber, und in seinem Körper breitete sich ein warmes Gefühl aus. Diese elegante Frau hatte ihn tatsächlich geheiratet, sie stand an seiner Seite! Noch immer wurde ihm ein wenig schwindelig, wenn er sich diese Entwicklung vergegenwärtigte. Anna Sophias dicke Haare lugten unter ihrem Hut hervor, und ihre Wangen glänzten.

»Was geschieht dort?«, fragte Koloman.

»Ich weiß es nicht«, antwortete Theodor, der Größte von ihnen.

»Wie soll ich denn so über dieses Ereignis berichten?« Koloman kaute nervös an seinem Bleistift.

»Wir müssen näher ran«, stellte Heinrich fest.

Franz sah von einem zum anderen, dann in Anna Sophias und Wilhelmines erhitzte Gesichter. Er griff nach Anna Sophias Hand. »Kommt mit!«

Dann begann er, sich einen Weg durch die Menschenmenge zu bahnen. »Bitte entschuldigen Sie – wir müssen dringend nach vorn. Dürfen wir kurz? Ja, die Angelegenheit erlaubt leider keinen Aufschub. Entschuldigen Sie bitte, vielen Dank, Danke! Es geht leider nicht anders, es ist wirklich sehr wichtig. Bitte, dürfen wir?« Kurz sah er sich um: Alle fünf waren dicht hinter ihm, er hatte noch niemanden verloren. Dann erblickte er zu seiner Rechten die Eisenbahn. Sie befand sich neben dem hölzernen Bahnhofsgebäude, für ihre Jungfernfahrt bereit. Ganz vorn entdeckte er zwei Lokomotiven mit langen Schloten und großen Treibrädern. Sie würden die Wagen ziehen, die an ihnen befestigt worden waren. Franz zählte zwei geschlossene, drei bedeckte und drei gänzlich unbedeckte Wagen.

»All diese Menschen ...«, riss ihn Anna Sophia aus seinen Gedanken. Beeindruckt schaute sie in die Menge. Die Leute standen in ihren Sonntagskleidern dicht an dicht. »Stell dir einmal vor, wir hätten an diesem Ort unsere Bäckerei.« Sie schüttelte den Kopf. »Wie viele Menschen wir dann erreichen würden!«

»Eine schöne Idee«, brummte Franz anerkennend.

»Es sollte doch eine Rede gehalten werden. Nur wo?«, meldete sich hinter ihm nun Koloman zu Wort.

»Du bist ja ausgezeichnet vorbereitet, Herr Schreiberling!« Franz boxte Koloman grinsend gegen die Schulter.

»Bestimmt im Bahnhofsgebäude. Da darfst du mit deinem Auftrag doch sicherlich rein«, rief Wilhelmine.

Koloman schaute sie zerstreut an. »Ja, also, das ... vielleicht ... sicherlich.«

»Na, dann aber schnell weiter!«, entschied Franz und führte sie – nun unter Einsatz seiner Ellenbogen – bis an die Tür des hölzernen Bahnhofsgebäudes.

»Dürfte ich? Ganz kurz – danke. Entschuldigung?«

Nur an einer Schulter prallte er ab.

»Ich möchte doch sehr bitten!« Victor Mertens drehte sich mit hochrotem Gesicht zu ihnen um. Wie schnell diesem Mann das Blut ins Gesicht schoss! Sein Bruder überragte ihn um gut einen Kopf und schaute eher neugierig als verärgert auf Franz hinab.

»Schon gut, schon gut, gehen Sie nur!« Franz hob beide Arme und ließ die Mertens zähneknirschend vor ihnen das Bahnhofsgebäude betreten. Natürlich waren die feinen Herrschaften auch hier.

»Herr Mertens und Herr Mertens, wie schön, Sie begrüßen zu dürfen!«, säuselte ein junger Mann am Eingang. Er trug Frack und Zylinder und deutete zwei Verbeugungen an. Ohne ihn anzusehen, gingen die Mertens an ihm vorbei.

»Und Sie sind?«, wandte sich der Mann dann an Franz.

»Also, tatsächlich ist es von immenser Wichtigkeit, dass wir schnell eingelassen – «

»Dr. Koloman Witt«, unterbrach ihn sein Freund und drängte sich an ihm vorbei. »Wir arbeiten für die Kölnische Zeitung.«

Der Herr sah mit großen Augen von Koloman zu Franz, Heinrich, Theodor und den beiden Frauen. »Sie ... alle arbeiten für die Kölnische Zeitung?«

Koloman strich sich die fettigen Haare hinter das Ohr und reckte das Kinn. »Sie gehören zu mir.«

Und Theodor erklärte mit wichtiger Miene: »Sie wissen doch selbst: Es ist ein historisches Ereignis.«

»Zwölf Ohren hören nun mal mehr als zwei. Und sechs Hände können mehr notieren als eine«, fiel Wilhelmine ein.

Franz schmunzelte. Seine Schwägerin war wirklich vorlaut. Sicher glaubte der Mann längst, sie machten sich über ihn lustig. Auch Koloman starrte Wilhelmine mit offenem Mund an, doch Franz hatte so eine Ahnung, dass das Staunen seines Freundes durchaus wohlwollend war.

»Wir ... ähm ... sollten uns nun beeilen.« Koloman griff Wilhelmine am Arm und zog sie mit sich. Schnell folgten Franz und die anderen ihnen.

»Dann ... herzlich Willkommen«, rief der Mann ihnen noch hinterher.

Die Stühle im Raum waren allesamt belegt. Natürlich saßen die Mertens ganz vorn – aber nur in der zweiten Reihe am Rand. Sie waren wohl nicht die wichtigsten Geldgeber für den ersten Kölnischen Bahnhof, überlegte Franz. Hinter ihnen drängten mehr und mehr Menschen in die Halle, also drückten sich Franz und die anderen an der Wand entlang und ließen sich immer weiter nach vorn schieben. Bald konnten sie das kleine Podium aus nächster Nähe sehen. Allerdings standen sie nach Franz' Geschmack nun viel zu nah an den Mertens – sogar ein Schwall ihres Kölnisch Wassers drang ihm in die Nase. Er sah zu seinen Freunden: Koloman neben ihm zückte gerade den Bleistift, Heinrich und die Frauen sahen sich gespannt im Raum um, doch Theodor konnte seinen Blick nicht von den Mertens lösen.

Victor Mertens unterdrückte ein Seufzen. Er hatte nun wirklich keine Kraft für diese Veranstaltung. All die Menschen! All die Reden! Ihn interessierte es nicht, was dieser Präsident der Rheinischen Eisenbahngesellschaft zu sagen hatte. Er wollte so schnell wie möglich zum interessanten Part übergehen und sich dann in sein Kaminzimmer zurückziehen. Was er heute brauchte, war Branntwein. Viel Branntwein. Und seine Ruhe.

»Wie geht es denn Sybille?«, fragte sein Bruder Ferdinand.

»Wie soll es ihr schon gehen?«, brummte Victor.

»Und eurem Kind?«

Victor sah Ferdinand an. Sogar unter seinem Hut lugte noch die volle Mähne hervor. Sein Bruder konnte wirklich zu den unpassendsten Gelegenheiten die schlimmsten Fragen stellen. Er wandte den Blick wieder ab und musterte stattdessen den Präsidenten Friedrich von Ammon. Furchtbare Weste, dachte er. Die Knöpfe waren viel zu klein. Und was war das bitte für eine schmierige Frisur? Sein Haar war streng und affig nach hinten frisiert. Dann doch lieber gar keine Haare, dachte er. »Die Eisenbahnen sind dazu berufen, als ein starkes Band die Völker immer mehr miteinander zu vereinigen und ihre divergierenden Interessen auszugleichen – man muss aber vorangehen, um nicht von anderen Ländern überflügelt zu werden!«, erklärte von Ammon.

»Victor, ist alles in Ordnung mit der Kleinen?«, flüsterte Ferdinand neben ihm.

Victor schluckte. Ferdinand hatte seine Tochter in all der Zeit noch nicht gesehen – natürlich nicht. Victor hatte zunächst nachdenken müssen. Und aus einer Woche Bedenkzeit war schnell ein Monat und dann ein Jahr geworden. Aber so konnte es nicht weitergehen, das wusste er. Es war ihm schon immer schwergefallen, seinem Bruder etwas zu verheimlichen.

»Aller Anfang ist klein und nur eine kleine Strecke der großen Bahn wird heute eröffnet«, fuhr von Ammon unbeirrt fort.

»Ist etwas passiert?«, fragte Ferdinand weiter.

Victor schluckte, dann gab er sich einen Ruck. »Das Kind ist gestern gestorben«, erklärte er.

Ferdinand senkte den Blick und schüttelte den Kopf. »Mein Beileid«, sagte er.

»Heute führt die Freude unseren Zug, aber der Ernst wird ihn weiterführen, und die Wohlfahrt des Landes wird seinen Fersen folgen«, schien von Ammon zu antworten. Victor verdrehte die Augen. Wie pathetisch dieser Präsident war!

Ferdinand flüsterte: »Es ist tragisch, wie viele Kinder sterben, findest du nicht? Erst gestern ist das vierte Kind meiner Schwägerin gestorben. Und letzte Woche hat unser Bediensteter doch drei tote Kinder im Brunnen gefunden!«

»Tja«, machte Victor. »Der Herr gibt, der Herr nimmt, nicht wahr?«

Ferdinand wiegte den Kopf hin und her. »Allerdings habe ich etwas anderes gehört.«

Victor sah ihn fragend an.

»Ist dir das etwa noch nicht zu Ohren gekommen?«

»Was meinst du?«

»Natürlich, in den Zeitungen steht davon ja auch nichts. Die Juden wollen schließlich unter keinen Umständen, dass das ans Licht kommt.«

»Die Juden?«

Jetzt rückte Ferdinand näher an ihn heran. »Kennst du nicht die Holzskulptur im Kölner Dom? In der Seitenwange des Chorgestühls! Da wurde es schon vor Jahrhunderten dargestellt. Du weißt gar nichts von den Ritualmorden?«

Victor brummte überrascht. »Natürlich, aber ich dachte, das wäre widerlegt!«

Vor ihm wandte sich ein Mann um. Sicherlich wollte er gerade um mehr Ruhe bitten, doch als der Fremde erkannte, wer da hinter ihm saß, drehte er sich ohne ein Wort wieder um.

»Keineswegs. Führende Gelehrte beschäftigen sich derzeit wieder mit Tötungsfällen zahlreicher Christenkinder.«

»Und die Juden sollen …?«

Ferdinand nickte gewichtig. »Man sagt, sie brauchen ihr Blut.«

Gerade hob Friedrich von Ammon seine Stimme an: »Raum und Zeit verschwinden. Ferner Länder Schönheiten treten uns nahe, Völker reichen sich brüderlich die Hand im Austausche dessen, was Natur und Industrie einem jeden Eigentümliches geben.«

»Wofür brauchen sie ihr *Blut*?«

Ferdinand zuckte mit den Schultern. »Man weiß es nicht genau. Möglicherweise verwenden sie es zu vorgeblich magischen Zwecken oder bei ihren jüdischen Feierlichkeiten.«

Mit dem Wort »Vorwärts!« beendete von Ammon seine Rede, und während der Applaus einsetzte, sagte Victor noch etwas lauter zu Ferdinand: »Das passt zu denen. Der Göttinger Philosoph Christoph Meiners hat seinerzeit erklärt, diese Rasse könne über den Orang-Utans und den Mongolen eingestuft werden. Wenn ich das so höre, müsste er seine Einteilung vielleicht überdenken!«

Kaum hatte er zu Ende gesprochen, da stürzte ein großer Mann auf ihn zu. Victor wurde am Kragen gepackt, hochgezerrt – und dann traf ihn eine Faust mitten im Gesicht.

Franz sah sich um. In den Applaus mischten sich einige Rufe. Ein Raunen ging durch die Menge, und nachdem Franz so gebannt an den Lippen des Präsidenten gehangen hatte, sah er nun endlich, was da vor sich ging. Theodor hatte sich auf Victor Mertens gestürzt! Sofort hasteten er und Heinrich hinter ihm her und versuchten, Theodor von ihm wegzuziehen. Doch ihr Freund entfaltete ungeahnte Kräfte: Mit Wucht schlug er immer wieder auf Mertens ein.

»Theodor, hör auf! Komm schon, was soll denn das?« Im Augenwinkel sah Franz, dass sich zwei Polizisten einen Weg durch die Menschenmenge bahnten.

»Hör schon auf«, rief Heinrich.

Theodor hielt Mertens, der wild herumfuchtelte und stöhnte, am Kragen gepackt, und holte wieder und wieder aus, um ihm ins Gesicht zu schlagen. Blut tropfte ihm aus Nase und Lippe. Dann hörte Franz das laute Krachen von Holz.

»Nein!«, schrie Franz, doch da schwang Ferdinand Mertens schon ein abgebrochenes Stuhlbein durch die Luft und schlug mit voller Wucht auf Theodors Kopf ein. Ein paar Schritte taumelte Theodor, und Franz und Heinrich versuchten, ihn zu stützen. Dann sackte er in ihren Armen zusammen.

»Nehmt ihn fest«, sagte Ferdinand mit kalter Stimme zu den Polizisten, die soeben bei ihnen angekommen waren. »Dieser Jude hat meinen Bruder grundlos angegriffen.«

Kaspar Rockstroh fand Wilhelm am Nachmittag am Rande seines Gerstenfeldes. Dessen Familie, Knechte und Mägde hatten ganze Arbeit geleistet: Seit den frühen Morgenstunden waren die Männer mit der Sichel über das Feld gegangen, die Frauen hatten die Ernte zu Garben zusammengebunden und zu kleinen Hocken aufgestellt. Mittlerweile waren die Erntehelfer abgezogen, und Bauer Wilhelm ging prüfend durch die Reihen. Hier und da korrigierte er eine Hocke oder sammelte herausgefallene Halme auf, um sie ebenfalls zusammenzubinden. Als Kaspar näher kam, sah er, dass Wilhelms Schlapphut staubig, Gesicht und Hände erdig waren.

»Was willst du hier?«, rief der Bauer Kaspar entgegen.

»Ich will mit dir reden.« Kaspar schob die Hände in die Hosentaschen und kaute auf einem Strohhalm.

»Ha!« Wilhelm drehte ihm den Rücken zu, um eine weitere Garbe festzubinden.

»Ich will, dass du Gesche in Ruhe lässt.« Kaspar sprach ruhig, aber bestimmt weiter. Doch Wilhelm schien es kaum zu hören. Er richtete sich auf, besah sein Werk und ging dann zu seinem Handkarren hinüber, auf dem Sicheln, Seile und Gabeln lagen.

»Lass mich in Ruhe, Kaspar Rockstroh«, brummte er und machte sich auf den Weg in Richtung Dorf. Kaspar warf seinen Strohhalm weg. Es schien, als müsste er deutlicher werden.

»Bleib stehen, wenn ich mit dir rede!«, sagte er, während er dem Bauern folgte, doch Wilhelm lachte nur. Kaspar fuhr fort: »Ich möchte, dass du niemandem von Gesche erzählst.«

»Und was kümmert's mich, was du möchtest?« Wilhelm ging weiter; die Holzräder seines Karrens rumpelten über den Weg.

Kaspar schaute sich um. Weit und breit war niemand zu sehen. Gleich befanden sie sich auf Höhe des Brunnens, das Dorf war allerdings noch eine halbe Meile entfernt.

»Es sollte dich kümmern«, knurrte Kaspar. »Denn wenn du dich nicht daran hältst, kriegst du es mit mir zu tun.«

Wilhelm lachte, und sein Lachen wurde mit jedem Schritt lauter.

Der Bauer musste endlich begreifen, wie ernst es ihm war, dachte Kaspar. Also machte er einen Satz nach vorn und nahm Wilhelm in den Schwitzkasten. Fest drückte er ihm seinen Unterarm gegen die Kehle, so dass Wilhelm röchelte, den Karren losließ und mit den Armen um sich schlug.

»Du wirst auf mich hören«, flüsterte Kaspar und zog ihn vom Weg hinunter, durch das hohe Gras bis zum Brunnen.

»Hör mir jetzt gut zu.« Kaspar lehnte am Brunnen und hielt den Hals des Bauern, der erstickt keuchte, eng umschlungen. »Du lässt Gesche in Ruhe. Du schwörst es mir, dann passiert dir nichts. Doch wenn du deinen Schwur brichst, dann bringe ich dich um, hast du verstanden? Und ich werde jedem sagen, was du deinen eigenen Kindern antust. Jeder im Dorf wird es erfahren, und du wirst als Wilhelm, der Schänder von Höhenforst, in Erinnerung bleiben. Hörst du?« Kaspar war selbst überrascht darüber, wie ruhig er in diesem Moment klang.

Der Bauer japste. Kaspar löste seinen Griff, fasste Wilhelm mit beiden Händen am Kragen und drückte ihn so fest gegen den Brunnen, dass der Oberkörper des Bauern über der dunklen Öffnung hing.

»Du wirst niemandem etwas sagen, und du wirst dich von deinen Kindern und Enkelkindern fernhalten, verstanden?«

Wilhelms Gesicht war hochrot, seinen Hut hatte er schon auf dem Weg verloren, und von seiner Schläfe tropfte der Schweiß.

»Schwör es mir!«, forderte Kaspar und drückte den Bauern noch tiefer in die Öffnung hinein. Mit rot geäderten Augen starrte Wilhelm ihn an. Die Ader auf seiner Stirn pochte. Dann verzog er den Mund zu einem breiten Grinsen. »Du kannst mich mal«, presste er hervor. Also gab Kaspar seinem Körper einen festen Stoß – und Wilhelm fiel rücklings in den Brunnen hinein.

Erst hörte er, wie Stoff am Stein entlang ratschte, dann, weit unten, ein Platschen. Kaspar lauschte. Langsam beruhigte sich das Wasser in den Tiefen, nur sein Herz hämmerte, und sein Atem ging schnell.

»Wilhelm?«, fragte er dann.

Im Brunnen rührte sich nichts. Kaspar versuchte, seinen Atem zu beruhigen.

»Wilhelm!«

Er raufte sich die Haare und stützte sich am Brunnenrand ab. Doch unter sich erkannte er nichts als Schatten in der Dunkelheit.

Alles blieb still. Kaspar atmete tief ein und aus. Hatte er das Richtige getan? Wie würde es Margaretha damit gehen? Ihm war ganz heiß, seine Hände schwitzten. Und dann hörte Kaspar, wie das Wasser gegen den Stein schwappte, gefolgt von einem tiefen, kehligen Keuchen. Kaspar atmete erleichtert auf.

»Hol mich sofort hier raus!«, brüllte Wilhelm.

»Ich hole dich raus, wenn du schwörst, Gesche und deine Familie in Ruhe zu lassen«, rief Kaspar.

»Ich werde dir gar nichts schwören!«

»Gut«, antwortete Kaspar und drehte sich um. Er sammelte Wilhelms Hut auf und warf ihn auf den Handkarren.

»He!«, vernahm er hinter sich einen dumpfen Schrei. »Wage es nicht, zu gehen! Wenn ich dich in die Finger kriege, kannst du dich auf was gefasst machen!«

Doch ohne sich umzusehen, nahm Kaspar den Griff des Karrens auf und lief zurück ins Dorf.

Victor Mertens drückte sich sein blütenweißes Taschentuch auf die noch immer blutende Lippe, während er und Ferdinand die Eisenbahn abschritten. Er fluchte leise. Sein Gesicht schmerzte, sein Hemd war blutbefleckt, und alle Welt starrte ihn an! Eigentlich waren für sie Sitze in der ersten Klasse vorgesehen. Im vorderen Teil der Bahn waren die Wagen geschlossen, und es gab laut Zeitungsberichten sogar Polstersitze!

Doch wegen des Trubels rund um die Verhaftung dieses Juden, der ihn aus dem Nichts angegriffen hatte, hatte sich ihre Ankunft an der Eisenbahn verzögert, und alle Plätze in der ersten Klasse waren bereits belegt.

Diese Veranstaltung war einfach miserabel organisiert, dachte Victor. Sie liefen nun an der zweiten Klasse vorbei: Die Wände waren hier aus Eisenblech, und durch die geöffnete Tür sah er, wie sich fünf Menschen auf einer Bank zusammendrängten. Auch hier war schon alles voll.

»Wir können doch nicht unterste Klasse fahren!«, schimpfte Victor. Ferdinand seufzte und stieß seinen Stock unbeirrt in den Boden, während er weiterlief. »Immer noch besser, als diese Fahrt ganz zu verpassen«, entschied er. Also folgte Victor ihm.

Als sie die Eisenbahn bestiegen und Victor sich neben Ferdinand in die hinterste Reihe quetschte, schnaufte er. Wenigstens hatten sie noch einen Platz im vordersten, offenen Wagen ergattern können. Er sah sich um: Ein Menschenmeer hatte sich hier versammelt, unzählige Hüte glänzten in der Sonne. Und all dieser Pöbel konnte ihn nun in diesem Zustand sehen!

Ein Zittern ging durch den Wagen. Victor hielt sich fest. Seine Nase pochte heftig.

»Wie lange fahren wir?«, fragte er seinen Bruder.

»Etwa zehn Minuten«, erklärte der.

»He, Mertens!«, rief eine Stimme neben ihm, und Victor drehte den Kopf. Das konnte doch nicht wahr sein! Neben den Gleisen stand dieser Judenfreund Stollwerck. Er hatte die Hände in die Hosentaschen geschoben, doch seine Augen funkelten wütend, während er Victor anstarrte.

»Schämst du dich nicht?« Er spuckte auf den Boden aus.

Vor Victor drehte sich nun ein buckeliger Mann um, dessen lange Haare fettig unter dem Hut hervorschauten. Victor sah, dass er einen Stift in der Hand hielt.

»Franz, lass es sein«, rief der Buckelige. War das nicht Victors seltsamer Cousin Koloman Witt?

»Was bist du nur für ein lächerlicher Hanswurst, Mertens!«, rief

Stollwerck dennoch, und nun drehten sich nach und nach sämtliche Fahrgäste und die Schaulustigen der ersten Reihen zu ihnen um.

»Kannst dich nicht Mann gegen Mann verteidigen und brauchst deinen kleinen Bruder, um dich zu wehren?« Stollwerck grinste spöttisch. Victor spürte, wie ihm heiß wurde. In seinem Kopf fiel die Stimme seiner Mutter in Stollwercks Tiraden ein. »Ist das etwa schon alles? Kannst du nicht mehr?« Er sah zu Ferdinand hinüber.

»Lass dich nicht provozieren«, sagte sein Bruder leise. »Ignorier ihn einfach.«

Plötzlich bebte der Wagen unter ihnen, und aus dem Schornstein der Lokomotive wurden riesige Dampfwolken ausgestoßen.

»Mein Freund ist noch immer ohnmächtig!«, rief Stollwerck. »Er wird ins Gefängnis geworfen – und das nur, weil du kein Mann bist! Du brauchst deinen kleinen Bruder und die Polizei! Hilfe, Hilfe, Herr Polizist, retten Sie mich!«

»Es reicht!«, brach es aus Victor heraus. Er stützte sich mit beiden Händen an der Balustrade ab und beugte sich zu Stollwerck hinunter. Langsam begann die Bahn, sich in Bewegung zu setzen. »Halt dein verdammtes Maul!«, schrie er aus Leibeskräften. Um ihn herum wichen die Leute überrascht zurück. Gleichzeitig quietschten die Räder auf den Gleisen und die Scharniere zwischen den Wagen.

»Das kannst du vergessen! Du musst schon runterkommen und es persönlich austragen. Aber das traust du dich ja nicht!« Jetzt grinste Stollwerck breit, während er neben der Bahn herging. Da hob Victor seine Faust. »Wenn du nicht sofort dein dummes Maul hältst, geht es dir genauso wie diesem verbrecherischen Juden«, setzte er an, und plötzlich stürzte Stollwerck auf ihn zu, fasste in den Stoff seines Fracks und zerrte ihn mit einem heftigen Ruck vom Wagen. Er fiel auf ihn, und dann rollten sie wild um sich schlagend über den Boden. Hin und her wälzten sie sich, Victor keuchte, schlug nach Stollwerck und spürte seine Faust am Kopf und im Bauch.

Dann hörte er die erschrockenen Schreie: »Stop! Vorsicht! Haaaaalt!«

Und in seinen Ohren kreischte es so laut, dass er zusammenzuckte und innehielt. Endlich zog jemand Stollwerck von Victor herunter, und er rappelte sich auf. Sein Herz raste, sein Atem ging stoßweise. Er schaute sich um: Alle Blicke waren auf ihn gerichtet, einige Frauen hatten erschrocken ihre Hände vor den Mund geschlagen. Er drehte sich um. Die beiden Männer waren der Eisenbahn während ihrer Rauferei gefährlich nah gekommen. Beinahe wären sie unter die Räder geraten. Auch auf dem Wagen schauten nun alle Gesichter zu ihm hinunter. Dann begriff er, dass die erste Fahrt der Eisenbahn in Köln wegen der Prügelei zwischen Franz Stollwerck und Victor Mertens gestoppt worden war. Diese Schmach, diese Peinlichkeit, ja, diese Demütigung würde er Stollwerck niemals verzeihen.

Victor Mertens klopfte sich notdürftig den Staub von den Kleidern und stieg wieder auf den Wagen. Wortlos setzte er sich. Im Augenwinkel sah er, dass Stollwerck von einem kleinen, glatzköpfigen Mann in die Menschenmenge gezogen wurde. Er atmete tief durch und hoffte inständig, dass dieser rabenschwarze Tag bald ein Ende haben würde.

Wieder bebte die Bahn, der Dampf wurde so laut zischend ausgestoßen, dass sich einige Gäste die Hände an die Ohren hielten, und dann fuhr sie noch einmal an. Victor starrte geradeaus. Langsam ließen sie die Menschenmasse mit ihren neugierigen Blicken hinter sich, und er atmete tief ein – nur um gleich darauf heftig zu husten. Der Dampf dieser Eisenbahn wurde ihm mitten ins Gesicht geweht! Wie sollte man denn so reisen?! Bald spürte er außerdem etwas Feuchtes auf dem Gesicht. Regen? Nein, der Himmel war nur leicht bewölkt, und diese Flüssigkeit war warm. Er fasste sich ins Gesicht, hob die Finger vor die Augen und runzelte die Stirn. Sie waren schwarz!

»Was ist das?«, fragte er Ferdinand.

Einige Menschen öffneten ihre Regenschirme und hielten sie über ihre

Köpfe. Schräg vor ihm drehte sich nun Koloman Witt um. »Das ist der Ruß aus den Schloten der Lok«, erklärte er. Warum redete er überhaupt mit ihnen? Victor hatte ihm jedenfalls nichts zu sagen.

»Haben wir einen Schirm dabei?«, fragte er seinen Bruder, doch der schüttelte den Kopf.

»Bitte, nehmen Sie meinen«, sagte Witt und reichte ihn nach hinten. »Wenn ich schreibe, kann ich ihn sowieso nicht halten. Ich arbeite nun für die Kölnische Zeitung, wissen Sie?«

Mertens runzelte die Stirn, brummte nur und hielt sich Witts Schirm über den Kopf. Hüstelnd und schwankend fühlten sich die zehn Minuten Bahnfahrt für Victor Mertens sehr lang an. Er schwieg und hielt den Schirm umklammert, bis sie endlich den Bahnhof Müngersdorf erreichten. Schon wieder Menschen, dachte er, als er jubelnde Zurufe hörte. Und unter lautem Quietschen und dem Donnern der dort aufgestellten Kanonen kam die Eisenbahn zum Stehen.

»Wo warst du?« Margaretha saß mit Lina auf der Bank vor dem Haus, sah ihm entgegen und hielt sich mit der freien Hand die Wange.

»Hast du Schmerzen?«, fragte Kaspar, ohne auf ihre Frage zu antworten.

»Mein Zahn …«

Kaspar setzte sich neben sie.

»Wie schlimm ist es? Sollen wir ins Nachbardorf laufen?«

Margaretha schüttelte den Kopf. »Ich geh nicht noch mal zum Zahnbrecher. Auf keinen Fall! Er ist ein grobschlächtiger Mann mit dreckigen Fingern.«

Da konnte Kaspar ihr nicht widersprechen. »Morgen gehe ich zu Gesche und frage sie, was dir helfen könnte.«

Margaretha lächelte schief und lehnte ihre gesunde Wange gegen seine Schulter.

In der Nacht kam Kaspar kaum zur Ruhe. Diesmal lag es nicht an Lina – das Kind schlief ausnahmsweise tief und fest. Doch vor seinem inneren Auge sah er den dunklen Brunnen. Er hörte Wilhelms Schreie. Kaspar hatte geglaubt, diese Vorstellung wäre eine große Genugtuung für ihn, er könnte das wohlige Gefühl von Rache spüren und endlich überzeugt sein, dass seine Frau und seine Tochter sicher waren. Doch nichts davon war der Fall. Ohne es zu wollen, stellte er sich Wilhelms blutige Finger vor, die versuchten, Halt im Stein zu finden, und doch immer wieder abrutschten. Vor seinem inneren Auge sah er Wilhelm, der bis zur Hüfte im Wasser stand und zitterte. Ob er wohl durch den dunklen, langen Brunnenschacht in die Sterne schaute? Kaspar wälzte sich hin und her. Sollte er ihn dort unten lassen? Was, wenn er starb? Konnte Kaspar mit dieser Tat leben? Doch was würde geschehen, wenn er ihn rettete? Würde Wilhelm Kaspar und seine Familie dann wirklich in Ruhe lassen?

Neben ihm begann Margaretha zu wimmern. Erst leise, dann immer lauter. Bald stöhnte sie.

»Margaretha«, flüsterte er. »Was ist mit dir?«

Er legte seine Hand auf ihre Stirn – und spürte, dass sie glühte.

»Margaretha, du hast Fieber.« Er stand auf und schob die Vorhänge beiseite, um das Mondlicht hineinzulassen, doch es war nicht hell genug. Er musste eine ihrer wenigen Kerzen anzünden.

»Es ist alles gut«, sagte Margaretha, allerdings klang sie furchtbar schwach.

»Nein. Es ist der Zahn.«

»Das wird schon wieder.«

Kaspar blieb einen Moment stehen und sah seine Frau an. Im Licht der flackernden Kerze erkannte er, dass ihr Gesicht vor Schweiß glänzte. Er schüttelte den Kopf. »Ich werde den Zahn ziehen«, entschied er.

Margaretha richtete sich im Bett auf, und als könnte Lina ihre Angst ebenso deutlich fühlen wie Kaspar, begann das Kind plötzlich zu schreien. Margaretha nahm es in den Arm und streichelte es, doch Kaspar sah, wie verschreckt seine Frau ihn anstarrte. Auch er fühlte die Sorgen als großen Knoten im Bauch, doch es half alles nichts. Er brauchte die Nietenzange und etwas Alkohol.

Nur wenig später beugte er sich über Margaretha. Lina lag neben ihr und schrie weiter. Seine Frau nahm einen großen Schluck aus der Schnapsflasche. Dann öffnete sie den Mund. Der Kerzenschein reichte nicht aus, um allzu viel zu sehen. Und ein Teil von Kaspar war dankbar dafür. Er ignorierte seinen angespannten Magen und seinen schnellen Atem.

»Welcher ist es?«

Mit der Zunge berührte sie einen der hinteren Backenzähne, und Kaspar sah, dass er dabei schon leicht wackelte. Vorsichtig schob er die Zange in ihren Mund. Sie war natürlich nicht für solche Zwecke gedacht. Normalerweise zog er damit Nägel oder Nieten heraus, keine Zähne. Doch er hatte sie vorhin über das Feuer gehalten und danach mit Alkohol übergossen. So hatte es seine Mutter einmal bei den Zahnschmerzen der Schwester gemacht, und da hatte es schließlich auch geklappt.

Als er vorsichtig mit der Zange nach Margarethas schlimmem Zahn griff, keuchte sie, doch sie bewegte sich nicht. Er wollte nicht darüber nachdenken, welche Schmerzen seine Frau in ihrem Leben bereits hatte aushalten müssen.

»Eins, zwei …«, sagte Kaspar, und noch bevor er »drei« gesagt hatte, ruckte er schnell mit der Zange nach oben.

Er lachte leise. »Ich hab ihn!« Dass es so einfach werden würde, hatte er nicht gedacht. Mit bebenden Händen griff er zur Schnapsflasche und reichte sie ihr. »Schnell, spül dir damit den Mund aus.«

Margaretha liefen die Tränen über die Wange, während sie gurgelte und den Schnaps dann in einen Becher spuckte. Sofort setzte sie wieder an und trank in großen Schlucken.

»Langsam, Margaretha, langsam«, sagte Kaspar leise. Sobald sie die Flasche abgestellt hatte, nahm sie das Kind wieder auf ihren Schoß, wippte es und wischte sich die Tränen von den Wangen.

»Es tut mir leid«, flüsterte Kaspar.

»Nein«, sagte Margaretha. »Das hast du gut gemacht.«

Kaspar wartete, bis Margaretha und das Kind eingeschlafen waren. Dann stand er auf und zog sich an. Auf dem Weg nach draußen schnappte er sich ein Seil und zündete eine Fackel an. Er lief durch die stillen Wege des Dorfes, hinter der Scheune vorbei bis zum alten Steinbrunnen. Es war eine milde Nacht voller Sterne.

Einen Moment blieb er am Brunnenrand stehen und atmete durch. Dann sagte er: »Ich bin wieder da, Wilhelm. Ich hole dich raus. Aber ich schwöre dir: Beim nächsten Mal bring ich dich um. Du tust, was ich verlange, oder du wirst es bereuen.« Er warf das Seil in den Brunnen und ließ es immer tiefer hinab. Bald spürte er, wie es abbremste. Hatte Wilhelm es genommen?

»Wilhelm? Ich halte das Seil fest, komm hoch.«

Doch Wilhelm antwortete nicht. Hatte er sich verletzt? War er vor Erschöpfung eingeschlafen?

Kaspar trat vor und beugte sich über den Brunnen.

»Wilhelm? Du kannst hochkommen!«

Seine Stimme hallte im Brunnen wider, doch Wilhelm reagierte nicht. Also leuchtete Kaspar mit seiner Fackel in den Brunnen hinunter – und riss die Augen auf. Denn der Brunnen war vollkommen leer.

16. Kapitel

Franz Stollwerck fegte die letzten Krümel vom Tresen, richtete das Gebäck in der Auslage aus und zog die Vorhänge auf, um die Morgensonne hineinzulassen. Wie schön seine Mürbebäckerei geworden war! In der Vitrine lagen Tafelbrötchen, Teekuchen und Mürbewecken. Die Gerüche nach Mandeln und Honig, Blätterteig und Rührkuchen vereinten sich im Raum zu einem köstlichen Duft.

»Es ist so weit«, sagte er zu Anna Sophia. Sie stand sorgfältig frisiert hinter dem Tresen und nickte ihm zu.

»Aber vorher habe ich noch ein kleines Geschenk für dich. Als Zeichen meiner Liebe.«

Auf seiner flachen Hand präsentierte er ihr eine Mandelpraline.

Anna Sophia legte den Kopf schief. »Oh, danke.«

Sie nahm sie entgegen und legte sie auf dem Tresen ab.

»Aber du musst sie gleich essen«, sagte er.

»Ach so.« Sie nahm die Praline wieder auf, steckte sie sich in den Mund – und hielt inne.

»Franz!«, rief sie mit vollem Mund, lachte auf und drehte sich um, während sie die Praline zurück auf ihre Hand spuckte. »Das ist der Rosenkohl, den ich für unser Mittagessen gekocht habe!«

Franz musste sich bücken vor Lachen und schlug sich auf die Schenkel. »Ich konnte nicht widerstehen! Ich habe ihn für dich sogar in gemahlenen Mandeln gewälzt. Zur Feier des Tages.«

»Ach, Franz!« Anna Sophia schlug ihm lachend gegen die Schulter. »Du sagtest, du wärst weise und mannhaft aus Paris zurückgekommen!«

Franz schnaufte. »Du hast ja recht. Entschuldige. Keine Streiche mehr. Lass uns den Laden eröffnen.«

Anna Sophia wischte sich noch einmal über den Mund, dann seufzte sie und schmunzelte.

»Ich bin bereit.«

Er atmete tief durch, dann ging er mit großen Schritten zur Tür, öffnete sie und drehte das Schild von *Geschlossen* auf *Geöffnet*. Er sah die Blindgasse hinunter. Obwohl es noch früh war, waren schon Passanten unterwegs: Dienstmägde und Arbeiter hasteten vorbei und warfen Franz flüchtige Blicke zu. Sicherlich würde der Duft der neuen Bäckerei sie bald hereinlocken. Voller Vorfreude lief er zurück zu seiner Frau. Sie lächelten einander an. Was für ein Augenblick!, dachte er. Sie begannen ihre Zukunft, nein, eigentlich waren sie schon mittendrin! Er stellte sich neben Anna Sophia, legte seine Hand auf ihren Rücken, schaute zur Tür und wartete. Gleich würde der erste Kunde hereinkommen. Gleich würde alles anfangen.

Doch die erste Stunde verstrich, und es kam niemand. Verunsichert sahen sie sich an.

»Vielleicht muss es sich erst herumsprechen«, sagte Anna Sophia.

»Aber wie soll es sich herumsprechen, wenn niemand hier ist, der darüber sprechen könnte?« Franz hörte selbst, dass er ein wenig säuerlich klang. Geduld, sagte er sich und schaute wieder zur Tür. Doch auch in der zweiten und in der dritten Stunde kam niemand. Am Vormittag stellte er sich an die Tür und schaute hinaus.

»Guten Morgen, Fräulein! Möchten Sie Ihrer Familie heute vielleicht frischen Teekuchen servieren?«, rief er oder: »Guten Tag, der Herr! Darf ich Ihnen unsere neue Bäckerei vorstellen? Wir haben frische Tafelbrötchen!« Doch wen er auch ansprach, sie schauten ihn nur zerstreut an, dann schüttelten sie entschuldigend den Kopf und eilten weiter.

An diesem ersten Tag kamen nur Franz' Schwestern Hubertine und Maria vorbei, die gerade acht Jahre alt geworden war. Wie konnten sie ihn so anstrahlen, obwohl doch niemand außer ihnen hier war? Stolz drückte Hubertine ihm die Hand. Gut sahen die zwei aus, dachte Franz, ihre Gesichter waren rosig. Bei seinem Vater liefen die Geschäfte wohl ausgezeichnet. Vor allem seine jüngste Schwester wurde langsam ein richtig hübsches Mädchen mit fein gezeichneten Augen und einem für die Familie untypischen, schmalen Kinn.

Am Abend schenkte er ihnen und seinen Freunden sämtliches Gebäck und dachte an die Worte seines Vaters. *Wahrscheinlich wirst du scheitern.* Er durfte nicht recht behalten!

»Vielleicht liegt es an der Lage«, sagte er zu seiner Frau. »Aber wie sollen wir auch näher ans Zentrum kommen? Die Mieten dort sind unbezahlbar.«

Für den nächsten Tag backten sie weniger, und wieder standen sie allein hinter dem Tresen.

Franz spürte, wie die Wut in ihm hochkochte. Er krallte die Finger um den Tresen, fuhr seine Frau an, sobald sie etwas sagte, und ging nachdenklich auf und ab. Immer wieder musste er an den Kramladen seines Vaters denken und an die Zeit, in der auch dessen Laden leer geblieben war.

»Ich habe doch alles getan! Die Bäckerei ist modern eingerichtet, das Angebot ungewöhnlich. Warum kommt nur keiner?«

Anna Sophia sah ihn mit blassem Gesicht an, dann senkte sie ohne ein Wort den Kopf, und er war froh darum. Einen guten Rat hätte er jetzt wirklich nicht gebrauchen können.

Beinahe glaubte er, auch dieser zweite Tag würde verlaufen wie der erste, da klingelte am frühen Nachmittag, kurz vor Ladenschluss, doch noch das Glöckchen über der Tür.

Franz sah dem Eintretenden hoffnungsvoll entgegen – doch dann entfuhr ihm ein überraschtes: »Sie?«

August Arkenberg nahm seinen Hut ab, so dass sein akkurater Scheitel zum Vorschein kam, trat mit schwungvollen Schritten näher und spottete: »Hübsch haben Sie es hier, die Herrschaften.«

Franz spähte zu seiner Frau hinüber. Sie war zurückgewichen, runzelte die Stirn und presste die Lippen fest aufeinander. Instinktiv trat er einen

Schritt vor sie. Egal, was Arkenberg wollte – Franz würde seine Frau vor ihm beschützen.

»Was kann ich für Sie tun?«, fragte er leise.

»Oh, ehrlich gesagt – nichts weiter. Ich wollte mich nur einmal umsehen. Man erzählt sich ja so allerlei über diese neue Bäckerei.«

»Tatsächlich?« Franz hob die Augenbrauen. »Und was erzählt man sich?«

»Ach, das wissen Sie doch sicherlich selbst.«

»Helfen Sie mir doch bitte.«

August musterte die Brote im Regal, das Gebäck in der Auslage, dann sagte er: »Man sagt, Sie haben eine Mäuseplage. Sämtliches Gebäck wäre leider von Mäusekot verseucht, und auch Sie selbst wären schon ganz krank.«

Franz klappte der Mund auf. »Wie bitte?«, knurrte er.

August schüttelte den Kopf. »Ein Jammer, dass Sie schon vor der Eröffnung mit diesen lästigen Nagern zu kämpfen hatten.«

»Woher, in Gottes Namen ...?«

»Ich habe es selbst gehört, auf der Eröffnung. Haben Sie nicht bemerkt, dass ich in der Menschenmenge einen Moment lang direkt hinter Ihnen stand? Und dann Ihr beängstigender Auftritt vor der Eisenbahn! Auch der hat auf die Kölner wohl Eindruck gemacht, überall spricht man davon.« Wieder schüttelte August bedauernd den Kopf. Doch ein Schmunzeln konnte er sich wohl nicht verkneifen. Dieser Mistkerl, dachte Franz. »Außerdem sagt man, bei Ihnen würden Verbrecher ein und aus gehen, wie dieser ungehobelte Jude, der so einen großen Aufruhr verursacht hat. Wussten Sie, dass er nun im Klingelpütz einsitzt?«

Er sah zwischen Franz und Anna Sophia hin und her. »Ich wünsche Ihnen noch einen schönen Tag – ich empfehle mich.« Er nickte ihnen zu, drehte sich um und verließ die Bäckerei.

Einen Moment lang war es totenstill bei Stollwercks. Dann schlug Franz mit der flachen Hand auf den Tresen. »Dieser elende ...«, presste er hervor.

»Das Gute ist: Wir wissen jetzt, woran es liegt, und können etwas unternehmen«, sagte Anna Sophia.

»Was willst du denn unternehmen? Wie willst du den Leuten blödsinnige Gerüchte ausreden?«

Anna Sophia sah ihn erschrocken an, und sofort tat es ihm leid, dass er laut geworden war. Doch die Wut wallte zu heiß in ihm, um sich zu entschuldigen. Stattdessen drehte er sich um und ging hinter dem Tresen auf und ab.

Da öffnete sich noch einmal die Tür, und Heinrich kam herein.

»Franz, hast du einen Moment? Ich habe Theodor gefunden!«

»Heinrich, ich habe zu tun!«, fuhr Franz ihn an.

»Ich dachte, ihr schließt gleich. Und du hast doch Anna Sophia ...«

Siedend heiß fiel Franz erst in diesem Moment ein, was Arkenberg über seinen Freund gesagt hatte. Wie hatte Franz so egoistisch sein und nur an seine Bäckerei denken können? Schnell nickte er.

»Nimm ein bisschen Essen mit. Irgendwas, das du nicht mehr brauchst«, sagte Heinrich.

Franz schnaubte. »Wenn du wüsstest ...«, knurrte er, während er Brötchen und Teekuchen in Papiertüten packte.

Das schmale, aber hohe Häuschen von Heinrich Statz' Familie war voller Menschen. Überrascht sah Franz einer fünfköpfigen Familie entgegen, die zur Haustür herauskam. Hinter Heinrich lief er die Treppe hinauf, auf der ihm drei gut gekleidete Herren entgegenkamen, und dann den Flur hinunter, in dem einige Dienstmädchen und Arbeiterinnen an den zwei offenen Fenstern standen und durcheinanderriefen.

»Wie geht es dir?«

»Was machen sie dort mit dir?«

»Wann darfst du raus?«

»Schau, ich hab hier etwas für dich!«

Ihre Stimmen verschmolzen zu einem lauten Rauschen, das Franz nach all der Stille des Tages in den Ohren dröhnte.

»Was tun die hier alle?«, fragte er Heinrich.

»Sie wollen ihre Angehörigen sehen. Keine Sorge, meine Mutter bekommt dafür Geld.« Dann zog er ihn zum hinteren Fenster und bat eine junge Frau mit verweinten Augen, beiseitezutreten.

»Sieh nur.«

Direkt vor ihnen erstreckten sich die graubraunen Ziegelmauern des Gefängnisses Klingelpütz. Und auf Höhe des Flurs befand sich eine Reihe viel kleinerer Fenster, an denen sich dicht an dicht Gefangene drängten. Franz schaute in gerötete und blasse Gesichter, in müde Augen und auf ausgemergelte Schultern in grauen Gewändern.

»Meine Schwester hat ihn gestern zufällig entdeckt. Er hat wohl schon seit Tagen nach uns Ausschau gehalten. Aber wo steckt er jetzt?« Heinrich drehte den Kopf und schien die Fenster mit den Blicken abzusuchen.

»Theodor?«, rief er.

Da ging Bewegung durch die Menschenmenge auf der anderen Seite.

»Hey, du da, Jude!«, rief einer. »Der fragt nach dir!«

Und dann drängte sich endlich ihr Freund ans Fenster.

Seine Wangen waren eingefallen, unter seinen sonst so strahlenden Augen hatten sich Schatten ausgebreitet, und um seinen Kopf hatte man unordentlich und notdürftig einen graubraunen Verband geschlungen.

»Theodor!«, rief Franz. »Wie geht es dir? Haben sie deine Wunde gut versorgt?«

»Es geht mir gut«, antwortete er. »Aber das Essen ist abscheulich!«

Da hielt Franz die Papiertüten in die Luft. »Fang!«, rief er und warf sie ihm rüber. »Aus der neuen Bäckerei.«

»Wie läuft es?«

»Überhaupt nicht!«

»Das wird schon!«

Franz strich sich verlegen über seinen Bart. Sein Freund war im Gefängnis – und tröstete dennoch ihn!

»Was können wir für dich tun?«

Gerade hatte Theodor sein Brötchen ausgepackt, als ihn plötzlich ein tiefer, kehliger Husten schüttelte und er sich gleichzeitig mit schmerzverzerrtem Gesicht an den Kopf griff.

»Theodor!«, rief Heinrich.

»Es ... ist alles gut«, keuchte er und hielt sich am Fensterrahmen fest. Doch Franz war völlig klar, dass der Freund log.

Mit langsamen Bewegungen räumte Anna Sophia die unverkaufte Ware zusammen, und beim Anblick all der Köstlichkeiten, die sie wieder würden verschenken oder wegwerfen müssen, seufzte sie. Es war ihre Schuld, dass die Bäckerei nicht lief, dachte sie. Ihre Entscheidungen, ihr Streit mit August hatten dazu geführt, dass Franz und sie nun ohne Kunden dastanden. Was sollte nur werden, wenn sie das nicht ändern konnten? Sie presste die Lippen zusammen, sah sich um und dachte an die Apotheke. Wie viel einfacher ihr Leben am Neumarkt gewesen war. Dort hatten sie nie bangen müssen. Stammkunden und Laufkundschaft kamen regelmäßig in ihren Laden. Schließlich wurden Menschen immer wieder krank. Jeder hatte seine großen und kleinen Probleme. Selbst wenn die Leute wenig Geld hatten – ihre letzten Pfennige gaben sie für ihre Gesundheit aus. Anna Sophias Bonbons zum Beispiel konnten für kleines Geld wahre Wunder bewirken. Anna Sophia hielt inne. Natürlich, ihre Bonbons! Einerseits enthielten sie mächtige, heilsame Kräuter. Andererseits bestanden sie aus Zucker – und Franz war Zuckerbäcker! Wie wäre es, wenn sie ihre Kamellen hier in der Mürbebäckerei anbieten würden? Die Menschen würden sie sicher lieben! Sie würden ihnen nicht nur schmecken, sondern auch bei den vielen Lungenkrankheiten helfen, die ständig in der Stadt kursierten. Sie könnten damit die Bäckerei retten und gleichzeitig Gutes tun. »Merk dir eines, Mädchen«, hatte Gesche damals im Wald gesagt. »Mit deinem Wissen wirst du eines Tages einen Mann sehr reich machen. Vertrau auf dich und deine Talente. Und vergiss nie, was dich antreibt.« Hatte sie von Anna Sophias Bonbons gesprochen?

Für heute machte die Bäckerei zwar zu, doch die Apotheken hatten noch offen – Anna Sophia könnte gleich die nötigen Zutaten einkaufen und mit der Herstellung beginnen! Schon morgen hätten sie das erste Bonbonglas in der Auslage! Ihr Nacken kribbelte vor Aufregung.

»Franz, ich habe eine wundervolle Idee!«, rief sie ihrem Mann entgegen, sobald er zurückkam. »Was hältst du davon, wenn ich Bonbons koche? Ich habe mir gedacht …«

Doch Franz unterbrach sie. »Genau darum wollte ich dich gerade bitten. Theodor geht es nicht gut, ich mache mir große Sorgen. Ich würde ihm gern welche ins Klingelpütz bringen.«

»Ich kann heute noch die nötigen Besorgungen machen. Ich wollte dir sowieso einen Vorschlag für die Bäckerei machen! Was hältst du davon, wenn wir …«

»Es tut mir leid, ich bin so müde. Können wir bitte ein andermal darüber sprechen?«

Etwas überrumpelt klappte sie den Mund wieder zu. Seitdem sie die Bäckerei eröffnet hatten, war er launisch und leicht reizbar. Anfangs war sie kaum verwundert gewesen, sie hatte schließlich gewusst, dass er impulsiv sein konnte. Doch heute umgab ihn eine bittere Traurigkeit, die sie irritierte. In diesen schwierigen Tagen lernte sie ihn von einer ganz neuen Seite kennen, dachte sie, und sagte leise: »Natürlich, Franz.«

Wenige Minuten später zog sie die kleine Kräuterschere aus der Küchenschublade, die sie von zu Hause mitgebracht und bisher kaum genutzt hatte, und lief damit zum Botanischen Garten. Sie schnitt Kräuter aus den Sträuchern, lauschte dem Geräusch der Schere und atmete den Duft der Pflanzen ein. Und mit jedem gefundenen Stängelchen wurde ihr Glücksgefühl größer. Frauenmantel wuchs hier erfreulicherweise überall, da er als Bodendecker genutzt wurde. Meistens hatte Anna Sophias Mutter Tee daraus gekocht und ihn gegen die Schmerzen während ihres monatlichen Unwohlseins oder zur Stärkung bei ihren Schwangerschaften genutzt. Doch Gesche hatte ihr einmal verraten, dass die Kräuter auch verletzte Haut schützen und bei der Heilung helfen konnten. Für ihre Bonbons suchte sie außerdem Gänseblümchen, und während sie die kleinen hellen Blüten fand, fiel ihr ein, dass Gesche sie einmal, gemeinsam mit Ringelblumen und Stiefmütterchen, für einen Wickel genutzt hatte, den sie auf ihr aufgeschlagenes Knie gedrückt hatte. Unwillkürlich seufzte sie bei dieser alten Erinnerung. Zuletzt entdeckte sie Huflattich am Wegesrand: Die runden, sonnengelben Blüten sowie die Triebe, Blätter und Wurzeln enthielten Schleimstoffe und halfen gegen Hustenreiz, das hatte ihre Mutter ihr einmal zugeflüstert, während sie ihr Tee eingegossen hatte.

Es war schon Monate her, dass sie zum letzten Mal über Kräuter und ihre Wirkung nachgedacht hatte. Jetzt spürte sie, wie sehr es sie erfüllte. Sie pflückte diese Pflanzen, und Theodor, der gerade noch unter Schmerzen litt, konnte mithilfe der Mittelchen, die sie daraus herstellen würde, hoffentlich bald ein wenig Linderung erfahren.

Allerdings fand sie im Garten nicht alles, was sie brauchte. Sie schaute auf die Blüten und Halme in ihrem Körbchen. Dann nahm sie all ihren Mut zusammen und lief zum Neumarkt. Unter der Linde vor der Apotheke blieb sie stehen und sah in ihre Zweige. Die Blätter waren von dunklem Grün, und die Äste ragten stolz in den Himmel. Natürlich hätte sie auch jede andere Apotheke aufsuchen können, doch erstens hatten die anderen vielleicht nicht genau das vorrätig, was Anna Sophia suchte, und zweitens konnte sie sich einfach nicht länger gegen diesen Drang wehren, endlich nach Hause zu gehen. Sie vermisste ihre Familie so sehr, dass es wehtat. Jeden Tag erwachte sie mit dem Gedanken an ihren Vater und ihre Schwestern, und abends wälzte sie sich im Bett herum, weil sie sie wieder nicht gesehen hatte. Es musste doch eine Möglichkeit geben, sich endlich wieder zu versöhnen! Vielleicht war jetzt sogar die letzte – bevor Anna Sophia Franz von ihrer Idee erzählte und möglicherweise, ohne es zu wollen, mit ihren Heilbonbons in Konkurrenz zur Apotheke trat.

Mit zittrigen Fingern öffnete sie die Tür. Und mit den Gerüchen nach Kräutern, mit dem Anblick der kleinen Fläschchen und Schachteln in den unzähligen Regalfächern überwältigte sie die Erinnerung an eine andere Zeit, an ein verflossenes Zuhause, an eine jüngere, eine andere Version ihrer selbst. Sie schluckte. Hinter dem Tresen stand ihr Vater: die Hände auf das Holz gestützt, majestätisch und knorrig wie die Linde in ihrem Rücken. Er richtete sich auf – und sagte kein Wort. Im Regal hinter ihm glitzerte ein Glas voller grüner Bonbons. Sie mussten ihr Rezept benutzt haben – diese Kamellen sahen ganz ähnlich aus wie ihre früher. Doch sie waren kleiner und etwas unförmiger.

»Guten Tag, Papa. Habt ihr noch Souchong-Tee?«

Wie hohl ihre Stimme klang! Langsam drehte er sich um, holte eine große Blechbüchse hervor und schaufelte den Tee in eine Papiertüte.

»Darf's sonst noch etwas sein?« Er krächzte. Waren seine Augen wässrig?

»Ich brauche noch Arnika, Mohnblätter, Eibisch, Süßholz, isländisches und irländisches Moos.« Sie flüsterte fast.

Langsam sammelte ihr Vater alles zusammen. Er besaß eine neue Waage mit einem hölzernen Sockel und Zinnschalen. Auch die blaue Weste hatte sie zuvor noch nie an ihm gesehen. Was sich wohl oben in den Wohnräumen verändert hatte?

»Wie geht es euch?«, fragte sie leise.

»Gut«, brummte er.

Wieso konnte er sich nicht freuen, sie zu sehen? Wieso wollte er nichts von ihr wissen, ihr nicht verzeihen?

»Auch den Kleinen? Und Betty?«

»Natürlich.«

»Ihr seid herzlich bei uns eingeladen.« Sie hörte, wie verzweifelt das klang.

»Danke.«

Sonst sagte er nichts! Sie ballte die Hände zu Fäusten und sprach bemüht freundlich weiter: »Gestern haben wir die Bäckerei eröffnet. Es ist sehr hübsch geworden, schaut doch einmal vorbei. Julie und Elise würde es sicherlich gefallen!«

Kurz sah Gottlieb ihr direkt in die Augen, dann schaute er doch wieder an ihr vorbei aus dem Fenster. »Nach allem, was man hört, ist es kein Ort für kleine Mädchen.«

Anna Sophia rang nach Luft. Sie wollte ihn daran erinnern, dass sie seine Tochter war, dass sie ihn liebte und er sich immer auf sie verlassen konnte. Sie wollte ihm sagen, dass die Gerüchte falsch waren, dass August sie erfunden hatte und dass er diesem Mann keinen Glauben schenken durfte. Doch sie brachte keinen Ton heraus. Mit jeder Anschuldigung gegen August würde sie ihren Vater gewiss noch weiter gegen sich aufbringen.

»Ich habe euch etwas mitgebracht«, sagte sie stattdessen, holte eine Tüte aus ihrer Tasche hervor und hielt sie ihrem Vater hin. »Das sind Lütticher Moppen. Franz hat sie auf seiner Reise entdeckt. Sie schmecken so ähnlich wie Pfeffernüsse – aber noch ein wenig besser. Wir haben sie zusammen gebacken.«

Als ihr Vater es nicht entgegennahm, stellte sie das Gebäck auf dem Tresen ab.

»Auf Wiedersehen«, sagte er, und es fühlte sich an, als hätte er ihr die Tür vor der Nase zugeschlagen. Fast wäre sie zusammengezuckt. Ein

Schluchzen saß ihr im Hals, doch sie riss sich zusammen, zahlte und verließ langsam die Apotheke. Draußen drehte sie sich mit Tränen in den Augen noch einmal um und schaute durch das Fenster. Was war nur aus ihrer Familie geworden? Schemenhaft erkannte sie ihren Vater, wie er einen Moment lang reglos dastand, dann in die Papiertüte griff und ein Plätzchen herausnahm. Sie trat einen Schritt vor. Gab es vielleicht doch noch eine Chance? Langsam führte er es zum Mund, biss ab – und Anna Sophia wurde ein klein wenig leichter ums Herz.

In der Bäckerei traf sie auf Franz, Heinrich und Koloman, die sich gemeinsam über ein Blatt Papier beugten.

»Anna Sophia, hast du alles bekommen?«, fragte Franz.

»Das habe ich. Koloman, schön, dich zu sehen! Franz, hast du einen Augenblick?« Anna Sophia breitete die gekauften Kräuter schon mal auf dem Tischchen hinterm Tresen aus. Gleich würde sie aus Arnika und Frauenmantel eine Tinktur herstellen, die Theodors Kopfwunde bei der Heilung unterstützen sollte. Doch vorher musste sie noch mit Franz sprechen.

»Kann das vielleicht bis später warten?« Franz sah sie über die Schulter an.

»Es dauert nur eine Minute.«

Er nickte und entschuldigte sich bei den Herren, um zu ihr hinüberzugehen. Anna Sophia senkte die Stimme. »Ich habe eine wundervolle Idee, Franz. Wie wäre es, wenn wir Bonbons kochen und sie in unser Sortiment aufnehmen? Sie lindern Husten und Heiserkeit – und sie schmecken gut. Ein großer Bestandteil ist schließlich Zucker.«

Franz sah sie nachdenklich an. Er rieb sich das breite Kinn – und Anna Sophias Herz klopfte immer schneller. Er fand die Idee gut, dachte sie. Sie sah es in seinen Augen. Oh, wie schön wäre es, wieder Bonbons zu kochen! Sie würde noch heute anfangen und morgen weitere Zutaten kaufen, um noch mehr herzustellen. Sie könnten die Bonbons in großen

Gläsern in die Regale der Bäckerei stellen. Franz würde die Bäckerei zum Erfolg führen, und Anna Sophia könnte helfen! Nicht nur ihm, sondern auch anderen Menschen. Zum ersten Mal seit ihrer Hochzeitsnacht, seitdem ihr klar geworden war, dass ihr Leben ganz anders verlaufen würde als geplant, fühlte sie wieder die Kraft und die Leidenschaft in sich, die sie früher Tag für Tag gespürt hatte. *Und vergiss nie, was dich antreibt,* hörte sie plötzlich wieder Gesches Stimme in ihrem Ohr. Wie recht sie gehabt hatte!

Dann verzog Franz entschuldigend den Mund, seufzte und sagte: »Ich fürchte, das dürfen wir nicht.«

Anna Sophia versuchte, sich ihre Enttäuschung nicht anmerken zu lassen.

»Wir dürfen nicht?«

Er schüttelte den Kopf. »Die Idee ist wirklich gut. Aber wie du selbst sagst: Bonbons sind Heilmittel. Nur Apotheken haben die Erlaubnis, sie zu vertreiben. Es tut mir leid, Anna Sophia, das ist mir wirklich zu heikel, hinterher steigt uns noch jemand aufs Dach. Aber du brauchst dir keine Sorgen zu machen. Ich bin weise und mannhaft, erinnerst du dich?« Er zwinkerte. »Ich hatte auch eine gute Idee.«

»Und die ist wirklich hervorragend!«, rief Heinrich freudestrahlend zu ihnen hinüber. Anna Sophia wurde rot. Hatten die Herren etwa zugehört? Natürlich hatte Franz recht. Wieso war sie da nicht selbst drauf gekommen? Die Fröhlichkeit, die sie gerade noch gespürt hatte, schlug in eine leichte Übelkeit um.

»Willst du gar nicht wissen, welcher Einfall das war?« Franz stützte sich mit beiden Händen auf dem Tresen ab und sah sie an.

»Doch, natürlich«, sagte sie leise.

»Also, wenn sich eine falsche Nachricht verbreitet hat, muss man ganz schnell eine neue hinterherschicken, eine, die stärker und lauter ist. Deswegen ist Koloman hier. Was August erzählt, wird von den unzähligen Zeitungsboten Kölns sicherlich mühelos übertönt!« Er ging zu Koloman hinüber und klopfte ihm auf die Schulter. »Erst dachte ich: Das ist sehr unüblich. Keine Bäckerei schaltet Werbeanzeigen! Aber genau deswegen müssen wir es tun. Damit fallen wir auf. Wir feilen noch am Text, und dann gibt Koloman für morgen eine große Zeitungsannonce für uns auf!«

Koloman nickte. »Exakt. Ganz Köln wird am Frühstückstisch von eurer Bäckerei lesen.«

Anna Sophia rang sich ein Lächeln ab. »Sehr gut«, flüsterte sie und packte mit fahrigen Bewegungen ihre Kräuter aus.

»Die Menschen lieben Geschichten. Deswegen hat sich Augusts dumme Geschichte auch so schnell verbreitet. Ihr braucht ebenfalls eine. Aber eine bessere. Eine, die spannender ist, so dass die Menschen sie noch lieber erzählen«, sagte Koloman.

Franz und Heinrich beugten sich wieder über das Papier auf dem Tisch.

»Erzähl, wie lecker dein Gebäck ist«, schlug Heinrich vor.

»Oder wie preiswert«, überlegte Franz.

Koloman wiegte den Kopf hin und her.

»Nein«, sagte Anna Sophia, während sie begann, ihre Kräuter zu hacken. Mit erstaunten Gesichtern sahen die Männer sie an. Etwas beschämt schaute sie auf ihre Hände – es geziemte sich natürlich nicht, eine Herrenrunde zu unterbrechen. Doch wenn man einmal damit angefangen hatte, Ideen laut auszusprechen, konnte man nur schwer damit aufhören.

»Denkt an die Eröffnung der Eisenbahn und daran, wie viele Menschen dort waren. Die Leute interessieren sich für die weite Welt. Erzähl von deiner Reise, Franz. Bei dir kann man Gebäck aus unterschiedlichsten Ländern kaufen. Das ist es, was die Menschen interessiert. Schreibt das auf.«

Dann wischte sie sich die Hände an ihrer Schürze ab. »Entschuldigt mich«, sagte sie und verließ den Raum, um den Alkohol aus der Küche zu holen.

Später am Tag drückte Anna Sophia Heinrich zwei große Tüten in die Hände, in die sie Gebäckstücke, Brot und die frische Tinktur gepackt hatte. Er sollte sie Theodor zuwerfen, damit er wieder zu Kräften kam. Außerdem versprach sie, dass er am nächsten Tag etwas gegen seinen Husten bekommen würde, bevor sie hinaufging.

Von unten hörte sie Franz noch mit Koloman diskutieren und lachen. Stumm stand sie in der Küche und dachte nach. Konnte es wirklich sein, dass eine Bäckerei keine Bonbons verkaufen durfte? Wie ungerecht das war! Schließlich war es ihr Rezept, mit dem Papa und August Bonbons herstellten und Geld verdienten. Und das sollte rechtens sein, ihre Idee aber nicht? Sie atmete tief durch und machte sich an die Arbeit: Zuerst mahlte sie die Kräuter, setzte Tee auf und goss Zucker in einen großen Topf. Er karamellisierte, der Geruch der heißen Masse stieg ihr in die Nase, und während sie den Zucker auf die Arbeitsplatte goss, den Tee mit Kräutern vermischte und alles zusammenknetete, wurden ihre Hände immer entschlossener. Sie zog Stangen aus der Masse – und dachte nach. Sie war nicht mehr das brave, angepasste Mädchen, das sich an sämtliche Regeln hielt. Vor allem nicht an Vorgaben, die anderen Menschen schadeten. Nein, sie hatte Gesche schon zweimal ganz allein im Wald aufgesucht, sie hatte sich gegen ihren Vater behauptet und sich ihren Ehemann selbst ausgesucht. Sie war so viel stärker, als sie früher geglaubt hatte. Und das würde sie auch sein, wenn es um ihre Bonbons ging.

Sie lehnte eine Stange gegen eine Schüssel und schlug sie in kleine Stücke. Die Dinge konnten sich ändern. Früher gab es Aachener Printen schließlich auch nur in Aachen, jetzt hingegen auch bei Stollwerck in Köln. Bäckereien schalteten normalerweise keine Zeitungsanzeigen – Stollwerck aber schon! Nur, weil man Bonbons aktuell einzig in Apotheken kaufen konnte, hieß das nicht, dass es so bleiben musste. Schon gar nicht für die Bäckerei Stollwerck. Sie würden viele neue Wege gehen, ahnte Anna Sophia. Auch, wenn es noch etwas dauern würde, sie hatte

Geduld. Irgendwann würde der richtige Moment schon kommen. Mit entschiedenen Handbewegungen füllte sie die Bonbons ins Glas.

Die Anzeige in der Kölnischen Zeitung wurde ein Erfolg:
Lernen Sie in Stollwercks Mürbebäckerei Geschmäcker aus aller Welt kennen: Der weit gereiste Bäcker bietet Ihnen Berliner Tafelbrötchen, Mannheimer Teekuchen, Schweizer Mürbewecken, Pariser Makronen und Lütticher Moppen!

Schon bald spähten die ersten Gäste in die Bäckerei hinein. Es wurden zwar keine Menschenmassen angelockt, doch der Umsatz stieg. Die Kunden lobten die helle Ausstattung und das ausgefallene Angebot, bevor sie neugierig bestellten. Drei Wochen hintereinander ließ Franz die Anzeige drucken, und bald sprach kaum noch jemand von einer Mäuseplage oder randalierenden Kunden. Die Gäste redeten viel lieber darüber, wie ausgefallen die Makronen aus Paris waren und wie saftig der Mannheimer Teekuchen. Franz erzählte derweil von seinen Reisen. Immer wieder ertappte sich Anna Sophia dabei, wie sie ihn heimlich beobachtete, während sie Kuchen mit Zucker verzierte oder Butter über fast fertige Teigteilchen goss. Sie nahm ihm nicht übel, dass er sich nicht an die Bonbons herantraute. Sie konnte ihn ja verstehen. Und sie beobachtete, wie er mit jedem Tag noch ein Stückchen zu wachsen schien. Seine Launenhaftigkeit der letzten Tage war schon bald wie weggewischt. Aufrecht und stark stand er in seiner Bäckerei. Sie musterte sein markantes Gesicht mit dem Grübchen im Kinn, und Anna Sophia spürte, wie seine Anziehung auf sie immer größer wurde. Sie hörte ihm gern zu, am liebsten mochte sie seine Geschichten von Paris. Seine Augen blitzten und seine Mundwinkel kräuselten sich. »Es war die schönste Station«, erzählte er mit seiner tiefen Stimme. »Und das, obwohl ich betrogen wurde. Ein Mann hat mir mein Wanderbuch gestohlen – ich habe getobt, das sage ich Ihnen! Dabei kann mich ja nichts so leicht aus der Fassung bringen, ich bin ein ruhiger Zeitgenosse. Still und brav.« Er zwinkerte den Leuten zu, von denen es viele besser wussten und lachten. »Aber wie das Leben manchmal spielt, sind er und ich jetzt Freunde. Ich habe schon mehrere Briefe von James Lever bekommen, ein gerissener, aber sehr unterhaltsamer Mensch!«

Sobald Kunden in die Bäckerei kamen, war Franz in seinem Element. Er scherzte mit den Gästen, hantierte selbstsicher mit Brot und Brötchen und warf Anna Sophia immer wieder ein unauffälliges Zwinkern zu. Er war mitreißend, dachte sie. In seiner Gegenwart hatte sie große Lust auf jeden neuen Tag. Gleichzeitig juckte es ihr in den Fingern, ihm über den Rücken zu streichen oder ihm einen Kuss auf die Wange zu geben, doch natürlich ziemte sich das vor den Gästen nicht. Der Efeu an ihrer Haustür breitete sich langsam in Richtung der Fenster aus, und bald glaubte Anna Sophia, dass dieser Efeu nicht einfach nur eine Pflanze war. Wenn sie auf den Efeu schaute, dann dachte sie an Franz, der überall gleichzeitig sein konnte, der seine starken Arme ausbreitete und jungenhaft grinste. Der Efeu wuchs immer dichter, und Anna Sophia sah ihm zufrieden dabei zu.

Die Arbeit erinnerte sie schon bald an früher: Sie bediente Kunden, war in Kontakt mit anfangs fremden, bald mit immer vertrauteren Gesichtern und unterhielt sich sogar über deren Sorgen. »Ach, hat es Ihr Mann noch immer so mit dem Magen? Probieren sie doch unsere Tafelbrötchen, die sind leicht bekömmlich«, sagte sie beispielsweise, oder: »Ihr Sohn kommt einfach nicht zu Kräften? Hier, geben Sie ihm eine ordentliche Portion Teekuchen zum Frühstück!«

Eines Tages klagte eine junge Frau mit erstickter Stimme über Magenkrämpfe – und wie damals bei Wilhelmine ahnte Anna Sophia, dass sie nicht wirklich ihren Magen meinte.

»Wieso haben wir Frauen nur immer solche schrecklichen Schmerzen? Ich weiß nicht, was ich noch machen soll! Einmal im Monat habe ich das Gefühl, ich müsste sterben.« Fast weinte die Frau, während sie sich unter einem Krampf krümmte. Anna Sophia legte ihr tröstend die

Hand auf die Schulter. »Warten Sie ein paar Minuten vorn an der Straßenecke.«

Sie entschuldigte sich bei Franz, lief zur Hintertür und schlich die Treppe hoch in die Küche. Vom Frauenmantel, den sie für Theodor besorgt hatte, hatte sie einige Blätter getrocknet und eigens für Fälle wie diesen aufgehoben. Nun holte sie sie hervor, füllte sie in eine Papiertüte und steckte sie sich in die Rocktasche.

Franz bemerkte glücklicherweise nicht, dass sich Anna Sophia zur Hintertür hinausschlich und die Frau auf der Straße traf.

»Hier, kochen Sie sich damit einen Tee, der wird ihre Schmerzen lindern. Sie können die Blätter auch in eine Wanne geben und ein warmes Sitzbad damit machen. Es entspannt und lindert die Krämpfe.«

Mit großen Augen sah die Frau sie an, drückte ihre Hände und flüsterte: »Danke.«

Drei Tage später, als sie wiederkam, um bei Franz Lütticher Moppen zu kaufen, sagte sie leise zu Anna Sophia: »Sie haben mir geholfen! Ich danke Ihnen von Herzen.«

In Anna Sophia machte sich ein großes Glücksgefühl breit. Sie erklärte der Kundin, wo sie selbst Frauenmantel finden könnte und wie er aussah. Schließlich würde sie ihn nächsten Monat sicherlich wieder brauchen. Und dann musste sie an Gesche denken – auch sie arbeitete in keiner Apotheke, sie lebte ja noch nicht einmal unter Menschen! Dennoch machte sie diese oft so grausame Welt durch ihr Wirken jeden Tag ein Stückchen besser – zumindest für die Frauen, die sie aufsuchten. Anna Sophia brauchte die Apotheke nicht, um anderen zu helfen, dachte sie. Sie hatte die Natur, den Botanischen Garten und die Wege am Stadtrand. Sie hatte ihre Küche. Und sie hatte das uralte Wissen der Heilerinnen, das ihre Großmutter an ihre Mama und sie weitergegeben hatte. Niemand verlangte, dass sie all das vergaß. Sie konnte es nutzen, um den Menschen ein wenig von ihrem Alltagsschmerz zu nehmen.

Auch Theodor zeigte laut Heinrich bereits deutliche Zeichen der Besserung. Allerdings musste er die Kamellen gut verstecken: Anfangs hatte er noch dem ein oder anderen Mitgefangenen eines geschenkt, nun schwärmte schon das gesamte Klingelpütz von den kleinen Köstlichkeiten. Sie seien viel besser als die Zuckerstückchen, die so manche Apotheker, fliegende Händler und Bader anboten. Anna Sophia sah Franz hoffnungsvoll an, als sie das hörte. Doch er seufzte. »Ich habe mich noch einmal umgehört. Es steht wirklich allein den Apotheken zu.«

Anna Sophia nickte, doch traurig war sie nicht. Sie würde weiter Geduld haben. Vielleicht würde der richtige Moment noch kommen. Und sowieso hatte sie genug zu tun.

Sie konnte kaum glauben, wie schnell sich unter den Frauen rund um die Blindgasse herumsprach, dass Anna Sophia ihnen helfen konnte. Nur wenige Tage, nachdem sie den Frauenmanteltee empfohlen hatte, flüsterte die nächste Kundin ihr zu, sie habe da so ein unangenehmes Kribbeln und Brennen, über das sie nicht sprechen könne. Und Anna Sophia machte sich noch in der Nacht daran, aus Liebstöckel, den sie in der Nähe eines Gemüsegartens am Stadtrand fand, Öl zu gewinnen.

Immer häufiger wünschten die Kundinnen nun nicht nur Franz' Gebäck, sondern auch Anna Sophias guten Ratschläge. Anfangs versuchte sie noch, es vor ihrem Mann zu verbergen, doch als eine alte Dame mit etwas zu lauter Stimme um ein Kraut gegen ihre eitrige Wunde am Finger bat, zwinkerte er seiner Frau zu. Sie wurde rot – natürlich hatte er es schon seit Tagen gewusst und stillschweigend hingenommen. Sobald die Frau gegangen war, griff er nach ihrer Hand, zog sie an sich und flüsterte: »Du bist eine beeindruckende Frau, Anna Sophia. Und ich bin stolz, dich an meiner Seite zu haben.«

Den ganzen Tag wirbelte Anna Sophia zwischen der Bäckerei, dem Botanischen Garten und der Küche herum. Die Kräuterschere, die sie überall gebrauchen konnte, baumelte dabei stets an einer Schnur an ihrem Rock. Am Abend fiel Anna Sophia erschöpft mit Franz ins Bett – und bemerkte, dass sie sich in letzter Zeit noch mehr auf die Zweisamkeit freute. Manchmal schlief sie einfach nur erschöpft an seiner Schulter ein, doch immer wieder weckten sie ineinander ungeahnte Lebensgeister. Während sie einander umschlangen, lernte Anna Sophia unbekannte Seiten an sich kennen. Manchmal erschrak sie am nächsten Morgen darüber, wie viel Mut sie in der Dunkelheit entwickelt hatte. Vorsichtig sah sie dann zu Franz hinüber, und wenn der fröhlich die Beine über das Bett schwang, atmete sie erleichtert auf.

Als Betty und Wilhelmine zum ersten Mal mit Elise und Julie vorbeikamen, standen Anna Sophia vor Glück die Tränen in den Augen. Ihr Vater hatte es ihnen endlich erlaubt! Zwar war er nicht mitgekommen, und doch wertete sie diese Entscheidung als einen kleinen Schritt in Richtung Versöhnung. Sie musste an ihre eigene Mama denken. Vor vielen Jahren hatte Gottlieb ihr verboten, Gesche zu sehen. Sie war ganz allein in der Apotheke gewesen und hatte sich sicherlich nach ihrer Mutter gesehnt. Und nun ging es Anna Sophia ganz ähnlich: Gottlieb verwehrte auch ihr den Kontakt zu einem Elternteil – ihm selbst. Oh, hoffentlich würde es nicht dabei bleiben, dachte sie. Wie sollte sie das ertragen?

Sie schenkte den Kindern so viele Moppen, wie sie tragen konnten.

»Wann kommst du denn wieder nach Hause?«, fragte Julie.

»Du bist ein Dummkopf!« Elise rollte mit den Augen. »Sie ist jetzt verheiratet. Außerdem war sie nicht nett zu Vater.«

»Hey, Dummkopf ist ein schändliches Wort«, sagte Julie.

»Absolut richtig, liebe Julie. Dich darf niemand so nennen! Aber hin und wieder gibt es tatsächlich Dummköpfe, die man auch als solche bezeichnen sollte«, wandte Wilhelmine ein. »Du weißt schon, wen ich meine«, sagte sie dann etwas leiser zu Anna Sophia und zwinkerte.

»August ist also noch immer bei euch?«

»Er wird noch lange nach uns da sein, das sag ich dir. Vater bewundert alles, was er tut. Sogar seine Bonbons, dabei schmecken sie scheußlich! August fängt mittlerweile auch schon an, sich in die Erziehung der Mädchen einzumischen! Letztens wollte er Julie beibringen, wie ein Fräulein zu schauen hat, wenn ein Mann vorbeikommt.«

Anna Sophia schüttelte den Kopf. »Kannst du nicht mit Papa sprechen?«

»Ich habe es schon so oft versucht. Aber er lässt diesbezüglich niemanden an sich heran.«

»Ich könnte es probieren!«, piepste Julie und hob einen Finger.

Da lachte Betty. »Was willst du denn probieren, meine Kleine?«

»Vater sagt doch immer zu euch, ich sei ungewöhnlich klug. Mir glaubt er vielleicht. Was soll ich ihm sagen?«

Wilhelmine schlug sich die Hand vor den Mund. »So langsam darf man vor den Kindern wirklich nichts mehr besprechen. Das vergesse ich manchmal.«

»Wir hören dich immer noch, Wilhelmine!« Elise zog die Augenbrauen hoch.

Zuerst kicherten die Frauen, dann fielen auch die Mädchen ein.

Später, als sie gegangen und für einen kurzen Moment auch keine anderen Kunden im Laden waren, nahm Franz sie fest in den Arm. »Dein Vater wird uns irgendwann vergeben, glaub mir«, sagte er, streichelte mit dem Daumen ihre Wange und küsste sie. »Und dann können sie so oft herkommen, wie sie wollen.«

Eines Nachmittags im März, als sie mit am Rock baumelnder Schere durch den Botanischen Garten lief, um Kräuter für einen frischen Magentee zu sammeln, fiel ihr eine Walnuss auf den Kopf. Anna Sophia zuckte zusammen, bückte sich und hob sie auf. Wie konnte das sein? Die Walnuss hatte doch nur im Herbst Erntezeit. Sie schaute in die Äste des Baumes und hörte sein Rauschen im Wind. »Was willst du mir sagen?«, flüsterte sie. Dann drehte sie die Nuss langsam in ihren Fingern, umschloss die Schale mit beiden Händen, knackte sie und besah den weichen Kern. Die Nuss darin war von hellem Braun, als wäre sie tatsächlich erst jetzt reif geworden. Sie löste ein Stück heraus und steckte es sich in den Mund. Es schmeckte köstlich! Langsam und nachdenklich lief sie zurück in die Bäckerei.

»Was hast du, Anna Sophia?«, fragte Franz. Vor dem Tresen standen gerade Heinrich und ihre Schwägerin Hubertine, auch sie drehten die Köpfe und sahen sie an.

»Ach, es ist nichts.« Sie versuchte, die geöffnete Walnuss in ihren Händen zu verbergen. Doch Hubertine hatte sie bereits gesehen. Sie reckte das breite Kinn und grinste. »Warst du etwa am Walnussbaum im Botanischen Garten? Man sagt doch, der Schatten dieser Bäume sei schädlich!«

Anna Sophia runzelte die Stirn. »Das wusste ich nicht. Mir ist eine Walnuss mitten auf den Kopf gefallen. Im März! Und da dachte ich …«

»Oh, kein gutes Zeichen!«, unterbrach sie Hubertine. »Sieh dich lieber vor, unser Pfarrer nennt die Walnuss stets ein Zeichen der Sünde.«

Heinrich nickte. »Das hab ich auch schon gehört. Der Teufel soll unter Walnussbäumen Liebesspiele mit Hexen treiben.«

Ohne darüber nachzudenken, bekreuzigte sich Anna Sophia.

Franz lachte auf. »So ein Unsinn. Eine Walnuss ist eine Walnuss. Mach dir bitte keine Sorgen, meine Liebe.«

Sorgen machte sich Anna Sophia tatsächlich nicht. Nein, sie wusste ja, was diese Nuss zu bedeuten hatte. Ihre Mutter hatte es sie schon vor langer Zeit gelehrt. Und als ihr natürliches Unwohlsein in diesem Monat tatsächlich ausblieb, hatte sie Gewissheit. Knapp neun Monate später, am 28. November 1840, wurde Albert Nikolaus geboren, der erste Sohn der Stollwercks.

Er war ein ruhiges Kind. Nur selten weinte er, meistens sah er sich mit wachsamen Augen um.

»Was wirst du einmal mit diesen Augen sehen?«, flüsterte Anna Sophia ihm zu. »Welche Welt wird wohl deine sein?«

Als am späten Abend des 8. August 1841 ganz Köln auf die Straßen strömte, nahmen sie und Franz ihren Erstgeborenen mit. Franz hielt ihn hoch über seinen Kopf, damit er nicht verpasste, wie die Zukunft Einzug hielt. Erst war es ganz finster – so finster wie es in Kölner Straßen des Nachts nun mal seit Jahrhunderten war. Dann, Laterne für Laterne, wurde die neue Gasbeleuchtung eingeschaltet. Ihr Licht schien die uralte Dunkelheit aus den Gassen zu vertreiben.

Aus den gläsernen, fein geschwungenen Schirmen leuchteten die Lichter auf die Hüte der Kölner hinab, und Anna Sophia sah, wie sich das Licht zugleich in den neugierigen Augen ihres Sohnes spiegelte.

17. Kapitel

Margaretha war in letzter Zeit immer stiller geworden. Stumm spielte sie am Brunnenplatz mit Lina: Beide rannten umher, machten große Gesten und kicherten. Wie groß Lina geworden war! Mit ihren drei Jahren konnte sie schon laufen, springen und die Hände in den Himmel recken, während Margaretha sie kitzelte.

»Ich hätte Wilhelm damals nicht entkommen lassen dürfen«, sagte er leise zu seiner Schwägerin, die gerade neben ihm Wasser schöpfte.

»Ich kann dich gut verstehen, Kaspar. Von mir aus hätte unser Vater für immer in dem alten Brunnen sitzen können. Er hätte dort verrotten sollen!« Grimmig sah Amalie ihn an.

»Das war nicht meine Absicht. Ich wollte ihm helfen, doch seine Brüder sind mir zuvorgekommen.« Kaspar holte einen Apfel und ein kleines Messer aus seiner Tasche und schnitt eine Schnitze ab. Er bot sie Amalie an, doch die schüttelte den Kopf.

Amalie zerrte den vollen Eimer über den Brunnenrand. »Du hast nun mal ein gutes Herz. Im Gegensatz zu unserem Vater.«

Kaspar brummte leise. Dass Wilhelm aus dem Brunnen entkommen war, war mittlerweile mehr als zwei Jahre her. Lange hatte Kaspar geglaubt, seine Drohung hätte bei dem alten Mann Wirkung gezeigt. Er hatte Kaspar und seine junge Familie in Ruhe gelassen. Doch seitdem Lina laufen konnte und lachend durch das Dorf rannte, nahm Wilhelm sie, Margaretha und Kaspar wieder ins Visier.

»Es wird immer schlimmer. Margaretha sagt, bei jeder Gelegenheit schaut Wilhelm sie aus der Ferne an. Er steht einfach so herum – auf dem Feld oder in der Kneipe – und starrt! Unentwegt, ohne sich zu rühren«, sagte Amalie.

»Mit mir macht er das gleiche. Und manchmal grinst er.«

»Es ist unheimlich. Als würde er etwas aushecken, findest du nicht?«

Kaspar brummte. »Ich bin mir nicht sicher, ob er dafür genügend Hirn hat.«

»Ha!«, rief Amalie. »Das glaubst aber auch nur du! Guck dir seine Kinder an – wo soll's denn sonst herkommen? Von unserer beschränkten Mutter sicherlich nicht, die ...«

Amalie wurde von Linas lautem Schrei unterbrochen. Das Mädchen stand mit aufgerissenen Augen da, kreischte und zeigte auf Margaretha. Sie war mitten auf dem Platz zusammengebrochen.

Gleichzeitig sprangen Kaspar und Amalie auf.

Kaspar stopfte den halb gegessenen Apfel und das Taschenmesser zurück in seine Jackentasche und rannte zu ihr. Er hockte sich neben sie und bettete den Kopf seiner Frau auf seinen Schoß. »In letzter Zeit hat sie kaum gegessen. Nur diesen süßen Brei, den sie früher Lina gegeben hat.«

Vorsichtig öffnete er ihre Lippen, um in ihren Mund zu sehen. Er hatte es schon geahnt, dennoch erschrak er: Margaretha hatte kaum noch Zähne im Mund.

Er schluckte. Hin und wieder hatte er einen ihrer Zähne im Haus gefunden: unter der Bettdecke oder im Müll. Margaretha hatte ihm eine Spur gelegt, dachte er jetzt, und er war ihr nicht gefolgt. Jetzt wimmerte sie leise. Ihr ganzer Körper glühte.

»Ich muss sie zu Gesche bringen!«

»Nein, der Weg ist zu weit«, widersprach Amalie. »Das schafft sie nicht. Aber der Barbier ist doch gerade im Dorf!«

Und schon war sie davongelaufen.

Mit dem einen Arm umschlang er seine weinende Tochter, mit dem anderen hielt er Margarethas glühenden Kopf, und so warteten sie.

Der Barbier war ein beleibter Mann mit krausem Haar an den Schläfen, der seinen Kunden die Haare schnitt, den Bart stutzte oder auf Wunsch zur Ader ließ. Er tingelte auf seinem Eselskarren zwischen den

Dörfern der Gegend umher, und einen kurzen Moment glaubte Kaspar, es könne nur ein Geschenk Gottes sein, dass er ausgerechnet in diesen Tagen in Höhenforst war. Schwer keuchend kam er angelaufen und setzte sich neben Margaretha. Kaspar versuchte, seinen strengen Schweißgeruch zu ignorieren.

»Den Arm, bitte!« Er hechelte beinahe. Zumindest hatte er sich beeilt, dachte Kaspar. Vorsichtig nahm er den Arm seiner Frau und spreizte ihn vom Körper ab. Der Barbier holte ein Stoffband aus seinem Koffer und knotete es fest um Margarethas Oberarm. Seine Fingernägel waren ganz schwarz, und kurz schnäuzte er auf die Erde, bevor er eine kleine Holzschachtel hervorholte. Er klappte sie auf und ein glänzender metallener Aderlass-Schnäpper kam zum Vorschein.

»Bitte ruhig halten«, tönte er, obwohl Margaretha sich nicht rührte. Dann drückte er sein Werkzeug auf ihren Arm, betätigte einen kleinen Hebel, und Kaspar spürte, wie Margaretha leicht zusammenzuckte. Der Schnäpper hatte ihre Ader geöffnet. Nun quoll dunkel ihr Blut hervor, das der Barbier mit einer Schale auffing.

»Das wird ihren Körper wieder ins Gleichgewicht bringen«, erklärte er. »Bald ist sie wieder auf den Beinen, Sie werden sehen. Ich kann Ihnen außerdem noch etwas Arsen anbieten. Es senkt das Fieber und kann auch auf offene Wunden aufgetragen werden. Ihre Schwägerin sagt, es sei der Mund? Bei solchen Leiden habe ich schon eine hervorragende Wirkung erzielt. Ich mache Ihnen einen guten Preis.«

»Ich … bin mir nicht sicher.«

»Ist die Gesundheit Ihrer Frau Ihnen etwa nichts wert?«

»Doch, doch, natürlich, ich frage mich nur …«

»Na, sehen Sie!«

Der Barbier knotete das Stoffband auf und wickelte es nun als Verband um die Wunde. Dann kramte er in seinem Koffer, um ein kleines Fläschchen hervorzuholen. Er schraubte es auf und träufelte etwas von der Flüssigkeit auf einen Stofffetzen. Dann schob er Margaretha seine dreckigen

Finger in die Mundwinkel, um ihren Mund zu öffnen. Kaspar drehte sich der Magen um. Gerade wollte der Barbier Margaretha den Stofffetzen auf das entzündete Zahnfleisch drücken, da rief er: »Halt! Nein!«

Er stieß den Barbier zurück. »Wir brauchen nichts weiter, danke!«

Er schob einen Arm unter Margarethas Kniekehlen, den anderen unter ihren Rücken und dann hob er sie hoch. Wie leicht sie in den letzten Wochen geworden war, dachte Kaspar.

»Amalie, kümmer dich bitte um Lina!«, rief er.

»Und mein Geld?«

Doch Kaspar ignorierte den Barbier und lief so schnell er konnte mit Margaretha in den Wald.

Er keuchte bald viel stärker, als es der Barbier getan hatte, er stolperte und fing sich wieder, er kämpfte sich durch das Unterholz und spürte doch, wie sich Margaretha mit jedem Schritt ein Stück weiter von ihm entfernte.

»Bleib bitte bei mir, Margaretha! Ich bringe dich zu Gesche, sie weiß, was zu tun ist.«

Doch Margaretha konnte ihn kaum ansehen. Immer wieder rutschten ihre Augen unter die Lider.

»Halte durch. Wir sind bald da!«

Endlich erreichten sie den Scharfenfels. Von hier war es nur noch eine Meile! Seine Arme waren schwer, sein Rücken schmerzte, doch er lief weiter. Er konnte es schaffen, dachte er. Margaretha war so leicht geworden – er könnte sie bis zu Gesche tragen, er war stark, das sagte er sich immer wieder.

»Kaspar«, flüsterte Margaretha jetzt. Kurz hielt er an, und sobald er stand, zog das Gewicht ihres Körpers ihn auf die Knie.

»Beschütze Lina«, sagte sie leise. »Vor allem vor meinem Vater. Du musst auf sie aufpassen.«

»Das werde ich! Ich passe auf euch beide auf. Sag jetzt nichts weiter, schone deine Kräfte!«, flehte er sie an. Doch sie holte tief Luft. »Ich schäme mich. Nicht nur wegen der Zähne, weißt du? Ich schäme mich … für alles.«

Tränen traten ihr in die Augen. Mit bebenden Fingern streichelte er ihre Wange, dann fiel ihr Kopf zur Seite. »Margaretha!«, rief Kaspar, nahm sie wieder in seine Arme und stand auf. Sein Körper ächzte, doch das war ihm egal. Er lief los. »Du brauchst dich vor niemandem zu schämen, hörst du? Ich werde auf dich und unsere Tochter aufpassen. Ich werde immer für euch da sein.«

Er rannte, immer tiefer in den Wald hinein. Der Schweiß lief ihm über die Stirn, seine Oberschenkel und sein Rücken brannten. Doch er wusste schon, dass Margaretha ihn verlassen hatte.

»Ist das nicht der österreichische Staatskanzler?«, fragte Sibylle Mertens-Schaaffhausen. »Der alte Herr da vorn, der seine Haare mit einem Frisierkamm so bedächtig vom Hinterkopf nach vorn dirigiert? Ich hätte nicht gedacht, dass sogar er zu unserem Dombaufest kommt!«

Victor Mertens runzelte die Stirn. Hatte seine Frau diese Frage tatsächlich an die kleine Emma gerichtet? Als ob sich eine andere Frau als Sibylle je für Politik interessieren könnte! Er rollte mit den Augen. »Natürlich ist das Metternich, wer denn sonst?«, brummte er. Sie standen gemeinsam auf der Ehrentribüne, um hautnah mitzuerleben, wie mit dem Weiterbau des Doms begonnen wurde.

Seine Frau schien weder auf die ratlos neben ihr stehende Emma zu achten, noch auf Victor selbst. Sie hielt sich den kugelrunden Bauch. Sibylle hatte sich einfach nicht davon abbringen lassen, mitzukommen. Dabei war sie schwanger. Wenn das jemanden auffiel, würden sie einen Skandal riskieren – eine Schwangere ihres Standes in der Öffentlichkeit! Gut, dass ihr unförmiges, weites Kleid ihren Körper versteckte.

»Ich glaube, ich sehe Alexander von Humboldt!«, rief sie aus, während sie mit ihrem Fernglas die Tribüne hinunter schaute. »Wie schön!«

»Aber liebe Sibylle, willst du denn nicht den König anschauen?«, piepste Emma. Die Kleine trug mal wieder ein atemberaubendes Dekolleté. Unter ihrer roten Schute schauten ihre hellblonden Löckchen hervor, und ihr Mund leuchtete ebenso wie ihre Kopfbedeckung. Er zwang sich, den Blick in Richtung der Bühne zu wenden, die man vor dem Dom errichtet und mit großen Stoffschleifen versehen hatte. Von der Tribüne aus konnte er seitlich die Ehrengäste sehen. Auch auf den verzierten Domkran hatte er den besten Blick. Zur Feier des Tages hatte man einen kolossalen Adler mit ausgebreiteten Flügeln darauf gesteckt. Daneben trat nun Friedrich Wilhelm IV. mit hohem, goldenem Kragen und roter Scherpe. Aus den Augenwinkeln registrierte Victor, dass sich auch Sibylle mittlerweile bequemte, den König Preußens durch das Fernglas zu beobachten.

Auf dem Platz erschienen die Geistlichen Kölns, und der König begrüßte sie mit entblößtem Haupt. Mit einer gewissen Genugtuung registrierte Victor, dass selbst Friedrich Wilhelm IV. schon sein Haar verlor. Die Bürger Kölns brachten dem Mann ein dreifaches *Hoch* entgegen – und Victor schluckte. Dass diese unendlich erscheinende Menschenmenge wie aus einem Mund dem König huldigte, beeindruckte ihn zutiefst. Langsam breitete sich eine Gänsehaut auf seinen Armen aus.

»Kaum sieht diese Stadt ein wenig vom monarchischen Glanz, schon vergessen sie ihre Abneigung gegen alles Preußische«, murmelte Sibylle. Dass seine Frau auch immer und überall ihren Senf dazugeben musste!

Er versuchte, der Stimme des Königs zu lauschen. »Meine Herren von Köln!«, rief der gerade aus. »Ich erlebe diesen Augenblick mit Wonnetränen in den Augen. Denn die Vollendung des Kölner Doms ist nicht weniger als das Werk des Brudersinnes aller Deutschen, ja, aller Bekenntnisse!«

Sibylle flüsterte: »Und das Werk der hartnäckigen Kölnerinnen und Kölner in unserem Dombauverein.«

»Still jetzt«, mahnte Victor.

»Wir sehen in diesem großen Bauvorhaben die Erfolge der antinapoleonischen Befreiungskriege symbolisiert. Unsere deutschen Fürsten und Völker werden in Einigkeit, unsere Konfessionen in Frieden zusammenstehen …«

»Das wäre wahrlich schön. Doch der Weiterbau des Doms hat nun wirklich andere Gründe«, murmelte Sibylle.

»Sibylle, es reicht!«, presste Victor hervor.

»Liebes Köln, seht auf die beiden Domtürme, die schönsten Tore der Welt. Sie sollen uns Tore einer neuen, großen, guten Zeit werden! Rufen Sie nun mit mir das tausendjährige Lob der Stadt: Alaaf Köln!«

Und die Stadt antwortete. Wieder überlief Victor ein wohliger Schauer. Nanu, dachte er dann, gab es diesmal gar keinen Kommentar seiner Frau? Er drehte sich zu ihr um und musste feststellen, dass sie verschwunden war.

»Emma, wo ist Sibylle?«

Seine Halbschwester zuckte die Schultern. »Vielleicht musste sie kurz austreten.«

»Vielleicht«, brummte Victor.

August Arkenberg rümpfte die Nase. Wie herausgeputzt sich die Kölner mal wieder zeigten! Sogar die einfachste Dienstmagd trug heute Rüschen und Reifrock. Wo er auch hinsah, steckten Arbeiter im feinsten Zwirn. All diese Fracks, die glänzenden Westen und Zylinder! All die bunten Schuten, garniert nach französischem Vorbild, die elegante Kreise um mal liebliche, mal grobschlächtige Gesichter zeichneten. Überall stachen Spazierstöcke in den Boden, wurden Sonnenschirme geöffnet und Fahnen geschwenkt. Auch wer normalerweise auf die Preußen schimpfte, hisste nun stolz den schwarzen Adler.

»Was für ein Schauspiel«, sagte Gottlieb.

Er nickte. »Wann ist schon mal ein König in der Stadt?«

Hinter Gottlieb standen seine Töchter. Wie er es ihnen beigebracht hatte, senkten sie die Blicke, sobald August sie betrachtete. Nur Wilhelmine schaute ihm direkt in die Augen. Ihm wurde heiß. Noch immer fand er ihr Gesicht burschikos, doch etwas in ihrem Blick erregte ihn. Sie trug ihr altbekanntes, blassgelbes Kleid, ausnahmsweise hatte sie aber einen kleinen Hut mit breitem Band aufgesetzt, und an ihrem Hals glänzte eine schmale Kette. August drehte sich wieder um. Sie standen so tief in der Menschenmenge, dass sie die Ehrentribüne und den Domkran sehen konnten. Was für ein Spektakel, dachte August. Der Spaziergang vom Neumarkt hierher, begleitet von einem Blasorchester, hatte ihn an die feuchtfröhlichen Karnevalsumzüge erinnert, allerdings war die Stimmung noch viel feierlicher.

»Seit Jahrhunderten ist der Dom eine Ruine. Kaum vorstellbar, dass sich das nun ändern soll«, brummte Gottlieb.

August nickte. »Unsere ganze Stadt wird eine andere sein. Hatten Sie mittlerweile eigentlich Gelegenheit, unsere Zahlen zu prüfen, Herr Müller? Wie Sie sehen werden, haben wir vor allem durch unsere Bonbons gute Gewinne erzielt. Aber auch unsere Quecksilbersalbe wirft derzeit einen hohen Ertrag ab! Ich habe eine moderne Methode entdeckt, um …«

Gottlieb hob eine Hand. »Ach, August, lass uns heute nicht vom Geschäft sprechen. An einem solchen Tag!«

August schluckte. Der Apotheker fuhr ihm selten über den Mund. Doch er versuchte, seine Enttäuschung zu verbergen.

»Alaaf!«, rief die Menschenmenge, und August und Gottlieb fielen ein, auch wenn sie kaum verstanden hatten, was der König gesagt hatte. Nichtsdestotrotz war August ergriffen. Er war Zeuge, wie sich alles veränderte, die ganze Stadt, ja, vielleicht sogar das ganze Land! Da beugte sich Gottlieb zu ihm hinüber.

»Ich möchte diesen großartigen Moment nutzen, um eine Überlegung mit dir zu teilen.«

August trat näher an ihn heran, um ihn im Lärm zu verstehen.

»Ich weiß, dass die Dinge zwischen Anna Sophia und dir ... schiefgegangen sind. Du weißt, wie sehr ich das bedauere.«

Kurz schaute August sich um – die Mädchen standen nah beisammen und mussten außer Hörweite sein. Sie konnten also frei sprechen, von Mann zu Mann, dachte August und nickte.

»Dennoch bist du in den letzten Jahren zu einem wichtigen Teil dieser Familie geworden. Ich möchte, dass du dich nicht länger als das fünfte Rad am Wagen fühlst.«

Nun erklangen laute »Oh«-Rufe. August reckte den Hals. Zwischen unzähligen Köpfen und Schirmen konnte er ganz kurz den König sehen, wie er mit seinem Hut unablässig gegen einen Steinquader schlug, den man eigens für diese Veranstaltung auf die Bühne geschleppt und mit einem Seil am Kran befestigt hatte. Dennoch zwang August sich dazu, seine Aufmerksamkeit auf Gottlieb zu richten.

»Ich möchte, dass du mein Nachfolger wirst, August.«

August runzelte die Stirn. Noch während er diese Worte zu verstehen versuchte, setzte sich über ihren Köpfen der mächtige Domkran in Bewegung. Seit Jahrhunderten hatte er stillgestanden. Nun donnerten Kanonenschüsse durch die Luft, von allen Seiten erklang Glockengeläut, und der Kran hob den Steinblock in die Lüfte – den ersten von unzähligen, die in den nächsten Monaten und Jahren sicherlich folgen würden.

»Ich möchte dir Wilhelmine zur Frau geben. Sie ist ein gutes, kluges Mädchen. Sie wird dir in der Apotheke zur Hand gehen. Für meinen Todesfall werde ich dich als Nachfolger eintragen lassen – und als Vormund für Elise und Julie.«

August beugte sich leicht nach vorn. Die Glocken dröhnten in seinen Ohren – hatte er das richtig verstanden?

»Es wird ein Feuerwerk geben! Unten am Rhein!«, rief jemand.

»Ich habe den König gesehen!«, rief ein anderer.

»Was sagst du dazu, August?«, fragte Gottlieb Müller.

August starrte den Apotheker an. »Ich ... bin überwältigt. Das ist eine unglaublich große Ehre, ich ...«

»Bitte, sag Gottlieb zu mir.«

August spürte, wie ihm die Tränen in die Augen stiegen. Auf einen Schlag wurde er von seinen Emotionen überwältigt. Von allen Seiten rempelten die Leute ihn an, das Stimmenmeer wuchs zu einem Tosen, und die Glocken schlugen unablässig. Was war er nur für ein glücklicher Mann! Obwohl er verleumdet worden war, hielt Gottlieb zu ihm! Obwohl die Frau, die er liebte, ihn hintergangen hatte, würde doch noch alles gut werden! Wilhelmine war zwar etwas schroff und unerzogen, doch das würde er schon in die richtigen Bahnen lenken. Was viel wichtiger war: Er würde nicht der Angestellte eines Apothekers bleiben, sondern eines Tages seine eigene Apotheke führen. So wie einst sein Vater es getan hatte, so wie es heute sein Bruder tat. Er, August, wäre mit ihm auf Augenhöhe. Er hatte schon geglaubt, alles verloren zu haben, schließlich war es kaum möglich, aus dem Nichts eine Apothekerlizenz zu bekommen – und nun sollten sich seine Wünsche doch erfüllen!

»Gottlieb«, sagte er. »Ich danke Ihnen.«

Verstohlen drehte er sich um. Er wollte seine zukünftige Frau heimlich betrachten – wo war sie? Vorhin hatte sie noch dicht bei Betty und den Kindern gestanden. Doch jetzt schien Wilhelmine mit einem Mal verschwunden zu sein.

Die Menschenmenge jubelte, und noch immer läuteten die Glocken Kölns. Doch nichts davon beachtete Wilhelmine. Sie hatte nur Augen für Sibylle.

»Wie schön, dich wiederzusehen.« Zwei Strähnen hatten sich unter Sibylles Schute gelöst, ihr schmaler Mund glänzte, und ihr Kleid umfloss majestätisch ihren runden Bauch. Obwohl sämtliche Kölner für diesen Tag ihre Sonntagskleider hervorgeholt hatten, war auf den ersten Blick ersichtlich, dass diese Dame von ganz eigener Eleganz war.

»Sie waren so lang nicht im Dom ...«, setzte Wilhelmine an, wurde jedoch von heftigen Schubsern unterbrochen. Einige Kinder tobten lachend umher, und ganze Familien drückten sich unsanft an ihr vorbei.

Wie oft Wilhelmine in den vergangenen Jahren im Dom gewesen war, wie häufig sie am Stadtpalast Schaaffhausen vorbeispaziert war – und nie hatte sie auch nur einen Blick auf Sibylle erhascht! Beinahe hatte sie vergessen, wie sie aussah! Dass die Dame ihr ausgerechnet heute in der unüberschaubaren Menschenmasse des Dombaufestes begegnete, fühlte sich seltsam an.

»Ich war einige Zeit ... unpässlich«, sagte Sibylle und strich über ihren Bauch. »Aber heute ist ein guter Tag. Und dann habe ich dich durch das Fernglas entdeckt!«

Wilhelmine blieb für einen kurzen Moment die Luft weg. War Sibylle etwa froher Erwartung? Eine edle Dame wie sie würde sich in diesem Fall doch nicht in der Öffentlichkeit zeigen? Unumwunden sah Sibylle ihr in die Augen. »Ich möchte dich etwas fragen. Aber zunächst müssen wir aus dieser Menschenmenge herausgelangen.«

Wilhelmine nickte und griff nach Sibylles Hand. Einfach so! Beinahe hätte sie sie vor Schreck wieder losgelassen, doch dann zwang sie sich dazu, Sibylle stattdessen durch die Menge zu führen. Mit dem freien Arm schob sie hier und da lachende Menschen aus dem Weg und versuchte, die Freundin so gut wie möglich zu schützen.

Endlich erreichten sie eine ruhigere Gasse und verbargen sich im Halbdunkel einer Straßenecke.

»Wenn dieses Kind ein Junge ist, gehe ich auf Reisen«, sagte Sibylle ohne Umschweife.

»Wie … was meinen Sie damit?«

»Ich möchte, dass du mit mir kommst.«

»Ich?« Wilhelmine riss die Augen auf.

»Wenn ich endlich einen Jungen bekomme, darf ich meine eigenen Wege gehen und ich muss … etwas finden. Ich kann es dir nicht erklären. Aber es wäre schön, wenn du mitkommen würdest.«

Wilhelmine wollte Ja! sagen, immer wieder nur Ja! Und doch stammelte sie: »Wieso ich?«

»Ich brauche für diese Reise jemanden mit medizinischem Sachverstand an meiner Seite. Und ich kann keinen Arzt mitnehmen, sicherlich würde der meinem Mann Bericht erstatten. Du hast mir schon so viel über Kräuter und Naturheilmittel erzählt … Ich werde dich natürlich gut bezahlen.«

Wilhelmine biss sich auf die Lippen. Ohne es zu wollen, schaute sie unruhig hin und her, ihre Gedanken rasten. »Aber … mein Vater. Er wird es niemals erlauben.«

»Warst du jemals außerhalb von Köln? In Bonn vielleicht, oder in Münster? Dort lebt meine Freundin Nette. Du weißt schon, die Dichterin. Vielleicht werden wir sie gemeinsam besuchen.«

Sicherlich ahnte Sibylle nicht, was diese Worte in Wilhelmine auslösten. Unendlich gern wollte sie all das sehen und sich mit einer Dichterin austauschen. Schon seitdem sie denken konnte, träumte sie von der Ferne. Davon, einmal keine Verpflichtungen zu haben und hingehen zu können, wo immer sie wollte. Doch was würde es für Folgen haben, wenn sie dieser Sehnsucht nun tatsächlich nachgab? Papa würde es ihr nie verzeihen, wenn sie einfach ginge. Und wie würde es ihren Schwestern ergehen, wenn sie nach Anna Sophia nun auch Wilhelmine verlören?

»Ich weiß, das kommt sehr plötzlich für dich. Wir haben uns lange nicht gesehen, und nun tauche ich aus dem Nichts auf und mache solche Ankündigungen. Aber ich habe viel an dich gedacht, Wilhelmine. Sehr viel …«

Wilhelmine schluckte.

»Und sicherlich kannst du durch den Verdienst bei mir auch deine Familie unterstützen.«

»Aber … ich hab doch gar keinen … medizinischen Sachverstand.«

»Ah, hier sind Sie!«

Die Frauen wirbelten herum. Vor ihnen stand keuchend, mit in die Hüften gestemmten Händen Koloman Witt.

»Was ist passiert?«, rief Wilhelmine.

»Gar nichts, machen Sie sich bitte keine Sorgen. Franz sagte mir nur, er habe Sie gerade noch in der Menschenmenge gesehen, und plötzlich waren Sie verschwunden. Und dann habe ich Sie in diese Gasse eilen sehen! Oh, Frau Mertens! Bitte entschuldigen Sie die Störung, die Damen.«

Erst jetzt schien er die Ehefrau seines Cousins zu erkennen. Sibylle senkte den Kopf. »Nun, ich muss dann … Fräulein Müller, kann ich auf Sie zählen?«

Wilhelmine presste für einen Moment die Zähne zusammen. Dann sagte sie: »Immer, Frau Mertens.«

Und schon war Sibylle verschwunden. Während Kolomann zu ihr sprach, hörte sie kaum zu. Stattdessen spähte sie in die Menschenmenge und versuchte, Sibylles Schute noch einmal zu entdecken. *Kann ich auf Sie zählen?*, hatte sie gefragt. *Ja*!, hatte Wilhelmine rufen wollen, so laut sie konnte. Doch was würde nun geschehen? Was würde Sibylle tun?

Gerade räusperte sich Koloman, und Wilhelmine zwang sich dazu, ihn anzusehen. Er rollte ein Papier auf und begann ein Gedicht zu rezitieren. Sah und hörte sie recht? Erschrocken wartete sie ab, bis er *Meer* auf *sehr* und *Schmerz* auf *Herz* gereimt hatte, dann zwang sie sich zu einem kleinen Applaus.

»Wunderbar!«, log sie. Hoffentlich merkte er nicht, dass sie kaum zugehört hatte.

»Ja? Gefällt es Ihnen?«

»Aber natürlich, Koloman.«

Eigentlich hatte sie ihn bei nächster Gelegenheit fragen wollen, ob sie ihm einmal eines ihrer Werke zeigen dürfte, doch nun war ihr die Lust vergangen. Viel lieber würde sie Sibylle vorlesen oder dieser Dichterin. Sie waren zwar Frauen, doch möglicherweise hatten sie ja dennoch etwas mehr Sachverstand als Koloman.

»Und … was ist Ihre Antwort?« Mit großen Augen sah Koloman sie an.

»Antwort?«

»Auf mein Gedicht! Ich dachte mir, eine so weitreichende Angelegenheit verdient doch eine poetische Form, nicht wahr? Aber natürlich werde ich noch heute mit Ihrem werten Vater sprechen. Das versteht sich von selbst. Franz hat mich ermutigt, zunächst Sie zu fragen und danach direkt zu Herrn Müller zu gehen. Sicherlich möchte er für Sie nur die beste Partie machen. Und Sie wissen ja, meine Familie …«

»Meine liebe Wilhelmine!«, rief hinter ihm nun August Arkenberg. Nanu, dachte Wilhelmine. Was suchte der denn hier?

»Wieso bist du so plötzlich verschwunden? Ich habe schon überall nach dir gesucht!«

»Ich hatte nur … ein kurzes Frauenleiden«, erklärte Wilhelmine.

Sofort sahen beide Männer peinlich berührt auf ihre Füße.

»Koloman, ich wünsche Ihnen noch einen guten Tag«, verkündete Wilhelmine kurzerhand und wollte mit August zurück zum Domplatz laufen.

»Und Ihre Antwort?«, rief Koloman ihr noch hinterher.

Nervös strich sich Wilhelmine ein paar Haare zurück in den alten Damenhut ihrer Mutter.

»Nehmen Sie meinen Antrag an?«

Jetzt trat August einen Schritt zwischen Wilhelmine und Koloman. »Antrag?«

»Ach, er hat nur gescherzt.« Wilhelmine winkte ab. Doch August hob eine Hand, als wolle er sie damit zum Schweigen bringen.

»Scherzen Sie?«

»Aber nein! Natürlich ist das mein voller Ernst. Wilhelmine, ich möchte, dass du meine Frau wirst!«

Wilhelmine suchte nach Worten. »Aber … ich, ich kann …«

In diesen Dingen hatte sie keinerlei Erfahrung. Wie auch? Sie hatte noch nie einen Antrag bekommen! Wie lehnte man höflich ab? Und das auch noch auf offener Straße, wenn der Schützling des Vaters dazwischenstand?

»Werter Herr, sie kann Ihren Antrag nicht annehmen«, antwortete August nun für sie.

»Kann ich nicht?« Wilhelmine zog überrascht die Augenbrauen hoch.

»Kann sie nicht?« Koloman stemmte die Hände in die Hüften.

»Nein. Kann sie nicht. Schließlich ist sie bereits mit mir verlobt.«

Und in diesem Moment begann sich die Welt um Wilhelmine – die Gasse, die Männer, die Menschenmenge und der noch unvollendete Dom – immer schneller zu drehen.

Mit Margarethas leblosem Körper im Arm kehrte Kaspar zurück ins Dorf. Sie hatten bereits auf ihn gewartet: Amalie mit Lina, seine Mutter, seine Schwestern, sogar Wilhelm und seine Brüder. Sie alle standen vor Kaspars Elternhaus und sahen ihm entgegen.

»Sie hat nichts mehr für Margaretha tun können«, sagte er und seine Stimme kam ihm ganz fremd vor. Als würde da ein anderer Kaspar sprechen.

Er spürte seine Arme nicht mehr, nicht seinen Rücken oder seine

Beine. Er ging an den anderen vorbei ins Haus und legte Margaretha auf das Bett. Eine kleine Ewigkeit glaubte er, allein mit ihr hier zu sein. Wenn dieser Moment nicht verginge, dann könnte er niemals wahr werden, dachte Kaspar. Er starrte Margaretha an, ihr blasses Gesicht, ihre zerzausten Haare. Und er wollte nicht begreifen, was er da sah.

Doch irgendwann drang das Weinen der Dorfbewohner zu ihm durch. Die Frauen zeterten vor dem Haus, seine Mutter schluchzte. Amalie trat direkt hinter ihn. Sie legte ihm eine Hand auf die Schulter, und mit gebrochener Stimme sagte sie: »Die Männer sind gegangen, Kaspar. Sie laufen in den Wald.«

Da wischte er sich die Tränen aus dem Gesicht. Und ohne ein weiteres Wort rannte er los.

Schon am Scharfenfels konnte Kaspar das Feuer riechen. Er rannte, aber sein Körper war nach all den Strapazen schwach. Er kam nur langsam voran, mühsam kämpfte er sich von Baum zu Baum, bis er es knacken hörte und ihm der Qualm ins Gesicht schlug. Gesches Hütte brannte. Sie loderte hell zwischen den Bäumen. Hühner flogen aufgescheucht umher, und sogar die Holzschaukel stand in Flammen. Kaspar taumelte. Er wusste, dieses Bild würde sich für immer in seine Augen einbrennen. Doch er durfte jetzt nicht die Fassung verlieren. Er ballte die Hände zu Fäusten und sprang, so schnell er konnte, über Äste und Büsche.

Bald traten aus dem Rauch drei Gestalten mit dünnen Beinen und großen Schlapphüten hervor. Auch wenn er sie nicht genau erkannte, wusste er, dass es Wilhelm und seine Brüder waren.

»Was habt ihr getan?«, schrie er ihnen entgegen. »Margaretha ist nicht hier gestorben! Gesche kann nichts dafür! Wir müssen sie retten!«

Doch ihre Gesichter waren wie aus Stein. Wortlos marschierten sie an ihm vorbei wie eine kleine Armee aus Geistern. Vielleicht war auch er der Geist, dachte er – denn keiner von ihnen beachtete Kaspar.

»Helft mir!«, schrie er ihnen nach, doch sie waren schon längst an ihm vorbeigelaufen. Was sollte er tun? Der nächste Bach war zu weit entfernt, und sein Mantel war zu klein, um das Feuer zu ersticken.

»Gesche!«, rief er so laut er konnte, doch nur die Flammen antworteten mit ihrem Knacken und Züngeln. Kaspar stolperte über das Seil, das Gesche gespannt hatte, und sämtliche Glöckchen klingelten. Neben ihm rissen die verkohlten Seile der Schaukel, sie fiel zu Boden wie ein Stück Brennholz.

»Gesche!«

Die Hühner waren geflohen, die brennende Hütte war mit einem Riegel verschlossen. Kaspar schob sich sein Halstuch vor den Mund, zog seinen Ärmel über die Handfläche, und mit einem Ruck schob er den Riegel zurück. Vor Schmerz schrie er auf – selbst durch den Stoff war das Metall glühend heiß. Er öffnete die Tür, und eine Rauchwolke umhüllte ihn.

Anna Sophia beugte sich aus dem Fenster. Unter ihr jubelte und lachte die Menschenmenge, doch all diese Leute beachtete sie kaum. Ihr war, als hätte sie etwas gesehen, irgendwo in der Nähe des an einem Seil baumelnden Steinblocks. Der König Preußens war bereits verschwunden, die Ehrengäste standen noch beisammen, und der Quader schwang kaum merklich am Domkran hin und her. Da! Da war es wieder: Eine diffuse, dunkle Wolke, die über dem Stein schwebte. Waren das Insekten? Falter vielleicht, oder Marienkäfer? Es mussten unzählige Tiere sein, sonst hätte Anna Sophia sie von Theodors Fenster aus nicht erkennen können. Plötzlich spürte sie ein Ziehen im Unterleib – sie krallte ihre Hände um die Fensterbank. War es etwa schon so weit?

»Anna Sophia! Ist dir nicht gut?«

Franz stand hinter ihr, legte ihr seine warme, große Hand auf den Rücken und sah besorgt auf ihren zum zweiten Mal kugelrunden Bauch.

»Sollen wir einen Arzt rufen?«, schlug Theodor vor. Seine Gesichtsfarbe war endlich rosiger geworden. Nach seinem Aufenthalt im Klingelpütz hatte es Wochen gedauert, bis er sich erholt hatte.

Auch Heinrich war bei ihnen und wandte sich zur Tür, um so schnell wie möglich einen Arzt zu holen.

»Ich ... bin mir nicht sicher«, sagte Anna Sophia und sah wieder aus dem Fenster. Die Wolke war noch da. Sie schwebte ganz leicht auf und ab. Sie schaute hinein und glaubte, keine Wolke mehr zu sehen, sondern das Abbild einer Holzhütte. Schief und krumm waren die Bretter aneinandergenagelt, die Tür war verschlossen. Anna Sophia riss die Augen auf. Sie musste an Gesches Häuschen denken, tief im Wald. Sie wollte lächeln, doch dann glaubte sie auf einmal, dass dieser Bretterverschlag brannte. Ja, da waren Flammen, die an den Wänden emporzüngelten, Qualm, der aus dem Dach stob. »Nein«, flüsterte sie. Gesches Haus brannte lichterloh! Unsinn, versuchte Anna Sophia sich zu sagen. Was hatte sie nur wieder für seltsame Gedanken! Natürlich war das nur eine Insektenwolke. Doch mit einem Mal wurde das Gebilde dichter, und dann flog es direkt auf Anna Sophia zu. Sie sog scharf die Luft ein und umfasste instinktiv die Kräuterschere an ihrem Kleid, als könne sie sich damit irgendwie verteidigen. Was um alles in der Welt hatte das zu bedeuten? Über die Köpfe der Menschen hinweg kam die Wolke näher und näher. Sie wurde immer größer und flog schließlich direkt in das Fenster, hinter dem sie standen. Anna Sophia stolperte zurück und spürte, wie die erste Wehe sie überrollte.

Hustend stolperte Kaspar in die Hütte hinein. Gesche lag am Boden, die Arme leblos von sich gestreckt. Mit letzter Kraft zog er Gesche an den Füßen hinaus, weiter und weiter, bis sie endlich außer Reichweite des Feuers waren.

»Gesche!«, rief er und schüttelte sie sanft. »Wach auf, bitte, Gesche!«

Und endlich hustete sie. Ihr braunes und ihr blaues Auge waren nur leicht geöffnet, als sie ihn ansah.

»Kaspar«, flüsterte sie zwischen zwei Hustenanfällen. »Mein hübscher Junge. Ich habe immer geglaubt ... ich war mir immer so sicher, dass wir uns zum Besseren verändern. Wir alle. Aber ... wie können wir uns da jemals sicher sein?« Wieder hustete sie.

Kaspar runzelte die Stirn.

»Du bist jetzt in Sicherheit«, sagte er leise.

Doch Gesche schüttelte den Kopf. »Darf ich dich um etwas bitten?«

»Natürlich.«

Mit scheinbar großer Anstrengung hob sie einen Arm und deutete auf ihren Hals. Unter Keuchen und Husten flüsterte sie: »Das Amulett ... könntest du es eines Tages nach Köln bringen? Es soll meiner Enkelin gehören, Anna Sophia. Ihr Vater hat eine Apotheke am Neumarkt. Such sie und gib es ihr.«

»Das werde ich«, sagte Kaspar. Plötzlich verzog sich Gesches Gesicht, und ihre Schultern zuckten unkontrolliert.

»Gesche, nein!«, rief er, doch er wusste nicht, was er tun sollte.

Endlich erschlaffte Gesche wieder. »Und wenn du es findest, bring ihr ein wenig Tausendgüldenkraut. Seine Blüten sehen aus wie violette Sterne. Sie können Wunder wirken.«

Kaum hatte sie es ausgesprochen, da zuckte sie so heftig, dass Kaspar sie kaum festhalten konnte. Ihr Kopf schlug hin und her, und ihre Beine strampelten. Und als sie diesmal erschlaffte, sagte sie nichts mehr. Kaspar legte sein Ohr an ihre Brust, doch er hörte nichts als die knisternde Glut und das ewige Rauschen des Waldes.

Kaspar musste vor Erschöpfung eingeschlafen sein. Als er erwachte, dämmerte es bereits. Er richtete sich auf und schaute sich um. Gesches Körper lag leblos neben ihm, und einige Schritte von ihnen entfernt stieg eine dünner werdende Rauchsäule in den Himmel. Es roch nach Asche und Ruß.

Er konnte Gesche nicht hier liegen lassen. Aber wie sollte er sie begraben? Sein Körper fühlte sich taub an, während er um die verkohlten Bretter ihrer alten Hütte herumlief und nach Werkzeug Ausschau hielt. Und tatsächlich: An dem Baum, an den Gesche ihre Schnur gebunden hatte, lehnten unversehrt Hacke und Schaufel.

Er griff danach und zog beides mit kraftlosen Armen hinter sich her. Er kehrte das Laub beiseite, schlug die Erde auf und schaufelte immer tiefer. Seine Arme und Hände arbeiteten, und Kaspar verstand selbst nicht, wie er das schaffte. Doch solange er grub, konnte er die Gedanken an Margaretha verdrängen. Er wollte für immer weitergraben und nichts von alldem, was geschehen war, jemals wirklich verstehen.

Dann endlich war das Loch ausgehoben, und Kaspar schob Gesche hinein. Er schaufelte die Erde auf ihren Körper und schlug sie fest. Er dachte an Blumen – ein Grab brauchte doch Blumen! Doch weit und breit sah er nur Laub und Asche. Dann fiel ihm etwas ein: Er griff in seine Tasche und holte den halb gegessenen Apfel hervor. Als er vor einigen Stunden ein Stück herausgeschnitten hatte, war seine Welt noch eine andere gewesen, dachte er, und steckte den Apfel in die Erde.

Auf dem Rückweg kam Kaspar kein Schluchzer über die Lippen, doch unablässig liefen ihm Tränen über die Wangen. Er dachte an Gesche, an Margaretha und an Lina, die nun nur noch *ihn* hatte. Doch er war ein gebrochener Mann. Wie sollte er der Vater sein, den sie brauchte? Den sie verdiente? Zwischen den Bäumen wurde es immer dunkler, und kurz bevor die Finsternis ihn einfangen konnte, trat er aus dem Wald heraus.

Schon von Weitem sah er, wie Amalie auf ihn zurannte. Er runzelte die Stirn – würde sie rennen, wenn sie einfach nur Trost suchte?

»Kaspar!«, schrie sie.

Da lief er ihr, so schnell seine Beine noch konnten, entgegen.

»Wilhelm hat Lina mitgenommen! Ich konnte nichts tun, er hat sie einfach mitgenommen.«

Ein Schrei gellte die Wiese herunter. Kaspar begriff kaum, dass er es war, der da brüllte.

»Wo sind sie hin?«

»Ich glaube Richtung Köln, aber ich habe es nicht genau gesehen.«

Einen Moment lang taumelte Kaspar. Dann zwang er sich dazu, jetzt nicht zusammenzubrechen. Er musste wach bleiben! Mit aller Kraft, die er noch aufbringen konnte, machte er sich auf den Weg. Er lief die Wege entlang, stolperte in der Dunkelheit, rappelte sich hoch und schrie: »Lina!« Dann verfluchte er sich selbst für seine Dummheit. Viel lauter schrie er: »Wilhelm.« Doch auch der antwortete nicht. Die Wege waren leer, in den finsteren Wäldern hörte er nur die Tiere und das Laub, und die Felder reckten ihre Ähre erbarmungslos und undurchdringlich in den Sternenhimmel. Wie sollte er seine Tochter jemals finden? Sie konnte ihn ja nicht mal rufen hören!

Sein ganzer Körper zitterte, er spürte, dass er der Ohnmacht nah war, da sah er eine Gestalt am Ende des Weges: einen Mann mit einem großen Schlapphut. Leise ratterten Holzräder über den Boden: ein Handkarren, dachte Kaspar. Einen Moment blieb er reglos stehen und spürte, wie erstaunlich ruhig sein Atem wurde. Er war zu allem bereit.

Wilhelm schien ihn noch nicht gesehen zu haben, also trat er leise in das Getreidefeld zu seiner Rechten. Langsam duckte er sich zwischen den Halmen zusammen und wartete. Bitte, lieber Gott, dachte er, bitte lass Lina auf dem Karren sitzen.

Das Rattern wurde lauter, und als Wilhelm genau auf Kaspars Höhe war, sprang er mit einem wütenden Schrei auf den Weg und schlug Wilhelm mit der Faust ins Gesicht. Überrascht taumelte der Bauer zurück und fiel auf den Boden. Kaspar sank auf ihn nieder, hielt ihn am Kragen fest und wusste, dass er alles verloren hatte. Denn Lina war nicht da.

»Wo ist sie?«, schrie er Wilhelm an. Noch bevor der antworten konnte, schlug Kaspar ihm mit all seiner Verzweiflung mitten ins Gesicht.

»Ich hab dich was gefragt!«, rief er mit einer Stimme, die nicht seine war.

»Sie ist … weg«, stammelte Wilhelm.

Wieder schlug Kaspar zu.

»Was hast du mit ihr gemacht?!«

»Sie hätte nie geboren werden dürfen«, flüsterte Wilhelm, und das Blut quoll ihm aus Nase und Mund. »Es war mein Fehler. Die ganze Zeit. Also habe ich es wiedergutgemacht.«

Kaspar holte sein Taschenmesser hervor und klappte es auf. Er presste die Schneide gegen den Hals seines Schwiegervaters und seine Hände waren ganz ruhig.

»Ich frage dich noch ein letztes Mal: Wo ist sie?«

Wilhelm atmete ein und aus, dann sagte er: »Keine Angst. Du musst sie nie wiedersehen.«

Und mit einer entschiedenen Bewegung seines Armes schlitzte Kaspar dem Bauern Wilhelm den Hals auf.

18. Kapitel

Peter Josef Stollwerck wurde im Morgengrauen geboren. Anna Sophia hielt ihren zweiten Sohn fest im Arm. Alles tat ihr weh, sie war unendlich müde, auch ihr Kind wirkte erschöpft, doch es atmete ruhig und sah völlig gesund aus. Anna Sophia war überglücklich. Kurz musste sie an die Insektenwolke denken, die am Vortag direkt auf sie zugeflogen war. An die brennende Hütte, die sie zu sehen geglaubt hatte. War sie wirklich da gewesen? Oder hatte sie sich diese Falter oder Käfer nur eingebildet? Während sie geschlafen hatte, waren Albträume durch ihren Kopf gerast. Immer wieder hatte sie Gesche gesehen, die sie sanft anlächelte, während sich Glut durch ihre wirren Haare fraß und von allen Seiten auf ihr Gesicht zuraste. Sie versuchte, diese Erinnerungen wegzuschieben. In Gedanken versunken streichelte sie ihrem Baby das Köpfchen. Da landete plötzlich ein Marienkäfer auf seiner Wange. War er ihr gerade aus den Haaren gefallen? Sie fuhr sich mit den Fingern durch die verknotete Mähne – nichts. Das muss Zufall gewesen sein, dachte sie. Gerade wollte ihre Schwägerin Hubertine ihr das Kind aus den Armen nehmen, um es zu waschen, da öffnete Peter Josef die Augen – und Anna Sophia verschlug es einen Moment lang den Atem. Er schien sie direkt anzuschauen. In ihrem vor Schmerz noch pochenden Körper breitete sich eine neue Wärme aus, denn eines seiner Augen war dunkelbraun und das andere strahlend blau.

Kaum, dass es Anna Sophia besser ging und sie wieder mit ihrem Mann in der Bäckerei stand, war sie erneut in anderen Umständen. Sie seufzte. Würde das nun immer so weitergehen? Ihre Schwester Wilhelmine kam in dieser Zeit oft mit Elise und Julie, um die junge Familie zu unterstützen, und Anna Sophia war froh, dass ihr Vater es ihr erlaubte. Zwar hatte er sich nicht mit ihr versöhnt, aber zumindest verbot er den Mädchen nicht den Umgang mit ihr. Ohne Wilhelmine hätten Anna Sophia und Franz es wohl kaum geschafft, die Bäckerei zu führen. Manchmal kamen auch Anna Sophias Schwägerinnen Hubertine und Maria, um einzuspringen. Ständig hatten sie also ein volles Haus: Oben kümmerten sich die Mädchen um die Kinder, unten gingen die Kunden ein und aus, und immer wieder kamen auch Franz' Freunde, um hier und da zur Hand zu gehen.

Trotz der vielen Mühen liefen die Geschäfte mit jedem Tag nun wieder ein wenig schlechter. Immer weniger Kunden kamen in den Laden, und wer kam, kaufte geringere Mengen. Manche baten nur noch um Anna Sophias Ratschläge wegen Magenschmerzen, Wunden oder Husten. Sie half ihnen gern, doch gleichzeitig spürte sie, dass Franz mit jeder Kundin, die keine Brötchen bezahlen, sondern nur ein paar Kräuter holen wollte, missmutiger wurde. Wenn sie dafür doch nur ein wenig Geld nehmen dürften!

Immer wieder grübelte Anna Sophia darüber nach, ob die Gebäcke aus aller Welt wohl bereits ihren Reiz verloren hatten. Zumindest behauptete das Franz' Vater Nikolaus. Seit der Umsatz rückläufig war, kam er häufiger vorbei, vorgeblich, um Guten Morgen zu sagen, doch Anna Sophia wusste es besser. Ihr Schwiegervater war ein seltsamer Kerl, fand sie. Zwar sah er mit seinen schräg stehenden Augen und den großen Ohren freundlich aus, doch sein Bedauern über die schlechter laufenden Geschäfte erschien ihr gekünstelt. Gern wies er Franz auf jeden kleinen Fehler hin und säte in ihm Zweifel.

»Was interessiert die Menschen schon auf Dauer Gebäck aus Aachen, Franz? Wir sind Kölner! Und wir lieben unsere Stadt«, sagte er. Oder: »Schmecken diese Tafelbrötchen nicht viel zu trocken? Daran musst du arbeiten, Franz, sonst wird es nicht besser!«

Eines Tages, nachdem er gerade mit einem falschen Lachen den Laden verlassen hatte, stellte Anna Sophia fest: »Er ist erleichtert, weil die Bäckerei nicht mehr so gut läuft.«

Franz' Miene verfinsterte sich. »Wie kannst du so etwas sagen? Ich möchte das nie wieder hören!«

Anna Sophia hielt sich daran, doch sie war überzeugt: Nachdem Franz die Bäckerei gegen den Willen seines Vaters eröffnet und den Kramladen seinem jüngeren, unsicheren Bruder Johannes überlassen hatte, der ohne die Hilfe seiner Mutter und Schwestern wohl völlig aufgeschmissen wäre, hegte Nikolaus einen Groll gegen seinen ältesten Sohn. Er würde nur zu gern sehen, wie Franz seinen Laden aufgab – dessen war Anna Sophia sich sicher. Und auch, wenn Franz es nicht zugab: Er wollte es seinem Vater unbedingt beweisen. Unablässig recherchierte Franz neue Rezepte und ließ sich von James Lever, den er mittlerweile tatsächlich zu seinen Freunden zählte, ausgefallene Ideen aus England zuschicken. Allerdings konnten auch sie die Geschäfte nicht ankurbeln. Was sollte nur werden, wenn bald ein drittes Kind auf die Welt kommen würde, das versorgt werden wollte?

Normalerweise sprach Wilhelmine ihr Mut zu, doch in letzter Zeit war sie nicht nur furchtbar erkältet, sie stand auch völlig neben sich. Immer wieder erklärte sie Anna Sophia mit heiserer Stimme, dass sie August unter keinen Umständen heiraten wollte.

»Du musst mit Papa reden!«, sagte Anna Sophia ein ums andere Mal.

»Das ist ihm doch ganz egal. Der Termin ist bereits in ein paar Monaten angesetzt, und ich kann nichts dagegen tun«, antwortete sie hustend.

»Doch, kannst du! Erzähl Papa von Kolomans Antrag. Ich weiß, Koloman ist nicht der schönste Mann. Aber er ist klug, er hat Geld und eine ansehnliche Familie, und sicherlich würde er dir ein angenehmeres Leben bereiten als August.«

Heftig schüttelte Wilhelmine den Kopf. »Koloman kann ich auch nicht heiraten!«

»Aber, wieso denn nicht?«

»Ich ... ach, du würdest es nicht verstehen!« Wilhelmine nahm Peter

Josef auf den Arm, der gerade zu schreien begonnen hatte, und lief mit ihm auf und ab.

»Redest du immer noch von dem Angebot dieser reichen Dame?«

»Unsinn!«

Anna Sophia ahnte jedoch, dass Wilhelmine log.

»Euer Gespräch ist mittlerweile so lange her. Ich glaube nicht, dass da noch etwas geschieht.«

Wilhelmine antwortete nicht, sie hustete nur. Also kaufte Anna Sophia ihr auf der Straße bei einem fahrenden Bader ein paar Bonbons – und seufzte. Mal wieder fragte sie sich: Wieso durfte ein schmutziger Straßenverkäufer seine Medikamente verkaufen, sie aber nicht? Und dann auch noch zu diesen horrenden Preisen! Anna Sophia schüttelte den Kopf. Franz' Geschäfte ließen immer mehr zu wünschen übrig – vielleicht war das nun endlich der richtige Zeitpunkt, noch einmal mit ihm über ihre Bonbons zu reden. Noch am selben Abend nahm sie ihn zur Seite.

»Wenn dieser Bader das darf, kann uns das doch niemand verbieten!«, sagte sie. »Wir sollten es zumindest versuchen. Ich bin mir sicher, dass die Bonbons den Umsatz steigern könnten.«

Franz runzelte die Stirn. »Ich weiß nicht, Anna Sophia. Es ist riskant.«

Doch in seinen Augen sah sie, dass auch er bereits darüber nachdachte.

Peter Josef war beinahe ein Jahr alt und Anna Sophias Bauch schon bedenklich rund, als ihr jüngster Sohn rote Pusteln bekam. Mit seinem braunen und seinem blauen Auge sah er Anna Sophia an und weinte ganz schrecklich. Anna Sophia hatte das Bedürfnis, ihn zu Gesche zu bringen und mit ihr über mögliche Behandlungen, über Kräuter und ihre heilende Macht zu sprechen. Sie machte Pferd und Einspänner, die Franz für seine Markteinkäufe besorgt hatte, bereit, doch da bemerkte ihr Mann sie.

»Anna Sophia – was hast du vor?«

»Ich möchte, dass meine Großmutter sich Peter ansieht.«

»Deine Großmutter?« Franz runzelte die Stirn. »Meinst du etwa mütterlicherseits?« Jetzt hob er die Augenbrauen. »Das ist viel zu gefährlich!«

»Ich war schon mehrfach dort, ich kenne den Weg. Uns wird nichts passieren.«

Einen Moment lang sah Franz sie an. Dann breitete er die Arme aus. »Kommt mal her, ihr zwei.«

Überrascht trat Anna Sophia näher. In letzter Zeit hatten die beiden nur wenige Zärtlichkeiten austauschen können. Anna Sophia war viel mit den Kindern beschäftigt, und Franz hatte so viele Sorgen, dass er abends nur noch erschöpft in seinen Schaukelstuhl fiel. Nun legte er langsam seine Arme um Anna Sophia und das Kind, das sie auf dem Arm trug. Sie spürte seine Wärme um sie herum und Peters leises Weinen an ihrem Hals. Tief atmete sie durch und schaute an Franz' Schulter vorbei zu dem Efeu an der Fassade, der sich in kräftigem Grün bis zum ersten Stockwerk hinaufgehangelt hatte.

»Es wird alles gut, meine Liebe. Peter wird wieder gesund. Was hältst du davon, wenn du stattdessen zu deinem Vater gehst? Es ist so viel Zeit vergangen ... vielleicht hat er etwas, das Peter helfen kann.«

Wenige Stunden später betrat sie die Apotheke am Neumarkt – zum zweiten Mal seit ihrer Hochzeit. Ihr war übel. »Schhh«, sagte sie zu ihrem Kind, das sie auf dem Arm trug, dabei wollte sie sich eigentlich eher selbst beruhigen. Wie ihr Vater wohl reagieren würde? Ob er sie diesmal zumindest länger anschauen und ihr die ein oder andere Frage stellen würde? Sie schluckte, als sie sah, dass August hinter dem Tresen stand.

»Ist mein Vater da?«, fragte sie. Doch da kam er gerade schon aus dem Hinterzimmer. Ihr Herz raste. Einen Moment hielt er inne, als er seine Tochter sah.

»August, schaust du kurz nach der Tinktur, die ich gerade angesetzt habe?« Er sprach ganz leise und tätschelte dabei liebevoll Augusts Schulter. Und in diesem Moment fragte sich Anna Sophia, ob sie sich nicht doch getäuscht haben könnte. Was, wenn August ihren Papa doch nicht hatte vergiften wollen? Hatte sie ihn vielleicht zu Unrecht beschuldigt? Der Gedanke nahm ihr einen Moment die Luft zum Atmen.

»Aber natürlich, das mache ich«, antwortete August. Kurz musterte er Anna Sophia und das Kind, dann drehte er sich um und verließ den Raum.

»Was kann ich für dich tun?«

Ihr Vater war alt geworden. Die Haut hing schlaff an seinen Wangen, auf dem Kopf trug er kaum noch Haare, und seine Arme erinnerten sie mehr an totes Gehölz als an prächtige Äste. Traurig sah er sie an. Hatte er vielleicht auch den Wunsch, sie und seinen Enkel in den Arm zu nehmen, so wie sich Anna Sophia nach seiner Umarmung sehnte? Vielleicht brauchte er nur einen kleinen Anstoß.

»Es tut mir leid, Papa. Ich meine, wie die Dinge damals ... abgelaufen sind.« Die Worte stolperten ihr aus dem Mund. »Vielleicht war alles ganz anders. Hätte ich recht gehabt, dann wärt ihr heute nicht so ...«

»Was passiert ist, ist passiert, Anna Sophia«, unterbrach er sie mit eisiger Stimme.

Sie verstummte. Dabei wollte sie doch noch sagen, dass sie ihn vermisste. Dass sie in diesem Haus wieder ein und aus gehen wollte, und dass alles so werden sollte wie früher. Doch ihr Papa sah sie so ernst an, dass keines dieser Worte ihre Lippen verließ. Stattdessen ertappte sie sich dabei, dass sie auf ihrem Daumennagel kaute, dabei hatte sie das seit Jahren nicht mehr getan.

»Wir können die Zeit nicht zurückdrehen. Ich bitte dich nur um eines«, sagte er leise. »Lass Wilhelmine ihren eigenen Weg gehen.«

Anna Sophia runzelte die Stirn. »Wilhelmine?«

»Sie wird August heiraten. Es ist das Richtige für sie. Indem du ihr davon abrätst, tust du ihr keinen Gefallen.«

Mit einem Mal fühlten sich Anna Sophias Augenlider unendlich schwer und müde an. Sie wusste nicht, was sie sagen sollte.

»Bitte setz ihr keine Flausen mehr in den Kopf.«

Nur langsam begriff Anna Sophia: Ihr Vater gab ihr die Schuld dafür, dass Wilhelmine an der Entscheidung ihres Vaters zweifelte. Dabei müsste er doch ganz genau wissen, dass Wilhelmine immer schon das sturste Mädchen der ganzen Familie gewesen war! Niemand könnte ihr irgendetwas in den Kopf setzen, das schaffte sie stets ganz allein. Wie konnte er so schlecht von Anna Sophia denken? Früher hatte er sie doch stets mit Wohlwollen behandelt! Allerdings war sie damals auch noch die brave, angepasste Tochter gewesen. Offenbar fiel es ihm furchtbar schwer zu akzeptieren, dass seine Töchter manchmal anderer Meinung waren als er selbst und ihre eigenen Entscheidungen trafen. Sowohl Anna Sophia als auch Wilhelmine ...

»Machst du es dir nicht ein bisschen einfach, Papa?«, presste sie hervor. Mit einem Mal war sie schrecklich wütend, gleichzeitig standen ihr Tränen in den Augen. »Anstatt darüber nachzudenken, warum Wilhelmine deinen Liebling August nicht heiraten möchte, und ihr wirklich zuzuhören, schiebst du lieber mir die Schuld zu und machst mich zum Sündenbock ...«

In diesem Moment begann Peter Josef, laut zu schreien.

»Du bist wegen dem Kleinen hier, habe ich recht?«, fragte Gottlieb, als hätte sie gar nichts gesagt, und deutete mit dem Kopf auf seinen Enkel. Er zog ein paar Schubladen auf und stellte ein Fläschchen und zwei kleine Papiertüten auf den Tresen. »Gegen die Schmerzen. Mach dir keine Sorgen, dein Kind hat nur die Masern. Die hattet ihr alle.«

Und obwohl seine Stimme nun schon viel sanfter klang, schmerzten seine Worte Anna Sophia, sie brannten auf ihrer Haut, als hätte sie selbst rote Pusteln. Sie wollte ihren Vater anschreien, sie wollte ihn schütteln, oder ihn doch lieber anflehen, endlich mit dem Streiten aufzuhören, doch sie kannte ihn gut genug, um zu wissen, dass es keinen Sinn hatte. Er war viel zu stur und stolz, um zuzugeben, dass er sich verrannte. Langsam griff sie nach den Medikamenten und ließ sie in ihre Stofftasche fallen.

»Was bekommst du?«, flüsterte sie.

»Geht aufs Haus.« Sein Blick huschte zu Peter Josef hinüber.

Trotz seiner Worte legte Anna Sophia ein paar Münzen auf den Tresen, bevor sie sich umdrehte und ging. Schrill klingelte das Türglöckchen, und dieses Geräusch hatte sie noch den ganzen Abend im Ohr.

Heinrich Stollwerck kam einen Tag nach Peter Josefs Genesung im Jahr 1843 zur Welt. Seine Geburt war kürzer, aber auch schmerzhafter als die seiner älteren Brüder, und im Anschluss schlief Anna Sophia länger. Sie glaubte, tagelang zu schlafen. Alles war Dämmern und Träumen, nichts ganz dunkel und nichts ganz hell. Ein scheinbar endloses Morgengrauen. Immer wieder stöhnte sie vor Schmerz und Unbehagen, dann ahnte sie, dass ihr eine Arznei verabreicht wurde, bevor sie weiterdöste, – und ein Teil von ihr wollte für immer in diesem wunderbar weichen, halbhellen, grenzenlosen Zwischenraum verweilen.

Franz erwachte mitten in der Nacht – er hatte etwas gehört. Schlaftrunken drehte er sich um und bemerkte, dass seine Frau das Bett verlassen hatte. Noch etwas verwirrt richtete er sich auf. Nach Heinrichs Geburt war Anna Sophia ungewöhnlich schwach gewesen. Die Hebamme mahnte, die dritte Schwangerschaft in so kurzer Zeit sei kräftezehrend gewesen. Es würde ihr guttun, nun erst mal zu genesen und nicht zu schnell wieder in andere Umstände zu geraten. Franz hatte den Wink verstanden und sich fürchterlich gefühlt.

Seit Tagen hatte Anna Sophia nur geschlafen. Zeugte es nun endlich von Besserung, dass sie mitten in der Nacht aufgestanden war? Rufen wollte er sie nicht, denn der kleine Heinrich lag neben ihm, und im Nachbarraum ruhten auch seine zwei älteren Söhne. Vielleicht wollte sie nur etwas trinken und würde gleich zurückkommen?

Franz entschied sich abzuwarten und lauschte in die Nacht hinein. Doch sobald er ruhig dalag, überfielen ihn die Gedanken und umkreisten ihn wie Raben. Wie sollte es nur mit der Bäckerei weitergehen? Zufällige Laufkundschaft verirrte sich wegen der mittelmäßigen Lage nur selten zu ihnen in die Blindgasse. Auch die Stammkunden, die sie gezielt aufgesucht hatten, waren weniger geworden. Wenigstens waren da noch die Frauen, die wegen Anna Sophias Heilkenntnissen kamen. Er wusste zwar nicht so recht, wie seine Frau den Menschen half – an dem Grünzeug, das sie mit ihrer Kräuterschere allerorten abschnitt, konnte es doch nicht wirklich liegen. Doch sie alle schworen auf Anna Sophias Ratschläge. Vielleicht war es ja ihre Art, die Wunder wirkte, überlegte er. Sie war so sanft und liebevoll. Sogar ihm selbst verlieh sie dadurch immer wieder die nötige Ruhe. Ohne sie hätte er seine Launen der Anfangszeit sicher nicht in den Griff bekommen. Wie wenig er sich damals selbst leiden konnte – doch sie hatte dennoch zu ihm gehalten.

Leider verdienten sie wenig an Anna Sophias Talent. Hin und wieder kauften die Frauen, wenn sie schon mal da waren, auch etwas Teekuchen, doch das reichte nicht. Franz musste sich eingestehen, dass er falsch kalkuliert hatte: Sein Gebäck war von Anfang an zu günstig gewesen. Doch wenn er jetzt die Preise anhob, würden die wenigen Kunden sicherlich ganz wegbleiben. Er könnte auch das Sortiment vergrößern – aber wie sollte er das schaffen, ohne Geld? Was hatte er doch für große Pläne gehabt, dachte er. Er wollte die ausgefallenste Bäckerei der ganzen Stadt führen, er wollte so erfolgreich werden, dass keines seiner Kinder jemals Hunger leiden musste! Und jetzt? Seit Monaten schaffte er es nicht, die Bäckerei aus den roten Zahlen zu holen. Er hatte die eigenen Essensrationen verkleinert und sparte an allen Ecken und Kanten. Er hatte sogar Anna Sophias Hochzeitskleid und seine Hüte verkaufen müssen. Trotzdem wusste Franz nicht, wie er in den nächsten Tagen die Zutaten für seine Backwaren bezahlen sollte. Anna Sophia ahnte noch nicht, wie schlimm es seit Heinrichs Geburt um die Bäckerei stand. Wie sollte er es ihr nur erklären? Er dachte an ihr blasses Gesicht und ihre fahle Haut. Wie sie wohl reagieren würde, wenn sie aufwachte und erfuhr, dass sie um das Wohl ihrer Kinder bangen musste? Nikolaus war mittlerweile aus dem Alter heraus, in dem er nur Mehlbrei gebraucht hatte, und auch die anderen beiden Jungen würden eines Tages etwas Richtiges essen müssen. Wie hatte Franz das nur passieren können? Nie hatte er in dieselbe Situation geraten wollen wie sein Vater damals! Und jetzt? Vielleicht sollte er Anna Sophias Idee doch in Betracht ziehen und Bonbons anbieten. Die Menschen hielten wirklich viel von ihren Kräutertipps, und die Bonbons waren köstlich. Es war doch auch eine unsinnige Regel, dass sie einzig den Apotheken vorbehalten waren. Man könnte sie auch mit Pralinen vergleichen: bei Louis Petit in Paris hatte es doch auch Birnenbonbons gegeben, und niemand hatte sich darüber beschwert.

Da hörte er es im Haus plötzlich klappern und scheppern. Kam das etwa aus der Küche? Hatte Anna Sophia mitten in der Nacht Hunger bekommen? Jetzt schwang er die Beine doch über die Bettkante und schlich zur Tür, den engen Flur entlang und die Treppe hinunter.

Anna Sophia stand in ihrem langen, weißen Nachthemd vor einem Zinnkessel. Das Feuer im Ofen brannte, das Wasser gluckerte, und gerade goss sie Zucker aus einer Tüte in den Topf.

»Anna Sophia?«, flüsterte er, doch sie reagierte nicht. Mit langsamen Bewegungen stellte sie die Tüte ab, drehte sich dann herum – und Franz erschrak. Anna Sophia starrte mit weit geöffneten Augen an ihm vorbei. Sie griff nach dem Mörserstab und zerrieb Kräuter in einer Schale.

»Anna Sophia, was machst du da?«

Wieder drehte sie sich um und schüttete die Kräuter in die Zuckermasse. Und da begriff Franz, dass seine Frau nicht aufgewacht war. Sie schlief noch immer. Es war nicht das erste Mal, dass er sie schlafwandeln sah, doch bisher war sie lediglich durch das Schlafzimmer gelaufen und hatte das Fenster geöffnet, um sich anschließend einfach wieder hinzulegen und zu vergessen, was passiert war. Einmal hatte er sie auf dem Flur gefunden und sanft zurück zum Bett bugsiert. Doch bis in die Küche war sie in diesem Zustand noch nie gelaufen.

Mit offenem Mund beobachtete er, wie sie die Zuckermasse auf die Arbeitsplatte goss und sich Lederhandschuhe überzog. Jeder ihrer Handgriffe hatte eine Selbstverständlichkeit, die es ihm verbot, einzugreifen. Er konnte nur dastehen und beobachten, wie Anna Sophia schlafwandelnd Bonbons herstellte. Und als sie klackernd in eine Schüssel fielen, traf Franz Stollwerck eine Entscheidung. Manchmal musste man einfach etwas wagen. Die besten Ideen sind die, die mutig sind, die, an die sich kein anderer herantraut. Manche Regeln verlangten einfach danach, gebrochen zu werden. Sollte sie – Franz Stollwerck und seine talentierte Frau, die Bonbons sogar im Schlaf zubereiten konnte, – doch erst mal jemand aufhalten! Ihm kribbelte es in den Fingern und im Nacken.

»Oh, Franz, was machst du denn hier?«, fragte Anna Sophia. Sie blinzelte langsam und zerstreut. Sie war aufgewacht.

»Ich?« Franz lächelte. »Ich möchte dich fragen, ob du, sobald du genesen bist, noch viel mehr deiner Bonbons herstellen kannst. Ich denke, du hast recht. Wir sollten es wagen und sie in der Bäckerei verkaufen.«

»Ach, Victor, diese Stadt ist einfach zu voll!«, sagte Ferdinand. Sie standen auf dem Balkon des Stadtpalastes und blickten über den Garten, die Bäume und Hecken hinunter auf Köln. Sein Bruder hatte natürlich recht. Wo er auch hinschaute, reihten sich Häuser aneinander, überall ragten Giebel und Türme in die Luft.

»Ich gehe kaum noch durch die Straßen – dieser Dreck, der Gestank, die unzähligen Menschen!« Ferdinand seufzte.

»Wie wahr.«

»Und dennoch wird gebaut! Bald bauen sie uns noch sämtliche Straßen und Plätze zu!«

»Gewiss!«

»Und ich frage mich, Victor: Wer verdient eigentlich daran?«

Nun sah Victor zu seinem Bruder auf. »Worauf willst du hinaus?«

»Nun, in Köln wird dringend neuer Wohnraum gebraucht. Die Stadt wird immer voller! Ich denke, wer jetzt klug handelt, kann in wenigen Jahren gewaltige Summen verdienen.«

Victor schluckte. Erst gestern hatte er seinem Bruder seine Empörung anvertraut: Sibylles Schwester Elisabeth hatte geheiratet, und ihr Schwager wurde umgehend in das Familiengeschäft miteinbezogen. Schon nach wenigen Monaten sprach seine Schwiegermutter in den höchsten Tönen davon, wie er die Transportsparte des Unternehmens in kürzester Zeit beflügelt habe. Gleichzeitig schlug sein Schwiegervater immer kritischere Töne gegenüber Victor an. Schon seine kleine Prügelei bei der Eisenbahneröffnung hatte ihm seiner Meinung nach gar nicht gut zu Gesicht gestanden. Außerdem seien die gelieferten Zahlen im Immobiliengeschäft äußerst mau.

Victor schluckte. Ferdinand hatte sich ganz offensichtlich Gedanken um seinen Bruder gemacht – und dachte bereits über eine Lösung nach. Wie freundlich von ihm, sinnierte er. Und gleichzeitig fühlte er den altbekannten Stachel des Neids in seiner Brust. Wieso war Ferdinand nur so viel findiger als er selbst?

Victor brummte zustimmend, dabei wusste er noch nicht so recht, worauf Ferdinand hinauswollte. Zum Glück sprach der Bruder weiter.

»Ich habe dabei vor allem die weitläufigen Gartenkulturen vor der

Stadtmauer im Blick. Stell dir vor, man würde sie jetzt aufkaufen und in wenigen Monaten als viel teureren Baugrund veräußern – in Kürze könnte man große Erträge erzielen, glaubst du nicht?«

Da hellte sich Victors Stimmung augenblicklich auf. »Das könnte man tatsächlich.«

»Herr Mertens!«, rief nun ein Dienstmädchen. Victor schloss kurz die Augen, dann drehte er sich um. Es war wohl endlich so weit. So lange hatte er auf diesen Moment gewartet und hoffte, er möge gut ausgehen. Doch jetzt wollte er ihn lieber noch hinauszögern. Unwillkürlich hielt er den Atem an, während er dem Mädchen entgegensah.

»Mutter und Kind sind wohlauf«, rief es.

»Das ist gut«, brummte er. Er war also zum dritten Mal Vater geworden. Die zwei letzten Geburten waren für ihn enttäuschend gewesen. An die erste wollte er nie wieder denken. Er war so glücklich gewesen – und dann diese Katastrophe ... Mit welcher Herablassung sein Schwiegervater ihn danach angesehen hatte! Von der Geburt seiner zweiten Tochter hatte er daher so wenig wie möglich wissen wollen. Ob sich seine Hoffnungen diesmal erfüllten?

»Victor, meinen Glückwunsch!«, sagte Ferdinand und klopfte ihm auf die Schulter. »Und?«, wandte er sich dann an das Dienstmädchen. »Ist es ein Junge oder ein Mädchen?«

»Anna Sophia?«, fragte Franz, doch seine Frau schien ihn kaum wahrzunehmen.

Die Küche duftete nach Süßholz und Gänseblümchen, Souchong-Tee und karamellisiertem Zucker. Franz sog den Duft tief ein. Anna Sophia goss gerade eine dampfende Masse auf die Arbeitsplatte, ihre Wangen waren ganz rot, ihre Stirn verschwitzt, und doch hatte er sie schon lange nicht mehr so glücklich gesehen. Wie von selbst kneteten und rollten ihre Hände, zogen Zuckerstange um Zuckerstange aus der Masse, und immer wieder huschte ein Lächeln über ihr Gesicht. Die ganze Küche war voller Bonbons: Sie glänzten in großen Schüsseln, rollten über die Arbeitsplatte und stapelten sich in hohen Gläsern auf sämtlichen Regalen. Was sein Vater wohl sagen würde, wenn er das sähe? Ob er beeindruckt wäre? Am Tisch saßen Julie und Maria. Franz' Schwägerin und seine Schwester waren in den letzten Monaten gute Freundinnen geworden; beide waren sie etwas altklug für ihre zwölf Jahre, die eine – Julie – allerdings angenehm still und höflich, die andere – Maria – eher frech und stürmisch. Jetzt steckten sie die Bonbons in kleine, blaue Umschläge, die sie mit Franz' neuem Petschaft versiegelten. *Franz Stollwerck*, stand auf jeder dieser Packungen. Zunächst verkaufte er sie nur in der Bäckerei, doch dabei würde es nicht bleiben, denn Franz hatte bereits große Pläne.

»Anna Sophia, hast du mich gehört?«, fragte er seine Frau. »Oh, Franz! Entschuldige bitte, ich muss in Gedanken gewesen sein.«

Franz grinste. »Ich habe fünfzehn Packungen verkauft – an einem Tag!«, rief er, und die Mädchen klatschten in die Hände. »Kolomans Artikel in der Kölnischen Zeitung hat alle neugierig gemacht!«

»Zum Glück hast du dich getraut, die Menschen auf unsere Bonbons aufmerksam zu machen.« Anna Sophia blinzelte ihm vielsagend zu. Und Franz wusste, was sie eigentlich sagen wollte: Zum Glück hatte sie ihn dazu überredet. Er hätte die Kamellen nämlich am liebsten heimlich angeboten und darauf gehofft, dass sich sein Angebot schon herumsprechen würde. So wollte er vermeiden, dass sich jemand über ein Medikament in einer Bäckerei wunderte. Doch Anna Sophia hatte dagegengehalten. Wenn sie die Bonbons wie etwas Sündhaftes unter der Ladentheke anbieten würden, dann könnten sie damit erst recht die Kritiker auf den Plan rufen. Eine selbstbewusste Zeitungsanzeige würde hingegen allen zeigen: Wer Heilbonbons kaufen will, der ist in der Bäckerei Stollwerck genau richtig. »Die Dinge ändern sich«, hatte sie gesagt. »Eines Tages verkaufen vielleicht alle Bäckereien in Köln Bonbons! Aber wir sind es, die den Anfang machen.«

»Du hast ja recht«, brummte Franz jetzt und fuhr sich verlegen durch den Backenbart. »Allerdings fragen die ersten schon, ob unsere Kamellen denn eine nachweisliche Wirkung haben.«

»Erzähl ihnen von Gesche und ihrem uralten Heilerinnenwissen.«

Franz schüttelte den Kopf. »Ich denke, sie brauchen eine modernere Empfehlung. Einen Wissenschaftler oder einen Arzt. Jemanden, den sie nicht anzweifeln werden.«

Sie legte den Kopf schief und schien einen Augenblick zu überlegen, dann sagte sie: »Ich schreibe an Doktor Baader. Er hat mich schon als Kind behandelt. Er ist ein lieber, unkomplizierter Mensch. Ich schicke ihm einige unserer Bonbons und bitte ihn um eine fachkundige Meinung. Er wird sich sicher geschmeichelt fühlen.«

»Eine ausgezeichnete Idee! Theodor kümmert sich derweil um weitere Vertriebsstellen. Wenn die Bonbons nicht nur bei uns, sondern auch an vielen anderen Orten der Stadt, in Kramläden oder Gasthäusern, angeboten werden, dann würden sicher noch mehr Menschen darauf aufmerksam.«

»Wir sollten Papa fragen! Sicher würde er sie auch verkaufen«, schlug Maria vor.

Franz zögerte. »Meinst du wirklich?«

»Natürlich, er liebt Anna Sophias Bonbons!« Maria lächelte so breit, dass man ihr Zahnfleisch sah. »Auch wenn er das vor euch beiden wahrscheinlich nie zugeben würde.«

Kurz fing Franz einen Seitenblick von Anna Sophia auf. Doch bevor er ihn deuten konnte, sah sie wieder auf die Zuckerstangen und schlug sie mit sicheren Bewegungen in kleine Stücke.

»Mir hat er es jedenfalls gesagt! Und zwar so laut, dass ich mir vorstellen kann: Er wollte, dass ich es euch weitersage.« Maria zwinkerte.

Das tat sie in letzter Zeit ständig. Franz hatte den Verdacht, dass sie sich dieses Zwinkern bei ihm abgeguckt haben musste.

»Meint ihr, Elise könnte morgen auch mithelfen? Dann könnten wir schon Bonbons für die Gastwirtschaften einpacken.«

»Ich frage sie«, piepste Julie, deren Stimme noch nicht mit ihrem Körper erwachsen werden wollte.

»Vielen Dank! Ihr Lieben, ihr macht das wunderbar!«

Energiegeladen ging Franz wieder zurück in den Verkaufsraum. Und tatsächlich: Obwohl sie sie erst seit wenigen Tagen im Sortiment hatten, fragte bereits eine Kundin nach der anderen nach den Stollwerckschen Brustkaramellen.

»Haben Sie in der Zeitung davon gelesen?«, erkundigte Franz sich. Die meisten bejahten, doch hin und wieder passierte es, dass jemand flüsternd von einem Bekannten aus dem Klingelpütz erzählte, der auf Theodors Bonbons schwor. »Er sagt, ohne diese Bonbons wäre Theodor sicherlich nicht mehr unter uns«, erklärte eine ältere Dame und nahm mit großen Augen eine frische Tüte Bonbons entgegen.

In den ersten Wochen, in denen sie ihre Bonbons bewarben, sah Franz immer wieder in den Briefkasten. Es würde doch keine Beschwerde bei ihm eintrudeln? Doch die Tage vergingen, und niemand hatte an den Brustkaramellen etwas auszusetzen. Als zu seinen Kunden bald nicht nur Polizisten, sondern auch ein Richter und ein Advokat gehörten, verschwanden seine Sorgen. Er hätte auf Anna Sophia hören und schon viel früher sein Sortiment um Bonbons erweitern sollen.

Es dauerte nicht lange, bis Doktor Baader den Stollwercks antwortete: »Mit Vergnügen bescheinige ich dem Konditor Herrn Franz Stollwerck in Köln, dass ich nicht nur mit den Bestandteilen der von ihm fabrizierten Brustbonbons genaustens bekannt bin, sondern auch die zweckmäßige Verbindung auflösender und besänftigender Mittel bei katarrhischen und anderen Brustbeschwerden sehr empfehlen kann.«

Mit Kolomans Hilfe gaben sie eine neue Anzeige auf und fügten dieses Attest sämtlichen Werbetexten bei: Sie beschrieben Zettel, die sie in der Bäckerei und an anderen Verkaufsstellen auslegten, und dachten bereits darüber nach, eines Tages auch die Verpackungen damit zu versehen. Die Geldsorgen, die Franz noch vor Kurzem den Schlaf geraubt hatten, waren vergessen. Wer hätte gedacht, dass Anna Sophias Kamellen ihnen so schnell helfen würden? Bald wurden sie an 44 Verkaufsstellen angeboten, sogar in Bonn! Die Menschen liebten sie so sehr, dass sie kaum mit der Zubereitung hinterherkamen. Glücklicherweise konnten sie mit den wachsenden Einnahmen ihre ersten Mitarbeiter einstellen: einen Lehrling und einen Gesellen. Theodor stieg vollends bei Stollwerck ein und kümmerte sich um den Vertrieb und die kaufmännischen Bereiche. Und am 1. November 1843, als zum ersten Mal eine Eisenbahn für den Warentransport von Antwerpen direkt nach Köln fuhr, kündigte Heinrich, um das junge Unternehmen Stollwerck zu unterstützen. Mit tausend Lachfalten stand er bereit, während die Bahn – zur Hälfte mit Rohrzucker beladen, der gerade von einer spanischen Brigg gelöscht worden war – donnernd in den Bahnhof einfuhr.

19. Kapitel

Wilhelmine fühlte sich beobachtet. Sie versuchte, August zu ignorieren, während sie den Boden in der Apotheke wischte. Doch bei jeder ihrer Bewegungen spürte sie seine Blicke im Rücken. Sie richtete sich auf, fuhr sich über die Stirn und sah ihn fragend an. Sofort senkte er die Lider und schrieb weiter in sein Kassenbuch.

»Möchtest du mir etwas sagen, August?«

»Ich? Dir? Nein.«

Sie zog kurz die Augenbrauen hoch und wischte weiter.

»Ein hübsches Kleid trägst du da.«

Also doch – Wilhelmine unterdrückte ein Augenrollen. »Ich trage es oft.«

»Tatsächlich?«

Sie antwortete nicht. Was sollte dieses Gespräch? Egal, was er auch versuchen würde – sobald sie ihn ansah, musste sie daran denken, wie hart er vor Jahren ihre Schwester angegangen war. Gedankenverloren wischte sie weiter, bis er ganz plötzlich direkt hinter ihr stand. Sie zuckte zusammen und spürte, wie ihr Herz schneller schlug.

Es war längst Abend, die Türen der Apotheke waren verschlossen, und der Vater arbeitete im Hinterzimmer. Sie waren ganz allein – bei diesem Gedanken stellten sich die Härchen an ihrem ganzen Körper auf.

»Ich weiß, zwischen uns war es in den letzten Jahren ... nicht einfach.« August sprach leise. Sie drehte sich zu ihm um und wollte zurückweichen, doch in ihrem Rücken befand sich der alte Apothekerschrank.

»Es ist so vieles vorgefallen.« Er hob den Arm und legte seine Hand an ihren Ellenbogen. »Ich habe Fehler begangen. Wir alle haben das. Ein falsches Wort ist erschreckend schnell gesagt, findest du nicht?«

Bildete sie es sich ein, oder schaute er ihr unentwegt auf den Mund?

»Ich wünsche mir von ganzem Herzen, dass wir all das vergessen können. Ich möchte dich ganz neu kennenlernen und hoffe, dass ich mich auch dir noch einmal aufs Neue vorstellen darf.«

Wilhelmine wollte etwas antworten, doch traute sie sich nicht einmal, ihren Mund zu öffnen, so nah war er ihr. Ihr Schweigen schien ihn allerdings wenig zu stören, unbeirrt fuhr er fort: »Mein Name ist August Arkenberg, hin und wieder kochen bei mir die Emotionen hoch, doch im Grunde versuche ich, ein ausgeglichener Zeitgenosse zu sein.« Mit einem unsicheren Schmunzeln sah er sie an. Hatte er etwa einen Witz gemacht? Wilhelmine war leicht verstört – so etwas hatte sie bei ihm noch nie erlebt. Sollte sie nun zumindest mild lächeln? Glücklicherweise fuhr er bereits fort: »Ich bewundere dich, liebe Wilhelmine. Du bist eine so beeindruckende junge Frau, und es ist mir eine Ehre, dich schon bald an meiner Seite zu wissen. Ich werde dich beschützen und dir eine Stütze sein.«

Wilhelmine spürte Übelkeit in sich aufsteigen. Fest presste sie die Lippen zusammen.

»Darf ich dich küssen?«

»Ich …«, sagte sie, doch da beugte er sich schon zu ihr hinunter und hauchte ihr einen Kuss auf die Wange. Sofort wich sie zurück, dabei stieß sie gegen den Putzeimer, der gefährlich schwankte und etwas von seinem Wasser auf dem Boden verteilte. Dankbar ließ sie sich auf die Knie sinken und widmete all ihre Aufmerksamkeit dieser wunderbaren Pfütze.

»Ich … habe dich überrumpelt, es tut mir leid«, sagte er. »Ah, da fällt mir noch etwas ein!«

Wilhelmine wollte gar nicht weiter zuhören, doch laut und deutlich sagte August: »Vorhin war eine elegante Dame hier. Ich war ganz überrascht – eine Frau wie sie schickt normalerweise eine Dienerin.«

Wilhelmine hielt augenblicklich inne und sah zu August auf. »Was hat sie gesagt?«

»Sie hat nach dir gefragt. Ich soll dir ihre Entschuldigung ausrichten.«

»Eine Entschuldigung?«

»Sie sprach von einer immensen Verspätung. Und sie bat mich, dir zu erzählen, wie wunderschön Köln von der Schäl Sick sei. Vor allem im Morgengrauen. Das kann ich durchaus bestätigen. Möchtest du dort einmal mit mir hinspazieren?«

Wilhelmine schlief die ganze Nacht nicht. Seit dem Dombaufest, auf dem Sibylle ihr von ihren Plänen erzählt hatte, waren Monate vergangen. Immer wieder hatte sie an die Worte der Freundin gedacht. Fast hatte sie schon nicht mehr daran geglaubt, noch einmal von ihr zu hören, und nun tauchte sie plötzlich in der Apotheke auf! Wilhelmines Herz klopfte ihr bis zum Hals. Und das war gut so. Wäre sie eingeschlafen, dann wäre sie vermutlich zu spät erwacht. Sie lag in der Dunkelheit und wusste, dass dies die letzte Nacht in ihrem Bett war, dass sie zum letzten Mal das Holz des Fußbodens, auf dem sie aufgewachsen war, arbeiten hörte und zum letzten Mal durch das kleine Fenster in die Nacht hinaussah. Sobald sie im Haus niemanden mehr hören konnte, stand sie auf, holte den alten Lederkoffer ihrer Mutter aus dem Schrank und legte die Gegenstände hinein, die sie mitnehmen wollte: drei Kleider, eine Kette, ein weiteres Paar Schuhe, ihre Zahnbürste, Papier, Bleistifte. Dann setzte sie sich an den kleinen Tisch am Fenster, zündete eine Kerze an und schrieb:

Lieber Vater,
ich weiß, du wirst es nicht verstehen, und verzeihen kannst du mir erst recht nicht. Dennoch möchte ich dir von Herzen sagen: Es tut mir leid. Aber ich muss gehen, denn das Leben, das ihr für mich vorgesehen habt, ist nicht meines. Mach dir bitte keine Sorgen, ich werde regelmäßig schreiben. Küss die Mädchen von mir. Ich werde euch vermissen, jeden Tag,
eure Wilhelmine.

Dann löschte sie die Kerze und schlich in die Küche. Die Uhr über der Tür war nach der Kirchturmuhr St. Aposteln gestellt, sie konnte ihr also vertrauen. Wilhelmine beobachtete ihre Zeiger so lange, bis sie sechs Uhr anzeigten, dann stand sie auf. Auf Zehenspitzen schlich sie den Flur hinunter und bemühte sich mit aller Kraft darum, den Koffer nicht gegen die Wände zu stoßen. Fast war sie an der Treppe angekommen, als sie hinter sich ein leises Quietschen hörte. Wie angewurzelt blieb sie stehen. Das war eine Tür, dachte sie, und sie wusste auch, welche. Tief atmete sie ein, dann drehte sie sich um.

Mit verschlafenen Augen schaute Julie sie an. Ihre Ohren ragten neugierig zwischen ihren zerzausten Haaren hervor, und mal wieder fiel Wilhelmine auf, wie groß ihre kleine Schwester geworden war. Bald würde Julie sie mit ihrem hageren, noch immer mädchenhaften Körper überragen, da war sich Wilhelmine sicher. Julie sah zuerst auf Wilhelmine, dann auf ihren Koffer, bevor sie flüsterte: »Wirst du wiederkommen?«

Wilhelmine schluckte. »Ich weiß es nicht.«

Das Mädchen nickte.

»Aber ich werde euch schreiben. Und sicherlich werden wir einander eines Tages besuchen können.«

»Wohin wirst du gehen?«

»Ich gehe auf eine Reise, und ich weiß noch nicht, wohin.«

Da lächelte Julie und flüsterte: »Vielleicht ist das ja immer so.«

Auch Wilhelmine musste lächeln. »Vielleicht.«

Dichter Nebel lag auf dem Rhein, und die kalte Luft ließ Wilhelmine zittern, während sie die Schiffsbrücke passierte. Ihre Hände waren bereits vom Koffer wund gerieben. Einige Händler waren schon unterwegs, die ersten Schiffe legten ab. Wilhelmine atmete schwer, und ihr heißer Atem zerstob im Novemberwind.

Auf der Schäl Sick angekommen, drehte sie sich noch einmal in Richtung der Stadt. Wie wunderschön sich die Silhouette Kölns mit all ihren Kirchtürmen und Giebeldächern aus den Nebelschwaden erhob! Im Hintergrund sah sie den Dom, dessen Wände im letzten Jahr bereits ein wenig gewachsen waren. Wie würde er wohl aussehen, wenn sie ihn das nächste Mal sehen würde? Was würde in dieser Stadt alles geschehen – ohne sie?

Ihr Herz klopfte immer schneller. Sie sah sich um. Es war schon beinahe hell – hoffentlich war sie nicht zu spät. Was, wenn sie Sibylle verpasst hatte? Oder schlimmer: Wenn sie ihre Botschaft falsch gedeutet hatte und Sibylle gar nicht kommen würde? Wie schrecklich wäre es, den gleichen Weg wieder zurücklaufen, den eigenen, ungelesenen Brief zerreißen und den Koffer wieder auspacken, ihrem Vater unter die Augen treten und August doch heiraten zu müssen! Ihr wurde übel.

In diesem Moment hörte sie Hufgetrappel. Wilhelmine wirbelte herum: Zwei Pferde trabten auf sie zu und zogen eine schwarze Kutsche mit großen Rädern. War das nicht die Kutsche von Victor Mertens? Sie wich einen Schritt zurück – doch es war Sibylle, die ihr die Tür öffnete. Aus ihren warmen, blauen Augen sah sie die Freundin an.

»Ich bin überglücklich, liebe Wilhelmine. Wie schön, dass du meiner Einladung tatsächlich gefolgt bist! Bitte steig ein.«

Der Kutscher sprang vom Bock, nahm ihr den Koffer ab und hielt ihre Hand, damit sie hineinklettern konnte. War das etwa der unfreundliche Mann, der sie vor vielen Monaten vom Tor des Stadtpalastes verjagt hatte? Schon schwang die Tür hinter ihr zu, und im Halbdunkel glänzte Sibylles Gesicht. Wilhelmines Herz schlug ihr noch immer bis zum Hals. Unglaublich, wie weitreichend diese Entscheidung war! Da zuckte sie zusammen, denn neben der Freundin schälte sich ein zweites Gesicht aus der Dunkelheit: eine breite Stirn, vorstehende Augen, eine platte Nase und ein hochmütiges Lächeln.

»Liebe Wilhelmine, darf ich vorstellen? Das ist meine Freundin Adele Schopenhauer. Solange ihre Mutter auf Kur ist, wird sie uns begleiten.«

Schopenhauer, überlegte Wilhelmine fieberhaft. Konnte das sein?

»Guten Tag, Fräulein … Schopenhauer«, sagte sie und nickte ihr zu.

»Unsere Freundschaft ist schon seit Jahren sehr eng und intensiv. Über die Werke ihrer Mutter hatten wir uns bereits einmal unterhalten, weißt du noch?« Sibylle beugte sich ein Stück zu Wilhelmine herüber.

»Ja, natürlich!« Sie hatte also recht gehabt! »Johanna Schopenhauer lese ich ausgesprochen gern!«

Unglaublich, dass sie mit der Tochter dieser berühmten Schriftstellerin in einer Kutsche saß!

»Das freut mich zu hören«, sagte Adele langsam, und Wilhelmine fuhr sich nervös durch die Haare. Täuschte sie sich oder ging von dieser Frau eine düstere Stimmung aus? Ihr höfliches Lächeln wirkte auf sie wie eine leise Warnung: *Sei vorsichtig.*

Draußen knallte eine Peitsche auf die Straße, und schaukelnd setzte sich die Kutsche in Bewegung. Wilhelmine stieß mit der Schulter gegen die Tür. Trotz des Polsters spürte sie bei jedem Pflasterstein die Bank hart unter ihren Beinen.

»Was sagt deine Familie zu deiner Reise?«, fragte Sibylle.

Wilhelmine zuckte mit den Schultern. »Sie werden es erst erfahren, wenn sie heute meinen Brief finden.«

Kurz tauschten Sibylle und Adele vielsagende Blicke. Lag Adeles Hand etwa auf Sibylles Bein?

»Sicherlich interessiert es dich, wohin wir fahren, habe ich recht?«

Die Kutsche schaukelte so sehr, dass wohl niemand Wilhelmines Nicken erkennen konnte, dennoch fuhr Sibylle fort: »Mir wurde etwas genommen, und ich möchte es wiederfinden. Ich habe nur wenige Hinweise, wo ich suchen kann, doch unser Dienstmädchen hat etwas aufgeschnappt. Dabei ging es um ein altes Kloster im Westen, weswegen wir zunächst nach Düsseldorf fahren werden.«

»Darf ich fragen, was wir im Düsseldorfer Kloster suchen?«

»Natürlich.« Sibylle sah aus dem Fenster. Kurz schwieg sie, bevor sie flüsterte: »Wir suchen meine Tochter.«

Zufrieden schaute Franz Stollwerck auf die Zahlen. Er war nicht sonderlich versiert in Buchführung, doch was er da auf dem Schreibtisch im Kerzenschein lesen konnte, gefiel ihm gut: Die Stollwerckschen Brustkaramellen wurden bereits in zahlreichen Kramläden, Bäckereien, Gastwirtschaften, ja sogar in ein paar Theaterbuffets verkauft. Und überall waren sie nachbestellt worden – sogar in den umliegenden Städten! Er konnte seine Mitarbeiter bezahlen und hatte bereits eine bessere Ausstattung für die Bonbonherstellung erworben: größere Kessel, dickere Handschuhe und ein Thermometer! Mehrere Ärzte hatten ihm Bescheinigungen zukommen lassen, und Doktor Baader nahm ihnen Brustkaramellen für die eigene Behandlung von Patienten ab. Stollwercks Bonbons waren um einiges seriöser als die Mittelchen, die fliegende Händler auf offener Straße anpriesen, günstiger, als die Konkurrenz aus den Apotheken – und dabei besonders schmackhaft. Mithilfe von Franz' Wissen aus Paris über das Karamellisieren hatte Anna Sophia die Bonbons sogar noch verfeinern können. Sie schmeckten nun etwas süßer und lagen angenehm weich und geschmeidig auf der Zunge. Seufzend lehnte Franz sich zurück. Er war ein Unternehmer, dachte er jetzt, und spürte, wie ihm die Brust anschwoll. Geboren als Sohn eines einfachen Wollspinners war Franz Stollwerck nun auf dem Weg, ein erfolgreicher Geschäftsmann zu werden. Warum nur war sein Vater noch immer nicht beeindruckt?

Erst am heutigen Tag war er wieder vorbeigekommen, diesmal zusammen mit Hubertine. Sie hatte stolz gelächelt und gesagt: »Wisst ihr noch, was Mama immer zu sagen pflegte? Du bist etwas ganz Besonderes, Franz. Und sie hatte recht. Nicht wahr, Papa?«

Sie stieß ihren Vater an, und der nickte. »Natürlich, Hubertine. Das hat sie immer gesagt ...«, murmelte er, während er etwas Staub von der Kasse wischte. Wie zur Hölle hatte sich dort in den letzten Tagen so viel Staub ansammeln können? Ihr Vater sah an den Regalen hinauf.

»Und du denkst, die Menschen werden all diese Bonbons kaufen, Franz?«, fragte er langsam und kratzte sich an der Nase. »Ich würde nicht alles auf eine Karte setzen, Junge. Das ist immer gefährlich, merk dir das.«

»Natürlich, Papa. Aber wir sind sehr erfolgreich mit den Brustkaramellen. Du hast doch selbst erzählt, dass Johannes im Kramladen schon einige verkauft hat.«

Nikolaus winkte ab. »Ich halte dieses Zuckerwerk für eine Modeerscheinung. Du solltest dich besser auf die handfesten Dinge konzentrieren. Brot, Gewürze – das werden die Menschen immer brauchen.«

Doch wenn Franz nun auf seine Unterlagen schaute, sah er durchaus einen handfesten Erfolg. Wenn das so weiterging, könnte er seinen drei Söhnen eine sichere Zukunft ermöglichen. Sein Ältester, den er nach seinem Vater Nikolaus benannt hatte, tobte mittlerweile schon ausgelassen durchs Haus. Der Dreijährige war ein lautes Kind, mit dem sie allerhand zu tun hatten. Peter Josef hingegen war lustig, sanft und liebevoll. Anna Sophia würde es nie zugeben, aber Franz ahnte, dass sie den Jungen mit den unterschiedlich farbigen Augen besonders lieb hatte. Der kleine Heinrich war der Stillste der drei. Meist wirkte er etwas nachdenklich. Was in seinem kleinen Kinderkopf wohl vor sich ging?

Franz würde Anna Sophia und seine Kinder stets beschützen. Anders als sein eigener Vater würde er niemals machtlos im Laden stehen und den Mäusen dabei zusehen, wie sie die Waren auffraßen. Und eines Tages, wenn er alt wäre, wollte er ihnen einen großen Erfolg hinterlassen. Er würde der Vater sein, den er sich immer gewünscht hatte: ein aufrechter Mann, der ihnen Mut machte und zu dem sie bewundernd und dankbar aufsehen konnten.

Erschöpft von diesem Tag lehnte er sich zurück und schloss die Augen. Eigentlich wollte er sich nur kurz erholen, bald sah er aber Städte aus Zucker, Kirchenglocken aus Karamellen, Straßen aus Kakao und Häuser aus Bonbonverpackungen vor seinem inneren Auge. Alles war süß und klebrig, bunt und elegant. Und Franz war der König dieser Stadt, der Kamelle-Napoleon. Er seufzte und sog gierig die Luft ein. Backte da jemand Kuchen?, fragte er sich. Es roch so wunderbar warm. Doch es wurde immer wärmer, und plötzlich atmete Franz Ruß ein. Er hustete. Der Kuchen muss dringend raus, dachte er noch und schüttelte sich heftig. Nein, jemand schüttelte ihn – er riss die Augen auf.

»Franz! Was machst du hier nur? Wir müssen raus! Sofort!«

Vor ihm stand Heinrich. Der kleine Mann machte sich ganz lang, riss einen Vorhang vom Fenster und löschte damit das Feuer auf Franz' Schreibtisch. Dabei schrie er laut auf – eine Flamme war über seine Hand gezüngelt. Nur kurz hielt er sie fest und verzog das Gesicht, dann zerrte er Franz aus seinem Arbeitszimmer.

»Was ... wie ...?« Franz rang nach Atem.

»Ich wollte noch die letzte Lieferung in die Bäckerei bringen, da habe ich es gerochen.« Heinrichs Augen waren rot angeschwollen. »Bist du bei Kerzenschein eingeschlafen?«

»Ich ... weiß auch nicht ...«

»Mein Gott, Franz. Bitte tu das nie wieder.«

Heinrichs Gesicht war vor Angst und Sorge verzerrt. Franz wusste nicht, was er sagen sollte. Womit hatte er einen solchen Freund verdient? Heinrich war immer da, wenn Not am Mann war, er hatte sogar für das junge Unternehmen seine Stelle aufgegeben. Anna Sophia half er, wo er konnte, und sogar mit den Kindern spielte er gern. Die Stollwercks waren Heinrichs Ersatzfamilie – schließlich war seine alte Mutter bereits leicht verwirrt, sein Vater lange tot und seine älteren Geschwister arbeiteten Tag und Nacht in den neuen Fabriken, die in Köln entstanden. Heinrich bekam sie kaum zu Gesicht.

»Ich könnte nicht ertragen, wenn dir etwas geschieht. Unmöglich!«, rief Heinrich mit einem so ehrlichen Ausdruck auf dem Gesicht, dass es Franz schmerzte.

»Gott sei Dank bist du immer zur Stelle.« Erschöpft stützte sich Franz auf Heinrichs Schulter ab.

»Ich versuche es, Franz. Nur was, wenn ich mal nicht da bin?«

»Keine Sorge, du wirst mich schon nicht los.«

»Versprochen?« Endlich erschienen auf Heinrichs Gesicht wieder die vielen lustigen Fältchen.

Franz musste lachen. »Aber natürlich, Heinrich. Versprochen!«

20. Kapitel

Kaspar stolperte vorwärts. Seine Zehen schauten aus den zerrissenen Schuhen hervor, seine Jacke hing ihm in Fetzen von den Schultern, und seine dünn gewordenen Beine verschwanden in den ausgebeulten, dreckigen Hosen. Kaspar wusste nicht mehr, wo er war. Seit Wochen, nein, Monaten zog er seinen Handkarren – oder besser den Karren von Bauer Wilhelm – hinter sich her, starrte auf den Weg und lief zwischen den Dörfern umher. So langsam kroch der Winter über die Hügel in die Täler hinein. In den Wäldern versteckte sich bereits eine eisige Kälte, und er wusste, dass sie ihn schon bald überfallen würde. Es war nur eine Frage der Zeit, bis sie ihn in den frühen Morgenstunden erwischen würde, wenn er wehrlos und zusammengekauert in seinem Karren schlief. Doch er konnte nicht zurück nach Höhenforst. Würde er sein Haus betreten, dann könnte ihn nichts vor der inneren Kälte retten, die viel schneidender und erbarmungsloser war, als es ein Winter je sein könnte. Solange er weiterlief, war er auf der Suche. Dann hatte er noch nicht aufgegeben. Und niemals in seinem Leben würde er Lina aufgeben.

Doch mittlerweile war er am Ende seiner Kräfte. Seine Füße brannten, seine Beine ächzten, sein Bauch ziepte, und seine Lunge pfiff. Jeder Schritt war ein Kampf, jeder Atemzug Arbeit.

Gegen Mittag begegnete er einem alten Obstbauern, der gerade auf einer Leiter stand und Äste zurückschnitt.

»Guten Tag!«, sagte Kaspar, und wie so oft in letzter Zeit erkannte er seine Stimme kaum. Sie war so viel tiefer geworden. Überrascht drehte der Alte den weißhaarigen Kopf.

»Haben Sie von einem kleinen Mädchen gehört, das ausgesetzt wurde?« Er schob seinen Schlapphut ein wenig zurück und kaute auf seinem Grashalm.

»Ein kleines Mädchen?«, fragte der zurück.

»Sie heißt Lina, und sie ist taub.«

Wie oft hatte er das jetzt schon gefragt? Und wie unwissend hatten alle möglichen Leute reagiert! Ungerührt griff auch der Alte hoch ins Geäst und pflückte einen fast vergessenen Herbstapfel vom Baum.

»Es ist vielleicht Zufall«, rief er dann. »Aber bei Torringen soll ein Waisenkind aufgetaucht sein.«

Da trat Kaspar einen Schritt vor. »Tatsächlich?«

Der Bauer warf ihm den Apfel zu. »Iss erst mal was, bevor du weiterziehst.«

Er schickte Kaspar zu seinem Hof, auf dem seine Frau ihn mit Milch und etwas Brot versorgte. Gierig schlang er alles in sich hinein, denn zum ersten Mal seit Tagen sah er wieder einen Sinn im Essen. Er brauchte Kraft. Nicht, um weiterzusuchen, so wie bisher. Nein, nun brauchte er Kraft, um Lina auch wirklich zu finden.

Bald brach er auf und eilte den Weg hinunter. Nur einmal hielt er inne, trat beiseite und ließ eine schwarze Kutsche vorbeifahren. Sie hatte große Räder, und in ihrem Inneren schaukelten gemütlich drei hübsch frisierte Frauenköpfe an ihm vorbei.

Nachdenklich beobachtete Wilhelmine den Landstreicher, der am Straßenrand stand, um sie vorbeizulassen. Lässig auf einem Grashalm kauend sah er sie an. Dann hob sie die Hand, um ihren Kopf vor erneuten Zusammenstößen mit der Kutschendecke zu schützen. Ob ihr Vater mittlerweile ihren Brief gefunden hatte? Ob er wohl bereits tobte?

Es war die längste Fahrt, die Wilhelmine je gemacht hatte. Ihr Körper schmerzte vom Schaukeln der Kutsche, sie fror trotz der Decken, in die Sibylle sie eingewickelt hatte, und die missmutigen Blicke von Adele

Schopenhauer kitzelten ihr auf der Wange. Es lag eine holprige Stille in der Luft, in der Wilhelmine immer wieder an ihre Schwestern denken musste. Tat sie das Richtige? Wo sollte ihre Entscheidung hinführen? Was sollte sie nach dieser Reise tun? Wenn sie bis dahin nicht schon längst erfroren war! Um sich von ihren düsteren Gedanken abzulenken, sagte Wilhelmine: »Darf ich fragen, wie Ihre Tochter verschwunden ist?«

Sibylle seufzte. »Ist dir mein Mann schon einmal begegnet?« Ohne auf eine Antwort zu warten, fuhr sie fort: »Victor Mertens ist ein zutiefst unzufriedener Mensch. Er hasst alles, was nicht perfekt ist.«

»Das liegt sicher an seiner eigenen Mangelhaftigkeit«, warf Adele ein und faltete die Hände im Schoß.

»Durchaus. Er ist rüpelhaft, ungehobelt und launisch.«

»Ich habe davon gehört.« Wilhelmine konnte ihr Schmunzeln nicht verbergen.

»Natürlich hat er sich einen Stammhalter gewünscht. Doch unser erstes Kind war ein Mädchen. Und ... nun ja ... sie hat seinen Ansprüchen nicht genügt.«

Wilhelmine runzelte die Stirn. Was meinte Sibylle damit?

»Er war der festen Überzeugung, wir könnten ein solches Kind nicht im Stadtpalast aufziehen. Es würde Gerede geben, man würde schlecht über unsere Familie und die Firma sprechen. Ich habe versucht, meine kleine Charlotte zu beschützen. Ständig hatte ich sie bei mir, ich habe kaum geschlafen in dieser Zeit. Doch in einer Nacht muss ich weggenickt sein, denn noch vor dem Morgengrauen war sie verschwunden. Mein Mann behauptet, es wäre der einzige Weg gewesen, und ich müsse mich damit abfinden. So funktioniere die Welt nun mal.«

Adele lachte trocken auf. »Das ist seine Welt«, sagte sie leise und legte ihre Hand auf Sibylles. Sie drückte sie, woraufhin Adele ihr die Wange streichelte. Unentwegt schaute sie dabei zu Wilhelmine hinüber. Täuschte sie sich, oder lag in ihrem Blick eine stumme Herausforderung?

Sie erreichten Düsseldorf am Nachmittag.

»Woher wissen Sie, dass wir hier suchen müssen?«, fragte Wilhelmine zitternd. Ihre Füße waren taub, und ihr Gesicht war steif gefroren.

»Ich weiß es nicht. Aber die Dienstmädchen haben aufgeschnappt, dass Victor meine Charlotte in ein Kloster gebracht hat. Und wegen der Säkularisierung durch die Franzosen gibt es nur noch wenige Häuser, in denen Nonnen leben. Das Cellitinnenkloster ist eines davon – sie durften einzig wegen ihres Hospitals weitermachen.«

Wilhelmine sah aus dem Fenster und betrachtete den steinernen Bau mit dem Türmchen und den Reihen kleiner Fenster im Licht der tief stehenden Novembersonne. Wenn sie in einem Hospital nach Charlotte suchten – warum hatte Sibylle dann eine Apothekerstochter mitnehmen wollen? Kurz überlegte sie, ob sie die Frage laut aussprechen sollte, doch dann begegnete ihr Adeles Blick und sie blieb still.

Stattdessen zwang sie sich, aus dem Fenster zu sehen und zu beobachten, wie die Kutsche in den Klosterhof einfuhr.

Der Kutscher öffnete die Tür und half Sibylle heraus. Anstatt beiseitezutreten, drehte die sich nun um und hielt Wilhelmine die Hand hin. Zögernd schaute sie sich zu Adele um, die ihre blau gefrorenen Lippen fest zusammenpresste, dann nahm sie Sibylles Hand. Sie war klein, fest und eiskalt. Am liebsten hätte Wilhelmine sie an sich gepresst, um ihr Wärme zu spenden, doch sobald Wilhelmine auf dem Boden stand, ließ Sibylle sie schon los, um nun Adele zu helfen. In ihren langen Mänteln liefen die beiden an ihr vorbei in Richtung des Eingangs, sie hielten einander an den Händen, und in Wilhelmine machte sich eine bisher ungekannte, wütende Traurigkeit breit.

Die Schwestern des Cellitinnenklosters kannten keine Charlotte. Ein solches Mädchen sei hier nicht untergebracht worden, versicherten sie ihr. Scheinbar misstrauisch spähte Sibylle an den Nonnen vorbei und fragte, ob sie die Kranken in diesem Haus dennoch besuchen dürfte.

»Ein solches Mädchen würde doch nicht in unserem Krankentrakt liegen, Frau Mertens«, versicherte ihr eine kleine, uralte Schwester mit leuchtend weißem Haar, das unter ihrer Haube hervorschaute.

Dennoch bestand Sibylle darauf, durch die Reihen der Kranken zu schreiten. Wilhelmine drückte sich überrascht ein Tuch an die Nase, so schwer hing der Gestank von Schweiß, Wundwasser und Exkrementen in der Luft. Noch nie war sie in einem Krankenhaus gewesen – natürlich nicht. Krankenhäuser suchten in der Regel nur arme Gestalten auf, die weder pflegende Familienangehörige noch Geld für Medikamente hatten. Wer in ein Krankenhaus ging, starb in den allermeisten Fällen. Die größte Abscheu hatte Wilhelmine vor Gebäranstalten. Frauen, die hier ihre Kinder bekommen mussten, waren am unteren Rande der Gesellschaft angekommen. Im besten Falle wurden sie noch als Ammen an Wohlhabende vermittelt, häufiger landeten sie allerdings hinterher in zwielichtigen Etablissements.

Kaum traute Wilhelmine sich, in die Betten zu schauen, die hier eng an eng standen und in denen sich stöhnend Menschen wälzten. Und doch konnte sie mit großer Sicherheit sagen, dass kein kleines Mädchen unter ihnen war.

Am Ausgang des Krankentrakts blieb Sibylle stehen. Zitterten ihre Schultern? Sofort trat Adele eng an sie heran und schlang ihren Arm um die Taille der Freundin. So standen sie da. Wie ein Liebespaar, dachte Wilhelmine und wunderte sich über ihren eigenen Gedanken. So ein Unsinn. Wie könnten zwei Frauen ein Liebespaar sein? Da beugte sich Adele zu Sibylle hinunter und küsste sie sanft auf die Wange.

Wilhelmine schluckte. Sie wollte in diesem Anblick versinken – und zugleich stieß er sie aufs Heftigste ab.

»Komm zu uns«, bat plötzlich Sibylle und streckte ihr eine Hand entgegen. Ihre Augen glänzten, doch ihr Kinn war gereckt. Langsam schritt Wilhelmine auf die Frauen zu und nahm Sibylles Hand. Sibylle legte ihren Arm um Wilhelmine. Zu ihrer Überraschung fühlte sie zwischen ihren Schulterblättern auch Adeles Hand. Die drei Frauen standen so eng beisammen, dass Wilhelmine das Kölnisch Wasser der Damen riechen konnte und ihre Wärme an ihrer Wange fühlte.

»Wir werden sie finden«, flüsterte Adele. »Sorge dich nicht, meine liebe Sibylle.«

»Frau Mertens!«, rief plötzlich eine Schwester, und alle drei drehten sich gleichzeitig herum.

»Unsere Köchin hat gerade erzählt, ein ... solches Mädchen ... sei in Aachen untergebracht worden.«

»Tatsächlich?« Sofort ließ Sibylle ihre Freundinnen los. »Wo in Aachen?«

»Im Alexianerkloster!«

Adele umschlang die Freundin von hinten. »Na, siehst du?«, rief sie.

Sibylle nickte. »Wir brechen im Morgengrauen auf!«

»Ein Waisenkind? Bei uns? Nicht, dass ich wüsste«, sagte der erste Bauer, den Kaspar Rockstroh in Torringen traf. Der zweite machte eine Handbewegung, als wäre Kaspar eine Fliege. Er war stundenlang gelaufen und hatte nur kurz mit ins Gesicht gezogenem Schlapphut auf seinem Karren geschlafen. Kaum konnte er sich noch auf den Beinen halten, doch er stapfte weiter und sprach ein junges Mädchen an, das fast noch ein Kind war. Es verschränkte die Arme und legte den Kopf schief.

»Das ist aber schon länger her!«, rief es aus sicherer Entfernung.

»Wie lange denn?«

Es zuckte mit den Schultern.

»Eher Wochen oder Monate?«

»Wochen!«

»Wo ist das Kind jetzt?«

»Jetzt?« Das Mädchen sah kurz in den Himmel. Dann zeigte es den Weg hinunter, der aus dem Ort herausführte. »Dort hinten. Es liegt ganz am Rand.«

Kaspar starrte die Fremde an. Er wollte nicht wissen, was sie damit meinte. Stumm stolperte er in die Richtung, in die sie gezeigt hatte. Er lief aus Torringen heraus, über einen kleinen Hügel – dann sah er die Kapelle. Und davor den Friedhof. Sein Blickfeld verengte sich. Die Ränder wurden weiß, nur die Grabsteine in der Erde blieben dunkelgrau.

Es liegt ganz am Rand, hatte das Mädchen gesagt. Und tatsächlich: Weit hinten fand er ein Kindergrab. Kein Name, kein Datum standen darauf. Nur ein Holzkreuz ragte stumm aus dem Gras. Kaspar sank auf die Knie, er öffnete den Mund zu einem Schrei, doch kein einziger Laut drang aus seiner Kehle.

Die Fahrt von Düsseldorf nach Aachen dauerte zwei volle Tage. Glücklicherweise schien diesmal die Sonne in die Kutsche und erleichterte den Frauen die beschwerliche Reise.

Immer wieder ertappte sich Wilhelmine dabei, wie sie Sibylle heimlich beobachtete. Wenngleich die Freundin keine klassisch schöne Frau war, so zog sie ihren Blick dennoch magisch an. Wie ihr Gesicht im Licht leuchtete! Sie strahlte eine Stärke aus, die Wilhelmine zuvor bei keiner Frau gesehen hatte.

Auch Adele bereitete Wilhelmine mit jeder Stunde etwas weniger Unbehagen. Zwar blieben ihre Blicke misstrauisch, doch Wilhelmine achtete nicht länger darauf, da die Gesprächsthemen ihre ganze Aufmerksamkeit erforderten. Noch nie hatte sie ein solches Gespräch unter Frauen erlebt! Politik, Wirtschaft und Literatur waren Bereiche, in denen sich doch nur Männer auskannten! Frauen hielten sich höflich zurück, hörten höchstens stumm zu oder zogen sich für ihre eigenen Gespräche über Handarbeit und das Wetter zurück. Doch in dieser Kutsche schien die Welt eine andere zu sein. Sibylle sprach von der preußischen Regierung in Berlin, die dem Adel wieder mehr Macht geben wolle. »Nach allem, was die Franzosen erreicht haben, wäre das ein immenser Rückschritt. Ich kann mir nicht vorstellen, dass das Volk das mitmacht ... besonders nicht Köln!«

»Nicht?«, fragte Adele. »Ich kenne die Kölner vor allem als tagelang feiernde Karnevalisten. Nicht unbedingt als Revolutionäre.«

»Täusch dich da mal nicht, meine Liebe. Karneval und Revolution sind gar nicht so weit voneinander entfernt. Schau dir unsere Roten Funken an! Im Grunde sind sie doch eine wunderbare Persiflage auf das steife, ewig gestrige Preußentum und seine Armee.« Sibylle lachte laut. »Ich sage dir: Aus dem Lachen erwächst bisweilen eine wunderbare Kraft. Und auch in Wirtshäusern kann eine Revolution ihren Anfang nehmen.«

»Zumal Köln noch immer näher an den Franzosen ist als an den Preußen«, warf Wilhelmine ein. »Niemals würden die Kölner das preußische Recht übernehmen. Wir wehren uns doch seit Jahren mit Händen und Füßen dagegen und wenden noch immer den Code Civil an, den einst Napoleon zur Regelung des französischen Zivilrechts eingeführt hat.«

Adele nickte anerkennend. »Wie wahr!« An Sibylle gewandt warf sie ein: »Sie ist gebildet, deine kleine Freundin.«

Wilhelmine verschränkte die Arme. »Gebildet würde ich das nicht gerade nennen. Ich weiß nur das, was ich heimlich in Vaters Zeitung lese. In der Schule war ich nur wenige Jahre. Und dort hat man uns vor allem Handarbeit und freundliche Konversation gelehrt.«

»Es ist eine Schande.« Sibylle schnaufte. »Mir will einfach nicht in den Kopf, warum Frauen von Bildung ferngehalten werden. Es würde doch der gesamten Gesellschaft nützen, wenn auch die Frauen mehr über die Welt wüssten!«

Erstaunt sah Wilhelmine sie an. Wenn ihr Vater diese Worte hören könnte! Sein Gesicht hätte sich verfinstert. Wahrscheinlich hätte er darauf hingewiesen, dass die Geschicke der Welt nun mal in Männerhand lägen, und dass Frauen die tiefen Zusammenhänge sowieso niemals in Gänze begreifen könnten.

»Was sagt Ihr Mann zu solchen Gedanken?«, fragte sie leise. Sibylle zog einen Mundwinkel hoch. »Natürlich kennt er sie nicht.«

»Da lobe ich mir ja Annettes Freundin, Mathilde Anneke. Sie hat sich von ihrem Mann doch tatsächlich scheiden lassen. War das nicht nur durch euer französisches Recht überhaupt möglich?«, überlegte Adele.

»Allerdings.« Sibylle nickte. »Zwei Jahre hat dieser Prozess gedauert. Sie wurde natürlich trotzdem schuldig gesprochen – aber immerhin bekommen sie und ihre Tochter ein wenig Unterhalt.«

»Du könntest auch über einen solchen Schritt nachdenken.«

»Ich?« Sibylle riss die Augen auf. »Wo denkst du hin? Ich bin durch und durch Katholikin, das weißt du doch.«

»Und du glaubst wirklich, Gott könne wollen, dass du und deine Kinder so leiden müsst?«

»Niemand kann sagen, was Gott wirklich will, Adele«, wies Sibylle sie zurecht, und zum ersten Mal hörte Wilhelmine eine gewisse Schärfe in der Stimme ihrer Freundin.

Aachen erreichten sie am Abend des zweiten Reisetages. Schon beim Anblick des Alexianerklosters zog sich Wilhelmines Brust zusammen. In der Mitte des Gebäudes ragte ein Kirchturm mystisch spitz in den Himmel, und obenauf thronte mahnend ein schwarzes Kreuz. Die Fenster waren schmal und hoch, die Tür von schweren Rahmen umschlossen. Wilhelmine schritt hindurch und atmete flach, so schwer und düster war die Luft.

Die Nonnen in diesem Kloster erschienen Wilhelmine allesamt klein und runzlig. Mit schmalen Augen sahen sie zu den Gästen auf. Wie zuvor schon die Bewohnerinnen des Celitinnenklosters beteuerten auch sie, kein solches Mädchen zu beherbergen.

»Das würden wir wohl wissen«, grummelte die Runzligste unter ihnen.

Sibylle sah an ihr vorbei, als hätte sie sie nicht gehört. Wilhelmine folgte ihrem Blick und entdeckte auf dem Tisch eine kleine Holzpuppe in einem grauen Kleid.

»Sagen Sie, beherbergen Sie auch Gäste?«, fragte Sibylle langsam.

»Wir haben zwei Kammern, die wir für Notfälle bereithalten, aber Herrschaften wie Ihnen werden sie als Herberge sicherlich nicht genügen«, gab die Nonne zurück.

»Ihr Kloster ist alles, was wir heute brauchen. Zu gern würde ich in diesem Haus Gottes übernachten und den Abend mit der Andacht verbringen.«

Als Wilhelmine wenige Stunden später auf einem harten, stacheligen Strohbett lag, fragte sie sich, ob Sibylle, die gemeinsam mit Adele die andere Kammer bezogen hatte, wirklich betete, oder auf leisen Sohlen durch das Haus schlich. Ob sie wohl eine Fackel hatte? Wie unheimlich es in diesen Gemäuern sein musste, wenn man allein in den Gängen umherirrte! Sie stellte sich die dunklen Ecken vor, die Kruzifixe, die wie aus dem Nichts im Kerzenschein auftauchten. Die Nonnen würden in ihren Räumen doch keine Kinder vor ihren Müttern verstecken! Oder doch?

Über diesen Fragen musste sie eingeschlafen sein, denn plötzlich schreckte sie hoch. Das Geräusch war weit entfernt, und doch ging es Wilhelmine durch Mark und Bein. Ein hohes Kreischen, dann das Splittern von Glas oder Ton. War das etwa Sibylle? Langsam richtete sie sich in ihrem Bett auf. Etwas rumpelte, dann klirrte Metall auf Stein. Sie stand auf. Wieder dieses Kreischen. Es wurde immer tiefer, bis es sich zu einem dunklen Schrei formte. Nein, solche Geräusche traute sie Sibylle nicht zu. Das musste etwas anderes sein. Wilhelmines Mund wurde ganz trocken. Mit zitternden Händen zündete sie die Kerze auf ihrem Nachttisch an. Sie warf sich ihren Mantel über, schützte die Flamme mit ihrer Hand und trat langsam auf den Flur hinaus. Bei diesem Lärm mussten doch alle Nonnen aufgewacht sein! Dennoch war Wilhelmine ganz allein im dunklen Flur. Ging es ihr heute etwa wie ihren Schwestern? Sowohl Anna Sophia als auch Julie hatten nicht nur seltsame Träume, von denen sie behaupteten, sie würden manchmal die Wahrheit abbilden, sie hatten auch bereits Erscheinungen erlebt. Gestalten, die niemand außer ihnen sah, Geräusche, die niemand hören konnte. Anna Sophia glaubte daran, einen Engel gesehen zu haben, der ihr versicherte, die Mutter ruhe nun in Frieden. Julie sprach von einem traurigen Geist, der schon seit Jahrhunderten über den Neumarkt irre. Wilhelmine hatte sich das beim besten Willen nicht vorstellen können. Doch während sie nun dem Kreischen, Schreien und Poltern entgegenging, war sie sich nicht mehr so sicher. Wenn sie wirklich von einer Erscheinung heimgesucht wurde – was wollte sie Wilhelmine wohl sagen? Und war sie so harmlos wie die, die ihre Schwestern erlebt hatten?

Wilhelmine stieg die schmale Wendeltreppe aus Stein hinunter und lief den Gang entlang. Die Geräusche wurden immer lauter. Offensichtlich kamen sie aus dem Raum ganz hinten. Hinter der Tür rumpelte es, jemand schrie. »Nein, nein, nein, nein, nein!« War das eine Frau?

Sie drückte die Klinke hinunter und leuchtete in den Raum hinein. Im Flackern des Kerzenlichts erkannte sie einen langen Holztisch, umgeworfene Stühle und einen Feuerherd. Sie war in der Küche des Klosters gelandet. Der Boden war übersät mit Tonscherben und Glassplittern, eine Blumenvase lag zerbrochen vor Wilhelmines Füßen und dazwischen traurige Wiesenblumen. Vorsichtig machte sie einen Schritt vorwärts und hörte, wie es unter ihren Füßen knirschte. Erneut gellte ein Schrei durch den Raum, eine Schale ging krachend zu Bruch, und eine Stimme rief aus Leibeskräften: »Wo seid ihr?!« Dann wurde ein Stuhl umgeworfen.

Vor Schreck blieb Wilhelmine stehen. »Sibylle?«, fragte sie in das Brechen und Rumpeln hinein. Die andere in der Dunkelheit hielt inne.

»Wer ist da?«, flüsterte sie.

»Ich … bin Wilhelmine.«

»Wer ist Wilhelmine?«

Wilhelmine presste die Zähne aufeinander. Zwar hatte diese Stimme Ähnlichkeit mit der von Sibylle, und doch klang sie ganz anders. Jetzt, wo sie sprach und nicht mehr schrie, wurde Wilhelmine klar: Das war die Stimme eines Kindes.

»Ich bin eine Freundin deiner Mama«, flüsterte Wilhelmine.

Nun hörte sie Schritte in der Dunkelheit, tastend und vorsichtig. Dann trat ein Mädchen ins Licht des Kerzenscheins. Es hatte zerzauste, dunkle Haare, ein rundes, kleines Gesicht und spitze Lippen. Die Lider hielt es geschlossen.

»Du lügst«, wisperte das Kind. »Ich habe keine Mama. Ich habe nur den lieben Gott.«

Dann hob es den Blick, und Wilhelmine stolperte einen Schritt zurück.

Sibylle hatte stets so leise mit den Nonnen geflüstert, dass Wilhelmine nicht verstanden hatte, wie sie ihre Tochter beschrieb. Die Frauen Gottes hatten nur von einem *solchen Mädchen* gesprochen. Erst jetzt verstand Wilhelmine, was sie damit gemeint hatten: Denn als das Licht ihrer Kerze auf die Augen der kleinen Charlotte fiel, sah Wilhelmine, dass sie im Innersten vollkommen weiß waren.

Sie schluckte. »Du bist Charlotte, oder?«

Das Mädchen reagierte nicht.

»Was machst du denn hier unten?«

»Ich mache nur das, was man mir sagt. Ich bin ein braves Mädchen.«

Wilhelmine runzelte die Stirn. »Und wer hat dir gesagt, du sollst hier unten alles kaputt schlagen?«

»Wer bist du?«, fragte Charlotte noch einmal.

Da hockte sich Wilhelmine auf den Boden.

»Nicht erschrecken«, sagte sie. »Ich nehme jetzt deine Hand. Und dann gehen wir zusammen zu deiner Mama. Die sucht dich nämlich schon überall.«

Hand in Hand liefen sie auf knirschenden Sohlen zurück zur Tür.

»Sicherlich darfst du nachts nicht hierherkommen, oder?«

Charlotte antwortete nicht, doch sie hielt Wilhelmines Hand fest umklammert. Was würden die Nonnen wohl tun, wenn sie Charlotte inmitten dieser Zerstörung finden würden? Oder wenn sie sehen könnten, dass Wilhelmine sie gefunden hatte und mitnehmen wollte? Auf ihre Fragen hin hatten sie schließlich behauptet, Charlotte noch nie gesehen zu haben.

»Jetzt müssen wir ganz leise sein, ja?«, flüsterte Wilhelmine ihr zu.

»Ist gut«, wisperte Charlotte.

Auf Zehenspitzen schlichen sie den Flur entlang und bogen zur Wendeltreppe ab. Leise stiegen sie hinauf – und blieben abrupt stehen, als ihnen eine Gestalt mit hocherhobener Fackel entgegentrat.

»Haben Sie sich verlaufen, Fräulein?«, fragte die Nonne mit einer ungewöhnlich hohen Stimme. Wilhelmine machte sich vor Charlotte so breit wie möglich. Im düsteren, schmalen Gang und hinter Wilhelmines langen Gewändern hatte die Nonne das Kind vielleicht noch nicht bemerkt.

»Ich glaubte, unten etwas gehört zu haben«, sagte Wilhelmine.

»So, so«, sagte die Nonne. »Und haben Sie etwas gefunden?«

»Ich habe wohl nur schlecht geträumt. Aber würden Sie vielleicht einmal nachsehen? Nur zur Sicherheit.«

»Gewiss«, antwortete sie.

Wilhelmine hob ihren Mantel, versuchte Charlotte darin verschwinden zu lassen und schob sie sanft gegen die Wand. Dann stellte sie sich schützend vor das Mädchen, während die Nonne so nah kam, dass sie ihren Mundgeruch wahrnahm. Sie hörte Charlotte hinter sich immer schneller atmen, und als die Nonne genau auf ihrer Höhe war, wimmerte das Mädchen. Die Nonne hielt inne.

»Haben Sie etwas gesagt?«

Wilhelmine hustete. »Ich ... hatte nur etwas im Hals!«

Die Nonne verzog den Mund, wich zurück und lief dann zwei Stufen auf einmal nehmend die Treppe hinunter.

Als Sibylle Charlotte sah, fing sie augenblicklich an stumm zu weinen. Die Tränen liefen ihr nur so über die Wangen, und fest drückte sie Charlotte an sich.

»Mein liebes Kind«, flüsterte sie. »Jetzt wird uns niemand mehr trennen.«

Charlotte sagte kein Wort.

»Wir müssen hier weg«, wisperte Adele und Wilhelmine konnte nur zustimmen.

»Victor hat sie sicher hierhergebracht, damit die Nonnen sie verstecken«, überlegte Sibylle.

Wilhelmine nickte. »Ich glaube, es geht ihr hier nicht gut. Wer weiß, wie die Nonnen mit ihr umgegangen sind. Sie hat in der Küche eine riesige Verwüstung angerichtet – ich glaube, sie hat Wutanfälle. Wenn die Nonnen begreifen, was sie getan hat, und dass sie nun bei uns ist ... Wer weiß, wie sie reagieren!«

Sibylle schüttelte den Kopf. »Wir können nicht mitten in der Nacht fahren. Das ist viel zu gefährlich. Letztlich wird Charlottes Unterkunft vom Geld meines Vaters bezahlt. Sollen die Nonnen ruhig kommen! Ich werde sie gebührend empfangen.«

Bis zum Morgengrauen blieb es ganz still in der Kammer, in der sich nun Sibylle, Charlotte, Adele und Wilhelmine eng zusammenkauerten. Sobald die Sonne über Aachens Dächer kroch und durch das kleine Fenster hereinschien, standen sie auf. Müde und ungewaschen stolperten sie zur

Kutsche hinunter. Als der Kutscher sie hörte, riss er die Tür auf und stolperte mit zerzausten Haaren und sichtlich steifen Knochen heraus. Er hatte sicherlich nicht gut geschlafen in diesem Holzkasten, überlegte Wilhelmine. Da stellten sich ihnen im Hof zwei Nonnen in den Weg.

»Vielen Dank für Ihre Gastfreundschaft«, sagte Sibylle mit kleinen, aber funkelnden Augen. »Wir haben gefunden, wonach wir gesucht haben. Ich wäre Ihnen sehr verbunden, wenn Sie über unseren Besuch Schweigen bewahren würden.«

Eine der Nonnen sah sie mit offenem Mund und zusammengezogenen Brauen an. »Das ... ist unmöglich«, sagte sie. »Wir haben nun mal unsere Verpflichtungen.«

»Komm zu uns, Charlotte«, sagte die andere. »Na, komm schon her.«

Gerade wollte sie nach dem Arm des Mädchens greifen, da zog Sibylle sie schnell zu sich.

»Wenn Sie meiner Bitte nachkommen, werden die Zahlungen mit deutlich erhöhten Beträgen fortgesetzt«, entschied sie. »Betrachten Sie es als Dank unserer Familie für Ihre Mühen. Und für das zerbrochene Geschirr. Sollte ich aber hören, dass Sie sich nicht an diese Abmachung halten, werden wir die Zahlungen sofort einstellen.« Sie nickte beiden einzeln zu, dann drehte sie sich ohne ein weiteres Wort um und schob Charlotte in Richtung Kutsche. Adele und Wilhelmine beeilten sich, hinterherzukommen, und stiegen auf. Der Kutscher schlug mit der Peitsche auf den Boden, und endlich fuhr die Kutsche vom Hof.

»Mein liebes Kind, ich habe dich so vermisst«, flüsterte Sibylle und streichelte Charlottes dunkles Haar. Im Licht der aufgehenden Sonne erkannte Wilhelmine, dass Sibylles Tochter höchstens fünf Jahre alt sein konnte. Sie war sehr klein und zierlich, und um ihren Mund lag ein strenger Zug. Sie schien Wilhelmine anzustarren, doch ihre Augen waren weiß, und das eine schaute etwas tiefer nach unten als das andere.

»Ich habe keine Mama«, erklärte Charlotte ihr.

»Doch, Charlotte, die hast du. Ich bin deine Mama, weißt du? Aber ein böser Mann hat dich mir weggenommen. Ich habe lange gebraucht, um dich zu finden, aber jetzt sind wir endlich wiedervereint.«

»Was hast du nun vor?«, fragte Adele und streichelte Sibylles Schulter. »Wo willst du sie verstecken?«

Sibylle schüttelte den Kopf. »Ich werde sie nicht verstecken.«

»Ein blindes Kind? Du kannst sie doch nicht einfach überallhin mitnehmen. Etwa zu Nette?«

»Natürlich werde ich das! Wir fahren wie geplant zur Droste nach Hülshoff. Und Charlotte bleibt bei mir. Nicht wahr, mein liebes Kind? Du bleibst bei deiner Mama.«

»Nein. Nein. Nein. Nein«, rief Charlotte plötzlich gellend laut, und alle zuckten zusammen. Heftig schüttelte sie den Kopf. »Ich habe die Nonnen gefragt, ich habe keine Mama, ich habe nur den lieben Gott!«

21. Kapitel

Nur wenige Wochen hatte es gedauert, schon glich die Stollwercksche Bäckerei einer Bonbonfabrik. Anna Sophia liebte diesen Anblick! In der Auslage fanden sich neben dem Gebäck aus aller Welt nun auch zahlreiche Bonbontüten. Und im Regal reihten sich statt Broten nun Gläser voller Zuckerware aneinander. Wer hereinkam, wollte immer häufiger Husten oder Heiserkeit auskurieren, als einen knurrenden Magen beruhigen. Die Gäste erzählten von Frauen, die seit Monaten unter Lungenkrankheiten gelitten und durch die Bonbons endlich Erleichterung erfahren hatten. Von Männern, die ihre alte Stimme wiedergefunden und von Kindern, deren Augen endlich wieder geleuchtet hatten. Ihre Worte zauberten Anna Sophia ein Lächeln ins Gesicht, das gar nicht mehr verschwinden wollte.

»Anna Sophia, hörst du mich?«

Überrascht drehte Anna Sophia den Kopf und sah Heinrich an.

»Verflixt! Entschuldige, ich war gerade in Gedanken. Hast du etwas gesagt?«

»Ist doch nicht schlimm! Ich sagte, meine Tante schwört auf deine Bonbons. Nur sie helfen gegen ihre Halsschmerzen. Am liebsten würde sie auch ihrem Mann Bonbons geben, aber der hat doch so schlechte Zähne.«

Kurz dachte Anna Sophia nach, dann sagte sie: »Sie soll versuchen, die Bonbons in Flüssigkeit aufzulösen. In etwas Milch zum Beispiel – so könnten ihm die Heilkräuter darin auch helfen.«

Normalerweise stand Anna Sophia in der Küche, um Bonbons herzustellen, lief mit ihrer Kräuterschere am Rock durch den Botanischen Garten und sammelte Pflanzen für einen Sud, Tinkturen und Tees, nach denen sogar Franz in letzter Zeit hinter vorgehaltener Hand gefragt wurde, oder kümmerte sich um die Kinder. Doch heute besichtigte ihr

Mann ein neues Gebäude, da er gern expandieren würde. Ihre Schwägerin war oben bei den Kleinen. Also bediente sie selbst die Kundschaft in der Bäckerei. Sie war so sehr mit Verpacken, Abkassieren und Plaudern beschäftigt, dass sie erst spät bemerkte, wer da hereingekommen war. Das Bimmeln des Glöckchens ertönte ohnehin die ganze Zeit. Menschen kamen und gingen, unentwegt trat jemand über die Türschwelle und sah sich interessiert um.

»Was kann ich für Sie tun, der Herr?«, fragte Anna Sophia und schaute auf. Sofort hielt sie inne. Denn vor ihr stand August Arkenberg. Seinen hohen Zylinder behielt er stolz auf dem Kopf. Er beachtete sie kaum, stattdessen musterte er den Tresen, die Wände, das Schaufenster. Kurz glitt sein Blick auch über Heinrich, der gerade ein Brett im Regal festschraubte. Einen Arm hatte August auf den Rücken gelegt, nun beugte er sich leicht zu Anna Sophia vor. Früher hatte sie diese für ihn so typische Geste elegant und dienstbeflissen gefunden. »Ganz der Ihre« schien er damit sagen zu wollen. Doch heute kam sie ihr nur noch albern vor. Was sollte das – hatte er vielleicht Rückenschmerzen? Sofort schämte sie sich für ihre bösen Gedanken. Vielleicht sollte sie nachsichtiger mit ihm sein. Immerhin hielt sie es für möglich, dass ihr bei der Krankheit ihres Vaters etwas entgangen sein könnte.

»Du weißt schon, was ihr hier tut, habe ich recht?« Er sprach so leise, dass Anna Sophia unwillkürlich einen Schritt vortrat, um ihn besser zu verstehen. Was meinte er damit? Sie entschied sich, seine Worte einfach zu übergehen und möglichst sachlich mit ihm zu sprechen.

»Guten Tag, August. Was führt dich hierher?«

Er drehte seinen Spazierstock mit einer Hand hin und her und antwortete scheinbar beiläufig: »Ich schaue mir nur an, wie ihr euren illegalen Machenschaften nachgeht.«

Mit einem Mal schlug ihr Herz schneller. Auch Heinrich ließ die Hände sinken und drehte sich zu August um. Anna Sophia konnte nicht antworten, sie starrte ihn nur an.

»Ich wollte mich zunächst selbst davon überzeugen. Anfangs konnte ich es mir gar nicht vorstellen – aber ganz offensichtlich stimmt jedes Wort, das man sich erzählt.«

»Wovon sprichst du?« Anna Sophias Stimme krächzte fast.

»In ganz Köln hört man bereits davon: Die Bäckerei Stollwerck gibt nicht nur unter der Hand zweifelhafte medizinische Ratschläge. Nein, sie verkauft auch tatsächlich Medizinprodukte.«

»Medizin …?« Sie ertappte sich dabei, wie sie sich nervös den Nacken kratzte.

»Brustkaramellen, ja. Dabei sind Herstellung und Vertrieb dieser Waren ausschließlich Apotheken vorbehalten. Das weißt du doch, oder? Wo kämen wir denn dahin, wenn jeder Hinz und Kunz Bonbons herstellen und vertreiben könnte? Wer soll denn dann noch versichern können, dass die Zutaten gut und heilsam sind?«

Anna Sophia war nicht überrascht – wenn sich jemand beschwerte, dann natürlich August. Aber dass er dafür persönlich in die Bäckerei kam und ihr einen solchen Vortrag hielt, erstaunte sie dann doch. Was wollte er damit bezwecken? »Aber du weißt doch selbst, woher unser Rezept kommt …«, setzte sie an.

»Weiß ich das wirklich? In einer Bäckerei können allerlei schädliche Ingredienzien beigemischt werden. Was den Käufern da alles passieren kann!« Mahnend hob er einen Zeigefinger.

Anna Sophia lachte auf. Das konnte nicht sein Ernst sein.

»Also, ich kann bezeugen, dass sie keineswegs schädlich sind!«, mischte sich Heinrich ein. »Mir haben sie schon oft geholfen. Probieren Sie doch selbst einmal. Vielleicht vergeht Ihnen dann auch Ihre schlechte Laune.« Er zwinkerte Anna Sophia zu. Sie musste schmunzeln.

»Gute Idee, Heinrich«, sagte sie und hielt August eine Kelle voller Bonbons entgegen.

»Ich sehe mich lieber vor! Man bedenke mögliche Langzeitschäden.«

Anna Sophias Finger krallten sich in das Holz des Tresens. Sicher wurde ihr Gesicht langsam rot vor Wut. Doch sie sollte sich nicht provozieren lassen. So ruhig wie möglich entgegnete sie: »Keine Sorge. Wir nutzen ein ganz ähnliches Rezept, wie damals, als du noch meine Bonbons verkauft hast.«

»Mmh ...« August wiegte den Kopf. »Ich weiß ja nicht. Die Farbe der Karamellen sieht mir doch etwas dunkler aus. Und die Form? Nein, solche Bonbons haben wir nie verkauft. Sie kommen mir im Ganzen reichlich fremd vor.«

Anna Sophia atmete tief ein und aus. »Willst du nun etwas kaufen? Andernfalls möchte ich dich an dieser Stelle bitten zu gehen.« Herausfordernd sah sie ihn an. Auch Heinrich wandte sich ganz August zu. Zwar war er kleiner als der Apotheker und Anna Sophia, doch seine Schultern und sein Nacken waren breit. Mit geballten Fäusten stand er zwischen ihnen.

»Dieser Bitte möchte ich gern nachkommen. Nur eines noch: Dein Vater und ich können natürlich nicht zulassen, dass eine Bäckerei so gefährlichen Machenschaften nachgeht – und das mithilfe eines Rezepts aus unserem Hause! Das wirst du sicherlich verstehen. Wir haben als Apotheker schließlich eine gewisse Verantwortung. Daher mussten wir Anzeige gegen deinen Mann erstatten. Bestell ihm bitte einen schönen Gruß – wir sehen ihn dann vor Gericht.«

Er nickte Anna Sophia noch einmal zu, dann drehte er sich auf dem Absatz um und verließ mit klackerndem Stock die Apotheke.

Anna Sophia starrte auf die Tür. Für ein paar Minuten kam kein Kunde herein, sie und Heinrich standen ganz allein zwischen den Bonbons. Über ihr schrie eines ihrer Kinder, sie hörte Maria leise singen. Tief atmete sie durch, Heinrich schwieg und legte ihr eine Hand auf den Unterarm. Sie spürte, wie ihr die Tränen kamen, doch mit aller Macht drängte sie sie zurück.

»Wenn er damit durchkommt, dann bin ich schuld daran. Dann müssen wir die Bäckerei schließen – wegen mir«, flüsterte sie.

»Das wird er nicht, Anna Sophia. Unter keinen Umständen. Ihr werdet es diesem Hanswurst schon zeigen«, presste Heinrich hervor. »Egal, was zu tun ist – ihr seid nicht allein. Ich helfe euch! Und es gibt viele andere, die auch auf eurer Seite sind!«

Sie lächelte. Womit hatten sie eigentlich einen so lieben Freund verdient? »Danke, Heinrich.« Und gleichzeitig begriff sie: Er hatte recht. Sie sah ihm fest in die Augen. Was sie und Franz erreicht hatten, durfte ihnen niemand wegnehmen. Schon gar nicht August und ihr Vater. Sie hatten hart dafür gearbeitet, sie verdienten den Erfolg, und was das Allerwichtigste war: Sie halfen den Menschen mit ihren Produkten tatsächlich! Anna Sophia würde jetzt nicht weinen, nicht verzweifeln und schon gar nicht aufgeben. Nein, sie würde kämpfen.

»Die Apotheker werden nicht gewinnen«, sagte sie leise. Sie hatten sie herausgefordert – und die Stollwercks würden antworten.

Am Abend sprach Anna Sophia lange mit ihrem Mann. Zuerst funkelten seine Augen wütend, dann raufte er sich die Haare. Doch Anna Sophia versuchte ihn zu beruhigen.

»Wer sagt denn, dass die bestehende Regel den Menschen und ihrer Gesundheit wirklich dienlich ist? Ein Aspekt der Karamellen sind die Heilkräuter, richtig. Aber ein anderer Aspekt ist der Zucker. Du warst es, der mir das Versieden auf diese Art beigebracht hat. Dadurch sind sie besser geworden, als sie es früher waren! Die Kräuter können ihre Heilkräfte noch mehr entfalten. Das kann nur ein Zuckerbäcker, kein Apotheker. Und das ist auch der Grund dafür, warum die Menschen unsere Bonbons brauchen. Wir tun damit Gutes. Sogar dieser Advokat kauft gern bei uns ein, erinnerst du dich? Unsere Bonbonfabrik ist ein wundervoller Ort, er vereint das Wissen von Apotheke und Bäckerei. Heilbonbons wie unsere gab es vorher gar nicht in Köln, vielleicht waren wir es ja, die sie auf diese Art erfunden haben! Genau das werden wir vor Gericht deutlich machen. Sie dürfen es uns nicht verbieten.«

»Du hast recht, die Nachfrage ist da, auf dem Markt hat genau so ein Produkt bisher gefehlt. Aber wie viel Wert ist das Wort eines Bäckers schon gegen das eines Apothekers?«, brummte Franz.

Plötzlich hatte Anna Sophia eine Idee. »Mach dir darüber keine Sorgen, Franz. Warte mal kurz, ich hole Papier und Tinte.«

Mit weit aufgerissenen Augen schaute Wilhelmine aus dem Fenster der Kutsche.

»Wir fahren gerade am großen Teich des Schlosses Hülshoff vorbei«, erklärte Sibylle Charlotte. »Es ist ein altes, herrschaftliches Wasserschloss. Das heißt, es wird von Gräben geschützt, und seine Steine, das spitze Dach und zwei schmale Türmchen spiegeln sich im Wasser.«

Wilhelmine beobachtete das Kind und fragte sich, ob es mit dieser Beschreibung wohl irgendetwas anfangen konnte. Wahrscheinlich nicht, dennoch schien es gespannt der Stimme seiner Mutter zu lauschen.

»Es liegt inmitten eines großen Parks mit vielen Bäumen. Manchmal spukt es hier. Nette hatte bereits so manche Erscheinung.«

»Du machst dem Mädchen ja Angst«, warf Adele ein.

Wilhelmine musterte derweil die malerischen Mäuerchen und hohen Giebel. Hier lebte also diese adelige Freundin, die gern Gedichte schrieb. Ob Wilhelmine wohl mit ihr über ihre eigenen Schreibversuche würde sprechen können?

»Wann fahren wir nach Hause?«, fragte Charlotte.

Wilhelmine schaute das Mädchen an. Seine weißen Augen waren starr geradeaus gerichtet, und die kleinen Hände nestelten unruhig am Stoff ihres grauen Kleides.

»Erst mal bleiben wir im Wasserschloss. Es wird dir dort gefallen.«

»Hooo!«, hörten sie plötzlich von draußen, und die Kutsche bremste ab.

»Guten Tag!«, rief eine Stimme. Seltsam, dachte Wilhelmine. Sie klang noch tiefer als Sibylles. Zu tief für eine Frau – aber auch zu hoch für einen Mann.

»Kann ich Ihnen weiterhelfen?«

Sibylle öffnete die Tür und rief: »Nette! Ich habe mich so auf dich gefreut!«

Nun konnte Wilhelmine sehen, wer die Kutsche zum Halten gebracht hatte: Am Wegesrand stand eine schmale Frau, sicher schon in ihren Dreißigern, mit bauschigen Ärmeln, strengem Scheitel und Ringellöckchen an den Schläfen. Ihre Augen standen ähnlich weit vor wie die von Adele, doch ihr Gesicht war schmal und elegant. Das musste Annette von Droste-Hülshoff sein. In der einen Hand hielt sie ein kleines Hämmerchen, in der anderen einen Stoffbeutel.

»Sibylle«, sagte sie trocken. »Seid mir willkommen. Wenngleich ich nicht mit so vielen Gästen gerechnet habe.« Sie deutete in die Kutsche hinein und kniff die Augen leicht zusammen.

»Oh, verzeih mir. Das sind Adele Schopenhauer, Wilhelmine Müller und meine Tochter Charlotte.«

Nette zog die Augenbrauen hoch. »Deine Tochter?«

Sie trat einen Schritt näher heran und schob den Kopf vor. Anscheinend war sie stark kurzsichtig.

»Nun denn.« Klang sie etwa schnippisch? »Ich kehre gegen Abend zurück. Fahrt nur schon vor und macht es euch bequem.«

Sie nickte ihnen zu und verschwand dann ohne ein weiteres Wort zwischen den Bäumen.

Mit gerunzelter Stirn lehnte sich Sibylle zurück.

»Was war das?«, fragte Charlotte.

»So klingt es, wenn eine Freundin wütend ist«, erklärte Sibylle.

Adele sah sie erstaunt an. »Was hast du getan?«

»Es geht sicherlich um die zwei Versepen, die sie mir zugesendet hat.« Sibylle seufzte. »Nette möchte doch unbedingt an die Öffentlichkeit. Ich finde sie ja wirklich talentiert, ohne Frage! Wenn sie uns ihre Gedichte vorträgt, bin ich zutiefst gerührt und möchte unentwegt applaudieren. Aber wenn ich mich in ein breiteres Publikum hineindenke, dann muss ich doch verstummen.«

Die Kutsche fuhr wieder an, und die Köpfe der Frauen schaukelten hin und her.

»Sie hat mir ihre Gedichte geschickt, damit ich sie einem befreundeten Bonner Professor zeige. Natürlich habe ich das getan, doch er konnte keine Empfehlung zum Druck geben.«

Adele legte den Kopf schief. »Wie erstaunlich. Du weißt, mit Anette selbst habe ich so meine Probleme. Aber ich muss zugeben, dass ihre Gedichte genial sind.«

Bedauernd schüttelte Sibylle den Kopf. »Nun ja, mein Freund Eduard hat ihr zwar ein bedeutendes Talent bescheinigt, aber kein eigentliches Genie. Und das konnte und wollte ich Nette nicht sagen – ich muss sie doch schützen!«

Wilhelmine sah neugierig von einer zur anderen. »Und was macht diese Frau hier draußen mit einem Hammer?«

Wieder seufzte Sibylle. »Ach, sie hat eine Schwäche für Steine.«

Als die Dienstmädchen Charlotte sahen, rissen sie erschrocken die Augen auf und traten zwei Schritte zurück.

»Was haben sie?«, fragte Wilhelmine mit gedämpfter Stimme.

»Nun ja«, flüsterte Adele. »Ein blindes Mädchen in einem Kloster ist eine Sache. Doch hier auf einer Burg ist es doch eine ganz andere.« An Sibylle gewandt fügte sie hinzu: »Wir sollten sie aufs Zimmer bringen und erst mal dort lassen. Nicht, dass eine von Nettes Tanten noch an Mertens schreibt!«

Sibylle schürzte zwar die Lippen, doch dann nickte sie. Und nur wenig später drehte sie den Schlüssel zu ihrem Gästezimmer von außen zweimal im Schloss herum.

Wilhelmine saß kerzengerade auf dem Sofa und schaute sich neugierig um. Gerade hatte sie noch einen kurzen Brief an ihre Schwester Anna Sophia verfasst und versucht, dieses herrschaftliche Schloss so bildhaft zu beschreiben, wie sie nur konnte, doch schon jetzt erschienen ihr die eigenen Worte viel zu blass. Wie bunt und aufwendig die Tapeten verziert, wie elegant und wertvoll die Tische und Stühle gezimmert waren, und wie hell das Teeservice glänzte! Eine wahre Köstlichkeit habe Nette für die Frauen vorbereiten lassen, sagte sie, und tatsächlich stieg Wilhelmine ein wunderbarer Duft in die Nase.

»Woran arbeitest du gerade, liebe Nette?«, fragte Adele.

»Nun, wenn ich ehrlich bin, habe ich momentan mit einigen Widrigkeiten zu kämpfen.«

»Du schreibst Gedichte, habe ich recht?«, platzte Wilhelmine heraus. Sofort schämte sie sich für ihre etwas zu lauten Worte und spürte, wie ihr Gesicht warm wurde. Sie erwartete die irritierten Blicke, die sie aus Köln gewohnt war, doch Nette ließ sich nichts anmerken.

»Gedichte, Versepen, ja. Hin und wieder versende ich sie auch an Freundinnen, die mir ihre Hilfe in Aussicht stellen.« Niemandem entging der darauffolgende Seitenblick zu Sibylle.

Sibylle schüttelte bedauernd den Kopf. »Es ist jammerschade, wenn Manuskripte auf dem Postweg verloren gehen.«

»Wie wahr. Noch entsetzlicher finde ich es allerdings, wenn sie ankommen, aber vollends ignoriert und vergessen werden.«

»Worüber schreibst du denn?«, fragte Wilhelmine wieder dazwischen. Sie konnte es einfach nicht lassen. »Weißt du, in letzter Zeit macht mir das Schreiben noch mehr Freude als das Zeichnen. Die Worte strömen aus meinem Innersten aufs Papier, aber wenn ich fertig bin, kommt mir der Text so belanglos vor, und ich möchte alles verbrennen! In der Welt gibt es sicherlich so viel wichtigere und größere Dinge als meine kleinen Gedanken!«

Nette sah sie nun direkt an. Sie schob den Kopf vor und kniff die Augen zusammen, um Wilhelmine besser zu erkennen. Würde Nette sie jetzt wegen ihres ungebührlichen Betragens in ihre Schranken weisen, so wie es Anna Sophia gern tat? Stattdessen breitete sich plötzlich ein Lächeln in ihrem Gesicht aus, das sie freundlich, ja, beinahe treuherzig aussehen ließ.

»Ist nicht gerade diese Zerrissenheit ein interessantes Thema?«, fragte sie. »Mir gefällt die Doppelbödigkeit im Menschen und in der Welt. Wie spannend die Risse und Brüche sind, die wir alle haben! Schaut euch nur uns vier in diesem Zimmer an ...« Dann nippte sie an ihrer Tasse und rückte ein wenig näher an Wilhelmine heran. Fast konnte Wilhelmine die Wärme ihrer Beine spüren. »Hast du vielleicht Lust, uns eines deiner Gedichte vorzutragen?«

Wilhelmine klappte der Mund auf. »Ich?« Wieso musste sie auch immer so vorlaut sein?

Glücklicherweise eilte ihr Sibylle zu Hilfe. »Für unsere Wilhelmine ist das alles noch recht neu.« Sie legte ihr eine Hand auf die Schulter, und Wilhelmine sog überrascht die Luft ein. »Wie wäre es, wenn du uns heute zunächst einen kleinen Vortrag hältst, liebe Nette?«

Dabei wandte sie ihren Blick nicht von Wilhelmine ab. Wie nah ihr Gesicht dem ihren mit einem Mal war! Zu allem Überfluss hob die Freundin nun auch noch die Hand und strich ihr sanft eine Strähne hinter das Ohr. Wilhelmine hielt die Luft an und sah Sibylle in die Augen.

»Vielleicht möchte dabei ja auch deine Tochter zuhören«, sagte Adele plötzlich laut und spitz. Sibylle zuckte neben Wilhelmine zusammen.

»Ah, ja! Wo ist das Mädchen denn eigentlich?«, erkundigte sich Nette. »Sie kann gern mit uns Kakao trinken. Habt ihr ihn eigentlich schon gekostet?«

Sofort führten die drei Gäste ihre Tassen an die Lippen. Wilhelmine stieg der wunderbar erdige Duft der heißen Schokolade in die Nase. Sie nippte daran – und musste sich zwingen, die Augen nicht überrascht aufzureißen. Diese Schokolade hatte rein gar nichts mit der Gesundheitsschokolade ihrer Schwester zu tun – wenngleich auch die ihr immer sehr gut geschmeckt hatte. Dennoch – diese Köstlichkeit hier war von einer ganz anderen Welt. Sie war so dunkel und zuckrig, so sanft und schwer, so nussig und fruchtig, so süß und herb zugleich, dass sich Wilhelmine für einen kurzen Augenblick rundum glücklich wähnte. Sie trank noch einen Schluck und glaubte, sie könne Schriftstellerin werden, sie könne eines Tages gute Gedichte schreiben, sie könne sie mit Nette diskutieren und Sibylle vorlesen, sie könne irgendwann ganz allein mit Sibylle sein, in einem Raum ohne Türen und Fenster, nur sie beide. Sie schmeckte die Schokolade auf ihrer Zunge, ließ sie die Kehle hinunterlaufen und hielt beinahe alles für möglich. Sie sah Sibylle an, Sibylle schaute ernst und tief zurück – und dann zerriss ein gellender Schrei den Moment. Jemand kreischte laut, dann wurde der Schrei immer tiefer und martialischer. Es rumpelte über ihren Köpfen, etwas klirrte.

Sibylle sprang auf.

»Was ist das?«, rief Nette.

»Ich ... weiß es nicht«, sagte Sibylle und eilte davon.

»Was hat sie?«

»Ach, sicherlich ein Frauenleiden«, erklärte Adele schnell.

»Aber dieses Geräusch ...« Nette lauschte. Mittlerweile war der Schrei verstummt, doch es klapperte noch über ihren Köpfen.

»Vielleicht ist unser Schlossgespenst erwacht«, flüsterte Nette. »Ich habe es schon länger nicht gehört.«

Wilhelmine und Adele sahen sich einen kurzen Augenblick lang an, dann senkten sie gleichzeitig den Blick, um sich nicht zu verraten.

Da schrie Nette spitz auf und eilte ans Fenster. »Was war das?«

Wilhelmine und Adele folgten ihr. »Ich habe nichts gesehen«, sagte Adele.

Nette drückte sich beinahe die Nase an der Scheibe platt.

»Da! Auf dem Boden! Seht ihr?«

Kurz lehnte sie sich zurück, um das Fenster sperrangelweit zu öffnen, und zeigte ins Gras. Wilhelmine hielt den Atem an, denn dort lag weinend und zusammengekrümmt in ihrem grauen Kleidchen Charlotte. In diesem Moment sahen die Frauen, wie Sibylle mit wehendem Rock die Außentreppen hinuntereilte. Ihr Hut flog davon, doch es kümmerte sie nicht. Stattdessen rannte sie nur noch schneller, bis sie sich neben Charlotte ins Gras sinken lassen konnte.

»Mein liebes Kind!«, rief sie. »Ich bin da! Ich bin ja da! Es ist alles gut, meine Kleine.«

Mit völlig verwirrtem Gesichtsausdruck drehte Nette den Kopf und sah Wilhelmine an. »So weit kann ich nicht sehen. Könnt ihr mir erklären, was da passiert?«

Leise antwortete Wilhelmine: »Sibylles Tochter ist aus dem Fenster gefallen.«

»Wilhelmine, komm schnell!«, rief Sibylle. »Bitte! Sie hat Schmerzen!«

Vorsichtig betastete Wilhelmine die Arme und Beine des Kindes. Charlotte wimmerte.

»Ihr Arm ...«, flüsterte sie. »Er ist möglicherweise gebrochen.«

Charlottes Hände waren von Erde und Blut verschmiert, und ihr rechtes Knie war aufgeschlagen. »Wie fühlst du dich, Charlotte?«

»Meine Stirn tut weh«, schluchzte das Mädchen.

»Ist dir schwindelig?«

»Meine Ohren ... sausen.«

»Sie muss sich den Kopf angestoßen haben«, vermutete Adele, die neben ihnen stand.

»Wie kann es sein, dass sie aus dem Fenster gefallen ist?« Nette runzelte die Stirn.

»Könnt ihr einen Arzt kommen lassen?« Wilhelmine war nicht wohl dabei, sie zu untersuchen. Zwar hatten ihre Mutter und Anna Sophia ihr viel über Heilkräuter beigebracht, und hin und wieder hatte sie mitbekommen, wie ihr Vater mit August über Medikamente sprach. Dennoch traute sie es sich nicht zu, ein so verletztes Mädchen zu behandeln.

»Natürlich.« Schon eilte Nette davon.

Sibylle nahm Charlotte vorsichtig auf den Arm. Adele versuchte, ihr zu helfen, und etwas überfordert lief sie neben ihr her ins Haus.

Wilhelmine hatte das Gefühl, an Charlottes Krankenbett überflüssig zu sein, also fragte sie Nette, welche Kräuter im angrenzenden Park wuchsen. »Baldrianwurzeln helfen gegen den Schwindel. Und Spitzwegerich ist gut für die Wunden.«

Nette nickte nachdenklich und führte sie zwischen die Bäume und Büsche. Ein Stück schlenderten sie schweigend durch den Park. Noch war der Winter nicht ganz da, doch der Herbst hatte bereits die meisten welken Blätter von den Ästen geschüttelt. Kühl fuhr der Wind Wilhelmine unter das Kleid.

»Ich bin mir nicht sicher, ob wir zu dieser Jahreszeit noch Spitzwegerich finden. Aber Baldrian wächst dort hinten.« Nette deutete auf einen kleinen Bach.

Die Erde war kalt und hart, doch zum Glück hatte Nette ihr Hämmerchen dabei, mit dem sie sie ein wenig auflockern konnte. Die Frauen gruben mit den Fingern tiefer und zogen vorsichtig eine der Baldrianwurzeln heraus.

»Du kennst dich gut aus mit Heilkräutern«, stellte Nette fest, während sie die Pflanze in ihren Stoffbeutel steckte.

»Ich bin in einer Apotheke aufgewachsen. Und meine Mutter stammt von einer Weisen Frau ab.«

»Sibylle hat dich als Literaturkennerin vorgestellt.«

»Das bin ich nicht. Hin und wieder träume ich aber davon, es zu sein.«

Auf der Suche nach Spitzwegerich liefen sie Schulter an Schulter, und Wilhelmine bemerkte, dass Nette neugierig zu ihr herüberschaute.

»Würdest du mir vielleicht eines deiner Gedichte vortragen?«, fragte Wilhelmine in die Stille hinein.

»Jetzt?«

»Wenn du einen Teil auswendig kannst?«

Nette schaute auf den Boden, während sie weiterlief. Dann blieb sie stehen, sah zu Wilhelmine auf und flüsterte: »Langsam das Fräulein die Rechte streckt, Und langsam, wie aus der Spiegelwand, Sich Linie um Linie entgegenreckt. Mit gleichem Rubine die gleiche Hand; Nun rührt sich's – die Lebendige spüret, Als ob ein Luftzug schneidend sie rühret, Der Schemen dämmert, – zerrinnt – entschwand.«[1]

Sie brach ab und sah in die Ferne.

Wilhelmine wusste nicht, was sie sagen sollte. Beinahe wäre sie gestrauchelt, so überrascht war sie. »Kann es sein, dass du ein fast männliches Talent besitzt?«

Nette schmunzelte, senkte den Blick und schlenderte ohne ein Wort weiter, um den letzten Spitzwegerich des Jahres zu pflücken.

Auf dem Rückweg sagten beide kaum ein Wort. Wilhelmine fühlte sich Nette mit einem Mal so nah. Und gleichzeitig spürte sie eine unüberwindbare Distanz zu dieser ungewöhnlichen Frau. Sie wollte so sein wie sie und doch ganz anders. Sie wollte sie berühren und wollte es gleichzeitig nicht. Was waren das nur für sonderbare Frauenfreundschaften, die sie zunächst in Sibylles Kutsche, nun in der Wasserburg beobachten konnte? Wilhelmine musste daran denken, wie sie als Kind mit der klei-

---

[1] Annette Droste-Hülshoff: Das Fräulein von Rodenschild

nen Regina, Doktor Baaders Tochter, gespielt hatte. Sooft sie konnten hatten sie die Köpfe zusammengesteckt und mit Wilhelmines Puppe herumgealbert, hin und wieder wurden sie auf den Alter Markt geschickt, um Käse oder Obst zu kaufen, und gemeinsam hatten sie auf Julie aufgepasst und ihr etwas vorgesungen. Regina war ein viel zarteres Mädchen als Wilhelmine. Sie hatte langes Haar, weiche Gesichtszüge und ein helles Lachen. Mit ihr konnte Wilhelmine stundenlang über all ihre Gedanken und Gefühle reden. Nur eines verriet Wilhelmine ihrer Freundin nicht: dass sie unentwegt an Regina denken musste und hin und wieder sogar von ihr träumte.

Als Regina immer kränklicher wurde, schnürte es Wilhelmine vor Angst die Kehle zu. Doktor Baader untersuchte seine Tochter jeden Tag, immer wieder kam auch Gottlieb vorbei, um sie mit Opium zu behandeln. Die bisher so lebhafte Regina wurde immer stiller, bald schien sie Wilhelmine kaum noch zu erkennen. An dem Tag, an dem sie starb, glaubte Wilhelmine, niemals wieder glücklich zu werden. Sie weinte die ganze Nacht.

Innerlich aufgewühlt und durchgefroren kam sie nun gemeinsam mit Nette in Sibylles Gästezimmer an, wo sie nach Charlotte sehen wollten. Doch im Türrahmen blieben sie wie angewurzelt stehen. Denn hinter Charlottes Bett saßen Sibylle und Adele auf zwei Stühlen. Sie waren einander zugeneigt, und Sibylle hatte ihre Hand auf Adeles Wange gelegt. Adeles Hand lag in Sibylles Nacken, und sie küssten sich, wie es sonst nur Mann und Frau taten. Und erst, als sie die Eintretenden bemerkten, ließen sie voneinander ab.

Wilhelmines Herz raste, mit rotem Kopf schaute sie auf den Boden. Nette neben ihr schien nicht weniger überrascht. Sie nestelte an ihrer Flechtfrisur herum und räusperte sich zerstreut.

»Wie ... geht es Charlotte?«, fragte sie scheinbar beiläufig.

»Sie schläft«, flüsterte Sibylle. »Der Arzt hat ihr etwas Opium zur Beruhigung verabreicht.«

Leise traten die beiden Neuankömmlinge näher. Wilhelmine wagte es nicht, irgendjemandem in die Augen zu sehen. Was war hier passiert? Wie konnten Sibylle und Adele so etwas tun? Das war doch gar nicht möglich! Und warum versetzte es ihr gleichzeitig einen Stich in der Magengegend? Siedend heiß fielen ihr ihre Träume mit Regina ein. Sie schämte sich entsetzlich, gleichzeitig schien sich der ganze Raum um sie herum zu drehen, die ganze Wasserburg, ja, das ganze Land. In ihrem Schwindel schaute sie fast aus Versehen Sibylle an. Im nächsten Moment hob auch sie den Kopf und hielt ihren Blick fest. *Alles ist gut*, schien sie zu sagen. Und ganz allmählich hörte die Welt um Wilhelmine auf, sich zu drehen.

In diesem Moment beugte sich Nette über Charlotte, betrachtete neugierig die Mertens-Tochter und wurde Zeugin, wie sie langsam die Augen öffnete. »Oh«, machte Nette unwillkürlich, als sie die weißen Pupillen sah.

22. Kapitel

Anna Sophia starrte auf den kahlen Hinterkopf ihres Vaters. Wie konnte er nur? Ruhig saß er da, die eine Hand stützte er auf seinen Stock ab, als sei er soeben zufällig in den Appellhof spaziert. Sie hatte ihn so lange nicht gesehen, und dennoch hatte er sie beim Eintreten keines Blickes gewürdigt. Sie hatte sich doch sogar bei ihm entschuldigt! Mehrmals war sie zu ihm gegangen und hatte förmlich um eine Versöhnung gebettelt. Und was tat er? Er hatte sie nicht nur auflaufen lassen, nein, nun verklagte er gemeinsam mit August sogar ihren Mann! Wegen Anna Sophias Bonbons!

Ganz ruhig schaute er erst zum Richter, dann in die Gesichter der zwölf Geschworenen. Es lag eine neugierige Stille in der Luft, die Reihen waren eng gefüllt. Neben ihr lehnten sich Heinrich, Theodor und Koloman nach vorn. August saß auf Klägerseite, Franz auf der Anklagebank. In der Mitte begann Gottlieb nun seine Aussage: »Die heilsame Zusammensetzung von Brustbonbons bedarf selbstverständlich der gelehrten Hand eines Apothekers. In unserem Haus verkaufen wir Bonbons, die nachweislich gegen Husten und Heiserkeit helfen. Vergleicht man die Stollwerckschen Karamellen mit unseren Heilmitteln, erschrickt man geradezu.«

Ihr Vater warf Franz einen Seitenblick zu, und Anna Sophia schluckte. Eigentlich hätte dieser Blick ihr gegolten, das wusste sie. Es ging hier schließlich um ihr Rezept – und um ihren Verrat.

»Welche Wirkung haben die Karamellen Ihrer Meinung nach?«, fragte Augusts Advokat, dessen gewaltiger Schnurrbart in einem grotesken Widerspruch zu seiner Glatzköpfigkeit stand.

»Es handelt sich um ordinären Zucker. Wir können froh sein, wenn die schmutzigen Spuren des Kräutersuds, die beigemischt wurden, keine schädlichen Wirkungen entfalten.«

»So ein Unfug«, knurrte Franz, doch der Richter brachte ihn mit einer Handbewegung zum Schweigen.

Gottlieb durfte sich erheben, und das Klacken seines Stocks auf dem Weg zur Bank der Kläger ließ Anna Sophia zusammenzucken. Sie verfolgte ihn mit ihren Blicken, doch kein einziges Mal schaute er zu ihr herüber.

Nun durfte August sprechen. Seine Hände lagen auf seinen Knien, er neigte sich nach vorn und nickte zunächst dem Richter, dann den Geschworenen zu. Eine neue Welle der Wut erfasste Anna Sophia. Niemand würde es ihr ansehen können, doch innerlich tobte sie. Wie konnte dieser Mann nur so freundlich tun?

»Guten Tag, die Herren«, flötete er. »Als Angestellter im Hause Müller habe ich einige Einblicke in die Apotheke und ihr Umfeld erhalten können.« Halb drehte er sich zu Anna Sophia um, sein Mundwinkel zuckte. »Das Pikante an diesem Prozess ist wohl, dass Frau Stollwerck, wie Sie sicherlich wissen, die Tochter von Herrn Müller ist.«

Unvermittelt sprang Franz plötzlich auf, und seine Augen funkelten. »Was bitte hat diese Bemerkung mit der Sachlage zu tun? Lassen Sie meine Frau gefälligst aus dem Spiel!«

Anna Sophia sah ihn eindringlich an. Stumm versuchte sie ihm zu sagen, dass er Ruhe bewahren sollte.

»Das kann ich leider nicht, Herr Stollwerck«, entgegnete August. »Schließlich war es Ihre Frau, die das Rezept ihres Vaters gestohlen und an Sie weitergegeben hat.«

»Ach, kommen Sie! Gerade hat Herr Müller noch behauptet, wir würden nur ordinären Zucker verkaufen!«

Der Richter hob eine Hand. »Schweigen Sie, Herr Stollwerck. Sie dürfen sich später äußern.«

Anna Sophia biss die Zähne fest zusammen, während sie August zuhörte.

»Schon als Frau Stollwerck noch in ihrem Elternhaus wohnte, hat sich dort allerlei Seltsames zugetragen«, behauptete er. »Sie kochte häufig ohne die Erlaubnis ihres Vaters Bonbons und bediente sich wiederholt am Arzneischrank der Apotheke. Damals habe ich mir nur wenig dabei gedacht, auch dann noch, als mein Kollege Herr Müller entsetzlich krank wurde. Heute sehe ich diese Vorfälle in einem ganz anderen Licht.«

Anna Sophia hielt die Luft an. Wie konnte August es wagen? Am liebsten hätte sie geschrien und gleichzeitig den Saal verlassen. Sie wollte die Türen knallen und die Vasen im Flur zerschlagen! Stattdessen krallte sie nur ihre Hände ineinander.

»Also, das ist doch ...«, empörte sich auch Franz, doch sein jugendlich wirkender Anwalt, der bisher beinahe unbeteiligt neben ihm gesessen und sich zurückgelehnt hatte, tätschelte ihm beruhigend die Schulter. Franz hatte ihn mitten in der Bäckerei für diesen Prozess engagiert, da er schon seit Wochen gern bei ihnen Bonbons einkaufte.

»Wären Sie bitte so freundlich, sich auf den Gegenstand dieser Verhandlung zu beziehen, Herr Arkenberg?« Franz' Anwalt sprach, ohne sich zu rühren. Nur eine steile Falte zwischen seinen Augenbrauen verriet seine Konzentration.

»Bitte verzeihen Sie, die Herren, aber Sie werden sehen, dass am Ende alles miteinander zusammenhängt«, sagte August.

»Fahren Sie fort«, entschied der Richter.

»Frau Stollwerck – damals noch Fräulein Müller – hat überraschend und eigensinnig entschieden, Herrn Stollwerck zu heiraten. Und das gegen den Willen des Vaters.« August machte eine Kunstpause, während der er die Herren Geschworenen fixierte. Anna Sophia folgte seinem Blick. Die Reihen waren voller dicker Koteletten und grauer Geheimratsecken, eng geknöpfter Westen und schmaler Halstücher. War es nicht seltsam, dass lauter Männer gerade darüber berieten, wie es mit Anna Sophias Bonbons weiterging, mit dem Heilerinnenwissen ihrer Großmutter, und das, während sie selbst lediglich im Publikum saß? Seitdem sie denken konnte, kannte Anna Sophia Männer, die den Heilkräften der Natur nicht über den Weg trauten, allen voran ihr Vater und August. Ob sie ihnen wohl Angst machten? Einige der Herren zogen gerade erstaunt die Augenbrauen hoch und sahen Anna Sophia misstrauisch an. Wieso hatte sie diesen einen Geschworenen nicht früher bemerkt? Ihr wurde abwechselnd heiß und kalt, ihre Hände schwitzten. In der ersten Reihe lehnte sich Victor Mertens nach vorn und stützte die Ellenbogen auf der Balustrade ab. Der Mann, den sie doch mit aller Kraft vergessen wollte, doch dessen Gesicht sie immer wieder vor ihrem inneren Auge sah. Anzüglich grinste er Anna Sophia an und zwinkerte. Ihr drehte sich der Magen um. Sie spürte den heftigen Impuls, einfach wegzurennen. Doch natürlich hätte das ein ungutes Licht auf Franz geworfen. Mit dem größten Widerwillen blieb sie also sitzen und hörte, wie das Herz in ihrer Brust hämmerte. Tief atmete sie durch, um sich zu beruhigen. Und als ihre Finger etwas weniger zitterten, fragte sie sich: Wie konnte es sein, dass ausgerechnet bei diesem Prozess Victor Mertens unter den Geschworenen saß? Sie sah zurück zu August. Nickte er Mertens etwa zu?

Kaum verstand sie, wie August fortfuhr, so sehr rauschte ihr das Blut in den Ohren.

»Nachdem Fräulein Müller ausgezogen war, mussten wir erfahren, was in der Bäckerei ihres Mannes angeboten wird. Herr Stollwerck versucht dort, Profit aus dem geheimen Rezept seines Schwiegervaters zu ziehen! Natürlich geht dabei allerlei schief. Wir haben uns diese Bonbons einmal genauer angesehen: Pure Zuckerware ist das – beworben mit Versprechungen, die mitnichten eingehalten werden. Daher fordern wir, dass der Bäckerei Stollwerck der weitere Verkauf von Bonbons strengstens untersagt wird.«

»Also, das ist doch wirklich …«, rief Franz.

»Eine Lüge!«, herrschte Heinrich.

»Wie kann er nur«, entfuhr es sogar dem sonst so ruhigen Theodor.

»Ich bitte um Ruhe!«, rief der Richter.

August Arkenberg schlenderte mit Gottlieb die Galerie des Appellhofs auf und ab. Ihre Schritte hallten zwischen den hellen Steinmauern, den großen Torbögen und den verzierten Geländern wider. Er konnte sich das Schmunzeln nicht verkneifen. Wie gut es getan hatte, seiner Wut freien Lauf zu lassen! Wie dumm dieser grobschlächtige Franz geguckt hatte! Und wie hochrot Anna Sophia hinter ihm geworden war! Doch sie hatte natürlich rein gar nichts dagegen tun können, dass er die Wahrheit laut und deutlich aussprach. August brauchte all seine Kraft, um nicht wie ein Kind vor Freude zu kichern. Das hatte sie nun davon, dachte er. Tief atmete er durch. Er würde diese kurze Prozesspause nutzen, um gefasst und gestärkt in den Gerichtssaal zurückzukehren.

»Vielen Dank für dein Engagement. Dass du mit mir für das Wohl der Apotheke einstehst, rechne ich dir hoch an«, sagte Gottlieb neben ihm.

»Das ist doch selbstverständlich, Gottlieb. Es bricht mir das Herz, wenn ich sehe, wie rückläufig die Umsatzzahlen der Apotheke sind, nur weil diese Zuckerbäckerei illegal diese Kamellen verkauft!«

Gottlieb seufzte. »Wenn das so weitergeht, bekommen wir ernsthafte Probleme. Ich kann mir gar nicht vorstellen, was passieren würde, wenn wir die Apotheke nicht halten könnten.«

»So weit wird es nicht kommen! Glaub mir, die Geschworenen sind auf unserer Seite.«

»Du bist sehr wortgewandt und hast gut gesprochen – aber das überrascht mich nicht.« Gottlieb blieb stehen und sah ihn ernst an. »Du weißt, ich kann mit Worten nicht so gut umgehen wie du. Daher habe ich wohl auch so lange geschwiegen. Ich hätte schon längst etwas mit dir besprechen müssen.«

Auch August blieb stehen und wandte sich dem alten Mann zu. Ja, dachte August bitter, das hättest du tatsächlich. Dennoch bemühte er sich um einen freundlichen Ton. »Was meinst du, Gottlieb?«

»Das Betragen meiner Tochter Wilhelmine beschämt mich zutiefst. Ich kann nicht zum Ausdruck bringen, wie wütend mich ihr Verhalten macht. Natürlich darf ich nach so einem ... Ausfall ... nicht mehr erwarten, dass du Wilhelmine noch zur Frau nehmen möchtest.«

August senkte den Blick. »Bitte gräme dich nicht weiter. Was hättest du denn tun sollen?«

Seine eigenen Ideen darüber, wie auf ein solches Vergehen zu reagieren wäre, behielt er besser für sich. Hätte er Töchter, würden sie nicht im Traum ein solch respektloses Verhalten in Betracht ziehen, dessen war er sich sicher. Wenn er nur daran dachte, wie diese Wilhelmine ihn zum Narren gehalten hatte und mitten in der Nacht verschwunden war, dann spürte er wieder die Wut in sich aufsteigen. Wenn sie ihm noch einmal unter die Augen käme ...

»Nun, August, ich weiß, wie das für dich klingen muss. Zuerst meine Älteste, und nun auch Wilhelmine ... Aber für mich steht nach wie vor fest: Du bist mein Nachfolger. Daran wird nichts und niemand etwas ändern.«

Schweigend sah August ihn an.

«In meinem Testament habe ich bereits festgelegt, dass du meine Apotheker-Lizenz im Falle meines Todes erbst. Bis dahin bitte ich dich um ein wenig Geduld. Ich kenne meine Wilhelmine. Im Grunde hat sie ein gutes Herz, sie kommt früher oder später zur Vernunft. Und sollte das nicht der Fall sein: Elise ist bereits vierzehn Jahre alt. Sobald sie volljährig ist, können wir über ihre Vermählung sprechen.«

Nun also Elise, dachte August und unterdrückte ein Augenrollen. Nun gut, vielleicht hätte er damit ja gar kein so schlechtes Los gezogen. Die

Kleine war besser erzogen als ihre älteren Schwestern, gleichzeitig schien sie ihm einfältiger zu sein. Keine schlechten Voraussetzungen – allerdings würde es noch dauern, bis sie heiraten dürfte.

»Ich weiß dein Vertrauen sehr zu schätzen.« Gerade wollte sich August mit einem warmen Händedruck bedanken, doch mitten in der Bewegung hielt er inne und trat einen vorsichtigen Schritt zurück.

»Was …?«, setzte Gottlieb an. Er unterbrach sich selbst – anscheinend bemerkte nun auch er, dass plötzlich jemand dicht hinter ihm stand.

Anna Sophia spürte, dass ihr die Tränen in die Augen traten. Nur nicht weinen, dachte sie, nicht jetzt.

»Wie kannst du nur, Papa?«, presste sie hervor. Obwohl ihre Worte leise waren, musste jeder hören, wie wütend sie war.

Gottlieb stützte sich auf seinen Stock und sah sie aus müden Augen an. Sein Alter erschreckte sie. In jedem Monat, in dem sie ihn nicht sah, schien er schneller gebrechlich zu werden.

»Wovon sprichst du?« Seine Stimme knarzte.

»Wie kannst du nur zulassen, dass August so über mich spricht? Dass meine Privatangelegenheiten öffentlich vorgetragen und meine Bonbons, die du stets gelobt hast, so in den Schmutz gezogen werden?« Sie ballte die Hände zu Fäusten und spürte, wie ihre Stimme zitterte. Sie wollte hinzufügen, dass er ihr das Herz brach, ein ums andere Mal, dass sie so wütend war wie noch nie in ihrem Leben, unfassbar enttäuscht und verletzt, dass sie ihn trotz allem liebte und vermisste, und dass sie noch nie von solch quälenden Gefühlen zerrissen war. Doch ihre Stimme versagte.

Gleichzeitig baute sich Gottlieb vor ihr auf. Fast konnte sie das Ächzen seiner langsamen Knochen hören.

»Habe ich dich so erzogen? Wie kannst du noch immer glauben, du wärst hier das Opfer? Du warst es, die gegangen ist. Du hast unser Rezept mitgenommen und versuchst nun, daraus Profit zu schlagen. Du sorgst dafür, dass wir in der Apotheke ernsthafte Probleme haben! Schau zuerst in den Spiegel, bevor du noch einmal das Wort an mich richtest.«

Anna Sophia blieb die Luft weg. Sie sah von Gottlieb zu August und zurück. »Er vernebelt dir die Sicht. Schau dir lieber an, mit wem du dich umgibst. Zuerst hat er versucht, deinen Körper zu vergiften, jetzt macht er das gleiche mit deinem Geist.«

Doch Gottlieb schien nicht mehr zuzuhören. Er stützte sich wieder auf seinen Stock und wandte sich zum Gehen. »Komm, August.«

Fassungslos und mit offenem Mund blieb Anna Sophia stehen.

»Ich erkenne dich nicht wieder«, flüsterte sie. Doch ihr Vater drehte sich nicht einmal um.

Franz Stollwerck atmete tief durch. Im ersten Teil der Verhandlung hatte er sich hinreißen lassen. Viel zu emotional war er gewesen. Er musste nun besonnen auftreten. Er sah in die Reihen der Geschworenen. Abgesehen von Victor Mertens erkannte er in ihnen vor allem bodenständige Männer. Den freundlichen Bäcker vom Alter Markt, einen jungen Kaufmann, mit dem er bereits Bonbons und Gebäck gehandelt hatte, und einen mit Theodor befreundeten Lehrer. Neugierig sahen sie ihn an – und Franz hatte eine Idee. August und Gottlieb waren zwar überzeugend aufgetreten, allerdings hatte es ihnen auch nicht an Standesdünkel gefehlt. Und was konnte der Kölner weniger leiden als Arroganz?

»Ich möchte mich den Herren Geschworenen kurz vorstellen«, begann er in freundlichem Tonfall. »Ich bin ein junger Zuckerbäcker aus Köln. Geboren als Sohn eines Wollspinners habe ich mir in den letzten

Jahren tapfer eine eigene Bäckerei erarbeitet. Meine liebe Frau unterstützt mich, wo sie kann. Wir haben drei Kinder.«

Er sah sie über die Schulter an, und mit verwundertem Gesichtsausdruck blickte Anna Sophia zurück. Hatte sie etwa geweint? Es schmerzte ihn, ihre roten Augen zu sehen, dennoch drehte er sich wieder um und zwang sich, mit sicherer Stimme weiterzusprechen.

»Ich bin stolz darauf, ein Bäcker zu sein. Sie wissen selbst, was für ehrbare Bäcker Köln hat.«

Zustimmend brummten einige Geschworene.

»Kommen Sie bitte zum Punkt, Herr Stollwerck«, wies der Richter ihn an.

»Auf meiner Wanderschaft in Paris habe ich von einem dortigen Zuckerbäcker von der Pike auf bodenständiges Handwerk erlernt. Und meine Frau hat nicht nur breites Wissen aus ihrer Kindheit und Jugend in einer Apotheke mit in die Ehe gebracht, sondern auch jahrelange Kontakte zu namhaften Ärzten. Gemeinsam mit diesen gut ausgebildeten Medizinern haben wir ein hochwirksames Rezept erarbeitet. Ich bin mir sicher, dass einige unter Ihnen auch schon mal zu unseren Karamellen gegriffen haben. Ich bitte Sie: Probieren Sie sie selbst und urteilen Sie mit Ihrem gesunden Menschenverstand.«

Zufrieden mit seinen Worten lehnte er sich zurück. Möglicherweise hatte er den ein oder anderen ja doch auf seiner Seite.

»Vielen Dank, Herr Stollwerck. Die Gegenseite möchte nun Herrn Hermann Arkenberg befragen. Herr Arkenberg – bitte.«

Franz beobachtete den jungen Mann, der vortrat. Seine Weste saß etwas zu eng, und an seinen Mundwinkeln hing ein wohl noch junges, aber schlaffes Bärtchen herab. Er bleckte die Zähne, und Franz begriff erst eine Sekunde später, dass er wohl seinen Bruder August angrinste, während er sich setzte.

»Herr Arkenberg, wie stehen Sie zur Apotheke Müller?«, fragte der Advokat mit dem voluminösen Schnäuzer.

»Wir sind natürlich Konkurrenten, was denn sonst?«

Franz verschränkte die Arme – das Lachen des Mannes klang laut und hart. Auch Augusts Blick verfinsterte sich mit einem Mal.

»Ich habe die Apotheke meines Vaters übernommen, während mein Bruder seine Lehre bei Herrn Müller gemacht hat.«

»Wie stehen Sie persönlich zu Ihrem Bruder?«

»Ach!« Er winkte ab. »Ein besonders inniges Verhältnis hatten wir noch nie, nicht wahr, Brüderchen? Wir sind, wie Brüder eben sind. Konkurrenten durch und durch.« Wieder dieses Lachen. Was für ein unangenehmer Mensch, dachte Franz.

»Und wie schätzen Sie die Stollwerckschen Brustbonbons ein?«

»Brustbonbons? Das sind Zuckerwürfel, nichts weiter. Gegen echte, katarrhische Beschwerden helfen sie keinesfalls! Es ist ungeheuerlich, dass dieser Bäcker mit einer Lügengeschichte sein Geld verdient und uns Apothekern das Leben schwer macht. Es braucht klare Regelungen und Zuständigkeitsbereiche. Ein Bäcker darf so einen Schund nicht verkaufen!«

»Das ist Verleumdung!«, knurrte Franz.

»Grober Unfug!«, rief Heinrich aus den Zuschauerreihen.

»Was erlauben Sie sich?«, polterte sogar Theodor.

Wieder bat der Richter allseits um Ruhe.

Victor Mertens dröhnte der Kopf. Wie hatte er sich nur auf so einen langweiligen Unfug einlassen können? Anfangs hatte ihn die Aussicht, Franz Stollwerck schaden zu können, noch eine diebische Freude bereitet. Also war er auf das Angebot, das August Arkenberg ihm vor wenigen Wochen gemacht hatte, eingegangen. Doch wenn er gewusst hätte, wie viel Zeit er dafür in diesem Gerichtssaal verbringen musste! Der erste

Prozesstag hatte sich fast unendlich gezogen, und es sollten noch einige folgen. Stundenlang war er zum Rumsitzen verdammt. Dabei konnte er seine Gedanken kaum daran hindern, hin und her zu wandern. Sogar über seine mittlerweile tote Mutter hatte er mal wieder gegrübelt und sich gefragt, ob ihr diese Kamellen wohl gefallen hätten. Wahrscheinlich schon – sie war schließlich keinesfalls mit gutem Geschmack gesegnet gewesen. Und dann hatte er auch noch an Sibylle gedacht. Sie war tatsächlich aufgebrochen und hatte seine Kinder bei ihm gelassen. Was für eine Rabenmutter tat so etwas? Und wie sollte die Gesellschaft jetzt von den Eheleuten denken? Er hatte vorsorglich herumerzählt, Sibylle befände sich auf Kur. Wenn es doch nur wahr wäre! Besser noch wäre eine Anstalt. Vielleicht könnte man ihren widerspenstigen Kopf an einem solchen Ort zumindest ansatzweise heilen. Doch Sibylle dachte nicht daran, sich helfen zu lassen. Stattdessen fuhr sie mit der Kutsche in der Weltgeschichte herum. Wie lange seine Lüge wohl unentdeckt bleiben würde? Niemals hätte er sich auf die Abmachung mit ihr einlassen dürfen. Allerdings hatte die natürlich auch Vorteile: Er genoss die Ruhe im Stadtpalast. Ohne Sibylle konnte er in aller Ruhe seinen Geschäften nachgehen, sich ungestört mit den Dienstmädchen vergnügen und sich an Emmas Anblick erfreuen …

Er seufzte, während er in seinen Mantel schlüpfte.

»Und, was haben Sie für ein Gefühl, Herr Mertens?«, fragte ihn einer der anderen Geschworenen. Schlechte Zähne, schlechte Rasur, seinen Namen hatte er schon wieder vergessen.

»Es ist eine Ungeheuerlichkeit, dass dieser Bäcker Medizin verkaufen möchte«, brummte Victor.

Ernst nickte sein Gegenüber. »Da haben Sie sicher recht. Doch wenn das Rezept tatsächlich von Ärzten beglaubigt wurde?«

Victor schnaubte. »Diese Ärzte möchte ich erst mal sehen!«

Wir haben unsere eigenen Ärzte, hätte er gern hinzugefügt, doch das verkniff er sich besser.

»Glauben Sie, sogar seine Ärzte sind erfunden?«, mischte sich nun ein anderer ein, der gerade noch hinter ihm gesessen hatte.

»Aber natürlich! Kennen Sie diesen Stollwerck? Er treibt sich gern mit Juden herum. Denken Sie, ein solcher Mann könnte einem ehrbaren Geschäft nachgehen?«

»Mmh«, überlegte ein Dritter. »Vielleicht hat er die Mediziner auch bestochen …«

»Bei dem halte ich alles für möglich. Bitte entschuldigen Sie mich.«

Und damit drängte er an ihnen vorbei, um hinaus auf die Galerie zu treten, die weiten Treppen hinunterzulaufen und sich vor der großen Tür die kühle Luft um die Nase wehen zu lassen. Wo war nur seine Kutsche? Ärgerlich lief er die Straße hinunter. Zu allem Überfluss fing ihn hier auch noch August Arkenberg ab.

»Was haben Sie mir da eingebrockt?«, knurrte er ihm entgegen.

Mehrmals sah sich Arkenberg um, bevor er sagte: »Es läuft doch ganz ausgezeichnet.«

Victor verdrehte die Augen. »Es ist vor allem eine langwierige Angelegenheit! Sind Sie sicher, dass Sie den nächsten Prozesstag für sich entscheiden werden?«

»Mit Ihrer Hilfe sicherlich. Herr Dr. Heidmüller ist bereit?«

Victor brummte. »Natürlich. Er wurde in allem unterrichtet.«

»Sehr gut.«

Endlich fuhr Victors Kutsche vor, und er stieg ein. Er hatte sich ein neues, viktorianisches Modell geleistet: Die Räder waren vorne klein und hinten groß, die Kabine nach unten hin elegant abgerundet, und gezogen wurde sie von zwei prachtvollen Rappen. Sollte seine Frau doch mit der veralteten, schwarzen Kutsche durch die Lande tingeln. Möge sie ihr unter dem knochigen Hintern entzweibrechen! Er schlug die Tür mit einem lauten Knall hinter sich zu und ließ sich ins Polster sinken. Es war viel weicher als das der alten Kutsche, und sein Rot leuchtete kräftig. Er nickte August durch das Fenster zu, dann fuhr er allein nach Hause.

23. Kapitel

»Sie kann hier nicht bleiben«, flüsterte Nette und sah Sibylle beinahe gehetzt an. Gerade hatten die beiden zusammen mit Adele, Wilhelmine, Nettes Eltern und ihrem überraschend jungen Onkel zu Abend gegessen, als Charlotte im Zimmer über ihren Köpfen wieder einmal zu randalieren begonnen hatte. Glücklicherweise hörte der alte Hausherr nicht mehr so gut, doch Nettes Onkel schreckte zusammen. Schnell bat Sibylle um Verzeihung. Ihre Tochter sei krank, sagte sie, und wisse in ihrem Fieberwahn nicht, was sie tue. Gleich nach dem Essen hatten sich die Damen entschuldigt, um nach dem Mädchen zu sehen.

Wilhelmine konnte Charlotte ja durchaus verstehen. Sie war so früh ihrer Mutter entrissen worden und hatte in einem lieblosen Umfeld aufwachsen müssen. Sie hatte sicherlich wenig körperliche Nähe erfahren, niemand hatte sie getröstet, ihr Mut zugesprochen oder ihr beigestanden. Vielleicht war die Wut ihre Strategie geworden, um die Nonnen daran zu erinnern, dass sie existierte. Auf diese Weise verschaffte sie sich Aufmerksamkeit und ließ ihre Frustration, ihre Angst und ihre Traurigkeit los. Zwar konnte sich Wilhelmine nicht vorstellen, wie es war, nichts zu sehen, aber Charlottes Wutanfälle konnte sie nachempfinden. Auch sie würde manchmal am liebsten alles zerschlagen, was ihr in die Hände kam. Und dennoch – es war gefährlich, mit dem Mädchen hier zu sein.

»Wenn sie jemand sieht, werden die Menschen Fragen stellen. Und vor allem meinen Tanten traue ich zu, dass sie sofort an deinen Mann schreiben, Sibylle. Wir können sie hier nicht länger verstecken. Außerdem ist sie fast wieder gesund. Zum Glück hat sie sich nichts gebrochen.«

Sibylle seufzte. »Dann gehen wir nach Bonn.«

»Du weißt doch selbst, wie nah Bonn und Köln einander sind. Es würde dem Mertens sofort zu Ohren kommen!«, wandte Adele ein.

»Was willst du mir damit sagen? Sie bleibt auf jeden Fall bei mir, bei ihrer Mutter!«

»Ich habe keine Mutter«, flüsterte Charlotte. »Ich habe nur den lieben Gott.«

»Herrgott!«, rief Sibylle aus. »Jetzt lass den Unfug, den diese vermaledeiten Nonnen dir eingetrichtert haben!«

Sofort fing das Kind an zu wimmern, und die Tränen liefen ihm nur so über die Wangen.

»Schh«, machte Wilhelmine und nahm Charlottes kleine Hand in ihre. Sie musste an ihre Schwester Julie denken, als sie so klein gewesen war und ihr eigener Vater sie angesehen hatte, als wäre sie eine Krankheit – voller Ekel und Traurigkeit. Wie es ihr wohl ohne ihre Schwestern ergangen wäre? Sanft streichelte Wilhelmine über den kleinen Handrücken. »Es wird alles gut«, flüsterte sie dem Mädchen zu.

»Ich habe gehört, dass in Berlin eine Blindenanstalt gegründet wurde«, sagte Nette.

Sibylle schnaubte. »Ich gebe mein Kind doch nicht in eine Anstalt!«

»Es ist vielmehr eine Schule. Wie ein Internat, nur für Blinde. Sie würde gut unterrichtet werden. Niemand weiß besser als du, wie wichtig Bildung ist. Auch für Charlotte. Sicherlich würde es ihr … Gemüt beruhigen.«

Sibylle schwieg. Sanft legte ihr Adele eine Hand auf die Schulter. »Dort wäre sie nicht allein. Man würde ihr helfen. Viel besser, als wir es je könnten.«

Sibylle atmete tief ein und aus. Und Wilhelmine ahnte, dass die Freundin nun die bisher schwerste Entscheidung ihres Lebens treffen musste.

Am nächsten Tag saßen sie wieder in Sibylles Kutsche. Diesmal würden sie nach Köthen fahren, einem kleinen Ort, in dem ein großer Bahnhof mit Restauration gebaut worden war. Wilhelmine konnte kaum glauben, dass sie tatsächlich zum ersten Mal Eisenbahn fahren würde! Und dann auch noch nach Berlin!

Neben ihr saß Adele, die schweigend aus dem Fenster sah, schräg gegenüber schlief die kleine Charlotte mit dem Kopf auf Sibylles Schoß, und Sibylle, deren Knie beinahe Wilhelmines berührten, streichelte das Kind sanft. Nachdenklich sah Wilhelmine von Sibylles Händen auf – und erschrak. Denn die Freundin schaute ihr direkt in die Augen. Wilhelmines Herz schlug schneller. Seitdem sie Sibylle zum ersten Mal im Kölner Dom gesehen hatte, wollte sie ihr unbedingt nah sein. Doch was hatte dieser Wunsch zu bedeuten? Nun, da sie eng an eng in einer Kutsche saßen, fragte sich Wilhelmine, wie ihre Sehnsucht gestillt werden sollte. Denn obwohl sich ihre Schuhe beinahe berührten, reichte ihr diese Nähe nicht. Sie musste wieder daran denken, wie Sibylle Adele geküsst hatte.

Sibylle hob erneut den Blick, und diesmal wich keine von beiden aus. Sie schauten einander tief in die Augen, wie anfangs im Dom. Draußen schlugen die Pferdehufe auf den Boden, und der Wind heulte um die Kutsche herum. Drinnen konnte Wilhelmine kaum atmen, ihr Herz raste. Sie wollte nie wieder wegschauen, denn sie hatte das Gefühl, da sei jemand, der sie wirklich und wahrhaftig sah.

Bis plötzlich ein Arm durch die Luft wirbelte, ein Schrei ertönte und etwas Wilhelmine so hart am Kopf traf, dass er gegen die Wand der Kutsche schlug. Ihr wurde schwarz vor Augen.

Wilhelmine erwachte auf einer Decke im kalten Gras liegend, die Füße auf eine Reisetasche gebettet.

»Meine liebe Wilhelmine, wie geht es dir?« Nun streichelte Sibylle ihren statt Charlottes Kopf.

»Was ist passiert?« Ihr war schwindelig. Nur langsam nahm der grau bewölkte Himmel über ihr Form an. Bald sah sie die Kutsche hinter Sibylles Rücken sowie Adele, die in Decken eingehüllt durch die Tür hinausspähte.

»Charlotte hatte wieder einen Anfall.« Sibylle strich Wilhelmine die Haare aus der Stirn. »Sie muss schlecht geträumt haben. Plötzlich hat sie wild um sich geschlagen, und irgendwie muss sie dich dabei mit dem Ellenbogen erwischt haben.«

Wilhelmine fasste sich an die Schläfe und verzog das Gesicht. »Dass so ein kleines Mädchen so eine Kraft haben kann …«

»Sie ist stark, meine Charlotte.«

»Fast so stark wie ihre Mutter«, flüsterte Wilhelmine. Allerdings sprach sie so leise, dass sie sich nicht sicher war, ob Sibylle es überhaupt hören konnte.

Die Freundin schwieg und strich ihr mit dem Zeigefinger über die Stirn, mit dem Daumen über die Wange und dann, ganz vorsichtig, über die Lippen. Wilhelmines Unterleib begann zu kribbeln. Sie schämte sich dafür, und gleichzeitig wünschte sie sich nichts mehr, als dass Sibylle die Berührung noch einmal wiederholte.

Plötzlich baute sich Adele hinter Sibylle auf und verschränkte die Arme vor der Brust.

»Wie geht es dir, Wilhelmine?« Ihre Stimme klang ungeduldig. »Es ist kalt, wir sollten besser bis zum nächsten Gasthaus fahren.«

»Du hast recht.« Sibylle stand auf. »Meinst du, du kannst wieder einsteigen?«

Langsam setzte sich Wilhelmine. »Natürlich.«

Die Fahrt nach Köthen dauerte zehn Tage, und mit jedem Tag wurde die Stimmung in der Kutsche angespannter. Immer wieder hatte Charlotte wie aus dem Nichts schreckliche Angst, schrie und schlug um sich. Einmal bekam Adele einen Tritt in den Bauch ab, ein andermal kratzte das Mädchen Sibylle über die Wange. In den ruhigeren Phasen vertieften sich Sibylle und Wilhelmine immer häufiger in Diskussionen über den deutschen Nationalstaat, über Demokratie und Wahlrechte. Sie sprachen laut und leidenschaftlich, bis Adele sie mit gepresster Stimme bat zu schweigen, sie habe Kopfschmerzen. Nicht einmal das Thema der freien Wahlen schien sie zu interessieren. Missmutig und mit verschränkten Armen saß sie da und beäugte die beiden Freundinnen. Dabei erzählte Sibylle davon, dass in Frankreich nicht nur die Männer für ihre Wahlrechte gekämpft hatten, sondern auch die Frauen.

»Darunter Olympe de Gouges, habt ihr von ihr gehört?« Als keine reagierte, sprach Sibylle weiter: »Sie hat eine so mutige Erklärung über die ›Rechte der Frau und Bürgerin‹ verfasst. Darin schreibt sie, Frauen müssten als Bürgerinnen den Männern gleichgestellt sein. Schließlich dürften sie einen Schafott besteigen – da müssten sie auch das Recht haben, eine Rednertribüne zu besteigen.«

Mit großen Augen sah Wilhelmine sie an. Von so einer Forderung hatte sie noch nie gehört. »Was macht Olympe de Gouges jetzt?«

Sibylle schüttelte den Kopf. »Sie wurde hingerichtet. Zwei Jahre nach ihrem Manifest starb sie durch die Guillotine.«

Erschrocken sah Wilhelmine sie an.

»Dabei hatte diese Frau recht! Wie kann es sein, dass ausschließlich Männer über Dinge entscheiden, die auch uns Frauen betreffen?«, fuhr Sibylle fort. »Würde man allen Menschen, auch den Frauen, das Wahlrecht geben, dann wären wir viel eher Teil dieser Gesellschaft! Wir könnten Entscheidungen treffen, die auch den Frauen zugutekämen. Stellt euch nur vor, wie es die Welt verändern könnte, wenn es auch in der Politik Frauen gäbe!«

»Wie mutig du redest …«, sagte Wilhelmine leise.

Adele sah sie scharf von der Seite an. »Das ist sicherlich alles gut und richtig. Aber könnten wir einen Moment schweigen? Ich muss dringend schlafen.«

Einen Tag bevor sie endlich in Köthen ankamen, durften sie kaum noch ein Wort sagen, ohne dass Adele sie zurechtwies. Ihre Stimmung war mittlerweile beinahe unerträglich geworden.

Als sie endlich am Bahnhof ankamen, sprang Wilhelmine erleichtert aus der Kutsche, rieb sich die schmerzenden Glieder und sah sich um. Mit der Holzkonstruktion in Köln war dieses Gebäude nicht zu vergleichen, es erinnerte viel eher an ein Rathaus: Es hatte hohe Fenster, das Dach war hübsch verziert, und auf den niedrigen, breiten Türmen rechts und links stachen Kreuze in den Himmel. »Restauration« stand in der Mitte des Gebäudes, und durch die Fenster im Erdgeschoss waren elegante Gasträume zu erahnen. Gerade fuhr pfeifend und ratternd eine Eisenbahn ein. Wilhelmines Rock wehte zur Seite, sie hielt ihre Schute fest und beobachtete die dunkle Rauchwolke, die aus dem breiten Lokschlot quoll.

Sibylle schickte den Kutscher, um ihnen Tickets nach Berlin zu besorgen. Währenddessen standen die Frauen zusammen mit Charlotte auf einer hölzernen Aussichtsplattform und warteten, bis sie die nächste Eisenbahn bewundern konnten. Sibylle hielt dabei Charlottes Hand und versuchte, ihr zu beschreiben, was sie sahen. Wilhelmine fürchtete, die laute Eisenbahn würde das Mädchen ängstigen, aber als sie dann einfuhr, hielt sie ihr Gesicht neugierig in den Windzug und schien sogar das Donnern und Rattern zu genießen.

Der Zug nach Berlin würde am nächsten Morgen fahren. Also mietete Sibylle ihnen zwei Zimmer am Bahnhof. Wilhelmine sollte, wie schon in den Gasthäusern auf der Fahrt hierher, eines mit Adele teilen, das andere würden Sibylle und Charlotte beziehen.

Nach dem Abendessen verabschiedete sich Wilhelmine frühzeitig von den anderen und berichtete ihrer Schwester Anna Sophia in einem Brief von ihren Sorgen:

Ich bin mir sicher, im Grunde ist Adele ein nicht nur lieber und freundlicher, sondern auch sehr tiefsinniger und offener Mensch. Im Umgang mit Sibylle und ihrer Tochter wird das immer wieder deutlich – es zu beobachten, schmerzt mich. Etwas in mir muss die traurige und wütende Seite in Adele hervorlocken. Doch sooft ich auch darüber nachdenke – ich begreife einfach nicht, was es sein könnte. Was mache ich nur falsch?

Sie erzählte ihr von der anstrengenden Fahrt nach Köthen, von Annette von Droste-Hülshoff und ihren schönen Gedichten, von all den Erfahrungen im Anwesen ihrer Familie und von ihren Träumen, selbst einmal Dichterin zu werden. Während sie die Restauration an diesem Bahnhof beschrieb, kam ihr mit einem Mal eine Idee ... Gerade als sie diesen zweiten Brief an ihre Schwester unterzeichnete, betrat Adele das Zimmer.

»Guten Abend«, grüßte sie Wilhelmine steif, als hätten sie einander nicht gerade erst im Gasthaus gesehen. Adele antwortete mit einem ähnlich steifen Lächeln. »Ich bin entsetzlich müde.« Sie seufzte. Während sie die Knoten ihres Kleides löste, um es mitsamt des Korsetts abzustreifen, drehte sich Wilhelmine weg. Sobald sie hörte, wie Adele unter ihre Bettdecke schlüpfte, löschte sie die Kerze und tat es ihr gleich.

Am liebsten würde Wilhelmine irgendetwas sagen. Warum kannst du mich nicht leiden?, oder: Was macht dich so traurig? Doch keine der Fragen kam über ihre Lippen.

»Gute Nacht«, flüsterte sie stattdessen.

»Gute Nacht«, antwortete Adele.

Kurz musste Wilhelmine eingedöst sein, denn das Geräusch einer einfahrenden Eisenbahn weckte sie. Nun lag sie in der Dunkelheit und fand einfach keinen Schlaf. Sie dachte an Adele, an Sibylle und Charlotte, an das Bahnfahren und an Berlin. Ihre Gedanken kreisten bald so wild in ihrem Kopf, dass sie aufstehen musste. Sie schlüpfte in ihren Mantel, schlich zur Balkontür und öffnete sie leise, um kurz in die frische Luft hinauszutreten. Fröstelnd verschränkte sie die Arme und sah auf die Gleise hinunter, auf denen eine Bahn ruhte.

»Hallo, Wilhelmine«, flüsterte eine Stimme neben ihr, und sie zuckte zusammen. Sie drehte den Kopf und schaute in Sibylles Gesicht: Die Freundin stand auf dem kleinen Balkon neben dem ihren. Doch im Gegensatz zu Wilhelmine trug sie keinen Mantel. Ihr weißes Nachtgewand wehte im Wind. Es hatte einen aufwendig verzierten Kragen, aufgebauschte Ärmel, und sein Stoff schien so hauchdünn und fließend, dass es ihre eleganten Schultern, die Taille und ihre Hüften sanft umspielte.

»Sibylle«, murmelte sie. »Kannst du auch nicht schlafen?«

Die Freundin schwieg kurz, dann antwortete sie: »Gehen wir ein paar Schritte spazieren?«

In der Dunkelheit ihres Zimmers griff Wilhelmine nach ihren Schuhen. Kurz zögerte sie. Konnte sie es wirklich wagen, nur mit einem Nachthemd unter dem Mantel rauszugehen? Sie musste, entschied sie dann. Schließlich würde es viel zu lang dauern, ihr Kleid zu schnüren. Vor allem, wenn ihr niemand dabei half. Also schlich sie wie sie war aus dem Zimmer. Während sie hinter sich leise die Tür schloss, trat auch Sibylle auf den Flur heraus. Stumm lächelten sie einander an. Sibylle ging vor, Wilhelmine folgte ihr, und ihr Blick heftete sich an Sibylles reich verzierte Pelisse: Zwar trug Sibylle den pelzgefütterten, grünen Mantel natürlich auch in der Kutsche – Wilhelmine kannte also bereits jedes Band und jede Spitze, die Rock und Taille zierten. Doch zu wissen, dass die Freundin darunter in diesem Moment nur ihr Nachthemd trug, machte sie nervös. *Reiß dich zusammen*, schalt sie sich selbst. Was war es nur, das sie so flach atmen ließ? Am Hintereingang angekommen, drehte sich Sibylle kurz um, und Wilhelmine zwang sich, ihr ins Gesicht zu sehen, nicht auf ihre Taille, in der die Pelisse gerafft war und den Blick auf den dünnen Stoff des Nachthemds eröffnete. Ohne ein Wort gab Sibylle die Laufrichtung vor.

Hinter dem Bahnhofsgebäude war ein kleiner Park angelegt worden. Langsam schritten sie an kniehohen, abgerundeten Büschen und kleinen Steinfiguren vorbei, die im Mondlicht bleich leuchteten. Leise fragte Sibylle: »Vermisst du deine Familie?«

Wilhelmine wiegte den Kopf. »Ich denke jeden Tag an sie, vor allem an meine Schwestern. Aber ich glaube, es gibt unterschiedliche Arten von Vermissen, findest du nicht?«

Fragend sah Sibylle sie an.

»Es gibt dieses leichte Ziehen in der Brust, das eine kleine Traurigkeit hinterlässt. Aber das ist auszuhalten und manchmal sogar ein bisschen schön. Schließlich weiß ich, dass sie auch an mich denken und dass wir eines Tages wieder beisammen sein werden.«

»Und was ist das andere Vermissen?«

Sibylle sah sie von der Seite an, und Wilhelmine schluckte. Was redete sie da nur? Beinahe hätte sie geantwortet, dass es weitaus schlimmer gewesen war, als Wilhelmine bis vor ihrer Reise Sibylle vermisst und nicht gewusst hatte, ob sie die Freundin jemals wiedersehen würde. Dass dieses Vermissen jeden einzelnen ihrer Tage bestimmt hatte, dass sie alle ganz farblos und schwer geworden waren – doch gerade rechtzeitig brachte sie sich selbst zum Schweigen.

»Ach«, sagte sie stattdessen. »Nicht so wichtig.«

Sie liefen weiter, und beinahe konnte Wilhelmine Sibylles Arm an ihrem fühlen.

»Weißt du noch, wie ich dir zum ersten Mal von dieser Reise erzählt habe?«, fragte Sibylle schließlich.

»Natürlich.«

»Ich denke, ich muss dir etwas gestehen.« Jetzt blieb Sibylle stehen und wendete sich Wilhelmine zu. »Vielleicht hast du es dir ja schon gedacht, aber ich habe das Gefühl, es ist doch besser, wenn ich es ausspreche.«

Wilhelmine biss sich auf die Lippen. Würde sie nun etwas Unangenehmes erfahren?

»Ich habe behauptet, ich wolle dich mitnehmen, da du die Tochter eines Apothekers bist. Das war nicht ganz richtig.« Plötzlich griff sie nach Wilhelmines Händen. Beinahe hätte Wilhelmine gekeucht, so überrascht war sie. »Natürlich imponiert mir dein Wissen – und ich bin sehr glücklich, dass du meiner Tochter helfen konntest.«

»Naja, ich hab eigentlich nur …«

»Das war wundervoll! Aber in Wahrheit habe ich dich aus einem anderen Grund gebeten, mitzukommen.« Sibylle schaute ihr in die Augen, als suche sie etwas darin. Einen kleinen Schritt trat sie näher. »Als ich dich damals im Dom sah, war ich fasziniert. Anfangs dachte ich, mich würde wohl lediglich deine auffallende Schönheit anziehen.« Wilhelmine blieb die Luft weg, doch sie zwang sich, ihr Gesicht vor Scham und Bescheidenheit nicht zu verstecken. »Doch als ich dich habe zeichnen sehen und die ersten Worte mit dir wechselte, begriff ich, dass da mehr ist. Deine Art zu denken imponiert mir, Wilhelmine. Ich mag es, wie du ganz selbstverständlich und laut das Wort ergreifst. Ich möchte mit dir diskutieren, nachdenken und die Welt betrachten. Wenn du bei mir bist, dann …«

Plötzlich hielt sie inne. Wilhelmine hörte ihren eigenen Herzschlag. Sie wünschte sich so sehr, dass Sibylle weitersprach, doch sie sah an ihr vorbei, und ihre Augen weiteten sich. Sie schlug sich eine Hand vor den Mund. »Dort«, flüsterte sie. »Das kann doch nicht …«

Schnell drehte sich auch Wilhelmine um – und zuckte zusammen: Ein kleines, bleiches Gesicht schaute ihnen zwischen den Büschen entgegen.

»Charlotte?« Sibylle stürzte nach vorn. Wilhelmine folgte ihr – und hörte, wie Sibylle mit einem Mal leise lachte. »Oh, ich Dummerchen!«

Beim Näherkommen verstand es auch Wilhelmine: Das Gesicht gehörte einer kleinen Engelsfigur aus Stein, die starr zwischen den Büschen stand. »Ich dachte schon …«

Gedankenverloren strich Sibylle über den Kopf der Figur und sah dabei Wilhelmine an. Sie seufzte. »Findest du, ich habe richtig entschieden? Sollte ich meinem Kind das wirklich antun? Diese Schule, Berlin …«

Jetzt war es Wilhelmine, die nah an sie herantrat und ihre Hände nahm. »Charlotte wird dort gut unterrichtet. Sie wird so vieles lernen! Und eines Tages, wenn es ihr besser geht, seid ihr sicherlich wieder vereint.«

Sibylle nickte, schaute Wilhelmine in die Augen, dann legte sie den Kopf an ihre Schulter. Kurz erstarrte Wilhelmine, dann senkte sie ihre

Wange auf die Haare der Freundin und streichelte ihren Kopf mit den Fingerspitzen. Sie fühlte Sibylles Hände an ihrer Taille. So standen sie eine Weile in der Dunkelheit. Wilhelmine genoss die Wärme, die von Sibylles Körper ausging, den blumigen Geruch ihrer Haare, und lauschte ihrem leisen Atem.

Bis ein Schreckenslaut beide auseinanderfahren ließ. Jemand hatte leise in der Dunkelheit aufgeschrien, jetzt raschelte es zwischen den Büschen, Wilhelmine hörte ein Stolpern und Fallen. Schnell stürzten sie und Sibylle auf den Schatten zu, der da vor ihnen im Gras lag. War Charlotte ihnen etwa doch gefolgt? Jemand schniefte – und dann erkannte Wilhelmine: Ein Kind war das nicht. Sie sah ein weites Nachthemd, das unter einem dunklen Mantel hervorlugte, nur halb geschnürte Stiefel und zerzauste Haare. Jetzt hob Adele den Kopf. Sie sagte kein Wort und schaute nur von einer zur anderen.

»Adele, meine Liebe«, flüsterte Sibylle und kniete sich zu ihr nieder. »Was machst du hier draußen? Bist du gestolpert? Geht es dir gut? Konntest du auch nicht schlafen?«

Doch Adele beantwortete keine ihrer Fragen. Langsam stand sie auf und klopfte sich das feuchte Gras vom Mantel.

»Ist etwas mit Charlotte?«, schob Sibylle nach.

Endlich reagierte Adele: Sie schüttelte den Kopf. »Nein, Charlotte schläft. Ich habe mir nur Sorgen um Wilhelmine gemacht. Ihr Bett war mit einem Mal leer«, antwortete sie. Kurz schaute sie Wilhelmine direkt in die Augen, und beinahe wäre diese vor Schreck zurückgetaumelt, so tieftraurig und dunkel war dieser Blick.

Dann senkte Adele den Kopf, und ohne ein weiteres Wort ging sie in Richtung der Restauration davon.

Adele reiste schon früh am nächsten Tag ab. Sie müsse dringend nach ihrer Mutter sehen, behauptete sie. Ob sie Sibylles Kutsche nehmen dürfe? Alle Bitten von Sibylle, Adele möge doch mit nach Berlin kommen, ohne die Freundin wolle sie nicht fahren, sie brauche sie unbedingt an ihrer Seite, prallten an Adele ab. Schließlich stieg sie allein in die Kutsche. Sie winkte noch einmal, dann schritten die Pferde davon.

Während des Frühstücks schwieg Sibylle. Stumm standen die Frauen schließlich auf und liefen gemeinsam mit Charlotte zu den Gleisen hinunter. Eine halbe Stunde dauerte es, bis die Eisenbahn einfuhr. Das Kind reckte neugierig die Nase in den Wind, Sibylle und Wilhelmine hielten ihre Schuten fest. Kurz schauten sie einander an. Dann nickten sie und stiegen ein.

24. Kapitel

Die Märzsonne leuchtete bereits durch die Fenster des Appellhofs, doch die Kälte des Winters hing noch immer im Gerichtssaal. In den vergangenen Wochen hatten Anna Sophia und Franz häufig hier gesessen, um die Aussagen verschiedener Apotheker zu hören. Gleichzeitig hatte die Stadt Karneval gefeiert. Erstmals waren sogar Gäste aus umliegenden Städten per Sonderzug angereist, um gemeinsam zu scherzen, zu schunkeln und anzustoßen. »Alaaf« rufend zogen die Narren durch die Straßen, und nicht selten regnete es auch Stollwercksche Brustbonbons, während im Gerichtssaal Apotheker auf die »schmutzigen Zuckerwürfel« schimpften. Auf Gottliebs und Augusts Klage waren immer mehr Apotheker aufgesprungen. Bald glaubte das Ehepaar Stollwerck, die Apothekerschaft der ganzen Stadt hätte sich gegen sie gewendet. Dennoch schienen die Kölner die blau verpackten Brustbonbons zu lieben, die Nachfrage war ungetrübt – man riss sie ihnen aus den Händen. Mittlerweile wurden sie von immer mehr Gaststätten, Kramläden und Theatern vertrieben. Es lief ausgezeichnet. Doch nachts träumte Anna Sophia immer häufiger davon, dass ein Gerichtsurteil alles zerstörte, was Franz und sie sich aufgebaut hatten. Was sollten sie nur tun, wenn sie nicht länger Brustbonbons verkaufen dürften? Womit sollten sie ihr Geld verdienen? Die Einnahmen durch Franz' Gebäck würde ihre Ausgaben kaum decken. Gleichzeitig wurden ihre Söhne immer größer, und Franz wollte sie bald schon auf die Schule schicken, um sie zu tüchtigen Kaufleuten erziehen zu lassen. Was, wenn sie keine gute Schule würden bezahlen können? Die Sorgen lasteten auf dem Ehepaar, so dass sie immer schweigsamer wurden. Anna Sophia schuftete den ganzen Tag, um Bonbons herzustellen, den Menschen mit ihren Kräutern weiterzuhelfen und gleichzeitig ihren häuslichen Pflichten, dem Kochen und Backen, dem

Putzen und Wischen, dem Einmachen und Einlegen, nachzukommen. Franz verhandelte derweil mit Vertriebsstellen und bat Kunden, Verkäufer oder Ärzte, für ihn auszusagen. Wenn er abends ins Schlafzimmer kam, sank er nur noch in die Kissen und sagte kaum mehr ein Wort als »Schlaf gut, meine Liebe«. Immer wieder erwachte Anna Sophia mitten in der Nacht schlafwandelnd vor einem brennenden Feuerherd mit dem kochend heißen Bonbontopf in den Händen.

Inständig hoffte sie, dass sich der Prozess nun dem Ende neigte. Aus Zeitmangel hatte sie an den letzten Verhandlungstagen selbst gar nicht mehr in den Appellhof kommen können. Stattdessen versuchte sie abends aus Franz' Gesichtsausdruck abzulesen, wie es gelaufen war. Und nicht selten gerieten sie darüber in Streit.

»Es war wieder ein schlechter Tag, hab ich recht?«, flüsterte sie im Bett.

Franz antwortete nicht.

»Es ist unglaublich.« Sie rieb sich das Gesicht. »Unsere Bonbons helfen den Menschen. Immer wieder höre ich von unseren Kunden, wie wohltuend sie sie finden und bei welchen schlimmen Erkrankungen sie sie eingesetzt haben. Erzählst du das vor Gericht denn auch?«

»Natürlich nicht, Anna Sophia!«, herrschte er sie plötzlich an. »Herrgott! Das kann ich nicht. Hast du es immer noch nicht begriffen? Unsere einzige Chance ist es, nicht länger von den Heilkräften zu sprechen, sondern nur noch vom Zucker. Ich bin Zuckerbäcker und ich verkaufe nun mal Zuckerware. Keine Medizin. Wenn sie uns das glauben, können wir vielleicht weitermachen. Aber auch nur dann.«

Anna Sophia schluckte. »Aber das wäre eine Lüge. Die Kräuter haben eine so wunderbare Macht ... Die können wir doch nicht unter den Tisch fallen lassen.«

»Vielleicht sollten wir aber genau das tun. In Paris habe ich einfach Birnenbonbons gekocht. Ich denke langsam, wir sollten das Rezept ändern und Fruchtkamellen verkaufen. Dann sind wir diese ganzen Probleme los!«

Anna Sophia setzte sich im Bett auf. »Aber Franz! Die Leute kommen zu uns, weil sie Hilfe brauchen! Weil sie Halsschmerzen und Husten haben! Sie kommen nicht wegen irgendwelcher Früchte!«

Franz schnaubte. Dann drehte er sich um. »Ich bin müde.« Und schon versank er in einen wohl unruhigen Traum.

Heute, am wohl letzten Prozesstag, war Anna Sophia persönlich in den Apellhof gekommen. Dabei hatte sie mal wieder schlecht geschlafen. Noch im Gerichtssaal dachte sie an ihren letzten Traum: Sie hatte einen Brief von Wilhelmine hoch in die Luft gehalten und allen Menschen, die sie traf, daraus vorgelesen. Mit jedem Wort war sie lauter geworden, bis sie die Menschen regelrecht angebrüllt hatte. So ein Unsinn, sagte sie sich nun, und konzentrierte sich auf das Geschehen im Hier und Jetzt. Nur noch zwei Aussagen standen an – möglicherweise würde noch heute das Urteil gefällt.

»Herr Doktor Heidmüller, wie lange sind Sie bereits als Arzt tätig?«, fragte gerade Augusts Advokat mit dem gewaltigen Schnäuzer.

»Im nächsten Monat sind es sechsundzwanzig Jahre. Die Familie Schaaffhausen behandle ich seit elf Jahren.« Der Mann, der im Zeugenstand saß, hatte weißes, volles Haar und trug einen schwarzen Frack.

»Wie würden Sie die Stollwerckschen Brustkaramellen bewerten?«

Kurz sah er sich um, und Anna Sophia, die schräg hinter ihm saß, erkannte, dass er gewinnend lächelte. Dann antwortete er mit harten Konsonanten: »Schon diese Bezeichnung ist absurd. Bitte verzeihen Sie meine Direktheit, aber ich bin über die Quacksalberei des Herrn Stollwerck empört!«

Anna Sophia sah zu August hinüber, der sich mit zufriedenem Blick zurücklehnte.

»Wie kommen Sie zu diesem Schluss?«

»Natürlich war ich von Anfang an skeptisch. Wieso sollte das Erzeugnis eines Zuckerbäckers der Gesundheit dienlich sein? Selbstverständlich habe ich diese Bonbons daher keinem meiner Patienten verschrieben.«

»Wie, bitte schön, können Sie dann eine sinnvolle Aussage treffen?«, unterbrach Franz' Anwalt ihn.

»Nicht so schnell, junger Mann.« Höflich lächelte der Arzt ihm zu.

Franz gab das Lächeln umgehend zurück und fragte augenzwinkernd: »Dann haben Sie die Bonbons bestimmt selbst probiert. Und, haben sie Ihnen geschmeckt?«

»Wo denken Sie hin? Natürlich habe ich sie nie zu mir genommen! Aber eine meiner Patientinnen schon – leider muss man sagen, und selbstverständlich ganz ohne mein Zutun.«

»Herr Doktor Heidmüller, könnten Sie uns bitte schildern, wie es Ihrer Patientin ergangen ist?«, fragte der Advokat der Gegenseite.

»Sehr gern. Es ist traurig, meine Herren. Die Dame erfreute sich bester Gesundheit. Zur Vorbeugung und sicherlich auch aus einer naiven Neugier heraus kaufte sie sich dennoch Stollwercks Kamellen, schließlich gibt es die ja an jeder Straßenecke. Man tut mittlerweile gut daran, beim Spazierengehen den Mund geschlossen zu halten, um sie nicht überall in den Rachen geworfen zu bekommen.«

August lachte leise. Sogar über das Gesicht des Richters huschte ein Schmunzeln.

»Ich möchte doch sehr bitten!«, rief Franz, und sein Advokat beruhigte ihn mit einem routinierten Tätscheln.

»Nun, schon wenige Stunden später hatte meine Patientin mit starken Magenbeschwerden zu kämpfen, die seitdem nicht abgeklungen sind. Sie befindet sich seit Wochen in Kur.«

Ein Murmeln ging durch den Saal. Die Herren Geschworenen richteten sich auf und wechselten vielsagende Blicke.

»Und dieses Magenbeschwerden führen Sie als ihr Arzt direkt auf die Bonbons zurück?«

Mit bedauerndem Blick nickte der Arzt. »Mit an Gewissheit grenzender Wahrscheinlichkeit, ja. Es ist ein Unding, dass die Kamellen als Arznei verkauft werden! Wer weiß, was dieser medizinisch ganz unwissende Bäcker da hineinmischt. Ich halte es keineswegs für ausgeschlossen, dass jede Packung anders ist und durchaus Gifte enthalten kann. Stellen Sie sich das nur mal vor! Gerade unsere Frauenzimmer kaufen die Bonbons doch ganz blauäugig! Dem Weibsvolk schmeckt Zucker besonders gut, und wenn dann auch noch behauptet wird, es helfe ihnen in irgendeiner Form, dann sind die naiven Weiber nicht mehr zu halten! Aber ich sage Ihnen, wir vergiften damit unsere Frauen und Kinder! Sibylle Schaaffhausen muss so viele davon gelutscht haben, dass sie nun vor lauter Krämpfen ganz von Sinnen ist.«

Anna Sophia klappte der Mund auf. So etwas hatte sie ja noch nie gehört! Das war doch sicher frei erfunden! Sie schaute zu ihrem Mann hinüber. »Eine Unverschämtheit! Mir ist noch nie eine negative Wirkung unserer Bonbons zu Ohren gekommen«, knurrte er.

»Ungeheuerlich«, brummte neben Anna Sophia auch Theodor, und Heinrich murmelte: »Dieser Hanswurst lügt wie gedruckt!«

»Ruhe, bitte!«, rief der Richter.

»Wo ist Ihre Patientin jetzt, Herr Heidmüller?«

»Oh, Sibylle Schaaffhausen erholt sich in Bad Driburg – doch für ihre Genesung kann ich wirklich nicht garantieren. Es ist entsetzlich.« Er schüttelte den Kopf.

Mit hochgezogenen Augenbrauen und verschränkten Armen sahen sich die Geschworenen an. Anna Sophia biss sich auf die Lippen. Konnte es wirklich sein, dass die Männer dem Arzt glaubten? Auch der Richter wirkte von Heidmüllers Aussage beeindruckt, scheinbar nachdenklich legte er den Kopf schief. Da fiel Anna Sophias Blick auf die Glatze von Victor Mertens. Wie jedes Mal, wenn sie ihn sah, wurde ihr übel. Sein Mund war von einem schadenfrohen Grinsen verzerrt. Schaute Doktor

Heidmüller etwa zu ihm hinüber? Plötzlich musste Anna Sophia an ihren Traum denken. Kurz kaute sie an ihrem Daumennagel, dann stand sie leise auf und schlich zur Anklagebank.

Franz hörte neben sich ein Flüstern und drehte sich um. Seine Frau war hinter ihn getreten und sprach leise auf seinen Anwalt ein. Was tat sie da nur? Den Geschworenen war sie schon suspekt, seitdem Arkenberg über sie ausgesagt hat, sie habe sich ihrem Vater widersetzt. Und nun diese Störung während der Verhandlung ... Sicherlich war es nicht ihre Absicht, aber sie konnte ihrer Sache mit diesem Verhalten schaden. Sollte er sie warnen?

Doch da drehte sich der Anwalt um und hob die Hand.

»Ich bitte vielmals um Entschuldigung, aber wir würden gern eine neue Zeugin vernehmen.«

Kurz diskutierten die Anwälte miteinander, dann entschied der Richter, die Zeugin zuzulassen, und Anna Sophia trat vor. Sorgfältig strich sie ihren Rock zurecht, bevor sie sich setzte und die Hände im Schoß faltete. Sie hatte ihre Haare ungewöhnlich ordentlich hochgesteckt, dennoch fiel ihr eine Strähne in die Stirn.

»Nun, Frau Stollwerck, was hat sie dazu bewogen, eine Aussage zu machen?«, fragte der Richter.

Franz betrachtete seine Frau von der Seite. Sie hatte Schatten unter den Augen, ihre Wangen waren schmaler als sonst und blass. Die letzten Wochen waren nicht spurlos an ihr vorübergegangen. Dennoch saß sie aufrecht und elegant da in ihrem dunklen Kleid mit den vielen Rüschen, Bändern und Borten. Seitdem sie so unermüdlich Bonbons kochte und Heilkräuter für ihre Kundinnen trocknete, erschien sie Franz stärker als je zuvor. Wo wäre er nur ohne sie? Er musste an ihren letzten Streit denken. Dass sein Temperament manchmal einfach so mit ihm durchging, ärgerte ihn. Er hätte nicht so furchtbar schroff zu ihr sein dürfen …

»Ich habe mich offen gesagt über die Aussage des Doktors Heidmüller gewundert«, erklärte sie nun mit leiser Stimme. Der Richter schwieg und sah sie erwartungsvoll an.

»Er scheint der Arzt von Sibylle Mertens-Schaaffhausen zu sein, und erklärt, sie befände sich seit Wochen in Kur. Nun habe ich allerdings erst gestern einen Brief meiner Schwester Wilhelmine Müller bekommen.«

Stöhnend verdrehte Arkenbergs Anwalt die Augen. »Was bitte hat dieses Geschwätz mit dem Sachverhalt zu tun?«, polterte er los. »Das Weib verschwendet nur die Zeit der Herren Geschworenen.«

Sofort senkte Anna Sophia den Blick. Franz kostete es Mühe, nicht aufzuspringen und diesem Advokaten mitten in sein Gesicht mit diesem gewaltigen Schnauzbart zu boxen.

»Frau Stollwerck wird uns erklären, wie alles zusammenhängt«, beteuerte Franz' Anwalt und nickte Anna Sophia aufmunternd zu.

Anna Sophia blinzelte noch etwas langsamer als sonst, dann sagte sie: »Meine Schwester ist derzeit mit Frau Mertens-Schaaffhausen auf Reisen. Sie haben sich unter anderem in einem Schloss in Münster aufgehalten. Von einem Kurort schreibt meine Schwester kein Wort. Auch erwähnt sie mit keiner Silbe, Frau Mertens sei krank gewesen. Ich fürchte, Doktor Heidmüller hat bezüglich der Gesundheit seiner Patientin möglicherweise etwas … durcheinandergebracht.«

Sie zog einen Zettel aus ihrer Rocktasche. Wie klug sie war, dachte Franz stolz. Dass sie so schnell darauf gekommen war! Doch gleichzeitig begann der Advokat zu lachen. »Na sicher, da zaubert sie ganz plötzlich einen Brief aus der Rocktasche, der – was genau beweisen soll? Dass dieses Frauenzimmer mit ihrer großen Schere am Gürtel und diesem … Wust von Frisur viel Phantasie hat?«

Jetzt konnte Franz nicht mehr an sich halten und sprang auf. »Was erlauben Sie sich, so über meine Frau zu sprechen?!«

»Herr Stollwerck, beruhigen Sie sich«, flüsterte sein Anwalt und drückte ihn an der Schulter zurück auf den Stuhl.

»Bleiben wir doch bitte bei der Realität!«, rief der Advokat der Gegenseite. »Wir können doch nicht irgendeinen Wisch, der dem Gericht zuvor nicht vorgelegt wurde, als Beweisstück zulassen! Vielleicht handelt es sich um eine Fälschung.«

»Wann soll sie den denn gefälscht haben?«, knurrte Franz.

»Ruhe bitte!«, rief der Richter, und Franz rieb sich die Schläfen, um die Kontrolle über sich selbst zurückzuerlangen.

»Der Herr Advokat hat recht, Frau Stollwerck«, sagte der Richter nun. »Den Brief können wir nicht als Beweisstück zulassen. Aber die Geschworenen haben Ihre Aussage gehört.«

»Aber, Herr Richter. Dieser Brief könnte ausschlaggebend sein«, versuchte es Franz' Anwalt noch einmal. »Es geht nicht nur um die Glaubwürdigkeit des Zeugen Heidmüller, sondern auch um eine mögliche Verleumdung der Firma Stollwerck, also um den eigentlichen Gegenstand dieser Verhandlung.«

Anna Sophia hielt den Brief in beiden Händen und sah den Richter an. Auch Franz schaute zu dem Mann hinüber – und als dieser den Kopf schüttelte, fühlte Franz, wie die Luft aus seiner Lunge wich.

»Ich bedauere. Vielen Dank für Ihre Aussage, Frau Stollwerck, bitte nehmen Sie wieder im Publikum Platz.«

Langsam stand Anna Sophia auf und ging zurück. Franz schnürte es die Kehle zu. So gern hätte er sie fest in den Arm genommen, ihr Mut zugesprochen und gesagt, dass alles wieder gut werden würde. Doch mittlerweile war er sich dessen nicht mehr sicher. Stumm blieb er sitzen und rieb sich das Kinn. Eine Chance hatte er noch, dachte er. Eine letzte.

Anna Sophias Schultern fühlten sich mit einem Mal unendlich schwer an. Es hatte nicht funktioniert! Dennoch hoffte sie, dass ihr Auftritt die Geschworenen an Heidmüllers Aussage würde zweifeln lassen. Doch sie ahnte bereits, dass ein gestandener Arzt wie Heidmüller nicht so schnell in Zweifel gezogen wurde. Gegen einen Mann wie ihn konnte eine Frau vermutlich nichts ausrichten, auch wenn er noch so offensichtlich log. Sie spürte Tränen der Enttäuschung in ihren Augen. Sie senkte den Blick, ihre zitternden Hände verknickten Wilhelmines Brief. Sie wünschte, niemand könnte sie in diesem Moment sehen, doch wahrscheinlich starrte sie der ganze Saal an. Dann wurde endlich der letzte Zeuge hereingebeten.

Erst als er saß und sie seine Stimme hörte, hob sie den Kopf. »Ja, also, guten Tag, die Herren.«

Von ihrem Platz im Publikum aus konnte sie sein Gesicht zwar nicht erkennen, doch das weißblonde Haar, das ihm am Oberkopf zu Berge stand, war unverwechselbar.

»Herr Doktor Baader, auch Sie arbeiten schon lange Jahre als Arzt, ist das richtig?«, fragte Franz' Anwalt.

»Ja! Seit beinahe vierzig Jahren behandele ich ... nun, meine Patienten.« Er nickte, wie um sich selbst zuzustimmen.

»Welche Personen zählen zu Ihren Patienten?«

»Da wären natürlich einige aufzuzählen. Aber wichtig ist vielleicht –. Bei der Familie Müller bin ich jahrelang ein und aus gegangen. Schon Gottlieb Müller und seine Töchter habe ich behandelt.«

»Interessant.« Der Advokat neigte den Kopf. »Das heißt also, Sie sind sogar der Arzt der Kläger gewesen?«

»Viele Jahre, ja.«

»Aber zugleich der der Angeklagten!«, rief Arkenbergs Anwalt dazwischen.

»Zu früheren Zeiten habe ich das damalige Fräulein Müller behandelt, das schon. Im Hause Stollwerck war ich hingegen nicht, nein.« Gemächlich strich er sich über das Bierbäuchlein.

»Wie würden Sie – als Arzt der Kläger …«

»Ehemaliger Arzt der Kläger«, warf die Gegenseite ein.

»Wie würden Sie, als ehemaliger Arzt der Kläger, die Stollwerckschen Brustkaramellen bewerten?«, fragte Franz' Anwalt.

»Nun, es ist ganz offensichtlich, dass diese, also, Heilmittelchen eine große Wirkung entfalten und ganz vorrangig gegen alle Lungenleiden Abhilfe schaffen. Bereits bei vielen, ja also, Patienten, waren sie höchst wirkungsvoll.«

»Welche Wirkung können Sie denn genau bestätigen, Herr Doktor Baader?«

»Oh, die Wirkung ist mannigfaltig! Die Heilpflanzen für dieses Rezept wurden gut und zweckmäßig gewählt. Lassen Sie mich kurz –. Nun, sie sind reizmildernd, beruhigend, krampfstillend und helfen bei Heiserkeit, Reiz- und Krampfschnupfen.« Anna Sophia sah zu den Geschworenen. Konnte es sein, dass sie interessiert lauschten?

»Herzlichen Dank, Herr Doktor Baader.« Franz' Anwalt nickte ihm zu.

»Dürfte ich noch eine Anmerkung machen?« Mit beiden Händen auf dem Bauch schaute der Doktor von einem Anwalt zum anderen, dann zum Richter.

»Bitte sprechen Sie.«

»Ich gehe davon aus, dass der Arzt, der gerade gegen Herrn Stollwerck ausgesagt hat, also Herr …«

»Herr Doktor Heidmüller?«

»Exakt! Dass dieser Arzt selbstverständlich nicht nur Frau Mertens-Schaaffhausen, sondern auch ihren Mann behandelt.«

Doktor Baader sah quer durch den Saal und deutete auf Victor Mertens, der mit geschlossenen Augen zwischen den Geschworenen saß. Erst als er seinen Namen hörte, schien er zu erwachen.

»Herr Victor Mertens, der hier als neutraler Geschworener über die

Urteilsfindung, also, mitentscheiden soll, ist bestens bekannt mit Doktor Heidmüller. Aber dies nur am Rande.«

Der Richter runzelte die Stirn und schaute zu Victor Mertens hinüber. Dessen Gesicht leuchtete plötzlich in wütendem Rot, und seine Augen funkelten Baader angriffslustig an.

»Und was will uns der Herr Doktor damit sagen?«, wandte Arkenbergs Anwalt ein. »Ein Zeuge, der hier als medizinischer Sachverständiger aussagt, und ein Geschworener hatten in ihrem Leben bereits einmal miteinander zu tun. Und weiter?«

»Ich, also … Ich wollte es nur eben klargestellt haben. Hin und wieder, da entgeht den Menschen ja das ein oder andere.«

»Vielen Dank, Herr Doktor. Sie können gehen«, entschied der Richter schließlich.

Anna Sophia entschuldigte sich bei Theodor, Heinrich und Koloman. »Ich müsste schnell, nun …« Sie zögerte. »Ich komme so bald ich kann zurück!«

Dann eilte sie aus dem Saal, den Gang mit den hohen Bögen und verzierten Geländern entlang. Am liebsten würde sie das Plumpsklo im Innenhof nutzen. Doch an einem Ort wie diesem sollte nun wirklich niemand sehen, wie die Frau des Angeklagten den Abort aufsuchte. Würde sie es schaffen, noch bis in die Blindgasse zu eilen? Ihr Unterleib schmerzte und drückte entsetzlich, also lief sie so schnell sie konnte.

August Arkenberg stieg langsam die hellen, steinernen Treppenstufen hinab. Sein Nacken prickelte. Wie konnte dieser verlogene Doktor es wagen? Wie konnte er August im Zeugenstand unter die Augen treten, nach allem, was er Gottlieb angetan hatte? Seelenruhig hatte er dort gesessen und gegen die Apotheke ausgesagt. Und hinter ihm im Publikum hatte Anna Sophia gelächelt! Ob sie es doch gewusst hatte? War sie hinterhältig und durchtrieben, oder doch nur naiv und dumm? Über sich hörte er Schritte. Er blickte sich um, und als er erkannte, wer da hinablief, zog er sich kurzerhand in den Schatten eines Steinbogens zurück.

Anna Sophia starrte konzentriert auf die Treppe und hielt ihren Rock mit beiden Händen fest, um nicht über den Saum zu stolpern. Stufe für Stufe eilte sie hinab, an den Steinbögen vorbei bis zum Ausgang. Bis nach Hause brauchte sie in der Regel keine zehn Minuten. Wenn sie sich beeilte, könnte sie es vor der Urteilsverkündung schaffen, dachte sie, und lief los. Gerade war sie um die erste Straßenecke gebogen, als sie ihren Namen hörte. Sie zuckte zusammen, blieb stehen und drehte sich um. Hinter ihr schlenderte August Arkenberg, stach seinen Stock in den Boden und klemmte sich das Monokel zwischen Wange und Augenbrauen.

Wie zerzaust sie wieder mal aussah! Wild standen ihr die Haare, die zu Anfang des Verhandlungstages noch frisiert gewesen waren, zu Berge, und ihr Gesicht glänzte.

»Warum so eilig?«, fragte er in spöttischem Tonfall.

Er ahnte, dass sie am liebsten weitergelaufen wäre, doch ein wenig Anstand hatte sie noch. Stumm sah sie ihn an.

»Herzlichen Glückwunsch.« Er sprach so leise, dass sie einen Schritt näher kommen musste, um ihn zu verstehen.

»Was meinst du?«

»Natürlich deinen Coup! Damit, dass du Doktor Baader als Zeugen einlädst, habe ich nicht gerechnet. Ein selbstloser Akt von dir.«

Sie runzelte die Stirn. Den Oberkörper hatte sie ihm nur halb zugedreht, doch er wollte ihre ganze Aufmerksamkeit.

»Ich weiß nicht, wovon du sprichst.« Sie sah die Straße hinunter. »Ich muss dann …«

»Oh, das weißt du nicht? Natürlich spreche ich von der zwielichtigen Seite des guten Doktor Baader.«

»Wie bitte?«

»Ich hätte wahrlich nicht gedacht, dass ihr euch von dem Mann helfen lassen würdet, der versucht hat, deinen Vater zu töten.«

Endlich drehte sie sich ihm ganz zu. Mit großen Augen und tiefen Brauen starrte sie ihn an.

Anna Sophia konnte nicht fassen, was August da tat. Wie konnte er den guten Doktor Baader beschuldigen? Hin und wieder hatte sie zwar daran gezweifelt, dass August ihrem Vater hatte Schaden zufügen wollen … Aber Doktor Baader? Der etwas zerstreute, aber freundliche Mann, der sie schon in ihrer Kindheit behandelt hatte, der stets bei ihnen ein und aus gegangen war, um ihre Temperatur zu fühlen, sie zur Ader zu lassen oder ihnen Mut zuzusprechen? Sie ballte die Fäuste. »Wir wissen beide, wer versucht hat, meinen Vater zu töten«, sagte sie und reckte das Kinn.

»Tatsächlich?« Ein selbstgefälliges Lächeln breitete sich auf Augusts Gesicht aus. Nur seine Augen blieben kalt und hart. »Soweit ich weiß, war ich der Einzige, der Doktor Baaders Medikamente überprüft hat. Und ich war es auch, der misstrauisch geworden ist und auf die Idee kam, sie mit gemahlenen Pfaffenhütchensamen zu vergleichen. Du hingegen, liebe Anna Sophia, hast mich lediglich im Hinterzimmer getroffen und die falschen Schlüsse gezogen. Ist es nicht so?«

Konnte das wahr sein? Nein, sie wollte kein Wort glauben, das aus diesem ihr so verhassten Mund kam.

»Ich habe mich gewundert, dass Doktor Baader so plötzlich aus der Stadt verschwunden ist. Er ist noch nicht lange zurück, habe ich recht? Ich habe Nachforschungen angestellt. Wusstest du, woran vor Jahren seine über alles geliebte Tochter gestorben ist?«

Anna Sophia schnaufte. »Was hat Regina damit zu tun? Sie war sehr krank. Es war nur eine Frage der Zeit …«

»War es das tatsächlich? Oder kann es sein, dass es der liebe Gottlieb mit seiner Opium-Behandlung etwas zu gut gemeint hat?«

Anna Sophia ballte die Hände zu Fäusten und trat einen Schritt vor. »Wie kannst du es wagen, so über meinen Vater zu sprechen?«

»Ich denke, es war ein Versehen. Die Dosierung ist bei Kindern ja immer so eine Sache. Ich mache Gottlieb keine Vorwürfe. Aber ich glaube, dass Doktor Baader nicht so nachsichtig mit deinem Vater war. Er hat versucht, Gottlieb zu vergiften, und als ich die Pfaffenhütchen entdeckte, ist er geflohen. Nun, wo er zurück ist, traut er sich kein zweites Mal zu uns. Zumindest hat er noch keinen einzigen Hausbesuch angeboten. Und auf Gottliebs Kontaktversuche reagiert er nicht …«

Anna Sophia wusste nicht, was sie sagen sollte.

»Zählen Sie eins und eins zusammen, Anna Sophia.«

Dann nickte er ihr langsam zu, drehte sich auf dem Absatz um und ging zurück in Richtung Appellhof. Anna Sophia starrte ihm hinterher.

Auf dem Heimweg, den sie beinahe rennend zurücklegte, musste sie immer wieder an Augusts Worte denken. Sicherlich log er, dachte sie. Doktor Baader war zu so etwas nicht in der Lage. Auch, wenn er seine Tochter über alles geliebt hatte und ihren Tod bis heute nicht wahrhaben wollte, würde er ihrem Vater doch nichts antun! Oder etwa doch?

Franz trat vor die Anklagebank. Er wirkte noch immer frisch und gepflegt, dachte Anna Sophia. Nur seine Hände, die er im Rücken verschränkt hatte, verrieten seine Nervosität: Er rieb kaum merklich die Daumen aneinander.

Ihm gegenüber stand mit blitzenden Augen August. Gottlieb klopfte ihm auf die Schultern und sein Advokat nickte ihm einmal zuversichtlich zu. Alle sahen den Richter an, der gerade verkündete, er sei unter Berücksichtigung der Geschworenen zu einem Urteil gekommen.

Anna Sophia bekreuzigte sich. »Bitte, Herrgott«, flehte sie stumm.

»Der Klage der Apotheker Arkenberg und Müller«, er schaute kurz von dem Buch auf, das er in den Händen hielt, um zu den Klägern hinüberzusehen, »wird hiermit nicht stattgegeben. Freilich ist die Frage, ob Bäcker Bonbons verkaufen dürfen, von diesem Gericht nicht eindeutig zu beantworten. Da die Kläger ihre Anklage aber auf einer gesundheitlichen Gefährdung durch Stollwercks Brustbonbons aufgebaut haben, muss sie abgewiesen werden. Eine solche Gefährdung konnte durch das Gericht nicht festgestellt werden.«

Kurz nickte er Franz und den Klägern zu, bevor er sie über die weiteren rechtlichen Möglichkeiten belehrte. Dann schlug er das Buch zu, schritt durch den Mittelgang und verließ den Gerichtssaal.

Anna Sophia legte den Kopf in den Nacken und seufzte erleichtert auf. Sie hatten es geschafft! Es war vorbei! Heinrich grinste über das ganze Gesicht, Theodor gratulierte ihr und Koloman schrieb wild in sein Notizheft. Gerade wollte sie zu Franz hinüberlaufen, als sie Augusts Stimme quer durch den Gerichtssaal hörte.

»Es ist noch lange nicht vorbei. Selbstverständlich werden wir Berufung einlegen«, sagte er, und sein Advokat nickte heftig.

Anna Sophia versuchte, seine Worte zu ignorieren, und bahnte sich einen Weg zu Franz. Er stand inmitten einer Menschenmenge und drückte Doktor Baader an sich.

»Ha!«, rief er, während er ihm auf den Rücken klopfte. »Ich danke Ihnen von Herzen, Herr Doktor!«

Franz packte ihn an beiden Schultern und schaute ihn an, um ihn dann gleich noch mal an seine Brust zu drücken.

»Was ein Kerl!«, rief er Anna Sophia zu, sobald er sie sah. »Sie sind wirklich ein feiner Mann, Herr Doktor. Eins verspreche ich Ihnen: Sie werden immer ein Freund unserer Familie sein. Ab sofort sind Sie natürlich unser Hausarzt – keine Frage. Nicht wahr, meine liebe Anna Sophia?«

»Selbstverständlich«, sagte sie, doch sie hörte selbst, wie leise und unsicher sie klang. Kurz sah sie noch einmal zu August hinüber. Er stand auf der anderen Seite des Saals mit auf dem Rücken verschränkten Armen und beobachtete sie. Sobald er ihren Blick bemerkte, hob er die Schultern und gleichzeitig die Augenbrauen. Er sah aus, als wolle er fragen: »Wissen Sie auch, was Sie da tun?«

Anna Sophia drehte sich weg und nahm den Arm, den Franz ihr bot. Und während sie durch den Saal nach draußen lief, hatte sie immer wieder Augusts Worte im Ohr: *Ich hätte wahrlich nicht gedacht, dass Sie sich von dem Mann helfen lassen würden, der versucht hat, Ihren Vater zu töten.*

Den zweiten Brief ihrer Schwester erhielt Anna Sophia nur wenige Tage später. Sie liebte es, Wilhelmines Handschrift zu sehen und sich vorzustellen, sie würde ihr von ihren Erlebnissen persönlich erzählen. Wie sehr sie ihre Stimme vermisste! Welche Qualen wohl erst ihr Vater leiden musste, da sich Wilhelmine ohne seine Erlaubnis auf diese ungewisse Reise begeben hatte? Doch Anna Sophia konnte ihre Schwester gut verstehen. Schon immer hatte sie sich nach der großen weiten Welt gesehnt, und August Arkenberg zu heiraten, war für sie natürlich ebenso wenig infrage gekommen wie für Anna Sophia.

Egal, was geschah, sie würde immer zu ihrer jüngeren Schwester halten und sie sofort in die Arme schließen, wenn sie nun vor ihr stünde.

Sie strich das Papier glatt und las mit einem Lächeln auf den Lippen. Gegen Ende des Briefs merkte sie auf:

…Du glaubst gar nicht, wie sehr ich diese Reise genieße, wie viel ich sehe und lerne. Mit Adele habe ich es zwar nicht leicht, aber Sibylle ist die beeindruckendste Freundin, die ich je hatte. Wie gern würde ich sie dir vorstellen! Sie hat so kluge Einfälle und Gedanken. Manchmal fühle ich mich davon selbst ganz inspiriert. So hatte ich erst heute eine Idee für dich und deinen Franz: Weißt du, die Restauration in Köthen ist ein Treffpunkt für zahlreiche Bahnfahrer und Reisende. In Zukunft werden die Eisenbahnnetze sicherlich größer und die Fahrgäste zahlreicher werden. Ihr solltet das schon jetzt bedenken! Wie wäre es, wenn ihr Geschäfte mit den Restaurationen abschließt? Bonbons lassen sich in der Eisenbahn sicher wunderbar genießen. Stell dir nur einmal vor, eure Karamellen würden mit den Käufern in unzählige fremde Städte und Länder reisen. Und eines Tages kennt man Stollwercks Bonbons vielleicht sogar im Ausland!

Bitte entschuldige meine törichte Phantasie, in diesen Zeiten geht sie häufig mit mir durch.

Ich vermisse dich unendlich, liebe Schwester! Sorge dich nicht um mich, mir geht es gut, und ich habe das Glück, schon morgen mit der Bahn nach Berlin reisen zu dürfen. Ich denke an dich und schreibe dir wieder, sobald ich kann!

In Liebe,
deine Wilhelmine

Nachdenklich sah Anna Sophia von dem Brief auf. Warum eigentlich nicht?, überlegte sie. Es wäre wundervoll, wenn ihre Bonbons auch den Menschen in der Ferne helfen würden. Sie wollte sofort mit Franz darüber sprechen.

Sie vergewisserte sich, dass ihre Schwägerin Maria ihre drei Söhne im

Blick hatte, und eilte hinunter in die Bäckerei. Doch dort war gerade Heinrich eingesprungen.

»Franz holt etwas vom Neumarkt«, erklärte er, während er drei Packungen Bonbons über die Theke reichte.

Natürlich hätte Anna Sophia auch auf ihren Mann warten können. Doch sie war so aufgeregt, dass sie auf die Straße lief und die Blindgasse hinuntereilte, bis sie am Neumarkt ankam. Suchend sah sie sich zwischen den Lindenbäumen um. Welches Geschäft er wohl aufgesucht hatte? Eigentlich wollte sie nicht zur Apotheke hinübersehen, an ihr altes Zuhause denken und daran, dass mittlerweile nicht nur ein Streit, sondern auch eine Klage, ein Urteil und seit gestern sogar eine Berufung zwischen ihr und ihrem Vater standen. Doch dann hörte sie, wie jemand schrie: »Vorsicht!« Und ihr Kopf wirbelte herum.

Die Stimme kam von einem Arbeiter, der an der Apotheke stand. Der Baum direkt vor dem Eingang, dessen Anblick sie jedes Mal schmerzhaft an ihren Vater erinnerte, sah krank aus. Seine Äste ragten spröde in den Himmel, und die Rinde war stellenweise violett verfärbt. Auf Kniehöhe steckte eine Holzsäge tief im Stamm. Dahinter, im Türrahmen, standen August und Gottlieb. Mit verschränkten Armen schauten sie in die nackte Krone hinauf.

»Baum fällt!«, rief der Arbeiter. Dann kippte die Linde langsam und krachte knackend und splitternd auf den Neumarkt nieder.

Teil 3

1845-1848

25. Kapitel

Es dämmerte, als Kaspar Rockstroh Höhenforst hinter den Hügeln erblickte. Zwei Jahre war er nicht hier gewesen. Würde die Nacht nicht hinter dem Wald lauern, und wären seine Füße nicht so entsetzlich taub vor Kälte, dann wäre er womöglich einfach weitergezogen, so wie er es seit Monaten tat. Als Landstreicher schlich er durch die Dörfer und nahm sich hier und da, was er zum Überleben brauchte. Nur im vergangenen Winter hatte er sich als Knecht in einem Gutshof verdingt, doch er hatte nicht bleiben können. Was, wenn das Kindergrab, vor dem er so lange geweint hatte, doch nicht das seiner Lina war? Wenn sie, taub, stumm und einsam, in irgendeiner Anstalt oder bei schlechten Menschen lebte? Wie sollte er sie finden, wenn er in diesem Gutshof blieb? Er konnte nicht essen, während sie hungerte, also war er wieder aufgebrochen und weitergezogen.

Es war keine echte Hoffnung, die ihn antrieb, eher eine Schuld. Er hatte nicht verhindern können, dass seine junge Familie zerbrochen war. Mit jedem Schritt versuchte er dieses Versagen zu sühnen. Doch mittlerweile zog der zweite Winter herauf. Zwei Zehen hatte Kaspar bereits an die Kälte verloren. Sie saß ihm so klamm in den Knien, dass er kaum noch gehen konnte. Aus der Ferne hörte er das Rufen der Viehtreiber, die ihre Schafe hereinholten, und der Geruch von frisch gebackenem Brot stieg ihm in die Nase. Er hatte keine Kraft mehr, um sich dieser Anziehung zu widersetzen, also stolperte er an diesem ersten Dezemberabend zurück nach Höhenforst.

Seine Mutter hätte ihn beinahe nicht erkannt. Sobald sie begriff, wer da vor ihr stand, liefen der kleinen, über und über mit Runzeln bedeckten Frau die Tränen die Wangen hinunter.

»Wie siehst du nur aus?«, flüsterte sie und griff nach seinen klapprigen Armen und in sein knochiges Gesicht. »Als ich dich zuletzt gesehen habe, warst du noch ein Junge. Aber jetzt?«

Seine Schwägerin Amalie fand er am nächsten Tag in der Spinnstube. Bei seinem Eintreten vergaßen die Frauen kurzzeitig, die Fäden zu ziehen und Räder zu drehen.

»Ich bin es, Kaspar Rockstroh«, murmelte er, und schnell senkten die Frauen ihre Blicke. Nur Amalie stand auf und trat auf ihn zu. Sie musste mittlerweile Anfang zwanzig sein. Die dünnen Haare hatte sie zu einem kleinen Zopf gebunden, und trotz der noch immer roten Lippen wirkte sie etwas kränklich. Leise hustete sie. »Ich hätte nicht gedacht, dass aus dir nochmal ein richtiger Mann wird«, sie zwinkerte. »Viel zu dünn bist du, und trotzdem ... Kaspar, Kaspar.«

Kaspar versuchte zu lachen, doch das heisere Geräusch, das aus seiner Kehle drang, erschrak ihn.

»Wo bist du gewesen?«

Er zuckte mit den Schultern. Wie sollte er das erklären?

Da ging die Tür hinter ihm erneut auf. Er spürte einen kalten Luftzug, und gleichzeitig veränderte sich die Stimmung in der Stube. Plötzlich spannen die Frauen viel emsiger und geschäftiger weiter als zuvor. Auch Amalie hastete zurück an ihren Platz, senkte den Kopf über ihr Spinnrad und sagte kein Wort. Kaspar musterte den Mann im Türrahmen. Er musste um die siebzig sein, hatte einen breiten Nacken, fleischige Schultern und Wangen, die ihm rechts und links vom Kinn herabhingen. In der Hand hielt er einen mit bunten Bändern verzierten Rechen. Kaspar brauchte einen Moment, um ihn zu erkennen: Das war Fritz, ein Cousin des Bauern Wilhelm. Während Kaspar in den letzten beiden Jahren abgemagert war, hatte er ordentlich zugelegt.

»Fritz«, brummte Kaspar. »Dir scheint es ja gut gegangen zu sein.«

Fritz grinste. »Meiner siebten Ehefrau und ihrem wohlhabenden Vater sei Dank! Gott hab sie selig.« Er kratzte sich den Bauch. »Du solltest dir auch wieder ein Weib nehmen. Hin und wieder kann man eine gute

Partie machen.« Er gackerte vor Lachen. »Schade nur, dass es die Frauenzimmer im Wochenbett so schnell dahinrafft. Aber wem erzähl ich das, he?« Er klopfte Kaspar auf die Schulter. »Das Margarethchen hat dir nur ein Kind geboren, richtig?«

Kaspar ballte die Hand zur Faust. Am liebsten hätte er sie in Fritz' bläuliche Nase gerammt, doch da sagte Amalie schnell: »Fritz, was führt dich denn zu uns?«

Sofort ließ Fritz Kaspar stehen.

»Das hätte ich ja fast vergessen! Ich habe ein Geschenk für dich, Amalie.«

Er hielt ihr seinen geschmückten Rechen hin, tätschelte ihre Wange und sagte: »Überleg es dir.« Dann verließ er die Stube.

Einen Moment war es ganz still im Raum, bis eine der Frauen rief: »Du darfst nicht annehmen!«

»Tu das nicht, Amalie«, sagte eine andere.

»Bist du denn des Teufels?«

Amalie biss sich auf die Lippen und betrachtete den Rechen.

»Er ist ein wohlhabender Mann«, wandte sie ein.

»Das schon. Aber seinen Frauen geht es grundsätzlich schlecht. Alle waren sie mit Wunden und Flecken übersät, das weißt du! Und eine nach der anderen ist bei den Geburten seiner Kinder gestorben. Denk nur an Hanne! Acht Kinder hat sie ihm geboren, und schon beim vierten glaubte ich, sie könne keinen weiteren Tag schaffen!«

Amalie lehnte den Rechen an die Wand, setzte sich und drehte weiter am Spinnrad.

»Ihr habt gut reden«, sagte sie. »Vater ist seit zwei Jahren tot, und mein Bruder kann nicht länger für mich aufkommen. Wer soll mich sonst nehmen in diesem Dorf?«

Kaspar drehte es den Magen um, doch was sollte er tun? Selbst wenn er Amalie einen Antrag machte, könnte er, der Landstreicher und Tagelöhner, wohl kaum für das Mädchen sorgen.

Schon am nächsten Tag band Amalie dem alten Fritz ein hübsch geflochtenes, rotes Band an seine Sense.

Es wurde der kälteste Winter, den Kaspar jemals erlebt hatte. Der Wind heulte um die Häuser, die Kälte kroch in die Stuben, alles hustete und fieberte. Kinder, die im Herbst oder Winter geboren wurden, hatten keine Chance. Mit ihnen starben auch die Alten und Kranken. Das Leben wurde einsam und langsam, die Suppen bestanden aus kaum mehr als Wasser und die Lumpen, in die sich alle hüllten, stanken zum Himmel, weil der Bach, in dem sie sonst gewaschen wurden, bis aufs Bett zugefroren war.

Seitdem Kaspar fort gewesen war, schien Höhenforst nicht mehr derselbe Ort zu sein. Hatte er auf diesem Brunnenplatz tatsächlich mit Margaretha angebandelt? War es wirklich diese alte Scheune gewesen, in der sie sich getroffen hatten? Hatte der Waldrand auf ihn damals wirklich so heimelig gewirkt wie Gesches Hütte? In diesem Winter war all das weit entfernt. Ihm war, als hätte er sein Dorf früher durch einen Schleier gesehen, der die Farben sanfter, die Sonne wärmer und die Menschen freundlicher gezeichnet hatte. Nun offenbarte sich dieses Bauerndorf in all seiner Hässlichkeit. Da war der Gestank nach Tod und Verwesung, da waren die ausgehungerten Kinder mit den aufgequollenen Bäuchen, die Frauen mit den blau geschlagenen Wangenknochen, die übellaunigen, hageren Männer und die halb erfrorenen Schafe in ihren Ställen. Seine Schwägerin Amalie bekam Kaspar kaum noch zu Gesicht, sie musste für ihren Mann Tag und Nacht schuften. Nur an einem Abend, als er noch einen Rausch vom Mittag ausschlief, begegneten sie einander. Hinter ihnen lag der Februar mit seiner strengen, anhaltenden Kälte. Hier und da tauchte endlich die Märzsonne durch die Wolken. Die Menschen trauten sich, ein wenig aufzuatmen, und wer den Winter überlebt hatte, traf sich heute in der Stube des Bäckermeisters. Die Männer saßen eng um den Feuerherd herum, vor ihnen Zinnkannen voller Bier. An beiden Seiten des Raumes hockten die Frauen vor ihren Spinnrädern. Eine von ihnen war Amalie. Kaspar traute seinen Augen kaum: Nicht nur zeichnete sich bereits ein runder Bauch an dem sonst so mageren Körper ab, auch ihr Gesicht hatte sich verändert. Wie konnte ein Mädchen innerhalb von nur einem Winter so viele Jahre altern? Die Augen waren weit unter die Lider gerutscht, und schlaff hing die Haut von ihren Wangen. Ihre Haare waren so dünn geworden, dass die Kopfhaut hindurchschimmerte. Sie schaute ihn nur kurz an, dann senkte sie ihren Blick. Und Kaspar ahnte, dass die Amalie, die er gekannt hatte, in diesem Winter verschwunden war.

Die Männer stießen an und begrüßten Glatz, einen Lehrer aus einem benachbarten Dorf, der in dieser Woche zu Besuch war. Er war ein kleiner Mann mit feingliedrigen Fingern, der viel gestikulierte, nickte und sich ganz offensichtlich gern reden hörte. Kaspar war das nur recht. Ausgehungert lauschte er seinen Geschichten aus dem Umland, seinen Märchen und Anekdoten. Wie viele seiner Erzählungen wohl wahr waren? Er sprach von alten, bösartigen Hebammen, die Burschen mit Liebestränken verzauberten, von der großen Stadt Köln, in der Jung und Alt wundersame Bonbons lutschten, von einem preußischen König, der sie alle vergessen habe und keinen Finger für die Landbevölkerung krümme, der lache über ihre Toten und ihren Hunger in diesem furchtbaren Winter, der sogar jetzt noch den Adel reicher mache und das Volk ärmer. Und er erzählte von einem Kind, das wie aus dem Nichts in einem kleinen Ort aufgetaucht war, und magische Kräfte hatte.

»Was war so magisch an diesem Kind?«, fragte Kaspar, während er gemächlich auf seinem Strohhalm kaute.

»Oh, so einiges! Was dieses Mädchen berührte, verdarb oder gedieh, ganz wie es das wünschte. Einmal wurde das Mädchen von einem Bauern geschimpft und hart angefasst. Da rannte es wütend in sein Feld, berührte seine Kartoffeln, und innerhalb einer Woche wurden sie alle faul. Das halbe Dorf ist in diesem Winter verhungert – und das nur wegen des fremden, bösen Hexenkindes. Als wäre der preußische König nicht schon übel genug!«

Kaspar legte nachdenklich den Kopf schief. »Wo ist es hergekommen?«

Glatz schmunzelte. »Das weiß wohl nur der Teufel selbst. Eines Tages lag das Kind halb erfroren im Kuhstall zwischen all den Kälbern. Aber das ist nicht das Einzige: Obwohl die Familie des Bauern es liebevoll aufzog und ihm geduldig die einfachsten Dinge erklärte, sprach es nie auch nur ein Wort. Es konnte bald schon melken und bei der Ernte auf den Flachsfeldern helfen, so wie jedes andere Mädchen, doch es hörte und sagte nichts. Man hätte glauben können, es sei taubstumm, wenn es nicht auf wundersame Weise gewusst hätte, was so alles im Dorf vor sich ging.«

Kaspar setzte sich auf. »Taubstumm, sagen Sie?« Er zwang sich dazu, nicht zu scharf zu klingen.

»Ein rätselhaftes kleines Geschöpf, sage ich Ihnen. Es wusste schon, wie man Brot backte, Fäden spann und Hühner rupfte. Wenn zwei Männer zerstritten waren, ging es erst zum einen, dann zum anderen, und führte sie an den Händen wieder zusammen. Und wenn es auf den Feldern half, wuchs der Flachs viel schneller als gewöhnlich. Es war höchstens sechs Jahre alt, als es versuchte, den guten Bauern, der es aufzog, zu bezirzen. Er hat es mir selbst erzählt. Und als der Bauer es dafür bestrafte, tobte es. Mit den ungeheuerlichsten Geräuschen, die viel mehr an einen Dämon als an ein Kind erinnerten, rannte es in das Kartoffelfeld hinaus.«

Unwillkürlich richtete sich Kaspar ein Stück auf. Was hatte dieser furchtbare Bauer wohl in Wahrheit mit dem Kind gemacht? »Wo ist das Mädchen jetzt?«, presste Kaspar hervor.

»Während fast das ganze Dorf aufgrund der Kartoffelfäule im vergangenen Winter unterging, soll es seelenruhig in die Stadt gezogen sein.«

»Nach Köln? Ein kleines Mädchen?!«

»Mädchen, sagen sie?« Glatz lachte auf. »Ich bezweifle, dass das ein Mädchen war.« Er hob sein Glas. »Stoßen wir darauf an, dass der Teufel Höhenforst verschont hat!«

Die Gläser klirrten gegeneinander, die Männer tranken, und die Frauen spannen. Nur Kaspar stand auf und verließ die Stube.

Wilhelmine hatte sich so einen Tierpark interessanter vorgestellt. Gemeinsam mit Sibylle und Charlotte schlenderte sie durch den neuen Zoologischen Garten, den man im vergangenen Jahr vor den Toren Berlins eröffnet hatte. Das Gelände war weitläufig, doch an zahlreichen Tierhäusern wurde noch gebaut. Im Adlerkäfig saßen zwei müde aussehende Vögel auf einem kahlen Ast, und hinter dicken Eisenstäben, vor denen ein Schild einen »Büffelteich« versprach, konnte sie einfach keinen Büffel entdecken, lediglich eine große Wasserpfütze. Nur die Ziegen- und die Schweinebucht waren gut mit Tieren gefüllt – doch Vieh wie dieses hatte sie auf dem Kölner Markt schon oft gesehen. Wenn sie ehrlich war, kümmerte sie der Ausblick aber sowieso nicht sonderlich. Viel wichtiger war ihr, mit wem sie hier spazierte.

»Wann gehen wir nach Hause?«, fragte Charlotte, die langsam, aber sicheren Schrittes an Sibylles Hand lief. Es war eine ihrer Lieblingsfragen. Und jedes Mal schien der Ort, den sie *Zuhause* nannte, zu wechseln. Anfangs war es noch das Kloster in Aachen gewesen, später vermutete Wilhelmine, die rumpelnde Kutsche könne gemeint sein, mittlerweile war es die Blindenschule, die Charlotte seit dem Winter besuchte. Nur eins war sicher: *Zuhause* war nie der Ort, an dem sich Charlotte gerade befand.

»Du bist gern in der Schule, nicht wahr?«, fragte Sibylle ihre Tochter.

»Mhm«, machte sie. »Herr Zeune ist lieb, und seine Frau ist auch lieb.«

»Und die anderen Kinder?«

Charlotte war das jüngste von einundzwanzig blinden Kindern, die die Schule besuchten – und das einzige Mädchen. Seitdem sie dort war, schien sie etwas ausgeglichener zu sein, ihre Wutanfälle wurden seltener. Nur am Wochenende, wenn die Schule zu war, und Sibylle und Wilhelmine mit ihr spazieren gingen, ihr in dem Berliner Hotel, in dem sie residierten, aus ihren Lieblingsbüchern vorlasen oder etwas ratlos nach weiteren Beschäftigungsmöglichkeiten suchten, begann Charlotte hin und wieder, laut zu schreien.

»Es sind alles artige Kinder, sagt Herr Zeune. Aber Herr Melcher sagt, für ein Mädchen denke ich etwas zu viel.«

Von der Seite sah Wilhelmine, dass Sibylle schmunzelte. »Was ist denn dein Lieblingsfach?«

»Wissenschaften. Aber Herr Melcher sagt, Handarbeiten und Tonkunst wären für mich wichtiger.«

Wilhelmine hörte stumm zu. Zwar hatte es auf ihrer Schule etwas mehr Fächer als Handarbeiten, Tonkunst und Wissenschaften gegeben, aber auch dort hatte Ersteres für Mädchen absolute Priorität gehabt.

»Herr Melcher sagt, ich bräuchte eigentlich keine Kostgängerin zu werden. Für ein Mädchen lohnt sich das nicht.«

Jetzt runzelte Sibylle die Stirn.

»Das hat er gesagt?«

»Ja, gestern. Er hat gemeint, dort zu wohnen und versorgt zu werden, wäre für ein Mädchen übertrieben. Die Plätze sollten Jungen vorbehalten sein.«

Da blieb Sibylle plötzlich stehen. Sie sah sich um – niemand weit und breit, der sie hören könnte. Die einzigen Menschen waren die Bauarbeiter am Büffelteich, doch sie waren so weit weg, dass man sie kaum sehen konnte.

»Was glaubt dieser Melcher eigentlich, wer er ist?«, schimpfte sie los.

»Es ist Herr Zeunes Schule, und er hat mir zugesichert, dir würde die beste Bildung zuteil.«

Wilhelmine liebte es, wenn Sibylle empört war. Von ihr ging eine Kraft aus, der sich Wilhelmine kaum entziehen konnte und die auch ihr eigenes Herz schneller klopfen ließ. Sie zwang sich, den Blick dennoch von der Freundin zu lösen und durch die Stäbe des Käfigs zu schauen, vor dem sie gerade standen. Auf einem Ast direkt vor ihr saß ein Buntfalke mit grauen, braunen und weißen Federn und starrte sie an.

»Du gibst dich auf keinen Fall mit weniger zufrieden, hast du verstanden?«, sagte Sibylle zu Charlotte. »Du wirst Kostgängerin! Und du bist interessiert an Wissenschaften, vergiss das nicht, egal was Melcher sagt!«

Mit einem Mal drehte sich Wilhelmine wieder zu Sibylle um. Sie konnte einfach nicht anders. Sie griff nach Sibylles freier Hand und mit einer Entschiedenheit, die sie selbst überraschte, zog sie die Freundin an sich heran. Noch einmal vergewisserte sie sich, dass sie völlig allein waren, dann legte sie eine Hand auf Sibylles Wange, beugte sich zu ihr hinunter und gab ihr einen sanften Kuss auf den Mund. Sie wusste nicht, woher sie den Mut nahm. Es war, als wäre sie der Falke, der den richtigen Moment kannte, um die Flügel auszubreiten.

Nur für einen winzigen Augenblick schien Sibylle starr vor Schreck. Dann streckte sie sich ihr entgegen und küsste sie zurück. Wie oft hatte Wilhelmine in den vergangenen Wochen davon geträumt und sich beim Aufwachen dafür verflucht? Wie oft hatte sie wach gelegen und sich vorgestellt, zu Sibylle hinüberzugehen? Wie oft hatte sie an ihre Haut gedacht, an ihre Lippen, und wie sehr hatte sie sich dafür geschämt? Beim Spazierengehen hatten sich jüngst immer wieder ihre Handrücken berührt. Und wenn sie allein in einem Zimmer waren und stundenlang über Politik, Literatur oder ihre Familien sprachen, schmiegte sich Sibylle gern an ihren Arm oder Wilhelmine sich in ihre Halsbeuge. Sie hatten einander die Unterarme oder Nacken gestreichelt und Wilhelmine hatte sich gesagt, so etwas taten Freundinnen nun mal, wenn sie einander lieb hatten.

Jetzt schob sie ihre Ängste und Zweifel beiseite. Immer wieder berührten sich ihre Lippen. Ihr Körper kribbelte und bebte. Sie wollte Sibylle enger an sich heranziehen und eins mit ihr werden. Doch da hörte sie Charlottes leise Stimme: »Wir werden beobachtet.«

Sofort fuhren die beiden Frauen herum – weit und breit keine Menschenseele. Charlotte hatte die Hand seiner Mutter nicht losgelassen, aber seinen Kopf drehte es weg, als würde es angestrengt lauschen. Dann lief es los und zog Sibylle hinter sich her.

»Vorsicht, Charlotte, was machst du denn? Nicht, dass du stolperst!«

»Da«, rief das Mädchen laut und zeigte ins Gebüsch. »Da ist jemand!«

Wilhelmines Herz raste. Konnte Charlotte recht haben? Sie sah nichts, doch sie musste einfach sichergehen. Also biss sie die Zähne zusammen, beugte sich vorsichtig hinunter und bog die Äste eines Buschs auseinander. Erschrocken sog sie die Luft ein. Im Gebüsch hockte ein Mädchen. Die Kleine war vielleicht dreizehn oder vierzehn Jahre alt und hatte dichtes, schwarzes Haar.

»Was machst du denn hier?«, fragte Wilhelmine leise. »Geht es dir gut?«

»Ich … ähm …«

»Versteckst du dich?«

Das Mädchen stand auf und klopfte sich das Kleid sauber. »Ich brauchte kurz meine Ruhe«, verkündete es. Wilhelmine runzelte die Stirn und sah zu Sibylle hinüber. Was, wenn dieses Mädchen jemandem verriet, was es gerade gesehen hatte? Hin und wieder hörte man ja davon, dass Frauen, die andere Frauen unsittlich berührten, wegen Hysterie in die Irrenanstalt gesperrt wurden. Doch möglicherweise würde dem Kind ja niemand glauben. Zum einen deutete sein einfaches Kleid ohne Rüschen und Knöpfe darauf hin, dass seine Familie nicht besonders angesehen war, und zum anderen erschien so ein Vorfall den allermeisten Menschen, die Wilhelmine kannte, sowieso schlicht unmöglich.

»Wie heißt du?«, fragte Sibylle.

»Hedwig.«

»Und weiter?«

»Schlesinger.«

»Was macht dein Vater?«

»Er ist Tabakfabrikant.«

Sibylle verengte die Augen. »Wirst du ihm erzählen, was du gesehen hast?«

»Erzählen? Ich habe nichts zu erzählen.« Hedwig verschränkte die Arme auf dem Rücken und senkte den Blick.

»Warum hast du dich denn im Gebüsch versteckt?«, hakte Wilhelmine nach.

»Ich bin weggelaufen. Meine Familie ist hier irgendwo, aber ich wollte allein sein.«

»Man darf nicht einfach so weglaufen«, erklärte die kleine Charlotte. »Dann machen sich die anderen große Sorgen.«

Sibylle schmunzelte und streichelte ihrer Tochter das Haar. Hedwig verdrehte währenddessen die Augen. »Das weiß ich doch! Aber ich war wütend.«

»Das kenne ich«, erklärte Charlotte mit einem allzu erwachsenen Seufzen, und Wilhelmine unterdrückte ein Kichern. »Ich bin auch oft wütend, das kannst du mir glauben! Aber für ein Mädchen gehört sich das nicht, das weißt du bestimmt auch. Was hat dich denn wütend gemacht?«

»Ach, mein Vater sagt, ich darf nur noch ein Jahr auf die Schule gehen. Und meine Brüder dürfen viel länger! Nur ich muss zu Hause bleiben, im Haushalt helfen und lernen, eine Ehefrau zu werden.«

Hedwig verschränkte die Arme, dann schaute sie Charlotte neugierig an. »Warum guckst du immerzu auf den Boden?«

»Mach ich gar nicht«, sagte Charlotte und hob die Lider. Ihre weißen Augen schienen in unterschiedliche Richtungen zu schauen. »Ich gucke nirgendwo hin.«

Schnell griff Sibylle nach Charlottes Hand. »Wir müssen los«, sagte sie und zog ihre Tochter weg. Wilhelmine folgte ihnen.

»Wo wohnst du denn?«, rief Hedwig Charlotte hinterher.

»Ich werde Kostgängerin in der Zeune-Schule«, antwortete sie stolz. »Das ist ein wunderbarer Ort – am liebsten mag ich die Wissenschaften.«

»Wie heißt du?«, rief Hedwig noch.

»Ich heiße Charlotte. Auf Wiedersehen, Hedwig!«

»Auf Wiedersehen, Charlotte!«

Eine Weile liefen die drei schweigend den Weg hinunter. Bis das Kind irgendwann flüsterte: »Macht euch keine Sorgen. Dieses Mädchen wird niemandem etwas sagen.«

Wilhelmine schluckte und sah Charlotte an. Wie konnte es sein, dass die Kleine so viel wusste, ohne etwas sehen zu können? Manchmal glaubte sie, Charlotte verstand viel mehr als Wilhelmine selbst.

An der nächsten Kreuzung drehte sich Wilhelmine noch einmal um. Hedwig stand noch immer dort, wo sie sie verlassen hatten. Wie eine Statue, dachte Wilhelmine, eine Statue mit einem traurigen, aber trotzigen Blick.

26. Kapitel

Franz Stollwerck drehte sich im Kreis. Um ihn herum standen Nussbaumtischchen, Rohrstühle und halbrunde Marmortische, und dahinter hingen große Spiegel in vergoldeten Rahmen.

»Wir sind so weit, nicht wahr?«, fragte er Heinrich, der ihm in den vergangenen Wochen jeden Tag zur Hand gegangen war. Der grinste mit seinen tausend Lachfalten und nickte. »Jawohl, Meister! Deine neue Kaffeestube ist perfekt.«

»Ha!«, rief Franz, schlug seinem Freund auf den Rücken und schritt dann in Richtung Eingang. Kurz musste er an die Eröffnung seiner Bäckerei vor sechs Jahren denken. Damals hatten er und Anna Sophia stundenlang auf Kundschaft gewartet und beinahe das Schlimmste angenommen. Doch diese Zeiten, die Niederlagen und Enttäuschungen, hatte er hinter sich gelassen, sagte er sich. Mit beiden Händen öffnete er die Flügeltür – und wurde von den wartenden Gästen begrüßt. Mehr als zwanzig Menschen waren gekommen, obwohl es draußen seit Tagen in Strömen regnete, um nun mit ihren triefend nassen Regenschirmen hereinzudrängen und sich staunend umzusehen.

»Wie elegant!«, fand Theodor.

»Sehr exquisit«, bestätigte ein Herr mit gewaltigem Bart.

»Wunderbare Atmosphäre«, pflichtete ihm ein Dritter bei und zwinkerte Franz zu.

Auch Koloman nickte. »Hier lässt es sich aushalten.«

Stollwercks Expansion hatte sich schnell in der Stadt herumgesprochen. Dass die Apotheker, allen voran August Arkenberg, trotz ihrer ersten Niederlage weiter gegen ihn und seine Bonbons prozessierten, hatte seiner Popularität nicht geschadet, ganz im Gegenteil. Der Streit weckte vielerorts ein solches Interesse, dass sogar noch mehr Vertriebsstellen entstanden und Käufer zugriffen. Längst stellte Anna Sophia die Bonbons nicht mehr selbst her. Sie hatten kleine Fabrikräume in der Bäckerei eingerichtet, in denen nun vier Gesellen nach dem Rezept seiner Frau Kräuter mahlten und Zucker karamellisierten. Außerdem hatte er einige Bonbonwalzen angeschafft: Dank dieser Maschinen hatten die Bonbons nun alle exakt die gleiche Form und Größe und trugen in der Mitte sogar ein kleines »S« zur Schau. Die Kamellenherstellung wurde mit jeder Woche verstärkt, dennoch fürchtete Franz, dass man ihm seine Bonbons eines Tages doch noch verbieten könnte. Sein Vater Nikolaus versäumte zumindest keine Gelegenheit, um diese Furcht zu befeuern. Immer, wenn er bei ihm vorbeischaute, wiegte er mit dem Kopf und sagte: »Das ist ja alles schön und gut, Franz. Aber was, wenn sie es dir doch noch verbieten?« Für die Firma Stollwerck, die mittlerweile sechs Angestellte hatte und ganze Familien ernährte, wäre eine solche Entwicklung natürlich fatal. Also entschied Franz, doch auf seinen Vater zu hören und sich breiter aufzustellen. Er investierte 3340 Taler aus dem Bonbongeschäft, um das Haus Nummer 14 in der Blindgasse zu erwerben – jenes Gebäude, das direkt an sein Wohnhaus grenzte. Hier hatte er nun eine elegante Kaffeestube eingerichtet. Es war nicht der erste Versuch dieser Art, zuvor hatte Franz schon die alte Bäckerei als Café umgestaltet, doch die Räumlichkeiten hatten sich schnell als zu klein erwiesen. Zufrieden schaute er sich nun um und beobachtete, wie seine Gäste Platz nahmen und in den bereitliegenden Zeitungen aus aller Welt blätterten. Es war eine gute Entscheidung gewesen, die Geschäftssegmente sauber zu trennen: Die heiße, enge und geschäftige Bonbonfabrik befand sich nebenan, direkt unterhalb der Wohnräume, und in dieser Kaffeestube hier konnte er in aller Ruhe elegante Kölner Bürger verköstigen. In der Vitrine lagen Backwaren bereit, dazu gab es Marzipan, Trabant und heiße Schokolade. Stolz lief Franz von einem Tisch zum anderen, um seine Gäste zu begrüßen und persönlich zu bewirten.

Auch sein Vater kam vorbei, um Franz zu beglückwünschen.

»Nicht schlecht, mein Sohn«, sagte er, während er sich umsah. »Aber pass auf, dass du dich nicht übernimmst. Das muss eine Stange Geld gekostet haben ...« Franz atmete tief durch. Wieso musste er immer einen Einwand haben?

»Ihr habt ganze Arbeit geleistet«, beglückwünschte ihn Theodor wenige Minuten später, als sein Vater wieder gegangen war. Er saß mit Koloman und den beiden Herren zusammen, die Franz schon beim Eintreten Komplimente gemacht hatten. Der eine mit dem Rauschebart sah aus nur halb geöffneten, aber freundlichen Augen zu ihm auf.

»Ein sehr angenehmer Ort«, bekräftigte er.

»Oh, darf ich vorstellen? Das ist Carl d'Ester, ein ehemaliger Schüler meines Vaters. Papa ist sehr stolz, Carl ist nämlich nicht nur Arzt und Politiker geworden, sondern auch mein guter Freund.« Theodor schmunzelte. »Und das hier ist sein Freund Francois Ravaeux, ein ehemaliger Soldat, heute erfolgreicher Tabakhändler und ebenfalls aktiv in der Stadtpolitik.«

Er deutete auf den dünnen Mann ihm gegenüber. Er hatte einen dunklen Schnäuzer und zwinkerte Franz erneut verschwörerisch zu.

»Herzlich willkommen, die Herren. Darf ich Ihnen zur Begrüßung echte Aachener Printen anbieten? Sie kommen von heute an täglich per Eisenbahn nach Köln.«

»Sehr gern!«, rief Francois. »Ach, es ist aber auch eine Freude, Sie einmal persönlich zu treffen.«

Franz zog die Augenbrauen hoch und grinste. »Mich?«

»Ja, natürlich! Sie sind doch der Mann, der die Apotheken in der ganzen Stadt in helle Aufregung versetzt, habe ich recht?« Francois lachte.

»Er verfolgt meine Gerichtsberichterstattung«, erklärte Koloman, und den Stolz in seiner Stimme konnte man nicht überhören.

»Nun, was soll ich sagen ...« Verlegen rieb sich Franz das Kinn.

»Seien Sie gespannt auf meine Büttenrede, Herr Stollwerck. Über diesen Fall muss ich unbedingt sprechen.«

»Sie sind Karnevalist?«

»Mit Haut und Haar! Allerdings geht mir das Hanswurstliche Parlament mit seinem Klüngel gehörig auf die Nerven. Ich spiele mit dem Gedanken, eine eigene Karnevalsgesellschaft zu gründen.«

»Koloman, wäre das nicht auch was für dich?« Er stieß seinem Freund gegen die Schulter und lachte.

»Für mich? Wieso?«

»Na, wenn du deine Gedichte dort vorträgst, wäre es doch ein Grund zur Freude, wenn alle lachen.«

Franz zwinkerte. Kurz war es still am Tisch, dann lachte Francois lauthals los. »Ein Witzbold, euer Freund Stollwerck!«, rief er begeistert. Auch Carl und Theodor schmunzelten. Nur Koloman starrte ihn finster an. Franz unterdrückte ein Augenrollen. Sein Freund wusste doch, dass er gern scherzte. »Das war nur ein Witz, Koloman. Hab dich nicht so.«

»Sehr lustig«, sagte Koloman trocken. Plötzlich sah er traurig aus. Franz rieb sich das Kinn. War er diesmal vielleicht doch einen Schritt zu weit gegangen?

»Sagen Sie, mögen Sie Frankreich?«, fragte Francois.

»Herr Ravaeux! Ich liebe Frankreich. Schon meinem Vater ging es so, und als ich Paris dann mit eigenen Augen sah, war es um mich geschehen.«

»Dachte ich es mir doch!«

»Tatsächlich?«

»Ja, natürlich! Wie hätten Sie es sonst schaffen sollen, ein so inspirierender Mann zu werden? Ich sage Ihnen was: Von Ihnen wird eine Zuckerrevolution ausgehen, die sich gewaschen hat. Sie sind für mich der Kamelle-Napoleon.« Francois zwinkerte, Theodor und Carl lachten. Nur Koloman schaute unbeteiligt vor sich hin.

»Man hat mich schon schlimmer geschimpft.« Franz schob die Hände in die Hosentaschen und schmunzelte.

»Dann ist es also entschieden. Herr Kamelle-Napoleon, dürften wir einen Antrag stellen?«

»Jeden, die Herren!«

»Vier Aachener Printen bitte. Ab wann dürfen wir hier Cognac trinken?«

»Ich werde die Kaffeestube jede Samstagnacht öffnen. Sie sind herzlich eingeladen! Die erste Runde geht auf mich.«

Es regnete schon, seitdem Kaspar aufgebrochen war. Das Leder seiner Schuhe war durchgeweicht, sein Mantel hing schwer an ihm herab, und er fror erbärmlich. Kaspar war noch nie in Köln gewesen. Bisher hatte er nur aus der Ferne ein paar Dächer gesehen, die hinter der Stadtmauer auftauchten. Er wusste nicht so recht, was er erwartet hatte, doch so nass war diese Stadt in seiner Vorstellung nie gewesen. Nun wurde sie von Hochwasser beherrscht. Deutz glich einer kleinen Meeresinsel. Im Vorübergehen sah er, dass die Schiffsbrücke gesperrt war, so hoch stand der Rhein. Fröstelnd schob er seine Hände tief in seine Manteltasche und fühlte darin Gesches Amulett. Er hatte es zufällig in seinem alten Nachttischchen wiedergefunden, als er eigentlich nach der kleinen, schwarzen Bibel seiner Mutter gesucht hatte, und sich über sich selbst geärgert. Wie hatte er Gesches Bitte so lang vergessen können? Jetzt, wo er tatsächlich nach Köln ging, würde er versuchen, sie zu erfüllen. Also hatte er das Amulett in seine Manteltasche gesteckt. Nun umschloss er es fest mit der Hand. Sofort fühlte er sich ein klein wenig hoffnungsvoller und mutiger an diesem so fremden, grauen Ort, an dem es in Strömen regnete.

Sämtliche Straßen am Rhein waren überschwemmt, überall schleppten die Menschen Sandsäcke, versuchten ihre letzten Wintervorräte zu retten und sahen verzweifelt in den Himmel hinauf. Kaspar hatte schon viele Orte gesehen, und überall hatte er sich fremd gefühlt. Der

Landstreicher in ihm hatte sich angewöhnt, den Blick gesenkt zu halten, um bei niemandem Argwohn auszulösen. Nur dunkel erinnerte er sich noch an den alten Kaspar. Damals hatte er gern die Farben des Himmels, die Knospen der Bäume und die Gesichter der Menschen betrachtet. Während er nun triefend durch den Regen stapfte und sich bemühte, ein Landstreicher zu sein, fühlte er sich zum ersten Mal wieder wie er selbst. Noch nie hatte Kaspar so viele Menschen an einem Ort gesehen. Auf den Marktplätzen wuselte und wimmelte es nur so, überall wurde gehämmert und gesägt, und in den Straßen mischten sich ausgezehrte Bettler mit akkurat gekleideten Dienstmädchen, Soldaten mit hohen Helmen, doppelter Knopfleiste und Säbeln, oder Herren, ausstaffiert mit Frack und Zylinder. Es gab hier Menschen, die waren noch ärmer dran als er: Sie hatten eitrige Wunden im Gesicht, husteten erbärmlich oder waren so dünn, dass sich ihre Körper in ihren Lumpen kaum abzeichneten. Und dann gab es Leute, deren Kleidung trotz des Regens leuchtete, die ihre Schirme aufspannten und fröhlich über die Pfützen sprangen, um zu ihren reich ausgestatteten Kutschen zu eilen. Häufig waren edle Pferde davor gespannt. Die Fahrgestelle waren überdacht – nur der Kutscher saß im Regen. Kaspar musste an die Worte des Lehrers Glatz denken: War es wirklich wahr, dass der preußische König die Armen noch ärmer und die Reichen noch reicher machen wollte?

Bei jedem kleinen Kind in zerrissenen Kleidern schreckte Kaspar auf – und es gab hier so viele von ihnen: kleine Jungen und Mädchen, die kein Gramm Fett am Körper hatten, mit großen Augen durch die Straßen liefen und die Hände aufhielten. Was, wenn es Lina wie ihnen ging? Sie würde niemanden kennen und könnte sich noch nicht einmal verständigen! Dieser Gedanke schnürte ihm die Kehle so fest zu, dass er schnell weiterlief.

»Hast du ein kleines Mädchen gesehen?«, fragte er einen Betteljungen.

»Sie ist etwa sechs Jahre alt und taub. Kennst du sie?«, sprach er ein zerlumptes Mädchen an.

»Es heißt, sie habe magische Fähigkeiten, hast du von ihr gehört?«

Doch niemand konnte ihm weiterhelfen. Ziellos und zitternd irrte er durch die Straßen, vorbei an Weinhandlungen voller Fässer, Apotheken voller Fläschchen in allen möglichen Größen, duftenden Bäckereien und sogar einer Kaffeestube. Für einen Moment lugte er durch das große Schaufenster und beobachtete, wie die Herren drinnen mit überschlagenen Beinen an kleinen Tischchen saßen, aus winzigen Tassen tranken und sich die Schnauzbärte zwirbelten. Einer von ihnen, ein stattlicher junger Mann mit breitem Kreuz und schalkhaftem Lächeln ging von Tisch zu Tisch, um mit den anderen Gästen zu sprechen, bis sein Blick auf Kaspar fiel. Kurz sahen sie einander in die Augen, dann wandte Kaspar sich ab. Er wollte schon die Straße hinunterlaufen, als er aus Versehen gegen einen kleinen, glatzköpfigen Mann stieß.

»Hoppla!«, rief der Glatzkopf fröhlich.

»Entschuldigung«, brummte Kaspar.

»Suchst du etwas?«, fragte der Mann. Wahrscheinlich hatte er gesehen, dass Kaspar schon länger hier stand und in die Kaffeestube starrte. Wie das wohl auf ihn wirken musste – so nass und verdreckt wie Kaspar war? Zwar hatte er sich in Höhenforst mit Kleidung ausgestattet und wenigstens zwei, drei Pfund zugenommen, dennoch musste er in seinem zerrissenen Mantel und mit dem ausgebeulten, alten Schlapphut auf dem Kopf auf diesen kleinen Mann vor ihm einen traurigen Eindruck machen. Wie gern hätte er zumindest einen Strohhalm gehabt, um darauf herumzukauen und sich an diesem Ort etwas normaler zu fühlen. Doch Gras wuchs hier wenig, und wenn dann schaute es traurig und triefend nass zwischen den Pflastersteinen hervor.

»Nun … Ich wollte nicht stören. Aber ich suche …«

»Arbeit? Hier haben wir leider nichts für dich zu tun, aber du siehst so aus, als könntest du anpacken, mein Freund. Vielleicht hast du ja in der Zuckerfabrik, in der meine Brüder arbeiten, Glück.«

Er zeigte die Straße hinunter und erklärte ihm den Weg zu einem alten Kloster, das zu einer Raffinerie umgestaltet worden war. »Meine Brüder erzählen, erst gestern hat sich ein Bodenknecht an einem der Kessel verbrannt, so dass er nicht mehr kommen kann. Wenn du dich beeilst, hast du vielleicht eine Chance!«

Kaspar nickte. »Danke. Aber ... hast du vielleicht ein kleines Mädchen gesehen? Etwa sechs Jahre alt, taub und stumm?«

Der Mann runzelte die Stirn, dann schüttelte er den Kopf.

»Sie ist meine Tochter und sie wurde mir weggenommen. Seitdem suche ich sie überall. Man sagte mir, sie könnte in Köln sein. Aber die Stadt ist groß.«

»Tut mir leid, mein Freund.«

Er nickte Kaspar zu, drehte sich um und wandte sich zur Tür. Kurz hielt er inne, als wäre ihm noch etwas eingefallen, und rief: »Wenn du zur Raffinerie gehst, sag einfach, Heinrich schickt dich. Heinrich Statz.« Dann verschwand er in der Kaffeestube.

Den ganzen Tag irrte Kaspar durch das verregnete Köln. Er sah unzählige Kinder, doch keines von ihnen schien seine Lina zu sein. Am Abend schlich er in einen Park und kauerte sich auf einer Bank unter einem dichten Baum zusammen. Er schlief kaum in dieser Nacht. Als er sich am nächsten Morgen mit den Zähnen klappernd, nass und mit steifen Gliedmaßen aufrichtete, entschied er, dass er Arbeit suchen musste. Wie sollte er in Köln sonst überleben? Die Stadt war nicht nur voller Menschen, an vielen Ecken begegneten ihm auch Polizisten, die ihn ganz genau beäugten. Stehlen war hier besonders gefährlich. Auch der Regen schien nicht aufzuhören – er brauchte ein Dach über dem Kopf und eine warme Mahlzeit am Tag. Also schnappte er sich einen Grashalm, der unter seiner Bank einigermaßen trocken geblieben war, kaute darauf herum und lief den Weg entlang, den der kleine Mann ihm am Vortag gewiesen hatte.

Von außen verrieten nur dunkel qualmende Schlote, dass diese mittelalterliche Kirche kein Gotteshaus mehr war. Am Eingang bellte ihm ein junger Kerl entgegen: »Was willst du hier? Mach dich gefälligst vom Acker!«

»Ich suche Arbeit«, erklärte er an seinem Grashalm kauend.

»Und was interessiert mich das?«

»Ich kann anpacken. In meinem Dorf war ich Schafs- und Gemüsebauer.«

»Dann geh besser zurück zu deinen Schafen, hier hast du nichts verloren.«

»Die Schafe haben den Winter nicht überlebt.«

Der Mann verdrehte die Augen. »Hörst du schlecht oder muss ich dich erst vom Hof prügeln?«

Kaspar sah den Mann einen Moment an, dann wandte er sich zum Gehen. Doch da fiel ihm noch etwas ein. Kurz nahm er den Grashalm aus dem Mund. »Heinrich schickt mich«, sagte er. »Heinrich Statz.«

Der Mann hob seinen Hut an, rieb sich die Glatze und seufzte. »Was hat mein Brüderchen sich denn dabei gedacht?«

Kaspar blieb stehen und runzelte die Stirn. Der nette Heinrich von gestern war der Bruder dieses unfreundlichen Kerls, der da vor ihm stand? Dann steckte er sich den Halm wieder in den Mund und kaute weiter.

»Na gut. Komm mit. Aber zieh diesen albernen Hut ab! Und pass bloß auf, dass du dich nicht genauso blöd anstellst wie dein Vorgänger. An die Kessel gehst du als Arbeiter nicht ran, hörst du?«

Ich als Arbeiter, dachte Kaspar und schmunzelte stolz. Er zog seinen Hut vom Kopf, warf seinen Halm weg und folgte dem Mann. Hatte er tatsächlich in dieser Stadt, die nur so von jungen, arbeitssuchenden Männern wimmelte, dank einer zufälligen Begegnung eine Stelle gefunden? Nach all dem furchtbaren Pech in den letzten Jahren spürte er, wie sich Dankbarkeit in ihm breitmachte.

Drinnen empfing Kaspar eine wohlige Wärme, die von den feuerbeheizten, riesigen Kesseln ausging. Noch nie hatte Kaspar Behälter von einer solchen Größe gesehen: Auch wenn sich drei Männer auf die Schultern des jeweils anderen stellten, würden sie noch darin verschwinden. Die Kessel thronten auf Gerüsten, und Kaspar sah, wie sie darunter spitz zuliefen. Eine Masse floss aus einer Öffnung in ein Rohr, wurde mithilfe von riesigen Rädern, die ihn an die Spinnräder in seinem Dorf erinnerten, angetrieben und in Rohre geleitet, deren Verästelung Kaspar die Stirn runzeln ließ. Völlig unübersichtlich schlängelten sie sich durch den Raum, überall brodelte es, schmutzige Arbeiter schleppten Säcke, fegten oder schaufelten Kohle, Mechaniker nestelten mit Blick auf lange Listen an den Kesseln herum, und Aufseher mit hohen Hüten bellten ihre Befehle durch den Raum.

»Ich bin Albert Statz, zweiter Bodenknecht, merk dir das«, grummelte Heinrichs Bruder. Dann drückte er ihm einen Besen in die Hand. »Feg erst mal durch. Danach kümmerst du dich um die Kohlen.« Er zeigte auf einen riesigen Berg am anderen Ende des Raums. »Sie müssen zu gleichen Teilen zu den Kesseln gebracht werden. Aber komm denen nicht zu nah. Wir wollen ja nicht, dass du deine Hände verlierst.«

Kaspars anfängliche Freude über seine neue Arbeitsstelle verflog rasch. Schon nach kürzester Zeit schmerzten ihm Arme und Beine, Erschöpfung und Müdigkeit wurden seine ständigen Begleiter. An seinen Händen entstanden Schwielen, und sein Rücken tat weh. Seine Tage an diesem Ort waren lang: Kaspar begann mit der Arbeit bei Sonnenaufgang und schaufelte, schleppte und kehrte bis tief in die Nacht hinein. Sonntage gab es in der Raffinerie keine, die Kessel brodelten ständig. Immer wieder wurde kistenweise Zuckerrohr aus Übersee geliefert, das täglich zu einer weißen Masse verarbeitet werden musste. Wie diese Pflanzenrohre mit dem glitzernden Ergebnis zusammenhingen, das am Ende verkauft wurde, konnte Kaspar kaum verstehen. Er war nur ein winziges Rädchen in dieser komplexen Maschinerie. Aber eines, das funktionieren musste, sieben Tage die Woche, vierzehn Stunden am Tag. Ansonsten würde er seine Stelle, die tägliche Suppe und sein Dach über dem Kopf verlieren.

Albert Statz brachte ihn im Haus seiner Mutter unter: Direkt am Klingelpütz wohnte er mit drei anderen Arbeitern in einer feuchten Kammer. Sie wechselten sich ab, um im Bett schlafen zu können – die anderen beiden rollten sich jeweils auf dem Fußboden zusammen. Glücklicherweise wurden die Nächte milder, so dass sie unter den klammen Decken nicht allzu sehr froren. Kaspars Schlaf war schwer, dunkel, und doch unruhig. Er träumte düster und wild. Einmal umgab ihn eine gespenstische Stille, obwohl er mitten in der Raffinerie stand. Die Menschen schienen ihn anzuschreien. Wütend verzerrten sie ihre Münder, ihre Köpfe wurden rot, doch er hörte kein Wort. Ein andermal wollte er Statz warnen. Er stand mit dem Rücken zu Kaspar, sprach mit einem Arbeiter und bemerkte nicht, dass ein Kohlensack auf dem Gerüst über seinem Kopf umkippte. Kaspar wollte ihn rufen, doch kein Laut drang aus seiner Kehle, während der Sack fiel, die Kohlen hart und schwer auf Statz hinabregneten und ihn niederstreckten. Kaspar rannte zu ihm, drehte ihn auf den Rücken und erkannte einen geschwungenen Mund, schnurgerade Augenbrauen und markante Gesichtszüge. Und im Mundwinkel steckte ihm ein abgebrochener Strohhalm. Er selbst war es, der da lag und nicht mehr atmete. Keuchend erwachte Kaspar, fasste sich an Hals und Ohren, doch er hatte keine Zeit, um über den Traum nachzudenken. Er musste wieder an die Arbeit.

Vor lauter Erschöpfung hatte Kaspar wenig Kraft, um seine Suche nach Lina fortzusetzen. Doch sooft er Menschen traf, etwa andere Bewohner, Besucher des Statz-Hauses oder Betteljungen in den Straßen, bat er sie, für ihn nach seiner Tochter Ausschau zu halten. Demjenigen, der sie fand, stellte er den Lohn einer ganzen Woche in Aussicht. Doch niemand schien seine Lina gesehen zu haben.

»Wie sieht sie denn aus?«, fragte Heinrich Statz bei einem späten Abendessen. Sie saßen gemeinsam mit seinem Bruder und zwei weiteren Arbeitern um einen kleinen, hölzernen Tisch herum und machten sich über die Reste her, die Heinrich aus der Kaffeestube seines Arbeitgebers mitgebracht hatte. Das Gebäck war zwar schon zwei Tage alt und mittlerweile hart geworden, dennoch konnte Kaspar gar nicht glauben, wie süß diese Kostbarkeit auf seiner Zunge zerging.

»Ich habe sie lange nicht gesehen.« Kaspar biss in ein schmales Stück Kuchen, dessen Gewürze er noch nie zuvor geschmeckt hatte. Mit vollem Mund fuhr er fort: »Als kleines Mädchen war sie dunkelblond und über alle Maßen hübsch. Sie hatte einen trotzigen Mund, tief hängende Mundwinkel und dunkle Augen.«

»Wie sollen wir sie denn mit dieser Beschreibung finden?« Heinrich grinste.

»Wie viele taubstumme Mädchen von sechs Jahren wird es wohl geben, die ganz allein in Köln unterwegs sind?«

»Zumindest gibt es hier einige ängstliche Kinder, die kein Wort sagen«, wandte Rudolf ein – einer von Kaspars Kammergenossen, der selbst höchstens zwölf Jahre alt war. Mit tiefen Schatten unter den Augen und hellrotem Hautausschlag an den Armen griff er nach einem Tafelbrötchen und stopfte es sich hungrig in den Mund.

Da fiel Kaspar etwas ein: »Ah! Sie hat ein schwarzes Muttermal, genau hier.« Er zeigte auf die Stelle über seinem rechten Mundwinkel.

Heinrich nickte. »Ich werde mein Bestes geben, mein Freund. Gleich morgen gehe ich beim Waisen- und Findlingshaus vorbei.« Er schlug ihm auf die Schulter.

»Und ich werde nebenan nachfragen«, sagte Albert. »Im Klingelpütz bringen sie auch oft Waisenkinder unter.«

Kaspar nickte Albert dankend zu.

Der anfangs so schroff wirkende Mann, der den ganzen Tag Befehle bellte, erwies sich außerhalb der Raffinerie als erstaunlich feiner Kerl. Sobald er durch die Tore nach draußen trat, schien er seinen Beruf als zweiter Bodenknecht abzuschütteln wie ein nasser Hund das Wasser. Dann formte sein sonst so strenger Mund ein schelmisches Grinsen, und er begann, Heinrich und den anderen Arbeitern zuzuzwinkern, ihnen auf die Schultern zu klopfen und Witze zu machen. Immer wieder erkundigte er sich, ob er etwas tun könnte, um die kalte Kammer seiner Mutter etwas erträglicher zu machen. Mit Leidenschaft schimpfte er über den ersten Bodenknecht, die Vorsteher, Raffineriebesitzer und die schlechten Arbeitsbedingungen. Auch in der heutigen Nacht dauerte es nicht lange, bis er missmutig den Kopf schüttelte.

»Es kann doch nicht sein, dass wir bis spät in die Nacht schuften, und trotzdem nur Heinrichs Almosen essen! Wir haben kaum einen freien Tag im Jahr! Dieses Leben ist doch nichts ...«

»Und du verdienst im Vergleich zu uns ja noch gut«, brummte Kaspar.

»Ich habe ja auch schon Säcke geschleppt, als du noch nicht mal Haare am Sack hattest, merk dir das! Ich war damals sogar noch jünger als unser Kleiner hier.« Albert grinste und wuschelte dem kleinen Rudolf durchs Haar.

»Hee«, machte der und wehrte ihn ab.

»Was du sagst, muss nur ein Vorsteher hören, und schon sind wir alle raus«, sagte Kaspars zweiter Kammergenosse Ernst, ein Mittdreißiger mit tiefen Furchen im Gesicht, der schon seit Wochen heiser war und den Husten einfach nicht loswurde. »Die Straßen sind voller Männer wie uns, die an unserer Stelle arbeiten könnten.«

Albert schnaubte. »Genau damit halten sie uns in Schach. Aber stell dir vor, alle würden so denken wie wir. Wenn jeder Arbeiter gerechte Entlohnung fordern und auch die Männer auf der Straße nicht für weniger arbeiten würden, dann müsste sich doch etwas ändern.«

Ernst lachte heiser auf. »Träum weiter. Wenn's ums Überleben geht, kämpft doch jeder für sich allein.«

Albert zog beide Augenbrauen hoch. »Na, da kennst du die Kölner aber schlecht«, sagte er. »Oder, Heinrich?«

»Allerdings, Brüderchen. Allerdings«, antwortete der und mit einem Mal war sein Gesicht von tiefen Lachfalten überzogen.

Ein lautes Klirren riss Anna Sophia aus dem Schlaf. Sie fuhr hoch und starrte in die Dunkelheit. Was war das? Es klang, als habe jemand eine Glasschüssel fallen lassen. Franz schlief tief und fest, und während sie nun in das finstere Haus hineinlauschte, konnte sie nichts Ungewöhnliches hören. Beinahe hätte sie sich wieder hingelegt, als sie ein leises Summen vernahm und ein Kribbeln auf ihrer linken Hand spürte. Sie verengte die Augen und stellte fest, dass sie mit einem Mal im Dunkeln sehen konnte. Sie hob die Hand: Darauf saß ein Marienkäfer.

»Hallo, kleiner Freund«, flüsterte sie. Er summte zur Schlafzimmertür. Mit gerunzelter Stirn stand sie auf und folgte ihm. Sie musste an die Nacht denken, in der Peter Josef geboren wurde und sie diese Insektenwolke gesehen hatte ... Marienkäfer waren Glücksboten, dachte sie jetzt. Das hatte ihre Mutter ihr als Kind beigebracht. Also beeilte sie sich. Geräuschlos ging sie in den Flur, die Treppe hinunter und aus der Haustür hinaus. Obwohl es mitten in der Nacht war, fror Anna Sophia nicht. Wann hatte sie ihren Mantel angezogen? Sie schwebte an Betrunkenen, Nachtwächtern und preußischen Soldaten vorbei, immer dem Marienkäfer hinterher. Oder war sie mittlerweile selbst der Marienkäfer? Schwerelos schwirrte sie durch die Gassen und entfernte sich immer weiter vom Stadtzentrum. Hier draußen wurden die Wege schmutziger und enger, die Häuser schiefer und krummer. Vor einem besonders schäbigen Gebäude landete sie. Es stank zum Himmel. Hier konnte sie doch nicht richtig sein, dachte sie. Doch dann hörte sie, wie im Haus etwas klirrte – als wäre eine große Glasschüssel zerbrochen – und wie jemand aus voller Kehle brüllte. Es klang wie der Schrei eines gequälten Tieres, dachte Anna Sophia. Leise öffnete sich nun die Tür vor ihr und ein kleines Mädchen schlüpfte heraus. Es war tränenüberströmt, die Mundwinkel hingen tief hinab, und über der Oberlippe prangte ein schwarzes Muttermal. Es kauerte sich im Schatten des Eingangs zusammen, umschlang die Beine mit den Armen und sah auf. Da trafen sich ihre Blicke. Sie starrten einander an.

»Geht es dir gut?«, flüsterte Anna Sophia. »Was ist da drin passiert?« Doch das Mädchen reagierte nicht.

»Was soll das?«, brüllte plötzlich eine Männerstimme, die Tür wurde aufgerissen, und ein hagerer Mann stürmte heraus. Er griff nach dem Arm des Mädchens und zerrte es hoch.

»Was tun Sie da?«, wollte Anna Sophia fragen, doch die Worte kamen ihr nicht über die Lippen. Sie träumte, dachte sie. All das war ein Traum – sie konnte nicht eingreifen. »Lassen Sie das Mädchen in Ruhe!«, wollte sie sagen, doch sie hörte ihre eigenen Worte nicht. »He!«, schrie sie so laut sie konnte, und endlich hörte der Mann sie.

»Was wollen Sie?« Jetzt sah der Fremde sie direkt an. »Warum lungern Sie hier mitten in der Nacht auf der Straße herum?«

Anna Sophia keuchte, sah sich um. Es war dunkel, kalt, und sie trug nur ihr Nachtkleid unter ihrem Mantel. Mit einem Schlag wurde Anna Sophia bewusst, dass sie aufgewacht war – und zwar nicht in ihrem Bett. Sie stand in einer zwielichtigen Gegend, die sie nicht kannte, vor einem fremden Haus und hatte gerade eben einen gefährlich aussehenden Mann angeschrien. War sie etwa schlafgewandelt? Noch nie hatte sie sich dabei aus ihrem Haus entfernt! Sie zitterte fürchterlich.

Der Fremde stieß das kleine Mädchen ins Haus und schloss die Tür. Dann kam er auf Anna Sophia zu.

»Wollen Sie Ihre Dienste anbieten, he?« Ein Grinsen überzog sein Gesicht. »Sie sehen gar nicht so aus wie die üblichen Huren hier in der Gegend.«

Er griff nach ihrem Nacken und wollte sie an sich ziehen, doch Anna Sophia duckte sich unter ihm weg. Da lachte er und kam ihr hinterher. Anna Sophias Herz hämmerte in ihrer Brust. Sie versuchte, wegzulaufen, doch er packte sie fest am Arm und zog sie zurück. Mit aufgerissenen Augen starrte sie den Fremden an. Und blitzartig tauchte statt seines Gesichts das breite Grinsen von Victor Mertens vor ihrem inneren Auge auf.

»Lassen Sie mich los!«, brüllte sie.

»Was denn, was denn? Du bist doch gerade erst angekommen.« Er stank nach Schweiß und Urin, und seine Hände begannen, sie grob anzufassen.

»Lassen Sie das!« Sie schlug wild um sich und spürte, wie die Panik von ihr Besitz ergriff, doch ihre Arme waren so schwach vor Kälte, dass sie kaum etwas ausrichten konnten. Verzweifelt kratzte sie ihm übers Gesicht, er schrie auf. Vor Wut zog er sie noch enger an sich und versuchte, ihren Rock hochzuschieben.

»Nein«, rief sie.

Er rieb sein stoppeliges Gesicht an ihrem Hals.

Anna Sophia schrie so laut sie konnte, und endlich hörte sie hinter sich Schritte.

»He, Sie da! Weg von meiner Frau!«

Sofort ließ der Mann von ihr ab und sah sich um. Anna Sophia stolperte ein paar Schritte zurück. Ein Nachtwächter und zwei Soldaten liefen auf ihn zu – und dahinter Franz. Er rannte. Seine Augen waren geweitet, und seine Haut glänzte. Sobald er nah genug dran war, schlug er dem Fremden mit der Faust mitten ins Gesicht. Gleichzeitig sackte Anna Sophia in sich zusammen.

»Dreckiges Schwein!«, presste Franz hervor. Er wollte sich schon auf ihn setzen, sicher um ihn mit seinen Fäusten zu bearbeiten. »Zurück!«, rief der Nachtwächter, hielt ihn fest, und die Soldaten stürzten sich stattdessen auf den Fremden.

Als beide Männer gebändigt waren, schrie der Nachtwächter mit wütender Stimme: »Was hat eine Frau wie Sie hier draußen überhaupt zu suchen? Und dann noch in diesem Aufzug! Sie sind selbst schuld, Sie wissen doch, was da passieren kann!«

Auf dem Rückweg hielt Franz sie fest im Arm, und sie spürte die Wärme und die Sicherheit, die von ihm ausgingen. Eine Weile liefen sie schweigend. Dann sagte er mit seiner tiefen Stimme: »Wir müssen etwas gegen das Schlafwandeln tun. Wenn der Nachtwächter dich nicht in diese Richtung hätte gehen sehen, hätte ich dich wahrscheinlich nie gefunden.«

»Mmh«, machte Anna Sophia.

»Vielleicht schließen wir die Türen ab, und ich verstecke den Schlüssel.«

»Und wenn es brennt?«

Franz antwortete nicht, er drückte sie nur noch fester an sich. Stumm führte er sie durch die Gassen. Irgendwann hielt Anna Sophia es nicht mehr aus. Sie fragte: »Was war gestern mit dir los?«

»Gestern?«

»Du hast kaum mit mir gesprochen, bist mir ständig aus dem Weg gegangen. Gibt es etwas, das du mir sagen möchtest?«

Franz antwortete nicht sofort. Er schaute auf seine Fußspitzen, doch Anna Sophia konnte warten. Endlich sagte er: »Es geht um August und deinen Vater.«

Anna Sophia schluckte. »Was haben sie jetzt wieder getan?« Gerade bogen sie in die Blindgasse ein. Anna Sophia konnte schon das Schild der Kaffeestube sehen und dahinter die Bonbonfabrik. Bald würde die Sonne aufgehen, dann würden diese beiden Gebäude, die im Augenblick noch im Dunkeln dalagen, von lautem Gewusel und süßen Gerüchen erfüllt werden.

»Sie haben ein Verbot gegen unsere Bonbons erwirkt.«

Anna Sophia schloss kurz die Augen. »Das ... ist nicht möglich. Das darf nicht wahr sein!«

»Leider doch. Nun wird sich einiges ändern, Anna Sophia. Aber mach dir keine Sorgen. Wir werden schon eine Lösung finden.«

Die Nachricht verschlug ihr den Atem. Die ganze Zeit hatte sie vor genau diesem Verbot Angst gehabt, immer wieder hatte sie geglaubt, sie wären dem Unheil entkommen. So viele Monate hatten sie für ihre Bonbons gekämpft – um jetzt doch aufgeben zu müssen? Wie sollte ihr Unternehmen das verkraften? Woher sollten sie genügend Geld nehmen, um ihre Angestellten zu bezahlen und ihre Kinder zu versorgen? Und wie sollte sie selbst sich vom Bonbonkochen und -verkaufen lösen? Es gab doch nichts, was ihr so viel Spaß machte, wie das Kochen, Kneten und Rollen der Bonbons und den Moment, in dem sie sie anderen Menschen in die Hand drücken durfte. Die Hoffnung, dass sie ihnen mit ihrem Wissen ein klein wenig helfen konnte. Sollte all das nun vorbei sein? Einfach so – wegen August und ihres Vaters?

Dass das Grün des Efeus an ihrer Hausfassade dennoch kräftig durch die Dunkelheit schimmerte, konnte sie kaum trösten. Franz schloss die Tür auf, und schweigend gingen sie zurück ins Schlafzimmer. Fast wäre sie über eine zerbrochene Blumenvase gestolpert, die auf dem Fußboden lag. Hatte Anna Sophia sie im Schlaf vom Nachttisch gestoßen? Während sie die Vase notdürftig zur Seite räumte, legte sich Franz wieder ins Bett.

»Schlaf gut, meine Liebe«, brummte er. Er schloss die Augen, und im hereinscheinenden Mondlicht sah Anna Sophia, dass sich ein Marienkäfer lautlos auf seine Schulter setzte.

»Müsst ihr wirklich gehen?«, fragte Charlotte leise. Sibylle hockte vor ihrer Tochter und hielt ihre kleinen Hände.

»Du bist doch jetzt schon groß«, sagte sie. »Du bist eine große Kostgängerin, weißt du nicht mehr? Du kannst den ganzen Tag bei deinen neuen Freunden sein. Ihr esst und lernt gemeinsam. Und in den Ferien werden wir einander wiedersehen. Bis dahin bleibst du tapfer, hörst du?«

»Ich bin mir nicht sicher«, flüsterte Charlotte. »Manchmal kommt der Unsinn einfach über mich.«

Wilhelmine unterdrückte ein Lachen. Die Kleine sagte oft so lustige Dinge!

»Ich weiß«, antwortete Sibylle. »Aber denk daran: Wenn du tapfer bleibst, wirst du hier viele spannende Dinge lernen. In den Ferien wirst du mir davon erzählen, hörst du?«

»Mmh«, machte Charlotte.

»Ich werde dich vermissen, meine Kleine.«

»Ja«, sagte Charlotte nur. Sie rieb sich über den Mund und starrte mit weißen Augen an ihnen vorbei.

»Wird Hedwig noch hin und wieder zu Besuch kommen?«

Wilhelmine lächelte in sich hinein. Es war schön gewesen, zu beobachten, wie die beiden ungleichen Mädchen seit ihrer Begegnung im Zoo Freundinnen geworden waren. Immer wieder war Hedwig auf Charlottes Schulhof aufgetaucht, hatte nach ihr gefragt und sich mit ihr unterhalten. Sie wollte alles darüber wissen, wie Charlotte die Welt wahrnahm – und erzählte der Kleinen, worüber sie sich in ihrem eigenen Leben ärgerte.

»Wenn sie Zeit hat, bestimmt.«

Vorsichtig drückte Sibylle sie an sich, und Wilhelmine spürte, wie die Tränen in ihr aufstiegen. So schwierig es mit dem Kind auch war, wenn es die Frauen nachts schreiend aufweckte oder wie aus dem Nichts um sich schlug, so sehr hatte sie die Kleine auch in ihr Herz geschlossen.

Charlotte hatte so eine entwaffnende Offenheit an sich – und sagte dann wieder viel zu kluge Sätze für ihr Alter. Irgendetwas an ihr hatte Wilhelmine eine gewisse Form von Sicherheit vermittelt. Solange sie mit Sibylle und ihr in einem Raum schlief, lief alles in geregelten Bahnen. Sie waren wochenlang in ihrer eigenen Welt gewesen: Mitten in Berlin, fern von allem, nur zu dritt – und tagsüber, während Charlotte in der Schule war, zu zweit.

Doch nun, als sich Wilhelmine und Sibylle für Monate von dem Mädchen verabschiedeten, anschließend mit einer Mietdroschke zum Bahnhof fuhren, auf den Zug warteten und einstiegen, nebeneinander in der ersten Klasse auf Polstersitzen saßen und aus dem Fenster schauten, fühlte Wilhelmine ganz deutlich, dass sich etwas verändert hatte. Ihre Mission für diese Reise war erfüllt. Was würde nun geschehen? Vielleicht war diese Unsicherheit der Grund gewesen, warum sie zum ersten Mal seit ihrem Weggang einen Brief an ihren Vater geschrieben hatte. Heute morgen, bevor Sibylle aufgewacht war, hatte sie an dem kleinen Tischchen im Hotelzimmer gesessen, und ihre Hand war nur so über das Papier geflogen. Hin und wieder war ihr eine Träne von der Wange getropft und hatte einzelne Buchstaben auf dem Papier aufgelöst. Und doch hatte sie weitergeschrieben, wie im Fieber. Sie hatte erst aufgehört, als alle Worte aus ihr herausgeflossen waren und sie völlig kraftlos, mit nassen Wangen dagesessen hatte.

Diesen Brief trug sie noch immer in ihrer Tasche. Sie würde ihn abschicken, sobald sie in Bonn angekommen waren, in der Villa, die Sibylle beziehen wollte. Die beiden Frauen schwiegen. Dann griff Sibylle nach Wilhelmines Hand. Wilhelmine wandte sich ihr zu, begegnete ihrem tiefen, sehnsuchtsvollen Blick und hielt ihn fest.

27. Kapitel

Franz Stollwerck stapfte in seinem Büro auf und ab. Was sollte er tun? Seitdem ihm der Bonbonverkauf verboten worden war, blieb der Ofen in der Fabrik kalt. Anna Sophia hatte mit den Kindern und dem Haushalt zwar alle Hände voll zu tun, dennoch spürte Franz, dass sie um ihre Bonbons trauerte. Sie sprach in unterkühltem Ton mit ihm – dabei hatte er doch alles versucht und für ihre Karamellen gekämpft! Sämtliche Bestellungen waren storniert, die Gesellen und Arbeiter vorübergehend nach Hause geschickt. Wenn ihm nicht bald eine Lösung einfiel, würde er sie entlassen müssen. Und was sollte dann mit seinen beiden Häusern werden, Fabrik und Wohnhaus sowie Kaffeestube? Natürlich hatte er sie noch nicht fertig abbezahlt. Seine Backware war dank der Kaffeestube zwar wieder gefragt, warf aber bei Weitem nicht genug Gewinn ab. Der Cognac, den er samstags anbot, erzielte zwar ein besseres Ergebnis. Doch mehr Menschen, als auf seinen Stühlen Platz nehmen konnten, würde er nicht bedienen können. Und eine größere Kaffeestube konnte er sich einfach nicht leisten. Missmutig sah er hinüber zu seinem Schreibtisch. Denn dort lag dieser Brief. Franz hatte ihn noch nicht geöffnet – das Siegel schreckte ihn ab. Der Brief war von Victor Mertens und konnte nichts Gutes verheißen. Er griff mit beiden Händen danach. Er könnte ihn einfach in der Mitte entzweiteilen, dachte er. Ein lautes *Ratsch*, und das Problem wäre beseitigt. Oder? Wäre es das wirklich? Seine Geldsorgen würden ihm schließlich bleiben. Victor Mertens und August Arkenberg hatten es mit ihren zahlreichen Prozessen gegen ihn geschafft: Er stand mit dem Rücken zur Wand. Er seufzte, denn er wusste, er hatte keine andere Wahl. Also öffnete er den Brief dann doch.

Mit fest zusammengepressten Lippen las er ihn, wieder und wieder.

An der Tür klopfte es. »Ist alles in Ordnung, Franz?«, hörte er dumpf die Stimme von Theodor.

»Nichts ist in Ordnung.«

Die Tür ging auf. »Kann ich dir helfen?«

»Schau dir das an.« Franz hielt seinem Freund den Brief entgegen. »Mertens hat mir ein Angebot gemacht.« Er lachte bitter auf.

Theodor runzelte die Stirn, hielt sich den Zettel nah an die Augen und las vor: *»Da Ihnen nun leider Gottes die Hände gebunden sind, möchte ich Ihnen ein Stück weit entgegenkommen: Ich erkläre mich bereit, Ihnen Ihre Bonbonfabrik und Ihre Kaffeestube abzukaufen …«* Theodor sah mit gerunzelter Stirn auf. »Abkaufen? Was will er denn mit deiner Bonbonfabrik? Bonbons zu verkaufen ist doch jetzt den Apothekern vorbehalten.«

Franz ballte die Hände zu Fäusten und presste hervor: »Ganz genau. Und deswegen will er sie auch haben. Er wird sicherlich mit diesem schmierigen Arkenberg zusammenarbeiten. Gemeinsam könnten sie Bonbons im großen Stil herstellen und vertreiben. Nicht nur in der Müller-Apotheke, sondern in allen Apotheken des Landes!«

»Und das für diesen lächerlichen Betrag.« Theodor schüttelte den Kopf.

»Er hätte mir auch einfach vor die Füße spucken können«, knurrte Franz.

»Das kannst du nicht annehmen.« Theodor gab ihm den Brief zurück, und Franz knallte ihn mit der flachen Hand auf den Schreibtisch.

»Nein! Aber siehst du eine andere Lösung?«

Theodor senkte den Blick. »Uns wird schon etwas einfallen.«

Franz stemmte die Hände in die Hüften und sah aus dem Fenster.

Theodor schwieg.

Leise meinte Franz: »Also, ich bin ich mir da nicht mehr so sicher …«

Sämtliche Kerzen an den Kronleuchtern flackerten, und ihr Licht wurde von den hohen Spiegeln und den glänzenden Bilderrahmen reflektiert. Draußen war es bereits dunkel geworden. Drinnen hingen die Schwaden von Zigarrenrauch in der Luft, und Franz schenkte Francois Ravaeux und Carl d'Ester zum zweiten Mal in dieser Samstagnacht Cognac nach. Sie lachten, klopften sich auf die Schenkel und schimpften auf die Aristokratie. Franz sah sich um. Die Kaffeestube war gut besucht, an fast jedem Tischchen tranken und rauchten zwei oder drei Herren, und um Francois mit dem verschmitzten Schmunzeln und Carl mit dem gewaltigen Vollbart hatte sich sogar eine Traube an Männern gebildet. Die beiden hatten zahlreiche ihrer demokratischen Freunde ins Café geholt. Nun trafen sie sich jede Samstagnacht, um über die politische Lage des Landes zu debattieren. Es ging um das allgemeine Wahlrecht, die Sorgen der Armen, die Bedingungen für Arbeiter und die Rechte des kleinen Mannes. Manche unter ihnen, wie Theodor, der ebenfalls zwischen den Diskutierenden saß, wünschten sich die Emanzipation der Juden, andere sprachen vor allem über den deutschen Nationalstaat. »Wir brauchen eine Bürgerwehr!«, rief jemand dazwischen. »Es kann doch nicht sein, dass diese preußischen Soldaten hier überall herumstolzieren. Die Macht sollte dem Volk gehören. Wir sollten hier selbst nach dem Rechten sehen und uns bewaffnen dürfen!«

Ein anderer schüttelte den Kopf. »Viel wichtiger finde ich es, dass die Presse nicht länger vom preußischen König zensiert werden darf. Ist es nicht ungeheuerlich, dass Friedrich Wilhelm IV. die Rheinische Zeitung einfach verbieten konnte, weil ihm die Artikel von Karl Marx nicht gefallen haben? Dabei hat der Mann doch ins Schwarze getroffen!«

»Du sagst es – und genau das hat den Preußen nicht gefallen. Natürlich mögen die es nicht, wenn man ihnen ihr geheimes und mysteriöses Staatswesen vor Augen führt. Aber genau das brauchen wir – eine freie Presse und die Möglichkeit, unsere Meinung kundzutun!«

Franz verstand von alldem nicht viel – er hatte seine eigenen Sorgen. Immer wieder dachte er über Mertens' Angebot nach. Musste er es annehmen? Was würde dann aus ihm und seiner Familie werden? Wie sollten sie in Zukunft ihr Geld verdienen?

»Herr Stollwerck, haben Sie noch ein Gläschen für mich?«, rief ein Herr aus der hinteren Ecke, den Franz noch nie gesehen hatte. Er war eine gewaltige Erscheinung mit einem dicken Schnauzer.

»Aber natürlich.« Franz lief zu ihm hinüber, um ihm nachzuschenken. Doch kurz bevor der Flaschenhals das Glas berührte, fragte der Fremde: »Haben Sie vielleicht auch einen Likör für mich?«

Franz hielt inne. »Was hätten Sie denn gern?«

»Einen schönen Kräuterlikör vielleicht.«

»Aber natürlich.«

»Und dazu ein paar Ihrer Bonbons.«

»Das geht leider nicht mehr«, brummte Franz. »Der Bonbonverkauf wurde mir wegen einer Klage der Apotheker verboten.«

Der Mann setzte sich auf und runzelte die Stirn. »Das kann doch wohl nicht wahr sein. Ich bin extra dafür aus Hamburg angereist.« Er strich sich missmutig über den Bauch. »Ich wollte Sie kennenlernen und eine ganze Fuhre mitnehmen!«

»Aus Hamburg?«, fragte Franz erstaunt.

»Bitte entschuldigen Sie. Mein Name ist Johann Heimerdinger.« Er reichte Franz die Hand. »Ich betreibe ein Delikatessengeschäft. Ihre Bonbons haben bei uns einen reißenden Absatz.«

»Ah, Sie sind das! Über Ihre Bestellungen habe ich mich immer sehr gefreut.«

»In Ihrer Bäckerei habe ich Sie nicht angetroffen, und mein Freund Joseph Wolff hier erzählte mir, in der Kaffeestube könnte ich mehr Glück haben.« Er klopfte seinem Sitznachbarn auf die Schulter. Der hatte eine ähnlich stämmige Figur, sein Gesicht zierte allerdings ein schwarzer Backenbart, der Franz' eigenem ähnlich war. Franz kannte ihn flüchtig, er kam in letzter Zeit häufig in seine Stube, um tagsüber Kakao und samstagabends Likör zu trinken.

»Jammerschade«, pflichtete Wolff seinem Freund bei.

»Was höre ich da?« Jetzt stand Carl hinter Franz, legte ihm eine Hand auf die Schulter und sprach leise in seinen Vollbart. Kurz erklärte Franz auch ihm die Situation, und allmählich versammelten sich um sie herum immer mehr Herren, runzelten die Stirnen und klappten entrüstet ihre Münder auf. Wer gerade noch über Demokratie fantasiert hatte, schwärmte nun von den Stollwerckschen Brustkaramellen. Und wer eben noch auf den preußischen König wütend gewesen war, schimpfte jetzt auch auf die Apotheker.

»Wenn ich die Armen in den Krankenhäusern behandle, habe ich immer deine Kamellen in der Tasche. Sie haben schon so vielen Kranken geholfen! Und im Gegensatz zu den Bonbons in den Apotheken sind sie erschwinglich«, sagte Carl.

Heimerdinger winkte ab. »Ach, das Zeug in den Apotheken kannst du doch nicht mal Bonbons nennen! So scharfkantig, rau und bitter, wie die sind …«

»Sie müssen Ihnen die Produktion wieder erlauben!«, rief Wolff. »Wir brauchen Ihre Bonbons.«

»Ich werde dir eine ärztliche Empfehlung schreiben. Und ich bitte einige meiner Kollegen, es mir gleichzutun.«

Franz winkte ab. »Vielen Dank, Carl, das ist wirklich eine große Ehre. Aber vor Gericht haben schon mehrere Ärzte für mich ausgesagt. Und es hat alles nichts geholfen.«

»Das mag ja sein«, wandte Francois ein. »Aber bisher hattest du auch noch keine Freunde wie uns.« Er zwinkerte ihm zu. »Es wird Zeit, die großen Geschütze aufzufahren. Und wir helfen dir dabei. Glaub mir, wir werden gemeinsam einen Ministerialerlass für dich erwirken.«

Franz runzelte die Stirn. »Einen was?«

Francois Ravaeux grinste. »Lass uns mal machen!«

Bald beugten sich die Herren tief über dem Tisch zusammen und entwickelten einen Plan. Franz schenkte ihnen immer wieder Likör nach.

Und während die dunkelgrüne, zähe Flüssigkeit in die Gläser floss, hatte auch Franz eine Idee. Bonbons durfte er vielleicht noch nicht wieder herstellen. Aber wie wäre es, wenn er stattdessen seinen eigenen Likör mit einem ganz ähnlichen Rezept entwickelte und vertrieb? Er könnte ihn in sämtlichen Gaststätten, Theatern, Kramläden und auf Marktständen anbieten. Vielleicht könnte er damit die Zeit überbrücken, in der ihm die Bonbons noch verboten waren. Und die Zutaten könnten – bis auf den Alkohol natürlich – ganz ähnlich sein. Er sollte schon bald mit Anna Sophia sprechen …

Victor Mertens sah von seinem Schreibtisch auf und leckte sich unwillkürlich mit der Zungenspitze über die Lippen. Vor dem Fenster lief gerade sein Mündel Emma mit einem Kinderwagen in Richtung Park. Was hatte sie heute wieder für ein prächtiges Kleid an! Das tiefe Dekolleté leuchtete in der Sonne, ihre runden Schultern glänzten, und das blond gelockte Haar tanzte auf und ab. Erdmuthes Tod hatte ihn zwar peinlicherweise mehr mitgenommen, als er je zugeben würde. Doch das Gute am Tod seiner Mutter und zugleich Emmas Stiefmutter war, dass er nun Vormund für dieses hübsche Kind war.

In letzter Zeit hatte er so viel zu tun gehabt, dass er ihr und seinem Sohn Julius, um den sie sich hin und wieder kümmerte, nur wenig Zeit hatte widmen können. Doch nun schien die Sonne, und er benötigte sowieso eine kurze Pause von seinem Papierkram. Also stand er auf, um Emma zu folgen.

»Emma, liebes Kind!«, rief er ihr nach, und sofort blieb sie stehen und drehte sich zu ihm um.

»Ja, Victor?«

Hinter Emma schaute auch der zweijährige Julius aus dem Kinderwagen zu ihm auf. Sein Sohn. Voller Stolz betrachtete Victor ihn. Gleichzeitig spürte er aber auch einen leichten Stich in der Brust – warum nur konnte Emma nicht die Mutter seines Kindes sein? Sie würde seiner Familie so gut zu Gesicht stehen!

»Ich gehe ein Stück mit euch«, verkündete Victor und schloss zu ihnen auf.

Als sie weiterliefen, streifte seine Schulter immer wieder die seiner Halbschwester. Wie gut sie roch!

»Wie macht sich der Junge?«, fragte Victor sie und betrachtete seinen Sohn mit den blonden Locken und dem ernsten Gesicht.

»Ein wunderbarer kleiner Mann, das sag ich dir. Er ist sehr klug und übt schon fleißig das Sprechen.«

»Er kommt ganz auf seinen Vater. Nicht wahr, kleiner Julius?« Victor beugte sich zu ihm in den Kinderwagen hinein. »Du kommst auf deinen Papa. Gut, dass es nicht anders ist. Es tut mir ja wirklich leid, dir das sagen zu müssen, aber du hast eine schreckliche Mutter, eine furchtbare Person. Glücklicherweise gibt es deine Tante Emma, nicht wahr?«

Emma seufzte. »Hast du immer noch nichts von Sibylle gehört?«

»Ach!« Er winkte ab. »Von dieser Rabenmutter wird auch keine Nachricht kommen! Ihr ist doch völlig egal, wie es ihrem Sohn geht.«

»Unvorstellbar.« Emma schüttelte den Kopf. »Mir tut das so leid, lieber Victor.«

Victor seufzte und unterdrückte ein Schmunzeln.

Seine Behauptung, Sibylle sei in Kur, hatte er zwar erstaunlich lang aufrechterhalten können. Doch in letzter Zeit hatten die Menschen begonnen, Fragen zu stellen. Er war nicht umhingekommen, eine neue Geschichte zu erfinden. Nun glaubte man, Sibylles Ärzte hätten ihr ein Leben abseits der Kölner Geschäfte und des Trubels im Stadtpalast empfohlen. In der Villa in Bonn käme sie einfach besser zur Ruhe. Emma aber ließ sich durch diese Geschichte nicht davon abhalten, die Schwägerin zu besuchen. In Bonn hatte sie schließlich gesehen, wie wenig Ruhe Sibylle bekam. Dennoch hatte sie nicht Victor der Lüge bezichtigt, sondern glücklicherweise ihre Schwägerin. Emma glaubte nun, Sibylle habe eine Krankheit erfunden, um sich ihren Pflichten als Ehefrau und Mutter zu entziehen. Victor hingegen habe es nun wirklich nicht verdient, so von der eigenen Frau verraten zu werden.

Für ihn hätte es nicht besser laufen können, dachte Victor. Er genoss ihr Mitleid in vollen Zügen. Verstohlen sah er sie von der Seite an. Obwohl sie nun schon Anfang zwanzig sein musste, hatte sich ihre Kindlichkeit erhalten. Die kleine Nase, der rote Mund, die hohe Stimme – all das zog ihn an. Sie schlenderte neben ihm her, und sobald sie seinen Blick bemerkte, senkte sie beschämt die Lider. Unwillkürlich musste er an das kleine Apothekermädchen denken. Wie lange das jetzt her war! Aber früher, in einer Zeit, in der er noch nicht verheiratet gewesen war, hatte dieses Mädchen auf eine ganz ähnliche Art den Blick vor ihm gesenkt. Wie lang er daran nicht mehr gedacht hatte! Nun beschwingte ihn diese schöne Erinnerung.

»Emma, liebes Kind. Lass uns doch kurz zu der Bank dort hinübergehen«, sagte er und gab dem Kinderwagen mit einer Hand eine neue Richtung.

»Natürlich.«

Sie liefen um eine Ecke, und Victor bedeutete Emma mit seinem Arm, dass sie sich doch unter einer Trauerweide niederlassen sollte. Was für ein perfekter Ort, dachte er. Die tief hängenden Äste waren wie ein Vorhang. Dahinter würde sie niemand so schnell sehen.

Sobald Emma saß, schob er den Kinderwagen ein Stück beiseite, dann setzte er sich neben sie.

»Meine liebe Emma«, setzte er an und legte den Arm hinter ihr auf die Banklehne.

Mit treuen Augen sah sie ihn an.

»Ich bin sehr glücklich darüber, dass du bei uns bist, weißt du das?«

Er legte die Hand auf ihre warme Schulter. Leicht zuckte sie unter ihm zusammen. Hatte sie etwa Angst?

»Und ich bin froh, bei euch sein zu können«, zwitscherte sie. Emma war ein gutes Mädchen, das wusste er. Sie hatte keine Ahnung davon, wie sie auf Männer wirkte. Nein, ein Mädchen wie sie wusste nichts vom Leben. Wie es sich gehörte, lebte sie in Luxus, trug teure Kleider und schaute hübsch, aber völlig unwissend in die Welt hinaus. Wobei sich *Welt* natürlich vor allem auf die Empfangssäle der eigenen Verwandtschaft und die von Geschäftspartnern beschränkte. Gut so, dachte er und rückte noch ein wenig näher heran. Natürlich durfte er mit ihr nicht das machen, was er damals mit dem kleinen Apothekermädchen angestellt hatte. Schließlich musste er Emma noch strategisch verheiraten. Aber bis dahin wollte er ihre Anwesenheit genießen. Was machte das schon? Er legte seine Hand auf ihr Bein.

»Du bist wirklich ein Juwel, weißt du das?«

Sie schwieg verlegen. Und als sie ein Stück von ihm wegrutschte, rückte er entschieden auf.

»Du brauchst keine Angst vor mir zu haben. Ich würde dir nur gern Danke sagen. Dafür, wie gut du zu Julius bist, und wie du dich auch um seine große Schwester Wilma kümmerst.«

»Ach, das mach ich doch gern.«

»Nein, nein, ich möchte dich in jedem Fall belohnen, kleine Emma.« Er streichelte ihr Bein, und als ihm dabei der Geruch ihres Haares in die Nase stieg, wurde ihm ganz heiß. Sein Körper begann zu kribbeln. Verdammt, dachte er. Wie sollte er nur die Willenskraft aufbringen, nicht weiterzugehen? Er versuchte, sich in Erinnerung zu rufen, dass Emma immerhin seine Halbschwester war, und dass es ihm der Anstand nun wirklich gebot, sich zusammenzureißen. Doch all diese Begriffe erschienen ihm in dieser Situation so abstrakt – Halbschwester, Anstand …

»Sag mir, wie kann ich dich belohnen? Was hast du gern?«

Emma rückte noch ein Stück von ihm weg, und er zwang sich dazu, diesmal sitzen zu bleiben und tief durchzuatmen.

»Ach, ich brauche doch nichts, lieber Victor«, sagte sie und schlug wieder die Augen nieder.

»Ich habe gehört, du trinkst gern Schokolade, oder?«

»Aber natürlich! Sie tut mir so gut.« Sie lächelte übers ganze Gesicht.

»Hast du gewusst, dass ich im Besitz einer Zuckerraffinerie bin?«

»Du?« Fragend sah sie zu ihm auf.

»Aber natürlich. Wir verarbeiten Rohrzucker in riesigen Kesseln.«

»Faszinierend!«

Lehnte sie sich nun etwa ein Stück zu ihm vor?

»Wenn du magst, nehme ich dich einmal mit und zeige dir, wie der Zucker hergestellt wird.«

Da klappte ihr der hübsche Mund auf, und er konnte nicht anders als daraufzustarren.

»Wirklich?«

»Mach dich Montag früh bereit, dann zeige ich dir alles.«

Auf dem Rückweg lag seine Hand auf dem unteren Teil ihres Rückens, und bei jedem Schritt konnte er beinahe ihr Gesäß fühlen. Ach, wie gern er sie einfach hinter einen Busch ziehen würde. Jetzt sofort ... Wie sie ihn wohl anschauen würde?

»Herr Mertens!«, hörte er plötzlich die Stimme seines Büroangestellten. Mit großen Schritten eilte er vom Haus aus über den schmalen Weg auf ihn zu und winkte mit einem Brief. »Ich habe eine Antwort von Franz Stollwerck.«

»So?«

Sofort ließ Victor seine Halbschwester los, um ihm entgegenzugehen. »Was sagt er?«

»Er hat Ihr Angebot abgelehnt, Herr Mertens. Er wird seine Bonbonfabrik behalten.«

Victor spürte, wie ihm die Hitze ins Gesicht stieg. »Abgelehnt? Wie kann er ablehnen? In seiner Situation! Was will er denn bitte mit der für ihn völlig nutzlosen Fabrik?«

Der Angestellte zuckte ratlos mit den Schultern. »Eine Begründung hat er nicht beigefügt.«

»Natürlich nicht!« Ärgerlich riss Victor dem Mann das Schreiben aus der Hand.

Kurz überflog er die Zeilen auf dem Papier und schnaufte. »Dieser Mistkerl …«

Dann holte er tief Luft, richtete sich auf und sagte: »Gut. Er wird schon sehen, was er davon hat. Dann lernt er es eben auf die harte Tour. Geben Sie sofort das Signal: Die Baufirma kann mit dem neuen Projekt beginnen.«

August betrat die Apotheke durch den Hintereingang. Obwohl die Tür quietschte, drehte Gottlieb sich nicht zu ihm um. Knorrig stand er hinter dem Tresen und stützte sich auf die Fingerspitzen. Er schien etwas zu lesen, das zwischen seinen Händen lag.

August räusperte sich. »Ich wäre dann für heute fertig. Ist noch etwas zu tun, Gottlieb?«

Es dauerte einen Moment, bis der Apotheker leise antwortete: »Warte bitte noch einen Augenblick.«

Also schob August die Hände in die Taschen. Das konnte dauern. Doch es war besser, einfach abzuwarten und sich nicht zu rühren, damit Gottlieb sich konzentrieren konnte. In letzter Zeit wurde der alte Herr immer zerstreuter. Wenn August sprach, hörte er oft nicht einmal zu. Er verwechselte die Zahlen im Kassenbuch, bestellte die falschen Medikamente und verkaufte Hustensaft an Menschen, die eigentlich Wundsalbe brauchten. Einmal hatte er sich einfach ins Bett gelegt – in der Überzeugung, es sei tief in der Nacht.

Den klugen, beeindruckenden, oft einschüchternden Mann, der diese Apotheke einst geführt hatte, gab es nicht mehr. Spätestens seit dem ersten Prozess gegen die Stollwercks war er in sich zusammengefallen. Die Schultern waren ganz schmal, die Arme und Beine klapprig, das Gesicht fahl und blass geworden. Auf dem Papier war Gottlieb zwar noch der Apothekenbesitzer, doch er bereitete August oft mehr Ärger und Arbeit, als dass er ihm half. Längst war er selbst derjenige, der diese Apotheke führte. Er traf die Entscheidungen, behielt den Überblick und arbeitete von morgens bis spät abends für beide zusammen.

Augusts einzige Lichtblicke in diesen aufreibenden Tagen waren die Momente, in denen er Elise begegnete. Seine Verlobte war mittlerweile sechzehn Jahre alt und wurde langsam zu einer Schönheit. Die gewellten Haare, die blasse Haut, die fast schon schwarzen Augen gefielen ihm gut. Auch war sie nicht so vorlaut wie ihre ältere Schwester Wilhelmine. Sie hatte ein stilleres Wesen und war fleißig. Schon jetzt führte sie den Haushalt fast allein – nur Betty ging ihr zur Hand. Er stellte sich gern vor, wie er sie eines Tages zu offiziellen Anlässen vorführen und dabei von seiner Apotheke sprechen könnte. Dann wäre er endlich verheiratet, vielleicht wäre bereits das erste von vielen Kindern unterwegs, und das Wichtigste dabei: Er wäre Apothekenbesitzer. Er könnte die Schultern straffen, seinem Bruder und seinem Vater von den neuesten Medikamenten, Entwicklungen und Tests in seinem Hause erzählen und dabei seine Frau am Arm führen. Möglicherweise würde ihm sogar eine ganz besondere Zukunft als Apotheker bevorstehen. Seinen Teil der Abmachung hatte August ja bereits erfüllt: Er hatte gemeinsam mit Gottlieb ein Verkaufsverbot für die Stollwerckschen Brustkaramellen erwirkt. Nun war Victor Mertens am Zug. Wenn er tat, was er versprochen hatte, könnte August nicht einfach nur Apotheker werden. Er könnte auch verdammt viel Geld verdienen.

Schöne neue Welt, dachte er und ließ den Blick über die Regale schweifen, die mit Fläschchen, Karaffen und Dosen gefüllt waren. Wie lange Gottlieb ihn wohl noch auf seine Zukunft warten lassen würde?

»August, ich möchte dich um etwas bitten«, sagte er plötzlich mit überraschend fester Stimme. Er drehte sich zu ihm um und sah ihm in die Augen. Einen so klaren Blick hatte August schon lang nicht mehr bei dem Apotheker gesehen.

»Natürlich, jederzeit.«

Gottlieb stemmte die Hände in die Seiten. Mit einem Mal wirkte er verändert. Er stand aufrechter, fast wirkte er größer als zuvor, und die Spitzen seines weißen Schnurrbarts waren zum ersten Mal seit Tagen ein Stück in die Höhe gezwirbelt.

»Ich habe einen Brief erhalten«, erklärte er.

»Ah«, machte August, ohne zu verstehen, was Gottlieb ihm damit sagen wollte.

»Erst wollte ich ihn nicht öffnen. Aber dann ... Eine Tochter habe ich schon verloren und das ist schlimm genug«, fuhr Gottlieb fort.

August öffnete kurz den Mund, entschied dann aber doch, dass es wohl das Beste wäre, schweigend zuzuhören.

»Ich habe lange darüber nachgedacht und Wilhelmines Brief immer wieder gelesen. Nun habe ich eine Entscheidung getroffen.«

August zog die Augenbrauen hoch.

»Ich kann es nicht zulassen, dass meine Tochter fern der Familie in Bonn lebt – unverheiratet! Sie ist immer noch mein Kind.«

August schluckte. »Sie wollen ...?«

»Ich möchte, dass du gemeinsam mit mir nach Bonn fährst. Wir holen Wilhelmine zurück nach Hause.«

August zwang sich dazu, Gottlieb nicht allzu erschrocken anzustarren. Was sollte das bedeuten? Würde Gottlieb etwa wollen, dass er dieses störrische, unmögliche Frauenzimmer doch noch heiratete? Wie seine Familie auf ihn hinabblicken würde, wenn er sie nach allem, was sie ihm angetan hatte, zur Frau nehmen musste! Das durfte nicht passieren, unter keinen Umständen!

»Und ich soll ...?«

»Du wirst mich auf dem Einspanner begleiten. Du weißt doch, meine Augen sind nicht mehr die besten.«

Fieberhaft überlegte August, wie er seine Frage formulieren konnte. Dann stammelte er: »Aber unsere ... wir hatten ja eine ... Vereinbarung, betreffend ... es bleibt aber doch bei unserer ...«

Doch Gottlieb schien ihm nicht mehr zuzuhören. Er griff schon nach seinem Stock.

»Du kannst dann hier abschließen.«

Und mit diesen Worten hinkte er zur Hintertür hinaus.

28. Kapitel

Anna Sophia mahlte Kräuter in ihrem Mörser, und Franz füllte mit konzentriertem Blick Alkohol und Zucker ab. Ihre kleine Fabrik mit den drei Feuerherden und den langen Arbeitsplatten roch nach Bonbons – auch wenn sie hier keine mehr herstellen durften. Doch statt Karamellen zu kochen, gossen sie Anna Sophias Rezept nun als Kräuterlikör in schmale Flaschen. Der Geruch von Süßholz hing in der Luft, von Mohnblüten und Moos. Dazwischen dampfte der exotische Souchong-Tee, den Anna Sophia mittlerweile nicht mehr von ihrem Vater, sondern direkt am Hafen kaufte.

Anfangs war sie nicht besonders begeistert gewesen. Mit Likör würden sie den Menschen lediglich einen kurzen, schönen Moment verschaffen. Sie glaubte nicht daran, dass er ihrer Gesundheit dienlich sein könnte. Doch Franz hatte sie überzeugt. Mit dem neuen Likör könnten sie die Verluste ausgleichen, so dass sie weder ihre Angestellten entlassen, noch ihr Zuhause verkaufen müssten. Sie bräuchten ja vielleicht nur ein wenig Zeit, um dieses furchtbare Bonbon-Verbot zu kippen. Sie ließ den Mörser kreisen und versuchte dabei, auch ihre Sorgen kleinzukriegen. Doch dann ließ sie ihn mit einem erstickten Schrei in die Schale fallen. Ein heftiger Schmerz fuhr ihr durch den Leib, erschrocken und zittrig klammerte sie sich an die Arbeitsplatte.

»Anna Sophia, was hast du?«

»Es … geht gleich wieder«, stammelte sie und zwang sich, ruhig in den Schmerz zu atmen. Ganz langsam ließ er nach und sie richtete sich auf.

Franz stand jetzt neben ihr und hielt sie fest. »Was ist mit dir?«

Sie hielt die Hände an den Bauch und streichelte ihn sanft. Nachdem ihr monatliches Unwohlsein mehrfach ausgeblieben war, hatte sie Franz kleinlaut von ihrer vierten Schwangerschaft erzählt. Ausgerechnet in dieser schwierigen Zeit! Was sollte er nur davon halten? Zu ihrer Überraschung hatte er sich sehr gefreut. Es würde alles gut werden, hatte er gesagt. Doch dieser Schmerz, den sie gerade gespürt hatte, war neu. Er machte ihr Angst. Wann würde er erneut zuschlagen? Mit gerunzelter Stirn sah Franz sie an. Bei allem, was er gerade im Kopf hatte, wollte sie ihn nicht weiter belasten. Sie würde das schon allein schaffen, entschied sie.

»Mir war nur kurz … schwindelig. Es ist alles wieder gut.«

Sie lächelte Franz an, beugte sich zu ihm hinüber und gab ihm einen Kuss auf die Wange.

In den nächsten Tagen durchfuhr sie der Schmerz immer öfter: bei der Likörherstellung, beim Kochen und Backen, beim Putzen und Wischen. Diese Schwangerschaft fühlte sich anders an als die vorigen. Immer wieder sackte sie plötzlich in sich zusammen und kämpfte mit den Tränen. Sie war so erschöpft, dass sie kaum darüber nachdenken konnte, welche Kräuter ihr vielleicht helfen würden. Was hätte sie darum gegeben, nun ihre Großmutter Gesche aufsuchen zu können! Sie hätte gewusst, was zu tun war, und was ihr und ihrem Kind helfen würde. Doch sie konnte jetzt nicht weg und Franz mit seiner Sorge um das Geschäft alleinlassen. Sie standen nebeneinander, während sie ihren Likör in Flaschen füllten und verkauften.

An einem Montagmorgen stolperten Heinrich und Theodor gemeinsam in die Bäckerei hinein. Sie stießen mit den Armen gegeneinander und blieben beinahe stecken.

»Nach dir«, sagte Theodor, und gleichzeitig rief Heinrich: »Du zuerst.« Sie lachten und kämpften sich dann doch gemeinsam durch die Tür. Hinter ihnen schlurfte Koloman herein und grinste schief.

»Na, ihr drei habt ja gute Laune!«

Anna Sophia hoffte, dass ihre Worte nicht vorwurfsvoll klangen.

Wenn sie auch müde und schwach war, so freute sie sich doch, ihre Freunde zu sehen.

»Wir haben allen Grund dazu!«, rief Heinrich.

Auch der elegante Theodor nickte vergnügt. »Wir haben die besten Neuigkeiten, liebe Anna Sophia.«

Er zog einen Zettel aus der Tasche und faltete ihn auseinander. »Dies hier ist ein Ministerialerlass.«

»Ein was?«

»Francois hat ihn mir gerade gegeben, ich soll ihn so schnell wie möglich Franz zeigen. Wo ist er?«

»Auf dem Markt ... Was hat das zu bedeuten?«

Heinrich stieß Theodor in die Seite. »Nun sag es ihr schon!«

Theodor räusperte sich und verkündete: »Wir haben es geschafft. Gemeinsam mit Francois hat Franz einen Ministerialerlass erwirkt.«

»Ja und weiter?« Ungeduldig beugte sich Anna Sophia nach vorn. Sie hatte keine Ahnung, was sie ihr damit sagen wollten.

»Laut diesem Erlass ist es, ich zitiere: *den Konditoren des ganzen preußischen Staates nicht verwehrt, Karamellen, Bonbons und andere Waren herzustellen und zu verkaufen.*«

Anna Sophia klappte der Mund auf. »Das ist nicht wahr!«

»Doch!« Heinrich lachte. »Das ist es!«

»Ihr habt es geschafft?!«

»Ihr könnt noch heute loslegen«, verkündete Koloman.

»Kein einziger Prozess mehr?«

»Nie wieder!«

»Wir dürfen Bonbons herstellen?«

»So viele wie ihr wollt!«

Anna Sophia spürte, wie sich ein riesiges Glücksgefühl in ihr ausbreitete. Sie würde wieder Bonbons kneten und rollen! Sie könnte den Menschen wieder helfen! Zumindest, sobald sie selbst zu Kräften käme ... August und ihr Vater standen ihr nicht länger im Wege. Die Stollwercks hatten nach all den Mühen, den Rückschlägen und Schwierigkeiten doch noch gewonnen! Sie konnte ihr Glück kaum fassen und warf vor Freude die Arme in die Luft. Und dabei vergaß sie für einen kurzen Moment den immer wieder aufwallenden Schmerz in ihrem Unterleib.

Kaspar erwachte mit dem ersten Sonnenstrahl. Schnell sprang er auf und schlüpfte in seine Hose.

»Hey, Rudolf, Ernst!«, rief er und warf den Kammergenossen ebenfalls ihre Hosen zu. »Es wird Zeit.«

Während sie sich murrend anzogen, öffnete Kaspar, wie jeden Morgen, das kleine Fenster, atmete tief ein und sah nach draußen in den Hof des Klingelpütz. Noch waren die Insassen in ihren Zimmern. Gedankenverloren betrachtete er die kahlen Pflastersteine, die nackten Wände, die fest verschlossenen Hoftüren. Seltsam, dass manche Verbrecher ungestraft davonkamen, während andere jeden Tag innerhalb der Mauern verbrachten und die Sonne nur noch von diesem Hof aus sahen. Nach allem, was Kaspar getan hatte, hätte er es verdient, im Klingelpütz einzusitzen. Und dennoch war er frei und konnte tun, was er wollte. Doch konnte er das wirklich? Er ging im Morgengrauen in die Fabrik und kehrte erst bei Dämmerung nach Hause zurück. Er hatte kaum Zeit und Kraft, um sich frei zu bewegen – seit Wochen war er nur im Haus der Statz und in der Raffinerie gewesen. Auf der Suche nach seiner Tochter war er keinen Schritt vorangekommen. Vielleicht war das ja seine gerechte Strafe, überlegte er. Ob er mit diesem Leben den Mord an Wilhelm sühnen musste? Noch schlimmer lastete auf ihm, dass er es nicht geschafft hatte, seine Familie zu beschützen.

Ein Schatten riss ihn aus seinen Gedanken. Was war das? Kaspar beugte sich ein Stück aus dem Fenster. Dort unten, an der Mauer – bewegte sich dort etwas? Ja, eine gebückte Gestalt schlich an der Wand entlang und tastete die Steine ab. Das war ein Mann, verstand Kaspar. Und dieser Mann wollte ausbrechen.

Immer wieder schafften es Gefangene, aus dem Kölner Gefängnis zu türmen. Erst vor wenigen Wochen war einer Gruppe von drei Landstreichern der Ausbruch gelungen, alle Zeitungen hatten davon berichtet. Die Kontrollen waren nachlässig, die Mauern zu nah am Wohngebiet, und überall gab es Sicherheitslücken. War Kaspar nun der einzige Zeuge eines weiteren Ausbruchsversuchs? Nachdenklich befeuchtete er seine Lippen. Vielleicht war der Mann ja unschuldig, überlegte er. Und die Verhältnisse in diesem Gefängnis waren sicher schlimm. Vielleicht hatte er gute Gründe, das Weite zu suchen? Und doch …

Kaspar bemerkte kaum, dass er eine Entscheidung traf. Stattdessen rannte er schon an seinen verdutzt dreinschauenden Kammergenossen vorbei, den Flur und die Treppe hinunter, auf die Straße hinaus. Er legte den Kopf in den Nacken. Die Mauer ragte vor ihm in den Himmel – niemand war zu sehen. Hatte er sich den Schatten nur eingebildet? Da hörte er dumpf und leise ein Schnaufen. »Verdammt«, fluchte eine halblaute Stimme, dann ächzte jemand. Schnell duckte sich Kaspar in den Schatten der Mauer und beobachtete, wie über ihm eine Gestalt auftauchte. Sie knotete etwas an einen der Steine – ein Bettlaken vielleicht? – drehte Kaspar dann ihren dürren Hintern zu und begann, sich abzuseilen. Kaspar hielt den Atem an, während ihm ein hagerer Mann mit einem kugelrunden Kopf entgegenkam. Kaspar wartete, bis er am Boden angekommen war, dann stürzte er sich auf ihn, drehte ihn auf den Bauch und hielt seine Arme fest.

»Verdammt, was soll die Scheiße«, brüllte der Mann und wehrte sich mit aller Kraft. »Lass mich sofort los, du Mistkerl. Hände weg!«

Doch Kaspar sagte kein Wort. Stumm hielt er ihn fest, bis Ernst und Rudolf, die hinter ihm aus dem Haus der Statz kamen, zwei Gefängniswärter herausgerufen hatten. Die zerrten den Gefangenen auf die Beine.

»Verräter«, sagte der noch und spuckte Kaspar vor die Füße, bevor die Wärter ihn zurück ins Klingelpütz schoben.

Den ganzen Tag musste Kaspar an den Gefangenen denken. Während er die heiße Raffinerie kehrte, fragte er sich, ob er die richtige Entscheidung getroffen hatte. Und während er Kohlen schippte, um sie zu den Kesseln zu bringen, überlegte er, ob diesem Mann nicht genauso die Freiheit zustehen würde wie Kaspar selbst. Vielleicht war es aber auch umgekehrt. Kaspar hätte wohl ebenso die Gefangenschaft verdient wie dieser Fremde.

Er war so in seine Gedanken vertieft, dass er das Paar, das auf der oberen Ebene der Fabrik umherlief, kaum bemerkte. Erst als der Mann wild mit seinem Stock gestikulierte, begann Kaspar, die Fremden zu beobachten. Der Herr schien einer jungen Dame mit blonden Locken die Fabrik zu zeigen. Kaspar unterdrückte ein Schnaufen. Sie besahen die Maschinen und die Arbeiter, als würden sie auf einem Viehmarkt einkaufen. Nein, viel eher, als würde ihnen all das bereits gehören. Sie kamen ein Stück in seine Richtung und stiegen die Treppe hinunter. Der Mann trat vorsichtig auf, als könne er so den Schmutz von seinen glänzenden Schuhen fernhalten, und das Fräulein hob sorgfältig ihre Röcke. Es trug ein weites Kleid aus grünem Stoff, das in der grauschwarzen Raffinerie hell leuchtete. Die beiden gehörten nun wirklich nicht hierher. Kaspar wollte sich schon wieder seinen Kohlen widmen, als er die säuselnde Stimme des Mannes vernahm.

»Pass auf, dass du den Arbeitern nicht zu nah kommst, Kind. Es sind schmutzige Männer mit fürchterlichen Trieben. Eine so schöne Frau wie du wird sie sicher auf schlimme Gedanke bringen.«

Kaspar runzelte die Stirn. Er bekam mit einem Mal Lust, ihm mit seiner Schaufel eins überzuziehen.

»Hab keine Angst, liebe Emma. Ich werde nicht von deiner Seite weichen und dich beschützen.«

Kaspar unterdrückte ein belustigtes Schnaufen. Das würde er ja gern mal sehen, dachte er. Diesen aufgeblasenen Lackaffen könnte wahrscheinlich auch der zwölfjährige Rudolf überwältigen.

Der Mann drehte sich zum Fräulein um, das offenbar Emma hieß, warf ihm ein breites, schmieriges Grinsen zu und stieß dabei mit seinem Fuß gegen einen Sack. Er kippte um, eine schwarze Wolke stob auf, und Kohlen rollten über den Boden bis zu einem der großen Kessel hinüber.

»Verflucht!«, rief Albert. »Wer um alles in der Welt … Oh.« Erst jetzt entdeckte er den feinen Herrn, der da in der Fabrik herumspazierte, und kratzte sich verlegen am Kopf. »Herr Mertens, bitte entschuldigen Sie. Ich wusste ja nicht …«

Mertens … Kaspar hatte mal gehört, dass der Besitzer der Fabrik so hieß. War er tatsächlich höchstpersönlich hergekommen? Und Kaspar hatte schon darüber nachgedacht, ihn mit seiner Schaufel zu verhauen! Gut, dass er sich damit noch zurückgehalten hatte, dachte er.

»Rudolf, räum das auf!«, rief Albert.

Sofort rannte der Junge herbei und machte sich an die Arbeit. Auch Kaspar sollte weiterschaufeln, doch da bemerkte er im Augenwinkel, dass dieses Fräulein ihn ansah. Leicht drehte er den Kopf. Es stand da, eine Hand auf den Bauch gelegt, die andere ordnete eine Locke, die ihr wohl aus der Frisur gefallen war. Es hatte rote Wangen und rote Lippen. Sein Gesicht war auffallend schön, doch das war es nicht, was ihn innehalten ließ. Nein, es war ein Ausdruck in seinen Augen.

Diese Emma starrte ihn unverhohlen an, wie man wohl ein Tier im Zoo beobachtete – aus sicherer Entfernung, aber auch überheblich. Für sie war er vielleicht ähnlich wie ein Löwe. Exotisch, triebhaft, gefährlich. Doch irgendetwas passte nicht in dieses feine, elegant geschminkte Gesicht. War es Neugier? Mut?

»Liebes, lass dir helfen.« Mertens pirschte sich plötzlich von der Seite an sie heran. Kaspar sah, wie sie schnell ihren Blick von ihm löste und Mertens mit flatternden Lidern entgegenblickte. Einen Schritt wich sie zurück, doch er griff nach ihrer Taille und zog sie an sich heran. Dann begann er, an ihren Haaren herumzufingern. Er versuchte, ihre Locken wieder in die Frisur zu schieben, brachte sie aber noch mehr in Unordnung. Emma hielt still, während sich ihr ganzer Körper zu verkrampfen schien.

»Lass das doch, Victor«, sagte sie leise.

»Ich hab's gleich«, behauptete er, und Kaspar fragte sich, warum seine andere Hand dabei auf ihrer Taille liegen musste. Langsam wanderte sie sogar an ihrem Kleid hinauf.

»Victor, mein lieber Bruder, bitte hör auf damit.«

Die beiden waren gar nicht verheiratet, sie waren Geschwister? Ein wirklich seltsames Verhalten für einen Bruder, dachte Kaspar, und begann unwillkürlich mit den Zähnen zu knirschen.

»Ach, meine süße Emma«, säuselte Mertens, hob die Hand, berührte dabei wie aus Versehen ihr Dekolleté und legte seine Finger an ihr Kinn. »Ich möchte dir doch nur helfen.«

Kaspar wurde schlecht.

»Ich glaube, das Fräulein braucht Ihre Hilfe nicht«, sagte er plötzlich mit fester Stimme und stützte sich auf seine Schaufel.

Ungläubig wandte Mertens den Kopf und starrte Kaspar mit schmalen Augen an. Innerhalb von Sekunden wurde sein Kopf rot.

»Was glaubst du, wen du vor dir hast?«, polterte er los.

Kaspar befeuchtete sich die Lippen und legte den Kopf schief. Natürlich wusste er, dass er gerade ein großes Risiko einging, seine Stelle zu verlieren. Doch er konnte bei einem Schauspiel wie diesem nicht einfach zusehen. Nicht nach allem, was seiner Margaretha vor vielen Jahren passiert war. Sollte Mertens ihn doch rauswerfen. Dann hätte er wenigstens einen guten Grund, die Fabrik hinter sich zu lassen. Seinen Lebtag wollte er in dieser düsteren Hitze sowieso nicht verbringen.

»Ich spreche mit einem Herrn, der ein Fräulein bedrängt«, sagte er also und trat noch einen Schritt vor.

»Wie kannst du es …?!«

»Vielleicht war es ja nur ein Missverständnis. Vielleicht ist er aber auch ein Mann mit *fürchterlichen Trieben* und *schlimmen Gedanken.*«

»Was erlaubst du dir …?!«

Da hörte Kaspar plötzlich Schreie. Er drehte den Kopf und sah, wie die Männer vom großen Kessel sprangen und davonrannten. »Der geht gleich in die Luft!«, rief einer. Blitzschnell sah Kaspar sich um. Rudolf, der gerade noch Kohlen in einen Korb geschaufelt hatte, hockte noch direkt vor dem Kessel. Erst jetzt sah er auf.

»Weg da, Rudolf!«, schrie Kaspar und rannte auf ihn zu. Er wollte ihn wegstoßen und mit sich reißen, doch es war zu spät. Schon fühlte Kaspar den Boden unter sich beben und heiße Luft wie eine Welle über ihn hinwegrollen. Die Explosion ließ ihn taumeln und rücklings fallen. So schnell er konnte, rappelte er sich wieder auf und sah sich um. Nur ein paar Schritte von ihm entfernt lag Rudolf reglos auf dem Boden. Kaum sah Kaspar, wie Ernst zum Steuerrad am Kessel rannte, aus dem Flammen aufschlugen, und das Feuer mit einem Stoff erstickte, vielleicht einem Mantel. Er achtete nur auf Rudolf, rannte zu ihm, ließ sich neben ihn sinken und schüttelte ihn. »Rudolf! Rudolf, wach auf«, rief er. Gesicht und Weste des Jungen waren voller Ruß, und als er langsam die Augen öffnete, leuchtete das Weiß in ihnen hell. Er lebte!

»Es … geht mir gut«, stammelte Rudolf tonlos. Doch Kaspar war sich sicher, dass er log. Denn sein Hemd hing in Fetzen an seinem Körper, und sein rechter Arm war tiefschwarz.

»Gott im Himmel!«, hörte Kaspar eine hohe Frauenstimme. Er drehte sich halb zu Emma um. Die behandschuhten Hände hatte sie sich vor den Mund geschlagen, und ihre runden Augen starrten Kaspar an. Ohne zu blinzeln fixierten sie ihn, nur ihn. Kurz erwiderte er ihren Blick. Was für ein riesiger Dummkopf er doch war, schalt er sich dann selbst. Rudolf lag halb verbrannt vor ihm! Sofort riss er sich wieder vom Anblick der Frau los und rief nach den anderen Arbeitern. Er zog seine Jacke aus und deckte den immer heftiger zitternden Rudolf damit zu. »Wir brauchen eine Trage! Wir müssen ihn zu einem Arzt bringen!«, rief er.

Und als er Rudolf endlich mit Albert und Ernst abtransportieren konnte, da war das Fräulein verschwunden.

Kaspar konnte es kaum glauben: Am Montag, den 3. August 1846, schickte der Vorsteher ihn, Ernst und Albert am frühen Abend nach Hause, damit sie an der Martinskirmes teilnehmen konnten.

»Ist das normal?«, flüsterte er Albert zu, während sie ins Freie hinaustraten. Sollte er wirklich mit den anderen auf das Fest gehen? Eine solche Gelegenheit war selten – er könnte sie auch nutzen, um nach Lina zu suchen. Doch wo sollte er so spontan anfangen? Die Waisenhäuser und Anstalten hatten andere bereits für ihn abgeklappert. Er konnte nicht einfach an sämtlichen Haustüren Kölns klingeln. Aber wenn Lina in der Stadt wäre – vielleicht würde sie sich die Feierlichkeiten ja ebenfalls anschauen? Hoffnungsvoll pflückte er also einen langen Grashalm vom Wegesrand, steckte ihn sich in den Mund und ging weiter. Der zweite Bodenknecht wiegte gerade den Kopf hin und her.

»Ich bin mir nicht sicher, was dieser freie Tag zu bedeuten hat. Es könnte an dem Vorfall mit Rudolf liegen. Vielleicht zeigt aber auch unsere Sache erste Erfolge.«

»Unsere Sache?« Kaspar runzelte die Stirn. Sie liefen gerade die Gasse hinunter und hielten sich dann rechts in Richtung Alter Markt. Kaspar kannte Kirmesfeste bisher nur aus Höhenforst. Dort kamen einmal im Jahr die Bewohner aus den umliegenden Ortschaften im Gasthaus zusammen, um gemeinsam zu trinken und zu tanzen. Wie würde wohl eine Kirmes mitten in Köln aussehen?

»Du denkst, es hängt mit der Arbeiterbewegung zusammen?«, fragte Ernst und wurde bei jedem Wort lauter, da er einen Arbeiter übertönen wollte, der betrunken singend über den Weg taumelte. Von der Seitengasse traten gleichzeitig zwei Soldaten auf den Betrunkenen zu. »Ruhe!«, brüllte einer ihn an. Doch er grinste und sang nur etwas leiser weiter.

Kaspar war schon oft aufgefallen, dass diese Stadt vor Soldaten nur so wimmelte. Albert hatte ihm einmal erklärt, dass sie meist evangelisch waren, aus Preußen kamen und der König sie eingesetzt hatte, um die feierwütigen Rheinländer in Schach zu halten. »Aber ist hier nicht auch Preußen?«, hatte er gefragt.

»Ach, Unsinn.« Albert hatte abgewunken. »Guck dir diese steifen Protestanten doch nur mal an! Wir Rheinländer sind Frohnaturen! Wir sind von einem ganz anderen Schlag.«

Umso näher Kaspar und die anderen nun dem Alter Markt kamen, desto zahlreicher wurden die Uniformierten. Sie trugen hohe Helme, blaue Jacketts mit doppelter Knopfleiste, und an ihren Gürteln baumelten lange Säbel. Gleichzeitig wurde aber auch die Anzahl der taumelnden, lachenden und singenden Kölner größer. Hier und da standen Arbeiter, Dienstboten, Bürger und Aristokraten in kleinen Gruppen beieinander, stießen mit Bier an und tanzten auf der Straße. Kaspar reckte den Hals, doch obwohl er hier und da Kinder sah, konnte er keine Lina unter ihnen ausmachen. Rund um den Alter Markt wurden die Gasthäuser immer voller, laute Musik und Gelächter dröhnten auf die Straße hinaus.

»Vielleicht spüren die Vorarbeiter in der Raffinerie, dass sie nicht mehr alles mit uns machen können«, überlegte Albert, während sie den Feiernden auswichen.

»Was meint ihr denn mit *Arbeiterbewegung*?«, fragte Kaspar, während er auf seinem Grashalm kaute.

»Du solltest dich uns anschließen, Kaspar!«, rief Ernst, und Albert nickte. »Wir fordern mehr Lohn und bessere Arbeitszeiten. Wir wollen, dass sich etwas ändert. Wenn wir unser ganzes Leben so schuften müssen, ohne ordentlich essen zu können, kann man uns auch gleich in diesen Kessel werfen, das sag ich dir. Guck dir nur Rudolf an! Selbst wenn er gesund wird – wie soll er mit seinem Arm arbeiten? In der Raffinerie werden sie ihn sicher nicht mehr einstellen. Dabei ist ihm das nur wegen diesem vermaledeiten Ort überhaupt passiert!«

»Wir treffen uns ab jetzt immer mittwochs«, sagte Albert mit Seitenblick auf Kaspar. »Bist du dabei?«

In dem Augenblick stieß Kaspar mit einem Soldaten zusammen. Und obwohl er beschwichtigend beide Arme hob und einen Schritt zurücktrat, trafen ihn zwei Hände heftig an der Brust, so dass er zurücktaumelte.

»He, was soll das?«, knurrte Kaspar.

»Er hat doch überhaupt nichts gemacht!« Ernst wollte gerade schon auf den Soldaten zustürmen, doch Kaspar hielt ihn zurück.

»Lass ihn«, zischte er und zog Ernst mit sich.

Gerade kamen sie auf dem Marktplatz an. Überall waren Verkaufsstände und Vergnügungen aufgebaut: Die Menschen zielten auf bemalte Dosen, warfen mit Pfeilen und zündeten Feuerwerkskörper. Dazwischen wurden Käsetürme neben Kölnisch Wasser, Gemüseberge neben Tongeschirr feilgeboten. Sogar hinter den weit geöffneten Fenstern der bunten Fachwerkhäuser lachten und sangen die Leute, stießen an und tanzten, und immer wieder flogen Raketen auf den Alter Markt nieder.

Kaspar schob die Hände in die Hosentaschen, kaute genüsslich auf seinem Halm und drehte sich im Kreis. Sicher würde das auch Lina gefallen. Wie bunt dieser Platz war, wie lustig das Stimmengewirr, wie betörend die unterschiedlichen Gerüche! Nur das Gebrüll der Soldaten störte die Fröhlichkeit.

»Unterlassen Sie sofort das Zündeln!«, schrie einer von ihnen.

»Bei der nächsten Rakete räumen wir das Haus!«, schrie ein anderer.

Albert grinste und breitete die Arme aus. »Ich würde sagen, wir brauchen Bier!«

Kaspar hatte schon so lange kein Bier mehr getrunken! Er befühlte seine Münzen in den Taschen. Wie viel durfte er ausgeben, um noch genug Belohnung für denjenigen zu haben, der ihm Hinweise auf Lina geben könnte?

»Ich lade euch ein«, verkündete Albert, und bevor Kaspar protestieren konnte, lief er schon zu einem der Stände hinüber.

Kaspar sah zu Ernst. »Ich werde diese Runde nicht erwidern können«, brummte er.

»Glaub mir, das weiß Albert.«

Aus der Ferne sah Kaspar, dass der kleine Heinrich aufgetaucht war und seinen Bruder lachend in die Mangel nahm. Gleichzeitig stieg Kaspar der strenge Geruch von faulen Eiern in die Nase. Er runzelte die Stirn und sah sich um.

»Was machst du?«

Ernst hielt ein kleines, brennendes Hölzchen in der Hand und zündete sich damit eine Zigarre an.

»Ich feiere, Kaspar. Ich feiere.« Er schwenkte das Hölzchen, um es zu löschen, und zog an der Zigarre.

»Was ist das?« Kaspar deutete auf das Stäbchen, das Ernst nun fallen ließ.

»Hast du noch nie Lucifers gesehen? Sie stinken furchtbar, ich weiß. Sie werden mit Schwefel hergestellt. Aber dafür kannst du mit diesen neuartigen Dingern überall Feuer machen. Auf einer Kirmes ist das nicht schlecht – nicht nur wegen meiner Zigarre.« Er zeigte auf ein Fenster hinter Kaspar, in dem gerade ein Mann einen Feuerwerkskörper zündete und in hohem Bogen auf den Marktplatz warf. Kaspar lachte leise und trat einen Schritt zurück, um nicht getroffen zu werden.

»Darf ich mal?«, fragte er. Erst einmal in seinem Leben hatte er an einer Zigarre gezogen. Das war vor Jahren in der Höhenforster Schenke, als der Dorflehrer zu Besuch war. Er hatte schon fast wieder vergessen, wie es geschmeckt hatte. Ernst reichte sie ihm, Kaspar warf seinen Grashalm weg und führte sie mit Daumen und Zeigefinger zum Mund.

»Nicht einatmen, nur paffen«, mahnte Ernst. Doch Kaspar hustete schon. Sobald er sich beruhigt hatte, rückte er sich seinen Schlapphut zurecht und versuchte es noch einmal. Ein herber, würziger Geschmack erfüllte seinen Mund. Er war nicht wirklich angenehm, aber spannend. Kaspar schloss die Augen. So schmeckte das Abenteuer, dachte er, die Rebellion, die Freiheit. Er nickte leicht, schmunzelte und atmete den Rauch langsam wieder aus.

»Hee!« Eine wütende Stimme riss ihn aus seinen Gedanken. Er drehte den Kopf und sah gerade noch, wie ihm eine große Hand die Zigarre aus den Fingern schlug und ihn dann heftig zurückstieß. »Rauchen auf offener Straße ist verboten!«, polterte der Soldat und trat auf Kaspar zu.

Kaspar hob beide Hände. »Wir wollen keinen Streit«, sagte er mit ruhiger Stimme.

Voller Wut trat der Soldat die Zigarre auf der Straße aus, starrte ihn mit funkelnden Augen an und wollte sich gerade schon abwenden. Doch Kaspar konnte es sich einfach nicht verkneifen. »Was die Preußen so alles verbieten«, brummte er. »Kein Wunder, dass das Militär ständig schlechte Laune hat. Ein Heer von Miesepetern ...«

Da wirbelte der Soldat wieder zu ihm herum und schlug ihm mit der Faust mitten ins Gesicht. Überrascht hielt Kaspar sich die Nase.

»Was soll das?« Ernst stellte sich dem Mann in den Weg, doch sofort kamen drei weitere Soldaten dazu, schoben Ernst zur Seite und knöpften sich Kaspar vor. Einen konnte Kaspar noch von sich stoßen, doch der nächste packte ihn am Kragen und boxte ihm in den Bauch. Kaspar keuchte und würgte.

»Was soll das?«, hörte er weit entfernt Alberts Stimme. Dann flog der erste Stein durch die Luft und traf einen Soldaten am Rücken. Sofort zog der seinen Säbel und hieb damit auf den Mann ein, der ihm am nächsten stand: ein unbeteiligter Arbeiter mit erschrocken aufgerissenen Augen. Und dann ging alles so schnell, dass Kaspar kaum hinterherkam. Zuerst sah er die leuchtenden Funken eines Feuerwerkskörpers, der durch die Luft sauste. Er explodierte an der Schulter des Soldaten, der gerade noch Kaspar geboxt hatte. Er schrie auf und taumelte zurück. Augenblicklich zogen sämtliche Soldaten ihre Säbel und Bajonette. Auch die Menschenmenge auf dem Alter Markt, die gerade noch so ausgelassen gefeiert hatte, verwandelte sich in ein wütendes Tier. Verkaufsstände wurden umgestoßen, die Spielzeuge als Wurfgeschosse verwendet, und die Soldaten schlugen nun nach jedem, der keine Uniform trug, hoben die Gewehre in die Luft und stießen sie den Menschen so heftig gegen die Köpfe, dass sie umfielen wie vorhin noch die bunt bemalten Dosen. Gott sei Dank hatte Kaspar hier nirgendwo Lina gesehen! Überall war Geschrei zu hören, Fäuste und Raketen flogen, Blut quoll aus frischen Wunden, und die Bajonette blitzten im Licht der Feuerwerkskörper. Einige Soldaten stürmten die Wohnhäuser, um die Bewohner an den Fenstern festzunehmen. Andere prügelten erbarmungslos auf die Menge zwischen den Verkaufsständen ein.

»Die Feier ist vorbei«, stellte Kaspar zähneknirschend fest, griff nach Ernsts Hemd und zog ihn mit sich.

»Kommt«, sagte er auf dem Weg auch zu Heinrich und Albert. Und alle vier liefen gebückt und mit wachsamen Augen durch die wütende Menschenmenge.

29. Kapitel

Wilhelmine lag mit einem Buch auf dem Kanapee und starrte auf die Seiten, ohne ein Wort zu lesen. Sibylle war draußen im Garten, in der Villa hörte man hier und da das geschäftige Treiben der Dienstmädchen, viel lauter kreisten in Wilhelmines Kopf die Gedanken. Jetzt, da die Reise beendet und sie wirklich in Bonn bei Sibylle angekommen war, konnte sie kaum glauben, was sie getan hatte. Sie hatte sich ihrem Vater widersetzt. Sie war abgehauen – und lebte nun bei einer reichen Frau, fern der Familie! Unverheiratet, ohne Absicherung für die Zukunft. Dieses Leben war das, was sie wirklich wollte, Wilhelmine war an Sibylles Seite so glücklich wie noch nie zuvor in ihrem Leben. Wenn sie nicht las, schrieb sie ein Gedicht nach dem anderen. Sie hatte sogar eine Idee für eine Novelle – sie wollte um jeden Preis bleiben. Und doch – wenn sie darüber nachdachte, machte dieses Glück ihr auch Angst. Was, wenn es irgendwann endete? Was, wenn Sibylle sie eines Tages vor die Tür setzte? Einen Mann wollte sie nicht heiraten. Doch wenn es einmal nötig würde – wäre sie dann schon zu alt dafür? Wie sollte sie ohne ihren Vater überhaupt eine Mitgift aufbringen? War die Entscheidung für Sibylle am Ende eine Entscheidung, die sie in den Abgrund reißen würde?

»Wilhelmine! Wilhelmine, schau dir das an!« Sibylles Stimme gellte durch das offene Fenster zu ihr herein. Wilhelmine sprang vom Sofa auf und ließ das Buch fallen.

»Was ist los?«

»Du musst herkommen, schnell!«

Also raffte sie ihren Rock und eilte durch die helle, opulent geschmückte Wohnstube mit dem offenen Kamin und dem langen Bücherregal. Noch heute Abend würden sie hier wieder ihren Salon veranstalten – wer diesmal wohl zu Gast sein würde? Sie hoffte inständig, dass

Nette heute noch ankäme und neue Gedichte im Gepäck hätte. Außerdem wäre es wunderbar, wenn Johann Nepomuk wieder vierhändig mit Sibylle Klavier spielen würde! Sie hatte selten etwas so Schönes gehört, wie ein gemeinsame Konzert ihrer Freundin mit dem Schüler Mozarts. In Wilhelmines Magen kribbelte es vor Aufregung, wenn sie daran dachte. Sie lief auf den Flur hinaus, zum Foyer mit den prächtigen Gemälden an den Wänden und schließlich auf die Terrasse. Hier draußen duftete es nach den unterschiedlichsten Blumen, die gerade im Garten vor Sibylles Villa blühten. Die Sonne stand hoch am Himmel, und die Luft flirrte von der Wärme.

»Wo bist du?«, rief Wilhelmine und sah sich um.

»Hier! Ich bin hier drüben!«

Zwischen hohen Stauden sah Wilhelmine eine Hand winken. Schnell lief sie darauf zu.

August und Gottlieb sahen sich an. »Hast du das gehört?«

Ihr Einspänner hatte gerade vor einer herrschaftlichen Villa angehalten. Sie sahen auf den mit hohen Hecken, jungen Bäumen und bunten Büschen bepflanzten Garten, der sich davor erstreckte.

»Es war nicht zu überhören«, brummte Gottlieb, stand auf und sprang erstaunlich leichtfüßig von der Kutsche. Diese Reise weckte in ihm wohl neue Lebensgeister, dachte August. Schon auf dem Weg hierher hatte er so viel mit ihm geplaudert wie schon seit Monaten nicht mehr. Er schien tatsächlich Hoffnung zu haben, dass er Wilhelmine heute wiedersehen und mit nach Hause nehmen würde. August wusste nicht, was er davon halten sollte. Wie sollte er reagieren, wenn er sie sah? Noch immer brannte sein Magen vor Enttäuschung, Wut und Scham, wenn er an seine ehemalige Verlobte dachte. Die Zweite, die ihn abgelehnt hatte … Er kniff die Lippen zusammen, folgte Gottlieb und klemmte sich sein Monokel zwischen Augenbraue und Wange. Das Pferd band er kurzerhand an einem Pfosten des Gartenzauns fest, dann liefen sie schweigend auf den Eingangsbereich der Villa zu.

»Was hast du denn? Ist alles in Ordnung?« Wilhelmine entdeckte Sibylle hinter einer jungen Kastanie. Ihre Haare hatte sie hochgedreht und geflochten, ihre Nase leuchtete spitz in der Sonne, und ihr Kleid floss in hellem Rot an ihrem zarten Körper herab – Wilhelmine musste sich zwingen, nicht in diesem Anblick zu versinken. Wie sollte sie diesem Leben widerstehen, das Sibylle ihr bot?

»Schau dir das an, die Chrysanthemen blühen! Sind sie nicht wunderschön?« Sibylle deutete auf die Blumen: ein kleines Blütenmeer in weiß, blau, violett und gelb.

Wilhelmine trat einen Schritt auf sie zu. »O ja, das sind sie.«

August sah an der Fassade der Villa hinauf. Was für eine Opulenz, dachte er. Sie war aus hellen Steinen erbaut, Erker und kleine Türmchen ragten in den Himmel, die Fenster waren mit Ornamenten verziert, und hier und da saßen Steinfiguren in Nischen und auf Sockeln. Hier lebte Wilhelmine? Wie war sie an einem solchen Ort gelandet? Er drehte den Kopf in Gottliebs Richtung, der gerade auf die zweiflügelige Haustür zutrat.

»Warte, Gottlieb«, sagte er leise.

»Warum?«

»Hörst du das? Ich glaube, sie ist im Garten.«

Er winkte Gottlieb zu sich, drehte sich um und schlich den schmalen Steinweg hinunter, zwischen die Büsche und Bäume des Gartens.

»Wir dürfen doch nicht einfach …«, murmelte Gottlieb. Doch August reagierte nicht. Er lief weiter und wusste, dass Gottlieb ihm folgte.

Wilhelmine konnte nicht anders, sie griff nach Sibylles Hand und zog sie eng an sich heran. Sibylle lehnte ihre Stirn gegen Wilhelmines.

»Du bist so unendlich schön.«

»Meine liebe Wilhelmine …« Sibylle legte ihre Hände an Wilhelmines Taille, streichelte sie und zog ihren Körper so eng an ihren, dass Wilhelmine sie fühlen konnte: ihren Bauch, ihre Brust. Sie sog die Luft ein und schloss die Augen.

»Manchmal glaube ich ja, unsere Seelen sind sich so nah, dass jeder Zentimeter, der uns trennt, ein kleiner Schmerz ist«, sagte Sibylle.

Wilhelmine seufzte leise und legte eine Hand auf ihren Nacken, die andere an ihre Wange.

»Du riechst so gut.« Tief atmete sie ein.

August sah etwas Rotes hinter einer Linde leuchten. »Da«, sagte er und zeigte Gottlieb den Weg. Sie liefen um den Baum herum – und blieben stehen. Da war sie: Wilhelmine. Sie trug ein blaues Kleid und stand mit offenen Haaren und nackten Schultern mitten im Garten. August beugte sich leicht nach vorn und rückte sein Monokel zurecht. Was tat Wilhelmine da? Sie hatte die Arme um eine andere Dame gelegt. Sie standen so eng, dass das blaue Kleid der einen mit dem roten Kleid der anderen zu verschmelzen schien – als wären beide Kleider aus einem Stoff gewebt. Er schluckte, sah kurz zu Gottlieb herüber, der aschfahl geworden war, und zurück zu Wilhelmine. Sie kicherte, dann öffnete sie die Lippen – und küsste die Frau auf den Mund! Vor Schreck fiel August sein Stock aus der Hand.

Wilhelmine fühlte Sibylles Lippen auf ihren, schmeckte ihren Atem auf der Zunge und drängte sich noch tiefer in diesen wunderbar warmen Mund hinein. Sie wollte in ihrem Kuss verschwinden, sich einfach auflösen und für immer dort bleiben. Plötzlich zuckte sie zusammen. Was war das? Sie hörte ein Japsen, ein Stolpern, dann eine Männerstimme: »Was um alles in der Welt?!« Sie wirbelte herum und schrie überrascht auf. Mitten in Sibylles Garten standen Papa und August! Der eine hochrot im Gesicht, der andere aschfahl.

»Was wollen Sie hier? Verschwinden Sie sofort von meinem Anwesen!«, herrschte Sibylle sie an und lief in großen Schritten auf sie zu. »Raus aus meinem Garten!«

Mit offenen Mündern starrten die beiden Männer erst auf Sibylle, dann auf Wilhelmine. Sie rührten sich kein Stück.

»Wer sind Sie?« Sibylle baute sich mit in die Hüften gestemmten Händen vor ihnen auf.

»Das … ist mein Vater«, sagte Wilhelmine. »Und das ist August.«

Jetzt klappte auch Sibylle der Mund auf. »Sie …«

Langsam schien Gottlieb die Fassung zurückzuerlangen. Er stach mit seinem Stock in die Erde und hinkte entschlossen an Sibylle vorbei auf Wilhelmine zu.

»Du kommst jetzt mit nach Hause.« Er griff nach Wilhelmines Arm. Doch die zog ihn sofort weg und trat ein paar Schritte zurück. »Nein«, sagte sie nur.

Mit wässrigen Augen sah er sie an. »Ich bin dein Vater, und du wirst jetzt tun, was ich dir sage!« Doch seine Stimme verriet schon, dass er sich selbst kaum glaubte.

So groß Wilhelmines Ängste vor der ungewissen Zukunft auch waren – in diesem Moment, in dem sie zwischen Zwang, Wut und Enttäuschung ihres Vaters und der Liebe und Offenheit Sibylles entscheiden musste, zögerte sie keine Sekunde. Mit einem Mal wusste sie einfach, was sie wollte – mit allen Konsequenzen und Risiken. Sie schüttelte den Kopf. »Nein, Papa. Ich bleibe hier. Das hier ist jetzt mein Zuhause.« Sie zeigte erst auf die Villa, dann auf Sibylle.

Gottliebs Adamsapfel verriet, dass er schluckte, dann sagte er mit rauer Stimme: »Wenn du jetzt nicht mitkommst, bist du nicht länger meine Tochter.«

Wilhelmine atmete tief ein und aus. Die Traurigkeit lastete ihr schwer auf den Schultern, und doch musste sie es sagen: »Ich werde nicht mitkommen, Gottlieb.«

Und in diesem Moment sah Wilhelmine, dass etwas in ihrem Vater zerbrach. Seine Augen flackerten, er hielt sich erschrocken an seinem Stock fest, und mit einem Mal wirkte er so winzig klein!

Wilhelmine griff nach Sibylles Hand, und gemeinsam gingen sie an den beiden Männern vorbei in Richtung Villa.

»Ich gebe ihnen fünf Minuten. Wenn sie dann nicht verschwunden sind, hole ich die Polizei«, sagte Sibylle noch. Und Wilhelmine drehte sich nicht mehr um.

»Das ist nicht euer Ernst!«, rief Franz.

Anna Sophia stützte sich auf dem Tresen ab und sah über die Berliner Tafelbrötchen, die Aachener Printen und den Mannheimer Teekuchen in der Auslage hinüber zu ihrem Mann. Sie hatte ihn schon lange nicht mehr so breit grinsen sehen. Die mittleren Enden seiner Augenbrauen zeigten nach oben. Um ihn herum lachten seine Freunde Theodor, Heinrich und Koloman, klopften ihm auf die Schulter und riefen: »Wir haben es geschafft!«

Franz wandte sich ihr zu und winkte mit dem Brief. »Kannst du das glauben?«

Anna Sophia lachte leise. »Ich werde heute noch den Herd anmachen und neue Bonbons kochen!«

»Unbedingt, meine liebe Anna Sophia!« Er schüttelte ungläubig den Kopf. »Männer, das muss gefeiert werden.«

»In jedem Fall«, pflichtete ihm Koloman bei.

»Gehen wir in deine Kaffeestube und trinken Cognac?«, schlug Theodor vor.

»Nein. Heute nicht. Wir gehen auf die Martinskirmes.«

»Oh, ich weiß nicht, Franz.« Heinrich verschränkte die Arme. »Nach allem, was dort gestern los war ... Die Soldaten sind einfach auf die Leute losgegangen! Es wurde mit Steinen geworfen, so viele Menschen wurden verletzt, es ist eine Menge Blut geflossen.«

»Ich habe keine Angst vor den Preußen«, gab Franz zurück. »Die sollten lieber Angst vor mir haben.« Er zwinkerte.

»Die haben Säbel und Bajonette, Franz.« Theodor schüttelte den Kopf.

»Na und? Ich bin ein unschuldiger Bürger, und ich will heute diesen Ministerialerlass feiern. Da dürfen diese Spaßbremsen ja wohl nichts dagegen haben.«

»Ich habe gehört, dass sie den Alter Markt militärisch besetzen, nach allem, was gestern passiert ist. Tanzmusik ist verboten, und die Wirtshäuser an der Pfarre St. Martin sind zu«, sagte Koloman.

Mit einem Mal sah Franz so enttäuscht aus, dass Anna Sophia einwarf: »Aber auf der Insel Rheinau findet ein Feuerwerk statt.«

»Wunderbar!« Franz klatschte einmal laut in die Hände. »Genau das brauche ich heute. Und ihr kommt mit!«

Schulterklopfend und winkend verließen die Männer die Bäckerei. Was für ein Abend, dachte Anna Sophia. Es würde alles wieder gut werden. Schon bald wäre diese Fabrik wieder voller Bonbons, in der Stadt würden die Karamellen wieder überall verkauft, und sie bräuchten sich keine Sorgen mehr um ihr Auskommen zu machen. Summend wischte sie die Krümel von der Theke und dachte schon darüber nach, heute noch Bonbons zu kochen, als der Schmerz heftiger als je zuvor durch ihren Leib fuhr.

Sie schrie auf, sank auf die Knie und spürte, wie ihr dir Tränen die Wangen hinunterliefen. Nicht nur der Schmerz brachte sie zum Weinen, sondern vor allem die Angst. Was hatte das zu bedeuten? Sie hätte Franz nicht gehen lassen dürfen! Was sollte sie jetzt tun? Das furchtbare Ziehen beherrschte sie vollkommen, und noch lange bevor es endete, wusste sie: Bonbons würde sie an diesem Abend keine mehr kochen, denn ihr viertes Kind würde heute geboren werden – dabei war es dafür viel zu früh.

Auf dem Weg zurück zum Einspänner hatte Gottlieb kein Wort gesagt. August glaubte, er würde mit jedem Schritt kleiner und schwacher werden.

»Ich mache das«, sagte er dennoch unwirsch, nahm August die Zügel aus der Hand und stieg umständlich auf den Kutschbock. Schulterzuckend ließ sich August dahinter sinken und beobachtete Gottliebs krummen Rücken, während er das Pferd hinaus aus Bonn in Richtung Köln lenkte. Keiner von beiden sagte ein Wort. Was hatten sie da gesehen? Was tat Wilhelmine mit dieser Frau? Sie musste verrückt geworden sein, das war die einzige Erklärung. Sie war wahnsinnig. Es wäre wohl das Beste, die junge Frau in eine Irrenanstalt einweisen zu lassen. Wahrscheinlich war sie von Hysterie betroffen – eine schreckliche Geisteskrankheit, die Frauen allerorten ereilen konnte. Ja, in ihrem Kopf musste irgendetwas furchtbar schiefgehen. Wie konnte sie sonst eine Frau küssen? Hauptsache, die Sache sprach sich nicht herum! Wenn bekannt würde, dass die Tochter des Apothekers Müller wahnsinnig geworden war – wie würde sich das wohl auf die Geschäfte auswirken?

»Gottlieb?«

»Mmh.«

»Ich denke, du solltest handeln.«

Gottlieb schwieg.

»Wilhelmine ist krank. Sie braucht Hilfe, sonst geht sie vor die Hunde.«

Noch immer sagte der Apotheker nichts.

»Und wir mit ihr – wenn das rauskommt. Und das wird es, früher oder später. Nein, es geht nicht, sie kann unter keinen Umständen in Bonn bleiben. Ich kenne eine Irrenanstalt in …«

»Nein, August«, unterbrach Gottlieb ihn.

»Was meinst du?«

»Ich habe bereits einer Tochter unrecht getan. Und es vergeht kein Tag, an dem ich nicht darüber nachdenke. Die andere werde ich nicht auch noch zum Teufel schicken.«

»Wie …?« August starrte Gottliebs Hinterkopf an.

»Ich war ein solcher Holzkopf.« Seine Stimme klang brüchig. Der alte Mann würde doch jetzt nicht die Beherrschung verlieren! War es etwa schon so schlecht um seine Gesundheit bestellt? »Anna Sophia sieht genauso aus wie meine geliebte Aletta damals, hast du das gewusst? Meine Frau war eine ebenso starke und zugleich sanfte Persönlichkeit wie meine Älteste. Dass Aletta so plötzlich gestorben ist und mich mit der Apotheke und den Mädchen alleingelassen hat …« Mit einer heftigen Bewegung raufte sich Gottlieb die Haare, und August zuckte zusammen. Diese Geste hatte er bei dem Apotheker noch nie gesehen. »Was für ein Mann schafft es nicht, seiner lieben Frau ihren Tod zu verzeihen? Was für ein verbohrter Vater fühlt sich verraten und verlassen, sobald sich seine Töchter einmal gegen ihn wenden? Wann bin ich nur so fürchterlich falsch abgebogen?« Gottlieb schniefte und August sah beschämt zu Boden. Seine Handflächen wurden ganz nass – er hatte nicht die geringste Ahnung, wie er auf diesen unangenehmen Gefühlsausbruch reagieren sollte.

»Es wird höchste Zeit, dass ich mich entschuldige«, fuhr Gottlieb nun etwas gefasster fort. »Bei Elise darf ich nicht den gleichen Fehler machen, wie bei Anna Sophia und Wilhelmine.«

»Den gleichen ... Fehler?«, stammelte August.

»Ich werde sie nicht gegen ihren Willen verheiraten. Nein, ich werde sie fragen, ob sie dich heiraten möchte. Und wenn nicht, dann akzeptiere ich das.«

Jetzt klappte August der Mund auf. Wie konnte Gottlieb so etwas sagen? Wie konnte er ihn so verraten? Er hatte schon zwei seiner Versprechen gebrochen, und nun wollte er ihn noch ein drittes Mal zum Narren halten? Er ballte die Hände zu Fäusten. Er würde eine solche Schmach nicht noch einmal ertragen! Gottlieb musste lediglich wegen seines Alters verwirrt sein, versuchte sich August selbst zu beruhigen. Das war die einzig logische Erklärung.

»Wir sprechen ... am besten morgen noch einmal darüber.« August zwang sich dazu, ruhig zu bleiben. »Du bist müde, es war ein anstrengender Tag. Morgen sieht die Welt schon anders aus.«

Gottlieb schüttelte den Kopf. »Ich bin zum ersten Mal seit Jahren hellwach, August. Wahrscheinlich machst du dir nun Sorgen um die Apothekerlizenz. Das verstehe ich gut. Sollte Elise einen anderen Mann heiraten wollen, kann ich dir schlecht die Apotheke überlassen. Aber mach dir nicht zu viele Gedanken, das steht jetzt noch nicht zur Debatte.«

»Du ... hast mich in dein Testament aufgenommen.« August hörte, wie fremd seine Stimme mit einem Mal klang. Tonlos, kalt und dunkel.

»Ob es geändert werden muss, sehen wir dann.«

Das Testament ändern … August konnte nicht glauben, was er da hörte. Mit einem Ruck stand er in dem fahrenden Einspänner auf. Das Pferd musste die Bewegung im Augenwinkel gesehen haben, denn plötzlich scheute es. Es stieg, brach zur Seite aus, Gottlieb ruderte mit den Armen und fiel stumm und kraftlos vom Kutschbock. Schnell sprang August nach vorn, hechtete nach den Zügeln, zog heftig daran und versuchte, das tänzelnde Pferd zum Stehen zu bringen.

»Gottlieb!«

Doch das Bündel aus Kleidern und Gliedmaßen auf der Straße antwortete nicht.

Anna Sophia schleppte sich die Treppe hinauf. Der Schmerz wallte in ihrem Unterleib, und sie krallte sich am Geländer fest. Das Kind durfte noch nicht kommen!

»Maria!«, rief sie so laut sie konnte.

Über ihr ertönten Schritte. »Anna Sophia, was hast du?« Das fein gezeichnete Gesicht ihrer Schwägerin tauchte am Ende der Treppe auf.

»Hol Doktor Baader, sag ihm, es geht los.«

»Schon?« Sie schlug sich eine Hand vor den Mund.

»Bitte!«

»Ich helfe dir erst hoch.«

»Nein, ich schaffe das. Wo sind die Jungen?«

»In ihrem Zimmer.«

»Gut, beeil dich.«

Also rannte Maria an ihr vorbei. Anna Sophia nutzte eine Pause zwischen den Wehen, um die letzten Meter bis zum Schlafzimmer zurückzulegen. Vor Schmerzen stöhnend ließ sie sich auf das Laken sinken. Sie hoffte, keiner ihrer Söhne würde aus Neugierde hereinschauen. Sie sollten sie so nicht sehen. Stumm und leise atmend starrte sie an die Decke. Und mit einem Mal fühlte sie sich furchtbar einsam. Das ist Unsinn, sagte sie sich. Maria kommt gleich wieder, du hast die Kinder, Franz. Und doch … ohne es zu wollen, dachte sie an ihre Schwestern. Die Entfernung fühlte sich plötzlich unendlich an. Noch größer aber erschien ihr die zu ihrem Papa. Wie gern sie ihn jetzt an ihrer Seite hätte. Sie wollte seine warmen Hände um ihre fühlen, seine Stimme hören. Sie wollte, dass er ihr sagte, dass es dem Kind und ihr gut gehen würde, dass er ja da war, dass er für immer für sie da sein wollte. Die Tränen liefen ihr das Gesicht herunter, sie spürte, wie die nächste Wehe kam, und dass trotz allem niemand an ihrer Seite war. Nicht ihr Papa, nicht Franz. Sie würde dieses Kind allein zur Welt bringen müssen. Und sie hatte furchtbare Angst davor. Was, wenn das Kind krank war? Und warum um alles in der Welt war der Schmerz diesmal so groß? Konnte sie das schaffen? Hoffentlich war Doktor Baader bald hier! Sie lauschte ins Haus hinein, hörte die Jungen lachen, ihre eigenen Schluchzer, stöhnte leise unter der nächsten Wehe und dann – endlich – knarzte die Treppe.

»Ho!«, brüllte August. Endlich beruhigte sich das Pferd, blieb stehen, und August zwang sich, Gottlieb noch einmal anzuschauen. Sein Bein war völlig verdreht und Blut quoll aus seinem Kopf – er musste ihn sich beim Sturz angestoßen haben. Augusts Herz schlug ihm bis zum Hals.

»Gottlieb?«, rief er. »Gottlieb!«

Endlich vernahm er ein leises Stöhnen. Er lebte, dachte August. Noch lebte er. August schluckte.

»Geht es dir gut?«

Die Antwort war ein Wimmern. August wollte von der Kutsche springen und zu ihm laufen, doch da hallten Gottliebs Worte von vorhin in seinem Kopf wider. *Ob das Testament geändert werden muss, sehen wir dann.* Und: *Ich werde Elise nicht gegen ihren Willen verheiraten.*

Wie konnte er ihm das nur antun? Was für ein Leben würde auf August warten, wenn Elise ihn ablehnte? Konnte es sein, dass all diese schrecklichen Frauen über sein Schicksal bestimmten? Diese Töchter des Apothekers – und der alte, dumme Apotheker selbst? Nun lag er blutend und stöhnend auf der Straße. Geschah es ihm nicht recht, nach allem, was er und seine Familie August angetan hatten? Wie viele Jahre und harte Arbeit er ihnen geopfert, wie lange er geduldig gewartet hatte! August sah die Straße hinunter. Es dämmerte bereits. Niemand war zu sehen. Hier würde in der nächsten Zeit sicher niemand vorbeikommen. Was, wenn Gott ihm gerade die letzte Möglichkeit schenkte, all das zu bekommen, was er sich schon immer gewünscht hatte? Gottlieb war schwach und verwirrt – er würde diese Verletzungen vielleicht nicht überleben. Wenn doch, wäre er möglicherweise bis ans Ende seiner Tage ans Bett gefesselt. Und niemand wusste besser als August, wie schrecklich eine solche Lage für Gottlieb wäre.

»Hilf mir«, wimmerte der alte Mann leise. »Mein Bein. Mein Bein!«

Und dann traf August eine Entscheidung. Mit heftig klopfendem Herzen drehte er sich um, nahm die Zügel in die Hände und schnalzte mit der Zunge. Er wusste, dass er ein Risiko einging. Was, wenn Gottlieb gerettet wurde? Doch er konnte nicht umdrehen, er konnte diese Chance nicht verstreichen lassen. Zur Not würde er schon glaubhaft beteuern, dass er nur losgefahren sei, um Hilfe zu holen. Das Pferd setzte sich in Bewegung. Mit der Peitsche trieb er es an, und immer schneller lief es den Weg in Richtung Köln.

»Gleich haben wir es geschafft, Anna Sophia«, sagte Doktor Baader.

Sie schnaufte und stöhnte. Der Schmerz schien sie zu zerreißen. Es soll aufhören, dachte sie immer wieder. Bitte, lieber Gott, bitte mach, dass es aufhört! Sie hatte keine Kraft mehr, sie konnte das nicht länger aushalten. Doch was würde dann mit ihrem Kind geschehen? Könnte es leben?

Maria saß neben ihr und hielt ihre Hand fest.

»Gleich, Anna Sophia, gleich. Du musst nur noch ein wenig durchhalten.«

Doch sie glaubte ihr nicht. Da war etwas in ihrer Stimme, etwas in Doktor Baaders Blick. Sie hatten Angst um sie, und Anna Sophia wusste, dass sie damit recht hatten. Oh, wenn doch nur ihr Papa bei ihr sein könnte! Sie würde so gern seine beruhigende Hand auf ihrer Schulter fühlen und ein Schmunzeln unter seinem Schnauzbart erahnen. Wieso hatte er ihr nie verziehen? Vielleicht wäre es nun an der Zeit für Anna Sophia, zumindest ihm zu verzeihen. Wenn sie das hier überlebte, dann würde sie so bald wie möglich zu ihm gehen und ihm sagen, dass sie so nicht weitermachen wollte. Sie würde ihn fest in den Arm nehmen, und dann würde alles wieder gut werden. Doch die nächste Wehe kam und überrollte ihre Hoffnungen.

Ob sie ihren Vater je wiedersehen würde? Ob sie ihre Söhne wieder im Arm halten könnte? Ihre Schwestern und Franz? Ihre Hände schwitzten, ihr Kopf glühte, und sie wusste nicht, was schlimmer war, die Angst oder der Schmerz. Sie könnte sterben, das sagte ihr der ganze Körper: ihr zerrissener Unterleib, ihr wildes Herz, ihre brennende Lunge. Und dann dachte sie wieder an das Kind in ihrem Bauch. Dieses unschuldige Wesen musste es einfach schaffen! Nichts anderes zählte in diesem Moment. Sie hatte viel Glück erlebt, Liebe gespürt, Kindern das Leben geschenkt. Vielleicht rief der liebe Gott sie nun zu sich, und sie sollte loslassen. Doch dann dachte sie an ihre Söhne. Sie wollte sie aufwachsen sehen, und sich wieder mit ihrem Vater versöhnen! Schulter an Schulter mit Franz arbeiten! Sie hatte noch so viele Träume … Und was sollte aus dem kleinen Würmchen in ihrem Bauch werden? Es brauchte unbedingt eine Mutter! Also presste sie weiter, bis endlich ein Schrei den Raum erfüllte und die Welt um Anna Sophia herum schwarz wurde.

30. Kapitel

»Eindrucksvoll, nicht wahr?« Franz schlug Heinrich auf die Schulter und betrachtete die bunten Lichter. Immer wieder schossen Raketen in die Luft, besprühten den Himmel mit tausend Funken und spiegelten sich leuchtend im schwarzen Rhein. Er trank einen Schluck Bier, fühlte, wie sich das Getränk warm in seinem Körper ausbreitete, dachte an die Brustbonbons, den Ministerialerlass, seine Familie, und grinste.

»Gut, dass du uns überredet hast, Franz.« Auch Heinrichs Gesicht war voller Lachfalten.

Franz rieb ihm die Glatze. »Was für ein Tag!«

»Ich freue mich sehr, dass ich das mit dir teilen kann. Weißt du was, Franz?« Heinrich hob seinen Krug, um mit Franz anzustoßen. Sie tranken einen Schluck, bevor Heinrich fortfuhr: »Es ist einfach das Größte, mit einem Mann wie dir befreundet zu sein.«

»Mit einem Mann wie mir?« Franz schüttelte lachend den Kopf. »Manchmal redest du wirklich einen riesigen Blödsinn, ist dir das klar?«

Heinrich hatte schon ein paar Bier zu viel gehabt. Zwar hörte man es seiner Aussprache nicht an, doch dem Inhalt seiner Worte nach musste er völlig betrunken sein.

»Es ist die Wahrheit! Du wirst eines Tages Großes erreichen, das weiß ich. Ich kann dir gar nicht sagen, wie glücklich es mich macht, dass ich dabei sein darf. Wirklich, Franz. Du bist mein bester Freund. Der beste, den man überhaupt haben kann!«

Franz sah Heinrich von der Seite an und rieb sich verlegen das Kinn. Am liebsten hätte er ihn fest an sich gedrückt. Er hätte ihm gern gesagt, dass es ihm ganz genauso ging, und dass er Gott für einen Freund wie ihn gar nicht genug danken konnte. Heinrich war vielleicht nicht der klügste oder der beeindruckendste Mann, den er kannte, aber mit großer Sicherheit war er der angenehmste. Franz öffnete den Mund, um das zumindest anzudeuten – doch dann stürmte Theodor laut lachend von hinten auf sie zu und legte ihnen die Hände auf die Schultern. »Leute! Was steht ihr hier *nochsoherum*?« Er lallte heftig.

»Bist du etwa auch betrunken?« Franz drehte sich zu ihm um und sah, wie glasig Theodors Augen waren.

»*Undob*!«

Jetzt tauchte Koloman hinter ihm auf und stöhnte auf. »Beinahe hätte er eine Adelige angesprochen, weil er ihre Frisur schön fand! Ich konnte ihn gerade noch zurückhalten.«

»Wir ziehen jetzt *ineinGasthaus*!«, grölte Theodor.

»Aber die Gasthäuser sind doch alle zu«, erinnerte ihn Heinrich.

»Papperlapapp!« Theodor winkte ab. Auch Franz war viel zu gut gelaunt, um nach Hause zu gehen. Er musste tanzen!

»Wir werden schon etwas finden!«, verkündete er also, und schob Heinrich durch die Menschenmenge.

Es war eine warme Nacht. Ganz Köln schien auf den Beinen zu sein. Da das Militär das eigentliche Zentrum der Martinskirmes gesperrt hatte, waren die Feierwütigen allesamt auf die kleine Insel Rheinau gekommen, um dem Feuerwerk beizuwohnen. Nun, da auch die letzten Funken am Himmel verglommen waren, schoben sich die Massen langsam über die Brücke in die engen Gassen der Stadt. Es wurde gesungen und gelacht, getrunken und gegrölt. Auf dem Weg verlor Franz kurzzeitig Theodor, der mit gut gekleideten Damen scherzte, und Heinrich, der Arbeiter aus der Raffinerie traf. Doch das machte nichts, er war in ein Gespräch mit Koloman vertieft. Er erzählte Franz von seiner neuen Arbeitsstelle bei der Zeitschrift *Gartenlaube*, in der er nun viel freier arbeiten und sicherlich auch einen großen Artikel über das Verhalten der Soldaten auf dieser Kirmes schreiben könnte.

»Aber sei vorsichtig«, brummte Franz. »Der König hat schon wegen weniger kritischen Artikeln ganze Zeitungen verboten.«

Tatsächlich heizte sich die Stimmung in den völlig überfüllten Gassen mit jedem Schritt weiter auf. Der Menschenstrom floss zwischen den Häusern entlang, und an jeder Ecke stießen die Kölner auf militärische Gruppen.

»Vorsicht!«, schrien die Soldaten.

»Macht, dass ihr wegkommt!«

»Hier gehts nicht weiter, weg hier!«

Franz versuchte, sich davon die Stimmung nicht verderben zu lassen. Heute war schließlich ein guter Tag. Er ließ sich treiben und genoss seinen Rausch. Bis aus weiter Ferne die ersten Schreie an sein Ohr drangen.

»Was war das?«, fragte er Koloman. Er drehte sich um und sah, dass die gerade noch so fröhlichen Menschen um sie herum nun missmutig dreinschauten. Einige wurden rot, andere hatten wütend funkelnde Augen.

»Da hinten hat ein Soldat einfach seinen Säbel gezogen«, rief Heinrich, der sich gerade einen Weg zurück zu ihnen bahnte.

»Und eine Straße weiter werfen *siemitSteinen*«, lallte Theodor, der ebenfalls wieder zu ihnen stieß, während er sich die dunklen Locken aus der Stirn strich.

»Vielleicht sollten wir nach Hause gehen«, schlug Koloman vor. Für einen kurzen Moment sahen alle drei Franz an.

»Die Preußen werden uns nicht diesen Abend verderben«, entschied der. »Wir kriegen unsere Feier! Kommt mit!«

Er winkte seine Freunde hinter sich her. Mit vorsichtig schiebenden Händen und »Bitte entschuldigen Sie« rufend bahnte er sich einen Weg zwischen den Menschen hindurch.

»Wohin *gehenwir*?«

»Wohin wohl? Wir gehen zum Alter Markt!«

»Aber dort wird es nur so von Soldaten wimmeln!«, wandte Koloman ein. Und Heinrich sagte: »Gestern sind sie völlig durchgedreht.«

»Sollen sie doch. Das ist unsere Stadt«, knurrte Franz. »Ich weiß das, schließlich bin ich der Kamelle-Napoleon Kölns!« Er zwinkerte über seine Schulter, und seine Freunde lachten laut. Er führte seine Hand zum Hut und marschierte entschlossen durch die Menge. »Folgt mir!«

»Jawohl, Kamelle-Napoleon«, grölten die anderen.

Prustend vor Lachen kamen sie schließlich an der Ecke Martinspförtchen, Alter Markt an. Tatsächlich war der Eingang zu dem Platz, auf dem gestern erst gefeiert und dann gekämpft worden war, durch einen Wachtrupp versperrt. Fast zehn Soldaten standen dort mit ihren albernen Helmen und blauen Jacken, bewaffnet mit Säbeln und Bajonetten.

»Diese Aufmachung ...!« Franz feixte. Und dann hatte er eine Idee. »Seht ihr diese Helme?« Mit dem Kopf deutete er auf das Militär und sah dann von einem seiner Freunde zum anderen. Der schöne Theodor schwankte leicht vom Bier, Koloman wischte sich nervös die fettigen Strähnen aus der Stirn, und Heinrich kratzte sich die Glatze. Sie wussten schon, was Franz sagen wollte.

»Wer von euch«, Franz sprach langsam und leise, möglichst eindringlich sah er von einem zum anderen, »traut sich, einen von diesen Spießerhelmen zu stehlen?«

Heinrich kicherte.

»Konzentration, Soldat!«, mahnte Franz ihn mit gespielter Strenge, und Heinrich salutierte. »Jawohl, Kamelle-Napoleon. Entschuldigen Sie, Kamelle-Napoleon! Ich bin natürlich zur Stelle. Sofort, Kamelle-Napoleon!«

Er wollte losstürmen, da hielt Koloman ihn fest. »Das ist zu gefährlich, Heinrich. Du bist betrunken!«

»*AchPapperlapapp*«, sagte Theodor und hielt sich an Koloman fest. »Dasss *wirdlustig*!«

»Wenn er den verrückten Victor Mertens überlisten kann, wird einer von diesen langweiligen Preußen doch ein Leichtes für Heinrich sein.«

Franz zwinkerte. »Wisst ihr noch? Mertens hatte nicht die geringste Chance!«

»Lass es, Heinrich«, mahnte Koloman, doch Heinrich schüttelte den Freund ab, und schlich an einer Hauswand entlang auf die Soldaten zu.

»So ein Dummkopf«, fluchte Koloman.

Franz gluckste vor Lachen, und gemeinsam schlichen sie sich näher heran, um besser sehen zu können.

Es war laut um sie herum. Kölner grölten und pöbelten die Soldaten an, die Soldaten schimpften und schubsten zurück. Klein und leichtfüßig, wie er war, hüpfte Heinrich zwischen ihnen hindurch. Er duckte sich in den Schatten eines krummen Fachwerkhauses an der Ecke und legte sich wie eine Katze auf die Lauer.

»Ein Irrsinn«, flüsterte Koloman.

»Er wird es schaffen«, sagte Franz.

»Papperlapapp«, lallte Theodor, offensichtlich ohne richtig zugehört zu haben.

Da sprang Heinrich auch schon aus dem Schatten und riss einem Soldaten den nur locker aufgesetzten Helm vom Kopf.

»Ha!« Franz klatschte in die Hände. »Dieser Pfundskerl!«

»Er ist *derrrBeste*!« Theodor stützte sich an der Hauswand ab und schüttelte sich die dunklen Locken aus der Stirn. »Niemand kann dasss *wieer.*«

»Verdammt!«, rief Koloman und zeigte auf die Soldaten. Schnell drehte Franz sich wieder um. »Was macht er da?«

Heinrich schlug einen Haken und lief davon – doch nicht zurück in die Menschenmenge hinein. Nein, stattdessen rannte er auf den leeren Alter Markt! Mitten auf dem Platz blieb er stehen, schwenkte den Helm und rief: »Das ist unsere Stadt!«

Einen Moment lang schien es um sie herum leise zu werden. Sämtliche Köpfe drehten sich zu Heinrich: Arbeiter, Bürger, Aristokraten,

Polizisten, Nachtwächter, Soldaten – sie alle starrten den kleinen, glatzköpfigen Heinrich mit seinen Lachfalten an. »Köln gehört uns!«, rief er.

Ein Raunen ging durch die Menge.

»Jawohl!«, sagte jemand hinter ihnen laut.

»Der Junge hat recht!«

»Absolut richtig!«

Jemand klatschte, ein anderer johlte. »Das ist unsere Stadt!«

Ein Bierkrug flog durch die Luft, ein Glas klirrte, überall wurden Säbel und Bajonette gezogen.

»Ruhe!«, brüllte jemand. »Räumen Sie sofort die Straße!«

»Räumen Sie doch!«

Stahl blitzte im Licht der Laternen auf. Und dann geriet die Situation außer Kontrolle. Mit heftigen Hieben schlug das Militär auf die Menschenmenge ein. Überall ertönten Schreie.

Franz riss die Augen auf. »So ein Mist«, rief er und versuchte, sich zum Alter Markt durchzukämpfen, denn der Soldat ohne Helm drehte sich gerade zu Heinrich um. Mit großen Schritten ging er auf ihn zu, der noch immer winkend dastand. »Die Stadt gehört uns«, rief er dem Mann entgegen. »Das ist unsere Stadt!«

»Nein! Heinrich, hör auf«, brüllte Franz so laut er konnte. Doch Heinrich lachte nur, und der Soldat zog sein Bajonett aus dem Gürtel, trat auf Heinrich zu und rammte es ihm mit voller Kraft in den Unterleib.

Franz taumelte. Er sog die Luft tief ein, er schrie, er versuchte zu rennen, doch so sehr er auch um sich schlug und vorwärtsstürmte, er wusste schon, dass es zu spät war. Dass er diesen schlimmsten aller Fehler in seinem ganzen Leben niemals wiedergutmachen konnte. Heinrich schlug hart auf den Boden auf, das Blut floss aus seinem Körper, und der Helm rollte aus seiner Hand. Der Soldat griff danach, setzte ihn sich wieder auf den Kopf, und ohne Heinrich noch eines Blickes zu würdigen, drehte er sich um. Mit blankem Säbel lief er brüllend in die Menschenmenge hinein.

Franz wurde hin und her gestoßen, er sah, wie fremdes Blut gegen die Hauswand spritzte, hörte, wie Köpfe auf Pflastersteine schlugen, roch die brennenden Streichhölzer und die Feuerwerkskörper, die durch die Luft zischten.

Eine Ewigkeit verging, bevor er bei Heinrich ankam. Alles hatte sich verändert, die Welt hatte sich gedreht, und Franz war ein anderer geworden, als er neben seinem besten Freund auf den Boden sank. Heinrichs Gesicht war weiß, all seine Falten waren verschwunden. Glatt und farblos lag er da, sogar sein Blick war völlig leer.

»Heinrich, bitte«, flüsterte er. »Bitte.«

Doch er antwortete nicht. Denn Heinrich war nicht mehr da.

»Hilf mir!«, rief eine Stimme, die nach Zuhause klang, nach Geborgenheit und Wärme. »Hilf mir!«

Anna Sophia erkannte, dass da ein Mann auf der Straße lag. Seine Gliedmaßen waren seltsam verdreht, und Blut floss auf die Erde.

»Mein Bein«, sagte der Mann. »Mein Bein!«

Erst jetzt erkannte sie, wer da lag und litt.

»Papa!«, rief sie. Sie wollte auf ihn zulaufen, seinen Kopf halten, seine Wunden verbinden, irgendetwas tun, um ihm zu helfen. »Papa, halte durch!«

Sie versuchte zu rennen, doch jetzt begriff sie, dass sie auf einer Kutsche saß, und dass diese Kutsche rollte.

»Halt! Bitte, halten Sie an!« Sie schrie so laut sie konnte, doch die Kutsche fuhr immer schneller.

»Hilf mir«, wimmerte Gottlieb. »Mein Bein, mein Bein!«

Doch die Kutsche war nicht mehr aufzuhalten. Schneller und schneller entfernte sich Anna Sophia, und ihr Papa verwandelte sich in ein Bündel aus Kleidern und Blut, das immer kleiner wurde, bis es nur noch ein Punkt auf der Landstraße war.

Mit einem lauten Schrei erwachte Anna Sophia aus dem Traum.

Sie keuchte und japste nach Luft.

»Schhht«, machte Franz. Anna Sophia schirmte die Augen mit den Händen ab. Es war bereits Tag geworden. Franz saß in der Ecke und wiegte ein Kind. Der Schmerz pochte heftig in ihrem Unterleib und zwischen ihren Beinen, sie fühlte sich unendlich schwach.

»Mein Papa«, flüsterte sie. »Er ... er stirbt Franz. Du musst ihn suchen.«

»Es ist alles gut«, antwortete er mit tiefer Stimme. »Du hast nur geträumt.« Er stand auf, ging auf sie zu und hielt ihr das Kind vorsichtig hin.

»Es ist ein Junge.«

»Oh ...«, entfuhr es ihr. War das tatsächlich ihr Sohn? Hatte das kleine Würmchen es etwa geschafft? Hatten sie beide es überlebt? Nur langsam kam Anna Sophia tatsächlich in ihrem Schlafzimmer an und begann zu begreifen, was passiert war. Sie hatte eine schwere Geburt gehabt. Und sie war gut gegangen.

»Mein Kleiner ...« Sie nahm ihr Kind auf den Arm, betrachtete es und vergaß für einen Augenblick alles um sich herum. So groß, wie während der Geburt der Berg aus Angst und Schmerz gewesen war, so groß war jetzt ihre Liebe. Was ein Wunder, dachte sie. Wenn ihr Sohn das überstanden hatte, dann könnte er alles schaffen. Sie beide könnten das. Anna Sophia wollte immer für den Kleinen da sein. Er ruderte mit blauvioletten Ärmchen und wimmerte leise.

»Mein kleiner, wunderbarer Schatz ...« Sie drückte ihn vorsichtig an sich und spürte, wie ihr eine Träne die Wange hinunterlief. »Wie tapfer du bist.« Doch gleichzeitig wusste sie, dass er viel zu klein und dünn war. Wie sollte ein so winziges, schwaches Wesen das Leben auf dieser Welt meistern? Wie sollten sie dieses Kind, das zu früh geboren worden war, durchbringen? Sie sah zu Franz auf. Ihr Mann hatte tiefe Schatten unter den Augen, sein Blick war glasig und leer. Und aus seinem Gesicht war all die launige Vergnügtheit des Vorabends verschwunden. Erst jetzt ahnte sie, dass er sich verändert hatte.

»Franz ... was ist passiert?«

»Es ist Heinrich. Er ist letzte Nacht gestorben. Ein Soldat hat ihn erstochen, mitten auf dem Alter Markt. Und ich bin schuld.«

Sie riss die Augen auf und starrte Franz an. Sie wusste nicht, was sie sagen sollte. Wie konnte das sein? Sie sah Heinrich vor ihrem inneren Auge, sein fröhliches Lachen. Er konnte nicht weg sein, das war unmöglich! Er war so ein lieber Kerl – der Beste! Sicherlich würde er gleich zur Tür hereinkommen und ihnen gratulieren. Er würde dem Kleinen Hosen seiner Neffen schenken und ihn im Arm halten. Doch schon schob sich das Wimmern ihres gerade geborenen Kindes vor diesen Gedanken. Und dann das Bild ihres Papas. Sie dachte an sein verdrehtes Bein, seine Schreie auf der Straße. *Reiß dich zusammen, Anna Sophia!*

»Es tut mir so unendlich leid ... das ist unfassbar. Ich kann das gar nicht glauben. Und du kannst nicht schuld sein. Nein, Franz, du bist ein guter Mann. Ich weiß das. Und du weißt das auch.«

Franz schwieg. Und dann sah sie vor ihrem inneren Auge wieder das Blut, das aus dem Kopf ihres Papas quoll. Sie wusste einfach, dass es nicht nur ein Traum gewesen war. Eigentlich müsste sie jetzt uneingeschränkt für Franz da sein, das war ihr klar. Was passiert war, hatte für ihn alles verändert. Er brauchte sie jetzt mehr als je zuvor. Und doch ...

Vielleicht würde sie Franz mit ihrer Bitte zu diesem Zeitpunkt verlieren. Möglicherweise würde sie damit nun alles zerstören, doch sie konnte nicht anders. Es ging vielleicht um Minuten, und sie wollte ihren Vater einfach nicht im Stich lassen. Sobald er in Sicherheit war, würde sie für Franz da sein. Die Trauer würde ja bleiben, für sie war noch so viel Zeit. Nur für ihren Vater nicht. Also holte sie tief Luft. »Papa stirbt auch, in diesem Moment. Du weißt, dass meine Träume manchmal wahr sind. Und dieser ist es. Ich habe gesehen, wie er irgendwo vor Köln auf der Straße liegt. Du musst ihn suchen, Franz. Du musst ihn retten. Bitte.«

Er sah sie an, dann nickte er kaum merklich, stand ohne ein Wort auf und verließ das Schlafzimmer.

Kaspar schob seinen Grashalm mit der Zunge von einem Mundwinkel zum anderen. Noch nie in seinem ganzen Leben hatte er so viele Menschen auf einmal gesehen. In Reih und Glied liefen sie durch die Straßen Kölns, vom Hospital an der Rechtsschule in Richtung Hahnentor. Das Ziel war der Friedhof. Da er mitten unter ihnen war, konnte er nur erahnen, welche Massen sich da durch Köln bewegten. Es mussten mehrere Tausend Männer sein, die in Festtagskleidung durch die Stadt zogen. Wie so oft dachte er an Lina. Es war unmöglich, sie in einer Stadt zu finden, in der so viele Menschen lebten. An den Straßenrändern standen unzählige weitere Leute Spalier und aus sämtlichen Fenstern schauten die Frauen Kölns zu ihnen hinunter.

»Heinrich hat nichts weniger als das hier verdient«, brummte Kaspar.

»Der König sollte das sehen«, sagte Ernst.

Albert Statz schwieg. Und Kaspar beließ es dabei. Er wusste, wie es dem Freund gehen musste. Wenn er nur einen Teil des Schmerzes fühlte, der Kaspar bei Margarethas Tod oder nach Linas Verlust zerrissen hatte, dann gab es für ihn heute keine Worte. Doch wie diese Stadt nun für seinen Bruder Heinrich aufstand und der Regierung in Berlin ins Gesicht spuckte, das musste Albert dennoch beeindrucken. Welcher einfache Arbeiter bekam schon einen solchen Trauerzug?

Köln schritt wie ein Mann durch diese Straßen, dachte Kaspar. Es reckte das Kinn und forderte Preußen heraus. *Du kannst uns nicht wie Dreck behandeln*, schien es auszurufen. *Uns nicht!* Sogar die angesehensten Familien der Stadt machten mit. Ihre Equipagen bildeten den eleganten Schluss dieses Marschs. Kaspar drehte sich um, bewunderte die glänzenden Pferde und die teuren Kutschen hinter ihm. Überall schauten die gutbürgerlichen Fahrgäste aus ihren Fenstern, um nichts von diesem denkwürdigen Augusttag zu verpassen. Kaspar schmunzelte und wollte sich gerade wieder umdrehen, da fiel sein Blick auf einige blonde Löckchen, einen roten Mund und große Augen, die aus einer Kutsche herausschauten – genau in seine Richtung. Lächelte diese Dame ihm etwa zu? Er runzelte die Stirn.

»He, pass doch auf!«, rief Albert und stieß Kaspar von sich, der gerade gegen ihn gestolpert war.

»Entschuldige«, murmelte er und drehte sich wieder um, doch jetzt sah er die Frau nicht mehr. Nachdenklich kaute er auf seinem Halm herum. Er war sich nicht sicher, doch er glaubte, gerade die Fremde wiedergesehen zu haben, die bei Rudolfs Unfall in der Raffinerie gewesen war. Er verstand es selbst nicht so recht, doch aus irgendeinem Grund wollte er nachsehen, ob er recht hatte. Könnte man sich in einem Trauermarsch wohl unauffällig davonstehlen? Vielleicht sollte er diesmal pfeifen! Ach, Unsinn, dachte er. Das war noch immer keine gute Idee. Verstohlen sah er sich um. Weder Albert, noch Ernst schienen sonderlich auf ihn zu achten. Also schob er die Hände in die Hosentaschen und lief ein wenig langsamer. Reihe um Reihe ließ er sich nach hinten fallen, bis er bei den wohlhabenderen Kölnern ankam. Glücklicherweise hatte Albert ihm einen alten Frack von seinem Vater geliehen. Seine Ärmel waren zwar viel zu kurz, und auch die Festtagshose, die eigentlich Rudolfs Vater gehörte, war ausgebeult, doch auf den ersten Blick fiel seine Kleidung nicht allzu sehr auf. Mit der größten Selbstverständlichkeit, die Kaspar aufbringen konnte, durchbrach er die erste Reihe der Reichen, schlenderte zwischen schicken Hemden, teuren Fracks und glänzenden Schuhen hindurch. Einem glatzköpfigen Mann nickte er freundlich zu, dann ließ er sich noch weiter zurückfallen. Niemand schien es zu bemerken, bis er an der Kutsche ankam, aus deren Fenster er vorhin die blonde Frau hatte herausschauen sehen: Das Gefährt hatte vorn kleine und hinten große Räder, gezogen wurde es von zwei vollkommen schwarzen Pferden. Und hinter dem Fenster sah er nun zwei große Augen, die ihn anstarrten. Sie war es tatsächlich – und sie beobachtete ihn.

Kaspar schaute wieder geradeaus, um nicht erneut gegen jemanden zu stoßen, kaute kurz auf seinem Grashalm herum, dann sah er wieder in das runde Gesicht. Der Mund spitz, die Augen fragend. Galt dieser Blick tatsächlich ihm? Er konnte nicht anders, als sich mit einem Mal die wildesten Dinge vorzustellen. Er würde ihr gern seinen Arm anbieten und ihr aus der Kutsche helfen. Und dann würde er mit ihr verschwinden. Irgendwohin, wo niemand sonst war. Er wollte dieses Gesicht berühren, diese Lippen, die Schultern ... Natürlich war das völlig absurd. Er war ein einfacher, armer Arbeiter, die Frau schien hingegen unvorstellbar reich zu sein. Mittlerweile fühlte er sich nicht mehr wie ein wildes Tier, das sie aus sicherer Entfernung betrachtete. Es hatte sich nun etwas Neues in ihren Blick geschlichen. War es ... Bewunderung? Er lief weiter, die Hände ließ er in den Hosentaschen, sein Hals blieb verdreht.

»Hallo«, hörte er irgendwann ihre hohe Stimme.

»Hallo«, antwortete er und warf seinen Grashalm weg.

»Suchst du eine neue Arbeitsstelle?«

»Ich habe Arbeit«, antwortete er.

»Ich weiß. Ich habe dich gesehen, aber deine Arbeit ist viel zu gefährlich. Arbeite lieber für mich.«

Er runzelte die Stirn. »Für Sie?«

»Ich brauche einen Kutscher.«

Er kratzte sich verwirrt den Kopf und deutete mit dem Kinn auf den Mann auf dem Kutschbock. Fragend hob er die Augenbrauen.

»Ach«, sie kicherte. »Den kannst du vergessen.«

»So?«

»Kannst du Kutsche fahren?«

»Aber natürlich.« Das hoffte er zumindest.

»Gut. Komm morgen früh in Schaaffhausens Stadtvilla. Weißt du, wo das ist?«

»Nein.«

»Frag danach.«

Er nickte.

Noch immer sah sie ihn an und er erwiderte ihren Blick. Noch ein paar Schritte, dachte er. Nur noch kurz.

»He, Kaspar!«, rief Ernst, und Kaspar riss sich los. »Wo bist du?«

»Ich komme!«, rief er. Und als er zurück zur Kutsche sah, war das Gesicht der Frau hinter einem Vorhang verschwunden.

Wilhelmine konnte kaum glauben, was sie da hörte. Neben Sibylle, die Klavier spielte, stand Henriette Sontag, eine ausnehmend schöne Frau mit kunstvoll hochgesteckten Locken, und sang in den höchsten Tönen. Wilhelmine kannte sich mit Musik nicht aus, doch sie musste an helle Glöckchen und das Plätschern eines kleinen Bachs denken. Der Gesang erfüllte nicht nur den Salon mit seinen festlich gekleideten Gästen, den eleganten Sitzmöbeln und Gemälden, sondern auch Wilhelmines ganzen Körper. Er bebte, sie spürte es in ihrer Brust, ihrem Bauch, ihren Beinen. Ihr war, als ergriffe die Musik Besitz von ihr. Wilhelmine schloss die Augen und ließ sich von Henriettes Stimme durch das Anwesen tragen, bis hinaus in den Garten, der in der Abendsonne dalag, zu den Chrysanthemen. Dort sah sie sich und Sibylle wieder vor dem Blütenmeer stehen, sie spürte wieder ihren Kuss auf den Lippen, und dann drehte sie sich um – und die Musik brachte ihren Vater in den Garten zurück. Doch diesmal funkelten seine Augen nicht vor Wut. Nein, diesmal lächelte er. Er breitete die Arme aus und ging auf sie zu. »Willkommen zu Hause«, flüsterte er. »Willkommen zu Hause.«

Als Henriette immer leiser wurde und Applaus aufbrandete, liefen Wilhelmine die Tränen über die Wangen. Sie beeilte sich, zu klatschen. Unfassbar, dass diese Primadonna seit ihrer Hochzeit nicht mehr auf den großen Bühnen dieser Welt sang, sondern nur noch auf privaten Veranstaltungen wie dieser.

Nun stand Nette auf, stolperte über einen Schemel, rückte sich die Brille zurecht und räusperte sich. Wilhelmine freute sich unendlich, dass die Droste mit den Schläfenlöckchen und dem zerstreuten Blick endlich einmal in Bonn war. Mit sanfter, tiefer Stimme trug sie eines ihrer neuen Gedichte vor:

»Hätt' ich dich nicht als süßes Kind gekannt,
Mit deinem Seraph in den klaren Blicken,
Dich nicht geleitet in der Mährchen Zauberland,
Gefühlt der kleinen Hände zitternd Drücken:
Ich würde jetzt dich mit Behagen sehen,
Du wärst mir eine hübsche, brave Frau,
Doch, ach! nun muß ich unter deiner Brau',
Muß stets nach dem entflognen Engel spähen!«[2]

Wie wundersam wahr und doch unheimlich diese Worte waren! Verstohlen sah Wilhelmine sich um. Auch alle anderen – Herr Ness, der den

2 Annette von Droste-Hülshoff: Die Golems

Botanischen Garten in Bonn errichtet hatte, Herr Münchow von der Sternwarte in Jena, Kapellmeister Ries, der einmal Beethovens Lehrer gewesen war, und natürlich Sibylle – hingen fasziniert und andächtig an Nettes Lippen.

»Weh ihm, der lebt in des Vergangnen Schau,
Um bleiche Bilder wirbt, verschwommne Töne!
Nicht was gebrochen, macht das Haar ihm grau,
Was Tod geknickt in seiner süßen Schöne.«

Überrascht atmete Wilhelmine ein. Sibylle hatte ihre Finger berührt. Sie schielte zu ihr hinüber, und so spannend und inspirierend die Salongäste heute auch waren – Wilhelmine konnte es kaum erwarten, wieder mit der Freundin allein zu sein. Während sie sie ansah, vergaß sie sogar für einen unendlich langen Moment, Nette zu lauschen. Stattdessen dachte sie an Sibylles Geruch, das Gefühl ihrer Haut unter ihren Fingerspitzen und an ihre Pläne für den nächsten Tag. Sie wollten zurück nach Berlin reisen und ein paar Wochen dort bleiben, um Charlotte zu sehen. Natürlich freute sie sich, das Mädchen wieder zu treffen. Aber noch mehr sehnte sie sich nach der Zeit, die sie auf der Reise mit Sibylle allein verbringen konnte.

Bis sie irgendwann ein lauter Beifall erneut zusammenfahren ließ.

»Beeindruckend!«, rief Ness.

»Faszinierend«, fand Ries.

»Wunderbar, Nette. Deine neuen Werke gehen mir wirklich durch Mark und Bein«, sagte Sibylle.

»Sie sind so klug und von wahrhafter Schönheit«, bestätigte Wilhelmine. »Ist es denn zu glauben, dass der weibliche Geist solche Texte hervorbringt – und dennoch als unzulänglich gilt?«

»Nun, es gibt immer wieder Ausnahmen, nicht wahr?«, sagte einer der Herren – Wilhelmine hatte vergessen, wie er hieß. »Das hat es immer gegeben, in jedem Zeitalter. Hin und wieder führen Frauen sogar erfolgreiche Unternehmen oder ganze Völker. Und ich denke, Sie, liebe Annette, sind ebenfalls eine Ausnahme. Dass eine Frau so dichten kann! Unfassbar!«

Fast hätte Wilhelmine seine Worte schön gefunden, doch Sibylle schnaufte. »Natürlich sind es Ausnahmen – die Männer sorgen ja dafür, dass es nur wenige Frauen schaffen können. Aber stellen Sie sich mal vor, alle Mädchen würden unterrichtet, und alle Frauen wären gebildet. Sie dürften arbeiten, Politik machen oder dichten! Sie könnten ihren Neigungen nachgehen und selbstständig in der Welt mitreden. Dann wären Frauen wie Nette keine Ausnahme mehr.«

»Was eine Vorstellung!« Der Mann lehnte sich staunend zurück. »Ein schöner Traum, liebe Sibylle. Und in Anbetracht der klugen und ungewöhnlichen Damen in Ihrem Salon erscheint er zum Greifen nah, das muss ich zugeben. Doch er bleibt leider ein Traum. Sie werden mir doch zustimmen, dass der Großteil aller Frauen mit ihren häuslichen Aufgaben bestens ausgelastet und völlig zufrieden ist. Und das ist auch gut so. Die menschliche Rasse würde noch aussterben, wenn niemand mehr Kinder bekommen und betreuen würde, weil alle mit Arbeit und Politik beschäftigt wären!«

Wilhelmine räusperte sich. »Meine Schwestern und ich sind ohne Mutter groß geworden – und nicht gestorben. Ich denke, Väter schaffen das auch.«

Sibylle sah Wilhelmine überrascht an und drückte ihre Hand.

»Hatten Sie keine Amme? Kein Dienstmädchen?«, fragte der Herr.

»Doch, natürlich.« Wilhelmine reckte das Kinn vor. »Ich will auch gar nicht sagen, dass sich sämtliche Frauen von ihren Kindern abwenden sollten. Aber ich glaube, auch die Familien würden davon profitieren, wenn Frauen gebildeter wären.«

»Wir sollten auf die Straße gehen«, meldete sich plötzlich eine Dame mit offenem, wallendem Haar und leichtem Doppelkinn zu Wort. Wenn sich Wilhelmine recht entsann, war das die Schriftstellerin Fanny Lewald, die ganz allein von dem Geld, das sie als Autorin verdiente, in einer eigenen Wohnung lebte.

Ness und Ries sahen sich mit hochgezogenen Brauen an. »Auf die Straße?«

»Natürlich. Wir sollten für unsere Rechte kämpfen. Haben Sie von der Arbeiterbewegung gehört? Die Männer wollen mehr Lohn und bessere Arbeitszeiten. Ich finde, wir sollten uns der Frauenbewegung anschließen.«

Ness schmunzelte und fragte: »Und was wollen Sie?«

»Frauen sollen arbeiten, sich bilden und wählen können.«

»Wählen?« Ries zog die Augenbrauen zusammen.

»Ich stimme Fanny absolut zu«, sagte Sibylle. »In diesem Jahr finden in Köln die ersten Kommunalwahlen statt, und man spricht von Rechtsgleichheit! Das ist doch lächerlich, wenn ausschließlich Männer mit einem guten Einkommen wählen dürfen.«

»Genau, Sibylle. Was für eine Rechtsgleichheit soll das sein? Ärmere Menschen – und auch Frauen! – sollten ebenfalls wählen dürfen.«

»Gott bewahre!«, rief einer der Männer. »Die meisten Frauen sind nicht wie Sie, sondern schrecklich emotional und unberechenbar! Heute wollen sie dies, morgen jenes. In der Politik kann das nur zur Katastrophe führen!«

»Ist das wirklich so?«, fragte Fanny zurück. »Wenn Emotionalität ein Kriterium wäre, dürften genauso wenig Männer wählen. Ich kenne viele, die sich von ihrem Zorn und ihrer Gier lenken lassen.«

Wilhelmine öffnete gerade den Mund, um von ihrer Schwester zu erzählen, die gemeinsam mit ihrem Mann ein immer erfolgreicher werdendes Unternehmen führe, und ohne die Franz Stollwerck vor Gericht sicherlich schon mehrfach an die Decke gegangen wäre. Doch da öffnete sich die Flügeltür zum Salon.

»Bitte entschuldigen Sie«, sagte kleinlaut ein Dienstmädchen. »Aber Frau Schopenhauer ist gerade angekommen und fragt nach Ihnen.«

»Adele ist hier?« Sibylle sprang auf.

Wilhelmine schluckte. Adele hatte sie seit dem Streit in Köthen nicht mehr wiedergesehen. Warum musste sie jetzt hier auftauchen, einen Tag bevor sie mit Sibylle nach Berlin fahren wollte?

»Ja, gnädige Frau. Und sie fühlt sich nicht wohl.«

»Was hat sie?«

»Sie ist oben – vielleicht sollte ich gleich nach einem Arzt schicken.«

Sibylle sah sich kurz um, dann sagte sie: »Die Damen, die Herren, bitte entschuldigen Sie. Ich bin gleich wieder da.«

Und mit großen Schritten verließ sie den Salon.

Früh am nächsten Morgen, noch bevor Wilhelmine Sibylle traf und sich nach Adeles Zustand erkundigen konnte, bekam sie den Brief. Er wog schwer in ihren Händen, und obwohl er von Anna Sophia war, sträubte sich etwas in ihr, ihn zu öffnen. Sie schluckte, atmete tief durch und brach das Siegel. Langsam faltete sie ihn auseinander und begann zu lesen:

Meine liebe Schwester,
alles in mir tut weh, während ich dir diesen Brief schreibe, und meine Tränen tropfen unablässig auf das Papier. Ich kann einfach nicht aufhören zu weinen. Aber es hilft alles nichts. Es wird nicht unwahr, wenn ich schweige, und du musst es erfahren. Papa ist vor wenigen Tagen bei einem Unfall gestorben. Elise erzählte mir, dass er von der Kutsche fiel. Ich habe davon geträumt und Franz geschickt, um nach ihm zu suchen. Doch es war schon zu spät. Auch August hat Hilfe geholt, man konnte aber nichts mehr für ihn tun. Wir sind alle in tiefer Trauer. Ich kann mir einfach nicht vorstellen, dass wir Papa nie wiedersehen, dass ich mich nie mit ihm versöhnen werde. Es zerreißt mich. Seitdem ich es weiß, kann ich nicht essen und nicht schlafen. Ich vermisse ihn mit jeder Faser meines Körpers. Und ich frage mich: Wieso habe ich die Zeit, in der er lebte, nicht besser genutzt?

Obwohl ich nichts als Verachtung für August empfinde, muss ich doch anerkennen, dass er sich nicht nur vorbildlich um Begräbnis und Trauerfeier kümmert, sondern auch selbst zutiefst betroffen und unglücklich wirkt. Das zumindest erzählte mir Elise …

Wilhelmines Blick verschwamm, sie konnte kein weiteres Wort mehr lesen. Sie schluchzte laut auf. »Nein«, schrie sie, doch es klang ganz leise. Das durfte nicht wahr sein. Das konnte es nicht. »Nein, nein, nein, nein«, flüsterte sie und sackte in sich zusammen. Sie kniete auf dem Boden, zerknüllte den Brief in ihren Händen und fühlte, wie sich dieses Unglück in ihrem ganzen Körper ausbreitete. Wie es Besitz von ihr ergriff, sie zittern ließ. Sie dachte an ihren Papa, der immer da gewesen war. An sein Schmunzeln am Esstisch, an die abends herabhängenden Spitzen seines Schnauzbarts, an seine knorrigen und doch liebevollen Hände. Daran, wie er vor ihr in Sibylles Garten gestanden hatte, um sie nach Hause zu holen, und wie etwas in ihm zerbrochen war, als sie ihn *Gottlieb* genannt hatte. Wie hatte sie das nur tun können? Wie hatte sie diesen gebrochenen, alten Mann einfach so im Garten stehen lassen können? Sibylle hatte ihn angewiesen zu gehen, und Wilhelmine hatte nichts dagegen getan. Nicht nur Anna Sophia, auch Wilhelmine würde niemals eine Gelegenheit bekommen, sich mit ihm zu vertragen. Nie wieder könnte sie seine Stimme hören oder in seine Augen sehen. Niemals mehr konnte sie ihm sagen, dass es ihr leidtat und dass sie ihn, trotz allem, liebte. Sie schrie laut auf, und sie ahnte, dass sich ein Teil dieses Schmerzes für immer in ihr einnisten würde.

31. Kapitel

Mit gesenktem Blick und den Händen tief in den Hosentaschen lief Franz Stollwerck durch die Gassen Kölns. In einer Stunde würde er die Kaffeestube öffnen, bis dahin brauchte er ein wenig frische Luft. Die Kinder waren laut, seine Frau schaute ihn seit dem Tod ihres Vaters mit traurigen Augen an, und sein jüngster Sohn lag im Sterben, seitdem er lebte.

Franz atmete tief ein und versuchte, seinen Kopf frei zu kriegen. Auf keinen Fall wollte er an seinen besten Freund denken. Und doch sah er schon wieder vor seinem inneren Auge, wie Heinrich auf dem leeren Alter Markt stand, mit dem Helm winkte und lachte. Der Schmerz in seiner Brust ließ Franz fast gebückt gehen. Er hörte sich wieder selbst sagen: »Wer von euch traut sich?« Und: »Heinrich wird es schaffen.« Was hatte er nur getan? Wie hatte er das dem kleinen Mann mit den vielen Lachfalten antun können? Wie hatte er so dumm sein können? Die Schuld schnürte ihm die Kehle zu. Und gleichzeitig vermisste er Heinrich schmerzlich. Mit aller Macht versuchte er, weiterzuatmen und sich auf die Welt um ihn herum zu konzentrieren. Seit den blutigen Auseinandersetzungen auf dem Alter Markt erschien ihm Köln aufgekratzt. Hinter den Menschen lag ein Hungerwinter mit geringen Ernten, die Teuerungskrise machte sich immer stärker bemerkbar, und die Straßen waren mehr als sonst mit Bettlern gefüllt. Der Ton war rau, die Blicke kalt. Auch Franz' Familie erlitt im Kramladen heftige Einbußen, von allen Seiten hörte man derzeit, wie schwierig die Lage war. Franz kam an einer der Suppenküchen vorbei und wandte den Blick ab. Er konnte sich die lange Schlange zerrissener Gestalten nicht ansehen, die für einen halb vollen Teller anstanden. Seine neuen Freunde Francois Ravaeux und Carl d'Ester hatten vollkommen recht: So konnte es nicht weitergehen. So viele Menschen hungerten und litten. Und mittendurch fuhr gerade eine elegante Kutsche, durch deren Fenster man teuren Stoff und kunstvoll frisiertes Haar erblickte. Wie ungerecht diese Welt war! Wenn er in diesem Jahr genug Geld verdiente, um wählen zu dürfen – er würde sich auf jeden Fall für Carl und Francois entscheiden! Die beiden wollten, dass diese Stadt gerechter würde. Dann dürften vielleicht keine preußischen Soldaten mehr durch die Straßen marschieren und ungestraft Arbeiter abstechen. Franz wäre der Erste, der sich bei der bewaffneten Bürgerwehr engagieren würde! Für die Freiheit dieser Stadt und die Gerechtigkeit für jeden einzelnen Kölner.

Da rempelte ihn jemand von der Seite an.

»He, pass doch auf!«, rief Franz und stieß ihn zurück.

»Entschuldige«, sagte der Fremde und hob beide Arme. Er war hager und hatte die Narben eines Mannes, der bereits zu viel durchmachen musste. Im rechten Mundwinkel hing ihm ein Grashalm, als wäre er eine Zigarre. Und irgendwie hatte sein Blick etwas Freundliches. Verärgert schüttelte Franz dennoch den Kopf und ging weiter.

Kaspar atmete tief durch. Er sollte sich besser darauf konzentrieren, wo er hinlief, sonst riskierte er bei der aufgeheizten Stimmung Kölns noch eine Prügelei. Und die konnte er heute wirklich nicht gebrauchen. Er sah an sich hinunter und strich sich den noch einmal geliehenen Frack glatt. Leise murmelte er: »Links, links, beim Bäcker rechts und dann noch mal links.« Hoffentlich fand er den Weg.

Er schlängelte sich durch die missmutigen Passanten hindurch und folgte der Beschreibung, die Albert ihm gegeben hatte. Ob dieses Fräulein es wohl ernst gemeint hatte? Würde es ihn wirklich als Kutscher einstellen? Und warum eigentlich? Besonders geeignet war er nicht. Er hatte schon lang kein Pferd mehr gelenkt. Hoffentlich würde er es noch hinbekommen. Und wüsste er überhaupt, wie mit den wohlhabenden Herrschaften umzugehen wäre? Nervös kaut er auf einem Grashalm und zog sich den Schlapphut tief ins Gesicht, als er vor der Stadtvilla der Mertens ankam. Ein riesiges Tor versperrte ihm den Weg auf den Hof. Vorsichtig sah er durch die Gitterstäbe.

»He, Sie da!«

Überrascht trat er einen Schritt zurück.

»Sind Sie der neue Kutscher?«, rief ein älterer Herr.

Kaspar hob das Kinn. »Genau der bin ich.«

»Kommen Sie rein. Lassen Sie sich ansehen.«

Das Tor quietschte laut, und Kaspar zog sich den Hut vom Kopf. Obwohl der Mann dahinter kleiner war als er, schien er meilenweit auf ihn hinabzublicken.

»Und Sie sollen …?«

»Anscheinend ja.« Kaspar warf seinen Grashalm weg und zuckte mit den Schultern. Er wusste ja selbst nicht so recht, was er davon halten sollte.

»Wo haben Sie bisher gearbeitet?«

»Ich habe in der Zuckerraffinerie Mertens …«

»Waren haben sie bisher transportiert. So so. Haben Sie Ihr Zeugnis dabei?«

»Also ehrlich gesagt …« Er verzog den Mund. Was hatte er sich nur dabei gedacht? Er hätte gar nicht erst herkommen sollen. Hier war ein Mann wie er einfach falsch. »Ich sollte vielleicht besser …«, setzte er an – und unterbrach sich selbst, denn in diesem Augenblick trat das Fräulein mit den blonden Locken aus der großen Flügeltür. Kaspar hielt inne. Um die Schulter hatte es ein rotes Tuch gelegt, darunter glänzte seine eng geschnürte Taille in einem hellroten Kleid. Der Rock floss weit um seine Beine herum, und seine Locken wurden von einem kleinen Damenhut gebändigt, der den Hinterkopf bedeckte und sich nach vorn hin öffnete – eine Schute, hatte Albert ihm einmal erklärt.

»Oh, verschonen Sie den Mann doch bitte mit Ihren lästigen Fragen!«, rief es mit ungewöhnlich hoher Stimme, die ganz und gar nicht zu seinem entschlossen wirkenden, roten Mund passen wollte. Ob sich die Dame sehr anstrengen musste, um so zu sprechen?

»Bitte entschuldigen Sie, gnädiges Fräulein«, sagte der Alte, nahm den Hut vom Kopf und trat einen Schritt zurück.

»Sie können gehen«, erwiderte die Frau.

Sofort verschwand er hinter einer der Kutschen, die am Rand des Hofs zum Garten hin abgestellt worden waren.

»Guten Tag.« Kaspar drehte seinen Hut in den Händen.

»Vielen Dank, dass du gekommen bist. Herr Schmidt hat sicherlich schon die Modalitäten mit dir abgesprochen?«

Kaspar hob die Augenbrauen – er hatte keine Ahnung, was das bedeuten sollte.

»Ich möchte heute noch verreisen.« Sie musterte ihn unverhohlen. »Luise!«, rief sie, ohne den Blick von Kaspar abzuwenden.

Sofort trat ein Hausmädchen aus der Tür. Obwohl es ungewöhnlich dünn war, trug es einen riesigen Koffer in den Händen.

»Ja, Emma?«

»Lade den Koffer schon mal in die Kutsche und steig ein. Ich komme gleich.«

Mit großen Schritten ging Luise auf die Kutsche zu. Im Vorbeigehen schaute sie kurz zu Kaspar herüber, und ihm fiel auf, dass sie schwarz unterlaufene Augen und eine faltige Stirn hatte. Schon war sie an der Kutsche mit offenem Verdeck angekommen.

»Oh, entschuldigen Sie, ich helfe natürlich!«, rief Kaspar und verfluchte sich innerlich dafür, dass er nur dumm herumgestanden und gestarrt hatte, statt sofort seine Hilfe anzubieten.

»Nicht nötig«, sagte Emma und winkte ab. »Luise schafft das.«

Also blieb Kaspar stehen, hörte, wie Luise hinter ihm ächzte und der Koffer mit einem lauten Rumpeln auf der Kutsche landete, während er zum Fräulein hinaufsah. *Emma* ..., dachte er. Stimmt, diesen Namen hatte er in der Raffinerie schon einmal gehört.

»Du wirst uns heute nach Bonn fahren. Ich möchte meine Schwägerin besuchen.«

»Nach Bonn ...« Er biss sich auf die Unterlippe. Er hatte noch keine Idee, wie er den Weg finden sollte.

»Das macht dir doch nichts aus?« Sie zog die Augenbrauen hoch und schmunzelte. Sie wusste sicher genau, wie sehr sie ihn gerade in Verlegenheit brachte. Und sie schien es zu genießen.

»Nein, natürlich nicht.« Er lächelte.

»Gut. Dann können wir ja ...«

In dem Moment öffnete sich über ihrem Kopf ein Fenster. »Emma, Kind, kommst du bitte kurz?«, rief der glatzköpfige Mann, den Kaspar schon einmal bei ihr gesehen hatte, mit einem unangenehmen Lächeln im Gesicht.

»Natürlich, lieber Bruder. Kutscher – wie heißt du?«

»Kaspar, gnädiges Fräulein. Ich heiße Kaspar Rockstroh.«

Kurz musterte sie ihn, und beinahe glaubte er, eine Herausforderung in ihrem Blick zu erkennen. Dann drehte sie sich um und rief über ihre Schulter: »Mach die Pferde bereit, Kaspar, wir brechen in wenigen Minuten auf!«

Victor Mertens ging in seinem Arbeitszimmer auf und ab. Er fühlte sich hervorragend. Seine Augen waren wach, seine Brust war frei, er war genial. Was für eine Idee! Was für ein Plan! Die Bauarbeiten am Rande der Stadt schritten reibungslos voran. Dort würde die modernste Bonbonfabrik entstehen, die man sich überhaupt nur vorstellen konnte! Schon bald würde er das gemeinsame Vorhaben mit August Arkenberg in die Tat umsetzen können. Erst heute hatte er einen Brief von ihm erhalten, in dem er davon berichtete, dass er nun Inhaber der Apotheke Müller war! Gottlieb Müller war anscheinend bei einem Unfall ums Leben gekommen. Besser hätte es nicht laufen können! Dieser Gottlieb hatte für ihn sowieso zu viel Risiko bedeutet. Jetzt, wo Stollwerck einen vermaledeiten Ministerialerlass erwirkt hatte, mussten sie nun mal entschlossener und rücksichtsloser vorgehen als gedacht. Und ob der alte Mann dazu bereit gewesen wäre, bezweifelte Victor. Sein Tod machte die Sache einfacher. Jetzt wäre es ein Leichtes, Stollwerck aus dem Weg zu räumen. Victors erstes Angebot für die kleine Bonbonfabrik hatte er abgelehnt. Doch um ein zweites würde Stollwerck noch betteln, er würde auf Knien rutschen und ihn anflehen, dafür würde Victor sorgen.

Die Tür ging auf, und seine Halbschwester Emma trat ein. Er konnte nicht anders, als sie mal wieder von oben bis unten zu mustern. Was hatte sie sich wieder herausgeputzt, herrlich.

»Du fährst heute noch zu meiner Frau?«

Sie nickte. »Ich werde ihr ins Gewissen reden. Versprochen, lieber Bruder. Es kann so nicht weitergehen – die Kinder brauchen ihre Mutter.«

»Du sagst es. Kluges Mädchen.« Er tätschelte ihre Wange. »Ich muss dir etwas sagen, Emma, auch wenn es mir schwerfällt.«

Emma schwieg und sah ihn mit großen Augen an.

»Du bist in wenigen Jahren volljährig. Und es wird Zeit, an deine Hochzeit zu denken.«

Emma blinzelte, doch sie antwortete nicht. Heute war sie wohl mal wieder ziemlich langsam im Kopf.

»Natürlich würde ich dich am liebsten an meiner Seite behalten, aber du weißt, das geht nicht. Ich werde dich demnächst verheiraten müssen.«

»Oh …«, sagte Emma leise. »Demnächst schon?«

»Schön, dass wir uns einig sind. Ich habe bereits einen Mann für dich im Auge. In den nächsten Wochen werde ich mit ihm sprechen.«

»Schon in den nächsten Wochen?«

Ja, nuschelte er etwa? Er schluckte seinen Ärger hinunter und fuhr fort: »Wie gesagt, es wird Zeit. Ich werde dich informieren. Du kannst gehen.«

Noch einmal tätschelte er ihre Wange, dann drehte er sich zum Fenster um. Gedankenverloren beobachtete er, wie der Kutscher mit einem scheuenden Pferd kämpfte, und grinste vor Vergnügen. Er würde es diesem Stollwerck schon noch zeigen – er konnte es kaum erwarten.

32. Kapitel

Anna Sophia hatte seit Tagen nicht geschlafen. Sie wagte es nicht, denn dafür war sie zu erschöpft. Wenn sie in diesem Zustand einmal einnickte, würde sie sicher in einen so tiefen Schlaf fallen, dass sie Alberts Wimmern nicht hören könnte und nicht zur Stelle wäre, wenn er sie am dringendsten brauchte. Doktor Baader sah mittlerweile beinahe jede Stunde nach dem Säugling, und Franz hatte Theodor angewiesen, ihn tagsüber in der Bäckerei und abends in der Kaffeestube zu vertreten, damit er so oft wie möglich bei ihnen sein konnte.

Seitdem ihr Vater und Heinrich gestorben waren, herrschte im Hause Stollwerck eine traurige Stimmung. Der Efeu an der Fassade wirkte mehr grau als grün. Schlaff hingen seine Blätter hinab. Jedes Mal, wenn Anna Sophia an ihren Papa dachte, stiegen ihr die Tränen in die Augen. Wie sollte sie für immer diese Schuld ertragen? Papa war gestorben – und ihr Streit könnte niemals beigelegt werden. Auch Franz trauerte fürchterlich um Heinrich. Er lachte und grinste nicht mehr, er zwinkerte nicht und machte keinen einzigen Witz. Auch er hatte mit großen Schuldgefühlen zu kämpfen. Sein Blick war leer, und um seinen Mund lag ein missmutiger Zug. Dennoch gab er sein Bestes, um für sie und Albert da zu sein. Er hielt den Jungen, während sie versuchte, die richtige Kräutermedizin für ihn zu finden – und daran scheiterte. Gemeinsam hatten sie den Pfarrer eingeladen und den Jungen am Krankenbett taufen lassen. Franz hatte ihn im Arm gehalten, während Anna Sophia ihm leise schluchzend eine dunkle, weiche Locke aus den dünnen Haaren schnitt, um sie in einem Kettenanhänger in der Nähe ihres Herzens aufzubewahren. Mittlerweile schwiegen sie nur noch nebeneinander, streichelten Albert die Wange und hofften darauf, dass zumindest Baaders Medikamente endlich anschlugen. Doch das Kind weinte und wimmerte weiter.

Immer wieder fielen Anna Sophia die Augen zu, während sie Albert hin und her wiegte. Wie klein und zerbrechlich er war! »Er hat solche Schmerzen«, flüsterte sie. »Vielleicht sollte ich doch noch einmal in den Botanischen Garten gehen und ...«

»Du hast schon sämtliche Kräutertinkturen und Tees ausprobiert«, sagte Franz leise. »Alles, was dir deine Eltern beigebracht haben, hast du ausgeschöpft. Tagelang bist du nur noch zwischen Garten und Küche hin- und hergelaufen.«

»Es gibt immer das richtige Kraut, Franz. Man muss es nur finden, ich muss nur weitersuchen.« Sie hatte es kaum gemerkt, so taub fühlte sich ihr Körper an, doch sie hörte, dass sie schluchzte.

»Nein, Anna Sophia. Es gibt nicht für alles ein Mittel auf dieser Welt. Ich bin mir sicher, dass du sämtliche Möglichkeiten ausprobiert hast, die diese Stadt dir bietet. Wir müssen jetzt auf Gott vertrauen. Und auf Doktor Baader. Er weiß, was er tut.«

Anna Sophia amtete tief ein. Wusste der Doktor es wirklich? Sie musste daran denken, was August vor dem Apellhof behauptet hatte. Was, wenn es stimmte? Nein, das konnte einfach nicht wahr sein. Was für eine hanebüchene Geschichte das gewesen war! Doch selbst, wenn August gelogen hatte, dann hatte Baader damals nicht verhindern können, was mit Gottlieb geschehen war. Er hatte ihn nicht geheilt – am Ende war es Gesche gewesen, durch die er gerettet werden konnte.

Sie sah auf, begegnete Franz' Blick, und zum ersten Mal seit Tagen lag darin ein klein wenig Wärme. Er hob die Hand und legte sie an Anna Sophias Wange. Sanft streichelte er sie mit seinem Daumen.

»Du warst schon viel zu lang auf den Beinen«, sagte er mit tiefer Stimme. »Bitte geh ein paar Stunden schlafen. Ich sehe doch, wie müde du bist. Ich nehme Albert, Doktor Baader kommt in wenigen Minuten zurück und sieht noch einmal nach ihm. Wir kümmern uns. Und wenn du wieder wach bist, geht es unserem Kind bestimmt schon viel besser.«

Anna Sophia blinzelte und bemühte sich, die Augen danach wieder offen zu halten. Vielleicht sollte sie zustimmen, überlegte sie. Vielleicht läge darin noch eine letzte Chance. Doch sollte sie es wirklich wagen? Sie sah Albert auf ihrem Arm an. Fast verschwand er in seinen Tüchern, nur ein wenig seines winzigen, schmerzverzerrten Gesichtchens lugte hervor. Sie schluchzte noch einmal, doch sie glaubte, keine Wahl zu haben. Langsam nickte sie.

»Du lässt ihn nicht aus den Augen, ja?«

»Keine Sekunde.«

»Auch nicht, wenn Doktor Baader hier ist. Versprichst du mir das?«

»Ich werde nicht einmal den Raum verlassen. Ich werde nirgendwo sonst hinschauen als auf ihn, Anna Sophia.« Nun lächelte er. Es war das erste Lächeln seit Tagen, und es war das traurigste, das sie je an ihm gesehen hatte. Sie beugte sich vor und gab Franz einen Kuss auf die Wange. Kurz lehnte sie ihre Stirn an seine.

»Verlass dich auf mich, Anna Sophia«, flüsterte er.

»Immer«, antwortete sie.

Dann legte sie Albert in seine Arme.

Niemand sah, wie sie davonfuhr. Franz war mit Doktor Baader oben und glaubte sicher, Anna Sophia liege im Bett. Und Theodor holte gerade frische Zutaten für die Bäckerei aus dem Keller. Mit wild klopfendem Herzen und in der größten Eile ihres Lebens lenkte Anna Sophia den Einspänner durch Köln, hinaus aus der Stadt und bis zum Wald. Zum Reiten wäre ihr Körper zu müde gewesen, allerdings musste sie daher nun das letzte Stück zu Fuß gehen. Ihr Blickfeld war eng, und in ihren Ohren rauschte die Müdigkeit, doch sobald sie zwischen die Bäume trat und die kühle, nach Moos, Erde und Harz duftende Luft einsog, fühlte sie sich ein wenig frischer. Für einen Moment schloss sie die Augen. Erst jetzt spürte sie, wie sehr sie diesen Ort vermisst hatte. Schon bald würde sie Gesches Häuschen wiedersehen! Die Schnur mit den Glöckchen, die

Hühner, die Schaukel, Gesches unterschiedliche Augen und ihr warmes Lächeln mit der großen Zahnlücke! Seit Jahren hatte sie die Großmutter nicht gesehen – es war viel zu lang gewesen! In Gesches Umarmung könnte zwar nicht alles wieder gut werden, doch zumindest ein wenig besser. Denn bei Gesche gäbe es Hoffnung für Albert. Sie griff nach der Kette um ihren Hals, in der seine Locke steckte, dachte an ihr Kind und stellte sich vor, wie es jetzt in Franz' Armen lag – federleicht, die Augen fest geschlossen. Sie musste sich schrecklich beeilen. Anna Sophia lief stetig die Anhöhe hinauf. Schnell fand sie den Scharfenfels und dort oben die erste Spirale an einem der Baumstämme. Sie sah sich um und entdeckte schon die zweite. Hier hatte sich nichts geändert, dachte Anna Sophia. Auch wenn die Welt da draußen immer unfreundlicher wurde, ihr Vater und Heinrich plötzlich gestorben waren und Albert um sein junges Leben kämpfen musste – hier im Wald führte noch immer eine Spirale zur nächsten. Es war gut, dass sie die Fahrt gewagt hatte, dachte sie. Wenn jetzt noch jemand helfen könnte, dann wäre es Gesche.

Bald wurde das Unterholz dichter. Vorsichtig stieg sie über Gestrüpp, bog Zweige auseinander und duckte sich unter Ästen hindurch. Gleich müsste sie das Rascheln und Picken von Hühnern hören, dachte Anna Sophia. Gleich würden Glöckchen klingeln, und Gesche würde die quietschende Tür öffnen. Doch es rauschte einzig der Wind in den Blättern. Nur noch ein kleines Stück, hoffte Anna Sophia. Nur noch ein paar Schritte. Sie lief und lief, sie lauschte und spähte durch die Bäume und Büsche – und fand nichts. Oder? Sah dieser Baum dort nicht genauso aus wie der, an dem Gesches Hütte stand? Nur ein wenig schwarz angelaufen? Moment, war das etwa Ruß? An seinem Stamm lehnten zwei verkohlte Bretter. Sie konnten nicht zu Gesches Hütte gehört haben – oder etwa doch? Wirkte dieser Ast dort nicht wie die Halterung für Gesches Schaukel, nur kürzer? War er vor langer Zeit vielleicht abgebrochen? War der Boden an dieser Stelle nicht etwas weniger dicht bewachsen als überall sonst im Wald? Anna Sophia schnürte es die Kehle zu. Das konnte nicht sein. »Gesche?«, fragte sie leise in den Wald hinein. Und dann noch einmal lauter: »Gesche?!«

Und dann sah sie Albert vor ihrem inneren Auge. Sein Gesicht war mit einem Mal blau angelaufen, er bewegte sich nicht mehr. Schlaff hing er in Franz' Armen, und Franz liefen die Tränen übers Gesicht. Ihr Kind würde sterben, dachte sie, wenn sie Gesche jetzt nicht fand!

»Gesche!«, schrie sie so laut sie konnte. Ihre Stimme überschlug sich und verhallte dann sofort. Der Wald rauschte, zwitscherte und raschelte, statt ihr zu antworten. Hektisch schaute sie sich um, doch da waren nur Bäume, Blätter, Büsche, Unterholz – niemand, der ihr helfen konnte. Sie rannte panisch hin und her.

Suchte sie an der falschen Stelle? Hatte sie sich diesmal verlaufen? Was sollte sie nur tun? Sie wusste nicht weiter, ihre Finger zitterten, ihr Blick flackerte. War es ein Fehler gewesen, herzukommen? Sie sollte jetzt bei Albert sein, bei ihrem Mann, sie sollten ihr Kind gemeinsam halten und versuchen, ihm Kraft zu geben.

»Hilfe!«, schrie sie. »Gesche, wo bist du? Gesche!« Sie spürte kaum, wie ihr die Tränen über die Wangen liefen, hörte kaum ihre eigenen Schluchzer.

»Bitte!«

Doch nichts geschah. Der Wald schwieg, niemand antwortete, und zu Hause, das wusste Anna Sophia plötzlich mit grausamer Gewissheit, hörte Albert auf zu atmen.

Wie lange sie wohl so dasaß? Wie lange sie weinte und rief? Wieso hatte Gott das getan? Wieso hatte er Albert nur ein so kurzes Leben gegönnt? Ihr Sohn hatte diese gefährliche, furchtbare Geburt überlebt – wofür? Für ein Leben, so kurz wie ein Wimpernschlag? Für nichts als Schmerz und Hoffnungslosigkeit? So klein und verloren war er. Und in ihrer Brust war die grenzenlose Liebe düster, schwer und tosend, so wie sie sich das Meer vorstellte, das sie nie gesehen hatte. Tief, weit und schrecklich. Sie hatte ihn doch mit jedem Tag besser kennenlernen und erfahren wollen, welcher Mensch er werden, wie er die Welt sehen und auf welche Ideen er kommen würde. Sie wollte ihm doch alles zeigen, ihm beibringen, wie man lebte und liebte, wie man Bonbons kochte und im Wald Gesche fand! Für ihn wollte sie heute noch in die unterschiedlich farbigen Augen ihrer Großmutter blicken und spüren, dass alles gut werden würde! Stattdessen waren sie fort, und nur der Wald knisterte. Sie schloss die Augen, weinte, atmete und hörte zu.

Als sie wieder aufsah, erblickte sie neben einem jungen Apfelbäumchen, nur wenige Schritte von ihr entfernt, einen Wolf. Er hatte aufgestellte Ohren, dichtes, braunes Fell und bernsteinfarbene Augen. Er rührte sich nicht. Unverwandt sah er Anna Sophia an. Sie atmete leise ein und aus. Der Wolf blinzelte nicht einmal – und auch Anna Sophia hatte keine Angst. Und dann wusste sie, was sie tun wollte. Vorsichtig begann sie, die Erde vor ihren Knien zu lockern. Mit bloßen Fingern grub sie ein Loch in den Boden. Es musste nicht besonders groß werden, doch da es seit Tagen nicht geregnet hatte, brauchte sie dennoch lange dafür. Immer wieder schaute sie auf und wusste: Der Wolf blieb. Er sah ihr zu, während sie zitterte, stumm weinte, das gläserne Amulett ihrer Kette öffnete und Alberts Locke herausnahm. Behutsam legte sie sie in das Loch und schob die Erde darüber. Beinahe war ihr, als würde das Tier sie beschützen. Erst, als sie den Boden wieder glatt gedrückt hatte, senkte der Wolf langsam den Kopf, drehte sich um und verschwand.

Einen Moment lang starrte Anna Sophia noch auf das Apfelbäumchen, neben dem er gestanden hatte. Wie ungewöhnlich, dachte sie – ein Obstbaum zwischen den Rotbuchen und Eichen. Ob ihn wohl jemand absichtlich gepflanzt hatte? Sie stellte sich vor, wie einer hier gesessen, einen Apfel gegessen und sein Kerngehäuse eingegraben hatte. Ob er Gesche wohl gekannt hatte?

Wie konnte sie jetzt über so einen Unsinn nachdenken, fragte sie sich. Dann richtete sie sich auf und lief zurück zu ihrem Einspänner. Sie war nicht überrascht, als sie feststellte, dass die Felder nun in einem anderen Grün leuchteten, der Himmel in einem anderen Blau, und dass das Wiehern ihres Pferdes dunkler klang. Sie schnalzte mit der Zunge und ließ sich ziehen. Und im Augenwinkel sah sie gerade noch, wie ihr ein bernsteinfarbener Wolfsblick folgte.

33. Kapitel

Innerlich tobte Wilhelmine, während sie durch Sibylles Park stapfte und nach Vogelmiere suchte. Dieses Bodenkraut gab es hier doch sicherlich irgendwo! Wo war dieses vermaledeite Zeug nur? Wieso fühlte sie sich so fürchterlich? Und was war sie eigentlich für ein schrecklicher, hundsgemeiner Mensch? Sie war wütend, traurig und ängstlich zugleich. Warum hatte Adele auch herkommen müssen? Warum war sie so krank? Wieso konnte nicht alles ganz anders sein?

Dort – am Rand der Blumenwiese fand sie die kleinen grünen Blätter endlich. Sie zupfte sie von den Stängeln und wusste genau, wie sie daraus einen stärkenden Salat für Adele zubereiten konnte. Mit diesem Wissen war es schon seltsam, dachte sie. Sie erinnerte sich nicht mehr, ob sie es von ihrer Mama, Gesche oder Anna Sophia hatte. Es war einfach da. Und es konnte nicht nur Adele stärken, sondern auch ihr selbst ein wenig Halt geben. Also ging sie in die Küche und machte sich verbissen an die Arbeit.

Später, als Adele den Salat gegessen und sich bedankt hatte, blieb Wilhelmine neben ihr und Sibylle sitzen. Sie beobachtete, wie die eine der anderen die schwitzende Stirn mit einem Tuch abtupfte, und presste die Lippen zusammen.

»Meine liebe Adele, bitte! Du darfst mich nicht verlassen«, flüsterte Sibylle, und mit einem Mal standen Wilhelmine die Tränen in den Augen. Sie sollte wieder gehen. Doch an einem anderen Ort konnte sie die Zuneigung zwischen den beiden Frauen genauso wenig ertragen wie hier. Wie konnte sie so egoistisch sein, schalt sie sich erneut. Adele Schopenhauer lag abgemagert, aschfahl und zitternd auf der Chaiselongue, sie litt unter schrecklichen Schmerzen im Unterleib, und Wilhelmine war dennoch von Eifersucht auf diese furchtbar aussehende Person erfüllt. Trotz allem wollte sie selbst es sein, die dalag, um die Sibylle weinte und die sie pflegte. Schließlich ging es auch ihr schlecht. Die Trauer um ihren Vater saß ihr so schwer in der Brust, dass auch sie liebevolle Hände herbeisehnte. Doch sie blieb mit geradem Rücken und zitternden Fingern sitzen – unbeachtet.

»Es tut gut, bei dir zu sein, mein liebes Herz. In deinem Haus, deiner Stube«, flüsterte Adele.

»Du wirst wieder ganz gesund, du musst einfach«, antwortete Sibylle, die Wilhelmine den Rücken zugekehrt hatte.

»Sprechen greift mich an. Mir tut alles, alles weh.«

»Ruh dich aus, meine Liebe. Schweig jetzt, und ruh dich aus.«

Wilhelmine verschwamm der Blick vor Tränen. Beinahe wäre die erste die Wange hinuntergerollt, doch da ertönte ein Klopfen und die Flügeltür ging vorsichtig auf.

»Ihre Schwägerin ist hier, Fräulein Mertens«, erklärte eine Angestellte.

Schnell wischte sich Wilhelmine die Augen trocken. Ohne aufzusehen, antwortete Sibylle: »Sie soll hereinkommen.«

Kurz darauf trat ein bildhübsches Mädchen in den Salon. Es hatte helle, blonde Löckchen und volle Wangen. Hinter ihr lief mit gesenktem Kopf ein Dienstmädchen, das fast so dünn war wie Adele, und dessen Stirn von tiefen Falten gezeichnet war. Schwankte es leicht unter dem Gewicht des großen Koffers, den es trug?

»Meine liebe Schwägerin ... oh.« Als das Fräulein die kranke Frau auf der Chaislongue bemerkte, hielt es inne. Unschlüssig blieb es mitten im Raum stehen.

»Das ist Adele Schopenhauer«, erklärte Sibylle, dann deutete sie auf Wilhelmine und fügte hinzu: »Und das Wilhelmine Müller. Setz dich bitte.«

Mit kleinen Schritten lief die junge Schwägerin zu einem Stuhl und ließ sich nieder. Das Dienstmädchen begleitete sie, stellte den Koffer ab und wich ein paar Schritte zurück, um an der Wand auf weitere Anweisungen zu warten.

»Das ist Emma Mertens«, erklärte Sibylle den beiden Frauen. Dann seufzte sie. »Du willst mir sicherlich ins Gewissen reden.«

»Ach, Unsinn, meine Liebe. Ich wollte lediglich sehen, wie es dir geht.«

»Nun, du siehst, es geht mir nicht gut. Meine Freundin Adele ist schwer krank.«

Mit großen Augen sah Emma sie an, dann ließ sie den Blick auf ihre Finger sinken. »Das tut mir sehr leid. Ich wollte nur ... der kleine Julius entwickelt sich prächtig!«

»Wie schön!«, sagte Sibylle und tupfte Adele weiter die Stirn ab.

»Und Wilma wird langsam eine richtige kleine Frau. Sie liebt es, sich die Haare flechten und hochstecken zu lassen.«

»Und du kommst dieser Bitte gern nach.«

»Aber natürlich, ich vergöttere meine Nichte und meinen Neffen. Ich würde alles für sie tun. Natürlich überlasse ich Wilma auch gern meiner Luise, um ihr die Haare zu machen.«

»Ach, Emma, ich will ganz ehrlich zu dir sein: Egal was du sagst – ich komme nicht mit dir mit. Adele braucht mich hier. Und die Kinder haben dich und Victor.«

Für einen kurzen Moment schwieg Emma und sah von Wilhelmine zu Adele und zurück.

»Dürfte ich kurz mit dir allein sprechen, liebe Schwägerin?«

Sibylle seufzte. »Ich bleibe nicht lange weg«, flüsterte sie Adele zu und strich ihr über die Wange. Wilhelmine schnürte es die Kehle zu. Dann stand Sibylle auf. »Komm Emma, wir gehen ein paar Schritte durch den Garten.«

Emma stand auf, gemeinsam gingen sie in das Foyer hinaus, und während sich die Tür schon langsam hinter ihnen schloss, hörte Wilhelmine noch, wie Emma mit gedämpfter Stimme sagte: »Welche Krankheit hat diese arme Frau? Betrifft sie auch … ihr Äußeres? Der breite Mund, die langen Zähne … Sie sieht beinahe so aus, als hätte sich ein Mann als Frau verkleidet! Kommt das durch ihren Zustand?«

In diesem Moment schlug die Tür zu, und Wilhelmine sah mit klopfendem Herzen auf die Schuhspitzen, die unter ihrem Kleid hervorragten. Sosehr auch die Eifersucht in ihr tobte, so leid tat es ihr, dass Adele diese Worte gehört haben musste. Es war doch sicher unerträglich, in einem so schwachen Zustand auch noch erniedrigt zu werden. Sie schluckte und wagte kaum aufzusehen. Für einen Moment war es fast still, nur Adeles Atem rasselte durch den Salon. Wie sollte es nur weitergehen?, fragte sich Wilhelmine zum unzähligsten Mal. Wie schrecklich würde Sibylle leiden, wenn Adele starb? Und was würde geschehen, wenn sie wieder gesund würde? Würde Sibylle dann mit ihr allein sein wollen? Müsste Wilhelmine die Villa verlassen? Sie konnte doch nicht zurück nach Hause, ihr Vater lebte nicht mehr, und August würde sie sicherlich nicht aufnehmen! Mit einem Mal rumpelte es laut und Wilhelmine sah erschrocken auf. Emmas Dienstmädchen, dessen Anwesenheit sie beinahe vergessen hatte, war zusammengeklappt. Reglos lag es neben dem großen Koffer, den es wohl bis eben festgehalten hatte.

Wilhelmine sprang auf und lief zu ihr.

»Sie ist ohnmächtig!« Sie zog einen Schemel heran und legte die Füße der Fremden hoch. Sie schüttelte die dünnen Schultern des Mädchens und versuchte, es aufzuwecken, doch es rührte sich nicht. Kurz zuckte Wilhelmine zusammen, denn hinter ihr ertönte das Klingeln einer Glocke – Adele hatte sich unter großer Kraftanstrengung aufgerichtet und läutete nun schrill nach den Bediensteten.

Eine halbe Stunde später hatte Wilhelmine den Kreislauf des Dienstmädchens glücklicherweise mithilfe von Weißdornextrakt aus der Hausapotheke stabilisieren können. Mit müden Augen lag es auf einem schmalen Bett im Gästezimmer. Um es herum standen neben Wilhelmine auch Sibylle und Emma. Nur Adele war auf der Chaiselongue im Salon liegen geblieben.

»Es geht schon, gnädiges Fräulein. Ich kann wieder aufstehen«, flüsterte das Mädchen.

Emma schüttelte den Kopf. »Nein, Luise, du brauchst noch ein wenig Ruhe.«

Überrascht stellte Wilhelmine fest, dass Emma liebevoll Luises Hand streichelte. So viel Mitgefühl hätte sie dem vorhin so gefühlskalt wirkenden Fräulein niemals zugetraut. Doch anscheinend hatte sie vorschnell geurteilt.

»Haben Sie sie untersucht?«, fragte Emma nun Wilhelmine.

»Sie ist keine Ärztin«, sagte Sibylle.

»Aber sie wusste, was zu tun war! Also, was hat meine Luise?«

Wilhelmine schluckte. Sie hatte zwar durchaus einen Verdacht, doch was würde mit dem Dienstmädchen geschehen, wenn sie ihn laut aussprach? Hilfe suchend sah sie Sibylle an – und Sibylle nickte ihr kurz zu.

»Frauen haben nun mal hin und wieder ein gewisses Leiden ...«

»Ich habe auch manchmal ein Frauenleiden – aber so etwas ist mir noch nie passiert! Lügt mich bitte nicht an, ich bin kein Kind mehr, und ich bin auch nicht dumm. Also: Was ist mit ihr?« Während Emma das sagte, wurde ihr gerade noch so hohes Stimmchen immer tiefer und entschlossener. »Wenn ihr es mir nicht sagt, bringe ich sie zu Victors Arzt, der wird mir schon die Wahrheit erzählen.«

Sibylle seufzte. »Nun gut. Erkläre es ihr.«

»Ich bin mir nicht sicher, aber ... Luise, hatten Sie in letzter Zeit ... waren Sie ... guter Hoffnung?«

»Guter Hoffnung?«, rief Emma spitz. »Sie meinen – Hoffnung auf den Storch? Aber der kommt doch nur zu verheirateten Frauen!«

Wilhelmine lachte auf. War das ihr Ernst?

Sibylle zog sich einen Stuhl heran und setzte sich neben Emma. »Ich muss dir, fürchte ich, etwas erklären.« Sie räusperte sich. »Deine

Mutter hat dir vor Jahren wahrscheinlich von dem Storch erzählt, der die Kinder bringt und den jungen Müttern dann in den Fuß beißt, habe ich recht? So wird es schließlich fast allen jungen Frauen erklärt. Leider hatte deine Mutter wohl keine … Gelegenheit, dir zu sagen, wie es wirklich abläuft.«

Emma sah sie mit großen Augen und offenem Mund an, und Wilhelmine zwang sich dazu, nicht fassungslos den Kopf zu schütteln. Zwar hatte auch ihre eigene Mutter ihr in Kindertagen vom Storch erzählt, doch Betty hatte ihr schon vor Jahren erklärt, dass das nur ein Märchen war. Glaubte Emma, die doch schon längst eine Frau war, etwa immer noch daran?

»Du brauchst dich nicht zu schämen, dass du das denkst. Glaub mir, es ist eine Schande, aber so wie dir geht es unzähligen Mädchen in unseren Kreisen. Das wird für dich jetzt wahrscheinlich unglaublich klingen, aber in Wahrheit erwarten Frauen durch andere Umstände ihre Kinder.«

Sibylle sah kurz zu Wilhelmine herüber, dann schaute sie wieder Emma an und erklärte ihr, was zwischen Mann und Frau geschehen konnte. Wilhelmine spürte, wie sie dabei rot wurde. Gleichzeitig weckten Sibylles Worte aber auch ein wohliges Gefühl in ihrem Körper.

Als Sibylle verstummte, schaute Wilhelmine Emma gespannt an. Die nickte langsam. »Ich glaube dir«, erklärte sie gönnerhaft und Wilhelmine unterdrückte ein Schmunzeln. Wie nett von ihr, dachte sie amüsiert. »Es ergibt Sinn, ich habe mir so etwas schon gedacht. Auch, wenn ich es mir nicht ganz so sonderbar vorgestellt habe. Aber wie dem auch sei … Das erklärt noch lange nicht, wie so etwas Luise passieren konnte. Wie gesagt, sie hat keinen Ehemann!«

Erst jetzt bemerkte Wilhelmine, dass auf den Wangen des Dienstmädchens Tränen glitzerten. Es schluchzte. »Ich wollte das nicht, das müssen Sie mir glauben, liebe Emma, bitte. Ich habe ihm keinen Anlass gegeben, das schwöre ich. Ich wollte gehen, aber er hat mich festgehalten. Ich konnte nicht weg. Ich wollte das nicht, aber was hätte ich tun sollen?«

Jetzt riss Emma die Augen auf. »Oh, meine arme Luise! Wer tut denn so etwas Unsagbares?«

Luise antwortete nicht, sie weinte nur.

»Ich habe da so eine Ahnung«, sagte Sibylle, und Wilhelmine erschrak, so eiskalt klang die Stimme der Freundin plötzlich.

»Ja? Bitte sag es, Sibylle.«

»Es kommt nicht selten vor, dass Hausherren die Lage ihres Personals ausnutzen.«

Langsam zogen sich Emmas Brauen zusammen. »Du meinst ... Aber, es wird doch nicht mein ...«

»Victor hat dich auch schon bedrängt, oder nicht, Emma?«

Emma schaute auf ihre Finger. Sie antwortete nicht. Kurz war es ruhig im Zimmer, nur Luise schniefte.

»Bitte erzählen Sie das niemandem, Emma«, sagte Wilhelmine in die Stille hinein. »Wenn das herauskommt, wird Luise weggeschickt. Es wird ihr sehr schlecht ergehen, glauben Sie mir.«

»Aber wieso?«

»Wir wissen nicht, was mit ihrem Kind passiert ist, aber wenn ... es nicht mehr lebt ... und wenn auch nur ein Mann glaubt, sie könne dem Kind mutwillig Schaden zugefügt haben, um nicht gekündigt zu werden, dann wird sie mit Sicherheit ins Zuchthaus geworfen.«

»Ich möchte doch sehr bitten! Wie reden Sie über meine Luise?«, rief Emma, und Wilhelmine bemerkte, dass ihre Stimme bereits zum zweiten Mal viel tiefer klang. Ob sie wohl hin und wieder vergaß, ihre Rolle des arroganten Fräuleins weiterzuspielen?

Wilhelmine atmete tief durch, dann sagte sie: »Natürlich glaube ich nicht, dass so etwas geschehen sein könnte. Dennoch müssen Sie das für sich behalten, Emma. Es reicht leider nicht, dass ein Dienstmädchen unschuldig ist. Es muss auch unbedingt so wirken. Man wird leider immer den Herrschaften glauben, und in deren Augen wäre Luise ganz allein schuld an ihrer Situation. Ganz egal, was wirklich passiert ist.«

»Wilhelmine hat recht. Du darfst es niemandem sagen, Emma. Schon gar nicht Victor. Wenn du Luise schützen willst, dann darfst du keine weiteren Fragen stellen. Du musst für immer schweigen, hast du mich verstanden?«

Emma sah zu Luise hinüber, hob die Hand und strich ihr eine Strähne aus dem Gesicht. Dann sagte sie mit noch dunklerer Stimme: »Ja. Ich schweige für immer.«

»Helfen Sie uns bitte einmal, Kaspar?«, rief Emma. Sofort sprang er vom Kutschbock und lief auf sie zu. Gemeinsam mit einer jungen Frau, die er noch nie gesehen hatte, stützte sie Luise. Das Dienstmädchen war blass und schien zu taumeln.

»Es geht schon«, protestierte es, doch seine Stimme klang schwach.

»Bringen Sie sie bitte in die Kutsche.«

»Natürlich, Fräulein Mertens.« Hoffentlich traf er dabei den Ton eines Kutschers, um den er sich bemühte. Er beeilte sich, Luises Arm um seine Schulter zu legen, und berührte dabei aus Versehen Emmas Hand. Ob sie es wohl bemerkte? Dann umgriff er Luises Taille und brachte sie zur Kutsche.

»Ist Ihnen nicht wohl, Luise?«

»Alles gut, es wird schon wieder«, antwortete sie tapfer, doch er ahnte, dass sie ihre Lage herunterspielte. Ob sie wirklich bereit war, mit der Kutsche zurückzureisen? Die Fahrt war hügelig und unbequem, ganz egal, wie langsam er fuhr.

Erst half er dem Dienstmädchen, in die Kutsche zu steigen, dann wartete er, bis sich Emma verabschiedet hatte, und bot auch ihr seinen Arm an. Er wünschte, sie würde sich ein wenig länger darauf abstützen als nötig, doch kaum hatte sie ihn berührt, da ließ sie auch schon wieder los und sprang in die Kutsche.

Kaspar stieg ebenfalls hoch und nahm die Zügel auf, da rief Emma noch: »Ach, Sibylle, würde euer Kutscher vielleicht kurz unsere Schrauben nachziehen? Sicher ist sicher – und auf dem Hinweg ist unser Werkzeug zerbrochen.«

Kaspar drehte sich zu ihr um. Hätte er etwas Derartiges etwa tun müssen? Hatte sie gerade für ihn gelogen? Er beobachtete, wie ein Mann herbeieilte und sich an ihren Rädern zu schaffen machte. Kaspar versuchte, sich jede seiner Bewegungen genau einzuprägen.

»Gib ihm bitte das Werkzeug mit«, wies die Dame des Hauses den Kutscher an, und zwinkernd stellte dieser einen kleinen, schmutzigen Koffer neben Kaspars Füßen ab.

»Vielen Dank, liebe Sibylle!« Emma winkte mit einer eleganten Handbewegung. »Auf Wiedersehen!«

Also steckte sich Kaspar den Grashalm in den Mund, den er vorhin auf dem Hof gepflückt hatte, und schickte eine kleine Welle durch die Peitsche, so wie er es hin und wieder bei Kutschern auf der Straße gesehen hatte. Die beiden Pferde setzten sich in Bewegung.

Die Hinreise war bereits überraschend gut verlaufen. Die Tiere waren ruhig und wussten genau, wann sie antraben sollten. Und zu seiner Überraschung hatte ihm Emma an jeder Kreuzung beinahe unauffällig zugerufen, wo es langging.

»Ach schau, Luise, dort vorne rechts kommen wir an der schönen neuen Kaffeestube vorbei«, hatte sie beispielsweise gesagt oder: »Wie wunderbar, dass wir gleich links abbiegen und den Dom sehen können.«

Sie wusste wohl ganz genau, dass er den Weg nach Bonn nicht kannte. Genauso wie sie gewusst hatte, dass er nichts vom Nachziehen der Schrauben wusste. Wieder und wieder fragte er sich: Warum tat sie all das für ihn? Er musste wieder an ihre Blicke denken, die sie während des Trauermarschs ausgetauscht hatten. Aber für sie konnte er doch nur ein mittelloser, abgerissener Arbeiter sein.

Gedankenverloren lenkte er die Pferde aus Bonn heraus, auf die Landstraße in Richtung Köln. Die Sonne stand tief über den Feldern, und ohne es zu wollen, musste er an Höhenforst denken. An die arme Gesche, an seine Schwägerin Amalie, an seine liebe Margaretha und an den Moment im Wald, in dem sie ihn für immer verlassen hatte. Seltsam, dachte er. Diese Erinnerungen waren erst ein paar Jahre alt, und doch schienen sie ihm aus einem anderen Leben zu stammen und zu einem anderen Kaspar zu gehören. Wie weit er gekommen war – bis in diese noble Kutsche. Und wie wenig er dabei doch erreicht hatte. Lina war noch immer so fern und verloren wie seit jener Nacht. Was machte er hier eigentlich? Er fuhr ein reiches Fräulein durch die Gegend und schielte immer wieder zu ihm hinüber. Wie dumm von ihm! Er war nur aus einem Grund in Köln: Er musste Lina finden. Sie war ganz allein und schutzlos in einer Stadt, in der die Stimmung jederzeit kippen konnte. Er sollte sie beschützen, doch was er hier tat, half ihr nicht im Geringsten.

»Darf ich dich etwas fragen, Kaspar?«, hörte er plötzlich eine Stimme nah an seinem Ohr. Er drehte den Kopf. Emma hatte sich weit zu ihm nach vorn gebeugt, ihr roter Mund war seiner Wange ganz nah. Hatte sie wirklich gesprochen? Ihre Stimme hatte anders geklungen als sonst – ein wenig natürlicher vielleicht. Auf der Bank dahinter lag Luise und schlief.

»Jederzeit, Fräulein Mertens.« Er zwang sich, wieder auf die Hintern der Pferde zu schauen, und kaute auf seinem Grashalm.

»Findest du, ein Kind braucht immer eine Mutter? Oder reicht auch der Vater?«

Kaspar runzelte die Stirn. »Nun, ich denke … manchmal hat man vielleicht nicht die Wahl.«

»Kannst du schweigen, Kaspar?«

»Wie ein Grab, Fräulein Mertens.«

»Ich auch. Aber ich mag es nicht. Wer schweigt, hat oft einen vollen Kopf. Und ständig muss man aufpassen, dass er nicht überläuft.«

Wie wahr!, dachte Kaspar.

»Aber ich werde das schon schaffen. Wirst du es auch?«

»Schweigen?«

»Über alles, was ich dir in dieser Kutsche erzählen werde? Heute und für immer?«

Kaspar lachte leise auf. Emma war schon ein bisschen seltsam. Manchmal erweckte sie den Eindruck, sie wäre irgendwie falsch. Und dann wirkte sie mit einem Mal entwaffnend ehrlich und so aufrichtig, dass er eine Gänsehaut bekam.

»Natürlich, Fräulein Mertens.«

Sie seufzte. Kurz schien sie nachzudenken, dann sagte sie: »Weißt du, Kaspar, ich dachte, ich könnte meine Schwägerin überreden, mit nach Köln zu kommen.«

Er kaute kurz auf seinem Grashalm, dann fragte er langsam: »Aber sie möchte nicht?«

»Das ist es nicht. Ich denke mittlerweile auch, dass es so besser ist. Sibylle ist eine kluge Frau. Sie gehört nach Bonn, dort kann sie ein Leben führen, das wirklich zu ihr passt. Mein Bruder hingegen ... Du hast ihn ja erlebt. Er würde sie fuchsteufelswild machen! Wie findest du die Villa Schaaffhausen?«

»Sie ... ist ein beeindruckendes Gebäude.«

»Ja, das ist sie. Aber wer kann, hält sich dort nicht zu lang auf, das kannst du mir glauben. Am liebsten würde auch ich gehen.«

»Wohin möchten Sie denn gern?«

Jetzt drehte er noch mal seinen Kopf und sah, dass sie nachdenklich in die Ferne schaute. »Irgendwohin, wo ich tun kann, was ich möchte. Was ist dein Lieblingsort?«

Einen kurzen Moment musterte Kaspar sie noch, dann drehte er sich wieder in Fahrtrichtung. »Ich hatte mal einen. Er war tief im Wald, dort gab es Hühner und dazwischen hing eine Schaukel.«

»Ich liebe Schaukeln!«

»Aber diesen Ort gibt es jetzt nur noch in meiner Erinnerung.« Er tippte sich an die Stirn.

»Oh, wie schade. Aber sind die Erinnerungen nicht sowieso der allerschönste Ort?«, fragte Emma leise.

Langsam nickte Kaspar. »Auch Sie sind sehr klug, Fräulein Mertens.«

»Schön, dass es endlich mal jemand bemerkt.« Er konnte hören, dass sie schmunzelte. »Deswegen habe ich dich übrigens aufgesammelt, weißt du das?«

Jetzt musste Kaspar lachen. Er gab sich einen Ruck und sagte: »Ich wollte Sie tatsächlich gerade fragen, wie es dazu kam. An meinen Erfahrungen als Kutscher kann es ja nicht liegen.« Er zwinkerte ihr über die Schulter zu.

»Ich finde, du machst das hervorragend. Dein Talent habe ich sofort erkannt!«

Grinsend rückte er seinen Schlapphut zurecht.

»Du hast mich beeindruckt, Kaspar Rockstroh. Wie du Victor in der Raffinerie die Stirn geboten hast und dann zu diesem armen Jungen gerannt bist ... Es hätte auch dich erwischen können.«

Kaspar zuckte mit den Schultern. »Mich hat es schon erwischt, Fräulein Mertens. Vor langer Zeit ...«

»Was meinst du?«

»Ach, ist nicht so wichtig.« Nachdenklich kaute er auf seinem Halm.

Kurz schwiegen beide. Dann sagte Emma: »Ich habe nicht oft einen Mann wie dich gesehen. Du stehst für andere ein, einfach so. Du wirkst wie ein netter Kerl, aber nicht nur. Dich umgibt ein Geheimnis, Kaspar Rockstroh. Mir ist, als könnte ich dir vertrauen. Und gleichzeitig sollte ich mich vielleicht auch vor dir in Acht nehmen.«

Bei diesen Worten musste er sich einfach zu ihr umdrehen. Die Kutsche schaukelte, für einen kurzen Augenblick kamen sich ihre Gesichter ganz nah – und dann entfernten sie sich wieder ein Stück.

»Die meisten Menschen nehmen mich nicht ernst, weißt du?«, fuhr Emma fort. »Und wenn sie mich so herablassend ansehen, packt es mich und ich sage fürchterlich gemeine Dinge, die ich später bereue. Vorhin zum Beispiel, da habe ich diese arme kranke Frau beleidigt ... Aber in deiner Gegenwart bin ich anders. Da ist etwas in deinem Blick ...«

Kaspar kniff die Augen zusammen. Wovon sprach sie da nur?

»Ach, vergiss, was ich gesagt hab. Das war dumm.«

Er musterte ihre dunklen Augen, ihren hellen Mund und den ernsten Zug um ihre Lippen. Wie schön sie war. Am liebsten würde er sie einfach nur ansehen – nichts mehr sagen oder tun oder verstehen müssen.

»Da ist er«, flüsterte sie. »Genau dieser Blick.«

Er konnte nicht anders, als auf ihre Lippen zu schauen – und dann spürte er, wie die Kutsche eine kleine Kurve machte.

»Vorsicht!«, rief Luise, die aufgewacht war und auf die Straße zeigte. Kaspar wirbelte herum. Die Pferde kamen beinahe vom Weg ab, so lange hatte er in die falsche Richtung gelenkt.

»Ho!«, rief er, wie er es bei anderen Kutschern beobachtet hatte – und führte die Tiere zurück auf die Straße.

»Bitte entschuldigen Sie, Fräulein Mertens«, rief er über seine Schulter.

»Nicht schlimm, Kaspar«, sagte sie – jetzt wieder mit ihrer hohen, fast schrillen Stimme. »Gar nicht schlimm!«

34. Kapitel

In letzter Zeit erschien Franz das Haus in der Blindgasse fürchterlich eng und dunkel. Es war der Ort, an dem er seiner Frau hatte sagen müssen, dass ihr Sohn von ihnen gegangen war. Als er erfahren hatte, dass sie gar nicht geschlafen, sondern heimlich ihre Großmutter gesucht hatte, konnte er ihr nicht mal böse sein. Er verstand ihre Verzweiflung so gut! Auch ihn zerriss, was geschehen war. Sie hatten alles versucht, alles für ihr Kind getan, doch Albert war trotzdem in seinen Armen gestorben. Er hatte geglaubt, schlimmer als Heinrichs Tod könnte ihn nichts mehr treffen in diesem Leben. Doch mit dem toten Kind im Arm war da eine neue Schwärze aufgetaucht. Er sah ein bodenloses Loch vor sich und wusste, es bräuchte nur eine einzige falsche Bewegung und er würde für immer fallen.

Das Haus, in dem es passiert war, konnte er kaum noch ertragen. Den welkenden Efeu an der Fassade, die winzigen Fenster. Sobald er durch die Flure schritt, überkam ihn eine schwere Übelkeit, und wenn er sich spät nachts für wenige Stunden ins Bett legte, kämpfte er mit den Tränen.

Er musste raus aus der engen, kleinen Bonbonfabrik und der verrauchten Kaffeestube mit den klobigen Möbeln. Er brauchte einen Raum, an dem er eine Pause von Trauer, Tod und Schuld bekam. Einen Ort zum Atmen. Ein Projekt, das ihn ein wenig ablenkte. Er träumte von einem neuen Haus, das von der weiten Welt und der großen Zukunft kündete, an dem er nicht über sich selbst, Albert und Heinrich nachdachte, sondern über die Demokratie. Er wollte, dass die Demokraten bei ihm ihre Revolution planen konnten. Franz würde dabei sein, mitten im Geschehen. Vielleicht könnte er die tiefe Traurigkeit dann endlich abschütteln. Er wollte kämpfen, gegen die, die Heinrich getötet hatten. Gegen die

Macht des Militärs, die Macht Preußens, die Adeligen und die Obrigkeit. Also schaute er sich nach einem Gebäude in guter Stadtlage um.

Fündig wurde er in der Schildergasse – einer der belebtesten Straßen der Stadt. Hier stand ein schmales, hohes Lokal mit langen Fenstern und großen Türen zum Verkauf. Er betrachtete es und war sich sicher: Hier würde einmal Großes geschehen. Doch leisten konnte er es sich eigentlich nicht. Hunger- und Teuerungskrise hatten Köln noch immer fest im Griff, und trotz des endlich wieder anlaufenden Bonbonverkaufs reichten Franz' bisherigen Ersparnisse lange nicht aus.

»Du musst es immer übertreiben«, tadelte sein Vater.

»Ein schöner Einfall, aber wie soll das gehen?«, fragte Anna Sophia.

»Du brauchst einen Kredit«, stellte Koloman fest und warf sich die fettigen Haare hinter die Schultern. »Ich habe da eine Idee.«

Theodor war verwundert, doch Franz fackelte nicht lange. Als Koloman ihm wenige Tage später bei einer Kölner Bank den perfekten Kredit verschaffte, unterschrieb er sofort und kaufte das große Ladenlokal in der Schildergasse 49. Was für ein Bau! Franz beauftragte die angesehensten Firmen der Stadt, und innerhalb weniger Wochen war sein neues Kaffeehaus eingerichtet: das Café Royal. Bronzene Kronleuchter hingen an der Decke, die Möbel waren aus Mahagoni und Nussbaum gefertigt, hier und da standen grüne und rote Plüschsofas, große Spiegel hingen an den Wänden und in kostbaren Rahmen erstreckten sich Malereien von Rheinlandschaften. Franz' größter Stolz war allerdings die Mattglasdecke mit siebzig Gasflammen, die den Raum in mildes Licht tauchten.

»Kannst du das wirklich zurückzahlen?«, fragte Theodor bei der Eröffnungsfeier leise.

»Keine Angst, Theodor. Ich habe alles genau geplant. Den Kredit bezahle ich bis nächstes Jahr ab«, beruhigte Franz seinen Freund und sah zur Bühne. Dort tanzten vierundzwanzig Tänzerinnen der Ballettgruppe Gersten. Wie grazil die Damenkörper sich dort drehten, sprangen und wiegten. Fast schwerelos verbogen sie sich auf ihren Fußspitzen, warfen die Beine in schwindelerregende Höhe und gleichzeitig schienen ihre Gesichter frei von Sorgen und Leid.

»Sieh nur«, sagte Franz und zeigte auf die Männer, die gebannt zuschauten. »Schon allein wegen der Tänzerinnen wird der Laden laufen.« Er zwinkerte Theodor zu.

Während der November mit kalten Nächten und nassen Tagen über die Stadt hereinbrach, stellte Franz drinnen eine Napoleon-Büste auf und verkaufte als echter Kamelle-Napoleon Mürbegebäck, Tragantfiguren, Fruchtkonserven und Bonbons. Die Konditorei in der Blindgasse, die er auf die erste Kaffeestube ausgeweitet hatte, war nun nur noch Fabrik und Zulieferbäckerei. Jeden Tag transportierten seine Gesellen das frische Backwerk her und legten es in den Vitrinen aus. Außerdem brachten sie die Bonbons in besonderem Papier. Diese Idee hatte Franz eines Nachts, als er nicht schlafen konnte und sich nach Paris zurückträumte. Er schlich sich aus dem Schlafzimmer ins Büro und schlug sein altes Wanderbuch auf. Jede Seite schenkte ihm Erinnerungen an ein völlig anderes Leben, in dem noch alles möglich, in dem er glücklich und beinahe frei gewesen war. Und dann fiel ihm ein kleines Bild der Notre Dame in die Hände: das Präsent aus dem prächtigen Kaufhaus *Au Bon Marché* im *Saint-Germain-des-Près*. Er fragte sich: Was müsste er den Menschen schenken, damit sie sich noch besser an seine Brustkaramellen erinnerten? Schöne Bilder hatte er nicht zur Hand. Doch er war in Köln – der Stadt des Karnevals. Nichts gab es hier so im Überfluss wie Scherze! Also beschloss er, das Bonbonpapier mit Scherzversen zu schmücken.

In der Schildergasse pulsierte das Leben – fern seiner Familie, aber mitten in der Stadt. Hier deckten sich die Kölner mit Süßwaren ein, hier kauften sie die neuen Scherzbonbons, für die sich Franz abends schenkelklopfend mit Theodor, Francois und Carl Witze erzählte, hier lasen sich die Leute lachend ihre Verse vor, tranken Kaffee, Kakao und freuten sich auf den Abend, an dem der Cognac und der Likör in Strömen flossen, Tänzerinnen auftraten und über Politik diskutiert wurde. Regelmäßig kamen des Abends die Demokraten im Café Royal zusammen und sprachen – mal laut rufend, mal flüsternd – über die Revolution. Und an einem Abend die Woche öffnete Franz einen Damensalon. Seine Schwägerin Wilhelmine brachte ihn bei einem Besuch darauf.

»Glaub mir, Franz. Frauen sind ausgezeichnete Kundinnen«, hatte sie gesagt. Sie behielt recht. Obwohl Franz ihnen natürlich keinen Tabak verkaufte und auch Gesellschaftsspiele verboten waren, konsumierten die Damen beinahe so viel wie die Herren! Sie saßen in ihren schönsten Sonntagskleidern in Grüppchen auf den Sofas und den Mahagoni-Stühlen, hielten ihre Tassen in den spitzen Fingern und lachten so laut miteinander, dass Franz die Türen schloss, damit sie bei den Männern nebenan keinen Anstoß erregten.

»Franz, hast du es schon gesehen?«

Franz drehte sich um und sah, wie Theodor zur Tür hereinstürmte und mit einer Zeitung winkte.

»Was meinst du?«

»Die *Gartenlaube*. Hast du es gelesen?«

»Was soll ich gelesen haben?«

Theodor legte seinen Hut auf einem freien Tisch ab und die Zeitung daneben.

»Dort, sieh nur.« Er strich sie glatt und zeigte auf einen großen, bereits aufgeschlagenen Artikel.

»Die Scherz-Bonbons«, lautete die Überschrift. Franz trat näher heran, setzte sich und begann zu lesen. Ein Doktor Hans Stein schrieb darin, er habe die Stollwerckschen Brustkaramellen auf ihre Inhaltsstoffe getestet – und sei schockiert. »Es ist mir unverständlich, wie dreiundzwanzig Ärzte dieses Hausmittel attestiert haben können. Das kann nur ein übler Scherz sein! Nach meiner Untersuchung ist es ganz ordinärer Zucker, dem Stollwerck durch ein homöopathisches Quantum eines unschädlichen Kräuterabsudes ein mystisches, schmutzig-trübes Aussehen verliehen hat.« Franz runzelte die Stirn. Wie bitte? Schnell las er weiter: »Ein Paket kostet vier Neugroschen, hat aber inklusive Verpackung einen Wert von elf Pfennigen! Man kaufe sich davon besser ein Pfund Zucker, da man auf Spuren eines Kräuterabsudes getrost verzichten kann.«

Franz spürte, wie die Hitze ihm in den Kopf stieg. »Was für ein ungeheuerlicher …« Er sprang auf, so dass sein Stuhl kippte, und ballte die Hände zu Fäusten. »Wer war das?«

»Ich war schon bei Koloman, doch er kennt diesen Hans Stein nicht. Er sagt, es müsse ein freier Mitarbeiter sein.«

»So ein vermaledeiter Hanswurst!«, fluchte er. Doch er musste sich zusammenreißen, schließlich lachten und tranken seine Gäste um ihn herum. Also atmete er tief durch.

»Wie kann ich helfen, Franz?«

»Wir schreiben eine Gegenrede. Koloman wird dafür sorgen, dass sie veröffentlicht wird.«

»Jetzt?«

»Hinter dem Tresen liegen Papier und Tinte.«

Sofort lief Theodor, um sie zu holen. Franz stellte den Stuhl wieder hin und setzte sich. Er atmete tief durch. Nein, dachte Franz. Das würde er sich nicht gefallen lassen.

Beinahe erschien es Anna Sophia wie ein Wunder, dass sie erneut schwanger war. Franz und sie begegneten einander schließlich nur noch selten. Meist gingen sie in ihrem eigenen Haus aneinander vorbei und lächelten traurig, als würden sie sich kaum kennen, und immer wieder versetzte es ihr einen Stich. Seitdem Albert gestorben war, befürchtete Anna Sophia, zwischen ihnen könnte etwas für immer zerbrochen sein. Sie arbeiteten nicht mehr Schulter an Schulter, so wie in den ersten Jahren ihrer Ehe.

Stattdessen baute Franz ohne sie ein neues Café auf. Er war kaum noch im Häuschen an der Blindgasse, und der Efeu begann bereits, sich braun herabhängend von der Fassade zu lösen. Sie vermisste ihn mit jedem Tag heftiger, doch sie wusste nicht, wie sie ihm das sagen sollte, ohne ihm Vorwürfe zu machen. Hin und wieder sagte sie: »Du, Franz …« Und er sagte: »Ja?« Doch dann erzählte sie ihm nur, was ihr kleiner Sohn Heinrich angestellt hatte oder wie der Bonbon-Umsatz stieg. Wieso schaffst du das nicht?, fragte sie sich selbst immer wieder. Wieso findest du nicht den Mut? Stattdessen lebte sie den Kindern eine sanfte Zuversicht vor, die sie nicht fühlte, führte den Haushalt und gleichzeitig die Bücher. Denn Franz gab immer mehr Geld aus, stellte neue Arbeiter ein und hatte sogar einen Kredit aufgenommen, von dem er ihr nur wenig berichtet hatte. Bei all den neuen Entwicklungen vergaß er offensichtlich die Büroarbeit. Also setzte sich Anna Sophia, sobald die Kinder in ihren Betten waren, noch an seinen Schreibtisch und versuchte, Ordnung in das Chaos zu bringen. Ein wenig Erfahrung hatte sie dank der Apotheke ihres Vaters, deren Buchhaltung sie in seinen Krankheitszeiten hin und wieder übernommen hatte. Doch natürlich besaß sie keine fundierte Ausbildung. Immer wieder geriet sie durcheinander und raufte sich die Haare vor lauter Verwirrung über Franz' kreuz und quer notierte Zahlen.

Anna Sophia war müde, erschöpft und voller Traurigkeit. Täglich dachte sie an den kleinen Albert, der es nicht geschafft hatte, und in stillen Momenten, wenn sie niemand sah, weinte sie leise. Sie trauerte um ihren Vater. Und sie dachte an Gesche – wohin es ihre Großmutter wohl verschlagen hatte? Sicherlich hatte sie weiterziehen müssen, sagte sich Anna Sophia immer wieder. Nur warum und wohin? Sie wollte nicht an die verkohlten Bretter im Wald denken, oder an die Wolke aus Marienkäfern, in der sie vor einer gefühlten Ewigkeit für einen kurzen Moment geglaubt hatte, Gesches brennendes Haus zu erkennen. All das war Unfug, sagte sie sich.

Glücklicherweise kam Wilhelmine hin und wieder zu Besuch. Ihre älteste Schwester hatte sich verändert. Sie klang noch forscher als früher, und hin und wieder blitzten Ansichten auf, die Anna Sophia völlig verwirrten. Wie konnte es sein, dass sie tatsächlich unverheiratet bleiben und bei einer Frau in Bonn leben wollte? Was wollte sie denn tun, wenn diese Frau sie irgendwann vor die Tür setzte? Und woher nahm sie den Mut, dafür zu argumentieren, dass Frauen wählen sollten? Dann ging sie auch noch in Franz' Damensalon ... Es versetzte ihr einen Stich, wenn sie sich vorstellte, dass Wilhelmine dort Kräuterlikör trank und Franz zuprostete, während Anna Sophia zu Hause, unter der Wäsche, den Rechnungen, den Überweisungen und ihrer eigenen Traurigkeit die Decke auf den Kopf fiel. Sie hatte nicht einmal die Zeit, Kräuter zu sammeln, geschweige denn die Energie, mit ihren Kräutern irgendjemandem zu helfen. Sie war froh, wenn sie zumindest für ihre Kinder da war – doch auch das, so fürchtete sie, kam momentan zu kurz. Sie rieb sich das Gesicht und seufzte. Seit Ewigkeiten hatte sie keine Bonbons mehr gekocht. Dabei hatte sie sich doch so unbändig über den Ministerialerlass gefreut! Als ihnen der Kamellenverkauf endlich wieder gestattet worden war, wollte sie zurück an den Feuerherd und Zucker karamellisieren. Doch jetzt konnte sie sich nicht dazu durchringen. Wieso sollte sie sich auch die Arbeit machen? Sie hatten Angestellte, die das für sie in der vergrößerten Bonbonfabrik erledigten. Dort wurden die Kamellen von vielen Händen gekocht, geknetet, gewalzt und in die neuen Scherzverse verpackt. Sie brauchte nur noch hin und wieder nach dem Rechten zu sehen.

Und so versank Anna Sophia Tag für Tag tiefer in eine stumpfe Arbeitsamkeit. Nur in einer Nacht erwachte sie plötzlich durch eine Berührung. Franz hatte die Hände nach ihr ausgestreckt und zog sie sanft an sich heran. Schlief er noch? War sie selbst überhaupt wach? Sie wusste es nicht genau, so müde und wirr war sie. Sie spürte Franz' Haut an ihrer, seinen Atem auf ihrem Gesicht und seine Küsse auf ihren Lippen. Es war wie ein Traum, in dem sie sich liebten. Ein Traum von vergangenen Zeiten, und nur in der Nacht, zwischen den Bettlaken, schien er wahr.

Am nächsten Tag wollte sie kaum glauben, dass es geschehen war, doch seitdem blieb ihr monatliches Unwohlsein aus. Diese Schwangerschaft war viel schmerzfreier als die letzte, und genau neun Monate später gebar Anna Sophia ihre erste Tochter. Das kleine Gesichtchen wirkte fast so müde wie Anna Sophia selbst, es erschien ihr so weich wie nichts auf der Welt, und sie konnte kaum glauben, dass Gott sie so gesegnet hatte. Vielleicht würde jetzt doch noch alles gut werden, dachte sie. Das Leben war zwar voller Verlust und Trauer, doch auch voller Wunder. Sie fühlte sich von Tag zu Tag leichter und sie ahnte: Dies war der Wendepunkt. Vielleicht hatte sie jetzt die Kraft, ihren Vater und Albert loszulassen und Gesche in sich selbst wiederzufinden.

Sie nannte ihre Tochter Cartharina und entschied, dass sie für dieses Mädchen stark sein würde, komme was da wolle. Sie würde Franz sagen, was sie fühlte und wie sehr sie ihn und seine Liebe vermisste. Sie würde die Zuversicht, die sie ihren Kindern vorspielte, tatsächlich wieder fühlen. Sie würde wieder Kräuter sammeln, Menschen helfen, Bonbons kochen. Sie war mutig wie der Wolf, den sie damals im Wald gesehen hatte. Immer wieder dachte sie an ihn und seine bernsteinfarbenen Augen, und dann stellte sie sich vor, es wären ihre eigenen.

»Eine ausgezeichnete Gegenrede, die du da in der Kölnischen Zeitung veröffentlicht hast!« Carl klopfte Franz auf die Schulter und schwenkte seinen Cognac. Sie saßen mal wieder gemeinsam mit Francois, Theodor und Koloman im Café Royal. Obwohl die Tänzerinnen heute nicht auftraten, reckten die Männer immer wieder die Hälse, denn sobald die Tür zum Hinterzimmer aufging, konnte man die Frauen im Damensalon sehen.

»Ja? Hat dir der Artikel gefallen?«

Francois paffte an seiner Zigarre und grinste. »Das waren kluge Worte, Franz. Du hast als ehemaliger Bäckermeister an die Ehre der Handwerker appelliert. Ein achtbarer Mann mit einer solchen Ausbildung fertige ausschließlich hochwertige Produkte, schreibst du – ein schlauer Schachzug.«

»Es war nicht nur ein Schachzug.« Franz verschränkte die Arme. »Im Herzen bin ich Handwerker. Und als solcher möchte ich auch respektiert werden.«

»Ich denke, mittlerweile bist du mehr als nur Handwerker.« Francois zwinkerte und deutete auf das eingerahmte Zertifikat über dem Tresen des Cafés. In schwungvollen Lettern stand darauf: *Hoflieferant des Prinzen Friedrich von Preußen* und darunter das Datum des neu verliehenen Titels: 8. Juni 1847.

»Wie ist es denn eigentlich dazu gekommen?« Trotz Carls gewaltigem Bart konnte man die Neugier in seinen genuschelten Worten deutlich hören. Gleichzeitig klang für Franz aber auch noch etwas anderes mit. Die Spur eines Vorwurfs vielleicht, weil sich Franz mit einem Prädikat des preußischen Prinzen schmückte?

»Ihr wisst doch – es ist gut fürs Geschäft. Seitdem läuft der Bonbonverkauf noch besser«, erklärte er. »Prinz Friedrich hat mit einer Erkältung in Düsseldorf residiert, und Theodor kam auf die Idee, ihm die Brustbonbons zuzuschicken. Er hat sie probiert und war anscheinend begeistert. Wir hatten bereits eine größere Bestellung.«

»Glückwunsch, Franz!« Carl prostete ihm zu.

»Auf den Hoflieferanten«, erklärte Theodor und hob ebenfalls sein Glas. Stumm tat es ihm Koloman gleich.

»Und darauf, dass wir die Preußen nicht nur mit Kamellen bewerfen werden!« Francois zwinkerte, die Runde lachte grimmig und trank in großen Zügen. Dann paffte sie wieder. Der Zigarrenrauch hüllte sie ein, und das Licht der Gasflammen spiegelte sich in ihren Cognacgläsern und in ihren Augen.

»Ich muss jeden Tag an Heinrich denken.« Mit einem Knall stellte Franz sein Glas ab. »Wenn das preußische Militär nicht in unserer Stadt wäre, dann würde er jetzt mit uns hier sitzen und trinken.«

»Das preußische Militär – und seine Freunde, nicht wahr?«, wandte Koloman leise ein.

»Was hast du gesagt?« Franz runzelte die Stirn und schielte zu ihm hinüber.

»Wer hatte denn die Idee mit dem Soldatenhelm?« Koloman drehte sein Glas in den Händen – und Franz kniff die Lippen zusammen. Schon spürte er, wie die Wut in ihm aufwallte, doch da legte Theodor beschwichtigend eine Hand auf seinen Arm.

»Die Preußen hatten Säbel und Bajonette, sie haben zugestochen, nicht wir. Vergiss das nicht«, sagte er zu Koloman. Und Franz ahnte, dass er es auch ein klein wenig zu Franz sagte. Niemandem außer Theodor hatte er von seinen Schuldgefühlen erzählt. Und auch bei dem Freund waren ihm die Worte nur nach einer langen Nacht im Café Royal über die betrunkenen Lippen gekommen.

»Die Situation ist unzumutbar«, meldete sich nun wieder Francois zu Wort. »Wir können das Militär nicht machen lassen, was es will! Das Volk sollte bewaffnet werden. Dann hätte Heinrich zumindest eine Chance gehabt.«

»Preußen muss eine Verfassung verabschieden. Und dann brauchen wir wirklich freie Wahlen und die allgemeine Wählbarkeit. Nicht diese seltsame Regelung, die die allermeisten Kölner ausschließt, weil sie zu wenig verdienen! Wir brauchen Schutz für alle Arbeiter und Kinder.«

»Nicht zu vergessen: die Emanzipation der Juden«, warf Theodor leise ein und rieb sich die fein geschwungenen Lippen.

»Natürlich, auch das!«

Franz nickte anerkennend. »Und das alles sagt ihr, obwohl ihr bei der Kommunalwahl doch sogar gewählt worden seid ...«

»Ach!« Carl winkte ab. »Wir brauchen echten Fortschritt! Gegen die Armut in Köln können wir auf diese Weise nichts ausrichten! Da draußen sterben die Menschen an Krankheit und Hunger wie die Fliegen! Das Volk muss sich endlich selbst verwalten.«

»Und dafür werden wir einen langen Forderungskatalog nach Preußen schicken.« Francois trank noch einen Schluck.

»Was, wenn der König nicht reagiert?«

Jetzt lachte Francois noch einmal in diesem grimmigen Ton. Kurz tauschte er einen Blick mit Carl aus. Dann sagte er: »Wir werden ihn schon zu einer Reaktion zwingen. Verlass dich drauf.«

»Glaubt mir, das tue ich.« Franz stützte sich auf die Knie, stand langsam auf, breitete beide Arme aus und rief: »Wir zeigen es den Preußen! Habt ihr gehört?«

An den anderen Tischen hoben all seine Gäste die Gläser und grölten zustimmend.

Wilhelmine warf den Kopf zurück und lachte laut. Sie wollte für immer weiter lachen. Auf einen Witz sollten unzählige weitere folgen, so sehr genoss sie diesen Abend im Damensalon des Café Royal. Eine junge Frau spielte am Klavier, in der Luft hingen ein helles Stimmengewirr und die Gerüche nach Kräuterlikör, Kakao und Abenteuern. Nur dumpf hörte sie das Grölen der Männer von nebenan.

Sie hatte lange gebraucht, um Sibylle zu dieser Fahrt zu überreden. »Franz hat einen Damensalon eröffnet, Sibylle. Einen Ort, an dem sich Frauen öffentlich treffen können. Ist das nicht wundervoll? Ich muss das sehen – schließlich habe ich es angestoßen«, hatte sie erklärt.

»Du weißt doch, wie krank Adele ist.«

»In letzter Zeit wirkt sie stabil.«

»Du hast selbst gesagt, eine Besserung ist nicht in Sicht.«

»Aber eine Verschlechterung auch nicht. Ich möchte dir dieses Café zeigen. Stell dir vor, wir könnten dort mit spannenden Frauen sprechen! Fanny hat mir erzählt, ihre Kollegin Mathilde Anneke ist in letzter Zeit häufig dort.«

Sibylle seufzte. »Ich kann Adele nicht im Stich lassen.«

Erst, als Adele selbst sie beschwor, sie müsse mal raus und auf andere Gedanken kommen, und als Sibylle dann noch erfuhr, dass Victor für ein paar Tage auf Reisen sein würde, stimmte sie zu.

Nun saßen sie gemeinsam mit Fanny und Mathilde an einem der voll besetzten Café-Tische und sprachen über die Revolution.

»Die Französinnen haben es uns vorgemacht«, erzählte Wilhelmine. »Habt ihr schon Olympe de Gouges gelesen? Sie sagt: Was auch immer die Hürden sein werden, die man euch entgegenstellt, es liegt in eurer Macht, sie zu überwinden.« Bisher hatte sie darüber immer nur mit Sibylle geredet. Es tat gut, so etwas laut an einem öffentlichen Ort auszusprechen.

»Und was ist passiert? Sie wurde geköpft. Es liegt nicht allein in unserer Macht, das sage ich euch.« Sibylle seufzte.

Wilhelmine sah sie überrascht an. So negativ kannte sie die Freundin gar nicht.

»Natürlich nicht, es wird nicht leicht, aber wir sollten diese Ungerechtigkeiten nicht einfach hinnehmen.«

Fanny nickte. »Da hast du vollkommen recht, Wilhelmine! Geht nur einmal drüben durch den Herrensalon: Sie alle sprechen großspurig über die Gleichheit aller Menschen, die sie erstreiten möchten. Aber was sie damit meinen, ist die Gleichheit aller Männer. Als wären wir Frauen nicht einmal Menschen!«

»Nein, wir sind für sie wie Sklavinnen. Nur auf Kindererziehung und Haushaltsführung beschränkt. Und sobald eine Frau wie Olympe de Gouges aufbegehrt, kriegen die Herren es mit der Angst zu tun! Warum scheinen ihnen wohl Ansichten, die bei Männern völlig normal sind, bei Frauen so gefährlich? Ich sage es euch: Weil wir damit die heutige Welt- und Staatsordnung erschüttern können! Und werden! Ja, wir schüren mit unserem Herzblut den Glauben an eine neue Menschwerdung. Und den folgenden Generationen werden wir ein freieres Geschlecht überliefern. Eines, das sich nicht mehr versklaven lässt.«

Voller Bewunderung sah Wilhelmine die Journalistin Mathilde Anneke an. Was für weise Sätze – und wie selbstbewusst sie sie ausgerufen hatte!

Auch Sibylle nickte jetzt langsam. »Es ist wunderbar, solche Worte zu hören, Mathilde. Du hast natürlich vollkommen recht. Ich habe erst heute wieder einen Brief von meinem Gatten erhalten, der mich fuchsteufelswild an meine Pflichten als Frau und Mutter erinnert. Die Leute würden schon über uns reden. Dabei hatten wir eine Abmachung! Ich werde wohl dennoch wieder häufiger in die Kölner Stadtvilla zurückkehren müssen, er droht andernfalls mit einem Anwalt.«

Wilhelmine schluckte. »Das wusste ich gar nicht.«

»Und wenn ich dann noch höre, wie ... Männer wie er ... mit ihren Dienstmädchen umgehen! Manchmal ist es schwer, nicht die Hoffnung aufzugeben.«

Männer wie er, dachte Wilhelmine bitter. Sie meinte wohl: *er*.

»Aber das dürfen wir nicht!«, protestierte sie.

»Als Frau hast du es schwer, wenn du verheiratet bist, aber noch schwerer, wenn du unverheiratet bleibst oder geschieden wirst.« Mathilde seufzte. Jetzt erinnerte sich Wilhelmine daran, dass die Journalistin einen anstrengenden Scheidungsprozess hinter sich hatte und kaum Unterhalt von ihrem Mann bekam. Wie recht sie doch hatte. Auch Wilhelmine wurde von allen Seiten kritisch beäugt. Sogar ihre geliebte Schwester Anna Sophia hatte sie letztens dafür getadelt, dass sie niemals heiraten wollte! Es gehöre nun mal zum Leben einer Frau dazu, eine Familie zu haben, hatte sie geantwortet. Doch was war Familie? Konnte dieser Kreis an Frauen, mit denen sie gerade zusammensaß, nicht auch Familie sein? Kurz dachte sie wieder an die Verbindung, die Sibylle und Adele hatten, und an ihre eigene Angst, eines Tages mittellos und unverheiratet auf der Straße zu sitzen. Doch dann schüttelte sie den Gedanken ab. Wer weiß, vielleicht würde sich die Welt für Frauen wie sie bei der aktuellen Stimmung ja bald schon ändern, dann könnte sie möglicherweise einen Beruf erlernen und von ihrem eigenen Verdienst leben! Wie verlockend dieser Gedanke war! In einer anderen Welt wäre sie bestimmt Journalistin, dachte sie. Sie würde für Zeitungen große Berichte schreiben. Oder, noch besser: Sie wäre Dichterin.

»Genau deswegen müssen Frauen mehr Macht bekommen! Nur so können wir die Zustände ändern. Wir müssen frei arbeiten und wählen dürfen!«, sagte Fanny.

»Kennt ihr die Journalistin Louise Otto-Peters? Wahrscheinlich nicht, sie schreibt unter dem Pseudonym Otto Stern. Unter dem Namen einer Frau möchte ja keine Zeitung Artikel veröffentlichen. Sie gefällt mir jedenfalls außerordentlich gut. In einem Leserbrief hat sie es treffend formuliert: Sie sagt, die Teilnahme der Frau an den Interessen des Staates ist kein Recht, sondern eine Pflicht.«

»So ist es«, Fanny nickte heftig.

»Und deswegen müssen wir jetzt auf die Straße gehen!« Wilhelmine richtete sich in ihrem Stuhl auf. »Wenn wir das Feld allein den männlichen Bürgern und Arbeitern überlassen und diese Stimmung nicht für uns nutzen – wer weiß, wie viele Jahrzehnte wir dann noch unmündig bleiben.«

»Wir sollten uns ein Beispiel an den Schneidermamsellen nehmen.« Alle Köpfe drehten sich in Richtung der jungen Frau, die gerade an den Tisch getreten war und diese Worte ausgesprochen hatte. Sie musste Wilhelmines Sätze aufgeschnappt haben. Jetzt blickte sie aufmerksam in die Runde, ihre blonden Löckchen wippten und sie fuhr fort: »Meine Luise hat mir davon erzählt. Könnt ihr euch vorstellen, dass die Schneidermamsellen nicht selbstständig in ihrer eigenen Wohnung arbeiten dürfen? Wo das Nähen doch immer als Frauenarbeit gesehen wird! Das gilt aber nur im privaten Bereich, sagt Luise, weil die Schneidermeister die Konkurrenz fürchten. Aber Luise sagt auch, sie kämpfen jetzt dafür, ebenfalls in die Zunft aufgenommen zu werden. Dafür werden sie sogar auf die Straße gehen.« Mit diesen Worten zog sich Emma Mertens einen Stuhl heran und ließ sich neben ihrer Schwägerin nieder. »Was trinken wir?«, rief sie mit ihrem hellen Stimmchen und kicherte.

Wilhelmine musste schmunzeln. Obwohl Emma oft ziemlich arrogant und etwas naiv rüberkam, gab es da stets etwas, das Wilhelmine auf eine positive Weise irritierte. War es möglich, dass Emma eine liebe, verletzliche Seele hinter dieser Maske aus Arroganz verbarg? Sie bestellten eine neue Runde Kräuterlikör, stießen an und diskutierten über die Fremdbestimmung der Frau.

»Es muss sich etwas ändern«, rief Emma nach dem vierten Gläschen. »Denn wenn sich nichts ändert, muss ich einen Mann heiraten, den Victor für mich ausgesucht hat.«

Wilhelmine seufzte. »Weißt du schon, wer es ist?«

»Nein. Er hat seit fast einem Jahr einen im Auge, meint aber, es müsste noch das ein oder andere geklärt werden.« Sie leerte ihr Glas und leckte sich über die Lippen. »Aber egal, wer es ist – es kann kein guter Mann sein, oder? Wenn er von Victor kommt!« Sie verdrehte die Augen, und nach allem, was Wilhelmine von Sibylle über deren Ehemann gehört hatte, fiel ihr ganz und gar nichts ein, um sie zu beruhigen.

»Du hast recht, wir sollten auf die Straße gehen«, sagte sie stattdessen.

Die anderen nickten. »Wir könnten im Damensalon Flugblätter verteilen.«

»Ich erzähle es Luise, die kennt so viele Dienstmädchen und Schneiderinnen.«

»Wir sagen es allen, die wir kennen, und die sagen es wiederum allen, die sie kennen, und dann demonstrieren wir für das Recht auf Arbeit und auf Wahlen.«

In Wilhelmines Körper kribbelte es vor Aufregung. Sie fühlte sich so lebendig wie selten zuvor, stark und wach. »Am besten marschieren wir, wenn auch die Arbeiter auf die Straße gehen. Dann haben wir eine größere Schlagkraft.«

Gemeinsam stießen sie an und tranken auf ihre Pläne und auf die große Hoffnung, bald schon alles zu ändern.

»Das gibt's ja nicht – Kaspar Rockstroh!«

Vor der Kutsche blieb ein Mann mit Halstuch und Weste stehen. Er stemmte die Hände in die Hüften und grinste mit langen, dünnen Lippen.

»Albert Statz!« Kaspar lachte vor Freude. »Wie schön.«

»Der feine Herr wartet wohl hier vorm Café Royal – so so.« Albert nickte anerkennend und schelmisch zugleich. »Wie ist es dir ergangen, Kaspar? Ich habe dich lang nicht gesehen! Beim letzten Mal warst du nur Haut und Knochen – und jetzt? Stattlich, stattlich.« Er feixte.

Kaspar sprang von der Kutsche und band die Pferde an einer Laterne fest. Dann drückte er Albert an sich und klopfte ihm auf den Rücken.

»Es tut gut, dich zu sehen. Ich wohne jetzt in der Nähe von Schaaffhausens Stadtvilla in einem kleinen Zimmer und fahre den ganzen Tag mit der Kutsche herum. Es könnte schlimmer sein.« Er kaute auf seinem Grashalm. »Und bei dir? Wie geht es Ernst? Und Rudolf?«

Albert sah auf seine Füße. »Nun. Ehrlich gesagt ... Rudolf ist vor zwei Tagen gestorben.«

Kaspar starrte ihn an und wusste nicht, was er sagen sollte.

»Es waren die Verbrennungen. Ohne seine Stelle hatte er kein Geld für einen Arzt. Ich habe meinen kommen lassen, doch so häufig, wie Rudolf seine Besuche gebraucht hätte, konnte ich ihn auch nicht bezahlen.«

»Verdammt.«

»Um Ernst mache ich mir auch große Sorgen. Seit ein paar Tagen ist er schwer krank.«

»Was hat er?«

Albert rieb sich die Stirn. »Brechdurchfall, ununterbrochen. Ich weiß nicht, ob er es schafft. Die Raffinerie zahlt natürlich nicht mehr, also komme ich für ihn auf. Aber lang kann ich das nicht mehr machen.«

Kaspar schluckte. Während er sein neues Leben als Kutscher genossen und sich jeden Tag darauf gefreut hatte, Emma wiederzusehen, litten und starben seine Freunde.

»Ich bin gerade auf dem Weg zu unserem Arbeitertreffen. Du warst lang nicht mehr dort.«

Kaspar rieb sich verlegen die Stirn. »Ich habe abends selten frei ...« Schnell fügte er hinzu: »Aber ich unterstütze unsere Sache weiterhin!«

»Gut. Sehr gut.«

»Was kann ich tun?«

Albert hob den Blick und sah ihn forschend an. Dann sagte er: »Wir lassen uns nicht länger so behandeln. Bis tief in die Nacht schuften wir, und sobald wir uns verletzen oder krank werden, lassen sie uns zum Sterben zurück. Wir werden auf die Straße gehen und mehr Lohn, Schutz und bessere Arbeitszeiten fordern. Und Kaspar, ich sage dir, wir sind zu allem bereit. Sie können noch so viele abstechen wie meinen Bruder – es werden immer mehr nachkommen.«

Kurz musste Kaspar wieder an jene Nacht denken, in der die Fäuste und Säbel durch die Luft geflogen waren und die Menschen vor Wut und Schmerz geschrien hatten. Würde die Demonstration der Arbeiter ähnlich enden? Würde Kaspar kämpfen müssen? Er hatte keine Angst um sich. Er wusste, dass er durchaus in der Lage war, selbst zuzuschlagen. Doch was wäre, wenn es ihn dabei erwischte? Dann hätte Lina niemanden mehr, der an sie dachte und nach ihr suchte. Andererseits half es ihr wohl kaum, wenn er jetzt den Schwanz einzog und die Welt, in der sie aufwachsen musste, so furchtbar ungerecht blieb.

»Ich bin dabei«, knurrte er. »Ah, ich muss los«, fügte er dann hinzu und deutete mit dem Kopf in Richtung Café, denn gerade trat Emma Mertens auf die dunkle Straße.

Albert wandte sich zu ihr um. Kurz sah Kaspar, dass seine Augen sich bei diesem Anblick weiteten, dann nickte er schnell, flüsterte: »Wir sehen uns!«, und lief die Straße hinunter.

Kaspar kaute auf seinem Grashalm und trieb die Pferde an, dann schaukelten er und Emma gemächlich durch die Gassen Kölns.

»Hatten Sie einen schönen Abend, Fräulein Mertens?«, fragte er. Sie hatte ihm schon mehrfach beteuert, dass sie die Kutschengespräche mit ihm genoss. Dennoch fühlte es sich immer wieder verboten an, eines anzustoßen.

»Es war wunderbar, Kaspar. So ein Damensalon ist wirklich herrlich! Selten hatte ich solch spannende Diskussionen. Es ist fantastisch, dass es dort so gebildete Frauen gibt!«

»Wie kommt es denn, dass Sie heute allein unterwegs sind?«

Normalerweise wurde Emma von ihrem Dienstmädchen oder einer Gouvernante begleitet. Dass ein Fräulein von ihrem Stand allein aus dem Haus ging, war sehr ungewöhnlich, das hatte sie ihm selbst einmal erklärt.

»Die Gouvernante hat frei, und meine Luise fühlte sich nicht wohl. Ich habe sie ins Bett geschickt. Aber das weiß mein Bruder glücklicherweise nicht.« Bei diesen Worten senkte sich ihre Stimmlage immer weiter ab.

»Ich werde schweigen, Fräulein Mertens.«

»Ich weiß, Kaspar«, antwortete sie und er ahnte, dass sie von nun an mit ihrer natürlichen Stimme mit ihm sprechen würde. »Könntest du dort vorn rechts abbiegen?«

Kaspar sah sie überrascht an. Sie saß aufrecht in der schwankenden Kutsche, die Hände auf dem Schoß gefaltet, die Augen dunkel.

»Aber die Stadtvilla ist doch …«

»Ich weiß, Kaspar«, sagte sie, und etwas an der Art, wie sie seinen Namen aussprach, weckte eine Gänsehaut auf seinen Armen.

Er lenkte die Pferde in die gewünschte Seitengasse. Dann führte Emma ihn noch weiter auf Abwege: Sie entfernten sich Straße um Straße vom Stadtzentrum, bis sie an einem der letzten Äcker vor den Stadtmauern ankamen.

»Du kannst anhalten.«

Nur Baracken standen hier, ein paar Hütten und Bretterverschläge. Es war menschenleer, vollkommen still – und dunkel. So weit außerhalb gab es keine Straßenlaternen. Das einzige Licht, das hier leuchtete, war die geschwungene Lampe an ihrer Kutsche.

Kaspar ließ die Zügel sinken und drehte sich zu Emma um. Sie saß noch immer so aufrecht da wie vorhin, mit dem gleichen Blick in den Augen. Kaspar schluckte. Was wollte sie an so einem Ort?

Er öffnete den Mund, doch er wusste nicht, was er sagen sollte, also nahm er nur seinen Grashalm heraus und warf ihn weg – aus dem Handgelenk, so wie man ein flaches Steinchen springen lässt. Nichts geschah. Auch Emma schwieg. Sie waren ganz allein hier, dachte Kaspar. Und umso tiefer er ihr in die Augen schaute, desto mehr glaubte er, zu erkennen. Ihm war, als wäre auch Emma auf der Suche, wie eine Detektivin. Er entdeckte Neugierde und Mut in ihrem Gesicht. Ihr kleiner, roter Mund war leicht geöffnet, und diese Augen … Er musste an den Brunnen in seinem alten Dorf denken, in dem die Tiefen in Dunkelheit verborgen lagen – in dem aber auch Gefahr lauern konnte. Er musste an den Bauern Wilhelm denken, der darin schrie und tobte. Was lauerte in den Tiefen von Emmas Blick? Er wollte bis auf den Grund sehen, doch ihre Augen waren zu dunkel. Langsam drehte er sich ganz zu ihr um. Ihre Bank war etwas höher als seine, also schaute er von unten zu ihr auf. Ihr Kleid streifte seine Schienbeine, und sein Herz schlug so schnell, dass er es in seinem ganzen Körper spüren konnte. Was sollte er tun? Er wollte aufstehen und sie an sich ziehen, er wollte ihr Gesicht in beide Hände nehmen und sie küssen. Er wollte sie berühren – ihre Schultern, ihre Taille ... Und er war sich mit einem Mal sicher, dass sie sich genau das gleiche wünschte. Doch was würde ihm blühen, wenn er all das tun würde? Ein einfacher Kutscher, hier draußen an den Stadtmauern? Wenn sie es jemandem erzählte, würden sie ihn davonjagen – oder Schlimmeres.

Kaum merklich kam sie ihm immer näher. Er konnte sie riechen, ihr schweres Kölnisch Wasser und auf ihren Lippen Spuren von heißer Schokolade und Likör. Er spürte fast ihren warmen Atem. Und dann entschied er, dass er die Konsequenzen tragen würde. Sollten sie ihn doch jagen. Er hatte schon Schlimmeres durchgestanden. Emma war es wert. Also lehnte er seine Stirn an ihre, schloss die Augen und küsste sie. Wie weich ein Kuss sein konnte! Er zog sie enger an sich, strich über ihren Nacken, ihren Rücken, sie schob ihm seinen Hut vom Kopf und fuhr ihm durch die Haare. Kurz musste er an seine Margaretha denken, die schon vor acht Jahren gestorben war, die er geliebt hatte, als er noch ein anderer war, fast noch ein Junge. Könnte sie ihm verzeihen, dass er sich nun zum ersten Mal als Mann verliebt hatte?

Er wusste nicht, wie lang sie ineinander verschlungen dasaßen, den Körper des anderen fühlten und miteinander verschmelzen wollten. Irgendwann ließen sie atemlos voneinander ab. Emma richtete sich die Locken, die Schute, sie strich sich den Rock glatt und atmete tief ein und aus. Kaspar rieb sich mit dem Handrücken über die geschwollenen Lippen und setzte sich den Schlapphut wieder auf.

»Wir müssen zurück«, flüsterte sie so heiser, als hätte sie die ganze Zeit etwas zu laut mit ihm gesprochen.

»Natürlich, Fräulein Mertens.« Schnell drehte er sich um, tastete nach seinem Grashalm, fand ihn nicht und nahm die Zügel wieder auf.

Da kicherte Emma leise. »Wenn niemand zuhört, kannst du ruhig Emma zu mir sagen.«

Teil 4

1848-1849

35. Kapitel

Franz wünschte sich, er hätte ein Gewehr. Seine Hände waren zu Fäusten geballt, sein Blick war entschlossen. Gemeinsam mit Theodor und Koloman sowie Tausenden Handwerkern und Arbeitern lief er durch die Straßen der Stadt. Sie schwenkten Fahnen und Transparente, und aus voller Kehle riefen sie ihre Forderungen an den Fassaden der Häuser hinauf, zu den Fenstern, in denen sich andere Kölner eng aneinanderdrängten und ihnen zujubelten. Sie schrien nach Pressefreiheit, einem deutschen Nationalparlament und Volksbewaffnung, sie bellten es den Soldaten ins Gesicht – und Franz hoffte darauf, dass er sich an ihnen für das Verbrechen an Heinrich würde rächen können. Der Soldat, der damals zugestochen hatte, war zu einer lächerlichen Bußgeldstrafe verurteilt worden. Wenn er Franz im Tumult begegnen würde, dann könnte er für nichts garantieren.

Die Nachricht aus Frankreich hatte sich an den Karnevalstagen in Köln wie ein Lauffeuer verbreitet: Der Thron des französischen Königs war verbrannt und die zweite Republik ausgerufen worden! Seitdem verstärkten Francois und Carl ihre Versuche, in turbulenten Versammlungen Politik zu machen, einen Forderungskatalog zu erarbeiten und Preußen unter Druck zu setzen. Francois' Forderungen und sein charismatisches Wesen fanden großen Anklang in der ganzen Stadt, und in sämtlichen bürgerlichen Wohnzimmern hing bereits sein Porträt an der Wand.

Franz hingegen war nicht für große Politik gemacht. Nein, er blieb im Herzen Handwerker, und als solcher gehörte er an diesem 3. März 1848 auf die Straße. Hier demonstrierte er für Heinrich, für seine ganze Familie und all seine Freunde. Er reckte die Faust in die Höhe und rief im Chor mit den anderen nach »Verwaltung durch das Volk«, »Schutz der Arbeit« und »Erziehung aller Kinder auf öffentliche Kosten!«

Theodor schrie genauso laut, immer wieder forderte er die Emanzipation der Juden, und Koloman fiel ein. Doch hin und wieder warf er Franz einen missbilligenden Blick zu.

»Was ist los?«, fragte Franz irgendwann.

»Was meinst du?«, fragte Koloman zurück.

»Du willst mir doch was sagen.«

»Ich will dir überhaupt nichts sagen.«

Franz blieb abrupt stehen. Seit Heinrichs Tod war es einfach nicht mehr das gleiche mit Koloman. Sie stritten immer häufiger, und ständig gab er Franz das Gefühl, etwas falsch zu machen.

»Sag, was du zu sagen hast!«, knurrte Franz und hob herausfordernd das Kinn. Auch Koloman blieb stehen. Rechts und links schoben sich jetzt die anderen Demonstranten an ihnen vorbei.

»Ach, lass doch deine dämlichen Fragen. Du weißt genau, was ich denke.« Koloman blieb ruhig, doch er verengte die Augen zu Schlitzen.

»Ich weiß nur, dass du zu feige bist, es mir ins Gesicht zu sagen.«

»Red dir das ruhig weiter ein.«

»Feigling!«

»Na gut!« Kolomans Blick funkelte. »Du glaubst tatsächlich, du könntest deine Schuld wiedergutmachen, indem du ein bisschen demonstrierst, hab ich recht? Du denkst wirklich, etwas Gebrüll für die Arbeiter könnte dich reinwaschen, oder?« Da ging Franz einen Schritt auf ihn zu und stieß ihn zurück. »Wag es nicht!«, presste er zwischen den Zähnen hervor.

Koloman stolperte, dann wurde er von Theodor aufgefangen – und warf sich auf Franz. Kurz sah Franz noch seine blitzenden Augen und seine Faust, dann spürte er einen Schmerz am Kiefer. Franz hielt sich ungläubig die Wange. Sein Freund hatte ihm ins Gesicht geboxt! Noch bevor er das begreifen konnte, packte ein preußischer Soldat Koloman am Kragen, um ihn aus der Menschenmenge zu ziehen.

»He!«, schrie Franz den Soldaten an. Auch Theodor machte einen

Satz nach vorn und hielt Koloman fest. »Das war nur ein Gerangel unter Freunden!«

Mit vereinten Kräften kämpften sie den Freund frei. Franz packte die Schultern des vermaledeiten Soldaten, zischte: »Für Heinrich« und schlug ihm dann mit einer raschen Bewegung den Helm vom Kopf. Sofort nahmen die drei die Beine in die Hand, duckten sich in der Menschenmenge weg und kämpften sich Reihe um Reihe nach vorn, um nicht weiter aufzufallen.

Kaspar strich über seinen alten Mantel. Es war eine dumme Idee gewesen, ihn heute anzuziehen. Er hatte gedacht, in diesem Mantel würde niemandem auffallen, dass er mittlerweile Kutscher bei Mertens war und viel besser verdiente als die meisten Fabrikarbeiter, mit denen er hier demonstrierte. Doch in der Menschenmenge erkannte er, dass er einen Denkfehler begangen hatte: Zum einen waren hier längst nicht nur Fabrikarbeiter, sondern auch selbstständige Handwerker und Besitzer kleinerer Läden vertreten, Menschen, die noch über ihm standen. Und zum anderen trugen sie alle Sonntagskleider. Sogar die neuen Raffineriegehilfen von Albert waren in ihrem feinsten Zwirn gekommen: In schicken Westen und mit leuchtenden Halstüchern. In seinem ausgebeulten, zerrissenen Mantel fühlte sich Kaspar völlig fehl am Platz. Er versuchte, das zu vergessen, und reihte sich zwischen Albert und seinen Kollegen ein.

»Schön, dass du an unserer Seite bist, Kaspar!«, sagte Albert zu ihm, klopfte ihm auf die Schulter und rief dann: »Schafft die Maschinen ab, sie entziehen uns das Brot!«

Seine neuen Kollegen – allesamt viel zu jung und feingliedrig für die Raffinerie – stimmten ein. Sie hielten ein großes Transparent in den Händen, auf dem geschrieben stand: *Arbeiter an die Macht!*

Kaspar lauschte dem wütenden Stimmengewirr und versuchte, sich mitreißen zu lassen. Doch immer wieder musste er an Emma denken. Auch sie demonstrierte in diesem Moment irgendwo in der Stadt. Ob es ihr wohl gut ging? Ob sie in Sicherheit war? Er schob die Hände in die Manteltaschen. Da fühlte er etwas Kleines, Kühles darin. Er holte es hervor und hielt es sich vor das Gesicht. Gesches Amulett! Sofort wurde ihm heiß vor Scham und Ärger. Er hatte es schon wieder für so lange Zeit vergessen! Was war er nur für ein Freund? Kurz bevor sie starb, hatte sie nur eine Bitte an ihn gehabt – und er war einzig mit sich selbst beschäftigt gewesen. Dabei war er doch längst in Köln!

Kaspar sah sich um. Albert reckte die Faust in die Luft, seine Kollegen riefen voller Inbrunst, die Menge marschierte – alles lief bisher reibungslos. Da konnte er sich bestimmt kurz davonstehlen. Die Sache mit dem Amulett duldete wirklich keinen weiteren Aufschub. *Es soll meiner Enkelin gehören, Anna Sophia. Ihr Vater hat eine Apotheke am Neumarkt. Such sie und gib es ihr*, hatte Gesche gesagt. Eine Apotheke am Neumarkt ... Er ließ sich zurückfallen und trat langsam aus der Menschenmenge heraus. Der Neumarkt war nicht weit. Er lief ein paar Gassen hinunter, bog rechts ab, und da öffnete sich der Platz vor Kaspar. Die Apotheke sah er sofort: Ein besonders schmales Häuschen hinter einem Baumstumpf. Mit großen Schritten ging er darauf zu.

Obwohl das Gedränge groß war, obwohl überall Röcke und Schuten zu sehen und Frauenrufe zu hören waren, obwohl die Straßen voll von Arbeiterinnen und Bürgerinnen in ihren besten Sonntagskleidern waren, musste Wilhelmine ständig zu Sibylle hinübersehen. Wie mutig die Freundin war! Gestern Abend hatte sie entschieden: »Das ewige Flechten, Eindrehen, Hochstecken – ich kann es einfach nicht mehr ertragen! Warum müssen wir unsere Haare jeden Tag in so eine unnatürliche Form bringen? Schneid sie mir ab!«

Wilhelmine hatte sie entgeistert angestarrt. »Wie denn abschneiden?«

»Na, mit der Schere. Jetzt gleich. Auf der Demonstration möchte ich meine Haare kurz und offen tragen.«

Mit klopfendem Herzen hatte Wilhelmine also die Schere in die eine Hand und Sibylles weiches, langes Haar in die andere genommen.

»Einfach so?«, hatte sie gefragt.

»Natürlich«, hatte Sibylle geantwortet.

Und dann waren die Haare gefallen. Es stand ihr ausgezeichnet. Die Spitzen berührten nur noch vorn die Schultern, hinten schwebten sie sogar in der Luft! Noch nie hatte Wilhelmine eine Frau mit so kurzen Haaren gesehen. Mit entschlossenem Blick schritt sie in der Menschenmenge voran und schrie für das Wahlrecht der Frauen, für bessere Bildung und Bezahlung. Wilhelmine glühte vor Bewunderung und spürte zugleich die eigene Entschlossenheit in sich wüten. Es musste sich etwas ändern, noch heute.

Neben ihr marschierten Emma und sogar Hubertine Stollwerck, die sich erst vor Kurzem ihrer kleinen Gruppe angeschlossen hatte. Durch die Hungersnot und die Teuerungskrise warf der Kramladen nicht mehr genug Geld ab, um sie zu ernähren. Am liebsten würde sie sich als Schneiderin selbstständig machen, doch die Schneidermeister machten den Mamsellen weiterhin das Leben schwer. Sie reckte das breite Kinn und rief mit den anderen im Chor für das Recht auf Arbeit.

Plötzlich ging ein Ruck durch die Frauenmenge.

»Sämtliche Demonstrationen werden aufgelöst, gehen Sie nach Hause!«, rief ein Soldat über die Schuten hinweg.

Wilhelmine ballte die Hände zu Fäusten. »Das ist ja wohl nicht ihr Ernst«, presste sie hervor. »Wir demonstrieren völlig friedlich!«

»Es reicht!«, rief ein Soldat, viel lauter als sie. »Räumen Sie umgehend die Straße!«

Hubertine stieß von hinten gegen Wilhelmine. »Entschuldige!«, rief sie, doch sie wurde sofort wieder gegen sie gedrückt, so dass Wilhelmine stolperte, Emma anstieß und diese wiederum Sibylle.

»Lassen Sie mich los!«, hörte Wilhelmine hinter sich eine erschrockene Stimme.

»Nehmen Sie die Hände weg!«

»Lassen Sie das!«

Aus den Augenwinkeln sah Wilhelmine, wie Säbel gezogen und drohend in die Luft gereckt wurden. »Verschwinden Sie sofort, sonst müssen wir Gewalt anwenden!«, rief ein Soldat. Dann schrie eine Frau, und das Schieben verwandelte sich schlagartig in hektisches Stoßen. Überall um Wilhelmine herum wurden Augen und Münder aufgerissen, Panik ergriff den Demonstrationszug. Die Frauen wollten davonrennen, doch vor, neben und hinter ihnen waren andere Frauen, und so wogte die Menge, Wilhelmine fühlte fremde Hände an ihrem Rücken, hörte ängstliche Schreie im Ohr. Sie sah sich um.

»Sibylle!«, rief sie, doch nirgends konnte sie die Freundin sehen.

»Hubertine! Emma!« Sie waren alle im Gedränge verschwunden. Sie versuchte, sich vorzukämpfen, sich auf die Zehenspitzen zu stellen und ihre Freundinnen wiederzufinden. Doch da war nichts als fremde Frisuren, Hüte und Schreie. Plötzlich fühlte Wilhelmine Hände an ihrem Unterarm. Sie rissen sie zur Seite, so dass sie fast gestolpert wäre.

»Komm mit!«, rief die Stimme ihrer Schwester. Anna Sophia war auf einmal am Straßenrand aufgetaucht.

»Was machst du denn hier?«, keuchte Wilhelmine überrascht.

»Ich bringe dich in Sicherheit, Dummerchen«, zischte Anna Sophia und zog sie hinter sich her. Im Gedränge hatte Wilhelmine kaum gemerkt, dass sie gerade durch die Blindgasse liefen. Nun legte sie den Kopf zurück und erkannte, wohin Anna Sophia wollte: Sie ging geradewegs auf die Bonbonfabrik zu. Sie wichen noch einer stolpernden Frau und zwei drohenden Soldaten aus, dann riss Anna Sophia die ehemalige Ladentür auf, zog Wilhelmine hinein und drehte hinter ihr den Schlüssel um.

Franz grinste. »Dem Soldaten haben wir's gezeigt!« Er klopfte Theodor auf die Schulter. »Ha!« Er wuschelte Koloman über die wie immer fettigen Haare. »Das sind die Feinde«, erklärte er. »Das! Und nicht die eigenen Freunde.« Er stieß ihn sanft in die Seite.

Doch bevor sie weiter über ihren Streit reden konnten, ertönten hinter ihnen laute Schreie. Menschen begannen, zu rennen, sie drängten vorwärts und zogen Franz mit sich.

»Was soll das?«, rief er, während er mit Koloman und Theodor immer enger zusammengeschoben wurde. Bald fühlte er zu allen Seiten fremde Körper. Kurz hob es ihn von den Füßen, so viel Kraft hatte die Masse. Er taumelte, stolperte mit den anderen. Immer schneller schob die Menschenmenge vorwärts, die Straße hinunter.

»Zum Rathaus!«, ertönte ein allgemeiner Ruf, von allen Seiten, immer wieder: »Zum Rathaus!«

Die Soldaten rissen einzelne Männer heraus, schlugen sie, drohten mit ihren Säbeln und Bajonetten und herrschten sie an, sofort nach Hause zu gehen. Doch die Menschenmenge war ein geschlagener Hund. Sie kläffte, stob ängstlich und ungestüm vorwärts und ihr Kopf drängte ins Rathaus hinein. Franz konnte kaum atmen, so eng war es. Er zwang sich zur Ruhe und streckte sich. Weiter unten sah er, wie die ersten Arbeiter die Flügeltüren aufrissen und Schutz suchend in die Halle rannten. Blindlings folgte ihnen der Strom. Und kurz bevor Franz selbst am Rathaus angekommen war, öffnete sich über seinem Kopf ein Fenster.

»Hilfe!«, rief ein glatzköpfiger Stadtrat heraus, dem die Panik ins Gesicht stand. »Sie kommen uns holen, Hilfe!«

Schon tauchte ein zweiter neben ihm auf und keuchte. »Sie sind hier, sie sind hier!«

Er kletterte auf die Fensterbank, sah sich um – und sprang. Der Glatzköpfige schrie vor Schreck auf, sah ebenfalls über seine Schulter, zurück auf die Menschenmenge – und machte einen Schritt nach vorn, um dem Kollegen zu folgen.

»Danke, meine Liebe«, sagte Anna Sophia zu ihrer Schwägerin Maria, die ihr gerade die kleine Cartharina zurück in die Arme gelegt hatte. »Kannst du Wilhelmine und mich kurz allein lassen?«

Sie streichelte das winzige, weiche Gesicht ihrer Tochter und flüsterte: »Ja, Mama ist ja wieder da …«

Erst, als die Tür hinter Maria zugegangen war und Anna Sophia mit dem Kind und ihrer Schwester allein in der Bonbonfabrik stand, sah sie zu Wilhelmine hinüber. Sie hatte sich auf einen der Hocker an der langen Arbeitsplatte gesetzt. Ihr Gesicht war ganz erhitzt und ihre Haare waren zerzaust.

»Ein schöner Ort.« Wilhelmine zeigte auf die riesigen, mit Bonbons gefüllten Gläser in den Wandregalen, auf die Feueröfen, die mit Kräutern gefüllten Schalen und die Wasserkaraffen. Und mit einem Mal hatte Anna Sophia das Bedürfnis, Tee zu kochen. Sie legte Cartharina in ihr Körbchen, ging zum Feuerherd, entzündete ihn und stellte einen Topf mit Wasser darauf.

»Was hast du da draußen gemacht, Wilhelmine?« Sie versuchte, alle Strenge in ihre Stimme zu legen, die sie aufbringen konnte.

»Wir demonstrieren für die Rechte der Frau.«

Anna Sophia holte Tassen aus dem Schrank, gab die Blätter des Souchong-Tees hinein und seufzte. »Du bringst dich in große Gefahr! Hast du nicht die bewaffneten Soldaten gesehen?«

»Natürlich. Aber von ihnen sollten wir uns nicht länger unterdrücken lassen. Von niemandem! Von keinem Mann der Welt.«

»Du hast mehr Mut als Verstand …« Anna Sophia schnürte es die Kehle zu. Gut, dass ihnen niemand zuhörte. Es könnte für Wilhelmine böse enden. »Geht es dir denn so schlecht? Du kannst doch in Bonn das schöne Leben genießen – wo ist dein Problem?«

Wilhelmine lachte auf – doch fröhlich klang es nicht. Während sie aufstand und langsam auf Anna Sophia zuging, sagte sie: »Es gibt nicht nur ein Problem, liebe Schwester. Es gibt unzählige für uns Frauen! Schau dich doch nur mal um! Das hier sollte deine Fabrik sein. Du hast die Bonbons entwickelt, es ist dein Rezept! Du hattest Ideen für Werbung und Vertrieb! Jahrelang hast du für dieses Unternehmen alles gegeben! Und wessen Name steht auf den Bonbonpapieren? Über wen spricht die ganze Stadt? Von wem wird man wahrscheinlich noch in vielen Jahren Geschichten erzählen? Von deinem Mann! Es heißt immer nur *Franz Stollwerck*! Wer denkt an Anna Sophia? Macht dich das nicht wütend?«

Anna Sophia goss heißes Wasser in die Tassen, gleichzeitig fing Cartharina leise an zu wimmern. Sie nahm ihr Kind auf den Arm und wiegte es hin und her.

»Das ist Unsinn, Wilhelmine … Franz hat all das aufgebaut, ich habe nur geholfen. Jetzt habe ich kaum noch Zeit für das Unternehmen, weil ich mich um Kinder und Haushalt kümmern muss. Und das ist gut so, ich bin dankbar! Jeder hat seinen gottgegebenen Platz. Wer wird denn neidisch sein?«

Doch noch während sie die Worte aussprach, bemerkte sie, wie bitter sie schmeckten. War das wirklich ihre Meinung? Hatte Wilhelmine nicht auch ein klein wenig recht?

Cartharinas Wimmern wurde lauter. Anna Sophia lief mit ihr hin und her, schunkelte sie und sprach leise auf sie ein. Doch die Kleine verzog immer heftiger das Gesicht, bis sie laut und aus voller Kehle schrie. Wilhelmine kam näher und streichelte das kleine Köpfchen.

»Was hat sie nur?«

Anna Sophia schluckte. So hatte sie ihre Tochter noch nie gesehen. Schrill und kreischend durchdrang ihr Weinen die Fabrik. Ihr Gesicht war panisch, hochrot und vor Schmerz verzerrt. Unwillkürlich musste sie an den kleinen Albert denken, an sein violett angelaufenes Gesicht und seine schwachen Arme. Sie sah wieder den Wald vor ihrem inneren Auge, den schwarz angelaufenen Baum und die Asche, hörte das Knacken im Unterholz, dort, wo eigentlich Gesches Hütte hätte stehen müssen. Und dann sah sie, wie der Wald sich dunkel verfärbte, wie die Hütte und die Schaukel in hellen Flammen standen.

»Nein«, flüsterte sie. »Nein!«

Sie vertrieb den Gedanken an das Feuer und an den kleinen Albert, dessen Locke an dieser Stelle begraben lag. Sie würde nicht noch ein Kind verlieren – unter keinen Umständen! Sie würde alles in ihrer Macht Stehende tun. Die Geschichte durfte sich nicht wiederholen.

Sie brauchte einen Rat. »Gesche, bitte hilf mir!«

»Was hast du gesagt?« Wilhelmine sah sie mit großen Augen an, doch Anna Sophia ignorierte sie. Panisch schaute sie sich um. Hatte sie die richtigen Kräuter hier? Nein, das Moos, die Gänseblümchen, der Huflattich – all das half bei Husten, nicht bei den Schmerzen, die Cartharina zu haben schien. Wo tat es ihr nur weh? Vielleicht im Magen. Irgendjemand musste ihr helfen. Sie musste jemanden holen. Nur wen? Sie sah zur Glastür hinüber. Fast hoffte sie, hinter der Fensterscheibe einen Wolf mit bernsteinfarbenen Augen zu sehen. Doch stattdessen schaute sie in das schöne Gesicht eines Landstreichers. Mit den Händen schirmte er das Licht ab, und die Nase drückte er gegen das Glas. Als ihre Blicke sich trafen, weiteten sich seine fein geschwungenen Augen. Kurz wich er zurück, dann klopfte er.

»Wer ist das?«, fragte Wilhelmine.

Langsam ging Anna Sophia auf die Tür zu.

»Du willst ihn doch nicht reinlassen, oder?«

Sie antwortete nicht – sie hatte da so ein Gefühl. Es lag irgendetwas im Blick dieses Mannes, das sie beruhigte. Fast war es, als hätte sie ihn erwartet. Cartharina schrie, Wilhelmine legte ihre Hand warnend auf ihre Schulter, doch Anna Sophia wusste, dass sie das Richtige tat. Dieser Mann musste genau jetzt hier sein. Sie hatte ja extra Tee gekocht. Sie öffnete dem Fremden die Tür.

»Bitte entschuldigen Sie die Störung. Gesche schickt mich. Mein Name ist Kaspar Rockstroh.«

Anna Sophia trat einen Schritt zurück und bedeutete ihm, einzutreten. Seltsam, dachte sie, während er einen verwaschenen Schlapphut vom Kopf zog. Sein sauberes Gesicht mit den schnurgeraden Augenbrauen und den geschwungenen Lippen stand in einem seltsamen Widerspruch zu dem verbeulten und zerrissenen Mantel, den er trug. Er wirkte jung, doch seine Haut schien von Wind und Wetter gezeichnet.

»Tee?«, fragte sie. Erst jetzt fiel ihr auf, dass sie drei Tassen vorbereitet hatte. Eine für Wilhelmine, eine für sich selbst und eine dritte für Kaspar Rockstroh. Überrascht sah er sie an und nahm die dampfende Tasse entgegen.

»Danke, sehr freundlich. Ich bin auf der Suche nach Gesches Enkelin Anna Sophia. In der Apotheke Müller sagte man mir, sie sei hier. Können Sie mir vielleicht sagen …?«

»Das bin ich«, warf Anna Sophia ein, während sie auch Wilhelmine eine Tasse gab.

»Oh.« Er lächelte und aus irgendeinem Grund spürte sie plötzlich Zuversicht in sich aufkeimen. Zwar hatte sie diesen Mann noch nie gesehen, und doch hatte er etwas Vertrautes an sich. Ihr war, als träfe sie einen alten Freund, den sie schon oft vermisst hatte und dem sie vertrauen konnte. »Ich bringe Ihnen Tausendgüldenkraut. Gesche sagte, es könnte Wunder wirken. Ich habe es gerade in der Apotheke gekauft.«

»Tausendgüldenkraut … das gibt es doch nicht! Es hilft gegen Verdauungsprobleme. Wilhelmine, schnell, gieß Cartharina damit eine Tasse auf!«

»Aber Gesche konnte doch unmöglich wissen …«

»Mach schon!«

Endlich klapperte hinter ihr Geschirr. Anna Sophia wandte sich wieder dem Fremden zu. »Wo ist Gesche? Wie geht es ihr? Bitte sagen Sie mir, dass es ihr gut geht!«

Kaspar Rockstroh senkte den Blick und drehte seinen Hut in den Händen. »Es … tut mir leid … ich hätte schon viel früher kommen müssen.«

»Was meinen Sie damit?«

»Gesche ist vor einigen Jahren in einem Feuer ums Leben gekommen.«

Anna Sophia keuchte. »Nein. Nein, das kann nicht sein.«

»Ein Bauer aus dem Dorf …«

Anna Sophia atmete scharf ein. »Wilhelm.«

Kaspar nickte. »Er hat das Feuer gelegt.«

»Das ist unmöglich, sie kann doch nicht … das darf nicht …!«

»Ich habe sie selbst begraben. Einen Stein oder ein Kreuz hatte ich nicht, aber ich habe darauf einen Apfelbaum gepflanzt. Sie liegt dort, wo früher ihre Hütte stand.«

»O Gott.«

Diesen Apfelbaum hatte sie gesehen – genauso wie den Wolf, der danebengestanden hatte. Sie schluckte, wartete auf die Erkenntnis, den Schmerz, die Wut. Doch in ihr war es seltsam still. »Wo ist dieser Mensch jetzt?«

»Wilhelm? Er ist ebenfalls tot.«

»Gut.«

Anna Sophia hörte, wie Wilhelmine das heiße Wasser auf das Tausendgüldenkraut goss – Gesches Kraut –, und atmete tief durch. Und dann begriff sie, dass es ein Teil von ihr schon seit der Nacht im Wald gewusst hatte. Dieses Wissen war leise und sanft gewesen, ein leichter Regen, dessen Wasser in den letzten Jahren langsam immer tiefer in die Erde gesickert war. Gesche war nicht mehr auf dieser Welt. Doch ein Teil von ihr war noch immer hier. Da dampften die Teetassen, die Anna Sophia vorbereitet hatte, da duftete das Tausendgüldenkraut, da stand dieser freundliche Landstreicher vor ihr, da leuchtete das Amulett in der einfallenden Sonne, das er ihr gerade entgegenstreckte und das Gesche früher um den Hals getragen hatte.

»Sie sagte, dass Sie es bekommen sollen, Anna Sophia«, sagte Kaspar.

Mit offenem Mund nahm sie es entgegen. Es war silbern, rund und zeigte eine eingravierte Spirale – das Symbol, das die Frauen einst durch den Wald geführt hatte.

»Danke.« Anna Sophia schloss die Faust um das kühle Metall. Gesche war zwar gestorben, doch sie war nicht sang- und klanglos gegangen. Stattdessen hatte sie Anna Sophia ein Zeichen gegeben – und nun war es an ihr, diesem Zeichen zu folgen. So wie früher durch den Wald, würde es sie möglicherweise in eine neue Zukunft führen.

»Dass du hierhergekommen bist und Gesches Versprechen eingehalten hast, werde ich dir nicht vergessen«, flüsterte sie. »Du warst Gesches Freund. Von nun an wirst du auch in mir eine Freundin haben, das verspreche ich dir.«

Sie lauschte ihren Worten noch hinterher, als Kaspar Rockstroh die Fabrik wieder verlassen hatte, als der Tee für die Kleine abgekühlt war und Wilhelmine ihn ihr vorsichtig einflößte. Bald hörte das Kind auf zu wimmern. Anna Sophia legte sich die Kette um den Hals und wusste: Sie würde sie nie mehr abnehmen. Nicht, solange sie lebte.

36. Kapitel

»Koloman, wie schön, dass du kommen konntest!« Franz breitete die Arme aus und hieß den Freund in seinem Kaffeehaus willkommen. »Setz dich, mein Lieber, was kann ich dir bringen?«

Es war ein trüber Sommerabend. Seit den März-Demonstrationen und dem Kölner Fenstersturz, den zwar beide Stadträte überlebt hatten, bei dem sich einer von ihnen aber beide Beine gebrochen hatte, war alles anders. Vor allem die Aufstände der Arbeiter hatten auf die Preußen Eindruck gemacht. Mittlerweile hatte sich sogar eine bewaffnete Bürgerwehr formieren dürfen, in der alle Dienstgrade durch einfache Mehrheiten gewählt wurden. Francois wurde ihr zweiter Kommandant. Eigentlich wollte Franz ebenfalls Mitglied werden, doch wegen der Arbeit in seinem Café fand er einfach nicht die Zeit. Auch den nun zahlreich aus dem Boden gestampften politischen Vereinen konnte er zu seinem eigenen Bedauern nicht beitreten. Aber im Grunde war das auch nicht nötig, in seinem Café war er schließlich am Puls der Zeit: An den Mahagoni-Tischen wurde in immer größeren Runden heiß über Demokratie und Republik diskutiert. Sein Saal war heute in aller Munde, immer häufiger fanden hier ganze Versammlungen statt, auf denen über die ersten demokratischen, allgemeinen Wahlen gesprochen wurde: Zum einen wählte man im Mai die deutsche Nationalversammlung, die in der Frankfurter Paulskirche tagte, zum anderen die preußische für Berlin. Nur die Arbeiter boykottierten die indirekten Wahlen, bei denen sie sich übergangen fühlten. Trotzdem wählte man Francois und Carl ins Nationalparlament – und wenn Franz daran dachte, musste er sich eingestehen, dass er ziemlich stolz war auf seine berühmten Freunde, die in seinem Saal Reden geschwungen hatten. Mittlerweile hatte er sein Kaffeehaus von *Café Royal* in

Deutsches Kaffeehaus umbenannt, um den Demokraten das beste Ambiente zu bieten.

Während er Koloman etwas zu trinken holte, schaute er hinüber zur Bühne, auf der sich die Tänzerinnen drehten. Gedankenverloren beobachtete er ihre anmutigen Körper und die faszinierten Blicke der Männer um sie herum. Seine neue Idee hatte großes Potenzial, dachte er mal wieder.

Zurück bei Koloman klopfte er ihm auf die Schulter: »Bist du gut hergekommen, mein Freund?«

Koloman warf sich die fettigen Haare hinter das Ohr und sah missmutig zu ihm auf. »Draußen ist mal wieder die Hölle los. Eine Gruppe von Arbeitern hat gerade einen Gerichtsvollzieher durch die Straße geprügelt, als ich hergekommen bin. Es ist Wahnsinn! Man traut sich kaum noch auf die Straße! Die Polizei hat nicht den Mut einzugreifen, und die Bürgerwehr tut es nicht – aus falscher Solidarität.«

Franz legte den Kopf schief. »Wieso sollte die Solidarität falsch sein?«

Trotz all der Fortschritte und Errungenschaften brodelte es seit Wochen wieder heftiger in Köln. Und Franz verstand das gut: Arbeitslosigkeit und Hunger nahmen trotz der demokratischen Bemühungen in Frankfurt weiter zu, die Gewaltbereitschaft der Arbeiter und Handwerker wuchs. Immer mehr von ihnen trugen rote Bänder in ihren Knopflöchern – ein Ruf nach Arbeit und Republik. Manchmal spielte auch Franz mit dem Gedanken, eines anzustecken – für Heinrich. Doch dann besann er sich eines Besseren. Er war Unternehmer und darauf sollte er sich konzentrieren. Schließlich hatte er eine neue Idee.

»Auch der Gerichtsvollzieher macht nur seine Arbeit! Es kann doch nicht sein, dass eine Horde wild gewordener Arbeiter ihn ungestraft verprügeln darf!«, empörte sich Koloman, setzte das Glas an seine Lippen und leerte es in einem Zug. »Bring mir noch eins.«

Einen Moment lang sah Franz ihn aus schmalen Augen an, dann gab er sich einen Ruck. Er sollte heute besser keinen Streit mit dem Freund vom Zaun brechen. Er versuchte, sich von der allgemeinen Heiterkeit im Saal anstecken zu lassen, und setzte sich schließlich mit zwei frischen Gläsern Cognac neben Koloman.

»Auf die Freundschaft?«, schlug er vor und prostete Koloman zu.

Der nickte stumm und trank.

»Nun spuck es endlich aus.« Koloman lehnte sich zurück und musterte Franz. »Warum sollte ich herkommen?«

»Darf man nicht mit einem guten Freund einen heben wollen?«

»Franz, lass das und komm zum Punkt.«

»Wie du willst.« Kurz sah sich Franz um, dann beugte er sich vor, stützte seine Hände auf die Knie und sprach leiser weiter: »Ich habe eine neue Geschäftsidee. Du siehst ja, wie beliebt der Saal ist – und wie gern die Menschen vor allem dann herkommen, wenn die Tänzerinnen auftreten. Aktuell ist das für mich lediglich eine Investition, um das Kaffeehaus zu stärken. Aber ich denke, dabei sollte es nicht bleiben. Koloman, ich weiß gar nicht, warum ich darauf nicht früher gekommen bin.« Eindringlich sah er seinen Freund an, bevor er sagte: »Ich werde ein Theater eröffnen.«

Koloman runzelte die Stirn. »Aber Franz, Köln hat bereits ein Theater.«

»Natürlich hat es das. Dort wird hochtrabendes Zeug aufgeführt. Aber der gemeine Kölner liebt den Schwank, das Fest, den Witz. Deswegen eröffne ich in meinem Saal etwas, das es noch nicht gibt: ein Vaudeville-Theater. Auf meiner Bühne wird es musikalische Possen geben. Ich habe sogar schon einen Regisseur und drei Schauspieler gefunden.«

Koloman seufzte leise und schüttelte den Kopf. »Du lässt mal wieder nichts anbrennen.«

»Ich hatte das Glück, Johann Cleff vom Bremer Theater zu gewinnen.«

»Schön. Und wie kann ich dir dabei helfen?«

»Du hast mir doch damals diesen Kredit besorgt. Ich weiß, mit den

Rückzahlungen bin ich im Verzug. Aber könntest du für mich vielleicht einen Aufschub erwirken? Und möglicherweise einen Extrazuschuss?«

Koloman seufzte. »Wieso ich?«

»Du hast doch so gute Verbindungen zu dieser Bank. Als Dankeschön bekommst du natürlich einen Platz in der Ehrenloge!« Franz zwinkerte.

Koloman schüttelte missbilligend den Kopf, so dass seine langen Haare hin und her schaukelten. Kurz fürchtete Franz schon, er wolle ablehnen. Doch dann sagte er: »Na gut. Ein allerletztes Mal, Franz.«

Franz brauchte nur wenige Wochen, um seinem Café ein Theater anzugliedern. Die zwei vorderen, kleineren Räume würde er weiterhin als Herren- und Damensalon nutzen, den Saal mit Bühne stattete er nun aber mit Zuschauerreihen und einer Loge aus. Elegante Kronleuchter hingen an der Decke, und die Stühle waren mit Samt überzogen.

Wenn Franz allein war, stand er gern auf der Bühne und sah in die leeren Zuschauerreihen. Dann stellte er sich vor, ganz Köln würde dort sitzen und gespannt seine Ideen und Entscheidungen beobachten. Und sobald der Vorhang fiel, würde die Stadt ihm zujubeln. Was für ein kindischer und arroganter Gedanke, dachte er. Und doch machten ihm diese Gedankenspiele Spaß. Die Bühne könnte sein Wohnzimmer sein, die Loge sein Blick aus dem Fenster. Er öffnete den Vorhang und genoss den Ausblick. Er stellte sich vor, seine Söhne würden dort sitzen und ihn beobachten. Ob sie wohl stolz auf ihn wären? Ob sie in der Schule von ihm erzählen würden? Und dann erschien vor seinem inneren Auge Anna Sophia im Zuschauerraum. Die Hände hatte sie im Schoß gefaltet, sie blinzelte liebevoll. Er schluckte. Was sie wohl über ihn und seine Entscheidungen dachte? Er hatte sie schon lang nicht mehr gefragt. Sie sahen sich nur noch selten. Kein Wunder, dachte Franz, die Zeiten waren schwer gewesen, und nun, da es wieder bergauf ging, war er nun mal ein viel beschäftigter Mann, er hatte täglich alle Hände voll zu tun! Seine Frau würde das schon verstehen. Schließlich wollte auch sie nur das Beste für die Familie Stollwerck. Irgendwann, wenn einmal mehr Zeit wäre, würde sich all das schon wieder fügen.

Zunächst zählte vor allem sein neues Theater. Es war die Zukunft des Unternehmens! Wenn Franz im Publikum saß und seinem Regisseur dabei zusah, wie er die Schauspieler Hans und Wendelin sowie die Sängerin Rosina auf der Bühne dirigierte, ihrem Spiel einen frischen Witz und Rosinas Gesang die schönsten Klänge entlockte, dann wusste er: Er war auf dem richtigen Weg. Franz konnte ganze Stunden damit verbringen, in einer der hinteren Reihen über die Dialoge zu lachen und Rosina zu lauschen. Wenn ihre helle, klare Stimme ertönte, vergaß er die Gewalt auf den Straßen und den Kredit, dessen Rückzahlung mit jedem Probentag schwieriger wurde. Er versank in Rosinas Anblick: Wellen ihrer dunklen Haare ergossen sich über ihre Schultern, ihr Mund war voll und über ihren großen, weißen Zähnen stets leicht geöffnet. Wie diese Frau singen konnte!

»Hilfe, Hilfe! Ich wurde bestohlen!«, rief sie nun in geziertem Ton. Neben ihr schnarchten Hans und Wendelin.

»Helft mir, ihr Soldaten der Bürgerwehr! So helft mir doch!«

Endlich schreckten sie hoch, sprangen auf und die Schlafmützen auf ihren Köpfen baumelten lustig hin und her.

»Wie?«, rief Hans.

»Was?«, fragte Wendelin.

Sie zielten mit dämlichen Gesichtern und hölzernen Gewehren in die Luft, und Franz' Schultern bebten vor Lachen.

»Genau so ist sie, unsere Bürgerwehr! Genau so!«, rief er.

»Mein lieber Franz, bitte entschuldige die Störung.«

Franz drehte sich um und sah seine Frau in der offenen Tür stehen. »Anna Sophia, was machst du denn hier?«

Sie schaute sich im Theatersaal um, betrachtete die Menschen auf der Bühne, die Kronleuchter an der Decke und die vielen, eng gestellten Stuhlreihen. »Das ist … wunderschön«, flüsterte sie.

Franz stand auf, lief in großen Schritten zu ihr und legte ihr beide Hände auf die Schultern. Sanft bugsierte er sie in den Nebenraum. »Ich wollte dir diesen Ort doch bei einer Vorstellung zeigen. Ist etwas passiert?«

»Es tut mir leid, Franz. Aber ich wusste nicht weiter.«

Sie hielt ihm einen Brief entgegen. »Ich habe ihn geöffnet, weil ... die Buchhaltung liegt ja schon eine Weile brach, und da dachte ich ...«

Er nahm ihr den Umschlag aus der Hand. Das Siegel erkannte er sofort.

»Von Victor Mertens«, knurrte er. Er zog den Zettel heraus und begann zu lesen:

Sehr geehrter Herr Stollwerck,
gern hat die Bank Schaaffhausen Ihnen einen großzügigen Kredit gewährt. Nun müssen wir feststellen, dass die Rückzahlungen nicht nur Monate im Verzug sind, sondern auch zuvor schon zu gering ausfielen ...

Franz runzelte die Stirn. »Aber ich hatte doch nicht bei Victor Mertens ...«

Eine Weile las er schweigend weiter. Dann raufte er sich die Haare.

»Er bietet an, dir deine Schulden zu erlassen, wenn du ihm dafür die Bonbonsparte des Unternehmens abtrittst.« Anna Sophia flüsterte fast. »Aber das ziehst du nicht in Betracht, oder Franz? Da stimmt doch etwas nicht. Da liegt doch sicher ein Missverständnis vor.«

Franz wurde mit einem Mal ganz heiß. Immer wieder las er den Brief und bemerkte kaum, dass seine Finger bebten. »Ganz sicher. Das kann nicht sein«, presste er hervor. »Solche Zinszahlungen habe ich nie unterschrieben. Koloman hat das gewissenhaft geprüft. Er hat mir diesen Kredit ja verschafft. Ich verstehe nur nicht, warum er mir nicht erzählt hat, dass Victor Mertens ihn gewährt hat. Dann hätte ich doch niemals ...«

Beruhigend legte ihm Anna Sophia eine Hand auf den Unterarm. »Keine Sorge, Franz. Das klärt sich bestimmt. Ich laufe schnell heim und schaue im Vertrag nach. Und du sprichst am besten heute noch mit Koloman.«

Nachdenklich sah er sie an. »Koloman wird mich doch nicht …« Er brach ab und spürte, wie die Angst ihm die Kehle zuschnürte. Hatte sein Freund ihn über den Tisch gezogen? Aber warum?

»Such ihn. Ich schaue im Vertrag!«, wiederholte Anna Sophia. Kurz drückte sie seinen Arm, dann verschwand sie nach draußen.

»Gut gemacht.« Victor versuchte, Koloman Witt ausnahmsweise mal nicht auf den Buckel zu starren. Und das, obwohl der in letzter Zeit doch merklich runder geworden war. Da Victor aber nicht so sein wollte – nach allem, was der Bucklige für ihn getan hatte – tätschelte er den krummen Rücken und verkniff sich einen Spruch. Er bedeutete Koloman, ein paar Schritte mit ihm durch den Park der Stadtvilla zu gehen.

»Ach, ich weiß nicht.« Koloman sah auf seine Füße und ließ den Kopf hängen.

»Lieber Cousin, du warst großartig! Erst der Artikel unter Pseudonym in der *Gartenlaube* über die wirkungslosen Zuckerwürfel – herrlich! Und wie du diesem vermaledeiten Stollwerck dann auch noch meine Zinsen untergejubelt hast … Wirklich gewitzt! Du hast mich positiv überrascht, das muss ich zugeben. Ich habe dich all die Jahre unterschätzt!«

»Naja. Ich hätte vielleicht nicht …«

»Schluss jetzt! Es war das Richtige. Du weißt doch selbst, dass Stollwerck nicht die gute Seele ist, für die ihn alle halten, oder?«

Koloman schüttelte den Kopf. »Seinetwegen ist Heinrich tot. Nur, weil er so arrogant und gedankenlos ist.«

»Na, siehst du.«

Während sie den Weg in Richtung der Trauerweide liefen, unter der Victor so gern mit Emma saß, hörten sie ein Rascheln. Victor sah den roten Saum eines Kleides.

»Ah«, machte er aus tiefster Kehle. »Emma, meine Liebe.«

Da trat sein Mündel hinter der Ecke hervor und zuckte überrascht zurück, als es die beiden Männer sah. »Guten Tag die Herren«, begrüßte das Mädchen sie und eilte dann an ihnen vorbei.

»Schau sie dir an, Koloman«, flüsterte Victor. Ob er wohl einen Blick auf ihre Knöchel erhaschen könnte, wenn er nur lang genug hinsah? Seltsam, dachte er dann. War ihr Kleidersaum etwa verdreckt? Wo kam sie denn eigentlich her?

Koloman neben ihm räusperte sich. »Unsere … Abmachung steht noch, oder?«

»Natürlich, natürlich«, beeilte sich Victor zu antworten. »Sobald die Firma Stollwerck mir gehört und dieser Franz vollkommen bankrott ist, gebe ich dir wie versprochen meine Emma zur Frau. Sie wartet doch schon seit fast anderthalb Jahren sehnsüchtig darauf!«

Der Bucklige sah ihn mit großen Augen an. »Tatsächlich?«

»Aber natürlich!«

Da hörte er erneut ein Rascheln. Er sah sich um, erkannte aber, dass es diesmal nur ein Gärtner war, der hinter einem rund geschnittenen Busch geschäftig in der Erde wühlte.

Kopfschüttelnd lief er weiter. Dieses Personal war so farblos, einer glich dem anderen! Er hätte schwören können, dass dieser Mann gerade noch als Kutscher gearbeitet hatte …

»Dieser vermaledeite Hanswurst!« Franz trat gegen einen Hocker, so dass er scheppernd umfiel, schlug mit der Faust auf den Tisch und raufte sich die Haare. »Er muss es mit Absicht getan haben. Sonst hätte er auf meine Besuche längst reagiert! Aber nein, er hat nicht mal den Mumm, mir gegenüberzutreten! Ich habe es unzählige Male vor seinem Haus und beim Verlag versucht – nichts! Auflaufen lässt er mich! Dieser Mann hat überhaupt kein Rückgrat!«

Anna Sophia stand am anderen Ende einer langen Arbeitsplatte und sah still zu ihrem Mann hinüber. Sie wusste, dass er aufbrausend sein konnte, doch so hatte sie ihn noch nie gesehen. Sein Haar stand kreuz und quer, seine Augen funkelten vor Wut, und mit schweren Füßen stapfte er auf und ab. Sie musste ihn beruhigen, sonst würde er noch eines der Bonbongläser aus dem Regal reißen oder die Kräuterschalen herunterwerfen. Doch wie besänftigte man einen Sturm?

»Wie konnte der Mistkerl mich so hintergehen? Was für ein Freund tut so etwas?«

Franz wollte zornig klingen, das wusste Anna Sophia. Und doch hörte sie die tiefe Traurigkeit in seiner Stimme. Er war verletzt, würde das aber niemals zugeben. Lieber zerlegte er die Fabrik.

Leise sagte sie: »Wir müssen jetzt nach vorn sehen, Franz.« Und erst, als sie es aussprach, hörte sie an ihrer eigenen Stimme, dass auch sie wütend war. Aber weniger auf Koloman als auf ihren eigenen Mann. Während sie den Vertrag geprüft hatte, waren ihr fast die Augen ausgefallen. Wie blind und naiv war ihr Mann gewesen, als er das unterschrieben hatte? Koloman hatte die Zinsen nicht mal gut vertuscht! Wie konnte sich Franz nur so einfach von diesem schmierigen Kerl über den Tisch ziehen lassen, obwohl der ihn doch seit Heinrichs Tod immer wieder angriff? Franz hatte in letzter Zeit nur noch sein Kaffeehaus und sein Theater im Kopf gehabt. Für die Bonbonsparte, die Buchhaltung, die Verträge, die Finanzen hatte er überhaupt keinen Blick mehr gehabt! Und wer musste es am Ende ausbaden? Wer musste überall einspringen, ohne überhaupt nur gesehen zu werden? Ihr fielen Wilhelmines Worte wieder ein: *Es heißt immer nur Franz Stollwerck! Wer denkt an Anna Sophia?* Und dann dachte sie an die Worte ihrer Großmutter: *Mit deinem Wissen wirst du eines Tages einen Mann sehr reich machen.* Sehr reich war eindeutig übertrieben, und doch hatte Gesche recht gehabt: Sie hatte Franz mit ihren Fähigkeiten geholfen. Und wohin hatte es sie jetzt geführt?

»Gar nichts müssen wir!«, fluchte Franz gerade. »Wenn ich Koloman in die Finger kriege, dann gnade ihm Gott …«

»Wir brauchen einen Plan, Franz. Wir müssen überlegen, wie wir das Geld aufbringen – und zwar so schnell wie möglich! Sonst verklagt Mertens uns, und dann steht der Gerichtsvollzieher vor unserer Tür, das weißt du genau. Wir haben keinerlei Rücklagen! Willst du, dass sie all unsere Gerätschaften in der Bonbonfabrik verpfänden? Unser gesamtes Mobiliar? Sie würden sogar unser Ehebett mitnehmen!«

»Reg du dich doch nicht so auf!«, fuhr er sie plötzlich an. »Das ist meine Sache, ich kümmere mich schon darum!«

»Du kümmerst dich?« Fast erschrak Anna Sophia darüber, wie kalt ihre Stimme klang. »Ich sehe ja, wie du dich kümmerst. Die Kinder haben dich seit zwei Wochen nicht gesehen, weißt du das? Im Büro bist du noch länger nicht gewesen. Ich räume dir hinterher, beantworte deine Post, überweise deine Rechnungen. Wenn sich hier jemand kümmert, dann bin ich das.«

Überrascht starrte er sie an. Es war das erste Mal, dass Anna Sophia ihm widersprach. Das erste Mal, dass sie sich nicht sofort entschuldigte und entfernte, wenn er wütend war. Sie konnte in seinen Augen sehen, dass er keine Ahnung hatte, wie er darauf reagieren sollte. Doch es fühlte sich gut an! Sie war mit einem Mal so lebendig! Sie konnte ihren Körper kribbeln spüren, ihre Hände waren heiß und ihre Augen sahen so scharf wie nie. Sie hatte sich vorgenommen, der Wolf zu sein, und endlich spürte sie diese Stärke auch tatsächlich in ihrer Brust. Sie straffte die Schultern und sah ihrem Mann fest in die Augen. Egal, was er sagte, sie würde keinen Deut zurückweichen.

»Ich erwarte von einem Franz Stollwerck, dass er sich jetzt beruhigt, seine privaten Angelegenheiten hintenanstellt und sich zunächst um das Geschäftliche kümmert. Wir brauchen Geld, und zwar dringend. Wie sieht es mit der Theaterpremiere aus?«

Franz rieb sich das Kinn und sah sie nachdenklich an. Dann sagte er, plötzlich viel ruhiger: »Ich habe Häppchen und Getränke umsonst angekündigt, um das Geschäft anzukurbeln.«

»Können wir die Preise der Eintrittskarten erhöhen?«

»Wir dürfen nicht über den Preisen des Stadttheaters liegen.«

»Und die Getränkepreise im Kaffeehaus?«

Franz schüttelte den Kopf. »Es gibt nur eine Möglichkeit.«

»Und welche?«

»Wir geben Mertens, was er will. Ich überlasse ihm meine Bonbons, und dann ist endlich Ruhe.«

Mit diesen Worten drehte sich Franz um und schritt zur Tür. Er sah nicht, dass Anna Sophia der Mund aufklappte, dass sie mit einem Mal hochrot wurde vor Wut. Nur sie selbst hörte ihr Herz rasen. Franz griff nach der Klinke, drückte sie nach unten und wollte gerade auf die Straße treten, da stürzte Anna Sophia auf ihn zu und riss ihn zurück.

»Das sind nicht deine Bonbons, Franz. Das waren sie nie.« Sie sprach laut, deutlich, aber ruhig. »Es waren immer meine Bonbons, und ich verbiete dir, sie an den schlimmsten Mann dieser Stadt zu verscherbeln, nur weil du einen Fehler gemacht hast.«

Mit einem Ruck schob Franz Anna Sophia von sich. »Was … aber … was fällt dir ein?« Er stammelte, so schockiert war er über ihr Betragen. Doch ihr war es egal. Er konnte sich auf den Kopf stellen oder sie züchtigen, so wie ihr Vater einst ihre Mutter gezüchtigt hatte – sie würde dennoch weitersprechen. Der Wolf in ihr war nicht mehr aufzuhalten. »In der Bonbonfabrik habe ich längst das Sagen, du bist doch sowieso nur in deinem Kaffeehaus unterwegs. Bleib einfach dort, und lass mich deine Scherben aufsammeln.« In ihr kochte die Wut so heftig, dass sie sich kaum über ihre eigenen Worte wundern konnte. Sie sprudelten nur so aus ihr heraus.

»Wie kannst du …«

»Ich werde die Preise anheben – das ist längst überfällig – und den Vertrieb stärken. Heute Morgen habe ich schon unseren Lehrling angewiesen, sämtliche Bahnhofsgaststätten des Landes anzuschreiben. Und Wilhelmines Freundin Sibylle macht die Kamellen in den gehobenen Kreisen publik. Für Sondereditionen wird dort gern das Doppelte gezahlt. Ich werde das Geld schon beschaffen, lass mich einfach machen. Und geh du zurück zu deinem Possenspiel.«

Franz musterte sie ungläubig. »Das wird Konsequenzen haben«, sagte er, und Anna Sophia ahnte, dass er selbst nicht so recht wusste, welche. Er wandte sich um und ging auf die Straße hinaus. Die Tür schlug er fest hinter sich zu, so dass sie noch Sekunden danach im Schloss zitterte.

Zuerst schrieb sie mit bebenden Fingern die Absage an Mertens, dann ihren Vorschlag an Wilhelmine, und am Abend erstellte sie eine neue Preiskalkulation. Ihre Augen waren trüb, ihr Kopf schmerzte. Ihre Kinder waren schon im Bett. Franz war längst noch nicht zurück, doch zum Schlafen war sie viel zu aufgewühlt. Es gab nur eine Sache, die sie jetzt gern tun würde. Nur eine, die sie ein wenig beruhigen könnte. Langsam stand sie vom überladenen Schreibtisch auf und schritt hinüber zur Bonbonfabrik. Zu dieser Tageszeit lag sie verlassen und dunkel da. Anna Sophia entzündete die Petroleumlampen an den Wänden, sah die Arbeitsplatten hinunter, atmete tief durch und kochte dann zum ersten Mal seit vielen Jahren wieder selbst Bonbons: Ganz allein stand sie zwischen den vielen Feuerherden und Bonbongläsern. Sie ließ den Souchong-Tee kochen, karamellisierte den Zucker, zerrieb die Kräuter und knetete die

Bonbonmasse auf der Arbeitsplatte. Sie dachte an ihren Vater, an die Linde vor dem Haus, an die kleine Julie, die dunkeläugige Elise und an das Flüstern in der Küche. Sie erinnerte sich an den Kramladen von Franz' Vater und daran, wie sie sich zwischen den Gewürzen zum ersten Mal geküsst hatten. Gab es die Anna Sophia von damals noch? Und den Franz? Würden sie sich wieder versöhnen? Das Scheitern und der Erfolg hatten sie aufgerieben. Das Unternehmen und die Familie hatten sie müde gemacht. Doch es hatte auch etwas Neues entstehen lassen. Anna Sophia verstand, dass sie zwar schon immer stark und mutig gewesen war, doch dass sie nun über sich selbst hinauswuchs. Sie ahnte endlich, wozu sie fähig war, und dieser Gedanke spendete ihr Trost. Gesche war nicht mehr da, um Acht zu geben, doch dafür gab es jetzt Anna Sophia. Sie konnte diese Familie mit ihren eigenen Händen schützen, sie würde immer einen Weg finden.

Sie sah sich um. Mittlerweile hatten sie zahlreiche Bonbonmaschinen, die auf den Regalen thronten. Sie hatten hölzerne Kurbeln und jeweils zwei Metallwalzen, in denen kleine Bonbonformen eingelassen waren. Gab man die Zuckermasse dort hinein und kurbelte, spuckte die Maschine exakt gleich große Bonbons aus. Doch Anna Sophia brauchte sie heute nicht. Sie ließ die Maschinen im Schrank stehen und zog die Zuckerstangen wie früher per Hand aus der Masse. Während sie dastand, die Kräuter roch und die frischen Bonbons klackernd in eine Schüssel fallen ließ, breitete sich in ihr – ganz vorsichtig – eine Wärme aus. So zäh und klebrig, so süß und verheißungsvoll wie ein frisches Bonbon.

37. Kapitel

»Aber Emma! Du kannst doch nicht einfach … Hat dich jemand gesehen?«

»In dem Kleid? Natürlich nicht, Kaspar!«

Emma schnaubte und richtete sich die Locken. Kaspar konnte kaum glauben, dass sie das Risiko eingegangen und tatsächlich auf den Alter Markt gekommen war. Im Park der Stadtvilla, zwischen leisen Küssen und sanften Umarmungen, hatte er ihr nur kurz von dieser Versammlung erzählt.

»Ich habe es mir von meiner Luise ausgeliehen. Die war vielleicht verwirrt, als ich sie darum gebeten habe! Sie meinte, ich hätte doch eine ganz andere Haut als sie, sicherlich würde ich den Stoff gar nicht vertragen. Da habe ich nur den Kopf geschüttelt und ihr erklärt, dass wir alle die gleiche Haut haben, aber sie wollte mir nicht glauben! Es wäre ja noch nicht einmal sauber, hat sie gesagt. Und ich dann: Umso besser, Luischen, umso besser. Du hättest ihren Blick sehen sollen!« Emma kicherte hinter vorgehaltener Hand und Kaspar musste unwillkürlich lächeln. Verstohlen sah er sich um, dann legte er kurz seine Hand auf ihre Wange und gab ihr einen Kuss auf die Lippen. Wie gern er sie richtig küssen würde. Wie gern er mit ihr in dem kleinen Hotel am Platz verschwinden würde! Doch er sollte sie besser nach Hause schicken.

»Emma, hör mal. Das ist hier heute zu gefährlich für … eine Frau wie dich.«

Emma straffte die Schultern. »Eine Frau wie mich? Was soll das heißen?«

»Schau dich um!« Kaspar zeigte auf die aufgebrachte Menge aus Arbeitern mit roten Bändern in ihren Knopflöchern, die sich auf dem Marktplatz zwischen den mittelalterlichen Fachwerkhäuschen dicht aneinanderdrängten. Vor Kopf stand eine Bühne aus hastig aneinandergenagelten Brettern und darauf thronte Joseph Moll, ein Mann mit dunklem Schnäuzer in seinen Dreißigern, der die Faust in den Himmel reckte und rief: »Die Polizei hat gestern unsere friedliche Versammlung gewaltsam gestürmt und unseren Vereinsvorstand ohne Umschweife ins Klingelpütz geworfen! Sie schrecken vor nichts zurück, unbarmherzig, ja, unmenschlich schlagen sie zu! Nur Dank meiner Freunde – dank euch – konnte ich entkommen! Ihr wart es, die die Polizisten zurückgedrängt haben. Ihr wart zur Stelle – und genau so stehen wir auch in Zukunft füreinander ein, jeden einzelnen Tag!«

Die Menge grölte. Kaspar sah zu Emma hinüber, erwartete, dass sie sich die Ohren zuhalten würde bei dieser Lautstärke – doch stattdessen stand sie da, die Hände zu Fäusten geballt, und schrie jetzt ebenfalls!

»Emma, was machst du?«

Mit funkelnden Augen sah sie zu ihm herüber. »Dieser Mann hat vollkommen recht! Es kann nicht sein, dass die Arbeiter so behandelt werden. Diese Welt ist ungerecht. Wir Frauen haben so hart gekämpft, so viel gehofft! Und was wurde uns gewährt? Nichts! Allgemeine Wahlen soll es gegeben haben. Dass ich nicht lache! Es waren reine Männerwahlen! Keine einzige Frau durfte mitentscheiden! Ich will das nicht länger hinnehmen, ich will auf die Straße gehen.«

Kaspar runzelte die Stirn. »Aber … Emma … hier geht es vor allem um die Belange der Arbeiter. Nicht um die der Frauen.«

»Es geht um Gerechtigkeit. Und da ist es doch ganz egal, wer sie fordert.«

Kaspar legte den Kopf schief. Da hatte sie mal wieder recht.

»Erinnert ihr euch an das Dombaufest im August?«, schrie Moll gerade über den Platz. »Was waren die feinen Herrschaften wieder herausgeputzt – während wir hungern! Was haben sie dem preußischen König zugejubelt – während wir um Arbeit betteln! Voller Inbrunst hat der König sein Hoch auf die deutsche Nationalversammlung und die Einheit

Deutschlands ausgesprochen.« Moll lachte trocken auf. »Sagt mir – was bringen uns seine Worte?«

»Nichts!«, schrie die Menge.

»Haben wir von seinen Lippenbekenntnissen genug zu essen?«

»Nein!«

»Haben wir ein Mitspracherecht?«

»Nein!«

Kaspar fühlte eine Hand an seiner Schulter. »Schau dort.« Emma zeigte in einen Seitenweg auf eine kleine Gruppe Arbeiter, die einen Polizisten herbeizerrten. Nach seiner Uniform mit den vielen Abzeichen zu urteilen, musste er einen hohen Rang haben.

»Ihr werdet das bereuen«, schrie er und schlug um sich, doch die Arbeiter hielten ihn gewaltsam fest.

»Nein, du wirst es bereuen«, antwortete einer von ihnen laut, und sofort jubelte die Menschenmenge ihm zu.

Kaspar runzelte die Stirn. »Wir sollten gehen«, sagte er zu Emma.

»Gehen? Wohin?«

»Zur Stadtvilla? Oder, noch besser, in deine Kutsche?« Er lächelte Emma zu. Auf ihren ersten Kuss am Stadtrand waren schon einige weitere gefolgt. So oft sie eine Gelegenheit fanden, schlichen sich Kaspar und Emma in der Kutsche davon oder versteckten sich im Park, um einander lang in die Augen zu sehen, die Haut des anderen unter den Fingerspitzen und den Atem auf der Haut zu spüren. Danach musste sich Kaspar immer wieder kneifen, um sich zu beweisen, dass er nicht träumte. Natürlich hatten sie noch nie mehr getan als sich zu küssen, doch schon diese Berührungen waren riskant und aufregend genug.

»Ich gehe nicht nach Hause.« Emma reckte das Kinn und sah ihn herausfordernd an.

»Aber ... wenn dein Bruder ...«

»Nenn ihn nicht so. Ich hasse diesen Mann über alle Maßen.«

»Aber er ist doch dein ...«

»Halbbruder.«

»Gut. Was, wenn dein Halbbruder bemerkt, dass du nicht da bist?«

»Ich habe einen Brief dagelassen und behauptet, ich wäre bei Sibylle. Ich musste dringend da raus.«

War das Wut, die in ihren Augen glitzerte? Oder eine Träne?

»Was ist passiert?«

»Lasst mich sofort los!«, schrie der Polizist, doch die Arbeiter um ihn herum lachten nur. Er versuchte sich zu befreien, doch er wurde am Hemd festgehalten. Der erste Schlag traf ihn in den Bauch.

»Vorhin im Park habe ich etwas gehört. Etwas Schreckliches«, sagte Emma so leise zu Kaspar, dass er näher heranrücken musste, um sie besser zu verstehen.

»Du meinst, nachdem du und ich …«

Ein erstickter Schrei unterbrach Kaspar. Er drehte sich wieder zu dem Polizisten um, dem sie nun mehrfach mitten ins Gesicht schlugen.

»Ich habe gehört, was Victor zu Koloman gesagt hat.«

»Passt auf!«, rief gerade ein Arbeiter, denn der Polizist hatte sich losgerissen. Blut tropfte aus seiner Nase. Lachend reichten die Arbeiter seine Uniformjacke in die Menschenmenge.

»Entschuldige, was hat Herr Mertens gesagt?«

Kaspar versuchte, die Jacke zu ignorieren, die gerade wie eine Trophäe über den Köpfen der Arbeiter von Hand zu Hand weitergegeben wurde.

»Er hat entschieden, dass ich Witt heiraten soll.«

Kaspars Augen verengten sich. »Was hast du gerade gesagt?« Dabei hatte er sie natürlich ganz genau verstanden.

»Dieser furchtbar schmierige Koloman Witt soll irgendetwas für meinen Halbbruder tun. Etwas Unanständiges, da bin ich mir sicher. Und wenn er es schaffen würde, dann wäre ich …« Kurz schloss sie die Augen, doch sie öffnete sie wieder und fuhr fort: »Ich bin seine Belohnung. Das Lockmittel. Victor verscherbelt mich, als wäre ich sein Eigentum, das er verschenken kann, an wen er will.«

»Das Militär wird zuschlagen, heute Nacht!«, schrie Moll über die Menschenmenge hinweg. »Und wir müssen uns zur Wehr setzen. Das ist unser Platz! Das ist unsere Stadt! Besetzt den Alter Markt!«

Sofort fiel die Menschenmenge in seine Rufe ein. »Besetzt den Alter Markt!«, schrien die Arbeiter im Chor.

»Du sollst ihn heiraten?«, flüsterte Kaspar. Da lief eine Träne über Emmas Wange, und Kaspar ahnte, dass es die wütendste Träne war, die je ein Mädchen geweint hatte.

»Besetzt den Alter Markt!«, hörte er sich plötzlich selbst schreien. Er sah, wie seine eigene Faust in die Höhe gereckt wurde, spürte auf einmal eine unbändige Wut in sich. Emma neben ihm fiel sofort in seine Rufe ein. »Besetzt den Alter Markt!«, schrie auch sie aus Leibeskräften.

Die Menschenmenge drängte in Richtung Dom. Kaspar griff nach Emmas Hand, und Emma umfasste Kaspars Finger. Hand in Hand ließen sie sich mitziehen und zogen sie andere mit. »Besetzt den Alter Markt!«, schrien sie wieder und wieder, während sie mit all den Arbeitern Bretter aus dem Baugerüst des Doms brachen. Voller Wut trat Kaspar auf das Holz und riss es aus seiner Verankerung.

»Besetzt den Alter Markt!«, riefen Kaspar und Emma auch noch, während sie es zurückschleppten. Und mit blutigen Fingern, abgebrochenen Nägeln und Dreck im Gesicht errichteten sie gemeinsam mit den Arbeitern Barrikaden in alle Richtungen. Barrikaden gegen die Polizei und das Militär, Barrikaden gegen Preußen und die Ungerechtigkeit, Barrikaden gegen Emmas Halbbruder und Koloman Witt. Und zwischen all den schützenden, mahnenden, stolzen Bretterverschlägen standen sie und hielten einander fest. Es wurde Abend und es wurde Nacht, und sie standen dort und warteten. Die Stadt wurde stiller, die Nacht tauchte das Holz in Dunkelheit, und Kaspar streichelte Emmas Wange.

Anna Sophia schreckte aus dem Schlaf auf. Was war das? Sie hatte eindeutig etwas gehört, unten, in den Räumen der Bonbonfabrik. War Franz etwa nach Hause gekommen? Wollte er sich möglicherweise mit ihr vertragen? Der Streit lag ihr schwer im Magen – doch entschuldigen würde sie sich ganz sicher nicht. Kam er, um auf sie zuzugehen? Nein, das war Unsinn. Zum einen wäre das nicht seine Art. Und zum anderen nutzte er normalerweise den direkten Wohneingang – er nahm nie die ehemalige Ladentür.

Sie setzte sich in ihrem Bett auf und lauschte in die Dunkelheit. Da – ein lautes Knarren. Genauso klang es, wenn jemand auf das lockere Dielenbrett zwischen den beiden Arbeitsplatten in der Bonbonfabrik trat. Ob sich einer ihrer Söhne nach unten verirrt hatte? Sie schwang die Beine aus dem Bett, entzündete das Windlicht auf ihrem Nachttischchen und nahm die große Kräuterschere in die Hand. Sie schlich hinaus auf den Flur und lief leise zur Treppe. Unten konnte sie Schritte hören – und wusste sofort, dass es keiner ihrer Söhne sein konnte, denn diese Schritte waren viel zu schwer für einen Jungen. Nein, jemand musste in die Bonbonfabrik eingebrochen sein. Ihre Haut brannte, und ihre Hände wurden feucht. Außer ihr und den Kindern war niemand im Haus. Sie könnte schreien – doch bevor die Nachbarn sie hörten, würde es der Einbrecher tun. Sie verfluchte Franz innerlich – warum musste er sie auch Abend für Abend allein lassen? Tief atmete sie durch. Sie war der Wolf, dachte sie. Sie konnte diese Familie beschützen. Vor der Insolvenz, vor Mertens – und natürlich auch vor diesem Einbrecher. Also schlich sie auf leisen Sohlen die Treppe hinunter, ließ die vorletzte knarzende Stufe aus und umgriff die Kräuterschere fester. Die Kerze löschte sie. Einen Moment wartete sie, bis ihre Augen sich besser an die Dunkelheit gewöhnt hatten. Dann ging sie auf die Hintertür der Fabrik zu und drückte die Klinke nach unten.

Auf den Barrikaden hatten Arbeiter mit Schlagstöcken Stellung bezogen. Zwischen den Hölzern zielten sie mit Gewehren. Alle waren sie bereit für den Angriff. Sie würden zurückschlagen. Kaspar hatte große Lust, seine Sache zu verteidigen und jemandem wehzutun. Er dachte an Wilhelm, daran, wie er ihm den Hals aufgeschlitzt hatte, wie sein Blut hervorgequollen war – und zum ersten Mal spürte er, dass er damals das einzig Richtige getan hatte. Er hatte immer für Gerechtigkeit gekämpft, und das würde er auch heute tun.

Er sah zu Emma hinüber, und sie schaute ihm direkt in die Augen. Sie nickten einander zu – sie waren zu allem bereit. So standen sie da, warteten, schauten in die Dunkelheit und lauschten der Stille der Nacht.

Die Schere in der Hand trat Anna Sophia in die düstere Bonbonfabrik. Sie wollte sich wie ein Schatten anschleichen und aus dem Hinterhalt angreifen. Doch in der Dunkelheit sah sie niemanden.

»Wer ist da?«, schrie sie plötzlich aus Leibeskräften. »Wer sind Sie und was zur Hölle machen Sie in meiner Bonbonfabrik?!«

Da rumpelte etwas gegen das Wandregal, ein Bonbonglas schwankte, sauste durch die Luft und ging scheppernd und klirrend zu Bruch. Sie hörte das Rollen unzähliger Bonbons durch den Raum, und gleichzeitig sah sie, wie eine dunkle Gestalt zwischen den zwei langen Arbeitsplatten zur Tür hastete, sie aufriss und auf die Straße hinausstürmte. Anna Sophia lief hinterher.

»Beim nächsten Mal kommst du nicht davon, hast du verstanden?«, rief sie dem gebückten Mann nach, der gerade in den Schatten der Häuser verschwand.

Anna Sophia keuchte, ließ die Schere sinken und wischte sich über die schweißnasse Stirn. Nur langsam beruhigte sich ihr Herzschlag. Sie hatte gerade einen Einbrecher in die Flucht geschlagen, dachte sie dann stolz. Bildete sie es sich ein, oder hatte dieser Mann lange Haare und einen Buckel gehabt? Ach Unsinn, dachte sie dann. Nur, weil Koloman einen schlechten Kredit von den Mertens für sie erwirkt hatte, brauchte sie ihn nicht gleich des Einbruchs verdächtigen. Sie drehte sich um, schob ihre Schere in ihren Gürtel, ging wieder rein und untersuchte das Schloss. Es war unversehrt. Wie hatte der Mann hereinkommen können? Mit gerunzelter Stirn zündete sie die Petroleumlampen in der Fabrik an und sah sich um. Bis auf das zerbrochene Glas waren keine Bonbons gestohlen worden. Auch die Walzen, Töpfe und Kräuter waren noch da. Geld gab es hier unten keines. Was hatte er überhaupt gesucht? Gedankenverloren ging sie zwischen den Arbeitsplatten auf und ab, strich über das Holz der Tische und Stühle, sah die Regale an. Schließlich bückte sie sich, um die Scherben und Bonbons wegzukehren. Wie die Lichter in ihnen glitzerten! Kein Wunder, dass Mertens das Geschäft an sich reißen wollte – ihre Bonbons waren viel wertvoller, als Franz ahnte. Mertens wusste, welch ungeahntes Potenzial noch in ihnen schlummerte. Deswegen war er so erpicht darauf, sie ihnen wegzunehmen. Und Koloman hatte dabei geholfen …

Da ließ sie mit einem Mal die kleine Schippe fallen. Es kümmerte sie nicht, dass die Scherben und Bonbons zurück auf den Boden rollten. Denn jetzt wusste sie, was der Einbrecher in der Fabrik gesucht hatte! Sie sprang auf und hastete zum hinteren Ende der Arbeitsplatten. Sie griff in die kleinen Holzfächer unter den Tischen, die sie eigens für diesen Zweck hatte schreinern lassen. Erleichtert atmete sie auf. Der Einbrecher hatte es nicht gefunden! Sie zog die beiden Zettel hervor und betrachtete sie: Das Rezept der Stollwerckschen Brustkaramellen war nicht gestohlen worden. Es blieb ihr Geheimnis.

Kaspar und Emma warteten und warteten. Die rote Fahne auf den Barrikaden wehte im lauen Wind, und alle Arbeiter waren auf ihren Positionen. So standen sie da, zielten, starrten, seufzten. Die Stunden verstrichen, und die Luft wurde immer kühler. Es war so still in der Stadt! Schließlich ließ ein müder Arbeiter nach dem anderen Schlagstock, Säbel oder Gewehr sinken und verabschiedete sich. Die Nacht wurde ganz schwarz, und dann wieder grau. Und das Militär kam nicht.

»Es gibt heute keinen Kampf«, sagte Emma irgendwann.

»Nein«, sagte Kaspar.

Und dann zog sie ihn mit sich in das kleinste Hotel am Platz. »Wir brauchen Schlaf«, flüsterte sie, während sie die Treppe hochstiegen. Sie betraten das Zimmer, wahrscheinlich das kleinste und schäbigste, das Emma je gesehen hatte, und er traf eine Entscheidung.

»Nein, Emma«, sagte er. »Den brauchen wir nicht.«

Sanft zog er sie aufs Bett – und sie lächelte. Wie verrückt, wie traurig und doch wunderschön war diese Nacht? Mit Bewegungen, deren Entschiedenheit ihn selbst überraschte, löste er die Knoten ihres Dienstmädchenkleides, während sie sein Hemd aufknöpfte. Und Kaspar wünschte sich, diese Minuten würden niemals enden, diese Augenblicke, in denen er so klar sah und alles einfach war, würden für immer andauern. Er wünschte, sie könnten ewig hierbleiben, zwischen den Barrikaden, in einem kleinen Zimmer, auf einem geheimen Bett.

»Ich liebe dich«, flüsterte Emma hinterher.

»Ich liebe dich«, flüsterte Kaspar.

Er hielt sie so fest er konnte, streichelte ihr Haar und spürte die Wärme ihres Körpers auf seinem. Nur langsam beschlich ihn eine Sorge: War es klug, ein solches Glück zuzulassen, wenn dessen Verlust ihn vernichten könnte? Sie vergrub ihr Gesicht tief in seiner Halsbeuge, und er schloss die Augen, weil er den ersten Strahl der Morgensonne nicht sehen wollte.

38. Kapitel

»Komm mit«, sagte Franz. »Das solltest du dir ansehen.« Er nahm Anna Sophias Hand und zog sie hinaus auf die Straße.

»Franz, hörst du mir nicht zu?«, rief sie. »Ich muss dir etwas erzählen!«

Doch Franz ignorierte sie und lief mit großen Schritten voran.

»Gestern Nacht ist jemand ...« Da brach Anna Sophia ab und schaute sich verwundert um. Aus sämtlichen Häusern drängten die Kölner auf die Straße. Mit offenen Mündern und gerunzelten Augenbrauen liefen sie in Richtung Alter Markt.

»Es hätte beinahe Straßenkämpfe in Köln gegeben«, erklärte Franz, ohne sich umzudrehen. »Die Arbeiter haben Barrikaden errichtet, doch man erzählt sich, das Militär habe sich zurückgehalten.«

Gemeinsam mit immer mehr Menschen näherten sie sich dem Platz – doch sämtliche Eingänge waren versperrt. Anna Sophia legte staunend den Kopf in den Nacken und schaute an den aufgehäuften Steinen, zusammengenagelten Brettern und Fässern empor. Zwei Soldaten kletterten gerade die Barrikade hinauf. Einer von ihnen griff nach einer roten Fahne, die obenauf thronte, riss sie aus ihrer Verankerung und warf sie hinter sich auf den Alter Markt.

»Aber warum hat niemand gekämpft?«, fragte sie, während sie an ihrer Kräuterschere herumnestelte. Sie hatte sie sich wieder ans Kleid gebunden und sich vorgenommen, nicht mehr ohne sie aus dem Haus zu gehen. Von jetzt an wollte sie wieder die alte Anna Sophia werden. Die Frau, die überall Heilkräuter fand, den Menschen half und die mit ihrer Schere sogar Einbrecher in die Flucht schlagen konnte.

»Das Militär hat nicht angegriffen, sicher um ein Blutbad zu vermeiden. Und die Arbeiter haben ihre Posten in den frühen Morgenstunden verlassen.«

Zu ihren Füßen war das Pflaster aufgerissen, und überall lagen die Steine zerstreut. Immer mehr Soldaten machten sich nun an den Barrikaden zu schaffen und trugen Brett um Brett, Stein um Stein ab. Kopfschüttelnd stand Franz da und beobachtete das Geschehen.

»Was hast du, Franz?«

»Ich fürchte, es ist vorbei. Die Revolution ist gescheitert«, brummte er.

Er sah sie von der Seite an, und mit einem Mal lag so viel Traurigkeit in seinem Blick, dass sie es kaum aushalten konnte. Tief atmete sie ein, dann ging sie langsam auf ihn zu, nahm seine Hände und drückte sie. Plötzlich zog er sie an sich und nahm sie fest in den Arm. Sie keuchte vor Überraschung – dann schmiegte sie ihren Kopf eng an seine Brust. Wie sehr sie ihn vermisst hatte! Wie gut er roch! Wie warm er war! Wie geborgen und sicher sie sich doch in seinen Armen fühlte …

»Es tut mir leid, was ich gestern gesagt habe, Anna Sophia. Ich war ein schrecklicher Ehemann in letzter Zeit. Ich hätte längst mit dir über alles reden müssen. Heinrich, dein Vater, Albert, das Theater, der Kredit … Ich war ein Feigling.«

Anna Sophia antwortete nicht, sie kuschelte sich nur dicht an ihn.

»Ich habe dich und die Kinder im Stich gelassen. Und fast hätte ich unser Unternehmen verraten. Das war dumm. Selbstverständlich halten wir an den Bonbons fest.«

Nun drückte Anna Sophia ihn ganz fest. Und er setzte noch hinzu: »Natürlich weiß ich, dass es immer deine Bonbons waren. Und das werden sie auch bleiben, das verspreche ich dir.«

Leise schluchzte Anna Sophia, und erst jetzt merkte sie, dass sie vor Erleichterung weinte.

»Aber, aber!«, flüsterte Franz, nahm ihr Kinn zwischen Daumen und Zeigefinger und hob es sanft an. »Warum weinst du?«

»Ich bin nur so froh …« Sie sah ihm in die Augen und lachte leise, während ihr dennoch die Tränen liefen. Da war endlich die Nähe, die ihr so gefehlt hatte! Verstohlen sah er sich um und drückte ihr so unauffällig wie möglich einen kleinen Kuss auf die Lippen.

»Was wolltest du mir vorhin erzählen?«

Kurz schloss sie die Augen, dann löste sie sich ein Stück von ihm, um besser von dem Einbruch in der vergangenen Nacht berichten zu können. Sie endete mit der Frage: »Hast du Koloman jemals einen Schlüssel gegeben?«

Franz sah einen Moment hinüber zu den immer kleiner werdenden Barrikaden. Dann nickte er. »Kurz nach Heinrichs Tod. Bis dahin hatte der einen Ersatzschlüssel, für den Fall der Fälle. Dann habe ich ihn Koloman gegeben.«

Anna Sophia seufzte. »Wieso ausgerechnet ihm?«

»Wenn ich ehrlich bin ... Wahrscheinlich habe ich mit aller Macht versucht, unsere Freundschaft zu erhalten. Doch er wird mir die Sache mit Heinrich wohl nie verzeihen. Wie könnte er auch ...«

In diesem Moment ertönten Trommelschläge in der ganzen Stadt. Die Menschen auf der Straße drehten und wendeten die Köpfe.

»Was ist das?«, fragte Franz.

»Der Belagerungszustand wird proklamiert!«, rief ein Soldat. »Presse-, Vereins- und Versammlungsfreiheit werden wieder außer Kraft gesetzt! Freut euch – die Sicherheit in Köln wird endlich wiederhergestellt!«

Und zu Anna Sophias Staunen begannen die Menschen um sie herum zu applaudieren! Wie konnten sie eine solche Nachricht nur willkommen heißen?

»Bürger, gebt eure Waffen ab!«, rief der Soldat. »Die Bürgerwehr wird abgesetzt, das Militär kehrt zurück nach Köln!«

Tatsächlich jubelte jetzt die ganze Straße.

»Aber ... Freuen sie sich etwa über das Militär? Wollten sie nicht gerade noch die Revolution?«, fragte Anna Sophia.

Franz seufzte. »Manche schon. Aber in der letzten Zeit habe ich sogar im Kaffeehaus immer öfter gehört, dass die Leute müde sind. Die meisten wollen sich einfach nicht länger fürchten müssen, wenn sie auf die Straße gehen. Die Bürgerwehr hat die Situation schon lange nicht mehr im Griff, das muss man zugeben. Ich glaube, die Stadt braucht ein paar Wochen Ruhe und Frieden.«

Anna Sophia nickte. Zwar bedeutete der Belagerungszustand eindeutig Einschränkungen für die Kölner, außerdem musste sie an den armen Heinrich denken – ohne das schreckliche Militär, das nun zurückkehren würde, wäre er noch unter ihnen. Doch gleichzeitig fühlte auch sie sich ein wenig erleichtert. Etwas Ruhe würde ihnen allen guttun. Schweigend nahm sie Franz' Hand, und gemeinsam gingen sie zurück in ihr kleines Häuschen in der Blindgasse. Täuschte sie sich oder wirkte der Efeu heute plötzlich wieder etwas grüner?

Noch am gleichen Tag lehnte Franz eine Leiter an die Außenwand seines Kaffeehauses und kletterte hinauf. Anna Sophia hatte recht, dachte er. Er musste sich endlich zusammenreißen. Wenn er so weitermachte, würde er nicht nur sein Unternehmen verlieren, sondern auch die Liebe seiner Familie. Jetzt sollte nur noch seine Firma zählen. Um sie zu retten, musste er alles tun, was in seiner Macht stand. Er musste jetzt mit der Zeit gehen. Also hämmerte er Nagel um Nagel tief in die Wand und hängte das preußische Wappen an seine Fassade.

Adeles Anblick auf dem Kanapee war kaum zu ertragen: Wie ein lebendiges Skelett lag sie da, ihr Atem rasselte und ihre Augen tränten.

»Verlass mich nicht«, sagte Sibylle immer wieder.

»Du musst mich gehen lassen«, antwortete Adele ein ums andere Mal.

Wilhelmine wusste nicht, wohin mit ihrem Schmerz. Da war die Eifersucht, die in ihr wütete. Und zugleich war da eine tiefe Traurigkeit. Mit sanftem Blick sah Adele sie an, immer wieder bedankte sie sich für die Fürsorge und nannte Wilhelmines Überlegungen und Ideen klug oder feinsinnig. Wenn Sibylle sie mal allein ließ, hatten sie sogar zu zweit tiefe und ehrliche Gespräche über die gescheiterte Revolution, die Macht der Kunst und die Qual der Liebe. Sie sprachen darüber, wie es war, kein eigenes Einkommen zu haben, schließlich wurde auch Adele von Sibylle unterstützt. Und sie redeten über die Sehnsucht nach dem Dichten, die auch Adele zeit ihres Lebens gespürt hatte.

Einmal griff sie unvermittelt nach ihrem Arm und flüsterte: »Ich weiß, dass meine Sibylle bei dir in guten Händen ist. Versprich mir, dass du dich gut um sie kümmerst.« Und ein andermal sagte sie: »Ich kann mich mittlerweile aus ganzem Herzen für euch freuen.« Kurz darauf bat Adele sie sogar darum, ihr eines von Wilhelmines Gedichten vorzulesen. Und mit beinahe ungläubigem Staunen beobachtete Wilhelmine sich selbst dabei, wie sie dieser Bitte nachkam. Adele war bisher der einzige Mensch, dem sie ihre Texte anvertraute. Die ersten Worte flüsterte sie noch, doch dann sprach sie mit immer festerer Stimme weiter. Es gefiel ihr, wie ihre Verse im Raum erklangen. Und als sie anschließend aufsah, schaute sie in ein zutiefst gerührtes Gesicht.

»Es ist wunderschön«, flüsterte Adele. »Egal, was passiert, du musst unbedingt weiterschreiben. Irgendwann kannst du bestimmt davon leben. Trau dich und zeig deine Verse Sibylle, ja?«

Spätestens in diesem Moment begriff sie, dass die Freundin mittlerweile nicht nur Sibylle, sondern auch ihr selbst eine Menge bedeutete.

Adele starb mitten in der Nacht. Lange hatten Sibylle und Wilhelmine an ihrem Bett gesessen. Erst spät schlichen sie in ihre Zimmer und die wenigen Stunden, die sie die Freundin allein ließen, nutzte Adele, um zu gehen.

Sibylle schwieg drei Tage lang. Noch länger kam sie nicht aus ihrem Bett. Immer wieder schlich Wilhelmine vor ihrem Schlafzimmer auf und ab. Sie vermisste sie schrecklich. Gleichzeitig konnte sie ihre eigene Trauer, die sich mit bitterer Eifersucht mischte, kaum ertragen. Sogar jetzt schien Adele noch zwischen den beiden Frauen zu stehen.

Also gab sich Wilhelmine endlich einen Ruck und klopfte an die Tür.

»Herein«, erklang eine schwache Stimme.

Wilhelmine erschrak bei Sibylles Anblick. Die Freundin saß im Schlafgewand in ihrem Bett, die Augen nur halb geöffnet, die Haut dünn und fahl.

»Ich kann noch nicht aufstehen, meine liebe Wilhelmine«, flüsterte sie.

»Ich weiß. Deswegen komme ich zu dir.«

Langsam ging sie durch den Raum. Ob Sibylle sie aufhalten und hinausschicken würde? Nein, sie schwieg und ließ zu, dass sich Wilhelmine vorsichtig auf die Bettkante setzte. Wilhelmine deutete auf den Brief, den sie in den Händen hielt. »Von deiner Tochter«, erklärte sie. »Soll ich ihn aufmachen?«

Da setzte sich Sibylle etwas aufrechter hin. »Von Charlotte? Aber wie kann sie …?«

»Vielleicht hat ihr ein Lehrer geholfen.«

»Bitte lies ihn mir vor.«

Also brach Wilhelmine das Siegel, zog den Zettel hervor und faltete ihn auseinander.

Liebe Mama,

ich vermisse dich schrecklich. Du warst schon so lange nicht in Berlin! Ich weiß, du hast viel zu tun! Jemand musste sich um diese Revolution kümmern und darum, dass wir Frauen bald mehr Rechte haben. Hedwig sagt, du warst sehr engagiert, das habe sie von Mathilde Anneke erfahren. Aber nun ist eure Sache doch längst gescheitert, und du warst noch immer nicht zu Besuch. Ich weiß, du musst dich um Adele kümmern, das hat mir Wilhelmine geschrieben. Sag, wie geht es deiner Freundin? Ist sie endlich gesund?

Wilhelmines Stimme brach. Kurz hielt sie inne und unterdrückte die eigenen Tränen. Sibylle putzte sich die Nase. Dann las Wilhelmine weiter:

Auch Wilhelmine vermisse ich sehr. Ich hoffe, ihr habt einander noch gern und kommt gemeinsam her. Ich würde euch auch etwas auf dem Klavier vorspielen. Hedwig sagt, ich sei sehr talentiert. Noch nie habe sie ein Mädchen in meinem Alter so spielen gehört. Ich glaube, ich werde mal Klavierlehrerin. Ein guter Beruf für eine Frau, sagt Herr Melcher. Hedwig sagt, ich sollte nicht auf ihn hören und besser Konzertpianistin werden. Was denkst du darüber, Mama? Ich hoffe, du kommst bald, und dann können wir darüber sprechen. Schreib mir bitte zurück. Hedwig wird mir den Brief vorlesen, so wie sie diesen Brief für mich niedergeschrieben hat. Sie ist eine sehr liebe Freundin geworden. Vielleicht lernst du sie bald besser kennen!

In Liebe,
Charlotte

Leise schluchzte Sibylle auf. »Ich bin eine schreckliche Mutter«, flüsterte sie. »Wie kann ich sie so im Stich lassen?«

Kurzerhand kletterte Wilhelmine aufs Bett und drückte die Freundin an sich. Sie hielt ihren zerbrechlichen Körper ganz fest. Ihr Gesicht war gegen Wilhelmines Hals gepresst, und sie weinte. Wilhelmine schwieg, auch dann noch, als ihr Kleid längst durchnässt war, als sie gemeinsam aufs Bett niedersanken und sich in den Laken verkrochen. Plötzlich war da Sibylles Hand unter Wilhelmines Kleid, ihre Finger an den Schnür- und Strumpfbändern, ihre Lippen an ihrem Dekolleté.

Wilhelmine seufzte leise – und ließ einfach los. Da war so viel Traurigkeit und Trost, Schmerz und Wärme zugleich. Und sie spürte, wie die Wärme zur Hitze, der Trost zum Sturm wurde. Sie küssten sich voller Sehnsucht, drängten sich eng aneinander, sie zogen einander aus und atmeten den Duft der anderen ein. Sie glaubten, im Augenblick zu verschwinden, und sie wollten für immer verschwunden sein.

Franz konnte kaum glauben, wer da am helllichten Tag ganz selbstverständlich in sein Kaffeehaus spazierte! Als wäre nichts passiert! Als hätte er nicht jeden Grund, sich zu schämen! Mit großen Schritten trat Franz hinter dem Tresen hervor, lief Koloman entgegen und stieß ihn dann so fest gegen die Wand, dass er laut keuchte. Sofort rannte Theodor herbei.

»Franz, lass das doch. Denk an deine Gäste«, zischte er und versuchte, ihn zurückzuhalten. »Denk an das Kaffeehaus!«

Doch Franz achtete kaum auf ihn. »Ich denke an nichts anderes, Theodor. Dieser Hanswurst will mich ruinieren! Was machst du hier, Koloman, he? Wieso wagst du es, herzukommen?«

»Franz, hör mir bitte zu! Ich bin extra gekommen, um dir …« Doch es machte Franz schon rasend, ihn nur zu sehen! Tagelang hatte er nach ihm gefragt, überall nach ihm gesucht, um ihn zur Rede zu stellen. Immer hatte man ihn vertröstet und behauptet, ausgerechnet jetzt wäre er nicht da. Und plötzlich tauchte er auf, einfach so, und wollte, dass Franz ihm zuhörte? Noch einmal stieß er Koloman heftig gegen die Wand. Keuchend stammelte er: »Ich wollte dir doch nur sagen, dass du …«

»Und so was hab ich mal Freund genannt!«, unterbrach Franz ihn. Er wollte ausspucken, doch gerade rechtzeitig erinnerte er sich daran, dass das in seinem eigenen, voll besetzten Kaffeehaus vielleicht wirklich keine gute Idee war.

»Kommt schon, klärt das draußen«, presste Theodor hervor und schob Franz und Koloman durch die Tür. Eine kleine Kutsche rumpelte vorbei, ansonsten war die Straße leer.

»Wie konntest du mich so verraten? Bei Victor Mertens! Ich weiß, du bist noch immer wütend wegen Heinrich. Aber hast du dich auch nur einmal gefragt, was Heinrich zu deiner Aktion sagen würde? Sogar er würde dir den Rücken zukehren!«, presste Franz hervor.

Koloman hob schützend die Arme vors Gesicht. Seine Haare waren heute besonders fettig, und die kleinen Augen kniff er ängstlich zusammen.

»Ich muss dir etwas sagen, Franz, hör mir bitte zu!«

»Komm mir nie wieder unter die Augen, hörst du?«

»Es wird etwas passieren. Etwas Schlimmes.«

»Was redest du da für einen Dünnschiss?«

»Wenn du Victor die Bonbons nicht abtrittst, dann wird ein Unglück geschehen.«

Franz runzelte die Stirn und trat einen Schritt zurück. »Bist du etwa hergekommen, um mir zu drohen?«

»Nein, Franz. Ich bin gekommen, um dich zu warnen. Bitte hör auf mich. Tritt ihm einfach die Bonbons ab, und dein Kredit ist abgegolten. Er wird dich in Ruhe lassen, glaub mir.«

Franz atmete aus. Dann schüttelte er den Kopf. »Was ist nur aus dir geworden?« Dann spuckte er auf die Straße, drehte sich um, ging zurück ins Kaffeehaus und ließ den Verräter, der mal sein Freund gewesen war, draußen stehen. Mit lautem Scheppern schloss er die Tür.

»Oh, aber Kaspar, ist das nicht die falsche Straße?«, zwitscherte Emma hinter ihm. Kaspar sah kurz über seine Schulter und versuchte, ihr einen verschwörerischen Blick zuzuwerfen, ohne sich zu verraten. Schließlich saß Luise mit Emma in der Kutsche, wie immer in letzter Zeit. Seit der Besetzung des Alter Markts – nach dieser schönsten aller Nächte – hatten die beiden noch keine einzige Gelegenheit gehabt, ungestört miteinander zu sprechen. Zum einen lag das sicherlich an der Verlobung. Mertens hatte vor wenigen Tagen offiziell verkündet, dass Emma diesen Koloman Witt heiraten würde. Zum anderen schien der alte Herr misstrauisch geworden zu sein. Emma hatte ihm vor dem Bau der Barrikaden geschrieben, dass sie zu ihrer Schwägerin nach Bonn fahren würde. Als sie bereits am nächsten Tag zurückkehrte – und das in einem einfachen Dienstmädchenkleid –, war er vollkommen verwirrt. Immer wieder überprüfte er nun, wann sie wohin ging und wen sie als Begleitung mitnahm. Kaspar hielt es kaum aus. So oft sah er sie, und nie durfte er sie Emma nennen.

»Ah, jetzt fällt es mir wieder ein!«, sagte sie nun und kicherte. »Ich wollte natürlich hier entlang. Ich Dummerchen. Nur zu, fahr weiter.«

Sie hatte verstanden. Er atmete auf, trieb die Pferde an und lenkte die Kutsche durch das Stadttor zum Hafen hinaus, in eine weniger belebte Ecke abseits der Stapelhäuser.

»Luischen, könntest du mir bitte ein wenig Seide für einen neuen Schal kaufen? Du weißt doch, der Tuchhändler am Hafen hat die schönste.«

»Natürlich, Fräulein Mertens.« Luise sprang von der Kutsche. Seit ihrer Krankheit hatte sie glücklicherweise wieder zugenommen. Behände lief sie in Richtung der Menschenmenge zum Fluss hinunter.

Kaspars Nacken kribbelte. Endlich, dachte er. Sie waren allein. Aber wie sollte er nun sagen, was er zu sagen hatte? Er räusperte sich. Räuspern war immer ein guter Anfang. Dann nahm er seinen Grashalm aus dem Mund.

»Ich denke oft an die Nacht auf dem Alter Markt«, sagte er schließlich und schaute zur Seite, damit sie seine Worte besser hören konnte. »Ich wünschte, die Dinge wären anders, Emma. Aber natürlich weiß ich, dass wir aufhören müssen. Du sollst heiraten, und … ich denke, ich sollte weiterziehen.«

»Was meinst du damit?«, fragte sie scharf.

»Das, wofür ich eigentlich nach Köln gekommen bin, werde ich nie finden. Und du …«

»Was hast du gesucht?«

Er presste die Lippen zusammen. Dann antwortete er: »Meine Tochter. Sie ist mir vor vielen Jahren genommen worden. Seitdem suche ich sie. Es hieß, sie könnte in Köln sein. Und ich dachte, es wäre möglich, ein taubstummes Mädchen in dieser Stadt zu finden, aber …«

»Warum hast du mir das nie erzählt?«

Er zuckte mit den Schultern. »Ich habe alle Einrichtungen in der Stadt abgeklappert, Albert hat sogar Zettel für mich ausgehängt und Straßenkinder nach ihr gefragt, aber von ihr fehlt jede Spur. Vielleicht war sie nie hier.«

»Aber du hast mir noch nicht von ihr erzählt, Kaspar.«

Kurz schaute er sie über seine Schulter an.

»Ich werde dir helfen. Ich lasse eine Annonce in der Kölnischen Zeitung drucken.«

»Ist das nicht wahnsinnig teuer?«

Emma lachte auf. »Unsinn. Wenn deine Tochter hier ist, finden wir sie, vertrau mir.«

Kaspar schwieg.

»Wohin willst du denn weiterziehen?«

Er konnte beinahe hören, wie sie die Lippen schürzte, während sie das sagte.

»Hast du vom Land der unbegrenzten Möglichkeiten gehört?«

»Natürlich habe ich das.«

»Der Boden soll dort gut sein – viel besser als hier. Ich vermisse meine Felder und Tiere. Und es soll dort Demokratie geben, echte Demokratie. Albert sagt, immer mehr Kölner wandern gerade nach Amerika aus.«

»Was, wenn ich deine Tochter finde?«, fragte Emma.

»Dann bleibe ich natürlich hier.«

»Mmh.«

»Und was, wenn ich gehe?«

Es dauerte lange, bis sie antwortete. Aber dann sprach sie laut und deutlich: »Dann komme ich mit.«

Kaspar drehte sich zu ihr um. Er wollte fragen, ob sie das ernst meinte, und ob sie wisse, was das bedeute. Doch ihr Blick war so entschlossen, dass er all seine Fragen vergaß. Stattdessen musste er einfach nach ihrem Nacken greifen, sie an sich ziehen, und sie küssen. Jede Berührung fühlte sich so richtig an. Kaspar und Emma gehörten einfach zusammen. Mit dieser Frau würde er jedes Land erreichen, fuhr es ihm durch den Kopf. Sogar auf der anderen Seite der Welt.

»Lassen Sie sofort meine Schwester los!«, donnerte es plötzlich neben ihnen. Kaspar wirbelte herum und sah in das hochrote Gesicht von Mertens. Seine Kutsche hatte gerade neben ihrer gehalten, die Tür schwang auf, und er fuchtelte mit seinem Stock in der Luft herum, während er schrie: »Ich habe es gewusst! Seit Tagen fahre ich euch hinterher ... Polizei, Polizei! Werft diesen Mann sofort ins Klingelpütz!«

»Lauf!«, zischte Emma.

Kaspar sprang auf der anderen Seite der Kutsche hinunter und rannte. Während er Haken schlug, sich duckte und in der Menschenmenge am Hafen verschwand, rasten auch seine Gedanken. Was hatte er getan? Jetzt konnte er noch nicht mal in sein Zimmer zurück, schließlich wurde ihm das von den Mertens gestellt! Ob er wohl bei Albert unterkommen könnte? Er rannte, keuchte und verfluchte sich selbst. Hinter ihm tauchte gerade ein Polizist auf.

»Stehenbleiben!«, schrie er und Kaspar legte noch einen Zahn zu. Glücklicherweise war er noch immer ein guter Läufer, dachte er, hechtete hinter einem Verkaufsstand um eine Häuserecke und rannte weiter.

Ob Emma ihre Worte wohl wahr machen würde? Würde sie wirklich mit ihm gehen? Und was, wenn sie Lina doch fand? Wie sollte er sie dann treffen? Nach Minuten verlangsamte er endlich seine Schritte, schaute sich um – die Luft war wieder rein –, und während er in den dunklen Gassen der Stadt verschwand, wurde ihm klar, dass seine Zeit in Köln fast vorbei war.

39. Kapitel

Anna Sophia stand in der Bonbonfabrik. Es war ein schöner Tag. Kurz wollte sie das Gesicht in die Sonne halten. Sie öffnete die Ladentür und hob den Fuß, um die kleine Treppe hinunterzugehen, als sie zusammenzuckte und innehielt. Die zweite Stufe war verschwunden! Stattdessen spiegelte sich der strahlend blaue Himmel zu ihren Füßen. Sie musste lachen. »Ach, Franz«, flüsterte sie und schüttelte den Kopf.

Wie viele Jahre war es nun her, dass er diesen Scherz gemacht hatte? Wie damals hatte er wohl einen Spiegel gefunden, der fast so groß war wie die Stufe, und ihn vor Anna Sophias Tür gelegt. Am Rande konnte sie darin auch den Efeu erkennen, der sich langsam die Fassade des Hauses zurückeroberte. Vielleicht hatte sie sich getäuscht, überlegte sie, und der Efeu war gar nicht nur mit Franz verbunden, so wie früher die Linde mit ihrem Vater. Vielleicht gehörte er ihnen beiden, und wuchs gemeinsam mit ihnen empor.

Anna Sophia lehnte sich im Theatersessel zurück und sah sich um. Franz hatte recht: Dieser Ort war besonders. Sie mochte das Rot der Stühle und die verzierte Holzloge. Jeder Platz war besetzt. Der Kronleuchter über der Bühne beleuchtete das bunt bemalte Bühnenprospekt so raffiniert, dass man wirklich denken könnte, man schaue in ein bürgerliches Wohnzimmer. Die Holzkulisse war teilweise mit Tapete beklebt und mit einem Teppichmuster bemalt, so dass der Bühnenraum gespenstisch echt wirkte. Spannung lag in der Luft. Es war das erste Mal, dass Anna Sophia sich eine Vorstellung in Franz' Theatersaal ansah. Um die Kinder kümmerte sich heute wieder ihre Schwägerin Maria. Hoffentlich würde es ruhig bleiben in der Bonbonfabrik. Das Schloss hatten sie natürlich austauschen lassen. Zwar konnte niemand sagen, was sich Victor Mertens und Koloman noch ausdenken würden, doch Anna Sophias Sorgen hielten sich in Grenzen. Vielleicht lag das am Belagerungszustand in Köln. Er führte dazu, dass es in den Straßen tatsächlich wieder friedlicher war. Schlägereien wurden immer seltener, Demonstrationen und Aufruhr gab es nicht mehr. Sie alle hatten das Gefühl, durchatmen zu können. Anna Sophia wusste natürlich, dass sie diese Ruhe bitter bezahlten. Franz' Freunde Carl und Francois mussten aus der Stadt fliehen, um nicht als Revolutionäre ins Gefängnis geworfen zu werden. Die Zeitungen schrieben dem König wieder nach dem Mund, das hatte ihr Wilhelmine erzählt. Und alle Freiheiten und Zugeständnisse, die die Revolution noch in diesem Sommer erwirkt hatte, waren verloren. Dennoch genoss Anna Sophia es heimlich, wieder unbesorgt durch die Stadt laufen zu können.

Sie atmete tief durch, lauschte dem glockenhellen Gesang von Rosina auf der Bühne und fühlte Franz' Hand in ihrer. Sie schloss die Augen.

»Geht es dir gut?«, flüsterte Franz.

»Sehr sogar.« Anna Sophia seufzte. »Noch eine Woche, dann können wir Mertens seinen Kredit zurückzahlen.«

Franz drehte sich zu ihr um. »Schon?« Er sprach so laut, dass sich zwei Männer zu ihm umdrehten. »Entschuldigen Sie bitte.« Dann, leiser: »Wie hast du das so schnell geschafft?« Sein Daumen strich über ihren Handrücken.

»Die Sonderedition für die gehobene Gesellschaft ist dank Wilhelmine gut angenommen worden. Und auch die anderen Vertriebsstellen haben die erhöhten Preise durchsetzen können.«

»Unglaublich ...«

»Am meisten haben wir aber durch die Bahnhofsgastronomie verdient. Das war Wilhelmines Idee, und sie ist aufgegangen.«

»Du bist die Beste, Anna Sophia. Die Allerbeste.«

Sie drückte noch einmal seine Hand und sah zur Bühne.

Rosina rief dort gerade gellend nach Hilfe und weckte dadurch Wendelin und Hans, die untenrum als Bürgerwehr und obenrum als Schlafmützen verkleidet waren. Sie schreckten hoch und taumelten über die Bühne. Und mit ihrem Schrecken spürte Anna Sophia plötzlich selbst eine Unruhe in sich aufkeimen. Sie sah sich um. Irgendetwas stimmte nicht.

»Wie?«, rief der eine.

»Was?«, der andere.

Mit hölzernen Gewehren zielten sie verwirrt in die Luft. Der ganze Saal lachte schallend, nur Anna Sophia blieb still. Ihr Herz klopfte. Sie glaubte, sie müsste etwas tun. Nur was? Das Theater war eng besetzt, alle starrten sie auf die Bühne. Sie konnte niemanden erkennen, der sich auffällig verhielt. Ja, wonach suchte sie denn überhaupt?

»Findest du es nicht lustig?«, fragte Franz sie leise.

»Doch, doch, natürlich! Sehr witzig.« Sie zwang sich, wieder zur Bühne zu sehen, doch die Sorge blieb.

»Helft mir, Soldaten der Bürgerwehr!«, rief Rosina. Wendelin sah sich wild um, Anna Sophia biss sich auf die Lippe, und plötzlich sprang Hans in die Höhe, hielt sich am Kronleuchter fest und baumelte daran hin und her.

Der ganze Saal hielt den Atem an.

»Was macht er da?«, flüsterte Franz.

»War das nicht geplant?«, fragte Anna Sophia zurück.

»Ganz und gar nicht.«

Sie hatte es gewusst. Sie sprang auf. Und nun?

»Ich hab ihn!«, schrie Hans am Kronleuchter. »Ich hab den Bösewicht geschnappt!«

Sollte das ein Witz sein? Ein paar höfliche Zuschauer kicherten.

»Aber Hans – das ist doch ein Kronleuchter.« Sogar Wendelin schien verwirrt von Hans' Spontaneität.

Anna Sophia wollte durch die Reihe gehen, um zur Bühne zu laufen, doch Franz hielt sie zurück. »Was machst du denn da? Setz dich bitte wieder hin.«

Mit wild klopfendem Herzen gab sie seiner Bitte nach. Und dann ging alles so schnell, dass Anna Sophia nicht mal Zeit hatte, zu schreien. Der Kronleuchter riss auf der einen Seite aus seiner Verankerung und schwang gegen den Vorhang. Hans sprang ab und starrte nach oben. Der ganze Saal folgte seinem Blick. Der Leuchter schwang vor und zurück, drückte seine Kerzen gegen den Stoff, und dann sprang das Feuer über. In kürzester Zeit stand der Samt in hellroten Flammen, und ihr Knistern und Züngeln wurde übertönt vom plötzlich einsetzenden Geschrei der Menschen auf der Bühne wie im Zuschauerraum. Die Stühle schabten über den Boden und wurden umgeworfen. Panisch rannten die Menschen zu den Ausgängen, drängten sich in den Türen, versuchten übereinanderzuklettern und rissen sich gegenseitig zurück, um früher rauszukommen. Anna Sophia spürte schon die Hitze der Glut, roch schon den Gestank von Ruß und Rauch, als sie begriff, dass sie als Einzige noch immer unbeweglich auf ihrem Stuhl saß. Franz war nach vorn gestürmt. Er versuchte, die Vorhänge aus ihren Verankerungen zu reißen und das Feuer zu stoppen, indem er es mit noch nicht brennenden Teilen des Stoffs zudeckte, doch die Flammen waren zu stark. Sie schlugen um sich und fraßen sich langsam durch das Holz der Bühne.

»Anna Sophia, los! Wir müssen hier raus!«

Erstarrt saß sie da und dachte an Gesche. Wie dieses Theater hatte auch ihre Hütte gebrannt, ihre Schaukel, die Schnur mit den Glöckchen. Ob auch sie zuvor diese Unruhe gespürt hatte? Hatte auch sie es geahnt, so wie Anna Sophia? War auch Gesche aufgesprungen, um sich im genau falschen Moment wieder hinzusetzen?

»Anna Sophia!«

Sie konnte sich nicht rühren. Gesche hatte es ebenfalls nicht verhindern können und war im Feuer umgekommen. War nun Anna Sophia dran?

Franz' Frau starrte ihn mit großen Augen an und blinzelte langsam. »Weg da, Anna Sophia!«

Doch so laut er auch rief, sie bewegte sich nicht. Was, wenn ihr etwas passierte? Diesen Gedanken konnte er nicht ertragen. Sie musste hier raus und sich in Sicherheit bringen! Er rannte auf sie zu, schob Stühle beiseite, stolperte, fiel und rappelte sich wieder auf. Er begann zu husten. Der Rauch wurde immer dichter und schwärzer. Er schob sein Halstuch vor den Mund und lief weiter. Wieso war er auch so kopflos zur Bühne gerannt, ohne sich zu vergewissern, dass Anna Sophia mit den anderen den Raum verließ? Wenn ihr etwas zustoßen würde, wäre das seine Schuld! Wie sollte er ohne sie leben? Oder die Kinder? Was war er nur für ein gedankenloser, fahrlässiger Dummkopf? In letzter Zeit hatte er doch tatsächlich seinen Träumereien von Rosina nachgehangen! Was für ein Blödsinn das gewesen war! Feigheit steckte dahinter – er hatte nicht den Mumm gehabt, sich seine eigenen Fehler gegenüber der Familie und dem Unternehmen einzugestehen. Dabei würde er doch alles für Anna Sophia tun! Sie war die Einzige für ihn, das Wichtigste auf der ganzen Welt! Wieso war er vorhin überhaupt von ihrer Seite gewichen? Hatte er wirklich geglaubt, wenn er nur dem Feuer entgegenrannte, könnte er dieses Unglück abwenden? Nach dieser Fehlentscheidung verdiente er es wohl, hier drin zu sterben. Wenn Anna Sophia brannte, würde auch er brennen, das stand für ihn fest, unumstößlich.

Koloman hatte ihn gewarnt, schoss es ihm plötzlich durch den Kopf. Er hatte gewusst, was passieren würde. Ob Mertens Hans wohl bestochen, oder den Kronleuchter angesägt hatte? Vielleicht beides – in jedem Fall steckte er dahinter, da war Franz sich ganz sicher. Er konnte kaum noch etwas sehen. Wie Nebel hing der Rauch zwischen den kreuz und quer stehenden Stühlen. Er taumelte, und der Raum begann, sich zu drehen. Er versuchte, sich an einem der Stühle festzuhalten, doch er griff daneben und ging ächzend zu Boden. Er wollte nach Anna Sophia schreien, er wollte rufen, dass sie rennen sollte, dass er sie liebte, für immer und ewig, doch dort, wo sie gerade noch gesessen hatte, saß jetzt Heinrich.

»Es tut mir so leid«, keuchte Franz.

»Du hast mir geschworen, das nie wieder zu tun, Franz.« Heinrich schüttelte den Kopf.

»Ich hätte dich nicht zu dem Soldaten schicken sollen! Niemals kann ich mir das verzeihen.« Auf allen vieren kroch Franz vorwärts.

»Damals wollte ich nur die letzte Lieferung in die Bäckerei bringen, Franz. Ich habe das Feuer gerochen und bin zu dir ins Büro gerannt, erinnerst du dich daran? Du hast geschlafen und geträumt, während es brannte.«

»Kannst du mir jemals verzeihen, Heinrich?«

»Du tust es schon wieder. Reiß dich zusammen.«

»Verzeihst du mir?«

»Wach auf!«

Plötzlich war Heinrich verschwunden. Er sah, dass ein Balken brach und auf die Bühne fiel, die Funken sprühten.

Er wirbelte herum. Anna Sophia war aufgestanden. Mit schweren Schritten lief sie auf ihn zu.

»Anna Sophia!«, rief Franz.

»Franz.« Ihre Stimme klang leise. Doch mit jedem Schritt wurde ihr Gang sicherer. Beide liefen sie aufeinander zu, einen Stuhl musste Franz noch überwinden, dann hielt er sie endlich im Arm. Es war noch nicht alles verloren. Sie hatten noch eine Chance.

»Schnell!« Sie nahm seine Hand und zog ihn in Richtung Ausgang.

Franz war furchtbar grau im Gesicht. Mit aller Kraft zog Anna Sophia ihn durch die Stuhlreihen. Dieses Unglück hatte sie nicht verhindern können, doch ihren Franz würde sie hier herausbringen, koste es, was es wolle. Heute starb hier drin niemand! Sie wusste mit einem Mal, dass Gesches Ende nicht ihres war – und schon gar nicht das von Franz. Anna Sophia würde ihre Geschichte selbst schreiben. Und heute war sie noch nicht vorbei. Sie würden beide miterleben, wie ihre Kinder aufwuchsen und diese Welt veränderten. Sie würden an ihrer Seite bleiben, noch viele, viele Jahre. Das Feuer fühlte sie heiß in ihrem Rücken, der Rauch hing ihr schwer in der Brust. Sie hustete, zog ihren Mann mit aller Kraft – »Komm schon, Franz, na los!« – stieß die Tür auf und legte seinen Arm über ihre Schultern. Sein Gewicht fühlte sie schwer auf ihr lasten, und doch gab ihr seine Wärme eine unbändige Zuversicht. Sie stützte ihn auf dem Weg durch den Damensalon, das Foyer und endlich hinaus auf die Straße. Beide sackten sie gleichzeitig auf den Boden, husteten und keuchten, während Männer und Frauen mit vollen Wassereimern herbeigerannt kamen, und gegen das sich ausbreitende Feuer kämpften.

Kaspar schaute aus dem Fenster auf den Hof des Klingelpütz. Mit ihm wohnten nun zwei fremde Männer in der Kammer, denn Ernst war Rudolf in den Tod gefolgt: Er hatte den Brechdurchfall, der in Köln in diesen Tagen immer grausamer um sich griff, nicht überlebt.

Zu dieser Stunde arbeiteten Kaspars neue Mitbewohner in der Raffinerie. Im Haus war Ruhe eingekehrt. Während Kaspar die Gefangenen beobachtete, musste er an den einen Mann denken, der wegen ihm wieder dort hockte. Und dann dachte er an Lina. Ob sie wohl ganz in seiner Nähe war? Er seufzte und zog die Zeitungsannonce zum bestimmt hundertsten Mal aus seiner Hosentasche. Er hatte das Papier klein zusammengefaltet. Vorsichtig klappte er es nun auf. Lesen konnte er noch immer nicht, obwohl Emma ihm ein paar Buchstaben beigebracht hatte.

Doch die Sätze, die sie sich gemeinsam ausgedacht hatten, konnte er sowieso fast auswendig:

Gesucht: Lina Rockstroh. Sie ist zehn Jahre alt, taubstumm und hat ein schwarzes Muttermal über dem Mund. Vor Jahren ist sie mir, ihrem Vater, entrissen worden. Bitte wenden Sie sich mit Hinweisen an Wilhelmine Müller, eine Freundin der Familie ...«

Dann folgte die Bonner Adresse, die Kaspar sich nie merken konnte. Das war Emmas Idee gewesen. Über diesen Umweg würde Victor Mertens zum einen nicht herausfinden, wo sich Kaspar aufhielt, und zum anderen nicht darauf stoßen, dass Emma und Kaspar noch einmal Kontakt gehabt hatten. Vier Wochen war das nun schon her. Emma war am helllichten Tag ganz plötzlich gemeinsam mit Luise vor seiner Haustür aufgetaucht.

»Wohnt hier ein gewisser Kaspar Rockstroh?«

Er hatte ihre helle Stimme schon von Weitem gehört. Schnell lief er die Treppe hinunter, während sie zwitscherte: »Er hatte mal ein Zimmer, das auf das Klingelpütz hinauszeigt, deswegen frage ich. Er hat es mir erzählt. Kaspar hat mal für mich gearbeitet, wissen Sie?«

Er lief die Treppe zu ihr hinunter, und als er dann endlich vor ihr stand, konnte er es kaum glauben. Sie war den ganzen weiten Weg hergekommen, zu Fuß in diese Gegend! Der Kutscher hätte sie nur verraten, sagte sie. »Und mein Luischen würde das niemals tun, habe ich recht?«

»Niemals, Emma«, beteuerte das Dienstmädchen mit treuem Augenaufschlag.

Kurz hatten sich Kaspar und Emma im Arm gehalten, dann hatte sie sich von ihm gelöst. »Wir haben keine Zeit. Wir müssen die Annonce besprechen! Wo ist dein Zimmer?«

Fast eine Stunde lang hatten sie über die richtigen Worte diskutiert. Der Text endete schließlich mit:

Liebe Lina, falls du das hier lesen kannst: Ich habe nie aufgehört, nach dir zu suchen. Ich hab dich lieb, bitte melde dich, dein Papa.

Dabei war seine Hoffnung, Lina hätte die Gelegenheit gehabt, lesen zu lernen, verschwindend gering.

Ihm stiegen die Tränen in die Augen, während er daran dachte. Er atmete tief durch. Die Annonce war nun schon zum vierten Mal in der Zeitung, und ihm blieb keine Zeit mehr.

»In der Raffinerie erzählt man sich, dass ein Haftbefehl gegen dich vorliegt, Kaspar«, hatte Albert ihm gestern Abend erzählt. »Ich weiß nicht, was sie dir vorwerfen. Im Zweifelsfall haben sie irgendetwas erfunden, um dich dranzukriegen. Ich kann dich nicht mehr lange verstecken, ohne meine Mutter in Gefahr zu bringen. Früher oder später wird es einer meiner Arbeiter dem Mertens stecken, da bin ich mir ganz sicher.«

Doch was, wenn sich Lina morgen in Bonn meldete? Oder übermorgen? Wie schnell würde Wilhelmine Emma erreichen? Wenn er doch mehr Zeit hätte! Wieso nur hatte er die Suche nach Lina so lange schleifen lassen? Mittlerweile war er seit Jahren hier und alles, was er getan hatte, erschien ihm im Rückblick halbherzig. Die Suche nach Lina war nur noch eine bloße Gewohnheit gewesen, etwas, das er nun mal tat, ein Teil seiner selbst, der kaum noch echter Mühen bedarf. Wenn er ganz ehrlich zu sich selbst war, dann war es ihm doch schon lange nur noch ums Suchen gegangen, nicht mehr ums Finden. Lina war mittlerweile zehn Jahre alt. Sie würde sich nicht mehr an ihren Vater erinnern können. Wie sollte er ihr alles erklären, wenn er sie tatsächlich treffen würde? Sie könnte seine Worte ja noch nicht einmal hören! Wieso sollte sie ihm vertrauen und bei ihm bleiben wollen? Er wäre ein fremder Mann für sie. Dazu noch arbeitslos und von der Polizei gesucht. Wie könnte er ihr so überhaupt in irgendeiner Form helfen?

Kaspar faltete das Papier wieder zusammen und steckte es zurück in seine Tasche. Dann legte er sich auf die Strohmatratze am Boden. Nur für einen Moment wollte er die Augen schließen – schon fiel er in einen unruhigen Schlaf.

Er träumte von einem Schiff, so groß wie eine ganze Stadt. Alle Straßen, Häuser und Bäume fuhren auf dem Wasser, sie schaukelten auf den Wellen, und auf dem höchsten Haus erkannte er ein kleines Mädchen. Mit baumelnden Beinen saß es da und lächelte. Langsam hob es den Arm, dann winkte es, und Kaspar erkannte, dass es ein schwarzes Muttermal über dem Mund hatte. Doch dann wurde es immer kleiner und kleiner. Das Schiff fuhr schnell auf den Horizont zu, und obwohl Kaspar die Buchstaben nicht lesen konnte, die auf der Schiffswand standen, wusste er, was sie bedeuteten: »Amerika«.

Er schreckte hoch, rieb sich die Augen und fuhr sich durch die Haare. Vielleicht war Lina gar nicht mehr in Köln, dachte er. Sie könnte überall sein – vielleicht hatte sie ja jemand mit nach Amerika genommen! Die Zeit war gekommen: Er musste sie endlich loslassen.

Also stand er auf, schlüpfte in seinen alten, verbeulten Mantel und setzte sich den Schlapphut auf. Dann ging er hinaus auf die Straße, schnappte sich einen Grashalm und lief los.

Den ganzen nächsten Tag hielt er sich am Rande des Neumarkts in einer Gasse versteckt, um Ausschau nach Luise zu halten. Emma hatte gesagt, dass sie das Mädchen jeden Tag herschicken würde, für den Fall, dass Kaspar eine Nachricht für sie hätte. Doch am ersten Tag fand er sie nirgends. Auch am zweiten hatte er kein Glück. Erst am Morgen des dritten Tages sah er, wie sie in die Apotheke eilte. Im Schatten der angrenzenden Gasse wartete er darauf, dass sie zurückkam. Und endlich: Mit gesenktem Kopf trat sie wieder heraus.

»Luise!«, zischte er. »Hier bin ich.«

Erst glaubte er, sie habe ihn gar nicht gehört. Doch dann ging sie ganz selbstverständlich seiner Stimme entgegen. Sie machte das gut, dachte er. Sie ließ sich nichts anmerken.

»Gut, dass ich dich treffe, Luise. Wie geht es Emma?«

Die Falten in Luises Stirn schienen heute besonders tief zu sein. »Ach, sie ist sehr traurig. Sie sagt, sie verliert sich selbst, wenn du nicht in ihrer Nähe bist. Ich bringe ihr Baldrian zur Beruhigung.«

»Sag ihr, dass sie nicht mehr traurig zu sein braucht. Heute in einer Woche legt unser Schiff an die Nordsee ab. Sag ihr, sie soll um sieben Uhr früh da sein.«

Luise blinzelte, statt Ja zu sagen, dann eilte sie ohne ein weiteres Wort davon.

An einem eiskalten Märzmorgen standen Anna Sophia und Franz in der Schildergasse vor den Trümmern ihrer Existenz. Vom *Deutschen Kaffeehaus* waren die Buchstaben *haus* verschwunden, und was noch zu lesen war, war schwarz verkohlt. Die Tür hatte sich vor Hitze verzogen, das Dach war zur Hälfte eingestürzt, und der Gestank qualmte auf die Straße heraus.

Franz nahm Anna Sophias Hand. Sie fühlte sich ganz flau und schwach. Dennoch ließ sie sich nun von ihm in die Brandruine führen. Tresen und Napoleon-Büste im Foyer schienen unversehrt. Auch im Herrensalon waren einige Tische und Stühle vielleicht noch zu retten. Der Damensalon sah hingegen schlimmer aus: Die Spiegel an den Wänden waren zersprungen, die Holzrahmen verbrannt, die Sofas und Tische voller Ruß. Am schlimmsten hatte es den Theatersaal erwischt: Der beißende Geruch von Qualm empfing sie. Von den samtbezogenen Stühlen, der verzierten Holzloge, der eleganten Bühne und der schönen Holzkulisse waren nur noch Berge von Asche und verkohlten Brettern übrig. Aller Prunk war verschwunden – und mit ihm das ganze Geld, das Franz von Mertens geliehen hatte. Das zu sehen, tat sogar ihr selbst schrecklich weh – wie musste es da erst Franz gehen, der all das mit viel Herzblut und großen Hoffnungen aufgebaut hatte? Nach ihrer Versöhnung hatte er angefangen, ihr mit auf die Knie gestützten Händen und funkelnden Augen von diesem Ort zu erzählen. Davon, wie man die Zuschauer mit den lustigen Stücken unterhalten und verzaubern konnte, und wie gut es sich anfühlte, wenn traurige Menschen nach dem Theaterbesuch beschwingt und gut gelaunt nach Hause gingen. Sie hatte endlich verstanden, was ihn an diesem Ort so faszinierte, und warum es ihn immer wieder dorthin zog. Es war ein Ort von Vergnügen und Hoffnung, er hatte etwas Zauberhaftes. Wie gern hätte sie ihn ihren Kindern gezeigt. Was für Augen Nikolaus, Peter, Heinrich und Cartharina gemacht hätten! Sicherlich wären sie völlig aus dem Häuschen gewesen und hätten der Sängerin und den Schauspielern andächtig gelauscht. Sie hätten so viel lernen können. Die ganze Stadt hätte an diesem Ort zusammenfinden können. Und nun? Wie sollten sie diesen Verlust ausgleichen? Sie hatten eine Feuerversicherung, aber der Eigenanteil war hoch. Sie spürte den Kloß in ihrem Hals und den Knoten in ihrem Bauch. Dennoch atmete sie tief durch und drückte ihrem Mann die Hand. »Wir werden das schon schaffen«, flüsterte sie – doch er antwortete nicht. Reglos stand er neben ihr.

Auch während sie wieder auf die Straße trat und gegen die Sonne anblinzelte, hielt sie noch Franz' Hand in ihrer. Gegenüber stand Mertens' viktorianische Kutsche. Mit Schwung öffnete Victor die Tür. Er grinste. Anna Sophia drehte sich der Magen um. Wieso musste ihr dieser schreckliche Mensch immer wieder begegnen? Warum ließ er einfach nicht von ihr ab? Wie anders wäre ihr Leben wohl verlaufen, wenn sie ihm als junges Mädchen niemals begegnet wäre?

»Was ein Unglück!« Victor schüttelte den Kopf und musterte das Kaffeehaus hinter ihr, ohne sich das Grinsen zu verkneifen. »Jammerschade. Man hat ja viel Gutes über Stollwercks Theater gehört. Nun, nichtsdestotrotz muss ich Ihnen leider mitteilen, dass die Frist abgelaufen ist. Ich erwarte meine Kreditzahlung mitsamt Zinsen binnen zwei Wochen zurück, ansonsten werde ich Anzeige erstatten. Sollten Sie nicht zahlen können, erneuere ich noch einmal mein großzügiges Angebot: Überschreiben Sie mir die Bonbonsparte Ihrer Firma, und Ihre Schulden werden Ihnen zur Hälfte erlassen.«

Anna Sophia runzelte die Stirn. »Zur Hälfte?«

»Nun, die Modalitäten haben sich im Anbetracht der Umstände geändert. Das werden Sie sicherlich verstehen. Ich empfehle mich.«

Mit einem lauten Knall ging die Tür zu, der Kutscher schlug mit der Peitsche auf den Boden, und die Pferde setzten sich in Bewegung.

Schweigend sahen Anna Sophia und Franz der Kutsche hinterher.

»Es wird alles gut«, flüsterte Franz. »Mach dir keine Sorgen, Anna Sophia. Ich werde noch heute in anderen Banken der Stadt um einen Kredit bitten. Der Name Stollwerck hat einen guten Ruf, wir kriegen das hin.«

Anna Sophia schluckte – erwidern konnte sie nichts.

40. Kapitel

An seinem Tresen stützte sich August auf die Fingerspitzen und schaute in seiner Apotheke umher. Die Fläschchen standen in Reih und Glied, die Glasschüsseln funkelten in der Morgensonne, und der Boden war gewischt.

»Kann ich noch irgendetwas für dich tun, August?«, flüsterte Elise, die hinter ihm stand. Er brauchte sich nicht umzudrehen. Er wusste auch so, dass ihr Haar perfekt geflochten und hochgesteckt war – so, wie er es mochte –, und dass ihre tiefdunklen Augen zu Boden sahen, während sie mit ihm sprach. Richtig so, dachte er. Warum war er dennoch nicht zufrieden?

Er schüttelte den Kopf. »Du kannst gehen.«

Er hörte, wie sie sich entfernte und die Tür schloss. In nur einer Woche würde er sie heiraten. Vielleicht würde diese nagende Unzufriedenheit dann endlich verschwinden. Schließlich hätte er all seine Ziele erreicht.

Hinter ihm öffnete sich noch einmal die Tür.

»Ich hatte doch gesagt, du kannst gehen!« Er wirbelte herum. In der Tür stand die achtzehnjährige Julie. Hätte sie nicht diese lächerlich abstehenden Ohren und diesen völlig entrückten Blick, könnte er sie begehrenswert finden.

Sie sah ihm in die Augen. »Wir wollten nur fragen, ob du mit uns frühstücken willst.« Sie sprach leise, doch das Kinn reckte sie in die Höhe. Aufsässiges Ding, dachte er.

»Verschwinde.« Er machte eine Bewegung mit der Hand, als wäre sie eine Fliege. Sie drehte sich um, doch kurz bevor sie die Tür wieder schloss, flüsterte sie noch: »Ich werde nicht so schnell verschwinden, lieber August. Darauf kannst du Gift nehmen.« Dann zog sie die Tür hinter sich zu.

Ihm schoss die Hitze ins Gesicht. Wie konnte sie es wagen, so mit ihm zu sprechen? Mit großen Schritten lief er ihr hinterher. Er würde ihr schon zeigen, wer hier das Sagen hatte! Er riss die Tür auf – doch das Klingeln über der Ladentür ließ ihn innehalten. Er zwang sich zur Ruhe, schloss die Hintertür sanft und drehte sich wieder um.

»Oh! Sie? Wie schön! Was verschafft mir die Ehre?«

In der Apotheke stand Victor Mertens. Er nahm den Hut von seiner Glatze und grinste August an. »Die besten Neuigkeiten führen mich zu Ihnen.«

Er zog eine Tüte von Stollwercks Brustkaramellen aus der Tasche und knallte sie ihm auf den Tresen. »Das, mein Lieber, wird in nur einer Woche mir gehören.«

»Tatsächlich?«

»Wir haben es geschafft! Stollwerck wird ganz sicher verkaufen.«

»Hatten Sie nicht versucht, die Bonbons zu kopieren und billiger anzubieten?«

Mertens seufzte. »Der Versuch ist gescheitert. Das Rezept war nicht auffindbar. Und darüber, dass Ihre Kopien es einfach nicht mit den Bonbons von Stollwerck aufnehmen können, waren wir uns doch einig.«

August spürte einen Stich in der Magengegend. Doch es stimmte. Obwohl er tagelang versucht hatte, Anna Sophias Rezept nachzukochen, gelangen seine Bonbons einfach nicht. Sie wurden entweder nicht fest, schmeckten zu süß oder zu bitter. Damit in die große Produktion einzusteigen, wäre wenig erfolgsversprechend.

»Grämen Sie sich nicht, August. Wir übernehmen die Bonbons mit Stollwercks Rezept, produzieren sie in meiner neuen Fabrik in rasendem Tempo, und vertreiben sie dann nicht als bloßes Zuckerwerk, sondern mit Ihrer Hilfe als echtes, heilsames Apothekerfabrikat.«

»Wunderbar.« August nickte.

»Feiern Sie, mein Freund, feiern Sie.«

Er tätschelte August die Schulter, dann setzte er sich den Hut wieder auf den Kopf und lief viel o-beiniger als früher zurück zum Eingang. Während er die Tür aufschwang, schien es ihn nicht im Geringsten zu kümmern, dass er sie einem Zeitungsjungen fast ins Gesicht schlug. Der taumelte, fing sich wieder, und sobald Mertens in sicherer Entfernung war, schob er fragend den Kopf zur Tür herein.

August winkte ihn heran und holte eine Münze aus der Kasse, die er ihm entgegenstreckte. Wortlos gab der Jungen ihm eine Zeitung. Kurz wunderte August sich: das Kind hatte zwar kurze Haare und trug eine Mütze auf dem Kopf, doch im Gesicht sah es aus wie ein Mädchen. Armer Junge, dachte er. Hoffentlich verwächst sich das noch. Auch das schwarze Muttermal über dem rechten Mundwinkel war nicht sonderlich ansehnlich. Gerade wollte der Junge sich schon umdrehen, da hielt August ihn am Arm fest.

»Warte! Nimm die hier mit! Ich kann sie nicht mehr sehen.« Er nahm Stollwercks Brustkaramellen vom Tresen und gab sie dem Kind. Es sah ihn schüchtern an und lief dann ohne ein Wort aus dem Laden.

Undankbares Balg! August schüttelte den Kopf. Doch durch das Schaufenster konnte er sehen, wie das Kind auf der Straße stehen blieb und das Bonbonpapier betrachtete. Beinahe andächtig riss es die Tüte auf, nahm ein Bonbon heraus und steckte es sich in den Mund. Es schloss die Augen, lächelte. Und mit einem Seufzen wandte August sich ab.

Kaspar rückte sich seinen Schlapphut zurecht und vergrub die Hände tief in den Taschen seines Mantels. Als er vorhin an der Kirchturmuhr vorbeigelaufen war, schlug sie gerade sechs Uhr. Es war also noch Zeit, versuchte er sich zu beruhigen. Er stand im regen Treiben des Hafens, zwischen Händlern und Schiffsjungen, halb verborgen im Schatten von einigen Käsetürmen, und sah sich nach Emma um. Ob sie wohl kommen würde? Das Schiff, mit dem sie an die Nordsee reisen konnten, lag schon im Hafen. Wenn er über seine Schulter sah, hatte er es direkt im Blick.

»He!«, rief ein Matrose. »Sie fahren doch mit, oder nicht?«

»Doch, doch!«, rief Kaspar. »Ich warte nur noch auf meine Begleitung.«

Ob Luise seine Nachricht wohl an Emma weitergegeben hatte? Ob Emma sich davonschleichen würde? Damals in der Kutsche hatte sie ihm gesagt, sie würde mitkommen. Würde sie ihr Wort halten? Liebte sie ihn noch immer?

Suchend ließ er seinen Blick über den Hafen schweifen. So viele Dienstmädchen kauften hier ein. Doch in keinem ihrer Kleider steckte Emma mit den roten Lippen und den blonden Locken. Nirgends hörte er ihre mal so helle, mal so überraschend tiefe Stimme. Er sah Kaufleute, Arbeiter, Handwerker, Matrosen und zwischen ihnen einen kleinen Jungen mit Mütze, der mit der Kölnischen Zeitung winkte. Ob Emmas Annonce für Lina ein weiteres Mal drin war? Ach, dachte er, es spielte doch keine Rolle mehr. Er würde Lina niemals finden. Er musste endlich seinen eigenen Weg gehen. Und er wünschte sich nichts mehr, als dass Emma ihn begleitete. Also kniff er die Lippen zusammen und wartete.

Ein Knarzen weckte Victor Mertens. Er schaute zur Taschenuhr auf dem Nachttisch – kurz nach sechs. Sicherlich machten die Dienstmädchen gerade Frühstück. Er drehte sich um. Eine halbe Stunde wollte er noch schlafen. Vielleicht würde er ja von seinem Bonbon-Imperium träumen. Er schloss die Augen – doch da war es wieder. Ein Knarzen, genau über ihm. Kam es etwa aus Emmas Zimmer? Die Kleine war zwar tüchtig, doch vor sieben Uhr stand sie nie auf. Er seufzte. Vielleicht hatte sie ja ein Frauenleiden. Wer weiß das schon bei diesen Weibern?, dachte er. Dann hörte er, wie sich ihre Zimmertür laut quietschend öffnete. Schlich sie etwa durchs Haus? Nun richtete er sich doch auf. Victor hatte stets so ein Gefühl für Schandtaten. Früher, als sein Vater noch gelebt hatte, hatte er immer gewusst, wann seine Mutter ihn hintergangen und sich mit seinem Onkel getroffen hatte. Seit dem einen Mal, als Victor sie nach dem Besuch seines Onkels im Morgenkleid vorgefunden hatte, hatte er jede ihrer Sünden wie ein heißes Brennen im Magen gespürt. Auch von seiner Frau hatte er all die Zeit geahnt, dass sie etwas vor ihm verbarg. Erst gestern hatte er herausgefunden, was es war: Der Finanzberater der Familie hatte ihn auf einen kleinen Geldstrom hingewiesen, der zu einer Blindenschule nach Berlin floss. Konnte es etwa sein, dass Sibylle die gemeinsame Tochter gefunden und dort untergebracht hatte – gegen seinen Willen? Oh, er würde sich rächen, dachte er wie so oft, seitdem er davon erfahren hatte. Die Fahrt nach Berlin hatte er schon geplant.

Auch in diesem Moment fühlte er dieses Lodern in seinem Magen. Emma wollte ihn wie seine Mutter und seine Frau betrügen, er wusste es. Schon war er aufgestanden, zog sich an und öffnete die Tür.

Kaspar schluckte, sah sich um und versuchte einzuatmen, doch er bekam kaum Luft. Sie musste einfach kommen. Wie sollte er nur ohne sie auf dieses Schiff steigen? Nicht nur Emma verlor sich selbst ohne ihn, auch Kaspar fühlte sich ganz leer. Wofür ein neues Leben angehen, wenn sie nicht an seiner Seite war? Wieso fliehen, wenn er Emma zurückließ? Wenn sie zusammen waren, dann entstand etwas Neues. Eine Emma, die aufrichtig und liebevoll war. Ein Kaspar, der das Leben genießen konnte. Sie brachten die besten Seiten aneinander zum Vorschein. Was würde bleiben, wenn sie wieder allein wären? Er drehte den Kopf, schaute suchend in jede Ecke. Schon rief der Matrose: »He, du da, es wird Zeit!«

»Ja.«

»Also, kommst du nun?«

»Sofort«, sagte Kaspar. Doch er wartete noch einen Augenblick. Nur ein paar Sekunden, sagte er sich und ließ den Blick über den Hafen gleiten.

Victor schlich ins Foyer und verbarg sich neben der Haustür im Schatten einer großen Palme. Er atmete leise – und dann sah er, wie Emma dicht an die Wand gedrängt die Treppe hinunterschlich, und das im Kleid eines Dienstmädchens! Sie ächzte unter dem Gewicht eines großen Lederkoffers, den sie Stufe für Stufe bis ins Foyer hinunterschleppte. Victor klappte der Mund auf.

»Was zur Hölle?«, schrie er und stellte sich ihr in den Weg. »Wo willst du hin?«

Emma riss die Augen auf und taumelte einen Schritt zurück. Mit einem lauten Rumpeln fiel ihr der Koffer aus der Hand.

»Ich ... wollte nur ... Sibylle besuchen«, flüsterte sie.

Da musste Victor laut lachen vor Abscheu. »Wie kann man nur so schlecht lügen?«

Er stürzte nach vorn und griff nach ihrem Arm, doch blitzschnell duckte sie sich weg und lief an ihm vorbei zur Tür. Er drehte sich um, hastete hinterher, doch sie sprang schon die Treppe hinunter.

»Wag es nicht!«, schrie er und rannte hinterher.

»Emma, wo bleibst du nur …?«, sagte Kaspar leise zu sich selbst. Sein Hals fühlte sich eng an, und seine Augen brannten. Doch er konnte sie nirgends sehen.

»He, du da! Jetzt komm schon, wir legen gleich ab.«

»Kann ich auch noch wann anders mitfahren?«, rief er dem Matrosen zu.

»Kannst du schon, aber das Geld kriegst du nicht zurück.«

»Könnt ihr keine Ausnahme machen?«

»Ausnahme? Ich muss auch von irgendwas leben, oder?«

Kaspar kaute unentschlossen auf seinem Grashalm herum. Er konnte nicht ohne Emma gehen. Vielleicht war sie aufgehalten worden. Er musste bleiben und das Geld für ein anderes Schiff eben irgendwie aufbringen. Doch plötzlich keimten in ihm Zweifel auf. Was, wenn sie sich doch gegen ihn entschieden hatte? Er hatte sie schließlich seit Wochen nicht gesehen. Was, wenn ihre Gefühle für ihn verschwunden waren? Er war nur ein einfacher Bauernjunge, und Emma lebte in sicherem Luxus. Wieso sollte sie für eine zerrissene Gestalt wie ihn alles aufgeben? Möglicherweise war sie in seiner Abwesenheit auch einfach zur Vernunft gekommen. Kaspar könnte es ihr nicht einmal verübeln. Nein, er sollte es ihr sogar wünschen. Die Überfahrt nach Amerika war gefährlich. Sie wussten nicht, ob sie wohlbehalten ankommen würden und was sie in der Neuen Welt erwartete. Für Personal und all die Dinge, die Emma sonst noch gewohnt war, hatten sie keinesfalls Geld. Ein Fräulein wie Emma war für ein solches Leben nicht gemacht. Er würde sie mit sich in den Abgrund reißen. Wenn er sie wirklich liebte, musste er ohne sie fahren.

»Was ist nun?«, schrie der Matrose.

Da traf sein Blick den eines Polizisten. Quer über den Hafen schaute er ihm ins Gesicht. Er bellte zwei nahe stehenden Soldaten etwas zu und zeigte auf Kaspar. War er entdeckt worden?

»Verdammt!« Er spuckte seinen Grashalm aus – und sah, wie der

Polizist und die Soldaten in großen Schritten auf ihn zukamen. Er hatte keine Wahl. Also drehte er sich um.

»Ich komme!«, rief er dem Matrosen zu und sprang auf die Schiffsbrücke.

Victor rannte so schnell wie seit Jahren nicht.

Emma war schon auf dem Kiesweg angekommen und lief quer über den Hof auf das Tor zu. Wo waren die Kutscher und Gärtner? Kein Mensch weit und breit, um sie aufzuhalten! Es war wohl an Victor selbst, dachte er grimmig, und legte einen Zahn zu. Fast erreichte sie das Tor – da stolperte sie über den etwas zu langen Saum des Kleides, das unmöglich ihr gehören konnte, und schlug der Länge nach hin.

»Ha!«, machte Victor. Er rannte noch schneller. Sie versuchte, wieder auf die Beine zu kommen, doch da stürzte er sich schon auf sie.

»Lass mich!«, schrie sie, doch er musste erst mal zu Atem kommen. Erschöpft keuchend blieb er auf ihr liegen und spürte, wie sich ihr zierlicher Körper unter ihm wand. Wenigstens eine kleine Belohnung für seine Mühen hatte er schon verdient, dachte er, und schob seine Arme um ihren kämpfenden Körper. Es war ganz leicht, ihr Dekolleté zu befühlen, die Finger unter ihr Kleid zu schieben und dort auf Erkundung zu gehen. Wenn er sie doch einfach mit in sein Schlafzimmer nehmen könnte ... Ihre Schreie wurden immer lauter.

Nur noch ein paar Sekunden, dachte er ...

Kaspar warf erst das kleine Bündel auf das Schiff, in das er die Almosen von Albert eingepackt hatte: eine warme Jacke, ein zweites Hemd und

Proviant, außerdem einen hellblauen Stein für Emma, den er gestern im Botanischen Garten gefunden hatte. Dann sprang er auf das Schiff. Wie heftig es schwankte! Er breitete die Arme aus, versuchte die Balance zu halten und schaute zurück zum Hafen. Der Polizist und die Soldaten waren fast bei ihnen angekommen, doch das Schiff hatte sich schon in Bewegung gesetzt.

»Halt!«, schrie der Polizist. »Kommen Sie sofort zurück!«

Die Matrosen reagierten nicht. Als würden sie die wild fuchtelnden Männer gar nicht sehen, stießen sie das Schiff weiter von der Schiffsbrücke weg und ließen es von der Strömung erfassen. Schon rauschte es flussabwärts, und die Männer wurden immer kleiner. Mit ihnen wurde es auch der Hafen und ganz Köln. Kaspar hastete zum Bug und hielt sich an der Reling fest. Ihm war schon jetzt übel, doch das war egal. Er starrte auf die Stadt, die er verließ, auf die Dächer und Kirchtürme, auf den Dom, der in den letzten Jahren in die Höhe geschossen war. All das würde er wohl nie wiedersehen. Lina hatte er für immer verloren. Und nun auch Emma. Als sogar der Domkran mit dem Himmel verschmolz, begriff Kaspar, dass er in diesem Moment wirklich allein war. Seine Tochter hatte er zwar bereits all die Jahre schmerzlich vermisst. Doch erst jetzt war er gänzlich ohne sie. Er spürte, wie die Tränen ihm die Wangen hinunterliefen, doch er rührte sich nicht. Der Wind wird sie schon trocknen, dachte er.

Anna Sophia stand vor der verschlossenen Bürotür ihres Mannes. Sie musste nicht eintreten, sie wusste auch so, dass er bewegungslos am Tisch saß und mal wieder auf den Kreditvertrag starrte, den er vor Monaten gedankenlos unterschrieben hatte. Mehrere Tage lang war er bei sämtlichen Banken der Stadt vorstellig geworden und hatte um einen neuen Kredit gebeten. Doch offenbar war Mertens schneller gewesen und hatte bereits überall vor Stollwerck gewarnt. Kein einziger Bankier wollte ihm noch etwas leihen. Seit Franz das begriffen hatte, kam er kaum noch aus seinem Arbeitszimmer heraus.

Sie hatte ihrem Mann ein Kräutersträußchen aus Lavendel, Baldrian und Johanniskraut zusammengestellt, das seine Stimmung ein wenig heben sollte. Doch es war vielleicht nicht der richtige Augenblick, um es ihm zu geben. Sie schob es in die Tasche, legte die Hände flach an das Holz der Tür und flüsterte: »Wenn du mich suchst, ich bin in der Bonbonfabrik.«

Eine Weile blieb es still. Anna Sophia wollte sich schon abwenden, da hörte sie doch noch Franz' Antwort: »Was hast du vor?«

»Ich koche Bonbons – vielleicht zum letzten Mal.« Ihre Stimme brach fast, als sie das sagte.

Da hörte sie hinter der Tür das Schaben von Stuhlbeinen über Dielen, Schritte zur Tür, ihr Mann öffnete, und er war furchtbar blass. Kurz streichelte sie seine Wange, ließ die Hand an seinem Hals ruhen, dann drehte sie sich um und ging voran, die Treppe hinunter.

Die Morgensonne schien schon durch die großen Fenster und die Ladentür. Die Bonbons glitzerten in ihren Gläsern, der Feuerherd stand einladend da, und die Arbeitsplatten glänzten. Alles war bereit. Würden sie das hier wirklich verlieren? Sie konnte den Gedanken kaum ertragen. Also nahm sie ein Gläschen, befüllte es mit etwas Wasser und steckte das Kräutersträußchen hinein. Vielleicht würde der wohltuende Duft, der sich nun im Raum ausbreitete, beide ein wenig beruhigen. Sie machte Feuer und begann, Souchong-Tee zu kochen.

»Meine Liebe, hast du mich gehört?«

Überrascht sah sie auf. War sie etwa so sehr in Gedanken gewesen? »Verflixt!«, rief sie und lachte kopfschüttelnd über sich selbst. »Was hast du gesagt?«

Auch Franz schmunzelte. »Ich wollte wissen, ob ich dir helfen kann.«

»Oh ... Also, wenn du möchtest ... Hast du Lust, die Kräuter zu mahlen?«

Sie zeigte ihm das Rezept, das Koloman unter der Arbeitsplatte nicht gefunden hatte, die Kräuter und den Mörser. Dann wandte sie sich wieder dem Tee zu und hörte, wie Franz die Blätter zermalmte, roch, wie sich die Düfte von Gänseblümchen, Mohnblättern, Moos und Süßholz vermischten. Krautig und süß, herb und erdig breiteten sie sich im Raum aus. Sie schloss die Augen und dachte an die Küche im Haus ihrer Eltern, an ihre Schwestern und an Gesches Hütte. So vieles hatte sie schon verloren. Nichts würde wieder so werden, wie es mal war. All die Orte, die sie einst geliebt hatte, waren ihr genommen worden. Und nun musste sie sich auch von der Bonbonfabrik verabschieden.

Ihre Augen wurden feucht, doch sie weinte nicht. Nein, sie karamellisierte den Zucker. Franz gab ihr die Kräuter, sie vermischte sie mit dem Tee und knetete alles fest durch, zog Stangen heraus und klopfte Bonbons in eine Schale.

Da öffnete sich die Ladentür und ein Zeitungsjunge steckte mit fragendem Blick den Kopf herein. Franz nickte. »Komm rein«, sagte er und winkte ihn zu sich.

Gedankenverloren schaute Anna Sophia auf das schwarze Muttermal über seiner Oberlippe, während er Franz eine Zeitung verkaufte und ihm außerdem die Post in die Hand drückte, die er vor der Tür eingesammelt hatte. Franz tätschelte ihm dankend die Mütze.

»Der ist von Wilhelmine«, sagte Franz und gab ihr einen der Briefe. Er selbst schaute den restlichen Stapel durch.

»James Lever aus England hat mir geschrieben. Francois, Carl, dieser freundliche Heimerdinger aus Hamburg und sogar Koloman! Seltsam. Was wollen die alle von mir?«

Anna Sophia biss sich auf die Lippen. Ihr Herz schlug mit einem Mal schneller. Sie hatte schon nicht mehr daran geglaubt, nachdem tagelang keine Post gekommen war. Ob ihr Plan nun doch noch aufging? Oh, bitte lieber Gott, dachte sie und bekreuzigte sich. Wie schnell man doch wieder Hoffnung schöpfen konnte! Vielleicht hatten sie noch eine allerletzte Chance!

Sie öffnete Wilhelmines Brief und las:

Meine liebste Schwester, ich bin zutiefst bestürzt über Deine Nachricht. Dieser Mertens ist wirklich ein schrecklicher Mensch. Natürlich habe ich sofort mit Sibylle darüber gesprochen, und sie hat mir ihre Hilfe zugesagt. Anna Sophias Herz machte einen Sprung. Sie schlug sich eine Hand vor den Mund. *Sie möchte unbedingt in Euer Unternehmen investieren. Die Brustbonbons hält sie für sehr Erfolgversprechend. Außerdem hat sie ein kleines Geschenk für Euch, das ich diesem Brief beilege. Vielleicht bringt es Euch ja auf weitere köstliche Ideen. Alles Liebe, deine Wilhelmine.*

Anna Sophia machte einen kleinen Freudensprung. »Wilhelmine hilft uns! Ihre Freundin Sibylle wird in uns investieren, Franz!«

Ihr Mann sah sie mit gerunzelter Stirn an. »James Lever hat mir ebenfalls einen Kredit zugesagt. Der kleine, diebische Hanswurst ist doch noch zu etwas gut … Aber wie kommt er überhaupt darauf?« Er lachte leise auf, öffnete dann auch die anderen Briefe und las sie mit ungläubigem Blick. »Wie kann das sein? Sie alle wollen mir günstige Kredite geben! Sogar der Verräter Koloman!« Er rieb sich das Kinn. Und dann rief er plötzlich aus: »Du warst das!«

In diesem Moment ging die Ladentür erneut auf, und Joseph Wolff trat ein. Der kräftige Mann mit dem schwarzen Backenbart stemmte die Hände in die Hüften. »Ah, ihr seid da, wunderbar! Ich wollte es euch gleich persönlich sagen. Als ich Anna Sophias Nachricht bekommen habe, war ich wirklich entrüstet! Erst brennt euer wunderbarer Theatersaal nieder – und dann will euch der schmierige Mertens auch noch eure Bonbons wegnehmen! Ich meine – ich kann's verstehen. Sie sind wunderbar, meine Nichten lieben sie! Vor allem die kleine Apollonia ist völlig verrückt danach. Ein ungewöhnlich kluges Mädchen, das sage ich euch. Aber es sind nun mal eure Karamellen, und das müssen sie bleiben. Ich bin natürlich zur Stelle, um euch aus der Klemme zu helfen. Hat Heimerdinger euch auch schon geschrieben? Er macht ebenfalls Geld locker. Also, sorgt euch nicht, wir kriegen das wieder hin!«

Langsam drehte Franz den Kopf in Anna Sophias Richtung. »Hast du etwa …«

Sie sah zu Boden. »Es war nur so eine Idee … Ich dachte mir schon, dass Mertens mit den anderen Bänkern reden würde. Deswegen habe ich gleich nach dem Feuer all deinen Freunden und meiner Schwester geschrieben. Ich dachte, vielleicht können sie ja in der Stunde der Not …« Sie brach ab. Dass auch Franz' Vater ihr seine Hilfe mündlich zugesagt hatte und einen größeren Betrag im Voraus für eine stolze Anzahl an Bonbons zahlen würde, verschwieg sie lieber. Sie wusste es schon seit gestern, würde aber noch auf einen ruhigen Moment waren, um es Franz zu sagen.

Kurz war es still in der Bonbonfabrik. Dann ertönte ein lautes: »Ha!«

Anna Sophia schaute erschrocken auf. Und erkannte, dass Franz übers ganze Gesicht strahlte. »Du bist unglaublich!«, rief er, ging in großen Schritten auf Anna Sophia zu und hob sie in die Höhe. Er wirbelte sie lachend herum. »Ich habe die klügste Frau der Welt! Natürlich! Nichts geht über Freunde, über ein Netzwerk … und über diese Frau! Ich liebe dich!« Er gab ihr einen Kuss. »Und dich natürlich auch!« Lachend umarmte er Wolff. »Was für ein wunderbarer Freund du bist!« Franz' Stimme überschlug sich. »Sie alle sind wunderbare Freunde!« Er nahm die Briefe in die Hände und hielt sie in die Luft. »Danke, danke, danke!«, rief er so laut, dass man fast meinen könnte, all seine Freunde hätten ihn gehört, sogar der diebische James in England. Anna Sophia lachte.

»Da wird der Mertens gucken! Wir zahlen ihm sein vermaledeites Geld zurück, und sein ganzer Plan ist für die Katz!«

Wolff klopfte ihm auf die Schulter.

»Darauf trinken wir einen, oder?«, sagte Franz.

»Um diese Uhrzeit?«

»Es ist nie zu früh für unseren Kräuterlikör.«

Er lief zum Regal und zog vom unteren Brett eine Flasche hervor.

Und während er sich und Wolff einschenkte, während die Männer anstießen und tranken, fiel Anna Sophia etwas ein: Wilhelmine hatte doch von einem kleinen Geschenk geschrieben, das sie ihrem Brief beigelegt habe. Sie griff noch einmal in den Umschlag und zog ein quadratisches, in Papier gewickeltes Etwas hervor. Sie packte es aus und bestaunte den dunkelbraunen, schweren Gegenstand. Er schmolz in ihren Händen, und sie roch seinen süßen Kakaoduft. Das war Schokolade, dachte Anna Sophia. Doch sie sah anders aus als gewöhnlich. Meistens gab es sie in Form von Kakaoklumpen, die man in Wasser oder Milch auflöste, oder als mattgraue Gesundheitsschokolade wie die, die sie einst in der Apotheke verkauft hatte. Doch die Schokolade in ihren Händen war glatt und glänzend, sie wirkte edel und wertvoll. Kurz sah Anna Sophia zu den lachenden und trinkenden Männern hinüber. Dann steckte sie sich das Stück in den Mund. Sie schloss die Augen und konnte kaum glauben, wie wunderbar die süße Masse auf ihrer Zunge schmolz: Zwar war sie etwas krümelig und sandig, doch auch himmlisch schwer und exotisch. So schmeckte die große weite Welt, dachte Anna Sophia. Und gleichzeitig fühlte sie sich in diesem Moment endlich wieder zu Hause. Sie atmete tief durch, schluckte – und dann hatte sie eine Idee.

Personenregister

Anna Sophia Müller*: Die Tochter des Apothekers (1819–1888)
Franz Stollwerck*: Gründer der Stollwerck-Dynastie (1815–1876)

In der Apotheke

Gottlieb Müller: Apotheker am Neumarkt
August Arkenberg: Gottliebs Geselle
Wilhelmine Müller: Anna Sophias älteste Schwester
Julie Müller: Anna Sophias jüngste Schwester
Elise Müller: Anna Sophias zweitjüngste Schwester
Betty Wicke: Haushälterin bei Müllers
Dr. Hugo Baader: Arzt der Müllers

Im Kramladen

Nikolaus Stollwerck*: Franz' Vater und Marktaufseher (1787–1851)
Hubertine Christina Stollwerck*: Franz' Schwester (1823–1890)
Johannes Stollwerck*: Franz' Bruder (1821–1878)
Maria Sybilla Stollwerck*: Franz' kleinste Schwester (1831 – unbekannt)

In und um Höhenforst

Gesche: Weise Heilerin
Kaspar Rockstroh: Junger Bauer
Wilhelm: Alter Bauer und Margarethas Vater
Margaretha: Bäuerin, Wilhelms Tochter
Amalie: Bäuerin, Margarethas Schwester
Lina Rockstroh: Kaspars Tochter

Familie Mertens-Schaaffhausen

Victor Mertens: Kölner Bankier

Ferdinand Mertens: Victors Bruder und Weinhändler

Sibylle Mertens-Schaaffhausen*: Archäologin, Kunstsammlerin und Mittelpunkt eines Salons (1797–1857) – Im Roman ist sie etwa zehn Jahre jünger als ihr historisches Vorbild

Emma Mertens: Halbschwester der Brüder Mertens

Luise: Emmas Dienstmädchen

Charlotte Mertens: Sibylles Tochter

Sibylles Freundinnen

Adele Schopenhauer*: Schriftstellerin und Künstlerin (1797–1849) – Im Roman ist sie etwa zehn Jahre jünger als ihr historisches Vorbild

Annette von Droste-Hülshoff*: Dichterin (1797–1848) – Im Roman ist sie ebenfalls zehn Jahre jünger als ihr historisches Vorbild

Hedwig Schlesinger, später Dohm*: Schriftstellerin und Frauenrechtlerin (1831–1919)

Mathilde Anneke*: Schriftstellerin, Journalistin und Frauenrechtlerin (1817–1884)

Fanny Lewald*: Schriftstellerin (1811–1889)

Franz' Freunde

Heinrich Statz*: Fassbindergeselle, Freund von Franz (1820–1846)

Theodor Herx*: Kaufmann, Freund von Franz

Koloman Witt: Journalist, Freund von Franz

James Lever*: Vater der Gründer der Seifenfabrik Lever Brothers (geb. 1809)

Johann Heimerdinger*: Hamburger Kaufmann

Joseph Wolff*: Kölner Kaufmann

Francois Ravaeux*: Demokrat, Revolutionär (1810–1851)

Carl D'Ester*: Arzt, Demokrat, Revolutionär (1813–1859)
Louis Petit: Pariser Zuckerbäcker

Kaspars Freunde

Albert Statz: Fabrikarbeiter und Heinrichs Bruder
Ernst: Fabrikarbeiter
Rudolf: 12-jähriger Fabrikarbeiter

* Die so gekennzeichneten Personen hat es tatsächlich gegeben. Meine Romanfiguren sind zum großen Teil nah an ihren historischen Vorbildern angelegt. Wo es nötig war, habe ich mir aber auch künstlerische Freiheiten genommen. Genaueres dazu verrate ich im Nachwort.

Nachwort

Liebe Leserin, lieber Leser,

Für meine Geschichte über Anna Sophia und Franz Stollwerck, die Tochter des Apothekers und die Anfänge der späteren Schokoladendynastie habe ich Bücher gewälzt, mehrmals Köln, sein Schokoladenmuseum und Bonn besichtigt und das Rheinisch-Westfälische Wirtschaftsarchiv besucht (vielen Dank an dieser Stelle!). Zu Anfang ging ich ganz unbedarft an die Arbeit heran. Doch in kürzester Zeit geriet ich in einen Sog aus spannenden Fakten, erschreckenden Entwicklungen, faszinierenden Details und meinen eigenen Ideen. An dieser Stelle möchte ich Ihnen erzählen, wie viel von meinem Roman eigentlich historisch belegt ist und wie viel meiner eigenen Fantasie entspringt.

Bei meinen Recherchen begegnete ich einer Familie, anhand deren Entwicklung sich Zeitgeschichte erleben lässt:

Franz Stollwerck, der Sohn eines einfachen Wollspinners, lernt zwar noch das bodenständige Bäckerhandwerk, erschafft dann aber ein Unternehmen, das Filialen errichten, sich international vernetzen und zu einem Welterfolg expandieren wird. Während der Kampf für Demokratie mit der Märzrevolution noch scheitert, wird schon die Globalisierung angestoßen, mit der wir heute zu kämpfen haben.

Neben den gesellschaftlichen Krisen durchlebt Franz auch seine ganz persönlichen: Die Apotheker der Stadt verklagen ihn für seine Heilbonbons, sein Theater geht in Flammen auf, er scheint sich in zahlreichen Projekten zu verlieren, mehrfach ist er sogar insolvent – und kämpft sich doch immer wieder aus seinen Tiefpunkten empor. Mal, indem er einen Ministerialerlass erwirkt, mal, indem ihm Freunde mit Krediten weiterhelfen.

Inwiefern ihm seine Frau Anna Sophia dabei zur Seite stand, ist nur zu erahnen. Selten wird sie erwähnt. Nur in den dunkelsten Momenten, in denen Franz zahlungsunfähig ist, taucht doch einmal ihr Name auf Verträgen und Rechnungen auf.

Über die Frauen der Familie Stollwerck im 19. Jahrhundert weiß man deutlich weniger als über die Männer. Das trifft vor allem auf Anna Sophia Stollwerck, geb. Müller zu. Sicher ist nur: Sie stammte aus einem angesehenen Kreis Kölner Familien. Zu ihren Vorfahren zählten Johann Georg Molitor (1656–1727), der Kanonikus an St. Gereon und Rektor der Kölner Universität war, und Maria Magdalena Luntz (1690–1763), die 22. Äbtissin des alten Kölner Machabäerklosters. Es wird angenommen, dass die Eheschließung mit einer Tochter aus angesehenem Haus Franz Stollwerck geholfen haben könnte. Welches Mitgift sie in die Ehe brachte, welchen Charakter und welches Wissen sie hatte, ob sie eine Großmutter wie Gesche, einen Vater wie Gottlieb oder eine Schwester wie Wilhelmine hatte, ist unbekannt. An dieser Stelle hat meine Fantasie das Ruder übernommen.

In meinem Roman ist Anna Sophia nicht nur die Tochter eines Apothekers, sie hat auch uraltes Heilerinnenwissen, mysteriöse Träume und Vorahnungen. Ein solcher Hang zum Mystischen und Übernatürlichen war keine Seltenheit in dieser Zeit: Die in großen Teilen noch mittelalterlich wirkende Stadt Köln war nicht nur sehr abergläubisch, immer wieder berichteten Bewohner auch von übernatürlichen Erscheinungen.

Dies war eines der vielen Details über Köln im 19. Jahrhundert, die mich so fasziniert haben. Zwischen Dombauruine und Karnevalsklüngel, alten Stadtmauern und engen Gassen habe ich viele spannende Stunden verbracht. In meinem Roman erleben Sie die erste Kölner Eisenbahnfahrt, die Einweihung der Gaslaternen, den Weiterbau des Doms, Vormärz und Märzrevolution. All das ist Zeitgeschichte. Tatsächlich ist sogar ein Heinrich Statz durch den Bajonettstich eines Soldaten auf dem Alter Markt getötet worden – wenn dieser Fassbindergeselle in Wahrheit auch ein paar Jahre jünger war als mein Heinrich.

Bei meinen Recherchen habe ich schnell gemerkt: Diese realen Ereignisse, die Krisen und die Armut, die Industrialisierung, die politischen Spannungen, sozialen Ungerechtigkeiten, der erneut aufwallende, erschreckende Antisemitismus, die Forderungen nach Demokratie, Arbeitssicherheit und Gleichberechtigung bilden nicht nur die Kulisse meines Romans, sie greifen auch immer wieder direkt in das Leben meiner Figuren ein und beeinflussen maßgeblich, was geschieht.

So war die Gleichberechtigung der Geschlechter Anfang des 19. Jahrhunderts für die allermeisten Menschen nicht einmal denkbar. Es gab allerdings bereits Frauen, die die alte Weltordnung infrage stellten.

Um diese zaghaften Anfänge der Frauenbewegung anschaulich zu machen, habe ich Sibylle Mertens-Schaaffhausen in meinen Roman geholt. Eine wirklich beeindruckende Kölner Frau, die ihre Zeitgenossen mit ihrem Lebensstil vor den Kopf stieß: Sie verbrachte die meiste Zeit fern ihres Mannes in Bonn, und sie hatte ein leidenschaftliches Liebesverhältnis mit Adele Schopenhauer – obwohl die Gesellschaft, in der sie lebte, verleugnete, dass weibliche Homosexualität überhaupt existiert.

Sibylle Mertens-Schaaffhausen, die Tochter des Bankiers Abraham Schaaffhausen, war tatsächlich mit einem Herrn Mertens verheiratet:

Joseph Ludwig Mertens, der sechzehn Jahre älter war als Sibylle und mit ihrem Schwager um seine Position in der Bank konkurrierte. Er muss ein schwieriger Zeitgenosse gewesen sein. Die Freundin Annette von Droste-Hülshoff sprach von einer Ehehölle, und Adele Schopenhauer hat Sibylles Haus gemieden, wenn ihr hitzköpfiger Mann anwesend war.

Allerdings erwachsen die Ausmaße an Bösartigkeit, die meine Figur Victor Mertens in meinem Buch annimmt, dann doch meiner Fantasie. Auch sind keine Streitigkeiten zwischen Familie Mertens und Familie Stollwerck bekannt. Um eine klare Abgrenzung der historischen und der fiktiven Figur Mertens zu ermöglichen, habe ich bewusst den Vornamen geändert. Auch die Kinder tragen andere Namen als Sibylles historische Kinder. In Wahrheit hatte sie sechs Nachkommen, die sich heillos mit ihr zerstritten. Die blinde Tochter Charlotte hat es nicht gegeben – wahr ist allerdings, wie damals mit blinden und tauben Kindern in den unterschiedlichen gesellschaftlichen Schichten umgegangen wurde.

Adele Schopenhauer, die Tochter von Johanna und die Schwester von Artur Schopenhauer, liebte Sibylle leidenschaftlich, obwohl ihre Zuneigung durch deren Liebschaften mit anderen Frauen hin und wieder auf die Probe gestellt wurde. Bevor Adele an einer schweren Krankheit starb, tauschten die beiden Frauen tieftraurige und rührende Briefe aus, deren Wortlaut in ihren Dialogen in diesem Roman anklingen.

Annette von Droste-Hülshoff hat Sibylle tatsächlich ihre Texte anvertraut. Und um die heute so gefeierte und bewunderte Dichterin, der zu Lebzeiten kein großes Genie bescheinigt wurde, vor Enttäuschung zu schützen, tat Sibylle, als wären sie verloren gegangen. Auch schnitt sie sich trotzig die Haare kurz – was zu der Zeit etwa schulterlang bedeutete. Und sie hatte einen Salon in Bonn, in dem unter anderem Henriette Sontag sang und Droste-Hülshoff Gedichte vortrug.

Allerdings musste ich die Wahrheit dennoch ein wenig dehnen: Um diese spannenden Details des 19. Jahrhunderts mit meiner fiktiven Wilhelmine Müller verflechten zu können, habe ich sie etwa zehn Jahre in die Zukunft versetzt. In Wahrheit wäre Sibylle bereits über vierzig Jahre alt gewesen, als sie die sechzehnjährige Wilhelmine kennenlernte.

In Stollwercks *Deutschem Kaffeehaus* haben sich nicht nur die Demokraten getroffen, um über die Revolution zu diskutieren. Es gab auch einen Damensalon. Ob sich hier aber Zeitgenossinnen wie Mathilde Anneke und Fanny Lewald austauschten und ob die Kölner Frauen an diesem Ort ihre politischen Forderungen formulierten, ist ungewiss. Man durfte weder rauchen noch spielen. Aber man durfte reden – und das ist ja immer ein guter Anfang. In meinem Roman lasse ich hier daher Mathilde Anneke, die einen schwierigen Scheidungsprozess hinter sich hatte, Gedanken laut aussprechen, die sie in ihrem Werk *Das Weib im Conflict mit den socialen Verhältnissen* 1847 niedergeschrieben hat.

Noch ein weiterer historischer Text taucht in meinem Roman auf: Im Jahr 1867 hat Dr. C. Georg Wittstein in der Zeitschrift *Gartenlaube* den Artikel »Das Geheimmittelwesen der Gegenwart« veröffentlicht, in dem Stollwercks Brustkaramellen heftig kritisiert werden. Franz Stollwerck veröffentlichte daraufhin eine Gegenrede. Aus beiden Artikeln finden Sie Auszüge in meinem Roman. Zudem hat mich Wittsteins Artikel zu meiner rein fiktiven Figur Koloman Witt inspiriert. Seinen Verrat an Franz hat er im Roman aber bereits Jahre früher begangen.

Sie sehen: Um eine Geschichte zu erzählen, die den Geist der damaligen Zeit sowie der Anfänge des Familienunternehmens Stollwerck einfängt, habe ich zahlreiche historische Fakten genutzt, sie aber hier und da auch ein wenig gebogen – oder mich von ihnen zu meinen eigenen Ideen führen lassen. Ich danke Ihnen, dass Sie mit mir eingetaucht sind in diese Geschichte über die Anfänge eines großen Familienunternehmens, über mutige Frauen, zeitlose Liebe, verzweifelte Kämpfe für Gerechtigkeit, Kräuter und Heilbonbons.

Für mich war das Schreiben ein intensives Erlebnis – meine so lieb gewonnenen Figuren möchte ich noch nicht ziehen lassen. Glücklicherweise kann ich mich gleich in die Fortsetzung, in Band 2 der Schokoladenfabrik, stürzen, in dem die Schokolade ihren großen Siegeszug feiern wird. Sehen wir uns dort wieder? Ich würde mich freuen!

Herzliche Grüße
Rebekka Eder

Danksagung

»Die Tochter des Apothekers« ist nicht nur der Auftakt meiner ersten historischen Reihe, diese Geschichte hat mir auch in meiner eigenen Schreib- und Arbeitsweise neue Türen geöffnet. Und das habe ich vor allem meinen ganz wundervollen Unterstützer*innen zu verdanken:

Anna Sophia und Franz hätte ich ohne meine phantastische Agentin Dorothee Schmidt nie kennengelernt, die mit mir gemeinsam in der Geschichte des 19. Jahrhunderts auf Schatzsuche ging und mir bei sämtlichen Problemen, Fragen und Zweifeln zur Seite stand. Kaspar verdankt ihr zum Beispiel sein Leben und seine Liebesgeschichte. Und ich verdanke ihr – unter anderem – ganz viel Inspiration, Motivation und Erste Hilfe in sämtlichen Autorinnenkrisen.

Vielen Dank an meinen Lektor Reinhard Rohn, der sofort das Potenzial dieser Geschichte erkannte, mir beim Schreiben ganz viel Vertrauen schenkte und den Roman dann – gemeinsam mit der engagierten Volontärin Lara Wimmers – umsichtig und mit viel Sachverstand lektorierte.

Dankeschön an meine Testleser*innen: an meinen Papa, der mit einem Affentempo jedes meiner Bücher verschlingt, ganz begeistert schmunzelt, und mir dann mit großem Wohlwollen seine hilfreiche Feedback-Liste vorträgt. An meine Mama, deren Freude an meinen Geschichten mich schon seit Kindesbeinen ermutigt und die über jede neue Entwicklung genauso aufgeregt ist wie ich selbst. An meine Schwester, die vor Stolz fast platzt, wenn ich ihr ein neues Manuskript in die Hand drücke, und die mir mit ihrem Gespür für Dramaturgie immer wieder weiterhilft. An meine Freundin und Podcast-Partnerin Rebecca, die nicht nur in unserem Schreib- und Psychologie-Podcast »Platonisch nackt« mit mir über das Schreiben, unterschiedliche Charaktere und die Dynamik zwischenmenschlicher Beziehungen philosophiert, sondern mir auch in ausgiebigen Spaziergängen eine unersetzliche Brainstorming-Partnerin ist. An meine Freundin Selina, die auch in der ferne immer für mich da ist und sofort in meine Geschichten eintaucht. An meine Freundin Jessi – es war ein wichtiger Moment für mich, als wir nachts auf der Schreibwerkstatt im Innenhof saßen, ich das erste Kapitel vorlas und sie es so sehr mochte. Und nicht zuletzt an meine wundervolle Kollegin und liebe Freundin Miriam Georg, die bereits während meiner Schreibphase Kapitel für Kapitel las, mir sofort kluge und versierte Rückmeldung gab und deren Begeisterung für diese Geschichte mich über so manche Hürden getragen hat. Unser Austausch über unsere Bücher, das Schreiben und das Autorinnenleben macht diesen Job für mich sogar noch schöner als er sowieso schon ist.

Während ich mich Hals über Kopf ins Köln des 19. Jahrhunderts stürzte und beim Auftauchen in der Realität oft etwas atemlos war, war da stets mein Mann, der mich wieder und wieder bestärkt hat, der mich bei sämtlichen Lesungen begleitet und unterstützt, und der aufkeimende Schreibzweifel in Fröhlichkeit verwandelt.

Dankeschön für eure Unterstützung – ohne euch hätte es dieses Buch so nicht gegeben.

LESEPROBE

Rebekka
Eder
DIE
SCHOKOLADEN
FABRIK
Das Geheimnis der Erfinderin
Roman
atb

Prolog
1860

Niemand durfte Theresia bemerken. Es war ihr streng verboten, ihren großen Brüdern zu folgen. Doch sie musste die Schokoladenfabrik einfach mit eigenen Augen sehen. Sicherlich war sie wunderschön und fantastisch, bestimmt duftete es herrlich, und überall könnte sie naschen! Mama verbat ihr viel zu oft, Schokolade zu essen. Doch jetzt war Mama nicht hier – also drückte sich Theresia auf Zehenspitzen an der Wand entlang.

»Sag schon, wie macht sich die Maschine?«, rief Nikolaus, der Älteste und Größte der Geschwister, gerade. Wenn er ihr den Rücken zukehrte, wusste Theresia oft nicht, wen sie da vor sich hatte – ihren Bruder oder ihren Papa – so ähnlich waren sich die beiden Männer. Das breite Kreuz, die großen, in die Hüften gestemmten Fäuste. Sogar die Stimmen glichen einander.

»Ich weiß nicht, Nikolaus.« Ihr Papa schüttelte den Kopf. »Das alte Handwerk erscheint mir sicherer.«

»Ach, Papa!« Peter, der Zweitälteste, seufzte. Er fuhr sich durch die gewellten Haare, dann schob er die Hände in die Hosentaschen. »Wenn wir jetzt nicht an die Zukunft denken, werden wir ganz schnell abgehängt!«

»Ich bin sehr gespannt, wie die Maschine läuft«, brummte Heinrich, der Jüngste der drei, mit leicht entrücktem Blick. »Bewegt sich der Kolben wirklich ganz von allein?«

Er hatte den anderen wieder mal nicht zugehört. Theresia unterdrückte ein Kichern. Ihr Lieblingsbruder war wie immer in seiner eigenen Welt. Sie verstand seine Worte zwar nicht so richtig, aber bestimmt waren sie klug. Heinrich war der klügste Mensch, den sie kannte – obwohl er noch gar kein Mann war. Das sagte Papa zumindest. Mit seinen 17 Jahren sei er noch ein Kind und sollte Ratschläge besser ernst nehmen. Wenn Heinrich das hörte, runzelte er furchtbar erwachsen die Stirn und zwinkerte Theresia dann heimlich zu. Nur jetzt nicht – er hatte schließlich keine Ahnung, dass sie sich im Schatten vor ihnen versteckte. Was für ein Spaß es werden würde, wenn sie ihm später davon erzählte! Er wäre bestimmt beeindruckt von ihrem Mut und würde mit heruntergezogenen Mundwinkeln und gekräuseltem Kinn nicken. Und dann könnten sie gemeinsam über die fantastische, geheimnisvolle, duftende Schokoladenfabrik sprechen!

»Na, dann kommt mal mit«, sagte ihr Papa und stieß die Tür auf, die Theresia niemals öffnen durfte.

»Wie ihr seht, halte ich noch am Handwerk fest. Hier vorn stehen die manuell betriebenen Maschinen. Ehrliche, harte Arbeit – schaut euch die Männer an!«, rief ihr Papa, während er in großen Schritten in die Fabrik lief. Ihre Brüder folgten ihm, und kurz bevor die schwere Tür hinter ihnen zufiel, schlüpfte auch Theresia hindurch.

Schnell versteckte sie sich im Schatten von etwas, das so ähnlich aussah wie der Kupferkessel in der Küche, nur viel größer. Sie schaute sich um und runzelte irritiert die Stirn. Sollte ein Ort, an dem etwas so Wunderbares wie Schokolade entstand, nicht der schönste Platz der Welt sein? Wie düster es hier stattdessen war! Ruß hing schwarz und schwer an den Wänden, er verdunkelte die kleinen Fenster unter der Decke und kitzelte ihr in der Nase. Besser, sie atmete durch den Mund. Nicht auszudenken, wenn sie jetzt niesen würde! Ob Papa sie wohl sehr schlimm schimpfen würde, wenn er sie entdeckte? Ein achtjähriges Mädchen an so einem Ort ... Es roch nach Feuer, heißer Asche und Schweiß. Wie laut es war! Überall standen diese Kessel und darunter knisterten Flammen. Die Luft war so heiß und stickig, dass Theresia der Schweiß auf die Stirn trat. Wie hielten die Arbeiter das den ganzen Tag aus? Direkt vor ihr stand ein kleiner, aber umso breiterer Mann auf einem Hocker. Seine nackten Oberarme glänzten feucht, während sie mit kreisenden Bewegungen einen gigantischen Mörser wieder und wieder in einen der Kessel stießen. Sein Gesicht, das sie von der Seite sehen konnte, wirkte starr, und immer wieder tropfte es von seiner Nase in den Kessel.

So leise sie konnte, schlich Theresia um ihn herum. Als sie auf seiner Höhe ankam, hielt sie die Luft an und rannte dann zum Schatten eines zweiten Kessels. Atemlos sah sie sich um – und unterdrückte ein Seufzen. Der Kopf des Arbeiters hatte sich nicht gerührt.

»Hier werden die Kakaobohnen geröstet, richtig?«, fragte Heinrich gerade.

»So lang bis die Schalen knacken. Hörst du das?«, fragte ihr Papa.

Theresia nickte stumm, obwohl sie natürlich gar nicht gefragt worden war.

»Dort werden sie dann von den Schalen gereinigt und dann in die Schokoladenmaschinen gegeben. Hier drüben, siehst du?«

Wohin ihr Papa wohl zeigte? Sie musste näher ran!

»Die Männer zerreiben die Bohnen so lange, bis sie zu einem flüssigen Öl werden, das sie mit Zucker vermischen können«, erklärte ihr Papa.

Theresia späte vorsichtig hinter ihrem Versteck hervor und sah die Rücken ihrer Brüder und ihres Vaters. Gerade beugten sie sich über einen Kesselrand.

»Und wie lang dauert das?«, fragte Nikolaus. »Die Männer stehen hier wahrscheinlich noch die halbe Nacht, oder?«

»Es dauert nun mal so lange, wie es dauert«, brummte ihr Papa.

»Und wie viel Schweiß, wie viele Haare und wie viel Kohlenstaub landet währenddessen in der Schokolade? Ich will gar nicht darüber nachdenken, was wir da verkaufen!«

Theresia verzog das Gesicht. Wie eklig!

»Und wie oft verbrennt die Masse, weil die Männer vor lauter Müdigkeit den richtigen Moment verpassen? Wie viele Rohstoffe haben wir schon verloren?« Nikolaus war so mutig! Obwohl man Papa schon ansehen konnte, dass er wütend wurde, sprach ihr Bruder noch weiter. »Papa, du musst zugeben, dass die neue Maschine, die ich vorgeschlagen habe, viele Vorteile hat! Zeigst du sie uns nun endlich?«

Kurz sahen sich Nikolaus und ihr Vater an, und ein bisschen wirkte es, als würde einer von ihnen vor einem Spiegel stehen. Nur, dass Papa etwas dicker war und seine Haare ein bisschen grauer, überlegte Theresia. Am liebsten würde sie zwischen sie laufen und irgendetwas Lustiges sagen, damit sie nicht anfingen, zu streiten.

Dann sagte Papa: »Na, kommt schon mit.«

Sie bogen rechts ab, und Theresia hüpfte zwischen den Kesseln hindurch, ihren Brüdern hinterher.

»Das Ding steht hier hinten«, hörte sie ihren Papa sagen.

»Das Ding ist eine hochmoderne Dampfmaschine, Papa! Sie ermöglicht es uns, dass alle Arbeitsschritte, die sonst mühsam per Hand ausgeführt werden müssen, ganz automatisch ablaufen.« Theresia sah vor sich, wie Peter die Augen verdrehte. »Wir sollten noch viel mehr von diesen Dingern kaufen. Ich sage dir, in ein paar Jahren brauchen wir gar keinen Handwerksbetrieb mehr!«

»Schokolade, die per Hand hergestellt wird, hat einen ganz besonderen Geschmack. Es ist wie mit unseren Bonbons! Du weißt doch, dass sie besser schmecken, wenn eure Mutter sie kocht, als wenn diese neumodischen Maschinen das erledigen.«

Theresia huschte hinüber zur Wand und schlich langsam und vorsichtig daran entlang.

»Das will ich ja gar nicht abstreiten! Aber Mama kann nun mal nicht so viele Bonbons kochen, wie wir verkaufen!«

Heinrich schien den anderen kaum zuzuhören. Er betrachtete etwas abseits ein breites Band, das quer durch den Raum zu einem schwarzen

Rad führte. Theresia klappte der Mund auf. Es war gigantisch! Und es thronte auf einem riesigen, liegenden Rohr, auf dem zwei Arbeiter an Hebeln hantierten. Es zischte und brodelte. War da vielleicht die Schokolade drin? Sie hielt die Nase in die Luft und schnupperte. Riechen konnte sie eigentlich nichts. Sie lief ein Stückchen weiter – und hörte, wie es schepperte. Sie war auf eine Schippe getreten!

Theresia zuckte zusammen, sah sich um – und fing Heinrichs Blick auf. Er stand nur wenige Schritte von ihr entfernt! Ihre Haut brannte vor Angst, ihre Zunge kribbelte. Mit wild klopfendem Herzen hob sie ihren Finger an die Lippen. Psst, wollte sie sagen. Seine Augen weiteten sich, er öffnete den Mund, schloss ihn wieder. O bitte, flehte sie stumm.

»Ich hab sie gefunden«, brummte Heinrich dann.

Theresia blieb die Luft weg. Wie konnte er nur? Er war doch ihr allerbester Freund! Was sollte sie nun tun? Könnte sie schnell genug aus der Fabrik rennen, um der Strafe zu entgehen?

Doch da hob er den Finger an die Lippen, als wollte auch er »Psst«, sagen. Und blinzelte ihr verschwörerisch zu.

»Da drüben ist die Dampfmaschine!« Er zeigte auf den Kessel mit dem riesigen Rad und ging darauf zu. Fast hätte Theresia vor Erleichterung aufgelacht. Tief atmete sie durch und zog sich in den Schatten der Wand zurück.

»Ah, ja! Ist sie nicht prächtig?«, rief Nikolaus.

»Beeindruckend«, pflichtete Heinrich ihm bei.

Keiner der Männer bemerkte Theresia. Sie hatte ein solches Glück gehabt! Allerdings hatte sie noch immer keine Schokolade gefunden ... Irgendwo mussten die kleinen Tafeln, die so süß und krümelig auf der Zunge lagen, doch gemacht werden! Vielleicht brauchte sie nur noch ein klein wenig näher heranzugehen, um sie zu finden – und ein bisschen zu naschen. Also nahm sie all ihren Mut zusammen und ging weiter auf den brodelnden und dampfenden Kessel zu. Nur noch ein Stückchen. Roch sie ein wenig Kakao? Etwas heißen Zucker?

Plötzlich zerriss ein Zischen den Augenblick. Die Arbeiter schrien auf, schwangen sich über das niedrige Geländer und sprangen fast gleichzeitig vom Kessel.

»Weg da!«, brüllte einer.

»Schnell!«, schrie ein anderer und stieß die Stollwercks zurück. Sie stolperten, rannten.

Theresia wollte hinterherrennen. Doch da hörte sie einen Knall. Er war lauter als Papas stampfende Füße, als Mamas Rufe in der Nacht, wenn sie Albträume hatte, und als Heinrichs Lachen über Theresias lustige Grimassen zusammen. Unendlich viel lauter. Es war, als hätten sich alle Geräusche, die sich in Theresias kurzem Leben angesammelt hatten, miteinander vereint – zu einem einzigen, letzten Tosen. Eine schwarze Wolke erfasste Theresia und sie fühlte sich an wie eine Welle, so als könnte sich Luft an einem kleinen Mädchen brechen. Und dann war da nur noch Hitze und Feuer – und ganz weit entfernt, kaum zu riechen, der unwiderstehliche Duft nach Schokolade.